DROEMER

Über die Autorin:

Lena Wildenstein ist das Pseudonym einer deutschen Autorin, die mit Vorliebe über Pionierinnen schreibt. Den vorliegenden Roman hat sie in Bussen, Zügen und Flugzeugen zwischen Europa und Asien verfasst – und in ihrer Lieblingsstadt Berlin.

LENA WILDENSTEIN

CHARLOTTENBURG

DIE JUNGEN ÄRZTINNEN

ROMAN

DROEMER

Besuchen Sie uns im Internet:
www.droemer.de

Aus Verantwortung für die Umwelt hat sich die Verlagsgruppe Droemer Knaur zu einer nachhaltigen Buchproduktion verpflichtet. Der bewusste Umgang mit unseren Ressourcen, der Schutz unseres Klimas und der Natur gehören zu unseren obersten Unternehmenszielen. Gemeinsam mit unseren Partnern und Lieferanten setzen wir uns für eine klimaneutrale Buchproduktion ein, die den Erwerb von Klimazertifikaten zur Kompensation des CO_2-Ausstoßes einschließt.
Weitere Informationen finden Sie unter: www.klimaneutralerverlag.de.

FSC www.fsc.org
MIX
Papier aus verantwortungsvollen Quellen
FSC® C083411

Originalausgabe November 2020
Droemer Taschenbuch

Ein Imprint der Verlagsgruppe
Droemer Knaur GmbH & Co. KG, München

Ein Projekt der AVA International
Autoren- und Verlagsagentur
www.ava-international.de
Redaktion: Clarissa Czöppan
Covergestaltung: Guter Punkt, München
Coverabbildung: © Stephanie Gauger unter Verwendung von Motiven von Getty Images
Satz: Adobe InDesign im Verlag
Druck und Bindung: CPI books GmbH, Leck
ISBN 978-3-426-30751-9

2 4 5 3 1

Für die Frauenärztinnen, Hebammen
und Krankenschwestern dieser Welt

PROLOG

Niemand konnte sie davon abhalten, bei Aiske zu bleiben, nicht einmal die großen Schwestern. Clara biss sich auf die Lippe und schüttelte den Kopf.

»Schafft den kleinen Unhold nach draußen!«, schimpfte Greetje, während sie Aiske erneut untersuchte.

Clara fühlte, wie Femmy sie am Arm packte, aber sie hatte auf einmal Riesenkräfte.

Femmy klang wütend. »Ich krieg sie nicht hoch.«

»Ich glaube, es ist gleich so weit«, sagte Daje, die sich neben Greetje auf den Boden gehockt hatte. »Ich kann schon das Köpfchen sehen.«

»Sie verliert zu viel Blut«, keuchte Greetje. »Hol jemand Doktor Thomsen! Ich weiß nicht, wie lange sie das noch durchsteht! Los, Femmy, lauf!«

»Nein«, keuchte Aiske. »Ich will das nicht.« Sie umklammerte Claras Hand. »Du verstehst das, Schwesterchen? Sag, dass du es verstehst!«

Clara streichelte Aiske über die verschwitzten Haare. Sie wollte auch, dass Doktor Thomsen jetzt kam. Aiske war so dünn geworden, trotz ihrer Schwangerschaft, und sie blutete so schrecklich. Ganz weiß waren ihre Lippen, während sie so dalag.

Draußen toste ein Sturm über die Nordsee, dass die Scheiben klirrten. Ein Zittern durchlief sie. »Der Doktor kann dir helfen«, flüsterte sie der geliebten Schwester ins Ohr.

»Nein.« Aiske starrte ihr in die Augen. »Ich will nicht, dass mir ein Mann zwischen die Beine sieht.«

»Na, dir hat ja wohl schon mal jemand da hingeguckt, sonst würdest du nicht hier liegen«, fauchte Greetje.

Clara sah sie entsetzt an. Als sie wieder zu Aiske hinunterblickte, bemerkte sie, dass ihr Blut aus dem Mund lief.

»Jetzt kommt es!«, rief Daje. »Komm, Aiske, nun press mal!«

Doch Aiske rührte sich nicht mehr. Noch immer ruhte ihr Blick auf Clara. Noch immer waren ihre Augen so groß.

»Aiske!«, weinte Clara und streichelte ihr weiter über die Haare. Sie streichelte ihr über die Stirn und über die Wangen, weil sie nicht wusste, was sie anderes tun sollte.

Aiske öffnete den Mund und versuchte, etwas zu sagen. Clara nahm ein Taschentuch und tupfte ihr das Blut von den Lippen. »Nicht sprechen, Aiske«, sagte sie leise. »Alles wird gut. Du musst pressen, damit dein Baby herauskommt. Dann wird alles gut, das wirst du schon sehen.«

»Verdammt, warum presst sie denn nicht?« Greetje rann der Schweiß in Strömen über ihr Gesicht, und das trotz der Novemberkälte. »Hol mir jemand die Kohlenzange! Und du, du Unhold, du scherst dich jetzt raus!«

»Clara … bleibt«, wisperte Aiske. Sie fixierte Claras Gesicht.

Femmy war hinausgelaufen und kam nun mit der Kohlenzange wieder. »Hier!«, stieß sie hervor.

Aiskes Kopf fiel zur Seite. Ihre Augen waren noch immer offen. Keinen Laut gab sie mehr von sich, während Greetje das Kind mit der Zange holte. Clara streichelte sie immer weiter. Stirn und Wangen, Stirn und Wangen. Alles, was nicht von Stoff bedeckt war. Aiskes ganze liebe Haut.

Ein Schrei ertönte, Greetje hatte das Baby herausgezogen.

»Ein Junge!«, rief sie. »Aiske, du hast einen Jungen bekommen!«

Aiskes Wangen und ihre Stirn fühlten sich noch warm an, deshalb konnte Clara es nicht begreifen. Erst als Greetje schrie und Femmy noch mal Aiskes Handgelenk nahm und ebenfalls brüllte und Daje, die das Baby im Arm hielt, zu weinen begann, wusste sie, dass etwas geschehen war, was sie nicht mehr rückgängig machen konnte. Sie legte sich neben die geliebte Schwester und schlang ihre Arme um sie, und erst, als ihr Körper kalt war und es draußen hell wurde, stand sie auf und weinte. Wieder wehrte sie sich dagegen, als sie jemand aus der Stube, fort von Aiske, ziehen wollte.

Von irgendwo hörte sie das Baby schreien. Ein neues Leben hatte begonnen. Und ihres, wie sie es gekannt hatte, existierte nicht mehr.

1

Als Sylterin hätte Clara gedacht, dass sie alles über Regen wüsste. Offenbar hatte sie sich getäuscht. Das Wasser schien von allen Seiten zu kommen. Häuser, Droschken und Menschen verschwanden hinter den Wassermassen, sodass sie nur noch Geräusche hören konnte: Wie es vom Himmel rauschte, wie Hufe über das Pflaster klapperten, wie es um sie herum fluchte und schrie. Schon war ihr Rocksaum so durchtränkt, dass sie ihn nur mit Mühe anheben konnte. Eine irre Sekunde lang überlegte sie, das Treffen zu verschieben. Aber nein, sie hatte nicht den ganzen Weg quer durch Norddeutschland in klammen, eiskalten Zügen zurückgelegt, war nicht von zahlreichen Menschen angerempelt worden bei dem Versuch, am Bahnhof eine Gepäckdroschke zu ergattern, hatte nicht die Nacht auf einem Strohsack in einem ungeheizten Zimmer verbracht, nur um dann bei der erstbesten Sintflut aufzugeben. Aber einen guten Eindruck machte sie in ihren quietschnassen Schuhen, dem durchnässten Kleid und mit der aufgelösten Frisur sicher nicht.

»Denk an den guten ersten Eindruck!«, war Vatis wiederkehrende Litanei in den vergangenen Wochen vor ihrer Abfahrt gewesen. »Du magst noch so ein hervorragendes Gedächtnis haben und noch so ein gutes Zeugnis – wenn der erste Eindruck schlecht ist, kannst du nichts mehr dagegen tun.«

Etwas Riesiges rollte an ihr vorüber und begoss sie und die anderen Fußgänger von Kopf bis Fuß. Ein Automobil! Sekunden später war es wieder durch die Wasserwand geglitten.

Jetzt brach ein Tumult aus. Durch den Regenschleier sah Clara wütend verzerrte Gesichter. Einer schüttelte seine Faust. »Biste meschugge?« – »So een Blaffke!« – »Jehört jeteert, jefedert und uffjehängt!«

Clara streifte das Wasser von der Ledermappe, die ihr Abiturzeugnis enthielt. Sie hatte das Papier vor der Reise in Stofflappen und Ölpapier eingewickelt. Jetzt konnte sie nur beten, dass es trocken geblieben war.

Endlich erreichte sie die Luisenstraße. Als sie vor dem Tor stand, hinter dem das Anatomische Institut lag, spürte sie ihr Herz schneller klopfen. Das Blut pochte ihr in den Ohren. *»Hic locus est ubi mors gaudet succurrere vitae«*, las sie die goldenen Lettern über dem Säulenaufgang des Gebäudes. Hier ist der Ort, an dem sich der Tod freut, dem Leben zu dienen.

Der Satz erinnerte sie an einen Schreckensroman, den sie kürzlich gelesen hatte, und sie unterdrückte ein Schaudern. Dann strich sie sich eine nasse Strähne aus dem Gesicht, raffte ihren klitschnassen Rock und schritt die Stufen empor.

»Ich habe einen Termin bei Professor Hebemeyer«, sagte sie zu dem Pförtner. »Anatomie.«

Vicki lief durch die Pfützen, dass das Wasser um sie in die Höhe spritzte. Über die größeren Lachen versuchte sie hinwegzuspringen, aber in diesem strömenden Grau sah man ja gar nicht richtig, und so hüpfte sie knöcheltief in eine hinein. Ihr schönes helles Reformkleid! Zum Glück sog es sich nicht so voll wie die schweren Korsettkleider, die sie noch bis vor Kurzem getragen hatte. Aber fleckig war es nun bestimmt. Sie musste sich sputen, nachher wollte sie ja in Charlottenburg sein, schließlich hatten sie den ersten Mittwoch im Monat. Und überhaupt, warum verflog die Zeit immer so? Vor dem Eingang des Anatomischen Instituts sah sie ein blondes Mädchen, dem der Regen ordentlich zugesetzt hatte. Sie wirkte geradezu verzweifelt, wie sie da mit ihrem nutzlosen Regenschirm die Stufen des Säulenaufgangs hinaufging, mit einer Aktenmappe, die sie krampfhaft von ihren durchnässten Kleidern fernhielt. Na, hoffentlich dauerte ihr Gespräch mit dem Pförtner nicht allzu lang, denn jetzt war sie, Vicki, dran! Mit einer Bewegung aus den Knien, so wie sie es beim Tanzen gelernt hatte, hechtete sie zum Eingang des Instituts, in dem sie einmal wirken würde – denn davon würde sie nichts abhalten, keine missbilligenden Charlottenburg-Blicke, keine Geldsorgen und keine verfliegende Zeit.

»Professor Hebemeyer, Anatomie«, rief sie dem Pförtner zu.

Dieser blickte zwischen ihr und der Blonden hin und her. »Na jut, dit wären denn schon drei, die den Professor heute ankieken wollen«, brummte der Pförtner und kritzelte etwas auf ein Stück Papier. »Erster Stock links, meine Damen.«

»Kopfrechnen ist wohl nicht so seine Stärke«, kicherte Vicki, während sie mehrere Stufen auf einmal nehmend die Treppe hinauflief. Sie bemerkte, dass die Blonde Mühe hatte, mit ihr Schritt zu halten. Kein Wunder bei den vollgesogenen Klamotten. Pfützen liefen von ihrer Kleidung hinab, und sie trat vorsichtig auf, um in dem Wasser nicht auszurutschen. »Na, dit kleene Einmaleins war auch meine Stärke am Anfang nich.«

»Welches war denn Ihre Stärke?«, fragte die Blonde. Sie sprach einen norddeutschen Dialekt mit spitzem S.

»Oh, die Liste ist lang, und ich erzähle Ihnen später alles darüber, aber zunächst einmal wäre ich Ihnen sehr verbunden, wenn wir nicht erst dann beim Professor einträfen, wenn Ärzte ein Mittel für die schmerzfreie Geburt erfunden haben, was wohl nicht in hundert Jahren passieren wird, denn … Was ist los? Haben Sie einen Geist gesehen?«

Die Blonde hatte ihre Augen aufgerissen. »Ich habe … man sieht … alles!«, flüsterte sie erschrocken.

Vicki folgte dem ausgestreckten Finger der Blonden und bemerkte in der Tat, dass ihre Brüste sich unter dem nassen Kleid abzeichneten. »Anatomie-Experte, der Hebemeyer, richtig?« Sie zuckte mit den Schultern. »Na, dann hat er dit wohl alles schon mal gesehen.«

Endlich waren sie oben. Eine Vorzimmerdame geleitete sie in ein Büro, und Vickis Herz pochte nun doch schneller. Der Mann, der da zwischen zwei Skeletten hinter einem mit Papierstapeln beladenen Holztisch saß, hatte die Macht, über Vickis nächste Jahre zu bestimmen. Gleichzeitig dachte sie nun aber auch, dass der Pförtner wohl doch eins und eins zusammenrechnen konnte. Denn auf einem der drei Stühle, die jemand vor dem Tisch aufgestellt hatte, saß ein Mädchen in ihrem Alter, drehte bei ihrem Eintritt den Kopf zu ihnen und starrte sie aus weit aufgerissenen Augen an.

Ida konnte es nicht fassen. In ihrem Kopf wirbelte alles durcheinander. Sie war nach Berlin gereist mit der fürchterlichen Angst, die einzige weibliche Studierende unter lauter Männern zu sein, und nun kamen diese zwei jungen Damen herein. Oder wollten sie Schwestern werden? Nein, dann müssten sie nicht mit dem Professor sprechen. Aber, oh, wie die zwei aussahen! Die eine wirkte so wenig damenhaft wie ihr Hund Schlomo zu Hause in Hamburg. Sie hatte dunkle Locken, die sich aus einer pitschnassen Frisur ringelten. Sie trug eines dieser Reformkleider, die sie auch in Hamburg schon gesehen hatte und durch das man … Ida spürte, wie sich ihre Wangen dunkelrot färbten. Durch das man wirklich … alles sah! Sie wandte den Blick rasch zur anderen, die nur minimal respektabler wirkte, nass geregnet, wie sie ebenfalls war.

Die Blonde machte einen Knicks. »Guten Tag, Herr Professor. Mein Name ist Clara Madsen. Ich freue mich, dass Sie mich heute empfangen konnten.«

Die Dunkelgelockte ging mit ihrer Hand dazwischen. »Viktoria von Dutzenberg. Ebenfalls sehr erfreut.«

O nein, dachte Ida. Das wird nicht gut gehen. Nun wünschte sie doch, dass sie allein mit dem Professor sprechen könnte. Diese beiden jungen Damen hier waren wahrlich keine vorzeigbaren Vertreter ihres Geschlechts, obwohl sie sehr interessant aussahen, vor allem die im Reformkleid. Interessanter als alles, was Ida in letzter Zeit gesehen hatte, und dazu zählte auch ein ungewöhnlich gut aussehender Student, der ihr den Weg in Professor Hebemeyers Büro gezeigt hatte. Ob sie wohl alle drei Freundinnen werden konnten? Ida konnte Freundinnen gebrauchen. Vor allem nach dem, was in den vergangenen Monaten passiert war. Aber daran durfte sie jetzt nicht denken. An alles, aber nicht an das.

Clara spürte, wie der Professor sie musterte. Sie wurde ein bisschen rot, obwohl sie sich keiner Schuld bewusst war. Sie war auf die Minute pünktlich eingetroffen, ihre Abiturnoten waren die besten ihres Jahrgangs auf dem Mädchengymnasium gewesen, und sie erinnerte sich an alle Ratschläge, die Aiske ihr in Bezug auf ihre Schüchternheit gegeben hatte: Rücken gerade! Dem Gegenüber in die Augen blicken! Feste Stimme! Nun wanderte der Blick des Professors zu den anderen beiden Mädchen.

»Mich würde interessieren, warum Sie sich für befähigt halten, Vorlesungen in Medizin zu hören? Fräulein Rosenstein, vielleicht fangen Sie einmal an.«

Das Mädchen, das vor ihnen eingetroffen war, räusperte sich. »Mein Vater ist Doktor Isaac Rosenstein, Chirurg am Universitätskrankenhaus Eppendorf zu Hamburg.« Sie machte eine Pause, aber Professor Hebemeyer gab nicht zu erkennen, ob er den Kollegen kannte. »Mein Vater unterhält auch eine Privatpraxis im Grindelviertel. Ich helfe ihm dort seit einigen Jahren. Er bestätigte mir, dass ich geschickt mit den Patienten sei. Und ich lerne schnell.«

Der Professor blickte so regungslos wie die Skelette, die ihn rechts und links umstanden. Das linke Skelett war ein bisschen kleiner, bemerkte Clara. Seine Wirbelsäule war stark verdreht.

»Und das befähigt Sie nun, nach Meinung Ihres Herrn Papas, Medizin zu studieren?« Er hob eine Hand, als Ida den Mund öffnete. »Wobei wir noch gar nicht von einem Studium sprechen wollen. Einstweilen geht es darum, ob ich es Ihnen erlaube, als Gasthörerin meinen Vorlesungen in Anatomie zu lauschen. Gut, nun möchte ich die anderen beiden Damen hören. Warum sprechen Sie bei mir vor?«

Clara dachte fieberhaft nach. Auf alles war sie vorbereitet gewesen: darauf, ihr Abiturzeugnis herzeigen zu dürfen, Fragen zu ihrer Gesundheit zu beantworten, ja selbst auf fachliche Fragen war sie eingestellt. Und nun sollte sie über den Grund ihres Hierseins sprechen. Aber nein, sie würde diesem unsympathischen Mann nichts von Aiske verraten. Aiske war ihr Heiligstes, und zugleich war Aiske der Mensch, der jeden Tag aufs Neue das Karussell in ihrem Kopf anschob: Was, wenn es in Westerland einen weiblichen Arzt gegeben hätte, eine Frau, der Aiske eine Untersuchung gestattet hätte? Würde sie dann noch leben? Würden sie jetzt gemeinsam über den Strand laufen, sich mit Meerwasser bespritzen und lachen? Würden sie gemeinsam mit dem kleinen Mads spielen, Aiske und sie?

»Es gibt auf Sylt nur einen Arzt«, hörte sie sich sagen. »Menschen leiden, weil sie nicht richtig versorgt werden können. Das möchte ich gern ändern. Darum bitte ich Sie, mich Anatomie hören zu lassen. Und alle anderen medizinischen Vorlesungen auch.«

»Mein liebes Kind«, antwortete der Professor. »Ich kann Ihnen nicht versprechen, dass meine Kollegen einem weiblichen Publikum ebenso aufgeschlossen gegenüberstehen wie ich. Die müssen Sie dann schon selbst fragen.«

»Wir müssen jeden einzelnen Professor und Dozenten um Erlaubnis bitten?«, entfuhr es dem Mädchen im Reformkleid.

Der Professor bedachte sie mit einem Blick, den er im Seziersaal wohl für ein besonders krankes Organ reservierte. »Das waren meine Worte«, antwortete er. »Haben Sie vor, die Vorlesungen des Öfteren mit derlei Verständnisfragen zu unterbrechen, Fräulein …?«

»Dutzenberg.«

»Richtig. Den Grund Ihres Hierseins würde ich gern hören.«

»Ich möchte Ärztin werden, weil ich weiß, dass ich gut darin sein werde«, sprudelte die Angesprochene hervor. »Mein besonderes Interesse gilt der Forschung. Ich möchte ein Mittel entwickeln, das es den Frauen erlaubt, eine Geburt ohne Schmerzen zu überstehen.«

Clara fühlte eine Welle der Wärme in sich aufsteigen. Es war etwas, das sie schon lang nicht mehr gespürt hatte, ein Aiske-Gefühl. Diese Viktoria hat auch einem geliebten Menschen bei einer Geburt zur Seite gestanden, dachte sie.

Der Professor hob seine Brauen gen Haaransatz. »Na, das sind allerdings hochfliegende Pläne, Kindchen. Aber gut, zu viel Idealismus ist in der Medizin sicherlich besser als zu wenig.«

»Das heißt, wir sind angenommen?«, rutschte es Viktoria heraus.

Der Professor schüttelte den Kopf. »Kennen Sie die Untersuchung meines Kollegen Theodor Bischoff?«

Alle drei mussten verneinen.

Die professoralen Augenbrauen rutschten noch höher. »Das sollten Sie aber. Ohne eine gute wissenschaftliche Vorbereitung geht es nicht, Frolleinchen. Nun also, mein Kollege hat männliche und weibliche Gehirne untersucht und miteinander verglichen. Dabei kommt er zu dem Ergebnis, dass die geistige Befähigung des Weibes geringer als die des Mannes ist. Sie drei machen ja einen recht aufgeweckten Eindruck, und es wäre ohne Zweifel hübsch, Sie im Hörsaal zu sehen, zumal – wenn ich Ihnen dieses Kompliment machen darf – Sie alle drei von sehr angenehmem Äußeren sind.« Sein Blick weilte sekundenlang auf Viktorias Reformkleid, und in diesem Moment kam es Clara so vor, als starrten die Skelette auch. »Aber genau darin liegt das Problem«, fuhr er fort. »Ich kann mich nicht für das Betragen meiner Studenten verbürgen. Dem Anblick von drei Grazien kann sich nicht jeder verschließen, und sei er noch so fest im Glauben und Willen.«

»Aber«, traute sich Clara über ihr Herzklopfen hinweg zu sprechen. »Hängt das Verhalten der Studenten nicht von unserem eigenen Betragen ab? Wirkung und Gegenwirkung, ich meine …«

»Erzählen Sie mir bitte nichts über Physik, Kindchen.« Der Professor strich sich über seinen Bart. »Um es kurz zu machen: Auch ich sehe mich außerstande, Vorträge über das Becken der Frau vor gut aussehenden Damen wie Ihnen zu halten.«

»Warum haben Sie uns dann überhaupt vorgeladen?«, platzte Viktoria heraus.

»Nun, ich wollte mir selbst ein Bild machen. Für den Fall, dass Sie ein bisschen hässlicher gewesen wären und damit auch gefahrloser für meine Studenten.« Er lächelte. »Wenn Ihnen das ein Trost ist, meine Damen: Hässlich sind Sie auf keinen Fall.«

»Es lag an mir«, sagte Viktoria, als sie wieder unten auf dem Vorplatz standen. »So bin ich immer. Ich will zu viel und ich bin zu ungeduldig, und dann mache ich alles kaputt.«

»Nein, es lag nicht an Ihnen.« Clara konnte kaum sprechen vor Wut. »Dieser Professor hat doch nie ernsthaft vorgehabt, uns zuzulassen.«

»Meinen Sie wirklich?« Ida riss wieder die Augen auf.

»Natürlich meine ich das wirklich!«, sagte Clara. »Der wollte doch nur seine Macht ausspielen!«

Viktoria grinste, wobei sie eine Zahnlücke hinter ihrem linken Eckzahn entblößte. Sie sah ein bisschen wie der Strandräuber auf dem Buch aus, aus dem Aiske ihr früher vorgelesen hatte, und jetzt wusste Clara auf einmal, dass sie diese Viktoria sehr mochte. »Der wollte mal schöne, junge Frauen sehen. Na, die sieht er nun nie wieder!«

Dann wurden sie alle drei sehr ernst. »Was machen wir denn jetzt?«, fragte Ida, als sie wieder in den strömenden Regen hinaustraten. Von irgendwo schlug eine Uhr die zweite Nachmittagsstunde.

»O weh!«, rief Viktoria über das Rauschen des Regens. »Ich muss los! Wollen wir das weitere Vorgehen nachher bei einer Molle besprechen?«

»Molle?«, echote Ida verständnislos.

Aber Viktoria hörte sie schon gar nicht mehr. »Halb acht im Lachenden Boten!«, rief sie. »Nicht weit von hier!« Und während sie sich in den Guss stürzte, wirkte sie ganz leicht in ihrem Reformkleid: »Das ist da, wo man die guten Nachrichten überbringt!«

Was denn für gute Nachrichten?, überlegte Clara.

»Aber wir dürfen doch gar nicht in Destillen gehen!«, klagte Ida. »Also, meine Eltern wären entsetzt!«

Clara hob die Schultern und blickte gen Himmel, von dem es unentwegt weiterströmte. »Ich glaube, das Fräulein von Dutzenberg hat einen Scherz gemacht.«

»Nicht wahr, sie war ein bisschen merkwürdig, oder? Und was ist überhaupt eine Molle? Oh, ich kann dieses Berlinerisch nicht verstehen!«

Wie die Wolken über den Himmel stürmten! Grau und schwarz sauste es über sie hinweg.

»Eine Molle ist ein Bier«, sagte Clara, während sie schon spürte, dass sich eine Idee in ihrem Kopf formte. Sie hatte das Wort mal von einem Berliner Badegast gehört. Der Badegast hatte später eine Husumerin geheiratet und war noch einmal nach Westerland zurückgekehrt. Husum, natürlich! Fast musste sie lachen. Sie sah das Mädchen neben sich an, das noch immer indigniert wirkte. »Fräulein Rosenstein«, lächelte sie. »Ich hab's!«

2

Hermine Edenhuizen? Nie gehört.« Ida und Vicki – sie hatten beschlossen, sich beim Vornamen zu nennen und Du zu sagen – schüttelten unisono den Kopf.

»Wirklich nicht?« Clara blickte von einer zur anderen. Ein Nachtwächter zündete mit seinem Stab die Gaslaterne hinter ihnen an. In ihrem warmen Schein sahen die beiden ganz anders aus als noch vor wenigen Stunden. Vicki wirkte jetzt regelrecht damenhaft. Sie hatte sich die Haare ordentlich frisiert, und ihr Kleid war trocken und sauber. Der Regen hatte aufgehört.

Sie hatten sich vor dem Lachenden Boten getroffen, doch trotz ihrer kessen Ankündigung wollte Vicki nicht hinein. Gläserklirren und lautes Lachen drangen nach draußen auf die Straße. Hinter den farbigen Scheiben konnte sie die Schatten der Trinker erkennen.

»Sie ist die erste preußische Frauenärztin«, erklärte Clara. »Und ihr habt wirklich noch nie von ihr gehört?«

»Meine Kenntnis von Berühmtheiten beschränkt sich auf diejenigen, die man auf Zelluloid gebannt hat«, entgegnete Vicki.

»Du gehst in Lichtspielhäuser?«, fragte Ida erstaunt. »Also, meine Eltern …«

»Sie ist Friesin wie ich«, unterbrach Clara hastig, die Idas Erziehung jetzt kannte. »Wir sind uns bei einer Versammlung in Husum begegnet. Ich habe damals all meinen Mut gefasst, bin zu ihr hin und habe ihr gestanden, dass ich dereinst auch Ärztin werden möchte, und sie hat mir versprochen, mir zu helfen, sollten Professoren und Dozenten mir die Gasthörerschaft verweigern.« Dass Hermine Edenhuizen und sie das gleiche Schicksal teilten und dass nur ein Zufall sie darauf gebracht hatte, erwähnte sie nicht.

»Wie will deine Landsmännin denn ein solches Wunder vollbringen?« Vicki rückte so aus dem Schein der Gaslaterne, dass ihr Gesicht im Dunkeln war.

»Nun, sie hat ja auch in Berlin studiert und kennt einen Teil des Lehrpersonals. Wenn sie mit ihrem Wort für uns einsteht, dann ist unser Weg frei.«

»Nicht in Anatomie bei dem Hebemeyer.« Ida sah sie aus ihren großen braunen Augen an. »Der will uns nicht dabeihaben, das hat er klargemacht, und ehrlich gesagt fürchte ich mich auch ein bisschen vor dem!«

»Pfff«, machte Vicki. »Wenn du jetzt schon mit dem Fürchten anfängst. Aber du hast recht, das olle Bartgesicht will uns prima Mädels nicht.«

»Es gibt einen weiteren Dozenten für Anatomie«, sagte Clara. »Wir hätten den Hebemeyer also vielleicht nicht nötig.« Ihr war ein bisschen schwindelig, und sie fühlte sich auf seltsame Weise glücklich. »Ich habe Frau Doktor Edenhuizen vorhin jedenfalls gleich telegrafiert, und stellt euch vor, sie hat mir zurückgedrahtet, und jetzt haben wir ein Ferngespräch vereinbart.«

»Ein Ferngespräch«, bemerkte Ida, »ist kolossal teuer, aber ich könnte …«

»Natürlich ist es teuer«, sagte Clara hastig. Sie spürte, dass sie nun doch wieder verlegen wurde. »Darum wollte ich euch fragen, ob wir uns die Kosten wohl teilen wollen. Das heißt, wenn es nicht …«

»Kriegst das hier.« Vicki warf eine Münze in die Luft und fing sie mit der Zunge wieder auf.

»Eine Mark?« Clara beugte sich vor. »Nein, so viel wird es nun auch wieder nicht kosten.«

»Du möchtest der Frau Doktorin von mir erzählen«, lispelte Vicki. »Das braucht seine Zeit.«

Clara lachte.

»Du kannst das Gespräch bei meiner Tante führen.« Ida nahm die Münze von Vickis Zunge und stopfte sie in deren Rocktasche zurück. »Außerdem kannst du dein ganzes aufregendes Leben darlegen, wenn du es möchtest. Meine Tante ist fast taub.«

»Wozu hat deine Tante ein Fernsprechgerät, wenn sie taub ist? Oh, die Rätsel des Weibes!« Vicki warf theatralisch die Arme in die Luft.

»Mein kürzlich verstorbener Onkel«, setzte Ida an, aber in diesem Moment öffnete sich die Tür des Lachenden Boten, und eine Menge betrunkener Männer quoll heraus.

»Lasst uns das Gespräch morgen fortsetzen«, sagte Clara, die einem Mann auswich, der die Arme um sie schlingen wollte. »Ida, ich bin dir sehr dankbar für dein Angebot. Dürfen wir um zehn Uhr bei dir sein?« Sie wandte sich zu Vicki um, die entsetzt abwehrte.

»Zehn Uhr morgens? Wie soll ich das so früh schaffen? Habt ihr Mädchen noch nie etwas von Schönheitsschlaf gehört?«

Clara wollte einwenden, dass die Vorlesungen, sollte es ihnen gelingen, sicherlich noch früher anfingen, aber in dem Moment dröhnte es von der Nikolaikirche acht Uhr.

Vicki wandte sich um, und da erst sah Clara Vickis Augen. Sie wirkten rot und verquollen. Kein Zweifel möglich: Vicki hatte geweint.

»So spät schon?«, rief Vicki. »Dann sage ich euch rasch Gute Nacht!« Und mit diesen Worten sprang sie wieder aus dem Laternenschein, fort von den betrunkenen Männern, und im nächsten Moment hatte sie die Dunkelheit verschluckt.

»Sie ist wirklich ein bisschen merkwürdig, diese Vicki«, sagte Ida. Ihre Stimme wurde schrill. »Würden Sie mich bitte in Ruhe lassen, mein Herr? Wenn Sie Ihre Belästigungen nicht auf der Stelle beenden, werde ich einen Gendarmen rufen!«

Clara schob den Mann, der Ida zu küssen versuchte, unsanft beiseite. »Also, ich hab sie gern.«

»Wo sie wohl hinwollte, so ganz plötzlich?« Ida schüttelte sich.

»Das werden wir bestimmt noch herausfinden«, sagte Clara. »Ich schätze, wir drei werden uns jetzt des Öfteren sehen.«

Natürlich war Vicki dann doch am nächsten Morgen um zehn Uhr da. »Kann mir so ein Ferngespräch ja nicht entgehen lassen«, erklärte sie Clara, während sie die Treppe zu Idas Tante hinaufstiegen. Jemand musste frisch gewischt haben, die Stufen schimmerten feucht, und es roch nach Lysol.

Ida öffnete ihnen mit hochroten Wangen. »Oh, ich freue mich so, Clara, dass du das für uns tun willst! Und meine Tante freut sich auch schon, euch kennenzulernen! Nicht wahr, Tantchen?«, brüllte sie mit einem Blick über ihre Schulter. »Du freust dich, meine neuen Freundinnen kennenzulernen?«

Die Tante kam in den Flur geschlurft, aber als sie Vicki bemerkte, stockte sie. »Aber das Meydele trägt ja noch ihr Nachthemd!«, rief sie so laut, dass Clara befürchtete, jetzt würden gleich die Nachbarn anklopfen.

»Nein, Tantchen!«, schrie Ida zurück. »Das trägt man jetzt so!«

»Und die will jetzt meinen Apparat benutzen?«, kreischte die Tante. »So ein Schlamassel!«

»Das andere Meydele, Tantchen!« Ida deutete auf Clara. »Dieses Meydele da!«

Clara knickste und rief: »Sehr erfreut, Sie kennenzulernen, Frau Mehring!«

Die Tante presste ein Hörrohr an ihr Ohr. »Was sagt sie?«

»Dass sie sich freut, dich kennenzulernen, Tantchen!«, donnerte Ida.

»Ja, ich freue mich auch!«, schrie die Tante. Und mit einem Blick auf Vicki: »Aber das andere Meydele, das ist mir nicht ganz koscher!«

Clara spürte, wie ein irres Kichern in ihr aufstieg. Die Nerven, jetzt gingen also die Nerven mit ihr durch. Sie versuchte, Vickis Blick auszuweichen, während die Tante sie in einen Raum führte, in dem ein Schreibtisch und ein riesiger Sessel standen. Das Bild des Kaisers hing goldumrahmt hinter dem Schreibtisch, und vor den grünseiden schimmernden Tapeten standen mehrere Vitrinenschränke, die mit Büchern in allen Farben und Größen gefüllt waren. Auf dem Schreibtisch selbst thronte der letzte Stolz von Herrn Geheimrat Wilhelm Mehring, Idas jüngst verstorbenem Onkel, wie sie erklärte: ein Fernsprechapparat.

Clara beäugte das gute Stück neugierig. Es war ein Holzkasten, auf dem jemand zwei Gabeln aus Messing angebracht hatte. Auf den Gabeln ruhte eine Vorrichtung, die aus zwei runden metallischen Enden bestand. Das eine Ende musste wohl zum Hineinsprechen da sein, denn unter der runden Platte war ein kleiner Trichter angebracht. Nun, dann diente das andere Ende zum Hören.

»Hast du den schon mal benutzt?«, fragte sie Ida.

»Natürlich. Damit rufe ich doch meine Verwandten in Hamburg an.«

»Die haben auch so ein Gerät in ihrer Stube?« Vicki schlug die Hände über dem Kopf zusammen. »Meine Güte, seid ihr Krösus oder was?«

»Was sagt das Meydele?«, schrie die Tante.

»Mein Vater hat eine Privatpraxis«, erklärte Ida, ohne ihre Tante zu beachten. »Da braucht er einen Fernsprecher. Es rufen manchmal reiche Patienten aus Frankfurt, Berlin, Dresden oder München an. Also, jetzt alle mal Ruhe, bitte. Clara, bist du bereit?«

Wieder klopfte Clara das Herz stark in der Brust. Sie nickte.

»Also dann.« Ida nahm die Vorrichtung mit den metallischen Enden und dem kleinen Trichter von der Gabel. »Dann setz dich neben mich. Oh, hallo, Fräulein? Ich hätte gern Köln!«

Bange Minuten vergingen. Dann ertönte ein Tuten. Ida reichte ihr die Vorrichtung, die unvermutet schwer war, sodass Clara alle Kraft in ihrer rechten Hand aufbringen musste, um sie nicht fallen zu lassen. Im selben Moment hörte sie eine Frauenstimme und die geliebte friesische Mundart, die darin mitschwang. Die Stimme klang energischer, als sie sie in Erinnerung hatte.

»Guten Tag, Frau Doktor Edenhuizen«, sagte Clara. Sie lauschte, während sie gleichzeitig Vicki, Ida und Frau Geheimrat Mehring ansah, die ein Hörrohr in ihre Richtung hielt, um ja alles mitzubekommen. »Erst einmal bedanke ich mich recht herzlich für Ihre Zeit. Ja, also, der Fall ist so …«

Das Jahr 1907 machte munter weiter mit seinem Wetterirrsinn. Während Clara, Vicki und Ida auf den Ausgang der Gespräche zwischen Doktor Edenhuizen und den Berliner Dozenten warteten, regnete es so ausdauernd, dass Vicki erwog, im Badekostüm umherzugehen. Claras Vermieter warf vom Fenster seiner Wohnstube eine Angel aus. Ein besonders geschäftstüchtiger Spree-Anwohner pries seine Dienste als Fährmann am Brandenburger Tor an. Der Rest Berlins ließ sich Schwimmhäute wachsen, das zumindest behauptete die Bäckerin, bei der Clara morgens ihr Butterbrot kaufte. Wetter war das alles beherrschende Thema. Zeitungsjungen, die wadentief durch das Schmutzwasser der Straßen rund um die Linden staksten, schrien täglich die neuesten Katastrophen heraus: »Dauerregen und Überschwemmungen in Südspanien! Provinz Malaga mehrere Hundert Tote! Sintflutartige Regenfälle in Schottland und England! Verheerende Schäden! Dammbruch im Tessin! Schwere Überschwemmungen in Schlesien! Zahl der Toten nimmt zu!«

»Die Welt ist aus den Fugen«, befand Claras Vermieter einmal von seinem Platz auf dem Fensterbrett der Wohnstube, während er sein Angelgarn entwirrte – ein Eindruck, den er noch durch die

Ereignisse in Hamburg bestätigt fand. Dort forderte der Allgemeine Deutsche Frauenverein auf seiner Jahrestagung, dass Frauen nicht mehr als zehn Stunden pro Tag in den Fabriken arbeiten sollten.

»Was machen die Weiber dann mit der ganzen Freizeit?« Der Vermieter spuckte seine Zigarette in die Fluten unter ihm und gab sich gleich selbst die Antwort. »Unsere Moneten verprassen, was sonst?«

»Hier in Berlin rauscht alles so rasant den Bach runter, dass das Olympische Schwimmteam schon der Stadtverwaltung geschrieben hat«, witzelte Vicki mit hochgezogenem Rock, während sie den Ratten in der überfluteten Friedrichstraße auswich. »Die wollten Ratschläge, wie man für ein solches Tempo am besten trainiert.«

Und dann, eines Oktobermorgens, als Clara vor lauter Regen schon Wasser zu atmen glaubte, klingelte es an der Tür, und ein Telegrammbote brachte die lang ersehnte Nachricht für sie.

»Lass mich das Reden übernehmen, wenn wir gleich da sind«, forderte Vicki. »Du bist zu schüchtern dafür.«

Sie waren auf dem Weg zum Prenzlauer Berg, wo sie sich ein Zimmer ansehen wollten, das im *Berliner Tageblatt* inseriert gewesen war. Jetzt, da sie mithilfe von Frau Doktor Edenhuizens Unterstützung Vorlesungen in Anatomie, Knochen- und Bänderlehre, Histologie, Physik, Chemie, Botanik und Zoologie hören durften, waren sie sicher, im gesamten Wintersemester Medizin studieren zu dürfen. Und wenn ihre Arbeiten gut genug ausfielen, dann vielleicht auch darüber hinaus. Clara wollte sich nun eine richtige Bleibe suchen. Das Zimmer, in dem sie in ihren ersten Berliner Wochen gewohnt hatte, sah vor lauter Schimmel schon viel zu lebendig aus. Vicki, die über ihre bisherige Bleibe geschwiegen hatte – wie auch über den Rest ihres augenscheinlich sehr geschäftigen Lebens –, hatte eingewilligt, mit ihr zusammenzuziehen. So wollten sie beide ein paar wertvolle Mark sparen, und zusammen lernen konnten sie auf diese Weise auch. Ida war bei ihrer schwerhörigen Tante glücklich, da sie dort nichts zahlen musste, und würde in Tiergarten wohnen bleiben.

»Oh, mit Witwen schaffe ich es gerade noch zu reden, ohne rot zu werden.« Clara rutschte unruhig hin und her. Das Polster der Droschke, mit der sie in den Nordosten Berlins zockelten, war nass und roch nach Hund. Aber sie hatte auf dieser Extra-Ausgabe bestanden, denn es war sicher gut, wenn die Wirtin sie für anständige junge Damen und nicht für Wassernixen hielt.

»Kommt vielleicht auf das Thema an, oder? Ich will mit ihr den Preis verhandeln.«

»Tu das nicht, Vicki!« Clara fuhr zu ihr herum. »Wirklich, wir können von Glück sagen, wenn wir nicht schon wieder an der Haustür abgewiesen werden, weil wir Studentinnen sind! Oder wenn keine Tiere aus der Tapete krabbeln wie in diesem schrecklichen Loch in Wedding! Oder wenn uns der alleinstehende Wirt nicht 'sein Schlafzimmer zeigen' will! Bitte! Ich möchte, dass es dieses Mal klappt! Und ich habe ein gutes Gefühl!«

»Bei zwanzig Mark Miete im Monat? Ja, da hätte ich auch ein gutes Gefühl – wenn ich denn so viel Geld besäße.«

»Ich habe in all den Inseraten nichts Billigeres gesehen.«

»Das Zimmer ist auf dem Prenzlauer Berg.« Vicki verzog den Mund. »Jott wee dee!«

»Mir soll es recht sein, solange ich nicht die Dinge tun muss, die ich um ein Haar in Moabit hätte tun müssen.«

»Du meinst die Sache mit dem Alten? Das stimmt, der war widerlich. Aber du hättest keine Angst vor dem Fatzke haben müssen, den hätten wir im Ernstfall ruck, zuck erledigt. Nämlich so!« Vicki machte eine Boxbewegung und fegte dabei Claras Hut vom Kopf. »Verzeihung. Lass uns trotzdem versuchen, den Preis zu drücken. Du magst von deinem Vater die zehn Mark für die Miete ja problemlos kriegen. Aber bei mir ist der Fall anders gelagert.«

»Wie ist denn bei dir der Fall gelagert?« Clara beugte sich vor, um ihren Hut vom Droschkenboden aufzuheben. Die Stäbe ihres Korsetts drückten ihr in den Magen, und sie ächzte leise. Ida hatte recht, Vicki konnte manchmal wirklich seltsam sein.

»Das sage ich dir, wenn es so weit ist.«

Clara drehte sich zu ihr um. Ein seltsames Gefühl beschlich sie. Tatsächlich wusste sie so gut wie gar nichts über die Kommilitonin.

»Was ist denn mit deinen Eltern?«, versuchte sie es noch einmal. »Du hast noch nie von ihnen erzählt.«

»Dann wird es wohl einen Grund dafür geben.« Vicki blickte aus dem Fenster. So war es oft mit ihr in den vergangenen Wochen gewesen. In einem Moment brachte sie mit ihren Witzen alle zum Lachen. Im nächsten war sie verschlossen, ja fast böse. Dann wieder konnte sie schrecklich reumütig sein. Clara war sicher, dass Vicki etwas Schreckliches erlebt hatte, aber sie konnte sie nicht bewegen, darüber zu sprechen. Jedenfalls noch nicht.

Hinter dem Regenschleier rumpelten sie an einer Reihe hässlich aussehender Mietskasernen vorbei. Und endlich waren sie da.

Das Treppenhaus stank nach Kohl. Eine Frauenstimme schimpfte hinter einer verschlossenen Tür, und von irgendwo schrie ein Kind. Dritter Stock links, so hatte es im Inserat gestanden. Vicki klopfte energisch. Die Tür flog auf.

Zuerst konnte Clara das Geräusch nicht zuordnen. Es klang, als würden noch Hunderte weitere Besucher anklopfen. Dann brach ein ohrenbetäubender Lärm los. Aus allen Winkeln der Wohnung schallte es: »Kuckuck! Kuckuck!« Clara zog den Kopf ein. Das Spektakel dauerte nicht länger als vielleicht eine Minute, während der sie versuchte, von den Lippen der Frau zu lesen, die vor ihnen stand. Dann verstummte die Kuckucks-Kakofonie, und das Klopfen begann erneut.

»Juten Tach, na, denn hamse dit ooch schon jehört. Keene Angst, ick tu Se nüscht! Kommse rinn, könnse rauskieken!«

Clara wandte sich verstohlen zu Vicki um. Das Unfassbare war geschehen: Es hatte ihr die Sprache verschlagen. Tick, tick, tick, klopfte es von allen Seiten.

Das seien die Kuckucksuhren von ihrem verstorbenen Ehemann, fuhr die Frau munter fort, während sie sie in die Stube führte. Sie hätten ja so gern Urlaub in den Schweizer Alpen gemacht, na ja, einmal bloß, zu mehr habe das Geld nicht gereicht, aber dann habe ihr Otto eine Kuckucksuhr gekauft, ja, und dann habe er angefangen, die nachzubauen, es sei doch sein größtes Vergnügen in den letzten Jahren seines Lebens gewesen, und jetzt habe sie manchmal das Gefühl, als sei der Otto durch die Uhren noch immer bei ihr.

Vicki holte tief Luft, während sie die Wände musterte. Da hingen Kuckucksuhren, die so klein waren, dass man die Vögel darin kaum erkennen konnte, Kuckucksuhren, bei denen der Kaiser als Kuckuck fungierte, und Kuckucksuhren in Form einer Kirche, komplett mit gekreuzigtem Kuckucks-Jesus.

»Wie viele Ottos haben Sie denn da hängen?«, fragte Vicki.

»Jenuch, um nie zu verjessen, dass meen Otto een janz Fleißija war. So, un wat machen de Damen nu hier? Uff Arbeitssuche?« Und an Vicki gewandt: »Du bist ne Berliner Göre, dit ha ick schon jesehen!«

»Wir sind Studentinnen«, erklärte Clara.

»Studentinnen? Na, ick wunder mir über jarnüscht mehr! Wat wollense denn studieren? Könnense übrijens ooch Ella zu mir sajen.«

»Medizin«, erklärte Clara.

Ella verschüttete vor Schreck den Tee, den sie gerade einschenken wollte. »Auweia«, machte sie. »Ick gloob, mir laust der Affe! Dit is mir doch noch nich unterjekommen. Na, ran an de Buletten, sach ick immer. Bevor de Männeken dit allet alleene kriejen.«

Vicki lächelte verzückt. »Genau das ist auch meine Losung. Können wir jetzt vielleicht das Zimmer sehen?«

Das Zimmer war heller, als Clara befürchtet hatte. Zwei Betten standen darin, getrennt von einem Schreibtisch mit einem Stuhl. Das Fenster führte auf einen Hinterhof, durch den ein paar Jungen einen Ball jagten.

»Könnten wir hier vielleicht noch einen zweiten Stuhl dazustellen?«, erkundigte sich Clara.

»Wenn ick hier Wasser rinnlasse, könnse hier ooch schwimmen.«

»Danke, das tun wir schon seit zwei Monaten, wenn wir auf die Straße gehen«, lachte Vicki.

»Na jut, denn is dit abjemacht. Könnse jleich einziehen. Ick freu mir auf Sie!«

»Ich dachte, du wolltest verhandeln?«, neckte Clara, als sie wieder unten auf der Straße standen.

»Bei so 'ner Guten?« Vicki schüttelte den Kopf. »Hab ich nicht übers Herz gebracht. Also, diese Kuckucksuhren! Kann es nicht erwarten, Idas Gesicht zu sehen, wenn wir ihr das erzählen!«

3

Es geschah in der ersten Anatomie-Vorlesung. Die Stunde in Physik war glattgegangen – auch wenn Clara nun ahnte, wie es sich anfühlte, ein Exotikum im Zoologischen Garten zu sein. Die männlichen Studenten starrten sie an, als wären sie Kreaturen aus Afrika.

Clara, Vicki und Ida saßen nebeneinander im obersten Rang des Hörsaals, der wie ein steiles Amphitheater gebaut war. Von hier oben hatten sie einen guten Blick auf die Tafel und die Exponate – und weniger exotisch fühlten sie sich auch.

Der Dozent hatte ein Skelett vor seinem Pult aufstellen lassen und ließ keine wertvolle Zeit verstreichen. »Wir wollen uns heute mit dem Becken beschäftigen«, verkündete er. »Kann mir jemand sagen, ob die inneren Organe im weiblichen Becken mit denen des männlichen Beckens übereinstimmen?«

Der Hörsaal vibrierte vor Gelächter. Alles blickte zu ihnen nach oben. Clara wollte am liebsten unter dem Pult verschwinden. Vicki hatte die Fäuste geballt, und Ida war puterrot.

»Vielleicht möchte eine der Damen die Frage beantworten?«, erkundigte sich der Dozent. »Sicherlich sind Sie Expertinnen auf diesem Gebiet.«

Wieder schoss eine Lachsalve durch den Raum.

Vicki sprang auf, dass ihr Klappsitz gegen die Rückenlehne donnerte. »Sowohl das männliche als auch das weibliche Becken enthalten ein Rektum, eine Harnblase und einen Harnleiter«, rief sie. »Der Unterschied zwischen weiblichem und männlichem Becken besteht lediglich darin, dass Frauen Eileiter, Eierstöcke und einen Uterus haben und – Männer eben nicht.«

Einen Moment lang herrschte verblüfftes Schweigen. Einige

Studenten begannen, miteinander zu tuscheln. Vicki setzte sich wieder. Clara bemerkte, dass ihre Wangen flammend rot waren und ihre Hände zitterten.

»So, da fehlt uns Männern wohl etwas, richtig, Fräulein?« Die Stimme des Dozenten triefte vor Ironie. Wieder lachten die Studenten.

»Keine Ahnung«, sagte Vicki wütend. »Ich hab nicht nachgesehen.«

Jetzt wurde der Dozent doch ernst. »Erste Verwarnung, mein Fräulein. Sie sind hier nur zur Probe. Sollten Sie weiter so patzig antworten, dann ist dieses kleine Experiment schneller zu Ende, als die Intelligenteren unter meinen Studenten denken können.«

Clara sah, dass Vicki etwas antworten wollte, aber sie drückte ihr fest die Hand auf den Arm. »Wir wollen uns nicht provozieren lassen«, raunte sie.

»Keine weitere Bemerkung mehr, Fräulein?«

Vicki schüttelte den Kopf und ballte wieder die Fäuste.

»Gut, dann können wir wohl die Unkenntnis der Damen an dieser Stelle beenden. Im männlichen Becken befinden sich die Prostata, die Bläschendrüse und der Samenleiter. Tempus fugit, meine Herren, beeilen wir uns. Ich setze die Vorlesung nun auf Lateinisch fort.«

Als es klingelte, war die Tafel bedeckt mit weißen Kreidezeichnungen und Begriffen. Clara blickte auf ihr Heft hinunter, um den Blicken der männlichen Studenten zu entgehen.

»Aber du hast ja überhaupt nichts aufgeschrieben!«, bemerkte Vicki, die ihre eigenen Heftseiten bis an den Rand vollgekritzelt hatte. Zeichnungen von Organen und Knochen und weit geschwungene Buchstaben flossen auf Vickis Heft ineinander, und an den Rand hatte sie den Professor, auf einem Wasserklosett sitzend, gemalt.

Clara schüttelte den Kopf.

»Aber wie willst du dir den ganzen Stoff merken?«

Clara wurde ein bisschen rot. Wie sollte sie sagen, dass sie ein Gedächtnis hatte, das sich alles so merkte, ob sie es wollte oder nicht?

»Wird das jetzt jedes Mal so gehen, wenn wir Anatomie hören?« Ida erlöste sie von einer Antwort. »Das ertrage ich nämlich nicht.«

»Natürlich erträgst du das«, entgegnete Vicki barsch. »Bis hierhin sind wir gekommen, und jetzt gehen wir weiter. Hab dich nicht so!«

»Famose Robe übrigens!« Einer der Studenten war vor ihnen stehen geblieben und musterte Vickis Reformkleid. »Wusste gar nicht, dass die Damen ihre Modenschauen jetzt auch im Hörsaal abhalten dürfen.« Seine Stimme war merkwürdig hoch.

»Und ich wusste nicht, dass Dummköpfe im Hörsaal erlaubt sind«, schnaubte Vicki.

Der Student lachte, wobei sich der Schmiss auf seiner Wange verzog. »Kleiner Wildfang, was? Na, auf die Anordnung in *Ihrem* Becken würde ich ja mal allzu gern ein Auge werfen!«

»Ich denke, Sie haben uns jetzt Ihre schlechte Erziehung zur Genüge bewiesen«, sagte Clara. »Bitte gehen Sie weiter, hier gibt es nichts zu sehen.«

Der Student wich einen Schritt zurück und kniff die Augen zusammen, während er Clara musterte. »Vorsicht, Fräulein«, sagte er mit seiner hellen Stimme. »Sie habe ich jetzt auf dem Kieker. Wenn Sie glauben, dass Ihr Leben hier einfach sein wird, dann haben Sie sich geirrt.«

»Er hat dir gedroht«, flüsterte Ida mit aufgerissenen Augen, als der Student weitergegangen war. »Er hat dir ganz offen gedroht! Was willst du jetzt machen?«

»Dem kleinen Sopran beim nächsten Mal zurückdrohen«, sagte Vicki. »Respekt, Clara, das hast du gut gemacht!«

Aber Clara war sich da nicht sicher. Sie hätte den Studenten einfach nicht beachten dürfen. Überhaupt wunderte sie sich, was in sie gefahren war. Es sah ihr überhaupt nicht ähnlich, Widerworte zu geben! Aber sie war so wütend gewesen! Was hätte sie da sonst tun sollen?

Als sie auf den Gang hinaustraten, hatten sich die Studenten im Spalier aufgestellt. Sie applaudierten, als sie Clara, Vicki und Ida sahen. Einer schrie: »Nicht so zögerlich, meine Damen!« Sie hatten keine Wahl, es gab nur diesen Flur als Fluchtweg.

Die Männer schienen sich in ein vielarmiges Ungeheuer zu verwandeln, während sie versuchten, zwischen ihnen hindurchzugehen. Clara spürte ihre Hände an ihrem Ellbogen, ihrer Schulter, ja sogar an ihrem Gesäß. Als sie endlich ins Freie traten, zitterten sie, und Ida weinte.

»Lass die Blaffkes das nicht sehen!« Vicki wollte Ida in eine Toilette schieben, aber das Schild zeigte, dass nur Herren sie benutzen durften. »Wo zum Teufel sind denn die Toiletten für die Damen?«, fluchte Vicki.

»Gibt es hier nicht«, sagte Clara. »Wir sind in dem Teil, zu dem nur die Hochschullehrer und Medizinstudenten Zutritt haben. Lasst uns zum Schwesterntrakt der Charité hinübergehen.«

Natürlich kamen sie zu spät zur nächsten Vorlesung, Botanik. Der Weg vom Schwesterntrakt zurück zum Hörsaal war einfach zu lang gewesen, und Clara und Ida in ihren Korsettkleidern konnten auch nicht so schnell laufen wie Vicki, die überhaupt in ganz hervorragender Konstitution zu sein schien.

»Machst du Leibesertüchtigungen?«, keuchte Clara, während sie versuchte, mit ihr Schritt zu halten.

»Ich war im Turnverband, und das kann ich sogar beweisen.« Vicki nahm einen kleinen Anlauf, streckte die Arme in die Höhe und schlug ein Rad.

»Vicki, verdammt!«, zischte Clara. »Wenn das jetzt jemand gesehen hätte!« Sie öffnete die Tür, und wieder drehten sich alle zu ihnen um. Einige stießen sich an und lachten. Nur der Student mit dem Schmiss nicht. Er starrte sie feindselig an.

»Haben also auch unsere zarten Rosen den Weg in die Botanik gefunden«, scherzte der Professor.

Sie schoben sich zurück auf die Plätze, die sie zuvor mit ihren Visitenkarten gekennzeichnet hatten, und klappten ihre Pulte herunter. Die Geräusche hallten im Raum.

Aus der Reihe unter ihnen fiepte die Stimme vom Schmissgesicht. »Oh, oh, jetzt habe ich mir das Kleid eingeklemmt!« Seine Sitznachbarn lachten.

»Wollten Sie etwas anmerken, meine Damen?«, dröhnte der Dozent. »Dass Sie sich dessen bewusst sind: Ich habe Sie nur probeweise zugelassen! Das nächste Mal seien Sie pünktlich, wenn ich bitten darf!«

»Fragst du dich manchmal, wozu wir das alles durchstehen?«, wollte Vicki am Abend wissen, als sie in ihren Betten lagen. »Wozu wir immer kämpfen und all das? Wozu wir überhaupt Ärztinnen werden wollen?«

Die Mondsichel schimmerte im Fensterrechteck. Die Kuckucksuhren tickten laut.

»Nein, das tue ich nicht«, antwortete Clara. »Trotz allem. Und du?«

Vicki atmete leise. Sie war ungewohnt schweigsam gewesen an diesem ersten Mittwoch im Dezember – so wie auch am ersten Oktober- und Novembermittwoch. Und sie hatte an allen drei Nachmittagen nicht die Vorlesungen besucht.

»Es ist wegen dem, was du heute Nachmittag erlebt hast, oder?«, flüsterte Clara.

Vicki schnäuzte sich. »So ein Mist auch, ich glaube, ich bekomme eine Erkältung.«

Clara setzte sich auf.

»Lass es, Clara.« Vickis Stimme hörte sich rau an. »Ich will nicht, dass du mich tröstest. Es ist ja auch wieder gut jetzt. Lass uns von etwas anderem sprechen. Weißt du schon, welches Fachgebiet du später einmal wählen wirst?«

Clara nahm ihr Taschentuch unter dem Kopfkissen hervor und reichte es Vicki. Die tat, als würde sie die ausgestreckte Hand nicht bemerken, aber vielleicht sah sie sie ja wirklich nicht. Die Mondsichel war hinter einer Wolke verschwunden. Ganz dunkel war es jetzt. Vickis Atem wurde wieder ruhiger.

»Frauenheilkunde«, antwortete Clara.

»So wie deine Mentorin, Doktor Edenhuizen?«

Clara zögerte. Sollte sie Vicki die Wahrheit sagen? Aber nein, Vicki erzählte ihr ja auch nichts. Sie waren vielleicht Freundinnen, aber keine besonders engen, dazu wusste sie immer noch zu wenig über sie. Wie konnte sie ihr von der Nacht erzählen, in der Aiske gestorben war? Wie von den Monaten, in denen sie nicht mehr hatte aufstehen wollen, wie sie ein ganzes Jahr in der Schule verloren hatte? Und wie dann der Vater eines Tages die richtigen Worte gefunden hatte: »Dann werd Ärztin, Clara. Mach, dass so etwas nie wieder bei uns passiert …«

Sie sehnte sich nach zu Hause, nach dem Vater und nach dem kleinen Mads. Nach den salzigen Winden und danach, wieder ihre Sprache zu hören. Nach Aiske, aber nach Aiske sehnte sie sich immer, und sie würde sie nie wiedersehen, nicht auf Sylt und auch sonst nirgends.

»Jetzt weinst du auch«, sagte Vicki leise, und da musste Clara laut aufschluchzen.

»Eine unübersichtliche Sache, dieses Leben«, raunte Vicki, und an ihrer Stimme hörte Clara, dass sich die Freundin schon wieder zusammengerissen hatte. »Aber das mit der Frauenheilkunde hört sich gut an, vor allem Geburtshilfe. Es hat nur einen Nachteil.«

»Welchen?«

»Wenn du erfolgreich bist, endest du immer mit doppelt so vielen Patienten.«

Jetzt musste Clara lachen und weinen zugleich.

»Wollen wir nächsten Sonntag auf dem Kreuzberg eine Rodelpartie machen?«, fragte Vicki. »Ich weiß, wo ich einen Schlitten auftreiben kann!«

Der Mond leuchtete wieder ins Zimmer. Clara blickte zu Vicki hinüber, wie sie da aufrecht im Bett saß und sich ihren Zopf flocht. Ihre Augen funkelten im Halbdunkel, man konnte nicht anders als mitfunkeln. Sie lächelte. »Das wäre sehr schön.«

4

Westerland musste geschrumpft sein. Clara konnte es nicht glauben, wie klein das Dorf ihr plötzlich erschien. Verglichen mit den kaiserlichen Bauten in Berlin sahen die reetgedeckten Häuser wie Puppenhäuser aus, und durch die Straßen passte jeweils nur eine Kutsche. Und oh, wie eng die väterliche Stube mit ihren überquellenden Bücherborden aussah! Clara zog den Kopf ein, als sie über die Schwelle trat.

»Froh, wieder zu Hause zu sein, Clärchen?« Der Vater hob seine Hand, als wollte er ihr über das Haar streichen, besann sich aber wieder. Ein paar Herzschläge lang schwebte die Vaterhand in der Luft zwischen ihnen beiden. Seine Finger waren tintenfleckig. Ein Stoß Hefte türmte sich auf dem Tisch.

»Der Fortschritt ist zu uns herübergeschwappt.« Der Vater lächelte, als er ihren Blick bemerkte. »Meine Schüler benutzen für ihre Hausaufgaben keine Schiefertafeln mehr!«

Clara erwiderte sein Lächeln.. »Wie geht es dem kleinen Mads?«, fragte sie.

»Deine Schwestern kümmern sich um ihn, als wäre er das einzige Wesen auf der Erde. Du weißt, dass er jetzt bei Greetje lebt?«

Clara nickte. Greetje hatte es ihr in einem Brief erklärt: Sie fand, dass sie als die älteste Schwester den Jungen zu sich nehmen solle, und auch ihr Mann sehe ihn jetzt als den ihren an.

»Ist Greetje …?«, begann sie.

Der Vater schüttelte den Kopf. »Sie hat es aufgegeben. Sie meint, sie wäre jetzt wohl zu alt zum Kinderkriegen.«

»Greetje ist 28!«, entrüstete sich Clara.

»Du weißt, was sie denken.« Der Vater wich ihrem Blick aus.

O ja, das wusste Clara. Sie sah zum Fenster. Die See war dunkel geworden, aber dort, wo der Mond auf die Eisschollen schien, funkelte es hell. Der Wind klirrte gegen die Scheiben. Clara fasste sich an den Hals. Sie hatte Mühe zu atmen, so stickig war es hier drin. »Ich mache einen Spaziergang«, sagte sie.

»Um diese Stunde? Es ist doch schon ganz dunkel.«

»Ich muss«, sagte sie, und als ihre Blicke sich kreuzten, sah sie, dass der Vater sie verstand.

Aiskes Grab hatte eine Schneehaube. Clara blickte in den Himmel, und die Flocken vermischten sich mit ihren Tränen. Nicht traurig sein, ermahnte sie sich. Aiske hatte Schneeflocken geliebt.

»Du ahnst gar nicht, wie groß Berlin ist«, sagte Clara zum Boden vor ihren Füßen. Und auf einmal sprudelte alles aus ihr heraus. Sie erzählte Aiske von Vicki und Ida, von den männlichen Studenten und von der Kuckuckswitwe. Und davon, wie schön es war, dass sie ihren Kopf endlich so mit Wissen vollstopfen konnte, wie sie es immer schon wollte.

Sie lauschte in das Flockenwirbeln. In der Ferne rauschte das Meer.

»Greetje kümmert sich jetzt um deinen kleinen Mads«, flüsterte sie. »Aber das weißt du wahrscheinlich schon.«

Täuschte sie sich, oder hörte sie Schritte im Schnee knirschen? Sie blickte auf, doch der Friedhof wirkte verlassen. Ein paar Gräber weiter lichterte es, aber das war nur die Kerze, die der alte Jensen für seinen Sohn angezündet hatte. Auf dem Meer verschwunden, wie so viele andere Söhne von Sylt.

»Die Frauen in unserer Familie sind verflucht, meint Greetje«, flüsterte Clara in die Flocken. »Sie sagt, dass sie entweder im Kindbett sterben oder unfruchtbar sind. Aber ich werde alles darüber lernen, und ich werde machen, dass es wieder gut wird. Dass Frauen nicht mehr sterben müssen, wenn sie ein Kind gebären, und dass sie Kinder bekommen können, wenn sie wollen. Nicht wahr, du glaubst auch, dass ich das schaffen kann?«

Das Eis war in ihren Wimpern gefroren. Rasch rieb Clara es fort.

»Ich denke jeden Tag an dich, Aiske«, wisperte sie weinend. »Ich vermisse dich so sehr.«

Keine Schritte mehr. Es war still geworden auf dem Friedhof. Clara kniete sich auf den Boden nieder. Ganz nass wurde ihr Rock.

Sie schrak zusammen, als die Silhouette zwischen den Bäumen hervortrat.

»Komm nach Hause, Kleine«, sagte der Vater und streckte die Hand aus. »Das Leben wartet. Der kleine Mads ist da.«

»Ha!«, jubelte Mads, als er Clara sah, und seine Augen leuchteten auf. Er hopste einmal in die Luft, dass seine Hose rutschte, dort, wo der Hosenträger sich gelöst hatte, dann rannte er auf sie zu. Seine Mäusezähnchen waren noch weiter nach vorn gerutscht. Er sah aus wie ein kleines, schelmisches Tier.

»Gur Dai!«, grüßte Clara und lachte. Mads warf sich mit aller Macht in ihre Arme, und sie kippte zu Boden. Mads kicherte. »Umgefallen!«, stellte er fest. Aber schon sprang er wieder auf. »Kannst du mich killi, Tante Clara?«

»Ob ich dich kitzeln kann?« Clara stemmte sich in die Höhe. »Na, darauf kannst du wetten, kleiner Mann!«

Entzückt schrie Mads und stob davon, während Clara mit ausgestreckten Händen hinter ihm herlief.

»Hast du für deine Schwestern vielleicht auch einen Gruß übrig?« Plötzlich stand Greetje vor ihr. Im Schein der Petroleumleuchte erkannte Clara, dass auch Femmy und Daje eingetroffen waren sowie ihre Männer. Daje deckte den Tisch.

»Gur Dai, Schwester!« Clara beugte sich vor, um Greetje zu

herzen, aber die Schwester wich zurück. »Was ist denn mit deinem Kleid passiert? Du bist ja ganz schlammig! Und dein Rocksaum ist voller Eisklumpen! So kannst du Mads nicht anfassen! Oh, und wer weiß, was du für Krankheiten aus der Stadt mitgebracht hast!«

Das Glücksgefühl, das eben noch in Clara geblubbert hatte, verschwand. »Es ist kein Schmutz von der Stadt, ich war eben …«

»Lasst Clara doch erst einmal ankommen«, sagte der Vater. »Femmy, magst du deiner Schwester heißes Wasser aufsetzen, damit sie sich waschen kann?«

»Wie, und wir müssen wieder alles alleine machen?«, murrte Femmy. »Ist sich die Studentin jetzt zu fein dafür?«

Clara hatte es gewusst. So war es immer gewesen mit den großen Schwestern, nur Aiske hatte sie verteidigt. Kuckucksei, so hatte Greetje sie einmal genannt. Ist anders als wir Madsens. Trägt nicht einmal einen friesischen Namen, hat dieses unheimliche Gedächtnis, will vielleicht etwas Besseres sein. Nachzügler, Naseweis, Neunmalklug, das waren die Namen, die die Schwestern ihr gegeben hatten. Sie sei der Grund, warum sie keine Mutter mehr hätten. Besser, sie wäre gar nicht erst geboren.

»Na, los, beweg dich«, sagte Greetje. »Hast du nicht gehört, was der Vater gesagt hat? Wasch dich erst mal!«

»Killi machen!«, schrie Mads aus der Küche.

»Tante Clara kann nicht!«, schrie Greetje zurück.

»Du darfst es deinen Schwestern nicht übel nehmen, dass sie manchmal so einen Ton am Leib haben«, sagte der Vater später, als sie sich umgezogen hatte und in der Küche Kartoffeln schälte. »Greetje ist nun schon seit neun Jahren verheiratet, ohne dass es bei ihr geklappt hätte. Femmy seit sieben Jahren, Daje seit sechs …«

»Ist nicht schlimm, Vater.« Clara schälte, ohne aufzublicken.

»Zumindest, wenn ich den kleinen Mads bei mir in der Küche habe, während ich hier schnippel. Dann ist es wenigstens lustig. Schickst du ihn mir?«

»Tut mir leid, Greetje hat ihn ins Bett gebracht, während du dich gewaschen hast.«

»Na, dann werde ich ihm schnell eine gute Nacht wünschen.« Clara wischte sich die Hände an der Schürze ab.

»Nein, das wirst du nicht tun.« Wie aus dem Nichts war Greetje vor ihr aufgetaucht. »Du hast ihn schon genug aufgeregt heute Abend. »Wenn du da bist, ist der arme Junge nicht mehr er selbst.«

Das Schweigen lastete wie eine Schneedecke auf ihnen, während sie aßen. Clara konnte es kaum ertragen. Das Feuer im Kachelofen knackte und brannte, aber sie fror.

Auch die Männer der Schwestern schwiegen: Greetjes Mann Blaik, der tagelang Netze flicken konnte, ohne ein einziges Wort zu sprechen, Fiete, der Fischer, und Keno, der als Dampschiffkapitän manchmal bis nach Norwegen hinauffuhr und nur redete, wenn er seiner Mannschaft Anweisungen gab. Niemand fragte Clara nach ihrer Zeit in Berlin. Und vielleicht, dachte sie, würden sie es auch gar nicht verstehen, selbst wenn ich es ihnen sagte. Es war nicht mehr nur so, als schliefen sie in getrennten Betten, sie und die Schwestern. Clara fühlte sich, als käme sie aus einer anderen Welt.

»Ich habe euch allen etwas mitgebracht.« Sie lächelte in die Runde. »Aber«, sie schluckte, als sie in die versteinerten Gesichter sah, »das bekommt ihr erst, wenn wir Bescherung feiern. Also morgen. Zu Weihnachten. Freut sich denn der kleine Mads schon darauf?«

»Warum verrätst du es denn jetzt schon mit den Geschenken?«, murrte Femmy. »Dann ist es doch gar keine Überraschung mehr.«

»Könnt ihr sie einmal in Ruhe lassen!«, explodierte der Vater.

Angewidert schob Greetje ihren Teller zurück. »Nun verteidige du sie noch.«

Einen Moment lang herrschte Stille. Clara holte tief Luft. »Unfruchtbarkeit ist heilbar«, sagte sie, so fest sie konnte. »Man muss nur erst feststellen, woran es liegt. Uterine Katarrhe könnten die Ursache sein oder Entzündungen, die nicht richtig erkannt wurden.«

Die Schwestern starrten sie an, als hätte sie eine Bombe gezündet. »Ich weiß, das mag überraschend klingen oder auch verwirrend.« Clara blickte von einer zur anderen. »Aber wir müssen nicht unser Leben damit verbringen, darüber nachzugrübeln, warum wir nicht schwanger werden. Oder es als gottgegeben hinnehmen! Wir können etwas dagegen tun!«

»Wir?«, fragte Femmy, die als Erste ihre Sprache wiederfand.

Greetje ballte ihre Fäuste. »Wie kannst du es wagen«, zischte sie.

»Ja, wir«, sagte Clara fest. »Es betrifft uns ja alle gleichermaßen. Auch ich möchte eines Tages einmal Kinder haben.«

»Fragt sich, wer mit *dir* einmal Kinder haben möchte«, gab Greetje zurück.

»Einige Mediziner sind bereits dabei, neue Wege zu erforschen.« Clara beschloss, auf Greetjes Provokation nicht einzugehen. »Eine Möglichkeit wäre etwa extrakorporale Befruchtung.«

»Könntest du das für uns Dumme übersetzen, für die der Vater kein Geld übrig hat, auf dass sie in der Großstadt studieren können?«, fragte Daje.

Wie auf eine geheime Verabredung hin erhoben sich Blaik, Fiete und Keno. »Auch 'n Pfeifchen draußen rauchen, Vattern?«, fragte Fiete, und der Vater nickte und stand ebenfalls auf.

»Außerkörperlich«, sagte Clara, während die Männer hinausschlurften. »Eine Befruchtung, die außerhalb des Körpers stattfindet. Der Experimentalbiologe Jacques Loeb hat vor einigen

Jahren bewiesen, dass unbefruchtete Seeigeleier, wenn man sie in eine Lösung mit höherem Salzgehalt als Seewasser legt, zu lebensfähigen Embryonen herangezüchtet werden können. Und in Wien ist es Embryologen gelungen, aus dem Eileiter eines Angorakaninchens zwei Embryonen auszuspülen und in die Eileiter eines artfremden Kaninchens einzupflanzen. Es ist nur noch eine Frage der Zeit, bis sich das Verfahren auch auf Menschen anwenden lässt! Wir, die wir Mühe haben, schwanger zu werden, könnten …«

»Oh, ich bin sicher, dass Westerland sich gründlich amüsieren würde. 'Habt ihr schon gehört, die Madsen-Schwestern züchten sich jetzt ihre Kinder mithilfe von Seeigeln und Kaninchen?' Famos, wir wären der Sylter Frankenstein!« Femmy zerschnitt ihren Hering in so kleine Teile, dass das Tier nicht mehr als solches erkennbar war. »Ich habe mit Doktor Thomsen gesprochen«, sagte sie bestimmt.

»Was hast du?«, fragten Greetje und Daje im Chor.

»Ich weiß, wir haben uns geschworen, dass niemals ein anderer Mann als unsere Angetrauten uns ins Allerheiligste blicken dürfen, aber«, sie sah Clara trotzig in die Augen, »es gibt ja nun mal keine weiblichen Ärzte, was soll ich tun?«

Es gibt weibliche Ärzte, wollte Clara sagen. Vielleicht nur eine Handvoll, aber es gibt sie. Und ich werde eine von ihnen sein. Aber sie wollte sich nicht mehr streiten. Sie konnte es nicht mehr. »Was hat Doktor Thomsen gesagt?«

»Er hat mir vorgeschlagen, ein Instrument in meine …« Sie senkte die Stimme zu einem Flüstern. »In meine Gebärmutter einzuführen, um sie wieder in die richtige Stellung zu bringen.«

Clara krümmte sich unwillkürlich. Die Vorstellung tat ihr körperlich weh.

Greetje fasste sich als Erste. »Du hast das freundliche Angebot hoffentlich abgelehnt.«

»Natürlich habe ich das. Will ich im Kindbett sterben, nur weil ich endlich fruchtbar bin?«

»Wenn man die richtigen Vorkehrungen trifft …«, begann Clara.

»Jetzt hör endlich auf!«, schrie Greetje. »Das ist doch die Höhe! Wo warst du denn damals mit deinen richtigen Vorkehrungen, als Aiske starb?«

Clara fühlte den Kloß in ihrer Kehle anschwellen. Nicht weinen, dachte sie und ballte die Fäuste, genau wie Vicki es in den Vorlesungen immer tat. »Wenn sich Hebamme und Arzt die Hände gründlich desinfizieren, bevor sie die Geburt begleiten, können keine Keime in die Frau eindringen«, erklärte sie, so ruhig sie konnte. »Der französische Chemiker Louis Pasteur und der ungarische Arzt Ignaz Semmelweis konnten nachweisen, dass es einen Zusammenhang gibt zwischen mangelnden hygienischen Zuständen und Kindbettfieber. Wir Frauen sollten immer auf Sauberkeit bestehen!«

»Sagt die, die in dreckigen Kleidern mit meinem Sohn spielen wollte!«

Einen Moment lang veränderte sich die Stimmung im Raum. Femmy und Daje sahen Greetje an, und Clara spürte, wie sich ihr Ärger nun gegen die Älteste richtete. Doch Greetje gelang ein Ablenkungsmanöver. »Weißt du was?«, wandte sie sich an Clara, und obwohl ihre Stimme so sanft klang, wusste Clara, dass sie nichts Freundliches sagen würde. »Warum mache ich es nicht einfach wie Sara und schicke meinen Mann zu meiner Magd?«

»Welche Sara?«, stammelte Clara.

»Tja, da kennst du all diese Namen von Ärzten aus Ungarn und Frankreich, aber was in der Bibel steht, interessiert dich wohl nicht!«

Daje schnaubte. »Lies das Alte Testament, Clara, dann wüsstest du, von wem wir reden. Sara, die Frau von Abraham, die unfruchtbar war. Sie schickte ihren Mann zu ihrer Magd Hagar, auf dass diese den Nachwuchs sicherstellte.«

»Nur schade, dass ich keine Magd habe«, bemerkte Greetje. »Ich könnte eine gebrauchen, aber es ist kein Geld da. Oh, wartet, da ist doch Geld! Leider fließt es für das Studium einer jungen Dame nach Berlin!«

»Lasst sie doch«, säuselte Femmy. »Clara hat bestimmt Besseres zu tun, als für unser aller Wohlergehen zu beten.« Sie wollte noch etwas hinzufügen, aber nun betraten wieder die Männer den Raum.

»Verflucht kalt da draußen.« Fiete rieb sich die Hände. Der Geruch von kaltem Tabakrauch erfüllte die Stube. Blaik und Keno blickten in die Runde, nickten einmal und setzten sich schweigend wieder hin.

»Und ihr?« Der Vater ließ sich am Tisch neben Clara nieder. »Habt euch bestimmt viel zu erzählen gehabt! Nur gut, Clara, dass du über Weihnachten bleibst!«

Clara hätte nicht gedacht, dass es ein traurigeres Weihnachtsfest geben könnte als das nach Aiskes Tod, aber da hatte sie sich getäuscht. Als zukünftige Ärztin sollte sie mit einem Herzen ausgestattet sein, durch dessen Aorta nichts als Blut und Mitgefühl flossen, aber mit jedem Tag, der vorüberging, wuchsen ihr Ärger und ihre Ungeduld. Sie schlief in der Stube auf dem Boden, eng an den Kachelofen geschmiegt – es war die einzige Wärme, die sie empfing. Am Morgen, wenn die Glut erloschen war und ihr Atem weiße Wolken formte, drückte sie ihr Gesicht in ihr Kissen und weinte leise. Sie wollte nicht, dass der Vater, der im Nebenraum schlief, ihr Weinen hörte, aber natürlich sah er ihr an, wie unglücklich sie war.

»Was ist denn, Kleines?«, fragte er, als sie zu zweit bei einer Tasse friesischem Tee beisammensaßen. »Hast du Probleme in Berlin?«

Clara dachte an den Kuckuckschor und Vickis lautes Lachen, an das fortwährende Hufetrappeln, Klingeln und Rattern der Räder, an den vielstimmigen, Kopfweh bereitenden Lärm. Seltsam, noch vor einer Woche hatte sie sich auf ihr Sylt zurückgesehnt, aber jetzt wünschte sie sich nichts sehnlicher, als wieder in der kaiserlichen Stadt zu sein. Nein, machte sie mit dem Kopf, während sie so tat, als wäre sie mit dem Kandiszucker beschäftigt, der sich nicht auflösen wollte, und der Vater insistierte nicht mehr.

Als sie den Korb mit dem Holz vom Schuppen in die Stube trug, war ihr schwindelig, aber es lag nicht an der körperlichen Anstrengung, die sie nicht mehr gewohnt war. Es war das Karussell, das sich in ihrem Kopf drehte: Sie wusste nicht mehr, wohin sie gehörte. Sylt, Berlin, Sylt, Berlin – so wirbelte es ihr vor den Augen. Sie fühlte sich wie eine Seiltänzerin, die zwischen zwei Gebäuden balancierte, und in der Nacht vor ihrer Abfahrt träumte sie, dass sie zwischen den Häusern hinunterfiel.

»Warum muss Tante Clara weggehen?« Mads schob die Unterlippe vor seine Mäusezähnchen, während er zusah, wie Clara den Seesack, den Fiete ihr für ihre Habseligkeiten gegeben hatte, über die Schulter warf.

»Tante Clara hat Wichtigeres zu tun, als sich mit dir abzugeben«, sagte Greetje.

Clara biss sich auf die Lippen, während sie den Jungen zu sich heranzog. »Du weißt doch, dass das nicht stimmt, Mads?«, flüsterte sie.

Die Unterlippe des Jungen zitterte jetzt, und seine Augen füllten sich mit Tränen. »Es gibt nichts, was ich lieber täte, als mit dir zu spielen.« Sie wackelte mit den Fingern. »Killi machen vielleicht?«

Mads warf sich herum und verbarg seinen Kopf in Greetjes Schürze.

»Siehst du, wie du ihn immer aufregst?«, erboste sich Greetje. »Du bist wahrlich kein guter Umgang für ihn!«

Clara versuchte, gegen die Tränen anzukämpfen, während sie ihren Vater umarmte. Er roch nach alten Büchern, wie immer. »Leb wohl, meine Clara«, sagte er. »Und komm uns bald wieder besuchen, hörst du?«

Aber sie wussten beide, dass das nicht geschehen würde, nicht in den nächsten Jahren. Die Reise war lang und kostspielig, und dann waren da noch die Schwestern. Aber darüber redeten sie nicht.

Fiete fuhr sie mit seinem Kutter durch die Eisschollen hinüber nach Klanxbüll. Es rumpelte ordentlich, wenn die Brocken gegen sein Boot stießen, und es war so kalt, dass Clara sich ihren Wollschal über das Gesicht zog. Sie wandte sich ab, als sie Greetje und den Vater zurück zum Haus gehen sah.

Was sie nicht sah, war Mads, wie er sich von Greetjes Hand losriss. Er rannte an den Strand zurück, hob beide Arme und winkte ihr zu.

Sie brauchte drei Tage, bis sie wieder in Berlin war. Ein Schneetreiben hatte eingesetzt, wie es die nördlichen Preußen zuletzt gesehen hatten, als das Land noch zu Dänemark gehört hatte. Die Fahrer weigerten sich, von Niebüll nach Hamburg zu fahren – mit dem Hinweis, ihre Kutschen seien schließlich keine Schneepflüge. Als Clara endlich die Eisenbahn in Hamburg besteigen konnte, war sie so durchgefroren, dass sie sich kaum noch bewegen konnte. Sie blickte zum Fenster hinaus, während die Lokomotive aus dem Bahnhofsgebäude schnaufte, vorbei an der zugefrorenen Alster mit ihren Schlittschuhläufern und den verschneiten Häusern. Sie hauchte ihren warmen Atem in die Eiskristalle auf dem Fenster, als die Abteiltür aufgerissen wurde und eine Familie mit vier Kindern hereinquoll, von denen zwei so laut brüllten, dass die Scheiben zitterten. Und gerade, als Clara dachte, es könne nicht mehr schlimmer werden, zwängte sich ein äußerst beleibter Mann auf den Platz neben ihr. »Na, junges Fräulein«, sagte er und zwinkerte ihr zu, während er sein Bein an sie presste. »Fahren Sie auch nach Berlin?«

5

Die Turmuhr der Gethsemanekirche schlug vier, als Clara mit ihrem Seesack zur Witwenwohnung hinaufstieg, und in das Schlagen der großen Glocke stimmten alle Kuckucke mit ein. Sie fühlte sich schmutzig. Wie ins Reagenzglas geworfen und zusammen mit ein paar Körperflüssigkeiten ordentlich durchgeschüttelt. Vor allem wollte sie sich nicht nur dringend selbst waschen, sondern auch ihren Rock. Dort, wo sich der beleibte Mann an sie gepresst hatte, war der Stoff völlig durchgeschwitzt.

Jemand musste Speck gebraten haben, der Geruch hüllte alles in der Wohnung ein. »Ist da wer?«, rief sie. Nichts regte sich. Auch ihr Zimmer war leer, nun, es war Nachmittag und der erste Mittwoch im Monat. Clara fragte sich, ob Vicki wohl einen verheirateten Liebhaber hatte, vielleicht sogar jemanden, den man in der Stadt gut kannte, da sie so ein großes Geheimnis darum machte. Ob sie ihm bei ihrer Arbeit als Kellnerin in einer Gastwirtschaft begegnet war? Sie hoffte, dass Vicki sich ihr endlich anvertrauen würde. Auch sie wollte Vicki nun gern sagen, was sie quälte. Oh, sehnte sie sich nach jemandem, der sie verstand!

Sie entzündete ein Feuer im Herd, nahm mit dem Feuerhaken einen Ring von der Kochstelle und wuchtete den großen Topf darauf. Als das Wasser heiß war, schleppte sie es die halbe Treppe hinunter in das kleine Badezimmer, das sie sich mit den anderen Etagenbewohnern teilten. Dort schrubbte sie sich gründlich ab. Dann öffnete sie die kleine Silberdose, die einmal der Mutter gehört hatte und die ihr Aiske zu ihrem zehnten Geburtstag geschenkt hatte, tauchte die Bürste aus Pferdeborsten in das Gemisch aus geschlämmter Kreide und Kampfer und putzte sich die Zähne. Es war ein herrliches Gefühl, wieder frisch und sauber zu sein, doch auf dem Weg zurück in die Kuckuckswohnung wurde ihr so flau, dass sie sich am Treppengeländer festhalten musste. In diesem Augenblick brach draußen auf der Straße ein Tumult los. Musikfetzen und laute Schreie drangen durch das geschlossene Buntglasfenster im Flur. Schon öffneten sich überall im Haus Türen, und Kinder stürzten hinaus. Sie ließ sich auf die Stufen fallen und harrte dort aus, bis sie sich die Diagnose selbst stellen konnte: Schwäche durch Hunger. Zeit, zum Kolonialwarenhändler zu gehen.

Leon stellte das Stativ vor sich auf, befestigte die Kamera und kramte in seiner Hosentasche nach Streichhölzern. Ein Leierkastenmann schob seine Musikkiste durch den Schneematsch. »Das ist die Berliner Luft-Luft-Luft«, begann er neben Leon zu schmettern, und schon flogen die Fenster auf, und Pfennigstücke regneten zu ihm herunter. Der Leierkastenmann winkte huldvoll zu den Werfern hinauf. Doch just in diesem Moment zischte ein Junge auf einem hohen Fahrrad an ihm vorbei. Für ein paar Sekunden geriet der Musiker aus dem Takt, dann kurbelte er hastig weiter. Fußgänger sprangen beiseite, während der Junge so über das Trottoir brauste, und Leon konnte sein Stativ gerade noch rechtzeitig retten. Aus den Fenstern hagelte es jetzt Beschimpfungen gegen den Fahrradfahrer: »Wat is denn dit für een Blaffke?« – »Zieh Leine, du Jemüseathlet!« – »Mann, so een ha ick jefressen!«

»So mit ihrem holden Duft-Duft-Duft!«, sang der Leierkastenmann aus voller Kehle. Leon wartete, bis das Licht aus einem Stubenfenster so auf den Mann fiel, dass man sein Gesicht erkennen konnte. Jetzt drehte sich der Mann zur Seite. Leon drückte auf den Auslöser und zählte die Sekunden. Er hatte sein Bild.

In die Musik mischte sich jetzt das Bimmeln einer Straßenbahn. Leon tauchte unter dem schwarzen Tuch auf und sah: eine Frau in einer schmutzigen Schürze, die den Hintern eines Kleinkinds versohlte. Ein Liebespaar, ganz ineinander versunken in einem Hauseingang. Zwei Jungen, die Reifen trudeln ließen. Niemand schien ihn zu beachten. Das war der Moment, den er liebte: Wenn sich die Menschen so gaben, wie sie waren. Er fischte eine Zigarette aus seinem Etui, zündete sie sich an und inhalierte. Auf der Suche nach einem neuen Motiv legte er sich wieder das schwarze Tuch über den Kopf. Und da erst sah er sie.

Sie wich den Pfennigstücken aus, die die Leute auf den Musikanten warfen, und durch seine Linse bemerkte er, dass sie bei ihrem kleinen Hüpfer durch die Münzen lachte. Aber der Ausdruck auf ihrem Gesicht verschwand so rasch, wie er gekommen war. Das Winterlicht, das auf sie fiel, ließ sie ganz hell schimmern. Rasch drückte er seine Zigarette aus. Er wollte diese Helligkeit durch seine Kamera sehen.

Sehr blaue, sehr große Augen hatte sie und sehr blondes Haar. Eine blasse Haut, durch die er einzelne Adern erkennen konnte. Weiße Zähne. Und dann wurde ihr Gesicht riesengroß und verschwamm vor seiner Linse. Er schlug das Tuch zurück und richtete sich auf.

Das Mädchen stand vor ihm und starrte ihn an.

Leon starrte zurück.

Sekundenlag konnte er sich nicht mehr bewegen. Er bemerkte, dass sie einen Einkaufskorb trug und nach einer leicht parfümierten Seife roch.

»Was machen Sie da?«, fragte sie. Sie sprach mit einem norddeutschen Einschlag, den er nicht gleich einordnen konnte. Ihre Stimme klang überraschend tief, gar nicht wie die Stimme eines jungen Mädchens.

»Ich fotografiere«, sagte er.

»Hier draußen?«, meinte sie überrascht. »Bei der Kälte? Nicht im Fotoatelier?«

»Ich mag keine Fotoateliers«, hörte er sich zu seiner Überraschung sagen. Es war das erste Mal, dass er diese Erkenntnis aussprach. »Hier.« Er deutete auf seine Kamera und hob das Tuch an. »Wollen Sie vielleicht auch mal hindurchsehen?«

Es dauerte ein paar Herzschläge, bis sie zu einer Antwort fand. Aber sie musste doch Ja sagen, er wünschte es sich so sehr, und er war doch immer ein Glückskind gewesen in seinem Leben, mit all dem Glück, das er auch im Unglück fand!

Langsam breitete sich ein Lächeln auf ihren Zügen aus, und wieder hatte er den Eindruck einer Lichterscheinung. »Sehr gern«, erwiderte sie strahlend.

Es war so unwirklich, dass Clara sich in einem Traum glaubte. Der Mann war noch ganz jung, vielleicht neunzehn, so alt wie sie. Noch nie hatte sie so intensive Augen gesehen, aber er musste natürlich solche Augen haben, wenn er die Menschen beobachten wollte. Sie bemerkte, dass er nach Chemikalien roch. Dann fühlte sie, wie er das schwarze Tuch über ihren Kopf legte. Ganz absurd war es, dass sie da so stand und durch den Fotoapparat eines Wildfremden blickte, und sehr aufregend. Ihr Herz schlug ein bisschen schneller. Und dann konzentrierte sie sich auf das Bild.

Die Stargarder Straße schien nur aus Schwangeren und Müttern zu bestehen. Clara betrachtete sie durch die Linse, wie sie ihre Kinderwagen schoben, ein paar Kleine an der Hand, die zur Musik des Leierkastenmanns tanzten. Die Mütter standen ganz still, und ein paar Atemzüge lang hatte sie das Gefühl, sie blickten ihr direkt in die Augen. Sie dachte an ihre schwellenden Uteri, an das Leben, das sich in ihnen regte, das in ihnen badete und gedieh. Ein schwarzer Schatten schob sich vor die Mütter, und in dem Moment hörte sie wieder Greetjes Stimme: »Und welches Schicksal wird dich treffen, Clara? Wirst du sterben, während du gebärst, oder bist du unfruchtbar?«

Sie blickte auf, verwirrt, aber natürlich war es nur eine Sinnestäuschung, Greetje war auf Sylt, am anderen Ende des Seils, auf dem Clara tanzen musste. Der Schatten verschwand, und jetzt sah sie die Mütter wieder, klein geworden am Ende der Straße, und nun zündete der Laternenwächter die Lichter an.

»Es kann einen ganz schön durcheinanderbringen, wenn man zum ersten Mal durch so eine Kamera blickt, oder?« Der Mann nahm ihr das Tuch wieder ab und lächelte sie an. Seine Augen leuchteten im Schein der Laternen.

Clara nickte stumm.

»Und nun ist das Licht fort.« Der Unbekannte trat seine Zigarette in den Schnee. »Aber wir können weitergucken, wenn Sie möchten. Ich kann es nur nicht mehr fotografieren.«

Später hätte Clara nicht mehr sagen können, warum sie zugestimmt hatte. Vielleicht, weil sie noch immer das Gefühl hatte zu träumen. Nacht senkte sich über den Prenzlauer Berg. Ein Auto summte näher. Seine Scheinwerfer irrlichterten im Schnee.

»Wir könnten zum Aschinger auf den Alex gehen«, schlug der Unbekannte vor. »Das heißt, wenn Sie nichts anderes vorhaben.«

»Ich habe ganz schrecklichen Hunger«, bekannte Clara, woraufhin der Fotograf herzlich lachte. »Das trifft sich hervorragend! Das habe ich auch!«

Er beobachtete sie, wie sie vor ihm saß und ihre Erbsensuppe genoss, als wäre die ein Geschenk des Himmels. Sie blickte auf, und da war wieder dieses Lächeln in ihren Augen. Die Lichter des Kronleuchters schimmerten in ihrem Blond.

»Was sehen Sie jetzt?«, fragte sie, während sie in den Gastraum des Aschinger zeigte, der zu dieser Stunde voll mit Gästen war.

Er hatte Mühe, seinen Blick von ihr loszureißen. »Ich sehe eine Frau, die andere aufmerksam beobachtet.«

Am Nebentisch brach jemand in schallendes Gelächter aus. »Prost!«, schrie einer, und Gläser klirrten. Er konnte die Blautöne sehen, die sich in ihren Augen verwirbelten. Himmelblau, Meerblau und das Blau von Vergissmeinnicht. Ein Pianomann begann, *Brüder ihr aus Nord und Süd* zu spielen, ein Lied, das sein Vater schon gesungen hatte. Er spürte, dass sein Herz laut klopfte. Viele Schläge vergingen so.

»Und Sie?«, fragte er. »Was sehen Sie?«

Sie griff nach ihrem Glas Bier, dem ersten ihres Lebens. »Der Mann da drüben mit den verfärbten Fingernägeln, der sich die Seele aus dem Leib hustet«, sagte sie endlich. »Ich sehe eine Lungenkrankheit. Und das Mädchen in dem grünen Kleid dort, das versucht mitzusingen? Es geht ihr überhaupt nicht gut, aber sie hat das Gefühl, dass sie keine Spielverderberin sein darf heute Abend. Ihre Zähne klappern. Sie sieht aus, als hätte sie Fieber. Oh, danke schön.« Sie griff nach einer Schrippe aus dem Korb der Kellnerin, die zwischen den Tischen umherging. »Ich glaube, ich habe noch nie so eine gute Erbsensuppe gegessen! Und dazu Brot, so viel man will!«

»Sie müssen neu in Berlin sein, wenn Sie den Aschinger nicht kennen.«

Clara nickte. »Seit drei Monaten hier. Von der Insel Sylt.«

»Krankenschwester?«

Sie schüttelte den Kopf. »Studentin der Medizin.«

»Mir war nicht bewusst, dass Frauen in Preußen studieren dürfen.«

Himmelblau, Meerblau und Vergissmeinnicht funkelten spöttisch. »Ich tue es trotzdem.«

»Das muss sehr schwer sein.«

»Was, das Studium oder der Umstand, dass mich meine männlichen Kommilitonen wie ein exotisches Insekt betrachten, das sie wahlweise erforschen oder vernichten möchten?« Sie holte tief Luft. »Verzeihen Sie, mein Ärger ist hier vollkommen deplatziert. Sie können ja nichts dafür.«

Er wollte ihr sagen, dass er sie verstand. Dass auch er wusste, was es bedeutete, wenn man aus der Art geraten war. Aber nicht an diesem Abend. Heute wollte er leben, genießen, mit diesem nordischen Zauberwesen zusammen sein. »Lassen Sie uns in den Wintergarten gehen«, sagte er. »Sie sollen all die Dummköpfe vergessen, die Ihnen das Leben schwer machen! Heute wollen wir nur Schönes sehen!«

Clara bemerkte, dass sich dieser Wintergarten drehte. Über ihr funkelte ein Sternenhimmel, und der drehte sich auch. Sie waren in einem Theatersaal gelandet, und sie saßen so weit hinten, dass sie das Geschehen auf der Bühne kaum erkennen konnten. Aber das machte gar nichts. Alles leuchtete und blitzte so schön. Das Bier sauste durch ihren Blutkreislauf, und sie konnte nicht behaupten, dass die Erfahrung unangenehm wäre. Im Gegenteil, Greetjes Worte ertranken darin. Gedanken spülten an die Oberfläche, von deren Existenz sie bis dato nichts geahnt hatte, wie zum Beispiel dieser: Männer können sehr schön und sehr charmant sein. Es machte Spaß, einem Mann in die Augen zu blicken. Seltsam, wie ihr Herz dabei pumpte. Alles war leicht.

Jetzt öffnete sich der Vorhang, und eine Kapelle von Schwarzbefrackten tauchte auf. Ein Conférencier kündigte die »schöne Caroline« an, den Stern des Wintergartens. Ein Mädchen mit schwarzen, glänzenden Haaren tänzelte auf die Bühne. Die Haare wehten wie ein Seidenvorhang um sie. Ihr folgte eine ganze Reihe weiterer Mädchen, die unter ihren gerüschten Röcken die Beine in die Höhe warfen, und nun musste Clara doch schon Halluzinationen haben, oder vielleicht war es auch das Bier, denn eines der Mädchen, das seine Beine so schwungvoll in die Höhe warf und dabei ins Publikum strahlte, sah genau wie Vicki aus. Sie blinzelte. Die Vision blieb.

»Genauso stelle ich es mir in Paris vor!«, flüsterte der Fotograf ihr ins Ohr.

Sie betrachtete die Mädchen auf der Bühne in ihren Korsetts, wie sie einen flotten Cancan tanzten, das Lichtergefunkel unter der Kuppel oben und die Musiker in ihren Fracks und Zylindern. »Ich mir auch!«, gab sie strahlend zurück.

Das Mädchen, das wie Vicki aussah, tanzte am besten, fand Clara. Sie hatte sehr schlanke Beine, hielt ausgezeichnet den Rhythmus und bewegte ihre gerüschten Röcke sehr graziös.

»Je suis heureuse!«, lachte Clara. »Das ist Französisch und heißt, dass ich glücklich bin!«

»Da Sie mir die Beherrschung der Sprache voraushaben, schlage ich vor, dass Sie in Paris meine Fremdenführerin sind.«

Clara lachte noch immer. »D'accord!«

»Aber einstweilen bin ich Ihr Berlinführer«, sagte er, als das Lied geendet hatte und die Tänzerinnen wieder hinter dem Vorhang verschwanden. »Kommen Sie, ich kenne noch einen schönen Ort!«

Das Feuer flackerte ihr schon durch das Droschkenfenster entgegen. Vom Central Hotel am Bahnhof Friedrichstraße, in dem das Variété Wintergarten lag, waren sie weiter in den Süden gefahren. Es war ein Teil Berlins, den Clara nie zuvor betreten hatte. Pferdebahnen, Droschken und Kremser standen um sie herum, und Hunderte elegant gekleidete Männer und Frauen quollen aus den Fuhrwerken auf die Straße. Feuer leuchtete auf ihren Gesichtern. Plötzlich zuckte sie zusammen. Ein Kanonendonner dröhnte von dort, wo das Feuer war. Sie strahlte. »Sind wir etwa in der Hasenheide?«

Hinter dem Schleier, durch den sie nun alles nur noch sehen konnte, lachte er. »Ja! Willkommen in der Neuen Welt, dem größten Vergnügungspark im ganzen lieben Kaiserreich!«

Er streifte ihre Hand, während er sein Stativ schulterte. Die Berührung dauerte nur eine Sekunde, doch Clara fühlte sie im ganzen Körper. Wieder sahen sie sich in die Augen. Viele Atemzüge lang verharrten sie so. Dann, wie auf ein geheimes Signal hin, rannten sie zum Eingang.

Da war etwas, das ihren Körper flutete und von dem sie bis dato nicht gewusst hatte, dass es das gab. Da war ein Lachen in ihr, ein Prickeln an der Stelle, an der der Fotograf ihre Hand berührt hatte, und ihr war, als ob sie auf das Feuer zuflöge, das vom Seeufer aufflammte, und ihr war kein bisschen kalt. Jetzt sah sie, dass es Fackeln waren, die auf ihren Gesichtern schienen, Myriaden von Fackeln, die ein ägyptisches Kastell beschienen. Eine Seeschlacht schien davor zu toben. Ein Geschwader, den Fahnen auf den Schiffen nach zu schließen französischer Herkunft, lag von englischen Schiffen umringt. Alles schoss, jemand brüllte Befehle, Männer in Uniformen fielen um.

»Sieht nicht gut für die Froschfresser aus!«, schrie jemand, woraufhin ein anderer das Sedan-Lied anstimmte, und schon grölte die ganze Menge.

Auf einmal, sie wusste nicht, wie das geschehen konnte, hielt sie einen Becher mit dampfendem Glühwein in der Hand. Auch der Fotograf trank Glühwein. Wieder versenkten sie ihre Blicke ineinander. Sie beugte sich vor, bis sein Gesicht noch weiter verschwamm, und jetzt spürte sie seine Lippen auf ihren, ganz weich waren die, und ihr Herz klopfte noch schneller, und sie küsste ihn zurück.

6

Mit jedem Schritt, den Vicki nach vorn tat, verstärkte sich das Gefühl, in die Vergangenheit zu gehen. Ihr Rücken wurde runder, und sie zog den Kopf ein. Es war der erste Mittwoch im Monat Mai, und in Charlottenburg blühte der Flieder. An den Linden brachen die Knospen hervor, bald würde der Blütenduft wieder durch die Straßen ziehen. Alles quoll und wuchs, aber als Vicki endlich vor dem Haus mit der ausladenden Freitreppe stand, fühlte sie sich winzig klein.

Sie zog am Klingelseil und wartete, während hinter ihr ein Vierspänner durch die Schloßstraße rollte. Das Klappern der Hufe verhallte. Sie blickte hinüber zur Villa der Herzbergs, die jetzt leer stand. Sie machte einen trostlosen Eindruck. Die Fontäne, in der Armin und sie als Kinder gebadet hatten, sprudelte nicht mehr.

Endlich wurde die Tür geöffnet. Ein livrierter Portier erschien. Obwohl Vicki nun schon seit drei Jahren hierherkam, zeigte er nicht, dass er sie erkannte. Theobalds Anweisung natürlich. Immer das alte Spiel.

»Viktoria von Dutzenberg«, sagte Vicki und legte ihre Visitenkarte auf das Silbertablett. »Sagen Sie dem Grafen, seine Schwester sei da.«

Eine angedeutete Verbeugung. »Werde Ihre Ankunft melden, gnädiges Fräulein.«

Vicki sah dem Mann in die Augen. Es war das erste Mal, dass der Portier die Anrede wegließ, die ihr eigentlich zustand. Würden die Demütigungen jemals enden? Und wie weit würde Theobald noch gehen?

»Du bist spät dran, Viktoria.« Sieglinde saß so aufrecht vor den

Familienporträts im Salon, als hätte sie einen Besenstiel verschluckt. So manch eines der Mädchen, mit denen Vicki abends auftrat, hätte Sieglinde um diese Haltung beneidet. Leider war es nicht die Körperspannung, die ihre Schwägerin gerade sitzen ließ, sondern eine Mischung aus Dünkel und Korsett.

Vicki wollte zu einer Antwort ansetzen, aber wie immer, wenn sie im Haus ihres Bruders war, schnürte sich alles in ihr zusammen.

»Deine Eltern werden dir sicherlich beigebracht haben, dass Pünktlichkeit oberstes Gebot im preußischen Staate ist. Theobald zumindest haben sie das gelehrt.«

»Es sind zwei Minuten«, entgegnete Vicki leise mit Blick auf die Standuhr.

»Zwei Minuten können in einer Schlacht allerhand bewirken.« Theobald hatte das Zimmer betreten. »Aber ich denke, es ist müßig, dir das zu erklären. Nimm bitte Platz.«

In diesem Moment wurde eine Tür geöffnet, und ein Dienstmädchen, das Vicki noch nicht kannte, trat mit Luise an der Hand herein. Das dreijährige Mädchen wirkte ausstaffiert wie eine erwachsene Dame. Vicki sprang auf.

»Inkommodiere Luise nicht mit deinem Ungestüm«, entrüstete sich Sieglinde. »Luise, begrüß deine Tante und mach einen Knicks.«

Das Mädchen knickste und lächelte, wobei sie ein Grübchen in ihrer linken Wange zeigte. »Guten Tag, Tante Viktoria!«

Vicki ging vor dem Mädchen in die Knie. »Guten Tag, meine Luise! Wunderschön siehst du aus!«

Sie fühlte sich unsanft an der Schulter gerissen. »Viktoria, setz dem Kind keine Flausen in den Kopf, und vor allem, hör mit dieser albernen Haltung auf! Eine Erwachsene, die vor einem Kind kniet, wo gibt es denn so was?«

Vicki fühlte ihre Kehle eng werden. Aber sie war fest entschlossen, diesmal nicht die Fassung zu verlieren. »Ich hab dir etwas mitgebracht, Luischen«, flüsterte sie. »Magst du es sehen?«

»Was für eine alberne Frage, Viktoria! Aber was auch immer es ist, gib es uns, damit wir beurteilen können, ob es sich für Luise eignet.«

Vicki versuchte, ihr Zittern zu unterdrücken, während sie ihrem Bruder das Geschenk reichte, das sie in Seidenpapier eingewickelt hatte. Ungeduldig riss er es ab. »Die kleine Puppenschneiderin«, las er mit gerunzelten Brauen. »Was soll das sein?«

»Ein Heft, aus dem man Kleider ausschneiden kann, um sie einer Papierpuppe anzulegen«, stammelte Vicki.

Ihr Bruder schlug das Heft verärgert auf den Tisch. »Was hast du dir denn dabei gedacht, Viktoria? Glaubst du ernsthaft, Luise könnte in ihrem Alter schon etwas mit der Schere ausschneiden?«

Luise schrak zusammen und verzog das Gesicht.

»Na, das hast du ja wieder hervorragend hinbekommen, Viktoria!« Sieglinde sprang auf und nahm das Mädchen auf den Arm. »Jetzt weint sie auch noch! Nicht weinen, Luischen, das ist nur Tante Viktoria mit ihren komischen Ideen.«

»Einen Moment, bitte.« Vicki beeilte sich, die Tür zu erreichen, bevor sie in Tränen ausbrach. Sie durfte auf keinen Fall vor ihrem Bruder und ihrer Schwägerin weinen, diesen Triumph gönnte sie ihnen nicht.

»Wohin gehst du?«, rief Sieglinde ihr hinterher.

»Davonlaufen, wie immer«, hörte sie ihren Bruder noch sagen, bevor sie sich im Badezimmer einschloss und in Tränen ausbrach.

»Gut, wir wollen uns heute über den Nutzen gewisser Verbindungen unterhalten«, sagte Ida.

Clara lächelte. »Ich weiß, was du sagen möchtest. Die zu dem Fotografen wäre falsch.«

»Es gibt molekulare, ionische, metallische und komplexe.« Ida tippte auf ihr Chemiebuch. »Und nein, ich möchte nicht schon wieder über diesen Abend im Januar sprechen, an dem du einen Mann getroffen hast, von dem ich nicht sicher bin, ob er überhaupt existiert.«

»Er existiert, und die Verbindung wäre …« Clara überlegte. »Eine komplexe, nehme ich an.«

»Bestehend aus Metallkationen und Molekülen oder Ionen?« Ida hob eine Augenbraue.

»Aus Wissenschaft und Kunst.«

Sie saßen bei Ida im Zimmer, um gemeinsam zu lernen. Clara hatte noch immer ein bisschen Mühe mit Chemie, weil sie, anders als Ida, ein humanistisches Mädchengymnasium besucht hatte. Ida hingegen war ein durch und durch naturwissenschaftlicher Typ, der zudem gut erklären konnte. Normalerweise hatte Clara keinerlei Mühe, den Ausführungen der Freundin zu folgen, aber an diesem Tag spürte sie eine seltsame Unruhe in sich. Vielleicht lag es daran, dass draußen die Sonne schien und ganz Berlin voll von Paaren zu sein schien, die sich untergehakt hatten. Durch das geöffnete Fenster wehte der Maiwind herein.

Ida seufzte. »Du sagst immer, dass der Abend ganz unwirklich war. Hast du dich mal gefragt, ob deine Wahrnehmung getrübt gewesen sein könnte? Waren vielleicht irgendwelche Substanzen im Spiel?«

»Bier und Wein«, erklärte Clara nach einigem Zögern.

»Das könnte deine Euphorie erklären, nicht aber die Hirngespinste.« Ida blickte zum Fenster. Aus dem Zoologischen Garten drang das Brüllen eines Löwen. Die Scheiben bebten leicht.

»Also«, sagte Ida. »Gehen wir das Ganze noch einmal durch. Dein unbekannter Galan sah sehr gut aus, und er war zudem höflich? Keine abschätzige Bemerkung, weil du Studentin bist?«

Clara schüttelte den Kopf.

»Er hat dich an die wundervollsten Orte mitgenommen, die

Berlin zu bieten hat? Er hat für alles bezahlt, ohne eine Gegenleistung zu verlangen? Du hast ein ägyptisches Kastell und eine Seeschlacht gesehen? Und Vicki beim Cancan?«

»Ja.«

Ida sah sie sehr lang und mitleidig an. »Hast du mal über Tollkirsche nachgedacht? Die kann diese Art von Halluzinationen hervorrufen. Ich habe auch von Kröten gehört, die Sekrete absondern. Und dann wären da noch die Opiate, die Patienten erhalten, damit sie weniger Schmerzen spüren. Du sagtest, du hättest dich sehr wohlgefühlt? Alle Sorgen waren mit einem Mal dahin?«

Wieder nickte Clara.

Ida kaute auf ihrem Füllfederhalter. »Es könnte Heroin gewesen sein. Mein Vater hat mir erzählt, dass es in vielen Apotheken frei verkauft wird, und in Berlin zirkuliert es geradezu. Oh, das würde erklären, warum du nicht aufhören kannst, an diesen Abend zu denken! Heroin ruft eine Sucht im Körper hervor!«

Clara versuchte, sich ihre Enttäuschung nicht anmerken zu lassen. Auch wenn der Abend nun schon fast fünf Monate zurücklag, konnte sie ihn nicht vergessen. Sie wünschte, dass sie den Fotografen im Stadtverzeichnis finden könnte, aber das war völlig unmöglich. Sie hatten sich ja nicht mal ihre Namen gesagt. Nein, Ida musste wohl recht haben. Tollkirsche oder Heroin.

Aus dem Nebenzimmer konnte sie Idas Tante schreien hören. Offenbar versuchte sie, ein Telefongespräch zu führen. »Armes Tantchen, ihre Schwerhörigkeit wird immer schlimmer«, seufzte Ida. »Aber ich verstehe auch nicht, warum sie nicht schreibt! Gut, zurück zur Chemie. Was eine komplexe Verbindung ist, hast du jetzt verstanden, oder?«

»Hast du ja vorhin schon gesagt, Metallkationen und Ionen oder Moleküle.« Clara wollte jetzt am liebsten aufspringen. »Wie ist es denn eigentlich bei dir, Idachen? Irgendwelche Neuigkeiten von deinem Pensionärschirurgen?«

Ida hatte einen gewissen Friedrich kennengelernt, der an der Universität für Militärärzte, im Volksmund Pépinière genannt, studierte. Die zukünftigen Regimentschirurgen hörten ihre Vorlesungen getrennt von den anderen im eigenen Collegium, aber den klinischen Unterricht hatten sie mit den zivilen Medizinstudenten gemeinsam – und somit auch mit Clara, Vicki und Ida. Immer öfter hatte Clara in letzter Zeit beobachtet, dass Friedrich Ida lange Blicke zuwarf. Und dass Ida immer sehr rot wurde, wenn sie ihn sah.

»Ach, der.« Ida machte eine wegwerfende Handbewegung. Und wurde schon wieder dunkelrot.

»Ja, der!«, lachte Clara. »Geht es dem gut?«

»So gut es jemandem gehen kann, der sich für dreizehn Jahre der preußischen Armee verpflichtet hat.« Ida schlug eine andere Seite in ihrem Chemiebuch auf.

»Wirft er denn noch mit Kugeln um sich?«

Ida lachte. »Keulen, Clara! Nein, er ist kein Keulenschwinger mehr. Das olympische Team hat die Keulenschwinger aus der Disziplin Turnen hinausgeworfen, und nun trainiert er gar nicht mehr.«

»Das Leben ist schon komisch, oder?«, meinte Clara grinsend. »Da trainiert man darauf zu, ordentlich Kugeln werfen zu dürfen, und dann wird man selbst …«

»Er wirft seine Kugeln nicht, er schwingt sie!«, rief Ida und wurde wieder rot.

Clara stieß sie an. »Hab dich doch bloß geneckt.« Blätterschatten tanzten über die grünseidenen Tapeten. Oh, wie sonnig es draußen war! »Ich mache mir ein bisschen Sorgen um Vicki«, sagte sie. »Findest du nicht auch, dass sie seit gestern sehr seltsam ist?«

Ida riss die Augen auf und nickte. »Ist es wieder dieser spezielle Tag?«

»Erster Mittwoch im Monat«, bestätigte Clara. »Was könnte nur dahinterstecken, dass sie so ein Geheimnis darum macht?«

»Ich habe überlegt ...« Ida zögerte. »Ob Vicki wohl einen Liebhaber hat.«

»Darüber habe ich auch schon nachgedacht. Aber warum ist sie dann oft so niedergedrückt, wenn sie von diesen Treffen kommt? Wie auch immer, ich möchte ihr gerne helfen.« Clara biss sich auf die Lippe. »Sie war so traurig gestern Abend. Ich halte es nicht mehr aus, sie so zu sehen.«

»Sie sollte mit uns darüber sprechen«, sagte Ida. Dazu sind Freundinnen doch da! Ich meine, normalerweise ...«

»Sie will nicht.« Clara schüttelte den Kopf. »Ich habe es schon versucht.«

»Als Freundin muss man es stärker versuchen.« Ida sah aus, als wollte sie noch mehr sagen, ließ es dann aber. Zum ersten Mal wurde Clara bewusst, dass sie auch über Ida nicht sonderlich viel wusste – abgesehen davon, dass sie eine Hamburger Arzttochter und gut in Naturwissenschaften war.

»Deine Freundinnen in Hamburg«, begann sie. »Sind die eigentlich ...«

»Oh, so spät schon!« Ida, die sonst so gemächlich in ihren Bewegungen war, stand hastig auf. »Wir sollten uns jetzt aufmachen in den Präpariersaal!«

»Ja.« Clara seufzte. »Zeit, unsere ersten Leichen zu sezieren!«

Es war Neptun, der Leon auf die Idee brachte. Besser gesagt ein Arzt, der sich als Meeresgottheit verkleiden wollte anlässlich des fünfzigjährigen Bestehens seiner Ehe mit Elfriede, oder in diesem Fall Salacia. Gott und Göttin trugen wallende weiße Gewänder sowie vergoldete Kronen, die Leons Chef genau für diese Art von Gelegenheiten in seiner Kostümkiste deponiert hatte, und Neptun hielt zudem ein Zepter in der Hand, das dem Äskulapstab nicht unähnlich war. Während Leon das Licht auf das glückliche Arztpaar richtete, fiel es ihm wie Schuppen von den Augen. Natürlich, er hatte immer an der falschen Stelle gesucht! Wochenlang war er die Friedrich-Wilhelm-Universität abgeschritten nach dem Mädchen, mit dem er in jener Januarnacht durch Berlin gewandert war und in das er sich verliebt hatte wie in keines zuvor. Langwierige Wochen waren das gewesen, die sich zu frustrierenden Monaten gedehnt hatten. Die Beschreibung »blond und wunderschön« hatte so manch einer mit dem Hinweis beantwortet, das sei ja wohl mindestens die Hälfte der deutschen Frauen, aber vielleicht nicht gerade in den Hörsälen, dort säßen, wenn überhaupt, nur bebrillte Blaustrümpfe, und die meine er ja wohl sicherlich nicht. Ach, warum hatte er nicht daran gedacht, das Mädchen zu fotografieren! Oder, noch naheliegender, sie nach ihrem Namen zu fragen! Aber jetzt wusste Leon es wieder: Sie war eine Studiosa der Medizin, und davon konnte es sicher nicht allzu viele geben. Nur, wie konnte er sich tagsüber erneut vom Fotoatelier absentieren, ohne dass sein Chef seine Drohung in die Tat umsetzte und ihn entließ?

»Können Sie noch ein bisschen dichter zusammenrücken?«, bat er Neptun und Salacia. Die beiden kamen seinem Wunsch einen Zentimeter entgegen. Leon bemerkte, dass Salacia allmählich das Lächeln verging. Vielleicht brauchte er etwas, um seine Kunden bei Laune zu halten? Und schon hatte er einen Grund gefunden, um das Atelier nachher verlassen zu können, Glückskind, das er war. Er würde einfach sagen, er wolle Requisiten kaufen gehen.

Um am Pförtner der Charité vorbeizukommen, brauchte man entweder einen Grund, den der Pförtner akzeptierte, Herkuleskräfte oder eine zündende Idee. Leon hatte nichts von alledem. Nachdem ein erhitzter Austausch von Worten kein Ergebnis gezeigt hatte, beschloss er, im Vorhof zu bleiben und sich jedem, der wie ein Student aussah, in den Weg zu stellen. Er war tatsächlich ein Glückskind, denn in diesem Moment kam ihm eine ganze Gruppe entgegen. Es waren Verbindungsstudenten, die erkannte er auf der Stelle. Junge Männer mit Kappen und Schärpen hatte er schon zuhauf fotografiert.

»Guten Tag, meine Herren, haben Sie zufällig eine blonde Kommilitonin?« Er blickte von einem zum anderen. »So eine mit norddeutschem Akzent?«

»Wat willste von der denn?«, lachte einer.

Leons Herz klopfte. »Ich möchte ihr etwas geben.« Er zog ein Kuvert aus seiner Jackentasche. »Einen Brief.«

»Ich könnte ihn ihr geben.« Eine helle Stimme übertönte das Lachen der anderen. Ein Student mit ordentlichem Schmiss auf der Wange trat hervor.

»Sie kennen sie also?«, brachte Leon hervor.

Der Student mit der hellen Stimme kicherte. »Wer kennt sie nicht, das kleine Flittchen?« Er nahm das Kuvert und stopfte es in seine Hosentasche. »Kann aber nicht versprechen, dass sie antworten wird, bei all den Männern, die bei ihr draufliegen.«

Einen Moment lang verschlug es Leon die Sprache. Doch dann platzte es aus ihm heraus. »So sprechen Sie gefälligst nicht von ihr!«

»Was passiert denn sonst?« Der Student gluckste. »Duellieren Sie sich dann mit mir?«

Die Gruppe, die das Schmissgesicht umstand, lachte dröhnend.

»Geben Sie mir meinen Brief wieder!«, forderte Leon.

»Zu spät!«, quäkte der andere. »Aber keine Sorge: Blondhaar wird ihn kriegen. Und wenn sie interessiert ist, dann meldet sie sich auch.«

Sein Blick wich nicht von ihrem Rücken. Clara konnte es spüren, während sie vor der Leiche stand. Als sie sich zu dem Studenten mit dem Schmiss umdrehte, stellte sie fest, dass ihr Gefühl sie nicht getrogen hatte. Sein Nebenmann schlug ihm auf die Schulter. »Gib's der Kleinen, Carl!«

Eine Gänsehaut kräuselte sich auf ihren Armen. Rasch wandte sie sich wieder zu der Leiche um. Nun kannte sie also seinen Namen. Sie versuchte, Luft zu holen, aber ihr war, als gäbe es keinen Sauerstoff mehr im Präpariersaal, nur den Blick dieses furchtbaren Studenten, Leichengeruch und Formalin.

Sie sezierten im Pathologischen Institut auf dem Charité-Gelände, und das allein war so aufregend, dass Clara darüber die Sorgen um Vicki und ihre Gedanken an den unbekannten Fotografen vergaß. Hier hatte der Pathologe Rudolf Virchow geforscht, hier hatte er seine Präparate gesammelt, zweiundzwanzigtausend Stück an der Zahl! Sie hatte sie hinter den Vitrinen der Sammlung gesehen: ein Gehirn als Feuchtpräparat in einem Gefäß, das genau wie Greetjes Blumenvase aussah, ein Aortenbogen als Ausgusspräparat, eine Hauptschlagader, Lungengewebe, ein Uterus, ein sehr merkwürdig aussehendes Auge und tausenderlei interessante Dinge mehr! Aber jetzt war ihre Freude durch den Blick dieses unheimlichen Studenten gedämpft, und zu ihrer Überraschung spürte sie, dass sie sich fürchtete. Nur wovor? Er konnte ihr doch nicht gefährlich werden, oder?

Ida, die direkt vor einer weiblichen Leiche stand, sah sehr blass aus, aber Vicki zwinkerte ihr zu. Sie schien wieder guter Dinge zu sein. Sonnenlicht fiel durch die großen Fenster auf die Tische, auf denen an die zwanzig Tote lagen, Kinderleichen, Frauenleichen, Männerleichen, Alte und Junge, es war alles dabei.

»Bevor wir uns dem Bauchraum mit Magen, Leber und Gallenblase zuwenden, beschäftigen wir uns mit der Haut und den Muskeln.« Der Dozent deutete auf die Leiche, die vor Ida lag. »Vielleicht möchte einer der Herren ausführen, was er an diesem Tisch sieht. Sie dürfen sich übrigens gern Ihre Zigarren anstecken. Der Geruch erträgt sich in der Tat leichter so.«

Vicki reckte ihre Hand in die Höhe. »Wir sehen hier eine Frau, geschätztes Alter dreißig Jahre, ihr Körper ist ungewöhnlich breit und flach.«

»Das haben Tote so an sich. Die gute Frau liegt schon eine Weile, und zu viel liegen verformt den Körper.« Er zwinkerte in die Runde. »Das sei jetzt auch mal den Faulen unter Ihnen gesagt!«

Die Studenten lachten höflich. Streichhölzer flammten. Rauchschwaden von Zigarren stiegen auf.

»Das Alter haben Sie aber gar nicht schlecht geschätzt, junges Fräulein. Was sehen Sie noch?«

»Der Bauch ist gerundet. Eine Schwangerschaft?«

»Überhaupt nicht schlecht für den Anfang. Ja, wir haben es hier mit einer Schwangerschaft in einem frühen Stadium zu tun, schätzungsweise vierter Monat. Der Fötus befindet sich noch im Uterus.«

Clara fühlte, wie ihr übel wurde. Der Raum verschwamm vor ihren Augen. Zitternd holte sie Luft. Aber da war noch weniger Sauerstoff als eben. Zigarrengeruch biss in ihre Lungen. Ein Schwindel ergriff sie, und ihr wurde sehr heiß.

»Wenn es den jungen Damen jetzt ein wenig blümerant wird, so können sie gern den Saal verlassen«, sagte der Dozent. »Sie sind nun mal zarter besaitet als die Herren. Sie können natürlich auch bleiben, aber sagen Sie nicht, ich hätte Sie nicht vorher gewarnt!«

»Wir sind ganz Ohr hier!« Vicki stand sehr aufrecht. »Fahren Sie fort!« Mit einer Bewegung, die so zart war, dass niemand außer Clara sie wahrnahm, reichte sie ihr einen Flachmann. »Nimm mal 'n Schluck«, raunte sie.

Der Cognac brannte in Claras Kehle, doch ihre Lebensgeister kehrten zurück.

»Ich werde Ihnen jetzt das Präparierbesteck zeigen.« Der Dozent öffnete einen Lederkoffer und beförderte eine Reihe silbrig glänzender Instrumente zutage. »Dies ist der Skalpellhalter mit Klinge, dies die Schere und dies sind die Pinzetten, spitz und stumpf. Ich habe mir sagen lassen, dass die Damen sie zuweilen benutzen, um ihre Augenbrauen in die rechte Form zu bringen. Lassen Sie es sich gesagt sein: Sollte eines dieser Instrumente verschwinden, so weiß ich, wo ich suchen muss.«

Wieder lachten die Studenten verhalten.

Vicki nahm nun auch einen Schluck.

Ein Assistent des Professors befestigte eine Papierrolle am Haken eines Stativs. Mit einem Klacken schlug das Holstück am unteren Ende der Rolle auf dem Boden auf, und hinter den Rauchschwaden erkannte Clara die Darstellung eines Mannes. Auf der Zeichnung fehlten die Hautschichten, und die Muskelstränge traten hervor.

»Prägen Sie sich das Bild gut ein, meine Herren«, sagte der Professor. »Das wird Ihnen beim Sezieren helfen. Zusätzlich möchte ich Sie bitten, Ihren Lernatlas der Anatomie zur Hand zu nehmen. Da der Foliant sehr schwer ist, könnten die jungen Damen ihn vielleicht auf einem Hilfstisch ablegen, um darin zu blättern. Oder Sie verschieben die Lektüre auf später, Ihre Freizeit nach dem Schönheitssalon.«

Jetzt lachten die Studenten richtig. Clara drehte sich zur Seite. Am lautesten lachte Carl.

»Blättern Sie bitte zu den Abbildungen von Arm und Schulter. Dort wollen wir anfangen. Wir beginnen mit der obersten Hautschicht. Ich mache es Ihnen einmal vor.«

Clara tat einen Schritt zur Seite. Nun stand sie nahe am Kopfende der Toten. Tausend Empfungen prasselten auf sie ein. Sie fühlte Trauer um die Frau, die gestorben war, ohne ihr Kind gebären zu können, Ekel ob der Gerüche – und Stolz. Sie war jetzt auf dem besten Weg, Frauenärztin zu werden. Kein Hindernis der Welt sollte sie davon abhalten, beschloss sie. Und als der Professor ihr das Skalpell reichte, setzte sie ihren ersten Schnitt.

Sie hätte gedacht, dass sie alle Tricks kennen würde, die Carl und die anderen anwandten, um sie zu verwirren oder zu verärgern. Aber das, was er tat, als sie ein paar Stunden später den Präpariersaal verließen, verstand sie nicht. Er blickte sie so eindringlich an, bis sie ihren Kopf hob, und dann holte er ein Kuvert aus seiner Hosentasche. Und während sie ihm dabei zusah, hielt er es in die Flamme eines Streichholzes, das ihm ein anderer Student lachend reichte. Das Kuvert brannte. Und Carl grinste sie an.

7

Es war ein Morgen wie viele andere in diesem Frühherbst 1908. Müllmänner säuberten unter lauten Flüchen die Straßen von Unrat. Bollerwagen brachten bimmelnd die Milch in die Stadt. Das Läuten ihrer Handglocken mischte sich in all die anderen Geräusche in der Kuckuckswohnung, die Clara mittlerweile so vertraut waren. Unten im Hof schimpfte eine Mutter, Kinder greinten, jemand klopfte Teppiche aus.

Doch so laut die erwachende Stadt auch sein mochte, so sehr klammerte sich Vicki an ihren Schlaf. Clara betrachtete sie, wie sie so dalag. Eine Faust hatte sie sich auf den Mund gepresst, genau wie Mads, wenn er schlief. Clara konnte es kaum glauben: Im Schlaf wirkte Vicki wie ein kleines, verletzliches Mädchen. So sanft sie konnte, zog sie ihr das Tuch von den Augen. »Guten Morgen, du Murmeltier!«

Vicki runzelte skeptisch die Stirn. »Kann nicht sein, ich bin doch eben erst eingeschlafen«, nuschelte sie und warf sich auf die andere Seite. »Ist noch mitten in der Nacht.«

»Die Uhren behaupten etwas anderes!« Clara musste brüllen, um die Kuckucke zu übertönen, die in diesem Moment durch die Wohnung dröhnten. Es war acht Uhr.

Während sie wenig später den Weg in die Charité antraten, betrachtete sie die Freundin von der Seite. Vicki hatte dunkle Schatten unter den Augen, und ihr Körper wirkte noch schmaler als sonst. Sie fragte sich, wie Vicki es schaffte, bis spät in die Nacht in einer Gastwirtschaft zu arbeiten und morgens wieder im Hörsaal zu sein. Noch immer wusste sie nichts über ihre Familie, aber sie nahm an, dass sie zu arm war, um ihr das Studium zu bezahlen.

Je mehr sie sich dem Klinikgelände näherten, desto bunter wurde das Leben in den Straßen. Dienstmädchen in gestärkten Schürzen trugen mit Fischen, Kartoffeln und Kohlköpfen gefüllte Körbe, Künstler hantierten mit Malpalette und Staffelei, und dazwischen eilten Studenten und Professoren umher. Zeitungsjungen brüllten: »Frauen zugelassen zum Studium in Preußen!« – »Erstmals Weiber in den Hörsälen!« – »Weibliche Ärzte? Patienten besorgt!«

»Ich bin auch besorgt!« Vicki erwachte allmählich. »Um die geistige Gesundheit dieser Schundschreiberlinge nämlich! Wie heißen die Zeitungen? Da gehe ich nach der Vorlesung mal vorbei!«

»Ach, freuen wir uns lieber, dass Frauen das Studium in Preußen nun endlich erlaubt wird«, meinte Clara und winkte einer Gruppe Mädchen zu, die ebenfalls der Charité zustrebten. Die Mädchen winkten schüchtern zurück. »Da sind sie auch schon, unsere neuen Kommilitoninnen! Ist es nicht herrlich, dass wir uns jetzt regulär einschreiben konnten? Und ab jetzt nicht mehr allein sind? Und dass wir keinen Professor mehr um Erlaubnis bitten müssen, Vorlesungen zu hören und Examina zu schreiben?«

»Ich komme mir irgendwie alt vor«, murmelte Vicki. »Wir sind jetzt die alten Hasen, oder? Und hier kommt das junge Blut!«

»Wir sind zwanzig«, lachte Clara. »Alt sind wir erst, wenn wir mit dem Studium fertig sind!«

Handarbeiten hatten doch wirklich ihre guten Seiten, fand Clara, während sie über das Charité-Gelände schritten, an all den Kliniken und Pavillons vorbei. Die jahrelange Beschäftigung mit Nadel und Faden, das Sockenstopfen und Sticken hatten sich bezahlt gemacht. Wunden konnte sie mittlerweile so gut vernähen, dass nur bei größeren Rupturen Narben blieben. Und wenn sie Leichen sezierte, geschah es nun immer öfter, dass der Professor ihre Arbeit als vorbildlich lobte. »Sehr gute Feinmotorik, Fräulein Madsen«, sagte er, wenn er sah, wie sie mit dem Skalpell Nerven freilegte oder das Fettgewebe so vorsichtig abzupfte, dass sie nicht einmal das feinste Blutgefäß zerriss. »Schon einmal über eine Laufbahn als Präparator nachgedacht?«

Clara lächelte dann und bedankte sich. Sie mochte das Sezieren, weil sie jedes Mal das Gefühl hatte, eine Reise in das Innere des Menschen anzutreten. Wie ein Entdecker fühlte sie sich dabei. Die überraschende Erkenntnis nach diesen ersten zwei Semestern Anatomie war, dass kein Toter dem anderen glich. Sicher, jeder hatte die gleichen Organe, aber nicht alle diese Organe hatten die exakt gleiche Größe und Form. Nicht alle Blutgefäße verliefen gleich. Von den männlichen Leichen, die sie seziert hatte, besaßen auffallend viele eine vergrößerte Leber, was dem Professor zufolge in deren Lebensgewohnheiten begründet lag: Das Institut bezog seine Leichen aus dem Armenhaus, und die Männer hatten einen Großteil ihres Lebens mit dem Genuss von Alkohol zugebracht.

Aber so interessant es auch war, den menschlichen Körper zu zerschneiden und zu erforschen, so sehr wünschte sie sich, ihr Wissen endlich anwenden zu dürfen. Sie konnte es nicht erwarten, endlich Frauenheilkunde zu hören. Und jetzt war dieser Tag da.

Vielleicht hatte sich ein fremder Geist in Idas Kopf eingenistet. Ihr Pflichtgefühl war außer Kraft gesetzt. Einfach so die Vorlesung zu schwänzen, nur weil Friedrich endlich Ausgang hatte! Aber ihre Sehnsucht war so groß. Während der drei langen Sommermonate, die sie in Hamburg verbracht hatte, hatten sie sich Briefe geschrieben. Zögerlich erst, und dann immer öfter. Sie wollten sich nicht auf dem Klinikgelände wiedertreffen, unter den Augen der anderen. Sie wollten für sich sein, ganz allein.

Oder so allein es sich eben geziemte für eine unverheiratete

Studentin. Ida fühlte ihre Knie zittern, während sie vom Tiergarten kommend durch das Brandenburger Tor schritt. Das Hotel Adlon am Pariser Platz sah aus wie ein Versprechen. Vierspännige Kutschen und glänzende Automobile standen davor. Ida beobachtete die Damen mit ihren breiten, geschmückten Hüten und den seideglänzenden Kleidern, während sie darauf wartete, dass sich ihr Puls beruhigte. Dort drinnen, hinter dieser imposanten Fassade, wartete Friedrich auf sie. Sie sah, dass die Damen trotz der Wärme Handschuhe trugen. Oh, dass sie daran nicht gedacht hatte! Keine Dame, die zum Tee in den Wintergarten des Adlon eingeladen wurde, ging ohne Handschuhe. Aber, so redete sie sich ein, wenn Friedrich eine Dame gewollt hätte, so wäre er nicht auf sie gekommen. Endlich fasste sie sich ein Herz und näherte sich dem Eingang. Ein livrierter Portier geleitete sie durch den prächtig verzierten Säulengang.

Und da saß er, auf der Terrasse des Wintergartens. Er wirkte so fremd nach all den Monaten, in denen sie ihn nicht gesehen hatte, aber als er sie erkannte und aufstand und lachte, da war er wieder der Friedrich, an den sie immerzu gedacht hatte. Ihr Herz schlug wild.

»Ida«, sagte er, und ihre Blicke versenkten sich ineinander.

»Guten Tag«, flüsterte sie, just als das Salonorchester ein neues Lied anstimmte. Ausgerechnet *A B C D, wenn ich dich seh.*

Ein Sonnenstrahl erhellte seine Augen und die kleinen Lachfältchen drum herum.

A B C D, wenn ich dich seh, meine süße Lust / Klopft die empörte Brust / Wird mir so wohl und weh / Wenn ich dich seh.

»Und ich halte dich auch wirklich nicht von einer Vorlesung ab?«, fragte er im selben Moment, in dem sie sagte: »Und du hast überhaupt keine Vorlesungen heute?«

Sie sahen sich an, und Friedrich lachte. »Gar nicht so einfach, miteinander zu sprechen, wenn man sich so viel geschrieben hat!«

Ida schüttelte den Kopf, dass ihr Hut ein bisschen rutschte. »Überhaupt nicht leicht.«

E F G H, wärst du doch da / Drückte mein treuer Arm / Holde, dich liebewarm.

»Da ist etwas, das ich dich fragen möchte, Ida.« Noch immer lächelten seine Augen.

»Was denn?« Wieder wurden ihr die Knie weich.

»Deine Eltern gehen in die Synagoge, oder?«

»Nein.« Jetzt rutschte der Hut noch schiefer. »Sie sind zum christlichen Glauben konvertiert.«

»Wirklich?«, fragte Friedrich und lachte. »Genau wie meine also!«

Ida wollte etwas entgegnen, aber in diesem Moment trat ein Kellner auf sie zu, verbeugte sich und nahm ihre Wünsche entgegen. Ida wählte das, was Friedrich am wenigsten kosten würde. »Ein Glas Wasser«, sagte sie.

Friedrich lachte. »Und zwei Tassen Tee, bitte. Und zwei Stücke Erdbeerkuchen!«

»Kuchen am Vormittag?« Ida riss die Augen auf.

»*Carpe diem* und all das«, erwiderte Friedrich und grinste.

»Oh, ich wusste gar nicht, dass ihr Pensionärschirurgen auch Latein könnt! Habt ihr eure Vorlesungen nicht immer auf Deutsch?«

»Nicht so hochnäsig, du ziviler Studiosus!«

Endlich konnte Ida lachen. Das Eis war gebrochen.

»Also, deine Eltern sind ebenfalls konvertiert?«, nahm sie das Gespräch von eben wieder auf.

»Ehrlich gesagt ist mein Vater so gläubig wie dieser Erdbeerkuchen.« Friedrich nahm mit seiner Gabel ein ordentliches Stück. »Er ist in erster Linie Preuße und dem Kaiser sehr unter- und zugetan. Aber sind wir das nicht alle?« Er kaute. Ida sah ihm fasziniert dabei zu. Was für sinnliche Lippen er hatte! Und was für schöne Hände!

»Mhm«, machte sie.

»Er hat an der Schlacht von Sedan teilgenommen.« Friedrich teilte ein weiteres großes Kuchenstück ab und kaute genüsslich. Was für einen Appetit dieser Mann hatte! Normalerweise hätte sie sich ebenfalls auf die Nascherei gestürzt, nicht aber heute. Seit sie seinen Brief mit der Einladung erhalten hatte, konnte sie nur noch Spatzenportionen essen. Bestimmt gab es eine wissenschaftliche Erklärung dafür, irgendeine chemische Formel. Aber selbst, wenn sie sie gekannt hätte, sie hätte ihr nichts genutzt. Der Sänger stimmte jetzt *Reich mir die Hand, mein Leben* an. Kannten die nichts als Liebeslieder hier?

»Ich glaube, meine Mutter hätte gern am jüdischen Glauben festgehalten«, fuhr Friedrich fort.

Ida nickte. »Meine auch.«

Kannst du noch widerstreben? / Es ist nicht weit von hier.

Friedrich und Ida wurden gleichzeitig rot. »Sie sind überraschend frivol hier«, bemerkte Friedrich. »Dabei ist es noch nicht einmal zwölf Uhr.«

»Ja, man wundert sich, welche Art Lieder sie wohl am Nachmittag spielen.«

»Oder am Abend.« Er sah sie recht lang an, und Ida wurde sehr heiß. Ein Prickeln durchfuhr ihren Körper.

»Ich würde mich sehr freuen, wenn wir uns wiedersehen könnten«, sagte Friedrich leise. »Würdest du mir diese Ehre gewähren?«

Ida nickte, was nicht im Geringsten das ausdrückte, was sie gerade empfand. Was würde Vicki in einer solchen Situation sagen? »Die Ehre wäre ganz meinerseits«, erwiderte sie, und wieder brach Friedrich in sein herrliches Lachen aus.

Als Ida eine Stunde später durch den Tiergarten zurückging, hatte sie das Gefühl zu fliegen. Die Hummeln summten, Vögel zwitscherten, und der Himmel strahlte ganz hell.

Der Hörsaal platzte aus allen Nähten. Studenten in dunklen Anzügen besetzten sämtliche Reihen. Unten konnte Clara eine Gruppe weiß gekleideter Ärzte, Assistenten und Hebammen ausmachen. Auf der Hörsaalbühne, dort, wo normalerweise die Professoren dozierten, stand ein Bett. Von Ida keine Spur.

»Meine Herren, ich begrüße Sie heute zu einem wahrhaft interessanten Fall, einer Geburt mit Steißlage.« Ein Mann in weißem Kittel, offenbar der Professor, trat an das Bett. »Die Kreißende ist Erstgebärende ohne Geschlechtskrankheiten und nicht infektiös.« Clara konnte eine Frau in dem Bett erkennen, über deren Bauch sich die Decke wölbte. Sie schien starke Schmerzen zu leiden und warf sich wimmernd hin und her.

Die Studenten im Hörsaal zückten ihre Stifte und begannen zu schreiben. Clara und Vicki, die keinen Platz gefunden hatten, blieben stehen.

»Kannst du mir die Vorlesung anschließend diktieren?«, bat Vicki, und Clara nickte. Die Schatten unter Vickis Augen wirkten im Halbdunkel der oberen Ränge noch größer. Sie war kreidebleich.

»Wir beginnen mit der Touchierübung«, erklärte der Professor, der neben dem Bett stand. »Dazu waschen wir uns zunächst die Hände mit Carbolsäurelösung. Das dient der Hygiene und verhindert, richtig angewendet, Kindbettfieber bei der Kreißenden. Meine Herren, Freiwillige vor!«

Mehrere Studenten hoben die Hände, darunter auch Carl.

»Wir touchieren die Vagina mit zwei Fingern. Führen Sie Ihre Finger ganz tief hinein, bis Sie die Cervix uteri spüren, die sich bereits geöffnet hat.«

Die Frau krümmte sich in einer Wehe. »Ich muss … pressen«, brachte sie hervor.

»Nicht pressen!«, befahl der Professor. »Wir werden zunächst eine weitere Untersuchung durchführen, dann müssen wir das Kind drehen.«

Der erste Student war vom Auditorium hinuntergestiegen und wusch sich nun die Hände.

»Spreizen Sie bitte die Beine«, sagte der Professor zu der Schwangeren und schlug ihre Decke zurück. Ein Raunen ging durch den Hörsaal. Die Genitalien der Frau waren deutlich zu sehen. Clara biss sich in die Hand.

Der Student führte seine Finger in die Scheide der Schwangeren ein, die daraufhin laut aufschrie.

»Mit Verlaub, Herr Professor.« Eine Frau erhob sich aus der Menge der Weißgekleideten und trat zu ihm. »Als Hebamme möchte ich zu bedenken geben, dass der Pressvorgang bei der Kreißenden jederzeit beginnen könnte. Wir sollten keine Zeit mehr vergeuden und das Kind *jetzt* herumdrehen.«

»Nun, dies ist ein Lehrkrankenhaus, und ich bin meinen Studenten gegenüber verpflichtet, sie gut auszubilden. Meine Herren, einer darf noch.«

Carl trat hervor. Clara beobachtete, wie auch er sich die Hände desinfizierte. Dann sah sie zu ihrem Entsetzen, wie er seine ganze Hand in die Scheide der Frau stieß. Die Schwangere brach in einen Schmerzensschrei aus.

»Wegtreten!«, herrschte der Professor ihn an. »Sie haben der Patientin unnötige Schmerzen zugefügt! Verlassen Sie meinen Hörsaal auf der Stelle! Ich will Sie nicht wieder in der Geburtshilfe sehen!«

Carl drehte sich um und schritt langsam die Treppe hinauf, wobei er Clara fixierte. Ein seltsames Lächeln verzerrte sein Gesicht. Die Frau auf dem Bett schrie und weinte. Ein metallischer Geschmack breitete sich in Claras Mund aus. Dort, wo sie auf ihre Hand gebissen hatte, war Blut.

Nun wurde es unten hektisch. Mehrere Hebammen hatten ihre Stühle verlassen und umstanden die Frau. »Neun Zentimeter!«, rief ein Mann in weißem Kittel, der die Gebärende nun ebenfalls untersuchte. Der Professor legte seine Hände auf ihren Bauch. »Ich werde nun mit der Drehung des Kindes beginnen, um eine Schädellage zu erreichen.« Er musste seine Stimme erheben, um die Schreie der Frau zu übertönen. Die Stifte der Studenten flogen über das Papier. Die Hände des Professors strichen mehrfach über den Bauch der Frau. Clara konnte sehen, wie angespannt er war. Auf einmal herrschte Stille im Saal.

»Sie ist ohnmächtig geworden!«, rief jemand.

Von ihrem Standort im obersten Rang konnte Clara erkennen, wie eine der Hebammen der Frau einen offenen Flakon unter die Nase hielt. Die Frau erwachte und schrie.

»Neuer Versuch«, sagte der Professor. Ein Assistent tupfte ihm mit einem Taschentuch den Schweiß von der Stirn. Minuten verstrichen, in denen Clara den Atem immer wieder anhielt. »Drehung geglückt«, rief der Professor endlich. »Seitenlage, Hebamme!«

Eine der Hebammen rollte die Frau auf die Seite und legte sich ihr Bein auf die Schulter. »Nu dürfense pressen!«, sagte sie.

Ein markerschütternder Schrei erfüllte den Raum, und Clara hörte die beruhigende Stimme der Hebamme. »Jut machense det!«

Clara hatte nicht gemerkt, dass sie weinte, während sie sah, wie das Baby herausglitt. Sie sah die bläuliche Nabelschnur, genau wie damals bei Aiske, sie sah einen hellen Schopf. Mads.

Das Baby schrie, und sie beobachtete, wie die Hebamme es in Tücher wickelte.

»Nun kommt die Plazenta, meine Herren!« Der Professor war einen Schritt zurückgetreten, während eine andere Hebamme an das Bett trat und die Frau wieder auf ihren Rücken rollte.

»Noch eenmal pressen, jute Frau!«

»Wir lernen folgende Dinge aus diesem medizinischen Sonderfall«, sagte der Professor, wusch sich die Hände und griff nach der Kreide. Zwei Pfleger schoben die Frau auf ihrem Bett hinaus. Der

Professor begann, auf die Tafel zu schreiben. Die Schreie des Babys drangen durch die Hörsaalwand.

Als Clara sich umdrehte, war Vicki fort.

Sie fand sie unter einen Baum gekauert, den Kopf zwischen die Knie gepresst.

»Vicki«, sagte Clara leise.

Die Freundin blickte nicht auf. Nur das Beben ihrer Schultern verriet ihr, dass sie weinte.

»Ich weiß, das war furchtbar eben«, flüsterte Clara. »Aber dies ist nun mal eine universitäre Frauenklinik. Wir sollen lernen, um den Frauen die Geburten zu erleichtern. Es ist zum Nutzen aller. Wenn sich die Frauen dem Unterricht zur Verfügung stellen, erhalten sie als Gegenleistung eine unentgeltliche Verpflegung im Wochenbett. Und wir können lernen!«

Noch immer hob Vicki nicht ihren Kopf.

Clara strich ihr über die braunen Locken. »Und wer weiß? Eines Tages können wir durch das, was wir gelernt haben, erreichen, dass keine Frau im Kreißsaal mehr leiden wird!«

»Kannst du dir vorstellen, wie es ist, wenn du in einem Hörsaal gebären musst?« Vicki sprach mit erstickter Stimme. »Wenn dich zwölf Menschen befingern, immer wieder dieselbe Untersuchung an dir durchführen, nur damit jeder es lernt?«

»Nein«, sagte Clara sanft. »Natürlich kann ich mir das nicht vorstellen.«

»Wenn du da im Wochenbett liegst mit Prostituierten und anderen Frauen, die ansteckende Krankheiten haben könnten? Nur, weil deine Familie nicht für dich bezahlt?«

Clara erstarrte.

»Ich weiß, was es bedeutet, vor aller Augen in der Klinik zu gebären, weil man nicht das Geld für eine Hausgeburt hat.« Vicki sah sie an und schluckte. »Ich habe vor drei Jahren eine Tochter geboren.«

8

Der Winter kam mit einer Macht, der niemand etwas entgegenzusetzen hatte, schon gar nicht der Kachelofen der Kuckuckswitwe am Prenzlauer Berg. Clara legte sich in der Nacht heiße Ziegelsteine ins Bett, wachte aber nach wenigen Stunden auf, weil sie so stark fror. Wenn Vicki und sie zusammen lernten, legten sie sich dabei angezogen unter die Decken, und Vicki streifte sogar Handschuhe über, was ihre ohnehin schon unleserliche Schrift noch schlimmer machte. Clara fühlte sich ihr so vertraut, wie es zuvor nur bei Aiske der Fall gewesen war. Sie wuschen sich gemeinsam, fuhren mit ihren neuen Fahrrädern zu den Vorlesungen, mikroskopierten und sezierten und fragten sich auf dem Heimweg den Stoff des Tages ab. Nur zu ihrer Arbeit als Kellnerin fuhr Vicki alleine. Clara war es ganz recht, weil sie in diesen Stunden noch besser lernen konnte, und da Vicki nie über diese Tätigkeit sprechen mochte, fragte sie auch nicht mehr nach. Noch immer gab Vicki die freche Göre, die keiner unterkriegen konnte, aber seitdem sie Clara ihre Geschichte erzählt hatte, wusste diese, was dahintersteckte.

Hüllte sich Vicki schon in Schweigen, was ihre Arbeit anbelangte, so verstummte sie nach ihren Besuchen in Charlottenburg oft ganz. Nach dem ersten Mittwoch im Dezember allerdings beschloss Clara, dass es so nicht mehr weitergehen konnte. An diesem Abend trat Vicki stumm ins Zimmer, legte sich ins Bett und starrte vor sich hin.

Clara wusste, dass Vickis Bruder und dessen Frau jahrelang versucht hatten, ein Kind zu bekommen, bis die Diagnose festgestanden hatte, dass dies nicht mehr gelingen würde. Sie fand, dass sie Vicki sehr dankbar sein konnten, aber offenbar war das Gegenteil der Fall.

»Sie lassen mich nur meinen Fehltritt spüren«, erklärte Vicki, nachdem Clara ihr eine Tasse heißen Tee gebracht hatte.

Clara nahm ihre Hand. »Ich glaube, dass deine Schwägerin neidisch auf dich ist, weil sie viele Jahre probiert hat, schwanger zu werden. Und bei dir ist es einfach so passiert.«

»Nein, sie sind bloß wütend, weil ich die Familienehre verletzt habe.« Vicki nahm einen Schluck und starrte in die Flamme der Petroleumlampe, die Clara auf dem Schreibtisch entzündet hatte. »Unsere Eltern starben nur wenige Monate, nachdem ich Luise auf die Welt gebracht habe. Theobald behauptet, ich hätte sie ins Grab gebracht.«

»Woran sind sie denn gestorben?«

»Sie sind von einer Kutsche überfahren worden.«

»Ich nehme an, du hast diese Kutsche nicht gelenkt.«

Vicki lächelte schwach. »Nein.«

»Nun, dann bist du auch nicht schuld an ihrem Tod.«

»Theobald sagt, sie wären so außer sich gewesen über die Schande ihrer einzigen Tochter, dass sie nicht auf den Verkehr geachtet hätten.« Vicki vergrub den Kopf in ihrem Kissen.

»Jetzt hör mir einmal zu.« Clara legte vorsichtig eine Hand auf Vickis Schulter. »Ich weiß, wie es ist, wenn man von seiner Familie … nicht geliebt wird. Aber das, was dein Bruder und deine Schwägerin tun, geht zu weit. Du bist *nicht* schuld am Tod deiner Eltern. Und du hast den beiden ein Kind geschenkt, das sie sich sehnlichst gewünscht haben!«

»Ich glaube, meine Tochter hasst mich.« Vickis Stimme klang erstickt. »Ich bin die böse Tante, die alles falsch macht. Und wie wird sie mich erst hassen, wenn sie eines Tages die Wahrheit erfährt!«

»Die wird sie nicht erfahren. Das liegt auch nicht im Interesse deines Bruders und seiner Frau.«

Vicki schwieg so lange, dass Clara glaubte, sie sei eingeschlafen.

Sie wollte schon in ihr eigenes Bett gehen, als sie ihre Stimme hörte. »Und doch wünsche ich mir manchmal, dass Luischen es wüsste.«

In der Charité fanden die Festlichkeiten zu Ehren von Paul Ehrlich statt. Für die Entwicklung eines Heilserums gegen Diphtherie hatte der Forscher den Nobelpreis für Medizin erhalten.

Der Schnee fiel nun in so dichten Flocken, dass Clara und Ida ihre Räder wieder stehen lassen mussten. In den Straßen um die Gethsemanekirche verkauften Kinder bestickte Hosenträger and andere Dinge, die die Familien herstellten, um sich ein paar Groschen dazuzuverdienen. Clara kaufte für Mads eine Schnarre und einen handgestrickten Hund. Ein paar Straßen weiter hatte jemand einen Christbaummarkt eröffnet. Über den Geruch von Abwasser und Pferdekot wehte nun ein Tannenduft.

Clara ahnte, dass das Geld des Vaters nicht für eine erneute Reise heim zur Familie reichen würde – eine Vermutung, die sich noch bestärkte, als sie seinen Brief erhielt.

Mein liebes Kind, schrieb er, *ich hoffe, dich wohl anzutreffen.*

Er fuhr mit der Ankündigung fort, keine guten Nachrichten zu haben. Greetjes Mann sei krank geworden und werde mehrere Monate lang nicht arbeiten können. Greetje habe ihn gebeten, die junge Familie zu unterstützen, was er schweren Herzens tue, da es bedeute, dass er ihr nun seine finanzielle Hilfe entziehen müsse. Er bedaure diesen Schritt sehr und hoffe, sie werde im großen Berlin eine Anstellung finden, die es ihr ermögliche, ihre Studien fortzusetzen.

»Schlechte Nachrichten?«, fragte die Kuckuckswitwe, die sie mit dem Brief am Küchentisch sitzen sah.

»Mein Schwager ist krank geworden«, erklärte Clara und griff nach der *Berliner Morgenpost*, die die Witwe immer las. »Hier werden doch offene Stellen inseriert, richtig?«

»Jeden Tag dreißig Seiten. Die suchen wie irre.« Die Witwe

schenkte ihr Kaffee nach. »Wenn ick een bisschen jünger wär, ick würde im KaDeWe malochen.«

Claras Blick fiel auf die ganzseitige Anzeige, die Frauen in vornehmen Pelzmänteln in einer Art Palast zeigte. *Verkäuferinnen für unsere Parfümabteilung gesucht!*, stand da.

Clara überlegte. Bislang war sie dem vor einem Jahr eröffneten Kaufhaus des Westens mit derselben Skepsis begegnet wie den Märchen der Gebrüder Grimm. Ein Einkaufsgeschäft, in dem eine Musikkapelle auftrat und in dem die mit neuen Roben neuester Mode gekleideten Kundinnen Tee trinken konnten? Ein Rohrpostsystem, das sämtliche Zahlstellen miteinander verband, elektrisches Licht und Personenaufzüge? Die Arbeit würde sicherlich gut bezahlt werden. Aber wann sollte sie die verrichten, wenn nicht tagsüber? Nach Ende der Vorlesungen schloss dieses Einkaufswunderland bestimmt seine Pforten. Doch dann fiel ihr Blick auf eine kleinere Anzeige darunter.

Sie blickte lächelnd in die Augen der Witwe. »Ich wusste gar nicht, dass das KaDeWe auch ein Fotoatelier hat!«

»Ja, det is voller Wunder.«

Nein, er hatte gesagt, dass er keine Fotoateliers mochte. Er war ein Künstler gewesen, einer, der die Menschen abbilden wollte, wie sie waren. Und doch – konnte sie sich diese Chance entgehen lassen?

»Ich glaube«, sagte sie lächelnd, »ich sehe da mal vorbei!«

Sie wollte die Zeitung gerade wieder zuschlagen, als ihr Blick auf eine weitere Anzeige fiel: »Nachhilfelehrer für Latein und Altgriechisch gesucht. Großzügige Entlohnung.«

Es sollte noch Wochen dauern, bis sie die Gelegenheit fand, das Kaufhaus aufzusuchen. Zu sehr war sie jetzt damit beschäftigt, zwei angehenden Abiturienten in Charlottenburg die Wunder antiker Sprachen nahezubringen. Zudem suchte die Charité nun Studenten, die sich dazu bereit erklärten, über Weihnachten

Dienst in der chronisch überfüllten Frauenklinik zu tun. Eine bessere Gelegenheit würde es sicher nicht geben, um Erfahrungen zu sammeln, fanden Clara und Vicki. Und da sie ohnehin nicht mit ihren Familien Weihnachten feiern würden, sagten sie zu.

Vicki wanderte durch die Unterführung am Bahnhof Friedrichstraße, vorbei an den Blumen der Nacht, wie Line sie nannte, die selbst hin und wieder eine Nachtblume war. Sie kannte einige der Mädchen aus ihren Anfangszeiten am Varieté. Einige waren zum Tanzen zu alt geworden, die Hüften und Knie machten nicht mehr alles mit. Sie blieb stehen, um mit ein paar von ihnen zu plaudern und zu sehen, ob sie etwas brauchten. Dabei sprach sie den Berliner Dialekt, den sie sich von Bertha abgelauscht hatte, dem Dienstmädchen, mit dem sie aufgewachsen war.

Eine Frau in ihren Vierzigern winkte ihr zu. »Vicki! Lässte dir ooch ma wieder blicken!«

»Ick lass mir doch fast jeden Tag hier sehen, Minna!«, rief Vicki und lächelte. »Jeschäft is Jeschäft.«

»Sach ick ooch imma.«

»Quatsch nich mit der Hübschen, sonst kommen die Herren der Schöpfung bloß uff dumme Jedanken!«, schrie ein Mädchen neben ihr.

»Lass mir ma mit meener Freundin quatschen!«, brüllte Minna zurück.

Das Mädchen grinste. »Soll ick dir ma 'n Kompliment machen? Hast Zähne wie de Sterne. Nachts kommse raus.«

»Frohe Weihnachten«, flüsterte Vicki und schob Minna ein Päckchen mit Apfel, Schrippe und einem kleinen Fläschchen zu.

Minnas Gesicht leuchtete auf. »Danke, Kleene. Dit wünsch ick dir ooch!«

»Kannste ma kieken, Gräfin?«, fragte Line anstelle einer Begrüßung, als Vicki in die Garderobe des Varieté Wintergarten trat. Line stand ohne Korsett, aber dafür in Strumpfhalter, langen Strümpfen und Knopfstiefeln vor ihr. Die schwarz glänzenden Haare fielen ihr bis zur Taille und bedeckten ihre Brust. »Du bist doch so 'ne Schlaue. Wat isn det hier?«

Vicki hängte ihren Hut an den Kleiderständer. Sie hatte es aufgegeben, gegen den Spitznamen zu rebellieren, den ihr die Mädchen verpasst hatten, weil sie angeblich so gebildet und exzentrisch wirke. Wenn sie nur wüssten, wie nahe sie der Wahrheit waren! Sie beugte sich vor.

Dort, wo Lines Beine endeten, trat eine Reihe von Verhärtungen hervor. Vorsichtig berührte sie die Stellen. Hart wie Steine fühlten sie sich an. »Det sind deene Lymphknoten, Linchen. Janz schön jeschwollen sehen die aus!«

»Nich Lateinisch sollste reden! Sach mir, wat det is!«

Vicki sah sich vorsichtig im Raum um. Die anderen Mädchen waren alle eingetroffen, schnürten sich gegenseitig ihre Korsetts zu, saßen vor den Spiegeln und schminkten sich.

»Haste wo Schmerzen?«, fragte Vicki leise.

»Icke hab immer Schmerzen. Is normal, bin Tänzerin.«

»Nee, ick meene, hier unten …«

Line riss die Augen auf. »Ja, ooch, aba …«

»Kann ick mir det ma ankieken?«

»Biste irre?« Line schlug nach ihr. »Een Weib, wo andere Weiber zwischen de Beene ankiekt, ick gloob, bei dir hackts!«

Hildi, die sich vor dem Spiegel die Lippen rot nachzog, kicherte. »Willkommen am anderen Ufer, Vicki! Sach Bescheid, für dich mach ick det ooch gratis!«

Vicki beachtete sie nicht. »Willste lieber, dass dit 'n Mann macht, Line? Dit Ankieken?«

»Nee, ooch nich. Männer ham dit schon jenuch anjekiekt.«

»Denn komm morgen in die Charité, Frauenklinik. Icke bin da ooch.«

»Aber morjen is doch Weihnachten!«

»Klinik hat immer uff.« Vicki zwinkerte. »Wie bei uns, weißte? Feiertach is Arbeitstach.«

»Danke«, sagte Line sah und auf einmal ganz klein aus. »Wollt dir nich so anfahren eben. Dit tut mir leid.«

»Kriegen wir schon wieder hin.« Vicki versuchte, aufmunternd zu klingen. Aber sie ahnte, was Line befallen hatte. Und nachdem sie ihr beim Korsettschnüren geholfen hatte, wusch sie sich gründlich die Hände. Mit Lysoform. Und unter dem Vorwand, dies wäre die neuste Seifenmode, reichte sie das Mittel auch unter Hildi und den anderen Tänzerinnen herum.

»Die Patientin ist neunzehn Jahre alt, unverheiratet, nicht schwanger, regelmäßige Menstruation.« Clara musste sich konzentrieren, um die krakelige Schrift auf der Krankenakte zu entziffern. »Beschwerden: stark verhärtete Lymphknoten in der Leistengegend, knötchenförmige Geschwüre auf der Vulva. Geschwüre sondern farblose Flüssigkeit ab.«

Sie standen in einem Untersuchungszimmer, durch dessen Fenster ein Morgenhimmel aufschien. Dichte Flocken fielen draußen. Weihnachten schien weit entfernt. Clara blickte zwischen der Patientin, die in einem gynäkologischen Stuhl saß, der Gruppe von Ärzten, Schwestern und Studenten und den anderen beiden Patientinnen umher. Eine von ihnen ganz offenbar hochschwanger, die andere war ein noch sehr junges Mädchen mit verfilzten Haaren, deren Schuhe zerlöchert waren.

Professor Meininger nickte ihr zu. »Wurden die vaginalen Bakterien mikroskopiert?«

Clara verneinte.

»Gut, Sie können die Patientin jetzt untersuchen. Schwester, richten Sie das Licht so, dass wir alle besser sehen können. Fräulein Madsen, da Sie noch nicht an den Touchierübungen teilgenommen haben, bitte ich Sie um besondere Umsicht. Vor und nach der Untersuchung waschen Sie sich die Hände mit heißem Wasser und Seife. Bitte reinigen Sie auch den Unternagelraum und den Nagelfalz. Dann bürsten Sie die Hände erneut in heißem Wasser und mit Seife, dann in Alkohol für eine Minute und drei Minuten lang in Sublimat. Wenn Sie das getan haben, führen Sie zwei Finger in die Vagina ein. Tasten Sie sich vorsichtig am Geburtskanal entlang.«

Das Mädchen, das laut Unterlagen Caroline hieß und vor ihr auf dem Untersuchungsstuhl saß, kicherte nervös. Es konnte nicht leicht sein, sich vor einer Gruppe weiblicher und männlicher Studenten, einem Professor, einem Assistenzarzt, einem Volontärsarzt und einer Krankenschwester anfassen zu lassen, aber genau darum musste Clara sie jetzt bitten. Sie blickte zu Vicki hinüber, die unbewegt zu der Patientin hinsah. Auch die Studenten zeigten glücklicherweise keine Regung. Zu ihrer großen Erleichterung fehlte Carl.

»Darf ich Sie bitten, Ihre Beine in diese Stoffschlingen zu stecken, um mir so einen Einblick zu gewähren?«, fragte Clara.

Das Mädchen kicherte noch mehr. »So höflich bin ick det ja noch nie jefragt worden! Bitte sehr!« Sie öffnete ihre Beine, und Clara schob vorsichtig ihren Rock hoch. Doch dann erschrak sie. Die Vulva der Patientin war mit schrecklichen Geschwüren übersät. Sie folgte den Waschanweisungen des Professors, desinfizierte sich extra lang die Hände und schob ihren rechten Ärmel hoch. »Haben Sie Schmerzen in den Gelenken?«, fragte sie.

»Na, und ob ick det hab! Ick tanze ja jeden Abend!« Die Patientin verzog das Gesicht.

»Wie würden Sie jetzt vorgehen, Fräulein Madsen?«, fragte der Professor.

»Abstrich und mikroskopieren. Verdacht auf Spirochaeta pallida.« Clara desinfizierte sich erneut.

»Sehr gut, Nächster bitte. Meyer, treten Sie vor!«

»Wat solln det werden? Ne Massenorjie? Vicki, sach ma wat!«

Nun flogen alle Blicke zu Vicki hinüber.

»Sie kennen die Patientin?«, fragte der Professor ungläubig.

»Nee.« Der Blick der Patientin flog entschuldigend zu Vicki. »Det is nur …«

Zu Claras Erstaunen wurde Vicki rot.

»Wie auch immer.« Der Professor verwedelte die Frage wie eine lästige Fliege. »Meyer, Hände waschen und desinfizieren!«

»Ihr Kinderlein kommet, wa«, sagte das Mädchen mit den verfilzten Haaren und deutete auf den Bauch der Hochschwangeren.

»Na, ick hoff, nich jetzt«, antwortete diese ungerührt.

Das Klinikgelände an der Artilleriestraße war wie in Watte gewickelt. Dicker Schnee lag auf den Grünflächen und Wegen. Die Pavillons mit ihren weißen Dächern und leuchtenden Fenstern sahen wie Knusperhäuschen aus. Im Kesselhaus sangen die Waschfrauen. Der Schlot kochte dicke Wolken in die Luft.

»Sie hat die Franzosenkrankheit«, sagte Vicki so leise, dass Clara sie über ihren knirschenden Schritten erst nicht verstehen konnte.

Clara hielt vorsichtig ihre Probe. »Das wissen wir doch noch nicht.«

»Du hast es selbst gesagt, Verdacht auf den Spirochaeta-Erreger. Und wenn ich mich jetzt angesteckt habe?« Vicki sprach in ihrer Erregung lauter. »Dann werde ich meine Tochter nie wiedersehen!«

Clara unterdrückte die Frage, die ihr auf der Seele brannte. Stattdessen sagte sie: »Darum must du dich nicht sorgen. Das Bakterium kann die intakte Hautschicht nicht durchdringen. Du hast dich doch nicht an den Händen verletzt?«

Vicki wollte etwas antworten, aber in diesem Moment erreichten sie den Pavillon mit den Laborräumen, und einer der Studenten öffnete ihnen die Tür. Gleich würde sie ihre erste eigenständige Diagnose stellen. Ihr Herz klopfte vor Aufregung. Bislang hatten sie in Histologie nur totes Gewebe miskroskopiert, und jetzt hatte sie die Gelegenheit, einen lebenden Erreger aufzuspüren!

Sie rieb sich die Hände, bevor sie die Hand-Zentrifuge an ihrem Tisch anschraubte. Ihr Atem wehte in einer weißen Wolke. Es war sehr kalt im Labor.

Sie färbten nach Gustav Giemsa. Der Chemiker hatte vier Jahre zuvor eine Methode gefunden, Zelltypen so zu kolorieren, dass man sie unter dem Mikroskop besser erkannte und voneinander unterscheiden konnte.

»Sie brauchen Azur, Eosin und Methylenblau«, sagte der Professor. »Wer den entsprechenden Flakon nicht auf seinem Tisch stehen hat, holt ihn sich bitte vom Tisch vorn. Hat jeder von Ihnen einen Abstrich? Gut, dann fangen wir an. Vermengen Sie die Färbstoffe in ihrer Zentrifuge. Beachten Sie bitte, dass das Färberesultat deutliche Unterschiede aufweisen kann. Es wird unter anderem durch die Färbezeit und den pH-Wert der Lösung beeinflusst.« Ein leises Lächeln schlich sich in seine Züge. »Der Erste, der etwas findet, erhält von mir ein Weihnachtsgeschenk!«

Vicki arbeitete stumm und konzentriert. Clara bemerkte, dass ihre Lippen sich bläulich verfärbten, aber sie ließ sich nicht anmerken, dass sie fror. Clara vermengte die Farbtinkturen in der Zentrifuge. Minutenlang hörte man nur das Kurbeln und das angestrengte Atmen der Studenten im Raum.

Durch ihr Mikroskop konnte Clara sehen, wie sich kleine Formen tummelten. Es war eine Welt, die so unwirklich aussah, dass sie nicht zu ihrer zu gehören schien. Und doch lebten die Bakterien und sie zusammen. Was für eine Macht diese Winzigkeiten auf uns Menschen haben, dachte sie.

Und dann sah sie sie: dunkelblaue Kreise mit einem hellblauen Rand, dazwischen Leuchtpunkte, die wie an einer Perlenschnur aufgereiht herumflitzten. Kein Zweifel möglich – der Erreger sah haargenau wie im Lehrbuch aus! Vor Aufregung sprang Clara in die Höhe. »Ich hab sie!«, rief sie. »Eindeutig Spirochaeta pallida!« Doch im nächsten Augenblick sah sie zu Vicki hinüber, die bei ihrem Ausruf blass geworden war. Sekundenlang spürte sie zwei gleich starke Empfindungen in sich toben: die überschäumende Freude darüber, den Erreger, den sie gesucht hatte, gefunden zu haben. Und die Trauer, weil sie wusste, dass dieser Erreger für Vickis Bekanntschaft tödlich sein würde.

Der Professor bat sie, beiseitezutreten, und blickte nun seinerseits durch das Mikroskop. »Gut gemacht, Fräulein Madsen«, lobte er sie. »Schnelle und gründliche Arbeit. Zur Belohnung dürfen Sie mir heute bei einem Kaiserschnitt assistieren. Ich hoffe, Sie haben noch nichts vor.«

Was war schon ein Weihnachtsfest unter dem Christbaum, wenn man dafür ein gesundes Kind auf die Welt bringen konnte! Und das bereits im dritten Semester! Clara hüpfte vor Freude durch den Schnee. Vicki war nach der Syphilis-Diagnose ihrer Bekannten niedergedrückt gewesen, aber sie hatte sich für Clara auch mitgefreut. »Gut gemacht, Clärchen«, hatte sie gesagt, als sie das Labor verlassen hatten. »Wir zeigen es den Herren Mitstudenten, wir zwei!«

Und damit hatte Clara dem Pavillon für Frauenheilkunde den Rücken gekehrt und stattdessen in der Geburtsklinik assistiert.

Jetzt war es wieder dunkel. Ein Vierzehnstundentag lag hinter ihr, aber sie fühlte sich überhaupt nicht müde, im Gegenteil! Alles war ihr geglückt an diesem Tag! Der Kaiserschnitt war erfolgreich verlaufen, Mutter und Baby gesund. Was für eine Freude dieser Beruf doch war!

Sie machte noch einen Hüpfer und sank tiefer im Schnee ein. Ihr Rocksaum war mit Eisklumpen übersät. Jetzt erst bemerkte sie, dass die Straßen ganz leer waren. In der Ferne läutete eine Kirche den abendlichen Weihnachtsgottesdienst ein. Hinter den erleuchteten Fenstern eines Wohnhauses sah sie eine Gruppe von singenden Kindern stehen. Ihre hellen Stimmen tönten nach draußen, vermischten sich mit den Rufen eines Bauchladenverkäufers, der seine Streichhölzer anpries. Clara blieb stehen und streckte die Zunge heraus, um die Schneeflocken aufzufangen, so wie früher, als sie und Aiske Kinder gewesen waren. Ein seltsames Glück erfüllte ihre Brust.

Und da stand er, an der Haltestelle der Pferdetram. Im Schein der Gaslaterne konnte sie sein Gesicht erkennen. In der einen Hand hielt er den Koffer mit dem Fotografierapparat, in der anderen das Stativ.

»Hallo!«, rief Clara, und weil sie nicht wusste, wie sie ihn anreden sollte, noch einmal: »Hallo!« Doch ihre Rufe gingen im Geschrei des Bauchladenverkäufers, dem Hupen und Klingeln und dem Klop-Klop herannahender Hufe unter. Die Pferdebahn bimmelte über die Schienen. Sie begann zu laufen. Der Schnee war an einigen Stellen so tief, dass er ihr bis zu den Waden reichte, aber das war ihr egal. Sie lief, sie sprang, sie hüpfte. »Hallo!«

Nur noch über die Straße rennen. Gleich war sie da. Doch in ihrer Hast rempelte sie gegen den Bauchladenverkäufer, und noch während sie sich entschuldigte, sprang der Fotograf auf die Bahn auf. Schneller lief sie, fast wäre sie gerutscht im Schnee, sie konnte doch an die Scheibe der Pferdebahn klopfen oder endlich lauter als der Bauchladenverkäufer sein, der jetzt hinter ihr herfluchte, aber dann bimmelte es noch einmal kräftig, und die Pferdebahn fuhr fort.

9

Es musste die Zeit der Schaulust sein, anders konnte man es sich nicht erklären. Im Zoologischen Garten bestaunten die Besucher eine Ausstellung mit echten »Negern«, wie die Bewohner der afrikanischen Kolonien genannt wurden. Im frisch eröffneten Neubau der Volkssternwarte in Treptow konnte man durch ein einundzwanzig Meter langes Fernrohr zu weit entfernten Sonnen sehen. Und im Prüfungssaal der Charité, in dem Clara, Vicki und Ida an diesem Tag ihr Physikum abhielten, tummelte sich wohl halb Berlin. Frauen, die Ärztinnen werden wollten und deren Wissen jetzt öffentlich geprüft wurde – das versprach ein ausnehmend unterhaltsames Spektakel zu werden. Doch offenbar fürchteten die Neugierigen, während der Vorstellung eines elenden Hungertods zu sterben, denn sie hatten sich Picknickkörbe mitgebracht, die vor Köstlichkeiten nur so überquollen. Wie von Ferne nahm Clara wahr, dass sich Würste aus den Körben wölbten, mächtige Brotlaibe, Erdbeeren, Radieschen und Kohlrabi und was sonst noch im Mai auf den Feldern wuchs. Doch nicht alle beschränkten sich auf die Erzeugnisse vom heimischen Acker und den Märkten. Ein Zuhörer in vorderster Reihe hatte sich, wohl in Erwartung der exotischen Vorstellung, Bananen vom Kolonialwarenhändler besorgt. Im Saal roch es durchdringend nach Buletten und gebratenem Huhn.

Unter normalen Umständen wäre Clara das Wasser im Munde zusammengelaufen. Aber dies waren keine normalen Umstände, in keinster Weise. Ausgerechnet an dem Tag, an dem sie beweisen wollte, dass weibliche Studenten nicht am »physiologischen Schwachsinn des Weibes litten«, wie es der Neurologe Paul Moebius in einem Pamphlet formuliert hatte, war sie mit Fieber und Schüttelfrost erwacht.

»Ist alles in Ordnung mit dir?«, flüsterte Ida, während sie sich einen Weg durch den Mittelgang bahnten.

Clara schüttelte den Kopf.

»Sie hat die Grippe«, flüsterte Vicki zurück.

Sie wurden zu fünft geprüft, neben ihnen noch Carl und ein weiterer Student aus Carls Verbindung. Carl hob lässig eine Hand zum Gruße, während sie nebeneinander an einem Saalende darauf warteten, ihre Plätze einzunehmen. »Mögen die Besseren gewinnen«, fistelte er.

»Ich sehe was, was du nicht siehst, und das ist ein Anus«, zischte Vicki zurück.

Wie durch einen Nebel nahm Clara wahr, dass einer der Examinatoren sie an einen langen Tisch winkte. Es war Professor Siegland, Examinator für Chemie.

»Du schaffst das, Clara!« Vicki sprach ihr Mut zu. »Verlass dich einfach auf dein Gedächtnis! Es wird nur diese paar Stunden dauern. Und hinterher kümmern wir uns um dich, Ida und ich!«

Jemand musste Blei in ihre Glieder gegossen haben. Clara schleppte sich nach vorn. Jeder Schritt war schwer und schmerzte. Aus den Zuhörerreihen raschelte es. Die Ersten öffneten ihre Wurststullen.

»Essen ist hier verboten!«, herrschte ein Saaldiener die Wurstesser an.

Sofort brach ein Tumult los. »Ick lass mir jarnüscht sagen!«, schrie einer. Ein älterer Herr fuchtelte mit seinem Spazierstock. »Pluster dir ma nich so uff!« Und eine Frau keifte: »Wenn ick Hunger hab, fress ick meene Buletten, da kannste Jift druff nehmen!«

Der Saaldiener klopfte mit einem Stab auf den Boden. »Ruhe, meine Herrschaften, dies ist eine Prüfungssituation!«

Fast musste Clara lachen. Auch um Vickis Mundwinkel zuckte es. Aber der Moment verging so rasch, wie er gekommen war. Nach einer kurzen Begrüßung durch den Examinator ging die erste Frage direkt an sie.

»Fräulein Madsen, zur Hautdesinfektion wird eine Körperstelle mit Ethanol eingerieben. Dieser Hautbereich fühlt sich vorübergehend kühl an. Warum?«

Eine tiefe Stille senkte sich über den Saal. Clara spürte, dass Vicki neben ihr den Atem anhielt. Sie blickte den Prüfer an, der einen gewaltigen braunen Rauschebart hatte. Bilder der letzten Wochen schoben sich vor den Rauschebart. Sie und Ida am Schreibtisch bei ihrer schwerhörigen Tante. Vicki und sie im Kuckucksheim. Berge von Büchern, Zahlen und Formeln, die vor ihren Augen verschwammen. Halbe Nächte ohne Schlaf. Sie öffnete den Mund, um zu sprechen, doch kein Ton kam hervor.

Carl schnalzte mit der Zunge.

»Weil der Haut bei der Verdunstung von Alkohol vorübergehend Wärmeenergie entzogen wird«, hörte sie sich wie von weiter Ferne sagen.

Der Prüfer richtete die nächste Frage an Vicki. Dann kam Ida an die Reihe, dann Carl und der andere männliche Student. Clara hörte: Metaboliten, Citratzyklus, Blutgerinnung. Die Wörter schwirrten wie Bumerange durch den Raum. Sie flogen weg und kamen wieder, irgendjemand fing sie immer wieder auf.

Jetzt richteten sich alle Augen wieder auf sie. Clara stützte den Kopf auf ihre Hände. Sie konnte kaum noch aufrecht sitzen. Alles tat ihr weh.

»Ist Ihnen nicht wohl, Fräulein Madsen?«, hörte sie den Rauschebart fragen.

»Sie hat Fieber«, murmelte Vicki von der Seite. Clara nickte. Sie hatten sich darauf geeinigt, nichts von der Grippe zu sagen, aus

Angst, Clara würde dann nicht zur Prüfung zugelassen werden. Ein ganzes Semester würde sie dann verlieren!

»Stellen Sie Ihre Frage.« Clara fand, dass es schwierig war zu sprechen, wenn man dabei seinen Kopf aufstützte. Die Kiefer pressten sich so zusammen.

Rauschebart schien zu zögern. »Nun gut, wenn Sie es so wünschen. Sie können die Prüfung hier auch abbrechen.«

Clara spürte, dass wieder Bewegung in die Menge hinter ihr kam. Jemand wollte laut von seinem Banknachbarn wissen, was das Fräulein denn habe. »Fieber«, gab der andere zurück.

»Na, so ist das mit dem Weib, ist eben von schwächlicherer Konstitution!«, hörte sie jemanden im Saal dozieren.

»Stellen Sie sich vor, Sie haben einen Patienten, der zu Blutungen in die großen Gelenke neigt«, sagte Rauschebart. »Wofür spricht das?«

Wieder sah Clara ihre Notizen vor sich. Sie wusste die Antwort, sie musste sie nur tief in ihrem Kopf suchen. Aber sie fand, dass etwas merkwürdig an der Frage war.

»Ich will Ihnen gern auf die Sprünge helfen«, sagte der Prüfer. »Könnte das an einer abnorm gesteigerten Fibrinolyse liegen? An einer Hypofibrinogenämie?«

Clara versuchte zu schlucken. Es tat sehr weh. »Ich habe eine Gegenfrage«, brachte sie hervor. »Wie lang dauert die Blutungszeit beim Patienten? Und die Thromboplastinzeit – wie lang dauert die?«

Einen Moment lang sah sie Verblüffung über die Züge des Prüfers huschen. »Beides normal«, sagte er.

»Dann handelt es sich um eine isolierte Störung des sogenannten intrinsischen Systems«, sagte sie.

Sie wusste nicht mehr, wie sie nach Hause gekommen war. Sie erinnerte sich an einen Droschkenfahrer, an eine holperige Fahrt. An Vickis und Idas besorgte Blicke. Ihr Bett im Zimmer der Kuckuckswitwe. Die Sommersonne malte seltsame Muster durch das Fenster. Die Wände schienen auf sie zuzukommen und wieder zurückzuweichen, als ob der Raum pulsierte. Ihr war eiskalt.

Tage und Nächte vergingen, aber sie verlor ihr Gefühl für die Zeit. Manchmal träumte sie von Aiske, und dann erwachte sie von ihrem eigenen Schrei. Sie sah ihr Leben in einem bunten Bilderbogen an sich vorbeiziehen: Mads, wie er mit ihr durch die Stube in Westerland tollte, eine unendliche Zeit über Büchern, Zahlen, Formeln und Buchstaben, die ihr vor den Augen verschwammen. Sie sah Idas und Vickis Gesichter über sich wabern, das faltige Gesicht der Kuckuckswitwe und einmal auch das Gesicht eines fremden Mannes. Sie spürte sein kaltes Stethoskop auf ihrer Brust und wollte schreien, aber es kam nur ein heiserer Ton heraus. Dann sah sie sich durch das KaDeWe wandern, auf der Suche nach einem Fotoatelier. Palmenkübel, Säulen, Damen mit prächtig geschmückten Hüten und ausladenden Hinterteilen. Pianomusik. Ein Fotoatelier, endlich, aber kein Mann darin, den sie kannte. Sie erwachte und lag in einem Bad aus Schweiß.

Griechisch und Latein, warum hörte sie sich Wörter in diesen Sprachen konjugieren? Die Gesichter ihrer Nachhilfeschüler tauchten in ihrer Erinnerung auf. Doch schnell verschwand wieder alles im Nebel. Jetzt hörte sie nur noch Sölring, Sylterfriesisch – die Sprache ihrer Kindheit. »Rüm hart, klar kimming«, wiederholte sie ein ums andere Mal.

Die Träume wurden bunter, die Schmerzen schwanden. Lange trieb sie so in einer Welt aus Schlaf. Wie durch Watte hörte sie Männerstimmen, sie wurde auf eine Trage gehoben, hinunter ging es, an Nachbarsblicken vorbei, sehr holperig, einer der Männer fluchte, dann ein Wagen. Vicki, die ihre Hand hielt. Weinte Vicki? Clara schloss die Augen. Sie wollte keine Trauer mehr sehen.

»Hat die Patientin ein ärztliches Attest, kommt sie von der städtischen Armenverwaltung oder ist sie auf polizeiliche Anordnung hier?« Der Beamte im Aufnahmebüro der Charité unterstrich jede der drei Möglichkeiten mit einem Klopfen seines Bleistifts.

Vicki reichte ihm einen Zettel. »Ärztliches Attest.«

»Die Patientin ist einundzwanzig Jahre alt, Verdacht auf Influenza?«, entzifferte der Beamte die Handschrift mühsam. »Kann die Patientin …«

Vicki unterbrach ihn. »Die Patientin ist halb tot.«

»Also, Fräulein …«

»Comtesse von Dutzenberg, Viktoria.« Vicki benutzte ihren Titel. Wenn es die Aufnahme beschleunigte, hätte sie sich auch Ihre Majestät die Schneekönigin genannt.

»Gut, Comtesse, bevor Sie mir hier in Ohnmacht fallen, wir nehmen die Patientin ja auf, es muss nur alles seine Ordnung haben.«

Vicki unterdrückte einen Wutschrei. Hinter der Tür wurden Stimmen lauter, dann stürzte ein altes Weib mit einer Hochschwangeren herein. »Bei meine Gerda isset so weit!«

»Hat die Patientin ein ärztliches Attest, kommt sie von der städtischen Armenverwaltung oder ist sie auf polizeiliche Anordnung hier?«, fragte der Beamte stoisch.

»Seh ick aus wie Krösus?«, keifte die Alte.»Dit Armendingsda, dit is wir!«

Ein Schwall Wasser entleerte sich zwischen den Beinen des Mädchens.

»Nu kuck dir det an, so ’ne Sauerei!«, schimpfte einer der Träger.

»Der Kreißsaal ist voll belegt, ich setze die Patientin auf die Warteliste.« Der Beamte wirkte noch immer ungerührt.

Vicki trat von einem Bein aufs andere. »Bitte, Herr Bureaubeamter! So geht es nun schon seit drei Wochen! Das Fieber meiner Freundin ist konstant bei vierzig Grad!«

»Patientin geht in den Saal für ansteckende Krankheiten«, befahl der Beamte und kritzelte etwas auf einen anderen Zettel, den er einem der Träger reichte. »Und nein, Comtesse, Sie können *nicht* mitgehen!«

»Ich bin Studentin der Medizin, lassen Sie mich helfen!«, bat Vicki.

»Sie helfen uns am besten, indem Sie jetzt nach Hause gehen.«

»Kann det feine Fräulein mal beiseitetreten?«, rief die Alte. »Meine Gerda presst schon, wa?«

In der Tat war die junge Frau auf den Boden gesunken, die Beine geöffnet. Ein markerschütternder Schrei entfuhr ihr.

»Was ist nur heute hier los?«, seufzte der Beamte.

»Heute?«, höhnte einer der Träger. »Det is hier jeden Tach so.«

»Saal für ansteckende Krankheiten, was haben Sie denn da heute?«, empörte sich Vicki. »Typhus, Ruhr, Diphtherie?«

»Das darf ich Ihnen leider nicht sagen.«

»Und wenn Sie sich mit den anderen Krankheiten ansteckt? Ich bitte um ein Einzelzimmer!«, rief sie.

Der Bureaubeamte lachte trocken. »Einzelzimmer in der Charité? Sie studieren hier aber noch nicht lange, oder?«

Die Träger eilten mit Clara nach draußen, die Treppe hinunter, und Vicki unterließ es, auf die Frage zu antworten. Sie lief den Trägern und der Freundin hinterher.

Clara öffnete die Augen. Um sie herum war alles weiß. Die Wände, die Betten, sogar das fremde Nachthemd, in dem sie steckte. Helles Licht schien durch die Fenster. Es roch nach Lysoform und Carbolsäurelösung. Und dann war da noch ein anderer Geruch, und der war sehr vertraut.

»Vater?«, fragte sie überrascht, als sie die zusammengekauerte Figur am Kopfende ihres Bettes entdeckte.

»Hur gair't wat?«, hörte sie den Vater leise fragen.

Sie versuchte zu lächeln. »Mi gair't gur.«

Er nahm ihre Hand, und sie versuchte zu verstehen, was geschehen war.

»Du bist sehr krank gewesen, Kleines«, sagte der Vater mit seiner neuen, leisen Stimme. »Deine Kommilitonin Viktoria hat mir ein Telegramm geschickt. Wir dachten, du stirbst.«

Clara fühlte, wie ihr die Tränen in die Augen traten.

»Hier ist noch jemand, der dich unbedingt sehen wollte.«

Clara wandte den Kopf um, und da sah sie den blonden Jungen, der sich an die Wand gedrückt hielt.

»Tante Clara!«, rief Mads.

Clara öffnete die Arme, und Mads hopste auf das Bett und ließ sich auf sie hinaufplumpsen.

»Ich bin sicher, dass das nicht erlaubt ist«, hörte sie den Vater unter Mads' dicker Umarmung sagen. »Aber die Regeln sind uns heute gleich.«

Clara drückte Mads, bis sie spürte, dass sie keine Kraft mehr hatte. Der Augenblick kam schneller, als sie gehofft hatte. Ihre Arme bestanden nur noch aus Knochen. Und vermutlich Nervenbahnen und Sehnen. Und einer sehr dünnen Fettschicht, die man in der Pathologie wohl mühelos würde entfernen können, wollte man sie sezieren. Aber Mads' strahlendem Gesicht nach zu urteilen, seinem Lächeln mit den Mäusezähnchen und seiner Begeisterung, ihr Bett als Sprungbrett zu benutzen, war sie noch am Leben. Wenngleich sie nicht verstand, was geschehen war.

»Du hattest eine sehr schwere Grippe«, erklärte ihr der Vater, als könnte er ihre Gedanken lesen. »Deine Kommilitoninnen und deine Vermieterin, der ihr so einen ulkigen Namen gegeben habt …«

»Kuckuckswitwe«, lächelte Clara.

»Kuckuckswitwe«, lächelte der Vater.

»Kuckuckswitwe!!!«, krähte Mads.

»Also, die haben sich um dich gekümmert, während du krank warst. Aber irgendwann dachte deine Kommilitonin Viktoria, dass du sterben würdest, und hat eine Ambulanz gerufen. Ich nehme an, sie hat dir das Leben gerettet. Nicht auszudenken, wenn sie nicht …« Er schluckte und konnte nicht weitersprechen.

Vicki also. Clara nickte. Natürlich, wenn jemand handelte, während andere ratlos herumstanden, so war das Vicki. »Was geschah dann?«, fragte sie.

»Danach hat sich zehn Tage lang nichts gebessert. Mads und ich sind von Sylt angereist.«

»Seltsam, dass Greetje das erlaubt hat«, murmelte Clara.

»Ich habe sie nicht um Erlaubnis gebeten.«

»Großvater hat mich gefragt, ob wir eine Reise machen wollen«, erzählte Mads begeistert. »Wir sind mit einer Eisenbahn gefahren, die sehr doll gewackelt hat.«

Clara musste lachen.

»Ich habe Greetje gesagt, dass es dein letzter Wunsch sei, Mads noch einmal zu sehen, und ob sie ihrer sterbenden Schwester den letzten Wunsch verweigern wolle.« Er blickte sie nachdenklich an. »Sie hat natürlich verneint.«

Clara schüttelte den Kopf. Da war so viel, das sie begreifen musste. So unendlich viel war geschehen.

»Es tut mir schrecklich leid, was Weihnachten vor drei Jahren geschehen ist«, sagte der Vater. »Ich hätte damals mit deinen Schwestern reden müssen. Sie haben dich schlecht behandelt. Und dazu hatten sie kein Recht.«

Sie schwiegen eine Weile. Aus einem der anderen Betten drang ein leises Stöhnen. Mads machte Lokomotivgeräusche. Eine Fliege surrte durch die Luft. »Es ist schon in Ordnung«, sagte Clara endlich. »Es ist ja auch nicht leicht für sie.«

Sie fühlte es schwer auf ihrer Brust liegen. Das Thema, das sie seit Beginn des Gesprächs vermieden hatte. Sie musste dem Vater sagen, dass sie das Physikum nicht bestanden hatte. Oh, warum nur, warum war sie krank hingegangen, hatte es keinen anderen Ausweg gegeben? Das schöne Geld, das der Vater ihr für das Studium bezahlt hatte! Was würde er nur gleich von ihr denken?

Mads kuschelte sich an sie, und sie streichelte ihm über die Haare. »Vater«, begann sie. »Da ist noch etwas, das wir besprechen müssen. Das Physikum …«

»Oh, Clara«, sagte der Vater und drückte ihr die Hände. »Ich wollte nicht gleich darüber sprechen, weil ich nicht wollte, dass du glaubst, ich wäre deswegen hier!« Ein Kranz von Lachfalten strahlte über sein Gesicht. »Ich wäre natürlich auch stolz auf dich gewesen, wenn du es nicht bestanden hättest! Einfach, weil du es versucht hast. Aber so … Niemand in unserer Familie hat es so weit gebracht!«

Mit Grausen erinnerte sich Clara wieder an den Examinator und an eine Frage, die sie mit einer Gegenfrage beantwortet hatte. Wie töricht sie gewesen war!

Und dann erst begriff sie, was der Vater gesagt hatte. »Ich habe … bestanden?«, fragte sie.

»Oh, du wusstest es noch nicht mal?«, lachte der Vater. »Viktoria hat mir alles erzählt. Du hast als Einzige der fünf Examinanden mit *summa cum laude* abgeschlossen. Offenbar gab es während der Prüfung eine Fangfrage, die du großartig gemeistert hast. Du warst sehr gut, Clara, trotz deines Fiebers!«

»Und meine Kommilitoninnen? Vicki und Ida?«

»Die haben ebenfalls bestanden. Aber du – *summa cum laude*, Clara! Selbst deine Schwestern waren beeindruckt.« Er nahm ihre Hand, als er sah, dass sie in Tränen ausbrach. »Wir sind alle sehr stolz auf dich!«

10

Florence Nightingale ist gestorben!« Einer der Ärzte, den Clara noch nicht kannte, blickte vom *Hamburger Echo* auf.

Schwester Bertha erhob sich. »Schon zur Stelle. In welchem Bett liegt die gute Frau?«

»In einem hoffentlich schönen Bett irgendwo in Mayfair.«

»Und warum erzählt der uns das hier in Hamburg?«, fragte Bertha, als der Arzt mit seiner Ankündigung in den Nebenraum stürmte. »Werd ich nich bei schlau.«

Clara unterdrückte ein Kichern. Wenn sie doch nur mit Vicki und Ida ihre ersten Tage als Schwester im Universitätskrankenhaus Eppendorf besprechen könnte! Die Welt hier war so eine ganz andere als die der Studenten! Und ziemlich lustig war sie manchmal auch!

»He, wenn die neue Aushilfsschwester immer nur lachen kann, dann kann sie auch feudeln!«, donnerte Schwester Hildegard zu ihr herüber.

»Aber ich habe doch heute schon dreimal gewischt!«, protestierte Clara.

»Widerworte, Aushilfsschwester Clara?« Die Donnerstimme kam näher. »Jetzt erst recht!«

Keine der Schwestern wusste, dass sie eigentlich Medizinstudentin war. Sie hatte absolutes Stillschweigen darüber verabreden müssen – sowohl mit der Oberschwester des chirurgischen Männerpavillons, in dem man sie eingesetzt hatte, als auch mit dem leitenden Arzt, Doktor Rosenstein, Idas Vater. Die beiden wollten keine Unruhe schüren unter den Schwestern. Die hatten noch nie mit einer angehenden Ärztin zu tun gehabt.

Sie ging zu der Kammer im zweiten Stock des Pavillons, in der neben den »Feudeln«, wie die Hamburger sagten, auch die Staubtücher, Besen, Eimer und die Flaschen mit der Lysoformlösung aufbewahrt wurden. Eigentlich war sie nach Hamburg gekommen, um einen Einblick in die Krankenpflege zu bekommen. Jetzt, da sie so kurz vor dem Staatsexamen stand, wollte sie wissen, wie die Arbeit aussah, die sie später als Ärztin beaufsichtigen würde. Aber seit ihrer Ankunft schien sie nichts anderes zu tun, als Böden, Fenster und Türklinken auf Vordermann zu bringen.

In einem der großen Fenster spiegelte sich eine junge Frau, die blonden Haare streng zurückgekämmt und unter einem Schwesternhäubchen verborgen, das bodenlange blau-weiße Schwesternkleid von einer weißen Schürze geschützt. In einer Hand trug sie den unvermeidlichen Feudel, in der anderen den Eimer mit Wasser und Desinfektionsmittel. Clara brauchte eine Sekunde, um sich selbst in dem Bild zu erkennen.

»Na, Sie Arme, müssen Sie schon wieder feudeln?« Herr Gerber, ein älterer Patient, der darauf wartete, dass man ihm seine Gallensteine entfernte, lächelte sie an.

»Muss ja alles blitzen hier!« Clara lachte. Sie mochte Herrn Gerber. Nicht ein einziges Mal hatte sie ihn über seine Schmerzen klagen gehört. Dabei waren Gallensteine qualvoll – das wusste sie von Patienten aus der Charité. Außerdem hatte er immer ein freundliches Wort für die Schwestern übrig, und manchmal steckte er ihnen Schokolade aus seinem Kolonialwarenladen zu. Sie tauchte den Feudel in den Wassereimer und fing mit der Ecke an, in der Herr Gerber lag.

»Aber es blitzt doch alles! Sie haben hier doch heute Morgen schon so schön sauber gemacht!«

»Seitdem sind hier sicher wieder so einige Bakterien hereinspaziert.« Clara schrubbte, und sofort brannten die Blasen an ihren Händen. »Na, die sollen mich und mein Lysoform mal kennenlernen! Bakterien lassen wir hier nicht zu!«

Herr Gerber richtete sich auf und sagte so leise, dass die anderen Männer im Saal es nicht hören konnten: »Das war bestimmt wieder der alte Drachen, oder? Die Schwester Hildegard mit ihrer lauten Stimme? Die scheucht euch junge Schwestern ganz schön herum!«

Clara drehte sich um und hob einen seifigen Finger in die Höhe. »Psst«, lachte sie.

Es war bereits dunkel, als sie den Heimweg vom Krankenhaus zu Idas Eltern antrat, die sie netterweise für den Sommer aufgenommen hatten. Sie schwankte ein bisschen vor Müdigkeit. In dem Jahr nach ihrer Grippeerkrankung hatte sie glücklicherweise wieder zunehmen können, doch die ungewohnt schwere Schwesternarbeit zehrte an ihren Kräften. Vierzehn Stunden hatte sie an diesem Tag gefeudelt, Kranke von ihren Betten hochgehoben, Eimer und Instrumentenkoffer geschleppt. Selten freute sie sich so auf ihr Bett. Doch als sie die Grindelallee erreichte, in der die Rosensteins lebten, brannte im Wohnzimmer noch Licht, und Idas Hund Schlomo lief schwanzwedelnd auf sie zu.

Frau Rosenstein trat auf den Flur, als Clara eintrat, und sie sah ungewohnt blass aus. »Entschuldigen Sie bitte, Fräulein Clara«, sagte sie und nahm Schlomo am Halsband. »Aber ich glaube, wir haben ein Problem.«

Die Luft war so stickig im Treppenhaus, dass Vicki glaubte, Glut zu atmen. Es knarrte unter ihr – und dann brach sie ein. Fluchend befreite sie ihren Fuß aus dem Loch in der Stufe. Blut quoll über ihre Ferse. Sie blieb stehen, um die Wunde zu desinfizieren und mit einem Taschentuch zu verbinden. Dann klopfte sie.

Hinter der Tür brüllte jemand, etwas klatschte, ein Kind schrie. Dann wurde die Tür einen Spaltbreit geöffnet. Und Carolines Mutter erschien. »Ach, det is jut, dit Fräulein Dokta«, sagte sie erleichtert. »Kommense rin.«

»Det dauert noch, bis ick dit Fräulein Doktor bin.« Vicki lächelte und bemühte sich, nicht über einen Haufen Holz zu stolpern, der im Flur lag. Lines Mutter entschuldigte sich. »Wir sammeln det ja nu schon, fürn Winter. Weil det im Sommer so schön billig is. Kommense, kommense, dit Linchen wird Ogen machen, dasse wieder da sind! Line, det is Besuch für dir!«

Line saß aufrecht in dem Bett, das sich die Familie in der Küche teilte. Jetzt, da Lines Einkünfte wegfielen, mussten sie das einzige Zimmer an Fremde vermieten. In der Folge wohnten sie zu siebt in der Küche, Lines Eltern und ihre vier Geschwister, von denen einer noch ein Säugling war.

Vicki duckte sich unter der Wäscheleine durch. Die Augusthitze glühte durch die Dachschräge, es roch nach Schweiß und Fäkalien aus Babywindeln. Auf dem Tisch stapelten sich Küchenutensilien und ein Berg ungewaschenes Geschirr. Dann erst sah sie Line. Und erschrak.

Der einstige Stern im Wintergarten, die schöne Caroline, sah noch eingefallener aus als in der Woche zuvor. Ihre Augen lagen in tiefen Höhlen, ihr Teint war grau und fahl. Die Haare, die früher schwarz geglänzt hatten, waren ihr ausgefallen, ebenso die Schneidezähne. Aber sie lächelte, als sie Vicki sah.

»Linchen!« Vicki machte einen Schritt auf sie zu und wäre fast gestolpert. Eine Ratte jagte über ihren Schuh.

Vorsichtig ließ Vicki sich auf Lines Bett nieder. »Wie geht es dir?«

Line verzog das Gesicht. »Jut, weil ick nu det Bett für mir alleene hab. Will keener schlafen mit Franzosenkrankheit.«

»Na, dit muss ne Erleichterung sein, wa, Linchen?« Vicki lächelte. »Ich bin hergekommen, weil es gute Nachrichten für dich gibt.«

»Jute Nachrichten.« Line lachte heiser. »Wenn dit stimmt, fress ick 'n Besen, aba den Stiel vaquer.«

In diesem Moment begann der Säugling zu brüllen. Töpfe und Teller klapperten aneinander, so heftig waren die Schreie. Lines Mutter riss einen Kupferkessel vom Tisch und ließ ihn niedersausen. »Hab ick det verdammte Biest!« Der Säugling schrie immer weiter, und Vicki sah, dass er an der Wange blutete. »Verfluchte Ratte, hat meen Emil jebissen!«, zeterte die Mutter und hob den Säugling von seinem Deckenlager auf dem Boden hoch.

»Lassen Sie mich das ansehen«, bot Vicki an und begutachtete die Wunde. Sie war zum Glück nicht tief, die Ratte hatte den Jungen mit ihren Zähnen nur geritzt. »Muss nicht genäht werden«, sagte Vicki. »Das ist doch schon mal etwas.« Sie wollte Ethanol auf ihr Taschentuch träufeln, stellte aber fest, dass sie es bereits mit ihrem eigenen Blut beschmutzt hatte. Kurzerhand nahm sie ein Stück ihres langen Rocks zur Hand und säuberte damit die Wunde. »So«, sagte sie und presste den Säugling an ihre Brust. »Ist ja schon gut, mein Kleiner, hm? Tut gleich gar nicht mehr weh.« Das Weinen verebbte, aber sie behielt den Säugling bei sich. »So ein kleines Kerlchen, Mensch, ist das 'n Haufen süß!« Der Säugling lachte sie an und griff nach ihrem Daumen. Vicki strich mit dem freien Zeigefinger über sein Händchen und sah hoch.

»Jut machste dit, Vicki«, sagte Line. »Icke kann Kindern ja nüscht abjewinnen, aber du wirst bestimmt mal 'ne prächtije Mutter.«

Vicki fühlte den Stich und biss sich auf die Lippe. Line konnte ja nicht wissen, dass sie bereits Mutter war.

Während sie den Säugling im Arm schaukelte, begann sie zu berichten. Paul Ehrlich, der Charité-Forscher, der den Nobelpreis für Medizin erhalten hatte, hatte nun ein Mittel gegen die Syphilis entwickelt. Line könnte sich damit behandeln lassen, sie bräuchte bloß die Bestätigung durch die städtische Armenfürsorge, dass die Behandlung notwendig wäre. »Denn kannste ooch wieder malochen!«, schloss sie ihre Ausführung.

»Ick hab doch keene Haare mehr«, sagte Line leise.

»Dit wächst allet wieder nach.«

»Ick dank dir recht schön für deene Bemühung, Vicki.« Line schloss die Augen und ließ sich wieder zurück auf ihre Matratze sinken. »Aber det is zu spät jekommen, det Mittel. Ick pack det nich mehr.«

Bevor sie ging, legte Vicki drei Markstücke auf den Tisch. Sie gab der Familie das Geld nie in die Hände, um sie nicht zu beschämen. Und gleichzeitig fühlte sie sich schlecht, weil es so wenig war.

Es sollte Vickis letzter Besuch bei Line werden. Die Mutter, der Vicki ihre Adresse gegeben hatte, schickte am nächsten Abend einen ihrer Söhne mit der Nachricht. Line war tot.

Als Ida im August 1910 ihren Eisprung hatte, beförderte eine Volkszählung im Deutschen Reich erstaunliche Erkenntnisse zutage: Der Bevölkerungszuwachs war explodiert. Fast fünfundsechzig Millionen Untertanen hatte der Kaiser jetzt, sieben Prozent mehr als noch fünf Jahre zuvor. Am meisten, so verkündete es die *Vossische*, hätten sich in diesem Zeitraum die Menschen in Hamburg vermehrt, eine Zahl, die Ida nur mit den klimatischen Bedingungen in ihrer Heimatstadt erklären konnte. Wenn es so oft regnete wie in Hamburg, war das Bett nicht der schlechteste Aufenthaltsort.

Sie und Friedrich trafen sich im Restaurant Zur letzten Instanz, weil dort sonst nur Juristen verkehrten. Ida wollte um jeden Preis verhindern, dass die Dozenten und Professoren aus dem Fachbereich Medizin über sie Bescheid wussten. Allmählich beschlich sie das Gefühl, eine Grenze zu überschreiten. Es war zwar nicht direkt verboten, dass männliche und weibliche Studenten sich außerhalb des Klinikgeländes trafen, aber Ida hatte immer noch die Worte von Professor Hebemeyer im Ohr, der sie nicht zu seinen

Vorlesungen zugelassen hatte, weil er ein unmoralisches Benehmen fürchtete. Und unmoralisch war es zweifelsfrei, was sie im vergangenen Jahr getan hatten. Ihre Blicke wurden länger, und bei ihrer letzten Begegnung hatte Friedrich sie sogar an der Hand berührt.

»Wir sollten vielleicht so tun, als wären wir Cousin und Cousine«, sagte Ida leise, nachdem sie ihr Essen bestellt hatten.

Friedrich blitzte sie an. »Du meinst, so wie Heinrich Heine und Amalie Friedländer? Oder Kaiser Franz Joseph I. von Österreich und seine Sissi?«

»Die *waren* Cousin und Cousine?«

Friedrich versenkte seinen Blick in ihrem, dass ihr Herz raste. »Sehr viel mehr als das.«

Ida spürte, wie sich ihre Wangen rot färbten. »Dann spielen wir eben Bruder und Schwester.«

Friedrich hob die Hand. »Ober, ich möchte für meine Schwester und mich noch zwei Berliner Weiße mit Waldmeister bestellen!« Er bemerkte ihren Blick und lachte. »Ja, was? Du hast Sommerferien, und ich habe heute und morgen Ausgang! Wir sind nur einmal jung!«

Damit war das Recht eindeutig auf Friedrichs Seite, befand Ida, während sie ihr Bier ein wenig zu hastig trank. Draußen herrschte eine Schwüle, dass es nicht zum Aushalten war. Sie hatte einen brennenden Durst heute. »Ein köstliches Bier«, sagte sie.

Um sie herum wurden die Gespräche lebhafter. Richter und Staatsanwälte besprachen Fälle, wogen das Für und Wider bestimmter Urteile ab und redeten sich ganz allgemein in ein Feuer, das auch sie mit viel Bier zu löschen trachteten.

Der Ober kam mit ihrem Eisbein.

»Sobald Gesetz ersonnen, wird Betrug begonnen«, bemerkte Friedrich. »Das hat mein Vater immer gesagt. Oh, du lachst über die Witze meines Vaters? Das ist bemerkenswert!«

»Schuldig im Sinne der Anklage«, kicherte Ida und hob den Arm. »Ober, noch zwei Berliner Weiße für meinen Bruder und mich!«

Friedrichs Augen funkelten. »Wer bist du, und was hast du mit meiner braven Kommilitonin Ida Rosenstein gemacht?«

Ida kicherte weiter und schob sich eine Gabel Sauerkraut in den Mund. Sie bemerkte, dass Friedrich ihr dabei zusah. Noch vor wenigen Monaten wäre es ihr peinlich gewesen, vor ihm zu kauen, aber an diesem Tag war es ihr egal. Ihr war sogar gleich, dass die Juristen zu ihnen herüberstarrten.

»Ich spiele jetzt mal den Anwalt des Teufels«, begann Friedrich.

»Oh«, sagte Ida. »Das machst du sehr gut!«

»Angenommen, die Angeklagte …«

»Wer ist das?«

»Na, du natürlich, mein Schwesterlein! Also, angenommen, es gäbe einen Ort, an dem sich die Angeklagte mit einem gewissen Studiosus verabreden könnte, der vor den Augen der Öffentlichkeit geschützt wäre?« Er sah sie an, und diesmal war die Verliebtheit in seinem Blick unverkennbar. »Würde sie das dann tun?«

Ida spürte, wie sie ein Schauer durchlief. Das Gefühl breitete sich von ihrem Bauch in ihre Glieder aus, und ihr wurde sehr heiß.

»Ja«, sagte sie leise. »Das würde sie.«

Bis sie die Wohnung der Tante erreicht hatten, wusste Ida immer noch nicht so recht, was sie da eigentlich tat. Sie fühlte eine Leichtigkeit in sich wie nie zuvor. Es war immer noch warm, obwohl die Sonne bereits untergegangen war. Ihr Rocksaum tanzte über den Bürgersteig, und sie spürte Friedrichs Wärme dicht an ihrem Körper. Im Tiergarten duftete es nach Jasmin. Sie hatten sich untergehakt, und als sie unter einen Fliederbaum traten, zog Friedrich sie unter die Früchte und küsste sie. Sie erwiderte seinen Kuss mit einer Leidenschaft, die sie selbst überraschte. Und dann waren sie da.

»Hallo, Tantchen!«, rief Ida in die Wohnung, während sie Friedrich hinter sich herzog.

Friedrich machte erschrockene Augen, aber Ida lachte bloß. »Sie ist schwerhörig!«

»Ida«, flüsterte Friedrich heiser, während sie sich einander gegenüberstanden. Vom Zoologischen Garten brüllte der Löwe. Der Mond schien durch ihr Fenster, und Ida sog die Luft ein, während Friedrich sein Hemd öffnete. Sie konnte jeden Muskel sehen.

»Bist du sicher, dass du das willst?«, fragte er.

Ida konnte nicht sprechen. Sie presste sich an ihn. Dann zog sie die Bänder ihres Kleides auf.

Fünfhundert Millionen Spermien schwammen zielstrebig auf Idas Muttermund zu, während sie in Friedrichs Armen lag. Friedrich streichelte Ida weiter. Für seine Spermien begann nun der beschwerliche Teil der Reise, und nur wenige überlebten ihn. Auf dem Weg durch Idas Gebärmutterhals ertranken die meisten Schwimmer, andere blieben hängen oder rasteten erschöpft. Die glücklichen Samenfäden, die den Weg in denjenigen Eileiter schafften, in dem Idas reifes Ei lag, mussten für jeden Zentimeter Weg eintausend Mal mit dem Schwanz schlagen – eine sportliche Leistung, für die keiner trainiert hatte und die nur den Allerehrgeizigsten gelang. Ida bog sich unter Friedrichs Händen vor Lust. Währenddessen produzierte ihr Eileiter einen Stoff, der auf Friedrichs Spermien einwirkte. Die Spermien veränderten sich.

Die Stunden vergingen, während die Samenfäden so kämpften und schwammen; Stunden, die Friedrich mit Schlafen verbrachte, denn er war von einer großen, seligen Ruhe erfüllt. Während Friedrich träumte, einen Arm um Idas Schultern gelegt, standen seine überlebenden Spermien kurz vor dem Ziel. Immer eifriger umkreisten sie jetzt Idas Eizelle, immer hektischer versuchten sie, in deren Inneres zu stoßen. Ein selbstmörderisches Unterfangen, bei dem erneut viele Spermien ihr Schwimmerleben lassen mussten. Während nun auch Ida in einen wohltuenden Schlaf sank, geschah das Wunder: Ein Spermium bohrte sich in die Wand ihrer Eizelle, und wenige Minuten später verschwand es darin. Sein Kopf wurde dicker und verwandelte sich in einen Zellkern, und dann verlor es seinen Schwanz. Zugleich entstand in Idas Eizelle ein Kern, in dem auf wundersame Weise die genetische Information der ganzen Ida geschrieben stand. Nun mussten sich die beiden Zellkerne nur noch finden und miteinander verschmelzen.

Und das taten sie.

»Aber wie kommen Sie auf die Idee, dass Ida einen heimlichen Verlobten haben könnte?« Clara versuchte, durch ihren Müdigkeitsschleier etwas zu sehen. Sie trug noch immer ihre Schwesterntracht und hätte sich gern die Hände gewaschen. Doch Idas Mutter war vollkommen aufgelöst.

»Hier!«, sagte sie und hielt einen Brief hoch, nach dem Schlomo sogleich schnappte. »Eva, eines der Mädchen, mit denen Ida konfirmiert wurde, hat mir geschrieben. Sie habe Ida in Berlin mehrfach mit einem Herrn gesehen, unter anderem in diesem Luxushotel!«

»Dem Hotel Adlon?« Clara lächelte. »Ja sicher, Ida hat einen Verehrer, der sie dort manchmal zum Kuchen einlädt. Aber das bedeutet doch nichts!«

»Es ist nur so …« Frau Rosenstein beugte sich vor und flüsterte plötzlich. »Es liegt in der Familie.«

Clara bemerkte die große Ähnlichkeit zwischen Ida und ihrer Mutter. Beide hatten sehr dunkle Haare, volle Lippen und denselben stets leicht erstaunten Ausdruck im Gesicht. »Ich fürchte, ich verstehe Sie nicht.«

»Meine Eltern«, flüsterte Idas Mutter. »Ich wurde geboren, als sie drei Monate verheiratet waren. Und bei meinen Großeltern war es ebenfalls so.«

»Ida ist eine sehr gewissenhafte und vernünftige Studentin«, versicherte Clara. »Sie wird schon nichts Unüberlegtes tun!«

»Aber es gibt da diesen Verehrer?«

»Nun, Sie haben eine hübsche Tochter«, gab Clara lachend zurück. »Aber sie ist ja nicht dumm.«

Doch als sie wenig später im Bett lag, konnte sie nicht schlafen. Was war diese Eva für eine schreckliche Freundin, dass sie Idas Mutter diesen Petzbrief schrieb? Sie musste Ida unbedingt warnen vor der kleinen Pest! Aber stimmte es auch, dass Ida achtgab?

Vor ihrer Abreise aus Berlin hatte sie sie nur noch in den Auditorien und Kliniksälen gesehen. Sie waren alle im Endspurt vor dem Staatsexamen gewesen. Selbst mit Vicki hatte Clara nur noch gesprochen, wenn es um Formeln, Organe und Bakterien ging. Die Freundin hatte noch mehr Schichten in ihrer Gastwirtschaft gearbeitet, und wenn sie nach Hause gekommen war, dann hatte Clara schon geschlafen. Ja, es war Zeit, dass sie sich alle wieder mehr miteinander austauschten. Vicki hatte vorgeschlagen, dass sie in den Ferien nach dem Staatsexamen zusammen verreisten. Nun, dachte sie, während sie sich erneut herumwarf, einen Schritt nach dem anderen. Dann würden sie schon sehen.

Als sie am nächsten Morgen den Krankensaal fertig gewischt hatte, wurde sie von der Oberin gerufen. Ein Herr Professor wolle den Schwestern einen Vortrag halten. Weil doch die berühmte englische Krankenschwester Florence Nightingale gestorben sei.

»Das ist eine Frau, an der Sie sich alle ein Beispiel nehmen müssen«, sagte der Professor, als sie beisammen waren.

Clara sah, dass Schwester Bertha mit den Augen rollte. »Wollte den Herrn Gerber für seine Operation vorbereiten«, flüsterte sie

Clara zu, die sich neben sie stellte. »Aber nee, der Herr Professor muss ja erstma wieder schlau tun!«

Clara blickte um sich. Die Blasen an ihren Händen waren aufgesprungen, und der Rücken tat ihr weh. Auch jetzt durften sie sich nicht setzen, sondern mussten in zwei Reihen aufrecht stehend dem Professor zuhören.

»Schwestern!«, rief der Professor. »Sicher haben Sie gehört, dass Frauen neuerdings auf den verwegenen Gedanken gekommen sind, Medizin studieren zu wollen. Das ist ein ganzer Unfug, muss ich Ihnen sagen.« Er sah die Frauen nacheinander an.

Clara spürte, dass sie rot wurde. War die Schimpfkanonade gegen sie gerichtet? Aber nein, der Herr Professor konnte ja nicht wissen, dass sie selbst Studiosa war.

»Das Weib ist körperlich und geistig von viel zu schwacher Konstitution!«, donnerte er weiter. »Schon zum Abitur reichen die Kräfte des Weibes kaum, viel weniger noch zum Studieren! Nein, der eigentliche Beruf der Frau, der ihren körperlichen und geistigen Kräften angemessen ist, ist Ihrer! Der Schwesternberuf!«

»Und wieso sagt uns der hohe Herr das?«, wisperte Schwester Bertha. »Wir *sind* doch Schwestern! Werd ich nich bei schlau!«

Clara zitterte vor Empörung. Schwache Konstitution! Offenbar hatte dieser Professor noch nie dreimal hintereinander einen Krankensaal gewischt, nie Messing geputzt, bis ihm die Arme wehtaten, nie einen kräftigen Mann aus seinem Bett gehoben! Sie öffnete den Mund zu einem Einwand, doch die Oberin berührte sie am Arm. »Nicht doch, Fräulein. Das lohnt sich nicht.«

Doch Clara war anderer Meinung. Ihrer Meinung nach lohnte es sich immer, Vorurteile zu entkräften. Wie sollte man denn etwas ändern, wenn man es nicht ausprobierte? Wenn man nicht über gesetzte Grenzen ging? Da hätte Paul Ehrlich, der nach zahlreichen Rückschlägen endlich sein Heilmittel gegen die Syphilis präsentiert hatte, sich ja auch sagen können, na, wenn ich so viel Gegenwind bekomme, dann lasse ich es mit der Forschung eben sein. »Gerade in der Wissenschaft sollte man sich nicht mit dem Gewohnten zufriedengeben!«, warf sie ein.

»Sie haben es versprochen«, mahnte die Oberin. »Kein Wort!«

Doch Claras Wut verrauchte, als sie eine halbe Stunde später gemeinsam mit Schwester Bertha vor Herrn Gerbers Bett stand. Der Mann strahlte sie mit einem entwaffnenden Lächeln an.

»Allens kloar gleich för die Operation, Herr Gerber?«, fragte Schwester Bertha. »Sie sehen ja direkt aus, als freuten Sie sich schon darauf!«

»Ich freu mich drauf, keine Schmerzen mehr zu haben«, lächelte Herr Gerber. »Famos, was die Ärzte heute alles so machen können!«

Die Tür ging auf, und eine Gruppe Weißgekleideter spazierte herein, an der Spitze der Professor, der soeben noch den Vortrag gehalten hatte. Ihm folgten die Assistenzärzte, ein Volontärsarzt, fünf männliche Studenten sowie die Männer, die Herrn Gerber gleich auf einer Trage zum Operationssaal bringen sollten.

»Der Patient ist zweiundsechzig Jahre alt und an Cholelithiasis erkrankt. Die Gallenblase wird heute operativ entfernt«, berichtete einer der Assistenzärzte.

Schwester Bertha maß ein letztes Mal Fieber, und der Assistenzarzt, der über den Fall berichtet hatte, horchte mit dem Stethoskop. Dann befahl der Professor den Schwestern, Herrn Gerber hochzuheben und auf die Trage zu legen.

»Ich kann mich doch da selbst drauflegen!«, protestierte der Patient, doch der Professor duldete keinen Widerspruch. Aus den Augenwinkeln sah Clara, wie die Männer aufrecht um sie herumstanden. Die Hände hielten sie hinter dem Rücken gefaltet.

»Wer hier wohl schwach ist«, entfuhr es ihr leise, als sie gemeinsam mit Schwester Bertha Herrn Gerber auf die Trage wuchtete. Herr Gerber sah sie erstaunt an.

»Entschuldigung, das war nicht gegen Sie gerichtet«, flüsterte sie ihm ins Ohr.

»Ihr jungen Frauen solltet nicht schwer tragen, ihr wollt doch noch Kinder bekommen!«, flüsterte er zurück.

Es war das erste Mal seit Langem, dass Clara sich wieder an ihren Kinderwunsch erinnert fühlte. Aber selbst, wenn sie fruchtbar sein sollte – mit wem sollte sie die Kinder denn bekommen?

Die Wochen in Hamburg vergingen wie im Flug, nur Herr Gerber blieb. Mittlerweile war er der erste Mensch, den sie begrüßte, wenn sie ihren Dienst begann, und der letzte, den sie abends sah. Sie machte sich Sorgen um ihn – auch, weil er immer so alleine war.

»Ich weiß, ich sollte Sie das nicht fragen, Herr Gerber«, sagte sie eines Tages, nachdem sie den Krankensaal gewischt hatte. »Aber haben Sie denn gar keine Angehörigen?«

Herrn Gerbers Gesicht leuchtete auf. »Die besten der Welt sogar! Meine Tochter studiert Medizin in Zürich, und meine Frau kümmert sich derweil um unseren Kolonialwarenladen. Jaja, ohne Fleiß kein Preis!«

»Ihre Tochter studiert auch Medizin?«, fragte Clara verblüfft.

Herr Gerber stutzte, dann lachte er ein bisschen. »Habe ich es mir doch gedacht! Sie sind gar keine Schwester, richtig?«

»Psst, Herr Gerber! Das darf keiner wissen hier!« Und leise: »Was hat mich verraten?«

»Ihre nicht sehr überzeugenden Feudelkünste.« Herr Gerber lachte erneut. Seine Wangen bekamen etwas Farbe, und wieder dachte Clara, dass die psychischen Umstände die Gesundheit eines Patienten ebenso beeinflussen konnten wie die eigentliche Medizin. Ein kleines Schwätzchen mit dem Rekonvaleszenten, ein Geständnis oder ein Witz, und man konnte Wunder bewirken.

»Warum denn Zürich?«, wollte sie wissen. »Frauen ist das Studium in Preußen doch mittlerweile erlaubt!«

»Leider Gottes noch nicht, als sie anfing. Nun ist sie aber bald eine Frau Doktor. Sie schreibt gerade ihre Dissertation.«

»Grüßen Sie sie unbekannterweise von mir«, sagte Clara, als Schwester Hildegard nach ihr rief.

Herr Gerber lächelte, und jetzt wirkte er wirklich schon viel munterer. »Das werde ich tun.«

Eine wundersame Verwandlung hatte auch Ida durchlaufen, als sie in Claras letzter Woche in Hamburg eintraf. Alles an ihr schien zu leuchten. Ihr Haar glänzte, ihre Wangen waren rosig, und sie lachte immerfort.

»Das Meydele hat 'n büsschen zugenommen«, befand Idas Mutter und kniff sie in die Wange. »Aber es steht dir gut!«

Ida legte den Arm um Clara und zog sie in ihr gemeinsames Zimmer. »Ich freu mich so, dich wiederzusehen!«, strahlte sie. »Ich hab dir ja so viel zu erzählen!«

11

Jeder, der etwas auf sich hält, geht nach bestandenem Staatsexamen ins Fotoatelier.« Vicki hob dozierend einen Zeigefinger. »Und darum machen wir drei das auch!«

»Ich weiß nicht, ich glaube, ich möchte mich nicht so ablichten lassen.« Ida schluckte ihren Keks herunter. »Ich finde, dass ich während der Prüfungsphase ganz schön dick geworden bin.«

»Ja, man muss den Tatsachen ins Auge blicken.« Vicki entriss Ida die Keksdose. »Und die sind wirklich sehr rund.«

Auch Clara war nicht übermäßig angetan von der Vorstellung, ein Bild von sich produzieren lassen. Es würde Stunden dauern, Zeit, die sie nutzbringender für ihre Arbeit im bakteriologischen Labor der Frauenklinik verwenden konnte. Selmar Aschheim, ein Gynäkologe, hatte dort vor Kurzem begonnen, die Hormone der Frau zu erforschen, und seine ersten Ergebnisse faszinierten sie.

»Deine Familie auf Sylt würde sich bestimmt über ein Porträt von dir und deinen Lieblingskommilitoninnen freuen«, versuchte Vicki sie von dem Atelierbesuch zu überzeugen. »Bestimmt sind sie ganz kolossal stolz!«

Clara lachte.

»Na, dann is det abjemacht!«

Es war ein sonniger Tag im Mai 1911, als sie sich, ausgestattet mit ihren besten Hüten und Kleidern, auf den Weg ins Fotostudio E. Welchmann machten. Die Kuckucke riefen, als sie die Wohnung in der Stargarder Straße verließen, die Luft roch nach Blüten, und Vicki hatte sich die Lippen tulpenrot geschminkt.

»Kaiserpaar in England eingetroffen!«, riefen die Zeitungsjungen auf der Friedrichstraße.

»Oh«, machte Vicki und drückte dem Jungen einige Pfennige in die Hand. »Das muss ich lesen!«

Gemeinsam betrachteten sie die Bilder vom Kaiser mit seinem geschwungenen Schnurrbart, wie er Seite an Seite neben dem englischen König stand. Ein anderes Bild zeigte ihn neben der Kaiserin, die ein helles, besticktes Kleid mit einer langen Perlenkette trug und sehr hübsch und würdevoll wirkte, obwohl sie doch schon zweiundfünfzig Jahre alt und Großmutter war.

»Was für ein schönes Paar!«, seufzte Clara.

Vicki rückte ihren Blumenhut zurecht. »Fast so schön wie wir!«

Endlich trat Ida auf sie zu. Sie bewegte sich noch langsamer als sonst. »Entschuldigt bitte die Verspätung«, sagte sie. »Tantchen hat eine neue Waschfrau, und ich glaube, sie hat alles zu heiß gewaschen – keines meiner Kleider passt mir mehr.« Sie deutete auf den Berg an weißen Rüschen und Volants, der an ihr herabhing. »Zum Glück konnte mir Tantchen ein Kleid von ihr leihen. Was sagt ihr? Es ist vielleicht ein bisschen aus der Mode gekommen.« Sie drehte sich einmal um sich selbst und präsentierte ein groß ausstaffiertes Hinterteil.

»Nur ungefähr dreißig Jahre«, bemerkte Vicki. »Als unsere Kaiserin geheiratet hat, war das sicher sehr modern.«

Ida stöhnte. »Ich stehe einfach ein bisschen im Hintergrund.«

»Und schon gibt es ein weiteres Argument für diese Alpenwanderung!« Vicki hakte Ida unter. »Bei den Anstrengungen kriegst du Zicke Zacke Hühnerkacke deine alte Figur zurück!«

Es herrschte reger Betrieb auf der Friedrichstraße an diesem Morgen. Fahrradfahrer klingelten sich ihren Weg zwischen Pferdebahnen und Droschken frei, von den Baustellen hämmerte und fluchte es. Ein Polizist mit Pickelhaube blies in seine Trillerpfeife, und sofort stürmten weitere Polizisten hinter einem Jungen mit Schiebermütze her. All das betrachtete Clara, während ihr bewusst wurde, wie sehr sie sich an das Leben in der Hauptstadt gewöhnt hatte, ja, wie sehr sie es liebte. Nach Westerland zurückzukehren, um dort als Frauenärztin zu wirken, so wie sie es ursprünglich vorgehabt hatte – das kam ihr jetzt ganz unwahrscheinlich vor.

Sie wollte gerade zu Vicki und Ida aufschließen, die bereits vor dem Fotoatelier auf sie warteten, als ihr ein Dienstmädchen mit einem Korb am Arm entgegenkam. Sie sah gerade noch, wie das Mädchen die Augen verdrehte. Dann stürzte es vor sie hin.

Leon sortierte seine Kulissen mit größter Sorgfalt. Er hatte eine Papplimousine, einen Pappdoppeldecker, den er jenem Fluggerät nachempfunden hatte, mit dem Orville Wright zwei Jahre zuvor vom Berliner Tempelhof gestartet war, einen Pappballon, und er hatte den echten Korb eines Heißluftballons zur Auswahl. Dort hinein setzte er seine Kunden, wenn sie so aussehen wollten, als flögen sie mit einem Ballon davon.

»Wir wollen vor einem Alpenpanorama fotografiert werden«, strahlte die Dame mit den geschminkten Lippen ihn an. »Wir wollen dort nämlich eine Wanderung unternehmen, um unser bestandenes Staatsexamen zu feiern!«

Ihre Begleiterin, eine etwas korpulente junge Dame, seufzte. »Vicki, das haben wir doch überhaupt noch nicht beschlossen. Es ist auch nicht ganz ungefährlich, so allein unterwegs zu sein.«

»Nicht, wenn man einen Revolver in der Handtasche trägt!«

Leon lächelte. »Gut, dass Sie es erwähnen. Ich hätte auch eine Wildwestkulisse im Angebot.«

»Einen Revolver!« Die Korpulente schnappte nach Luft. »Wir wissen doch überhaupt nicht, wie man so ein Gerät bedient!«

»Ich schon«, lächelte die Geschminkte. »Ich habe einen Schießkursus absolviert! Für nur jede denkbare Alpensituation! Wobei uns die Waffe natürlich auch in Berlin nützen wird. Denk nur an den Unhold, der hier gerade sein Unwesen treibt!«

»Sie sind also nur zu zweit, meine Damen?« Leon musste ein Lächeln unterdrücken. »Ihrer Anmeldung entnehme ich, dass es ein Gruppenporträt mit drei Damen werden sollte.«

»Ja, unsere Freundin kommt gleich.« Vicki deutete vage in Richtung eines Pappdampfers auf einem Pappmeer. »Sie ist wie immer auf einem Ozean von Mitgefühl unterwegs. Eine Frau ist draußen zusammengebrochen, sie kümmert sich noch um sie.«

»Wenn wir erst den hippokratischen Eid geschworen haben, *müssen* wir uns um jeden kümmern, dem ein bisschen schummerig ist.« Die Korpulente fiel auf einen Stuhl.

»Haben wir aber noch nicht. Und deshalb denken wir heute mal an uns selbst.« Die Geschminkte verschwand hinter dem Doppeldecker und lugte aus dem Loch in der Mitte. »Na ja, bis auf unsere heilige Samariterin Clara. Die denkt vermutlich erst an sich, wenn sie einen Sarg für ihr Begräbnis aussuchen soll. Aber vermutlich ist sie selbst dann noch zu sehr mit der Arbeit beschäftigt. Und – wie wirke ich so als Pilotin?«

»Albern«, gab die Korpulente zurück. »Wie sonst auch.«

Leon drehte an der Kurbel, um das Alpenpanorama herunterzulassen. Eine Stimme ließ ihn aufhorchen. Eine tiefe Mädchenstimme, die ihn an einen kalten Januarabend erinnerte, eine Nacht, die angefüllt gewesen war mit Bildern und in der sein Herz so schrecklich geklopft hatte. Wie oft hatte er sich vorgestellt, er würde ihre Stimme wieder hören!

»Ach, hier seid ihr!«, sagte die Stimme.

Er blickte auf, und da stand sie. Erwachsener geworden und mit einem Hut auf dem Kopf, an dem eine einzelne rote Rose steckte. Aber genauso schön wie damals, genauso hell, nein, noch heller. Sie leuchtete geradezu.

Ihr Blick verriet ihm, dass sie ihn ebenfalls erkannte. Ein Lächeln breitete sich auf ihrem Gesicht aus.

»Sie sind endlich da«, sagte er schlicht.

»Ich dachte, Sie mögen keine Fotoateliers.« Die blonde Frau vor ihm hörte nicht mehr zu lächeln auf.

»Ich habe meine Meinung geändert«, gab er strahlend zurück. »Vor allem heute. Ich finde, heute ist ein ganz fantastischer Tag, um im Atelier zu sein.«

»Bei dem Sonnenschein draußen?«, unterbrach die Korpulente.

Leon sah die Helle unbewegt weiter an. »Ich habe alles Licht, das ich brauche, hier drinnen.«

Unter normalen Umständen war es wohl schwierig, das Lächeln zu halten – so lang dauerte die Belichtungszeit. Aber dies waren keine normalen Umstände. Es waren Umstände, die ihren Körper in einen Ausnahmezustand versetzten, wie Clara feststellte. Ihr Herz raste, dass sie das Pochen bis in die Fingerspitzen fühlen konnte. Ihre Hände wurden feucht. Und vor allem war da dieses Lächeln, das ihr Gesicht wohl bald auseinanderriss.

»Scheint eine ziemlich witzige Ohnmacht gewesen zu sein, die du da eben behandelt hast«, bemerkte Vicki.

Clara lachte. »Eigentlich nicht.«

»Warum haben *wir* diese Ohnmacht nicht behandelt?«, fragte Ida. »Ich will auch so ein Lächeln haben auf unserer Fotografie!«

»Wenn die Damen sich jetzt bitte nicht mehr bewegen würden«, sagte der Fotograf unter seinem schwarzen Tuch. »Auch nicht mehr reden, wenn ich bitten darf.«

Seine Stimme. Clara erinnerte sich daran, wie er ihr in dieser Januarnacht von seinem Beruf erzählt hatte. Wie er es liebte, Menschen zu beobachten, wenn sie sich nicht beobachtet glaubten. Nie hätte sie es für möglich gehalten, dass er in einem Atelier arbeitete. Kein Wunder, dass sie ihn nicht gefunden hatte!

Und jetzt doch!

Vorsichtig, um nicht ihr Gesicht zu bewegen, sog sie die Luft durch die Nase ein. Ja, er roch immer noch nach Chemikalien, und ihr war, als hätte sie noch nie etwas Köstlicheres gerochen. Eine Glückswelle flutete ihren Körper. Sie strahlte über das ganze Gesicht.

Zwei Wochen später, als sie die drei Abzüge abholten, stieß Vicki einen kleinen Schrei aus. »Wie kann es nur angehen, dass du von uns dreien am glücklichsten aussiehst?«, wandte sie sich an Clara. »Die besten Noten hatte doch ich!«

Clara beachtete sie nicht. »Ist der Fotograf, der uns porträtiert hat, auch da?«, fragte sie den Mann, der die Abzüge in Pergamentpapier verpackte.

»Sind Sie zufällig Fräulein Madsen?«

Clara nickte.

»Verstehe.« Der Mann deutete mit einem Lächeln nach hinten. »Herr Steiner ist noch im Atelier mit Kunden beschäftigt, aber er hat ein Kuvert für Sie.«

Ihr Herz klopfte so heftig, dass sie meinte, Vicki und der Mann hinter dem Verkaufstresen müssten aufhorchen. Hastig riss sie es auf.

Hochverehrtes Fräulein Madsen,
ich möchte Sie heute Abend zu einer Erbsensuppe beim Aschinger am Alexanderplatz einladen. Überhaupt möchte ich den ganzen Abend noch einmal wiederholen. Ich denke sehr oft daran zurück.
Mit hoffnungsfrohen Grüßen
Ihr Leon Steiner.

»Haben Sie etwas zu schreiben?«, fragte Clara errötend.

Der Mann reichte ihr einen Bogen Papier und einen Bleistift.

Verehrter Herr Steiner. Der Stift schwebte über dem Papier.

»Kannst du nicht einmal leserlich schreiben?«, rief Vicki, die ihr über die Schulter blickte. »Der arme Mann ist doch kein Apotheker!«

Ich werde um sieben Uhr da sein, kritzelte Clara weiter.

»Was zögerst du noch? Schreib weiter!« Vicki klatschte in die Hände. »Schreib ihm, dass du ebenfalls oft an den Abend zurückdenkst und dass du dich seither nach ihm verzehrst!«

Clara wurde noch röter. Der Mann hinter dem Tresen hüstelte und machte sich an einer der Schubladen zu schaffen.

Vicki riss ihr den Stift aus der Hand. *Ich freue mich sehr,* schrieb sie, setzte drei Ausrufezeichen dahinter und reichte den Bogen an den Verkäufer zurück.

»Deine Schrift ist keinen Deut besser als meine«, beschwerte sich Clara. Aber sie lachte dabei.

Sie sah ihn sofort. Er saß in der Mitte des Raums, und er bemerkte sie ebenfalls bei ihrem Eintritt. Während sie auf ihn zuging, stand er langsam auf. Wie lang es dauern konnte, bis man so einen Raum durchquert hatte! Menschen setzten Hüte ab, verschlangen ganze Buletten, Kellner gingen mit ihren Schrippen von Tisch zu Tisch. Endlich war sie da. Sekundenlang blickten sie sich an, ohne etwas zu sagen. Clara bemerkte, dass seine Augen grün waren. Das hatte sie vorher noch nicht gesehen.

»Ich habe Sie überall gesucht«, sagte er leise.

Ihr Herz klopfte.

»Ich war sogar in der Charité.«

Clara riss die Augen auf, so wie Ida es gerne tat. Noch immer blieben sie voreinander stehen.

»Ich nehme an, dass Sie den Brief nicht erhalten haben, den ich Ihnen aushändigen lassen wollte?«, fragte er leise.

»Wat solln det hier werden?« Einer der Schrippenkellner schlenderte vorbei. »Stehparty?«

Clara schüttelte den Kopf.

»Nein zum Brief oder zur Stehparty?«, fragte er lachend.

»Nein zu beidem«, sagte Clara und setzte sich hin. Sie spürte, dass ihre Beine zitterten.

»Das habe ich mir gedacht.« Der Fotograf setzte sich gleichfalls. »Ich musste mein Schreiben leider ausgerechnet einem Scheusal in die Hand drücken.« Er breitete die Serviette über seinem Schoß aus. »Hohe Fistelstimme? Narbe von einem Gefecht? Na, ich habe es mir fast gedacht, dass der Brief Sie nicht erreicht.«

Die Bilder schossen Clara wieder durch den Kopf. Ihre erste Leiche. Carls seltsames Lächeln. Die Flamme seines Feuerzeugs an einem Papier. Sie schlug die Hände vor den Mund. »Das waren Sie? Ich meine, den Brief, den haben *Sie* geschrieben?« Sie spürte eine solche Wut, dass ihr schwindelig wurde. Wie wäre ihr Leben wohl verlaufen, wenn Carl ihr damals den Brief überreicht hätte? Mehr als zwei Jahre waren seit dem Winterabend vergangen, den sie gemeinsam verbracht hatten. Ob es jetzt zu spät für alles war?

»Wollen wir nicht Du sagen?«, fragte Leon.

Clara nickte. »Clara«, brachte sie hervor.

Sie bestellten Erbsensuppe und Bier, genau wie damals.

»Was siehst du?«, lachte sie und deutete mit ihrem Löffel auf die Rundbogenfenster, durch die das Licht auf die Gäste schien, die Kellner mit ihren bodenlangen weißen Schürzen, den Kronleuchter an der Decke und die verzierten Säulen im Raum.

Leons Blick wich nicht von ihrem Gesicht. »Ich sehe eine junge, sehr helle Frau. Alles Licht scheint sich auf ihr zu sammeln. Aber vielleicht geht das Strahlen auch von ihrem Wesen aus.«

Clara ließ den Löffel sinken.

»Ich sehe eine Frau, die für das kämpft, was ihr wichtig ist. Eine Frau mit Verstand. Gleichzeitig hat sie ein großes Herz, diese Frau. Sie hilft Menschen, die in Ohnmacht fallen. Und eines Tages wird sie Menschen helfen können in noch viel größerer Not.«

Clara nahm all ihren Mut zusammen. Dann legte sie den Löffel beiseite und streckte ihre Hand so weit aus, dass sie in seine Tischhälfte ragte. Er zögerte einen Moment und sah ihr in die Augen. Sie nickte unmerklich. Er legte seine Hand neben ihre, sodass sich ihre kleinen Finger berührten.

»Ich habe dich auch überall gesucht«, sagte sie.

12

Ich kann es immer noch nicht glauben, dass ihr euch nicht geküsst habt!«, rief Vicki.

Clara lachte. »Es können nicht alle so stürmisch wie Ida sein!«

Sie standen auf dem Balkon ihres Berghofs und schauten über die purpurne Geranienpracht, die über die Brüstung wallte, ins Inntal hinab. Blumen sprenkelten das weite Grün. In der Ferne leuchteten die Bergspitzen im Sonnenaufgang. Clara fühlte sich wie in einer anderen Zeit. Hier gab es noch keine Straßenbahnen und keine Automobile, fern waren das Lernen und ewige Hasten, das ganze laute Berlin. Sie schloss die Augen und sog die Luft ein, öffnete sie wieder und sah Ida, die sich zu Vicki und ihr auf den Balkon gestellt hatte. »Friedrich und ich«, sagte sie mit noch müden Augen, »das war doch auch nur dieses eine Mal!«

»Und warum hast du es bei diesem einen Mal gut sein lassen, Idachen?«, fragte Vicki, die im Nachthemd von einem Fuß auf den anderen sprang. »Ich dachte, es war so schön?«

»Es war sogar sehr schön!« Ida seufzte. »Aber wir haben beschlossen, dass wir mit der Verlobung warten, bis ich mein Staatsexamen bestanden habe.«

»Und dann lasst ihr es beim schwerhörigen Tantchen wieder krachen?« Vicki streckte die Arme aus und ging in die Knie.

Ida wurde rot. »Warum drückst du dich eigentlich immer so drastisch aus?«

»Sie will uns beide doch nur aufziehen«, lächelte Clara und hakte Ida unter. »Komm, wir lassen sie ihre Kniebeugen machen und gehen in die Stube. Wenn wir heute zur Auerburg-Ruine hochwandern wollen, dann brauchen wir Kraft!«

Die Bäuerin hatte für eine ganze Kompanie aufgetragen. Auf dem langen Holztisch fanden sie einen Krug dampfender Milch, frisch gebackene Brezeln, einen wahren Berg an Butter, einen Laib Käse, Schinken, Würste und gekochte Eier. Sie grüßten die Mutter der Bäuerin, die in der Stubenecke saß und nähte, und Ida machte sich sogleich mit großem Appetit über alles her. Clara selbst bekam kaum etwas hinunter. So ging es nun schon, seitdem sie Leon wiedergefunden hatte. Die Wissenschaftlerin in ihr überlegte: Ob es wohl einen Zusammenhang gab zwischen Appetit und Verliebtheitsgefühlen? Bei Ida war es am Anfang ja auch so gewesen. Nun, dieses Verhalten hatte sich mit der Zeit aber gründlich ins Gegenteil verkehrt!

Vicki kam hereingebraust. Sie trug die Haare noch offen, aber den Revolver hatte sie sich bereits in das Band gesteckt, mit dem sie ihr Reformkleid umgurtet trug. »Also, von mir aus kann es gleich losgehen!«, rief sie und winkte zur alten Bäuerin hinüber, die mit einer langen Rede auf Bairisch antwortete.

Clara, Vicki und Ida nickten eifrig und unterdrückten ein Kichern. Sie verstanden kein einziges Wort.

»Ist es nicht herrlich, in fremden Ländern unterwegs zu sein und diese exotischen Bräuche und Sprachen zu lernen?«, fragte Vicki. »Offenbar isst man hier auch sehr viel. Nun, mir soll es recht sein, ich habe Hunger wie ein Wolf!« Sie griff nach einer Brezel, bestrich sie dick mit Butter und biss genießerisch hinein.

Ida nickte. »Oh, ich auch!«

»Idachen, du hast immer Hunger, egal, wo du bist!«

»Ich weiß.« Ida säbelte sich ein ordentliches Stück Schinken ab. »Darauf habe ich aber keinen Einfluss. Mein Bauch will es so.«

»Bekommen wir bei deiner Verlobungsfeier auch so gut zu essen?« Clara köpfte ihr Ei.

»So und noch besser!« Ida strahlte. »Mama macht einen Hefezopf, da könnte man sich hineinlegen! Ich glaube, auf die Feier freut sie sich fast noch mehr als ich!«

»Zumal sie sich erst solche Sorgen um dich gemacht hat, dank deiner alten Freundin.«

»Eva ist nicht meine Freundin.« Ida sprach mit vollem Mund. »Ich habe überhaupt keine Freundinnen in Hamburg mehr.«

»Wie kann das eigentlich angehen?«, wollte Vicki wissen.

Ida faltete ihre Hände über dem gerundeten Bauch. »Meine sogenannten Freundinnen fanden in unserem letzten Schuljahr heraus, dass meine Familie jüdische Wurzeln hat. Meine Eltern sind erst vor zehn Jahren zum Christentum konvertiert.«

»Ja, und?« Vicki griff nach einer zweiten Brezel. »Was hat ihnen daran nicht gefallen?«

»Sie mögen einfach keine Juden.« Ida hob die Schultern. »Danach haben sie mir das Leben schwer gemacht. Mama weiß das. Deswegen ist sie auch so erpicht darauf, dass ich alles korrekt mache. Nun, Friedrich hat sich meinen Eltern jetzt ja vorgestellt und offiziell um meine Hand angehalten. Und jetzt«, sie lächelte zufrieden, »ist alles so, wie es sein soll.«

»Wann wollt ihr denn eigentlich heiraten, Friedrich und du?«, fragte Clara. »Vor oder nach deiner Dissertation?«

»Ich denke, danach«, sagte Ida.

»Und Friedrich hat nichts dagegen, dass du als Ärztin arbeiten wirst?«

»Nein, er hat gesagt, dass er es mir erlaubt.«

Clara überlegte, während sie kaute. Sie hatte noch nie darüber nachgedacht, dass es in Preußen – und somit auch auf Sylt – immer noch der Ehemann war, der über das Wirken seiner Angetrauten entscheiden durfte. Sicher war das ein Punkt, den sie eines Tages mit Leon besprechen müsste. Fast musste sie lachen. Mit Leon über die Ehe zu sprechen, war vollkommen absurd!

»Und bis zur Hochzeit gibt es keinen Krach mehr beim Tantchen?«, fragte Vicki und kniff schelmisch ein Auge zu.

Ida deutete errötend auf die Bäuerin in der Stubenecke.

»Was denn?«, lachte Vicki. »Sie versteht doch kein Deutsch!«

Die Sonne stand schon einigermaßen hoch, als sie sich endlich auf den Weg machten. Ida hatte Bauchschmerzen verspürt, und so hatten sie vor der Wanderung noch kurz geruht.

Clara hatte sich Fietes Seesack über die Schulter geschwungen. Dahinein hatten sie Verpflegung, ein Taschenmesser und eine Picknickdecke gepackt. Vicki und sie wechselten sich ab mit Tragen. Ida, die noch immer über ein komisches Gefühl in der Bauchgegend klagte, schleppte sich selbst.

»Die Patientin ist einundzwanzig Jahre alt und klagt über einen Abdominalschmerz.« Vicki grinste. »Könnte aber auch sein, dass sie zu viel gefuttert hat!«

»Diagnose Überfutterung, ganz eindeutig«, neckte auch Clara. »Ich habe es heute Morgen gesehen!«

»Wartet nur, bis *ihr* Anzeichen einer Erkrankung aufweist!« Sie ließ sich zwischen zwei Kühen auf eine Wiese fallen.

»Nein, Ida, nicht schon wieder!«, stöhnte Vicki. »Ich habe unseren Hof noch in Sichtweite! So kommen wir doch überhaupt nicht voran!«

Clara blickte über die Schulter. Tatsächlich konnte sie noch das Kruzifix auf dem Giebeldreieck des Hofs erkennen. »Noch ein kleines bisschen, Ida!«, sagte sie. »Sieh mal, da oben auf dem Berg steht so ein winziges Häuschen. Bis dahin must du es schaffen, dann rasten wir.«

Ida richtete sich mühevoll auf.

Es war eine Behausung für Maria und Jesus. Vicki und Clara begutachteten die bemalten Holzfiguren in dem Kasten. Ida hockte sich davor hin.

»Was für eine hübsche Schnitzerei!«, sagte Vicki und fuhr vorsichtig mit dem Zeigefinger über den blauen Mantel, den die Maria trug.

»Man müsste es fotografieren«, stimmte Clara ihr zu.

»O nein«, sagte Vicki mit einem gespielten Schaudern. »Jetzt bist auch du noch liebeskrank!«

»Weil ich vom Fotografieren spreche?«

»Wie immer, Fräulein Madsen, auf den Punkt gebracht!«

Ein Stöhnen ließ sie innehalten. Ida beugte sich vornüber, stützte ihre Hände auf den Knien ab und stöhnte wieder. »Geht gleich wieder. Es ist nur … Aua! Das tut wirklich weh!«

»Setz dich mal richtig hin, Idachen, vielleicht hast du Seitenstechen. Wollen wir nicht ein bisschen warten, Vicki, bis es Ida wieder besser geht?«

»Was, und erst heute Nacht bei der Auerburg ankommen?« Vicki wirbelte den Revolver so zwischen Daumen und Zeigefinger, dass er eine perfekte Kreisbewegung beschrieb. »Es ist schon Mittag vorüber! Und wir haben noch einen langen Weg!«

Ida seufzte. »Ich glaube, jetzt geht es wieder besser.«

Sie wanderten eine ganze Weile. Der Hof war nur noch als winziger brauner Punkt im Tal zu sehen. Endlich erreichten sie den Bergkamm. Ida schrie abermals auf.

Clara und Vicki sahen sich an.

»Leg dich hierhin, Ida«, sagte Clara. »Da ins Gras, ja, halt dich an mir fest, so ist es gut. Und jetzt zeigst du mir einmal ganz genau, wo es wehtut.«

Ida zeigte auf den unteren Bauch und schrie weiter. »Aua! Oh, aua, tut das doll weh!«

Wieder kreuzten sich Vickis und Claras Blicke. Clara fühlte, wie ihr auf einmal sehr heiß wurde. Vickis Augen weiteten sich. Und dann wurde sie blass.

»Was ist?«, fragte Ida, als der Schmerz verebbt war. »Ihr guckt ja so seltsam!«

»Ida«, sagte Vicki langsam. »Ich möchte, dass du jetzt ganz ruhig bleibst. Bleib da liegen, ich werde dich untersuchen. Nein, Clara macht das, die kann das besser. Clara, du kennst dich damit am besten aus.«

»Womit?« Ida sah verwirrt aus.

»Clara wurde im vergangenen Jahr von den Hebammen unterrichtet.«

Der Wind heulte von den Bergen. Clara suchte nach den richtigen Worten. »Wir glauben, du bekommst ein Kind.«

Es war ganz ruhig geworden. Eine Wolke hatte sich vor die Sonne geschoben. Ein paar Herzschläge lang schien die Welt wie eingeforen. Selbst der Wind blies nicht mehr.

»Wie konntest du das nur nicht bemerken?« Vicki hatte den Revolver auf einem Stein abgelegt und lief auf und ab wie ein gefangenes Tier. »Du hast ein Staatsexamen in Medizin abgelegt!«

»Vicki, du machst es nicht besser«, erklärte Clara. »Ida, ich muss dich bitten, die Fersen anzuziehen und die Beine zu spreizen. Vicki, reich mir doch bitte einmal unsere Picknickdecke, ich denke, das ist angenehmer für sie. Wann hattest du deine letzte Periode, Ida?«

Ida schloss ihre Augen. »Oh, es ist so peinlich. Was, wenn jetzt andere Wanderer vorbeikommen?«

»Na, die werden hinterher ordentlich was zu berichten haben.« Vicki grinste, ließ sich neben Ida nieder und streichelte ihre Hand. »Tut mir leid, Kleines, ich wollte dich nicht anfahren eben. Das kann passieren, dass man nicht bemerkt, wenn man ein Kind erwartet.« Sie biss sich auf die Lippen. »Ich habe … Ja, vielleicht tröstet es dich, wenn ich es dir erzähle …«

»Auaaaaa!«, schrie Ida. »Aua, es tut so schrecklich weh!«

»Wie weit ist es?«, fragte Vicki. »Schaffen wir es noch zurück auf den Hof?«

Clara schob zwei Finger in Idas Vagina und betastete ihren Muttermund. »Die Cervix ist schon ziemlich weit geöffnet. Wie weit, kann ich nicht sagen ohne die Instrumente.« Ein Schwall ergoss sich über ihre Hand.

Ida schrie.

»Die Fruchtblase!«, rief Vicki. »O Gott, Clara, die Fruchtblase ist geplatzt!«

Clara wurde kreideweiß und erhob sich. »Ich kann das nicht.«

»Natürlich kannst du!« Vicki erhob sich ebenfalls, für den Fall, dass Clara wegrennen wollte.

»Nein, du verstehst nicht.« Clara schüttelte den Kopf. »Ich habe noch nicht genügend Praxis. Außerdem habe ich kein Verbandsmaterial, kein Hörrohr, um die Herztöne des Kindes zu überprüfen, keine Klemmen für die Nabelschnur, meine Hände sind schmutzig, und ich kann sie nicht desinfizieren.«

»Doch, kannst du.« Vicki hob ihren Rock und beförderte einen Flachmann aus ihrem Strumpfhalter hervor.

Ida schrie noch lauter.

»Was machst du?«, fragte Clara.

»Ich will, dass du deine Hände ausstreckst. So ist es richtig, jetzt halt sie still. Mit dem Cognac wollte ich zwar eigentlich unseren Gipfelsturm nachher begießen.« Sie schüttete eine goldgelbe Flüssigkeit auf Claras Hände. »Aber wir sind ja immer auf alles vorbereitet, richtig?« Ihre Stimme klang merkwürdig rau.

»Ich kann das wirklich nicht, Vicki.« Clara sah, dass ihre Hände zitterten. »Sie wird sterben. Ida wird sterben, wenn ich versuche, das Kind zu holen. Oder das Kind …«

»Hier stirbt niemand.« Vicki trank den letzten Schluck selbst, dann wischte sie sich die Tränen aus den Augen. »Wir werden alles tun, damit das hier gut abläuft. Hörst du, Ida, wir tun alles, was wir können, und wir machen das jetzt zusammen. Du bist nicht allein.«

Die Sonne verschwand hinter den Bergen. Ein rosa Licht schien auf Ida, während sie auf dem Boden lag und wimmerte. Die Wehen kamen jetzt häufiger und wurden länger. Vicki hielt ihre Taschenuhr in die Höhe, um im Schein der letzten Sonnenstrahlen den Minutenzeiger zu sehen. »Die Kontraktionen kommen jetzt alle fünf Minuten«, vermeldete sie. »Ich denke, es ist gleich so weit. Kannst du fühlen, wie weit sich die Cervix geöffnet hat?«

Vorsichtig tastete Clara. »Sie ist geöffnet, wie weit, kann ich nicht fühlen. Ich bräuchte Licht und ein Spekulum.«

»Wie konnte ich es nur nicht bemerkt haben?«, schluchzte Ida zwischen zwei Wehen. »Du hast recht, Vicki, was bin ich nur für eine Medizinstudentin! Nicht mal meine eigene Schwangerschaft habe ich bemerkt!«

Vicki streichelte Ida über die Haare. »Ich hatte überhaupt nicht recht, als ich das vorhin gesagt habe! Es war sogar ausgesprochen dumm und gedankenlos von mir! Weißt du, wie viele Frauen ihre Schwangerschaft nicht bemerken? Es sind Tausende pro Jahr!«

Ida lachte und weinte gleichzeitig. »Das denkst du dir jetzt bloß aus, Vicki!«

Vicki streichelte weiter. »Bleib ganz ruhig jetzt. Komm, wir atmen gemeinsam.«

Ida schrie auf.

»Wir müssen das Baby gleich einwickeln, damit es warm bleibt«, sagte Clara. »Was haben wir? Unsere Strickjacken, ja, das ist doch schon mal etwas.«

»Und Kuckuck«, sagte Vicki, die auf ihre Taschenuhr blickte.

Clara und Ida starrten sie verständnislos an.

»Entschuldigt, das war der Versuch, euch aufzuheitern.« Sie hob ihre Uhr in die Höhe. »Volle Stunde, wollte ich sagen. Acht Uhr.«

»Ich habe doch sogar meine Periode noch weiter bekommen!«, sagte Ida leise.

Vicki streichelte ihr über den Kopf, Clara nahm ihre Hand.

Nach der nächsten Wehe weinte sie weiter. »Was wird Friedrich jetzt von mir denken?«, schluchzte sie.

»Na, dass du eine ordentlich tapfere Frau bist, die ihr Kind bei einer Alpenwanderung gebärt. Welche Frau macht denn so was? Nur die stärksten und tapfersten!«

»Ich bin überhaupt nicht tapfer«, wimmerte Ida. »Ich habe schreckliche Angst!«

»Angst bei gleich zwei hervorragenden Ärztinnen, die sich um dich kümmern?« Vicki streichelte immer weiter. »Dafür gibt es doch keinen Grund.«

»Wir brauchen eine Lampe«, sagte Clara, die Ida von Neuem untersuchte. Die Bergschatten wurden größer. Wenn sie Ida zwischen die Beine blickte, konnte sie nichts als ein großes Dunkel sehen. Erneut fuhr sie mit zwei Fingern in Idas Vagina. Jetzt konnte sie das Köpfchen zwischen dem geöffneten Muttermund spüren.

Vicki zählte die Sekunden zwischen den Kontraktionen. »Einundzwanzig, zweiundzwanzig …« Wie bei einem Gewitter, von dem man wissen wollte, wie weit es noch weg war.

Die Wehen kamen jetzt noch schneller.

»Ich muss pressen!«, schrie Ida.

Zwar konnte Clara nichts sehen, aber sie konnte fühlen. »Da kommt das Köpfchen! Jetzt darfst du pressen, Ida! Jetzt!«

Aber das Köpfchen kam, und dann bewegte sich nichts mehr. Ida schrie, dass es von den Bergen widerhallte. Ein Schauer überlief Clara. Genauso hatte Aiske geschrien.

»Die Schultern«, keuchte sie. »Ich kann es nicht herausholen! Das Baby steckt fest!« Sie drehte sich zu Vicki um, deren Gesicht sie nicht mehr erkennen konnte. »O Gott, Vicki, wir haben keine Zange, ich …«

»Atmen, Clara!« Auf einmal war Vickis Stimme ganz fest, und

sie fühlte ihre Hände auf ihren Schultern. »Das hier ist nicht deine Schwester! Du wirst Idas Kind gesund auf die Welt bringen, und Ida wird auch gesund sein, das weiß ich. Weißt du das auch?«

Clara nickte.

»Gut, dann tu jetzt alles, was nötig ist!«

Clara nickte, dann holte sie tief Luft. »Ida, mit der nächsten Wehe darfst du noch einmal pressen!«, sagte sie, so ruhig sie konnte. »Du machst das ganz hervorragend! ... Ja, genau so, jetzt darfst du richtig presssen! Wunderbar!«

Ida schrie, dass man es wohl im nächsten Tal hören konnte. Das Baby glitt in Claras Hände, ganz weich und nass. Sie reichte es Vicki weiter, die es in ihre Jacke einwickelte.

»Das hast du sehr gut gemacht, Ida!«, sagte Clara. »Wir sind sehr stolz auf dich! Mit der nächsten Wehe musst du noch einmal pressen, damit die Plazenta herauskommt.«

»Mein Baby«, sagte Ida leise. »Kann ich es sehen?«

Eine Wolke schob sich vor den Mond. Es war so dunkel, dass Clara kaum das Taschenmesser erkennen konnte, das Vicki aus dem Seesack hervorgekramt hatte. »Warte einen Moment, Idachen. Ich trenne jetzt die Nabelschnur durch.«

Es war kalt und finster hier oben in den Bergen, aber Clara schwitzte. Immer wieder glitt ihr die Schnur durch die Hände. Sie konnte sie zwischen ihren Fingern pulsieren fühlen.

»Noch immer keine Wehe?« Vickis Stimme war ein Flüstern in ihrem Ohr. Sie wussten, was passierte, wenn sich die Plazenta nicht richtig löste, immer und immer wieder hatten sie es von den Hebammen gehört. Fieber, Blutungen, Entzündungen, manche Frauen starben, wenn auch nur ein kleines Stück zurückblieb.

Das war es. Sie hatte die Schnur durchtrennt.

»Ida!« In der Dunkelheit nahm Clara ihr Gesicht in beide Hände. »Du must es noch einmal versuchen! Mit der nächsten Kontraktion, bitte, press!«

Leise seufzte Ida. Die Plazenta glitt heraus.

»Oh, gut gemacht, Ida! Bravo!«, rief Vicki.

Clara brach in Tänen aus.

Sie wussten immer noch nicht, ob es ein Junge oder ein Mädchen war, aber das Baby hörte sich gesund an. Es schien genau zu wissen, was es zu tun hatte, denn es schmatzte, als sie es Ida an die Brust legten. Ida öffnete ihre Bluse. Und das Baby trank.

13

Die Hochzeit fand in Berlin statt, eine leise, diskrete Feier im engsten Kreis. Ida hielt ihre kleine Tochter im Arm und strahlte in Leons Kamera. Neben ihr stand ein stolzer und fröhlicher Friedrich mit stolzen und glücklichen Eltern. Idas Eltern sahen nicht ganz so glücklich aus. Wie Diebe in der Nacht hätten die beiden geheiratet, klagte Frau Rosenstein über die standesamtliche Trauung, als sie später bei Kaffee und Kuchen im Adlon zusammensaßen. Die Tante reckte ihr Hörrohr.

Frau Rosenstein wiederholte ihre Klage so laut, dass die anderen Gäste des Cafés zusammenzuckten: »WIE DIEBE IN DER NACHT!«

»Ja, aber wie hätten sie denn sonst heiraten sollen?«, brüllte die Tante. Wo doch der Dibbuk in das Meydele gefahren sei!

Es hatte eine große Ursachenforschung gegeben, um herauszufinden, wo und unter welchen Umständen das Meydele seine Unschuld verloren hatte. Unter der Aufsicht der Tante? An einem gänzlich fremden Ort? Doch Ida war nach der Geburt sehr geschwächt gewesen, und so hatten die Rosensteins das Verhör nach einem Tag wieder aufgegeben. Natürlich, es würde immer die Schande der unehelichen Geburt auf der kleinen Emma lasten, aber immerhin war sie gesund und munter, und der frisch Angetraute sah ebenfalls gesund und glücklich aus.

»Ein zukünftiger Militärarzt«, sagte Herr Doktor Rosenstein anerkennend. »Aus guter jüdischer Familie, und ebenfalls zum Christentum konvertiert.« Für ihn sei das einzige große Rätsel, warum Ida ihn den Eltern nicht schon sehr viel früher vorgestellt habe. Sie hätten ihn mit Freuden als Schwiegersohn akzeptiert.

Ida selbst begründete dieses Versäumnis mit Zeitmangel. »Wir haben immer nur gelernt, und Friedrich hat ja auch so selten Ausgang.«

Frau Rosenstein ließ das nicht gelten. Für gewisse andere Dinge hätten sie ja auch Zeit gehabt.

War das Staunen ein Gesichtsausdruck, den Ida in allen Facetten beherrschte, so schien er seit jenem denkwürdigen Tag auf dem Weg zur Burgruine ihr einziger zu sein. Jedes Ereignis für sich betrachtet barg ja schon ein Höchstmaß an Überraschung, aber alles zusammengenommen überforderte sie. Die Entdeckung, dass sie ein Kind erwartete; das Kind, das Stunden nach dieser Entdeckung eingetroffen war, und schließlich noch Friedrichs telegrafischer Heiratsantrag, nachdem er das Telegramm mit der Nachricht von der Vaterwerdung erhalten hatte. Das setzte dem Ganzen die Krone der Überraschungen auf. Am schwierigsten war der Brief an die Eltern gewesen, ein Unterfangen, das Ida an die Grenzen ihrer Fähigkeit zur Rhetorik gebracht hatte. Ein Kinderspiel fast war dagegen die Heimfahrt mit einem frisch geborenen Baby in der Eisenbahn gewesen.

Clara hatte vorgeschlagen, dass das derart überraschte junge Glück eine Woche Flitterwochen auf Sylt machen sollte. Da Friedrich geheiratet hatte, stand ihm die Woche Ausgang zu. Und Ida hatte nun alle Zeit der Welt. Als Ehefrau und Mutter konnte sie ihr Studium nicht fortsetzen, und das war die Überraschung, die sie am wenigsten mochte. Aber sie konnte nun einmal nichts dagegen tun.

Ausgerechnet der erste Mittwoch des Monats fiel in diese Flitterwoche, weshalb Vicki nicht mitreisen wollte. Aber sie führte ein langes Gespräch mit Ida, in dem sie ihr erzählte, worum es bei den Treffen an den ersten Mittwochnachmittagen im Monat ging. Auch Ida verriet sie nicht, wer der Vater ihrer Tochter war.

Überraschungen – Ida fand, dass sie davon nun alle genug hätten, und schwor die Freundinnen auf ein ruhigeres Leben ein.

Das würden sie auch sicherlich führen können, dachte Clara. Vicki und sie würden forschen und ihre Dissertation schreiben, und im Sommer 1914 wären sie Ärztinnen und endlich am Ziel. Dann müsste Vicki nicht mehr kellnern und sie keine Griechisch- und Lateinstunden mehr geben, und auch sonst, beschloss Clara, sollten ihre Sorgen ein Ende haben. Sie würde alles dafür tun.

Die Badegäste waren im Baufieber. Schnurrbärtige Männer im Badekostüm errichteten im Sand Burgen und Schlösser, hoben Wassergräben aus und schufen kleine, mit Nordseewasser gefüllte Seen. Noch nie hatte Clara so viele Urlauber am Strand von Westerland gesehen. Und noch nie so viele Lokale und Cafés. Frauen in langen weißen Sommerkleidern saßen in den Strandkörben und schlenderten mit ihren Sonnenschirmen über den Strand. Dazwischen tobten Kinder. Sie sprangen durch die Wellen, die an den Strand schäumten, und mähten dabei so manch ein architektonisches Väterwerk um.

»Du hast behauptet, wir könnten uns hier von dem Berliner Trubel erholen?« Leon lachte und hakte sie unter.

Clara schob ihren Strohhut zurück und blinzelte in den endlos blauen Himmel und über den weiten Strand. Die weißen, reetgedeckten Gehöfte leuchteten in der Sonne. Es waren neue hinzugekommen, die sie noch nicht kannte. »Mein Westerland hat sich so verändert!«

»Wann warst du denn das letzte Mal hier?«

»Weihnachten 1907, vor viereinhalb Jahren.«

Leon legte seine Hand an ihre Wange. »Kurz darauf haben wir uns kennengelernt.«

Clara lachte ihn an. »Und dafür werde ich immer dankbar sein.«

»Ich kann es nicht erwarten, deine Familie kennenzulernen und ihnen unsere Verlobung zu verkünden!«

»Meine Familie …«, begann Clara, hielt aber sogleich wieder

inne. Vielleicht hatte sich ihre Familie ja ebenso verändert wie das Dorf, in dem sie aufgewachsen war. Sie dachte daran, wie der Vater sie zusammen mit dem kleinen Mads in der Charité besucht hatte. Es war doch sehr liebevoll gewesen, wie die Schwestern sie gegrüßt und eine baldige Genesung gewünscht hatten. Ja, bestimmt waren auch sie andere geworden. »Ich freue mich auch auf sie.« Sie legte ihre Hand an seine Wange. »Es tut mir so leid, dass ich deine Eltern nicht mehr kennenlernen kann.«

Leon legte seine Hand auf ihre. »Sie hätten dich bestimmt sehr gern gemocht.«

Seine Augen strahlten. Was für ein Wunder, dachte Clara, dass ein Junge, der ohne Eltern und Geschwister aufgewachsen war, zu einem solch glücklichen Menschen geworden war.

»Denkst du manchmal …«, begann sie.

Leon schüttelte den Kopf. »Ich denke nicht über die Vergangenheit nach. Ich denke jetzt nur an die Zukunft. An uns.«

Aber wie kann man nur an die Zukunft denken, dachte Clara, ohne die Vergangenheit in Betracht zu ziehen? Es hing doch alles miteinander zusammen. Wenn Leons ältere Geschwister nicht schon alle im Säuglingsalter gestorben wären, wenn sein Vater nicht an einer Lungenentzündung, wenn seine Mutter nicht an Tuberkulose gestorben wäre, als Leon fünf Jahre alt gewesen war, wenn er nicht bei einem Pflegevater aufgewachsen wäre, der ihm die Liebe zum Fotografieren vermittelt hätte – wer weiß, was dann aus ihm geworden wäre? Vielleicht hätte er dann ein weniger glückliches Wesen, schoss es Clara durch den Kopf. Vielleicht waren Blutsverwandte kein Garant für Glück.

Sie waren übereingekommen, dass Ida und Friedrich mit der kleinen Emma bei ihrer ältesten Schwester Greetje und ihrem Mann Blaik wohnen sollten. Auf diese Weise würde Mads einmal ein neugeborenes Baby sehen. Sie selbst würde mit Leon beim Vater im Lehrerhäuschen wohnen.

Als sie sich nun auf den Weg dorthin machten, erkannte Clara Westerland noch weniger wieder. Überall wurde gebaut. Der Ort dehnte sich in die Felder und Wiesen aus. Einige der alten Sandwege waren nun mit Kopfstein gepflastert. Sogar eine neue Kirche gab es, einen dreischiffigen Backsteinbau an der Trift. Just in diesem Moment läutete es drei Uhr vom Turm.

»Vater ist jetzt zu Hause«, stellte Clara zufrieden fest. Sie ließ das Messingschiff, das als Klopfer diente, schwer auf die Tür fallen. Diese öffnete sich einen Spaltbreit, und ein blonder Schopf lugte hervor.

»Tante Clara!«, jubelte Mads.

»Mads!« Clara sank in die Knie, schloss den Jungen in die Arme und hielt ihn ganz fest. Er roch nach Teer und Seeluft, und sie sog den Duft in tiefen Zügen ein.

»Soll ich Killi machen?«, fragte sie kichernd, als sie ihn wieder freigab.

Mads schüttelte den Kopf. »Tante Clara, ich bin doch schon fast acht, Killi mache ich nicht mehr.« Aber dann hopste er in die Höhe und klatschte in die Hände. »Doch Killi machen, Tante Clara!« Und schon stob er davon. Clara streckte die Hände mit ihren Kitzelfingern nach ihm aus. »Hab dich!«

Mads kreischte. Und blieb mitten in der Bewegung stehen. Greetje stand breit im Türrahmen und stemmte die Hände in die Hüften. »Mads, du beruhigst dich auf der Stelle! Clara, dass du dich nicht schämst! Kannst uns doch erst mal begrüßen, wie es sich gehört!«

»Gur Dai, Schwester.« Clara wollte Greetje umarmen, besann sich aber eines Besseren und streckte die Hand nach ihr aus.

»Gur Dai.« Greetje tat, als sähe sie die ausgestreckte Hand nicht. »Und das ist der teure Verlobte aus der Stadt?«

Leons grüne Augen funkelten. »Na, ob ich so teuer bin! Leon Steiner, sehr erfreut, Sie kennenzulernen!«

»Wir sagen hier alle Du zueinander«, erklärte Greetje. Sie drehte sich zu Clara. »Meine Güte, hast du ihm denn gar nichts von uns erzählt?«

»Oh, sogar eine ganze Menge!« Leon ließ seinen Charme spielen. »Ich weiß jetzt alles über dich!«

Greetjes Augen verengten sich. »Und du bist auch angehender Arzt? Na, das ist ja eine feine Sache, dass Clara dir alles über mich und meine Schwestern erzählt hat! Kein Mitleid, bitte! Wir kommen sehr gut damit klar!« Über die Schulter rief sie: »Vater ist in der Stube und wartet auf euch!«

»Das habe ich eben nicht verstanden«, flüsterte Leon. »Was meinte sie? Wieso sollte ich sie bemitleiden? Meiner Meinung nach wirkt sie äußerst gesund!«

»Erkläre ich dir später«, wisperte Clara zurück.

Der Vater saß im Ohrensessel. Sein rechtes Bein war bandagiert und hochgelegt.

»Vati!« Clara rannte auf ihn zu. »Was ist passiert?«

Der Vater lächelte. »Nur eine kleine Entzündung, die nicht mehr weggehen will.«

»Das werde ich mir gleich mal ansehen! Oh, verzeih bitte, Vati, das ist Leon! Ich freu mich so, dass ihr euch endlich kennenlernt!«

Die Männer schüttelten sich die Hände. Clara bemerkte, dass der Vater alt geworden war. Wann war das passiert? Sein Haar war komplett grau, sein Gesicht zerfurcht. Er wirkte furchtbar müde, aber gleichzeitig schien er aufrichtig erfreut, sie zu sehen.

»Setzt euch doch, Kinder«, sagte er. »Greetje wird bestimmt gleich einen Tee bringen, sie kümmert sich jetzt um mich.«

»Eine muss es ja tun.« Greetje stieß die Stubentür mit einem Fuß auf und balancierte ein Tablett mit Kanne, Tassen, Sahne und einem Pott Kandiszucker herein, das sie auf dem Stubentisch abstellte. »Femmy und Daje helfen ihren Männern, es gibt ja immer genug zu tun bei uns allen. Ist vielleicht nicht wie im feinen Berlin.« Sie knallte Clara eine Teetasse vor die Nase. »Der arme Mads ist schon wieder ganz aufgewühlt. Ehrlich, Clara, wenn du nicht meine Schwester wärst, ich würde dir den Umgang mit ihm verbieten! Du tust ihm einfach nicht gut!«

Sie stapfte wieder hinaus, und in die Stille, die folgte, hörten sie sie schimpfen. Mads begann zu weinen. Clara sprang auf.

»Nicht, Clara«, sagte der Vater. »Das macht es nur noch schlimmer.«

»Dann geh nach Hause!«, hörten sie Greetje schimpfen. »Nein, ist mir egal, ob Tante Clara jetzt da ist. Du gehst jetzt nach Hause, hast du gehört?«

Clara spürte Leons Hand auf ihrer. Ganz sacht war seine Berührung, aber sie verstand sie. Trotzdem sprang sie auf. Mit einem Satz war sie bei Mads in der Küche, und als Greetje sie zurückriss, machte sie sich von ihr los. »Du wirst mit Mads nicht mehr so reden«, sagte sie fest.

»Und wer bist du denn, dass du mir Vorhaltungen machen kannst, he?«, fauchte Greetje. »Sitzt im feinen Berlin und lässt dich von uns allen bezahlen! Dass du dich nicht schämst!«

Clara blickte ihrer großen Schwester so fest in die Augen, dass diese zurückwich. »Ich komme seit mehr als drei Jahren für meinen eigenen Unterhalt auf. Und es wart nicht ihr, die davor für mich bezahlt habt, sondern Vati! Und jetzt lass Mads und mich nach draußen gehen!«

Ihr Herz klopfte, während sie Mads an die Hand nahm. Fast erwartete sie, dass Greetje ihr eine Ohrfeige verpassen würde, aber die Schwester war wie vom Donner gerührt.

Sie wusste nicht, welche Richtung sie einschlagen sollte, als sie mit Mads die Straße hinunterging. Aber ihre Beine trugen sie von allein. Nur einen Ort gab es hier noch, der ihr wichtig war.

»Mutti sagt, dass du uns nicht magst«, sagte Mads plötzlich. Er klang so vernünftig, dass es ihr wehtat. Warum musste ein Achtjähriger denn schon so vernünftig sein? Und dann hörte sie das Wort in sich nachhallen. Mutti. So nannte er Greetje also schon.

»Das stimmt nicht.« Clara blieb stehen und hockte sich auf die Erde, sodass sie Mads in die Augen blicken konnte. »Ihr seid doch meine Familie. Und meinen kleinen Killi-Mads hab ich ganz besonders lieb.« Sie wackelte mit den Fingern, und Mads lachte.

»Familien streiten sich manchmal«, fuhr sie fort, während der Friedhof schon vor ihnen auftauchte. »Das heißt aber nicht, dass sie sich nicht lieb hätten. Kannst du das verstehen?«

Mads nickte. »Mutti und Vati streiten sich auch manchmal. Tante Clara, wohin gehen wir?«

»Wir besuchen Aiskes Grab.«

Sie sah, wie es in ihm arbeitete. »Wer ist Aiske?«

»Deine …« Sie stockte. Konnte es sein, dass Greetje Mads nicht erzählt hatte, dass Aiske seine Mutter war? »Aiske war Greetjes, Femmys, Dajes und meine Schwester«, sagte sie endlich.

In Mads arbeitete es weiter. »Dann ist Aiske auch meine Tante?«

»Nein«, sagte Clara und biss sich auf die Lippen. »Aiske hat dich geboren.«

Seit der Geburt lebte Ida wie in einer Blase. Sie nahm nur noch ihr Baby und Friedrich wahr. Sie drei bildeten einen unspaltbaren Kern. Außerhalb dieses Kerns schwirrten die anderen Menschen, die ihr einmal etwas bedeutet hatten und die auf eine abstrakte Weise immer noch wichtig waren – sie spürte es nur gerade nicht. Vicki, die ihr in Berlin Lebewohl gewünscht hatte. Ihre Eltern. Clara und Leon. Sie alle tauchten am Rand ihres Bewusstseins auf und verschwanden wieder. Dazwischen gab es Emma, die Hunger hatte, und Emma, die so süß aussah, wenn sie kleine Bewegungen mit ihren Händchen machte oder wenn sie sie ansah mit ihren riesigen dunklen Augen oder wenn sie sich den Daumen in den Mund schob und schlief.

Sie fühlte ein Glück in sich sprudeln, wenn sie daran dachte, dass sie sich nie wieder heimlich mit Friedrich treffen musste. Sie waren jetzt verheiratet. Er gehörte zu ihr.

Und so bemerkte sie in den ersten Tagen ihrer Flitterwoche auch nicht, dass Clara sich verändert hatte. Selbst wenn sie für die Fotos posierten, die Leon von ihnen machte, guckte sie ungewohnt ernst.

»Du und Vicki, ihr habt euch bestimmt gefragt, wie ausgerechnet ich etwas Unüberlegtes tun konnte«, meinte Ida und lächelte.

Sie saßen im Strandkorb. Leon spazierte über den Sand auf der Suche nach Fotomotiven, Friedrich hockte ein paar Meter von ihnen entfernt am Wasser und baute eine Burg.

»Nie zuvor habe ich mir eine Spontaneität zuschulden kommen lassen, und dann so was«, sie lachte. »Aber ich glaube, dass es einfach so sein sollte.« Sie streichelte mit dem Zeigefinger über Emmas Wange. »Natürlich ist es schade, dass ich nun nicht mehr Ärztin werden kann. Aber ich bin sehr glücklich, und ich …« Sie bemerkte Claras Ausdruck. »Und du bist es nicht. Oh, Clärchen, was für eine Egoistin ich bin!«

»Du bist gerade Mutter geworden«, erwiderte Clara. »Du hast wahrlich anderes im Sinn.«

»Was ist mit dir, Clara?«

»Meine Schwester Greetje …«

»Ist ein Drachen«, stimmte Ida zu.

Clara lächelte kurz. »Das ist sie nicht immer gewesen.«

»Erzähl mir von ihr.«

Sie schwiegen. Der Wind blies Clara die Haare aus dem Gesicht. Erst jetzt bemerkte Ida, dass sie ein Reformkleid trug wie Vicki.

»Als ich ein Kind war, hat sie mich gefüttert und ins Bett gebracht«, begann sie leise. »Sie ist zehn Jahre älter als ich, musst du wissen, und hat sich um mich gekümmert.« Wieder machte sie eine lange Pause. »Unsere Mutter starb bei meiner Geburt.«

Ein Ausrufer stapfte vor ihnen durch den Sand und schwenkte dabei ein Pappschild. »Heute Abend großes Konzert in der Dünenhalle! Meine Damen und Herren, lassen Sie sich dieses Ereignis nicht entgehen!«

Die kleine Emma schmatzte im Schlaf.

»Ich glaube, meine Schwestern haben erst mit der Zeit einen Zusammenhang zwischen dem Tod meiner Mutter und meiner Existenz hergestellt. Mein Vater hat es nicht so mitbekommen, aber sie ließen es mich spüren. Nur meine Schwester Aiske …« Sie schwieg, und Ida nahm ihre Hand.

»Aiske hat immer zu mir zu gehalten. Altersmäßig standen wir uns am nächsten, obwohl sie sieben Jahre älter war als ich. Und dann, ich war vierzehn, fing das Unglück an.«

Sie schwieg. Ida drängte sie nicht.

»Aiskes Mann war Matrose auf einem Dreimaster, der vor Kap Horn unterging. Da war Aiske gerade schwanger. Ich weiß nicht, ob es der Kummer über den Tod von Hinnerk war. Aber Aiske verlor allen Appetit. Sie war sehr schwach, als die Wehen begannen. Sie hatte eine Hausgeburt, wie Generationen von Madsen-Frauen vor ihr. Und so wie unsere Vorfahrinnen hat sie keine Hebamme und keinen Arzt bemüht. Wir Madsen-Frauen schaffen das alleine, hieß es immer. Das stimmte natürlich nicht.«

Emma verzog ihr Mündchen. Wie ein zerdrücktes Rosenblatt sah das Mündchen aus, fand Ida. Sie streichelte Emma über ihr schlafendes Gesicht.

»Irgendwann während der Geburt glaubten wir, dass es besser wäre, einen Arzt zu rufen. Aber Aiske wollte keinen Arzt. Sie wollte nicht, dass ihr ein anderer Mann als Hinnerk zwischen die Beine blickte.«

Ida sah, dass Claras Wangen nass waren. »Ich war dabei, als sie starb.«

»Oh, Clärchen.« Ida drückte die Freundin an sich. Minutenlang rührten sie sich nicht mehr, die kleine Emma mit ihrem Rosenblatt-Mündchen, die weinende Freundin und sie, die neue Ida mit den Milchbrüsten und der erblühten Weiblichkeit.

»Ab da wurde alles anders. Meine Schwestern sprachen offen aus, dass ohne mich die Mutter nicht gestorben wäre, sie sagten, dass ich diejenige sei, die das Unglück über ihre Familie gebracht habe, und dass es ein Fehler gewesen sei, mich in Aiskes Zimmer zu lassen, während sie in den Wehen lag.«

»Du weißt, dass nichts davon wahr ist, oder?«, sagte Ida leise.

»Manchmal weiß ich es nicht.«

»Aber du vermutest einen wissenschaftlichen Grund, und deshalb willst du Ärztin werden?«

Clara nickte. »Wenn du wüsstest, wie das damals bei uns zugegangen ist. Wir sind keine schmutzige Familie, bestimmt nicht, aber damals wusste man noch nichts von Desinfektion.«

»So war das eben um die Jahrhundertwende«, bestätigte Ida. »Meine Güte, was hat sich seither alles verändert! Wir leben schon in einer sehr modernen Zeit!«

»Na, die ist noch nicht so recht hier angekommen.« Clara probierte ein Lächeln. »Das Schlimme ist, dass meine Schwestern seither glauben, dass ein Fluch auf unserer Familie lastet. Das Einzige, worüber sie sich noch nicht im Klaren sind, ist die Frage, ob ich an diesem Fluch schuld bin oder irgendein anderer böser Geist.«

»Glaubst du das auch?«

Clara schüttelte den Kopf. »Natürlich nicht. Und sollte ich das jemals geglaubt haben, so hat mich das Medizinstudium eines Besseren belehrt. Aber irgendetwas stimmt tatsächlich nicht mit den Frauen unserer Familie. Alle meine Schwestern sind verheiratet, aber keine hat ein Kind bekommen. Greetje sagt immer: Wie wird es wohl bei dir sein, Clara? Tod im Kindbett oder Unfruchtbarkeit?«

»Das ist doch Unsinn«, wehrte Ida ab. »Natürlich wirst du einmal Kinder bekommen! Bist du deshalb so traurig? Weil du dir mit Leon eines Tages einmal Kinder wünschst und nicht weißt, ob es passiert?«

»Das auch, ja. Aber viel schlimmer finde ich, dass meine Schwestern dabei sind, Aiske zu vergessen. Mads weiß noch nicht mal, dass Aiske seine Mutter ist.«

»So wie Vickis Tochter nicht weiß, dass Vicki ihre Mutter ist«, sinnierte Ida. »Hat sie dir einmal gesagt, wer der Vater ist?«

Clara schüttelte den Kopf. »Mit keinem Wort.«

»Hast du eine Vermutung?«

»Nicht einmal das.«

Ida sah, wie ein Badegast auf Friedrich zutrat und sich dann neben ihn hockte. Friedrich deutete auf die Türme, die er an seine Sandburg gebaut hatte, und der Badegast zeigte auf seine eigene Burg, die ein paar Meter weiter stand.

»Jedenfalls verstehe ich jetzt, warum ihr zwei euch so nah seid«, sagte Ida. »Ihr habt diese große Gemeinsamkeit.«

»Bist du manchmal eifersüchtig auf Vickis und meine Freundschaft?«

»Na, was meinst du, warum ich dir das Praktikum in Hamburg besorgt habe!«, sagte Ida und lachte. »Ich wollte, dass du mal bei mir und *meiner* Familie wohnst!« Sie sah Claras überraschten Ausdruck und lachte noch mehr. »Was sind wir doch für Mädchen, trotz unserer zweiundzwanzig Jahre!«

»Du bist jetzt Ehefrau und Mutter«, sagte Clara.

»Und darüber bin ich jeden Tag von Neuem erstaunt!«

»Du wirst vielleicht noch eine Weile brauchen, um dich daran zu gewöhnen.«

»Ja, aber das wird alles werden!«, meine Ida strahlend. »Wirst schon sehen!«

Leon fotografierte sie alle: Greetje, die wuchtige, düstere Schwester, Femmy und Daje, die nicht minder finster schauten, Claras Vater mit seinem gutmütigen hellblauen Blick. Er fotografierte Ida und die kleine Emma im Strandkorb und Friedrich, der im Badekostüm eine Burg baute, die jeglichem Ansturm zu trotzen schien. Am allermeisten aber fotografierte er sein Lichtmädchen, seine Clara. Die hellen Augen, die sie so offensichtlich vom Vater geerbt hatte, leuchteten noch heller, wenn sie in der Sonne am Strand stand. Mit ihren blonden Haaren und dem weißen Kleid sah sie aus wie ein Engel. Aber der Eindruck täuschte. Noch nie hatte er Clara so traurig gesehen.

»Ich habe die beste Idee von allen!«, verkündete er eines Morgens, während sie in der Küche standen und Clara für den Vater und sie beide Tee kochte und Omeletts briet. »Wir zwei gehen heute in die Nordsee! Was sagst du dazu?«

»Dass ich leider nicht schwimmen kann?«

»Und schon haben wir wieder etwas gemeinsam!«, rief Leon. »Ich kann es nämlich auch nicht! Aber ich habe am Strand einen Bademeister entdeckt, der es uns beibringen kann.«

Clara hielt inne. »Ich wollte das tatsächlich schon immer mal lernen.« Ihre Augen begannen wieder zu leuchten. »Oh, was für eine famose Idee!«

»Dann werden wir uns gleich Badekostüme kaufen.«

Clara kicherte. »Das ist das Verrückteste, das ich seit Langem getan habe! Ich fühle mich wie ein Kurgast!«

Sie beschlossen, den ganzen Tag lang nur verrückte Dinge zu tun, pro Stunde mindestens eines. Nachdem sie ihre Badekostüme gekauft hatten – Clara hatte ein blau-weiß gestreiftes Badekleid erstanden, das über den Knien endete und einen Matrosenkragen hatte –, nahmen sie sich an die Hand und liefen los. Der Wind malte Linien in den Sand.

»Dreibeinlaufen in den Dünen, heute Nachmittag um drei!«,

brüllte der Ausrufer. »Lassen Sie sich den Spaß nicht entgehen, meine Damen und Herren!«

»Schon wieder verrückt!« Clara lachte und hielt beim Laufen ihren Strohhut fest. »Das machen wir nachher!«

Während sie sich in einer der hölzernen Kabinen umzog, von denen sie gar nicht gewusst hatte, dass die in Westerland existierten, hörte sie in der Kabine nebenan zwei Berlinerinnen glucksen. »Det is een kolossaler Spaß, det Rumjeschwimme!«, hörte sie die eine der anderen Mut machen. »Musste bloß uffpassen, dassde nich unterjehst.«

Leon erwartete sie draußen in einem eng anliegenden gestreiften Anzug, einen Arm in der Pose des Starken August gereckt. Seine Augen weiteten sich, als er sie sah.

»Verrückt, oder?«, lachte sie, während sie sich in ihrem kurzen Kostüm vor ihm drehte.

»Nein.« Er biss sich auf die Lippen. »Unfassbar schön.«

Sie waren zu fünft: Die Berlinerin aus ihrer Nebenkabine, ein sehr dicker Mann mit einem gewaltigen Schnurrbart, seine nicht minder korpulente Frau, Leon und sie. Der Bademeister ließ sie auf und ab hüpfen, dann sollten sie mit den Armen kreisen. Am Ende mussten sich alle flach in den Sand legen und mit ihren Beinen rudern. Leon und sie lachten Tränen, so komisch sah das aus. Und dann durften sie ins Wasser gehen.

Es war eine Offenbarung. Ihre Arme und Beine bewegten sich wie eben in den Übungen, und schon schwamm sie aufs Meer hinaus. Eine salzige Welle schwappte ihr ins Gesicht, und ihr war, als spülte sie alles fort, was sie in den vergangenen Tagen beschwert hatte.

»Verrückt, oder?« Leon tauchte neben ihr in den Wellen auf.

Sie lachte und schüttelte den Kopf. »Unfassbar schön.«

Eine Trillerpfeife ertönte vom Strand. »Die Anfänger bitte wieder zurück ins flache Wasser!«, brüllte der Bademeister.

»Ich will nicht«, sagte Clara und schlang ihre Arme um Leon. Sie spürte ihn so nah wie nie zuvor. Nur zwei dünne, nasse Stoffe trennten ihre Körper, und ein Schauer durchfuhr sie.

»Ich auch nicht«, sagte Leon an ihrem Ohr.

»Wir könnten untertauchen, damit er uns nicht findet.« Clara kicherte, hielt sich die Nase zu und sprang kopfüber in eine Welle hinein. Als sie wieder auftauchte, sah Leon sie an. Seine Augen leuchteten hier draußen im Wasser noch grüner.

»Heirate mich!«, sagte er. »Lass uns eine Familie gründen und einen ganzen Schwarm von solchen Nixen wie dich bekommen!«

Sie öffnete ihren Mund.

»Ich weiß, dass du traurig warst in den letzten Tagen, aber ich verspreche dir: Unsere Nixenfamilie wird glücklich sein!«

»Leon«, flüsterte sie. »Es könnte sein, dass ich …«

»Du hast Angst, dass du nicht mehr arbeiten kannst, wenn die Nixen da sind? Sorge dich darum nicht, wir besorgen uns eine Nixenkinderfrau!«

Clara lachte.

»Du möchtest doch Kinder haben, oder nicht?«

»Ich könnte mir nichts Schöneres vorstellen.« Sie presste sich an ihn und küsste ihn lange. Über ihnen kreischte eine Möwe. Wellen schlugen um sie herum.

»Bevor wir heiraten, würde ich gern meine Dissertation schreiben«, sagte Clara, als sie wieder Luft bekam. »Spätestens 1914 werde ich mein Studium beendet haben. Meinst du, dass du so lange auf mich warten kannst?«

»Mein Liebling.« Wieder schlug eine Welle über Leon zusammen. »Wir haben alle Zeit der Welt.«

14

Nenne uns einen einzigen Grund, warum Luise an einer akademischen Feier teilnehmen sollte.« Sieglinde stellte die Teetasse aus Meißner Porzellan zurück auf die Untertasse. »Und dazu noch in einem Krankenhaus! Du willst wohl, dass das Kind sich ansteckt!«

»Meine Frau hat recht. In der Charité grassieren die unaussprechlichsten Krankheiten! Das müsstest du doch wissen, Viktoria! Hat man dich denn in den sieben Jahren dort nichts gelehrt?«

»Man hat mich sogar eine ganze Menge gelehrt.« Viktoria versuchte, ihre Stimme ruhig zu halten. »Weshalb mir dort die Doktorwürde verliehen wird. Was wiederum der Grund für meine Bitte ist.«

»Viktoria.« Theobald schlug den Ton an wie bei Luise, wenn sie trotzig war. »Ich habe mir dein Treiben an der Charité all die Jahre angesehen, ohne mich einzumischen. Nicht einmal habe ich dir gesagt, wie töricht du dich anstellst! Oder behauptest du etwa das Gegenteil?«

»Nein«, sagte Vicki. »Aber warum hättest du das auch tun sollen, immerhin habe ich …«

Er hob eine Hand, um sie zum Schweigen zu bringen.

»Dein Ungestüm, Viktoria. Es ist doch immer das Gleiche mit dir. Mäßige dich bitte, sonst kannst du Luise heute nicht sehen.«

Vicki biss sich auf die Lippe und schwieg.

»Eine Frau als Studiosus der Medizin – du ahnst nicht, wie lächerlich du uns damit all die Jahre gemacht hast! Und das nach deinem … Fehltritt. Aber gut, wir wissen ja, dass du nur an dich selber denkst.«

Sieglinde nickte gewichtig. »O ja. Das wissen wir wirklich.«

»Nun ist diese lächerliche Charade vorüber, und du willst Luise dazu einladen, dem Ende beizuwohnen?«

»Ich lade euch alle drei ein«, brachte Vicki hervor.

Höhnisch schnaufte Sieglinde. »Also, ich setze keinen Fuß ins Spital! Mir liegt an meiner Gesundheit! Aber vor allem an der von Luise! Ich verstehe nicht, warum du sie unbedingt in Gefahr bringen willst!«

»Die Feier findet nicht im Pesthaus statt, sondern im Festsaal.«

»Höre ich da Spott in deiner Stimme?«, erregte sich Sieglinde. »Du wagst es, uns zu verspotten? Uns, die wir dir in deiner schweren Stunde beigestanden haben? Die wir dich in unser Haus einladen, Monat für Monat?« Ihre Stimme wurde schriller. »Trotz deines Benehmens, deiner … Vergangenheit?«

Vicki stand auf und ging zum Fenster hinüber. Einen furchtbaren Augenblick lang glaubte sie zu ersticken. Die Villa der Herzbergs war wieder bewohnt, stellte sie fest, während sie sich am Rahmen festhielt und nach Luft rang. Sie befahl sich, auf das Grün des Rasens zu sehen, ins Himmelblau. Atmen, befahl sie sich. Sie musste nur dieses Gespräch hinter sich bringen. Dann konnte sie ihre Tochter sehen.

Sie musste die Worte *meine Tochter* lauter als sonst gedacht haben, denn auf einmal hörte sie es sich sagen, das verbotene Wort. »Alle Familien sind eingeladen zur Verleihung der Doktorwürde ihrer Verwandten. Und ich hätte gern meine Tochter dabei.«

Stille breitete sich im Salon aus. Schweigen sank in den tiefen Teppich und verfing sich in den Samtvorhängen. Niemand regte sich mehr. Dann schoss Sieglinde in die Höhe: »Wie kannst du es wagen, Viktoria!«

Auch ihr Bruder erhob sich. »Aus meinem Haus!«

»Ich möchte gern erst Luise sehen«, sagte Vicki, während sie spürte, dass sich ihr die Kehle zuschnürte.

»Du solltest dich mäßigen, Viktoria. Wir haben dich vorgewarnt.«

»Luise!«, rief Vicki, so laut sie konnte.

Es war das erste Mal, dass ihr Bruder sie anfasste, und sie hätte nicht gedacht, dass er trotz seiner Behäbigkeit so stark war. Aber er nahm sie an den Schultern und schob sie in den Flur. Der Portier hatte bereits die Haustür geöffnet. Theobald hielt sie noch immer an den Schultern. Dann warf er sie hinaus.

»Ich erwarte eine Entschuldigung und die Zusicherung, dass so etwas nie wieder vorkommt!«, donnerte er.

Es war eine Eingebung, die Vicki zum Fenster im ersten Stock blicken ließ, als die Haustür hinter ihr zufiel. Sie sah Luise, die ihre Nase an die Scheibe presste. Vicki versuchte, nicht zu weinen, während sie das kleine Gesicht ansah. Sie hob eine Hand und ging rückwärts. Luise winkte. Vicki pustete ihr einen Kuss zu, während sie sich weiter rückwärts bewegte.

Erst als sie das Ende der Straße erreichte, brach sie in Tränen aus.

Clara hatte ihn so lange nicht mehr gesehen, dass sie ihn fast nicht mehr wiedererkannt hätte. Er wirkte größer und bulliger, fast wie ein Boxer. Doch seine Stimme war noch immer so hoch. Sie hörte ihn mit seinem Nebenmann sprechen, einem Doktoranden, den sie nicht kannte. Dann drehte er sich zu ihr um und lächelte sie an. Ein Schauer überlief Clara. Sie hätte es nicht begründen können. Aber sie hatte noch immer Angst vor Carl.

»Sehr verehrte Damen und Herren!« Der Dekan begrüßte sie in seinem Amtsornat. Hinter ihm standen die Examinatoren sehr aufrecht. Keiner der Doktoranden sagte mehr ein Wort.

»Wir sind heute zusammengekommen, um die Ergebnisse Ihrer Dissertationen zu diskutieren. Viktoria von Dutzenberg, Clara Madsen, Carl Bäumer und Hans Huber – bitte setzen Sie sich.«

Zeit war etwas Merkwürdiges, dachte Clara, während sie wie von Ferne die Fragen eines Examinators an Vicki hörte. Die drei Jahre als unbezahlte Klinikpraktikantin, die Hunderte von Unterrichtsstunden in Latein und Griechisch, die sie gegeben hatte, um sich ihr Studium zu finanzieren, und vor allem die zähe, nie enden wollende Dissertation – das alles hatte wie ein Alpenberg vor ihr gelegen. Und nun war sie fast auf dem Gipfel dieses Berges angekommen. Würde sie es schaffen, gleich genauso ruhig wie Vicki zu sprechen? Äußerlich wirkte die Freundin sehr sicher. Sie begründete ihre Resultate mit fester Stimme, ohne in der Wortwahl zu schwanken. Nur einmal, als die Tür zum Prüfungssaal aufflog und eine Kinderstimme ertönte, zuckte sie zusammen. Sie drehte sich sogar um und blickte in den voll besetzten Prüfungssaal. Ida saß in der ersten Reihe zwischen Leon und Friedrich und trug die kleine Emma auf dem Arm.

»Fräulein von Dutzenberg, werden Sie sich in Ihrer Arbeit als Ärztin ebenso ablenken lassen, wenn jemand den Raum betritt?«

»Nein, Herr Examinator. Ich bitte um Verzeihung.«

Carl stieß ein höhnisches Schnaufen aus.

»Ich habe keine weiteren Fragen.«

Vicki setzte sich wieder. Ihre Wangen waren hochrot. Ob sie bestanden hatte? Ihre Blicke kreuzten sich. Clara nickte ihr zu.

Nun war sie an der Reihe.

»Fräulein Madsen, Sie haben sich in Ihrer Dissertation mit der Unfruchtbarkeit des Weibes beschäftigt und dabei einen interessanten Ansatz verfolgt …«

Ein Teil von Clara sah sich selbst, wie sie nun aufstand. Sie hatte ein hochgeschlossenes schwarzes Kleid für diesen Tag gewählt, die Haare trug sie streng zurückgekämmt. Sie sah, wie Carl sie spöttisch ansah, so als wollte er sagen: »Niedlicher Versuch.« Auch ohne sich umzudrehen, merkte sie, dass Leon sie ansah. Sie spürte seine Liebe wie eine tröstliche Gewissheit in ihrem Rücken. Auch Ida drückte ihr jetzt die Daumen, das wusste sie. Und Vicki, das sah sie aus den Augenwinkeln, blickte sie aufmunternd an. Sie erhob die Stimme, und endlich verschoben sich die Clara, die sie neben sich stehen sah, und sie selbst in eine Person. Sie wusste genau, was sie zu antworten hatte. Und wurde endlich auch ruhig.

Die Examinatoren zogen sich zu einer Beratung zurück. Sie, Vicki, Carl und der andere Examinand wurden hinausgeführt. Jetzt erst bemerkte Clara, wie viele Menschen an diesem Tag gekommen waren. Allerdings herrschte hier keine Volksfeststimmung mehr wie vor drei Jahren, als sie das Staatsexamen abgelegt hatten. Im Gegenteil – die Menschen saßen feierlich still.

Carl und Hans zündeten sich Zigaretten an, während sie auf dem Flur warteten. Clara und Vicki sahen sich an.

»Ich glaube, dass ich versagt habe«, flüsterte Vicki. Ihre Augen waren riesengroß.

Clara drückte ihr die Hand.

Endlich kehrten der Dekan und die Examinatoren in ihrer Amtstracht zurück. »Scolares, bitte folgen«, sagte ein Amtsdiener.

Sie bildeten einen feierlichen Zug. Voran schritt der Pedell, der ein Zepter auf einem Kissen trug. Ihm folgte der Dekan mit zwei Amtsdienern an seiner Seite. Danach kamen die Examinatoren, und jetzt durften Vicki und sie selbst sich anschließen. Als Letzte gingen Carl und Hans. Als sie den Saal wieder betraten, wurde es ganz still. Jemand hatte den Katheder geschmückt, und während sie angewiesen wurden, sich zu setzen, schritt der Dekan die Stufen dort hinauf.

In den vergangenen Jahren habe sich ein Wendepunkt in der Medizin vollzogen, erklärte der Dekan feierlich. Erst im vergangenen Jahr sei hier in Berlin der erste weibliche Professor berufen worden. Rahel Hirsch habe etwas Neues in den Beruf gebracht, und dasselbe erhoffe er sich nun von den beiden weiblichen Studenten, die heute ihren Doktorhut erworben hätten.

Vicki brach in einen Jubelschrei aus, den sie rasch als Husten tarnte. Der Dekan blickte ernst auf.

»Durch fleißiges Arbeiten und gute Examina haben die Doctores von Dutzenberg und Madsen ihren Ernst im Studium bewiesen. Ebenso der Doctor Hans Huber. Alle drei haben mit *summa cum laude* abgeschlossen. Ihre Arbeit wird der Menschheit zum Segen gereichen.« Der Anflug eines Lächelns huschte über sein Gesicht. »Gratulation!«

Der Zuschauerraum brach in Applaus aus. Clara bemerkte, dass Ida sich mit einem Taschentuch die Augen tupfte. Leon klatschte am lautesten von allen und strahlte sie an.

Der Dekan räusperte sich. »Ich möchte noch anmerken, dass es sich um keine Selbstverständlichkeit handelt, dass weibliche Studenten einen derart hohen akademischen Grad erreichen. Die Kraft des Weibes reicht hierfür gemeinhin nicht aus.«

Einen Moment lang herrschte Stille. Erneut räusperte sich der Dekan. »Des Weiteren ist zu sagen, dass der Scolar Carl Bäumer zur erneuten mündlichen Prüfung in einem halben Jahr erwartet wird. Die Verteidigung seiner Dissertation hat den Examinatoren nicht genügt. Doctores, treten Sie bitte einzeln vor. Zunächst Doctor von Dutzenberg.«

Clara versuchte, Carl nicht anzusehen, während sie zu Vicki blickte. Doch auch so spürte sie, dass er vor Wut kochte. Wenn Blicke töten könnten, dachte sie.

»Ich werde Ihnen jetzt den hippokratischen Eid abnehmen. Doctor von Dutzenberg, sprechen Sie mir nach.«

Vicki stand sehr aufrecht. Von hinten sah sie so ganz anders aus als das Mädchen, das sie seit sieben Jahren kannte. Was daran liegen konnte, dass sie nun kein Mädchen mehr war, sondern eine fünfundzwanzigjährige deutsche Ärztin. Ihr schwarzes Kleid reichte bis zum Boden. Auch sie hatte sich die Haare streng hochgesteckt.

»Ich schwöre bei Apollon, dem Arzt, und Asklepios und Hygieia und Panakeia und allen Göttern und Göttinnen, indem ich sie zu Zeugen aufrufe, dass ich nach meinem Vermögen und Urteil diesen Eid und diese Vereinbarung erfüllen werde«, sprach sie mit fester Stimme.

Ein eigenartiges Gefühl durchfuhr Clara, als sie wenig später ihrerseits die Hand auf das Zepter legte und den Schwur sprach.

»Aufgrund der hervorragenden Verteidigung Ihrer Dissertation sind Sie herzlich eingeladen, als ehrenamtliche Volontärärztinnen in der Charité zu arbeiten«, sagte der Dekan, als er sie nach der Feierstunde beiseitenahm.

»Wie – ehrenamtlich?«, fragte Clara.

Der Dekan räusperte sich. »Hat man es Ihnen denn nicht gesagt? Weibliche Ärzte werden nicht bezahlt. Schätzen Sie sich glücklich, dass Sie in die Ränge des wissenschaftlichen Personals aufgenommen wurden, Doctores.« Und mit einem Blick auf Carl, der an ihnen vorbeirauschte: »Diese Ehre wird nun wahrlich nicht jedem zuteil.«

Friedrich hatte einen Tisch im Restaurant Zur letzten Instanz reserviert, um das Ereignis gebührend zu feiern. »Wir wussten nämlich, dass ihr bestehen werdet«, sagte Ida stolz. »Clara, willst du nicht gleich deinem Vater telegrafieren? Dann fahren wir den Umweg über die Französische Straße ins Kaiserliche Telegrafenamt!«

Clara, die noch immer ihren Doktorhut trug, strahlte. »Das wäre sehr schön!«

»Icke kann nicht«, sagte Vicki. »Muss noch uff Maloche jehen.«

»Du darfst jetzt nicht mehr so sprechen«, tadelte Ida. »Du bist doch jetzt die Frau Doktor.«

Vicki versuchte, ein fröhliches Gesicht zu machen. Sie wollte den anderen nicht zeigen, wie es in ihr aussah. Doch die Ankündigung, dass sie für ihre Arbeit als Ärztin nicht bezahlt werden würde, erschütterte sie zutiefst. Wie sie sich gewünscht hatte, das Tanzen endlich aufgeben zu können! Sie wollte den Beruf ausüben, auf den sie so lange hingearbeitet hatte, sie wollte ihrem Bruder und seiner Frau beweisen, dass sie es geschafft hatte, und vor allem wollte sie, dass ihre Tochter stolz auf sie sein konnte. Und nun – nichts.

»Selbst heute musst du arbeiten?«, fragte Clara irritiert.

»Hast es ja gehört«, sagte Vicki leichthin. »Die Charité wird uns nicht bezahlen. Und die Moneten verdienen sich nicht von selbst!«

»In welcher Gastwirtschaft arbeiten Sie, Viktoria?«, fragte Friedrich in seiner üblichen formvollendeten Art. »Vielleicht könnten wir unsere Feier dorthin verlegen. Dann sind wir zumindest zusammen!«

Vicki bemerkte, dass Clara und Ida sie mit großen Augen ansahen. Immer wieder hatten die beiden sie angefleht, ihnen die Gastwirtschaft zu zeigen, von der sie behauptete, dass sie dort Kellnerin sei. Und immer wieder war es Vicki gelungen, sich herauszuwinden. Nun, das würde sie auch jetzt wieder tun.

Sie riss theatralisch die Augen auf. »Das wollt ihr mir antun? Fröhlich feiern, während ich euch bediene? Also, das geht zu weit!«

»Ich denke, damit bringen wir Vicki wirklich in eine unangenehme Lage«, pflichtete Clara ihr bei.

»Aber wir können Sie doch zumindest hinfahren?«, fragte Friedrich.

»Wenn es euch recht ist«, Vicki griff nach ihrem Doktorhut, »dann würde ich gern zu Fuß gehen. Ich denke, ich brauche nach alldem frische Luft!«

Eine Wanderin zwischen den Welten. So hatte Vicki sich seit

Luises Geburt gesehen. In der einen Welt lebte ihre Familie, die sie verstoßen hatte. Zur anderen, der Bühnenwelt, gehörte sie nicht recht dazu. Dann war eine neue Welt hinzugekommen, die akademische, die Welt, in der sie sich gemeinsam mit Clara und Ida behauptet hatte. Und ja, sie hatte darunter gelitten, immer hin- und hergerissen zu sein. Aber sie hatte darauf gehofft, dass diese Zerrissenheit irgendwann aufhören würde. Eines Tages, so hatte sie sich geschworen, wäre sie nur noch Ärztin. Und wer weiß – vielleicht würde sie Luise dann auch sagen können, wer sie wirklich war. Vielleicht würde Luise sie dann sogar lieb haben. Die Ärztin, die half und forschte. Die Ärztin, die ihre Mutter war.

Als sie die Unterführung an der Friedrichstraße erreichte, sah sie eine gekrümmte Gestalt an der Ecke stehen. Die Gestalt schwankte. Mit Schrecken erkannte sie, wer es war.

»Minna!«

Minna öffnete mit Mühe die Augen. »Kleenes«, lallte sie. »Wat machste denn hier? Nich anschaffen, oda?«

»Nee, Minna, ick tanz doch nur.«

»Dit is jut, Kleenes.« Minna fiel nach vorn, sodass Vicki sie gerade noch halten konnte.

Sie half ihr, sich zu setzen. »Wat is passiert, Minna? Ick hab dir lang nich mehr jesehn!«

Minna starrte sie an. Ihre Augen waren blutunterlaufen, und sie hatte überall blaue Flecken. »Mir hamse innen Kahn jesperrt.«

»In den Kahn?«

»Ins Jefängnis. Weil ick doch hier …« Sie machte eine weit ausschweifende Geste, die die dunkle Unterführung und die anderen Frauen umfasste, von denen eine jetzt auf sie zustöckelte.

»Kannste die olle Schachtel ma mitnehmen, Vicki? Die Kundschaft bleibt uns aus wegen der!«

»Hör zu, Minna«, sagte Vicki leise. »Haste Schmerzen?«

Minna verzog das Gesicht.

»Haste was heute Nacht zum Matratzehorchen?«

»Na, ick jeh nach Hause.«

»Jut. Wo is dit?«

Minna schüttelte den Kopf.

»Pass uff. Ick komm morjen wieder, und denn kiek ick mir dir an, ja? Schaffste det alleene nach Hause?«

Minna nickte, und Vicki half ihr vorsichtig wieder auf.

Als sie das Varieté im Central Hotel erreichte, war sie sehr müde. Schwerbeinig schleppte sie sich die Stufen hinauf.

»Wat is'n dit für 'ne Kopfbedeckung?« Anni, eines der neuen Mädchen, riss ihr den Doktorhut aus der Hand und setzte ihn sich selbst auf. »Heißa! Heute Abend bin icke 'n Mann!« Sie drehte eine Pirouette zu dem Lied, das auf dem Grammofon spielte.

Die anderen Mädchen lachten johlend. »Jib mir dit!«, schrie eine. »Ick will dit ooch!«

»Ick hab wat viel Besseres«, sagte Vicki und nahm ihren Doktorhut wieder an sich. »Setzt euch mal alle da hin!«

Anni, die schon fertig geschminkt war, ließ sich auf Hildis Schoß plumpsen, Sophie setzte sich auf Lola, die wiederum auf Tatjana, der neuen russischen Tänzerin, saß.

»Ick wollt det euch ja schon neulich jeben, aber ick war in den letzten Tajen beschäftigt.« Vicki kramte in ihrer Tasche.

»Ja, wo biste denn jewesen?«, rief Lola. »Hast dir wohl 'n feinen Herrn anjelacht!«

»Dit hätt ick aba jespürt!« Vicki lachte mit den anderen. »So, Frolleins, und ihr wollt auch was spüren, aber keene Franzosenkrankheit und keene Kinnerkens, wa?«

Die Mädchen schüttelten unisono den Kopf.

»Und ooch nüscht, wat euch juckt. Und deshalb jibt et nu die hier!« Sie holte mit Schwung die Kondome heraus.

Die Mädchen guckten verständnislos. Lola berappelte sich als

Erste. »Meener macht dit nich mit Bijou. Von wejen weil die Naht so kratzt!«

»Die hier sind ohne Naht«, erklärte Vicki und wickelte eines der Kondome aus der Verpackung. »Und es sind och keene Bijou, keene Pariser. Die stammen aus Deutschland. Janz wat Neues un Feines. Von eenem Fabrikanten namens Julius Fromm.« Sie schwenkte das Kondom in der Luft. »Nu kiekt euch dit an, dit is so leicht, man spürt dit nich ma. Und hier der Gummiring, der hält dit uff dem Piefke ooch noch fest!«

Lola begann zu kichern, dann gluckste Hildi. Sophie rutschte vor Lachen von Lolas Schoß. »Piefke!«, prustete sie. »Lass dit nich meen Siegfried hören!«

»Was ist Piefke?«, fragte Tatjana mit ihrem russischen Akzent.

Jetzt lachten die Mädchen noch lauter. Vicki deutete vor ihrem Schambein eine winzig kleine Mohrrübe an.

Madame riss die Tür auf. »Was ist das für ein Gelärm hier, Mädchen? Vicki, du bist ja noch angezogen! Und dann auch noch in so einem vornehmen Kleid! Hast du heute noch was vor?«

»Dit wird meene Sonderrolle heute! Vornehm, vornehm, dacht ick mir!«

Die anderen Mädchen lachten noch lauter.

»Na, dich engagiere ich irgendwann noch als Clown!« Madame klatschte in die Hände. »Nu aba heidi, Mädels! In ner halben Stunde jeht der Vorhang uff!«

»Ick hab noch wat für euch, wenn ihr die Fromms mitnehmt!«, sagte Vicki hastig, als die Madame wieder draußen war.

»Oh, Gräfin!!« Lola sprach vor Ergriffenheit Hochdeutsch, als sie die Flasche sah, die Vicki aus ihrer Tasche hievte. »Champagner! Ist der echt?«

»Na, klar is der dit!« Vicki ließ den Korken knallen.

»Jibt et wat zu feiern?«, fragte Anni, während sie zum Gläserbord flitzte und sechs Gläser zwischen ihre Finger nahm.

Vicki blickte in die Runde. Sie sah Anni mit ihren dramatisch geschminkten schwarzen Augen. Lola, die mit ihren blonden Locken wie ein Engel aussah. Die groß gewachsene Tatjana, die in ihrer Heimat eine Ballettausbildung genossen hatte und wundervoll tanzte. Hildi und Sophie, weiblich und rund. Egal, zwischen wie vielen Welten sie noch wandern müsste, diese hier war eine davon, und sie würde es bleiben. »Ja«, sagte sie. »Uns!«

Die Welt drehte sich immer schneller, und während Vicki tanzte, wirbelte sie mit der Welt mit. Sie war ein Fräulein Doktor geworden, das im eng geschnürten Korsett, in Strumpfhaltern und hochgeknöpften Stiefeletten Cancan tanzte. Sie hatte so viele Jahre gearbeitet, um Ärztin zu werden, aber sie musste weitertanzen, immer weiter. Der Saal war ausverkauft an diesem Abend, das Publikum raste und forderte »Da capo!«. Immer wieder. Vicki war ein bisschen betrunken. Der Kronleuchter drehte sich über ihr.

Abendblau senkte sich über die Friedrichstraße, als sie wieder hinaustrat. Menschen lärmten über die Bürgersteige und drängten sie beiseite. Ein Auto raste an ihr vorbei.

»Attentat auf Erzherzog Franz Ferdinand und seine Frau Sophie!«, brüllte ein Zeitungsjunge, der ihr in den Weg sprang. »Der österreichische Thronfolger und seine Gemahlin erschossen!«, rief sein Nebenmann.

Vicki kramte nach ihrer Geldbörse, um eines der Extrablätter zu kaufen. Unendlich lange kramte sie so. Sie stellte fest, dass nur noch ihr Glückspfennig darin lag. Auch egal, dachte sie, und tänzelte nach Hause. Hierhin und dorthin musste sie tänzeln, um den Männerhänden auszuweichen. So viele Hände, die versuchten, sie zu berühren. Warum nur sah sie so viele begehrliche Blicke, warum nur stellte sich ihr immer jemand in den Weg? Sie begriff es erst, als sie die Oranienburger überquerte: Sie hatte vergessen, sich umzuziehen. Und sie war noch immer geschminkt.

Es war still in der Kuckuckswohnung, als Vicki endlich die Tür aufschloss. Clara lag schon im Bett und schlief. Vorsichtig, um die Freundin nicht zu wecken, machte Vicki Licht an – und presste sich die Hand vor den Mund, um nicht laut zu lachen. Denn Clara trug im Schlaf eine Kopfbedeckung: ihren Doktorhut.

15

Es war so schwül im Kreißsaal, dass Clara kaum atmen konnte. Ein ganzes Heer von Ärzten, Studenten, Schwestern und Hebammen umstand die arme Frau.

»Die Patientin ist siebzehn Jahre alt und Erstgebärende mit einer Mehrlingsschwangerschaft«, erklärte einer der Volontärsärzte. »Kontraktionen konstant alle fünf Minuten seit drei Stunden. Öffnung der Cervix bei drei Zentimetern.«

»Nun, da haben wir einen interessanten Fall in gleich mehrfacher Hinsicht«, rief der Dozent, um die Schmerzensschreie der Frau zu übertönen. »Woran könnte es liegen, dass der Geburtsvorgang so langsam voranschreitet?«

Einer der Studenten hob die Hand. »Die Primigravida scheint von schwächlicher Konstitution zu sein.«

»Die Patientin ist in der Tat stark untergewichtig«, nickte der Dozent.

»Die Mehrlinge passen nicht durch den Geburtskanal!«, vermutete ein anderer.

»Das erklärt nicht, warum sich die Cervix nicht öffnet. Weitere Vermutungen, meine Herren?«

Clara trat an das Krankenbett und betrachtete die Frau. Sie war wirklich sehr zierlich. Jetzt kam die nächste Wehe. Die Frau schien in sich hineinzukriechen, während sie so wimmernd dalag. »Ich werde mich um die Schwangere kümmern«, sagte sie entschlossen. »Aber ich fange mit den Herztönen der Föten an.«

Sie presste ihr Hörrohr auf den Bauch der Schwangeren, während die Gruppe zum nächsten Krankenbett zog. Clara versuchte, das Schreien und Weinen im Raum auszublenden, während sie die Herztöne zählte und dabei auf ihre Taschenuhr sah. Hundertdreißig pro Minute, das ging in Ordnung. Nur – das war einer der beiden Herztöne. Einen zweiten konnte sie nicht hören.

Das Mädchen sah sie aus weit aufgerissenen Augen an. »Sind Babys gesund?«, flüsterte sie. Sie sprach mit einem schlesischen Akzent.

Clara nahm tröstend ihre Hand. »Babys Herz klopft schon ein bisschen schneller, aber das liegt daran, dass es sich freut, auf die Welt zu kommen. Warten Sie einen Moment, bitte.« Sie ging zum Dozenten hinüber und nahm ihn beiseite. »Wer hat eine Mehrlingsschwangerschaft bei meiner Patientin festgestellt?«

Der Dozent hob eine Augenbraue. »*Ihrer* Patientin? Wenn ich Ihnen einen Rat geben darf, Fräulein …«

»Doktor Madsen.«

»Hängen Sie sich nicht so an die einzelnen Schicksale hier.«

»Das beantwortet nicht meine Frage.«

»Werden Sie sich hier immer so aufmüpfig gerieren, Fräulein?«

»Fräulein Doktor. Mehrlingsschwangerschaft? Wer hat die festgestellt und mit welcher Methode?«

Der Dozent blickte in seine Unterlagen. »Das war der Kollege Heilmann. Fragen Sie den, wenn er nachher seine Schicht beginnt.«

Die Gruppe wanderte zum nächsten Bett weiter. Clara kehrte zum Bett der zierlichen Schwangeren zurück.

»Nicht weggehen, bitte.«

Die Frau umklammerte ihr Handgelenk, während sich die nächste Wehe in ihr aufbaute.

»Atmen, so ist es richtig, atmen Sie in die Wehe hinein.«

Als es vorbei war, blickte ihr die Schwangere in die Augen. »Können Sie Geheimrat Ehlers sagen, dass es bald so weit ist? Warten Sie, ich schreibe Ihnen die Adresse.«

»Ist das ein Angehöriger?«, fragte Clara.

»Nein, das ist mein Dienstherr.« Die Augen des Mädchens waren riesig und dunkel. »Er hat gesagt, dass er mich heiraten will.«

Auf dem Bülowplatz stand ein Mann und fuchtelte mit den Armen. Hunderte von Menschen scharten sich um ihn. Ida konnte ihn nicht erkennen, aber so viel war doch deutlich, nämlich, dass der Mann gegen einen Krieg eingestellt und sehr aufgeregt war. So ging es nun schon seit Tagen. »Historische Stunde« hatte Friedrich die russische Generalmobilmachung genannt, aber tags darauf wurde es schon wieder historisch, denn da erließ der Kaiser ein Ultimatum an den Zaren, er möge diesen Unsinn auf der Stelle wieder rückgängig machen, und gleichzeitig warnte er die französische Regierung davor, sich jetzt einzumischen. So historisch war dieser Tag gewesen, dass der Kaiser auf den Balkon seines Berliner Stadtschlosses getreten war und den Zehntausenden, die sich im Lustgarten unter ihm versammelt hatten, zugerufen hatte: »Geht in die Kirche, kniet nieder vor Gott und bittet ihn um Hilfe für unser braves Heer!«

Und jetzt, am 1. August, hielt er auch noch eine Rede. Ida erschauerte, wenn sie an die Folgen eines möglichen Krieges dachte. Ihr war übel, und sie fühlte sich matt.

»Da ist er!« Ihre Tante presste sich das Hörrohr an das Ohr und legte ihren Kopf so schief, dass auch ja alles, was der Kaiser zu verkünden gedachte, seinen Weg in ihren Gehörgang fände.

Sie standen inmitten einer wogenden Menschenmenge, und Ida bereute jetzt schon, dass sie dem Wunsch ihrer Tante gefolgt war. So oft werde sie in ihrem Alter ja nicht mehr die Möglichkeit finden, den Kaiser persönlich zu hören, hatte Tantchen gemeint. Und wenn der gute Mann etwas zu sagen habe, dann gehe man da gefälligst auch hin. Ida nahm die kleine Emma auf den Arm, obwohl das Mädchen mit seinen drei Jahren dafür eigentlich schon zu groß war. Die Menge rückte bedrohlich nah an sie heran.

»Ich kenne keine Parteien und keine Konfessionen mehr!«, rief der Kaiser. Vor Ida flog ein Strohhut in die Luft, dem rasch weitere folgten. Emma protestierte lauthals.

»So ein Schlamassel!«, schimpfte die Tante. »Ich kann den ja gar nicht verstehen!«

»Wir sind heute alle deutsche Brüder und nur noch deutsche Brüder!«, rief der Kaiser in die Jubelschreie der Menge hinein.

»Er sagt, dass wir alle deutsche Brüder sind!«, wiederholte Ida die Worte ins Hörrohr der Tante.

Die blickte verständnislos und brüllte: »Auch wir Frauen, meint er?«

»Ruhe da hinten!«, rief ein Polizist, dessen Pickelhaube in der Sonne glänzte.

»Will Auto fahren!«, brüllte Emma zurück. Sie patschte mit ihren Händen auf Idas Wangen. »Auto fahren, Mama, hab ich gesagt!«

Ida wurde zunehmend flau. Die schwüle Luft, die tobende Menge, Emmas Gezeter – es war mehr, als sie ertrug. Kurz entschlossen packte sie das Tantchen am Ärmel und schleuste sie zwischen den Leibern aus dem ärgsten Gedränge hinaus.

»Emma will zum Eisernen See!«, rief sie der Tante ins Hörrohr. »Von mir aus könnten wir jetzt übrigens auch zum Mond fliegen. Hauptsache, wir kommen hier aus der Menge heraus!«

»Aber der Kaiser ist doch noch gar nicht fertig!«, brüllte die Tante. Auch Emma brüllte wieder: »Auto fahren!« Die Tante nickte. Das hatte sie begriffen. Ida schüttelte den Kopf. Die beiden Schreihälse verstanden sich.

Sie versuchten, eine Droschke zum Lunapark zu nehmen, aber es war wie verhext an diesem Tag: Alle Kutschen waren besetzt und unterwegs. Menschen wogten ihnen in großer Menge entgegen, viele von ihnen hielten Pappschilder hoch. Ida las die Parolen auf den Schildern nur mit halbem Auge, so sehr war sie damit beschäftigt, die Schreie von Tochter und Tante zu besänftigen. *Kriegsanleihen zeichnen!,* entzifferte sie auf einem der Schilder, während auf dem nächsten wiederum *Kein Krieg!* stand.

Endlich erwischte sie ein Taxi. Doch die Tante weigerte sich einzusteigen, da es nicht von Pferden gezogen wurde.

»Auto fahren!« Emma klatschte vor Vergnügen in die Hände.

»Gespenstischer Tinnef!«, schrie die Tante entsetzt.

Ida hatte ihre Dosis Parolen gehabt und schob beide hinein.

Der Lunapark war erfreulich leer an diesem Tag, stellte sie fest, während sie durch das hohe Eingangsportal, den Säulengang und die Freitreppe hinunter auf das Vergnügungsgelände schritt. Die wenigen Familien, die beschlossen hatten, der Rede des Kaisers fernzubleiben und stattdessen im Ausflugslokal dem Orchester zu lauschen oder auf der Freiluftbühne den Akrobaten zuzusehen, bildeten ein friedliches Völkchen. Mädchen in weißen Kleidern mit großen Schleifen im Haar tanzten einen Ringelreigen am künstlichen Wasserfall. Jungen tobten hin und her. Ein gemütlich aussehender Familienvater verteilte Zuckerwatte an seine Kinder. »Auto fahren!«, forderte Emma wieder und hopste an ihrer Hand auf und ab.

Ida setzte die Tante im Ausflugslokal ab und bestellte ihr ein Kännchen Kaffee und einen Zitronenkuchen mit Schlagsahne, dann wanderte sie mit Emma weiter zum Eisernen See.

Das Rattern von Metallrädern auf Holzschienen war weithin hörbar. Hier und da erklang ein vereinzelter Vergnügungsschrei. Das war eigentlich verboten, wie auch die Schilder rund um die Wellenbahn verkündeten, auf der die Parkbesucher in winzigen Fahrgestellen herumsausten. *Schreie verboten! Das Polizeipräsidium von Schöneberg-Wilmersdorf,* stand auf den Schildern zu lesen. Als Ida und Friedrich mit der kleinen Emma in die Villa in Grunewald gezogen waren, die Friedrichs Familie früher als Landhaus genutzt hatte, waren sie vom Krach des nahen Lunaparks überrascht gewesen. Friedrich hatte gemeinsam mit den anderen Bewohnern des Villenviertels beim Polizeipräsidenten dafür plädiert, den Lärm so weit als möglich zu reduzieren, doch eine völlige Beseitigung des akustischen Übelstands war unmöglich. Einzelne Fahrgäste, erklärte der Polizeipräsident den Anwohnern, machten ihren Gefühlen »immer noch Luft«.

Allen voran die kleine Emma. Sie strampelte mit den Beinen vor Glück, als Ida und sie sich nun in einen der kleinen Wagen setzten. Mit einem Ruck ging es los. Ida steuerte das Auto über Fahrbahnsegmente, die leicht angehoben wurden, um es auf diese Weise von einer schiefen Ebene zur nächsten zu bringen. Sie krachten in den Wagen des gemütlichen Familienvaters, der eben noch die Zuckerwatte verteilt hatte, und Emma juchzte laut vor Glück. Dabei prallte sie gegen Idas Brüste, die seit einiger Zeit so merkwürdig schmerzten, und Ida spürte, wie ihr nun richtig übel wurde. Sie hielt durch, bis die Runde beendet war und sie mit Emma den Wagen verlassen konnte. Dann erbrach sie sich im Gebüsch. Sie zitterte am ganzen Körper, als sie mit Emma an der Hand wieder davonwankte. Aber endlich wusste sie, was das alles zu bedeuten hatte. Sie lächelte und legte sich eine Hand auf den Bauch.

Clara fand den Arzt, der die Frau mit der Mehrlingsschwangerschaft am Vortag untersucht hatte, in der Teeküche. Mehrere Männer in weißen Kitteln hatten sich um ihn geschart. Einer schwenkte das Extrablatt der *Deutschen Tageszeitung. Zu den Waffen!,* prangte in riesigen schwarzen Lettern darauf.

»Guten Tag, Doktor Heilmann«, begrüßte sie ihn höflich. Sie musste ihre Stimme erheben, um sich Gehör zu verschaffen. Die Männer in dem engen Raum diskutierten laut. »Sie haben eine Mehrlingsschwangerschaft bei dem Dienstmädchen festgestellt, das gestern hier eingeliefert wurde?«

»Richtig, da waren zwei Herztöne.« Heilmann blickte kurz zu ihr herüber. »Ich schließe mich den Worten unseres Kaisers an!«

»Nun, da ist jetzt nur noch einer«, sagte Clara bestimmt.

»Dann haben Sie wohl einen Fehler beim Abhören gemacht.« Er wandte sich wieder an die Männer. »Es ist wichtig, dass wir dem Russen jetzt nicht nachgeben. Man muss ihm zeigen, wozu der Preuße fähig ist!«

Clara spürte, wie die Wut in ihr hochstieg. Sie hatte gedacht, dass sie weniger herablassend behandelt werden würde, wenn sie nur erst offiziell den Titel der promovierten Gynäkologin hätte. Aber nein, es hörte einfach nicht auf. »Vielleicht liegt der Fehler ja bei Ihnen.«

Heilmann drehte sich widerwillig zu ihr um. »Sie sind sehr emotional, Frau Kollegin. Wenn ich Ihnen ein paar Regeln mit auf den Weg geben dürfte ...«

Clara ballte hinter ihrem Rücken die Fäuste. »Nur zu. Es wird sicherlich sehr lehrreich sein.«

»Regel Nummer eins: Der Kreißsaal ist ein Ort der für uns Ärzte höchst unwillkommenen Emotionen. Es hilft in keinster Weise, sich hier noch gefühliger zu verhalten als sonst. Regel Nummer zwei: Verhalten Sie sich einem erfahreneren und ranghöheren Kollegen gegenüber stets respektvoll. Dann funktioniert die Zusammenarbeit reibungsfrei.«

Clara verzog keine Miene. »Mit welcher Methode haben Sie die Mehrlingsschwangerschaft gestern festgestellt?«

»Duch Abtasten des Bauches und Überprüfen der Herztöne. Andere Methoden gibt es nicht. Zumindest das haben Sie doch sicher gelernt.«

Die Nachmittagssonne fiel schräg durch die Fenster des Kreißsaals und tauchte die Gebärenden in ein goldenes Licht. Einige wimmerten, andere stöhnten, wieder andere schrien. Es waren

Geräusche, an die sich Clara in den zwei Monaten, in denen sie hier arbeitete, schon fast gewöhnt hatte. Und doch ging ihr das Wehklagen noch immer ans Herz.

Alle Frauen, die bei der Morgenvisite hier gelegen hatten, waren mittlerweile verlegt worden. Alle hatten sie ihre Kinder auf die Welt gebracht. Nur das siebzehnjährige Dienstmädchen, von dem Clara jetzt wusste, dass es Sophia hieß, wälzte sich noch immer in ihren Wehen. Claras Schicht war gleich zu Ende. Aber sie konnte und wollte jetzt nicht nach Hause gehen. Sophia war halb bewusstlos vor Schmerzen. Ihre Wehen kamen noch genauso häufig, und jetzt schienen sie sich auch verstärkt zu haben. Ihr Muttermund hatte sich auf fünf Zentimeter geöffnet. Es war noch immer nicht so weit.

»Sie lassen mich nicht alleine?« Sophia klammerte sich an sie. Sie war noch blasser geworden, aber in ihrem Gesicht leuchteten rote Flecken.

»Ich bleibe hier«, sagte Clara fest. Erneut überprüfte sie die Herztöne. Hundertvierzig Schläge pro Minute. Und wieder hörte sie nur die Töne eines Kinds und nicht die von zweien.

»Das Baby will gleich kommen«, sagte sie beruhigend. »Es bereitet sich jetzt darauf vor. Dann werden Sie es bald geschafft haben, Sophia. Kommen Sie, stehen Sie auf!«

»Was tun Sie?«, bellte der Kollege Heilmann, der mittlerweile zwischen den gespreizten Schenkeln der Frau im Nebenbett saß.

»Die Patientin braucht Bewegung.« Clara griff Sophia unter die Arme. »Wir kommen hier nicht weiter, wenn sie immer nur liegt.«

Sophia beugte sich vor und wimmerte. Aber sie ging brav mit Clara zum Fenster mit.

»Hier ist die Luft doch viel besser«, lächelte Clara. »Atmen Sie sie in tiefen Zügen ein.«

»Haben Sie dem Geheimrat Bescheid gegeben?«, flüsterte Sophia.

»Gleich heute Morgen.« Sie strich ihrer Patientin über den Rücken. »Denken Sie jetzt nicht daran. Konzentrieren Sie sich ganz auf Ihre Atmung. Jetzt ist es nicht mehr lang.«

Sophia krümmte sich unter einer neuen Wehe. Ihre Stimme war heiser vom Schreien.

»Einen Moment, Sophia, ich bin gleich wieder bei Ihnen. Schwester, bitte stützen Sie die junge Frau.« Sie ging zu Doktor Heilmann hinüber und sagte so emotionslos, wie sie konnte: »Ich würde gern die Krönig'sche Methode probieren, Herr Kollege. Meine Patientin leidet unter sehr starken Schmerzen.«

Heilmann schnaubte. »Zeigen Sie mir eine Frau, die keine Schmerzen bei der Geburt erleidet. Und nein, Sie können den Narkoseapparat nicht haben.«

»Den Grund hätte ich gern dafür.«

»Herrgott, wenn wir bei jeder Frau, die in den Wehen liegt, gleich die ganze Apparatur hier hereinschleifen würden! Geburtsschmerzen sind ein Naturereignis, das eine normale werdende Mutter gern auf sich nimmt!« Die Frau, deren Entbindung er betreute, stieß just in diesem Moment einen langen Fluch aus, verbunden mit einer an ihren Ehemann vorgebrachten Morddrohung, sollte der ihr noch einmal »uff die Pelle« rücken.

»Ich denke, dass nicht alle das Naturereignis genießen«, bemerkte Clara trocken und eilte zu ihrer Patientin zurück.

»Weiteratmen, Sophia. So ist es gut. Wir zwei gehen jetzt noch ein bisschen spazieren. Ist bald vorbei.«

Doch es wurde Abend, und noch immer lag Sophia in den Wehen. Das Herz des Fötus schlug noch schneller. Von Sophias Dienstherrn, dem Geheimrat Ehlers, keine Spur.

»Frau Doktor!«, wimmerte Sophia. »Es tut so schrecklich weh!«

Eine Schwester trat an ihre Seite. »Fräulein Doktor Madsen, ein Herr Steiner hat nach Ihnen gefragt.«

»Hat er eine Nachricht hinterlassen?«

»Er hat gesagt, dass er beim Pförtner auf Sie wartet.«

Sophia stieß einen Schrei aus.

»Auf die Seite, Sophia. Heben Sie ein Bein an. Ja, so ist es gut. Ich werde Sie jetzt erneut untersuchen.«

Sophia brüllte weiter.

Clara biss sich auf die Lippe. Die Öffnung der Cervix betrug nun zehn Zentimeter. »Gute Nachricht, Sophia«, lächelte sie. »Jetzt geht es los!« Sie wandte sich an die Schwester, die immer noch neben ihr stand. »Richten Sie Herrn Steiner bitte aus, dass ich hier einen Notfall habe? Und sagen Sie ihm bitte, es täte mir sehr leid, ich werde es wiedergutmachen!«

Die Schwester nickte. »Richte ich aus, Fräulein Doktor. Aber nur, dass Sie det mal jehört haben: Der Herr meinte, es wäre sehr dringend. Hat wohl was mit der Mobilmachung zu tun.«

Am Morgen des 3. August erließ der Magistrat von Berlin einen Aufruf, in dem er an den »Opfermut«, die »Selbstzucht« und die »Tapferkeit« der Berliner appellierte. Sie dürften jetzt auf keinen Fall Hamsterkäufe tätigen und müssten in dieser Stunde der Not ruhig und aufrecht zusammenstehen.

»Wegen eines Kinkerlitzchens so ein Schlamassel!«, kommentierte Idas Tante die deutsche Kriegserklärung an Frankreich empört.

»Die Erschießung des österreichischen Thronfolgers kann man nun wahrlich nicht als Kinkerlitzchen bezeichnen.« Friedrich runzelte die Stirn. Es war ihm gelungen, auf eine Stunde in die Grunewaldvilla hinauszukommen. Und er war nicht eben erfreut, dass Idas Tante auch schon wieder da war.

Tantchen reckte ihm ihr Hörrohr entgegen. »Kinkerlitzchen! Hab ich doch gesagt!«

»Ida, kann ich dich alleine sprechen?«, drängte er.

»Papa, Papa!« Emma hopste an ihm hoch.

»Ja, mein Hoppelhäschen?« Er griff ihr unter die Arme und warf sie in die Luft, dass sie jauchzte.

»Papa, ich will Auto fahren!«

»Was ist es nur mit diesem Mädchen?« Friedrich schüttelte lachend den Kopf. »Diese Autobegeisterung ist nicht recht normal!« Aber dann nahm er sie doch Huckepack und lief brummend wie ein Auto durch den Garten. Emma juchzte und patschte mit ihren Händchen Friedrich auf den Kopf.

Der Garten stand in voller Blüte. Noch leuchteten die Staudenrosen purpurfarben. Prachtkerzen sprenkelten das Gras. Im Lunapark musste nun die Tanzstunde der Neger begonnen haben. Sie konnten das rhythmische Füßestampfen hören und dann den Gesang.

»Ich muss dir etwas Schönes sagen!« Friedrichs Augen strahlten.

Ida lachte. »Haha, ich dir auch!«

Er nahm sie in die Arme. »Du weißt, dass ich sehr glücklich mit dir bin? Auch wenn ich dich offenbar nur noch in Begleitung deiner Tante antreffe. Kann es sein, dass es immer schlimmer mit ihr wird?«

Ida küsste ihn auf die Wange. »Ohne meine Tante und ihre Schwerhörigkeit wären wir jetzt nicht hier!«

Friedrich umschlang sie fester. »O ja, mein Liebling. Das ist wohl wahr.«

»Du zuerst«, flüsterte sie.

Er ließ sie los und sah ihr in die Augen. »Ich ziehe in den Krieg, Ida! Habe gerade den Einberufungsbefehl erhalten!«

Sie ließ ihre Arme sinken. »Oh, Friedrich, nein …«

»Hör zu.« Er nahm ihre Arme und legte sie sich wieder um den Hals. »Du wusstest, worauf du dich eingelassen hast, als du einen Militärchirurgen geheiratet hast. Und sieh bitte nicht so besorgt aus! Es wird ein kurzer Einsatz. Weihnachten bin ich wieder da!«

»Das weißt du doch überhaupt nicht!« Ida spürte Tränen in sich aufsteigen. Sie wischte sie hastig weg. Dass sie jetzt immer so gefühlig wurde! Nun, es gehörte wohl dazu.

»Doch, das weiß ich. Und ich freue mich sogar darauf! Freu dich doch mit mir, Ida! Es wird ein herrliches Abenteuer werden, und wir Deutschen werden als einzigartige Kameraden zusammenstehen.«

»Es ist nur so …«, begann Ida und suchte ihre Worte. »Ich denke, dass ich guter Hoffnung bin.«

»Oh, Ida!« Friedrich zog sie wieder an sich, diesmal nicht stürmisch, sondern vorsichtig und zärtlich, gerade so, als wäre Ida ein kostbares Gefäß geworden. »Das ist die zweite herrliche Nachricht an diesem Tag!«

Ida wollte einwenden, dass die Geburt eines wunderschönen kleinen Babys sicherlich dem Gemetzel auf einem Schlachtfeld vorzuziehen sei, aber sie sah das Glück in Friedrichs Augen und schwieg.

»Und mach dir keine Sorgen! Im Winter werde ich mit Emma wieder auf den Kreuzberg gehen zum Rodeln. Und wenn unser Sohn geboren wird, ist der Krieg schon längst wieder vorbei.«

Ida lächelte. »Was macht dich so sicher, dass es ein Junge sein wird?«

»Ich weiß es einfach.« Friedrich streichelte ihren Bauch, der noch ganz flach war, dann küsste er sie auf die Lippen. »Es wird ein kleiner Soldat!«

Leon wartete am Eingang des Charité-Geländes auf sie. Er sah blass aus und hielt etwas hinter seinem Rücken versteckt. »Du siehst nicht gut aus«, begrüßte er Clara, die auf ihn zugewankt kam.

Sie lächelte schwach. »Das Kompliment wollte ich dir auch gerade machen.«

Er küsste sie auf die Wange. »Die Schwester sagte etwas von einem Notfall. Was ist passiert?«

Clara nahm ihn am Arm, und zusammen schlenderten sie zu einer Bank auf einer der Rasenflächen. »Ein junges Mädchen mit einer Mehrlingsschwangerschaft. Ein Zwilling ist im Mutterleib gestorben, der andere hat es nach einer sehr langen, qualvollen Geburt überlebt. Das Mädchen ist von seinem Dienstherrn geschwängert worden, der ihm die Ehe und ich weiß nicht was noch für welchen Unsinn versprochen hat.«

Leon legte die rote Rose, die er hinter seinem Rücken versteckt gehalten hatte, auf der Bank ab und zog eine Augenbraue hoch.

»Natürlich ist der Unmensch nicht mehr aufgetaucht. Ich habe mich neben den ganzen anderen Kranken, die wir in den letzten Tagen in der Frauenklinik hatten, um das Mädchen und den lebenden Säugling gekümmert, dann habe ich die städtische Armenfürsorge benachrichtigt. Das Mädchen hat mich bis zum Schluss angefleht, bei ihm zu bleiben, aber das konnte ich ja nicht, ich kann sie ja nicht bei mir und Vicki und der Kuckuckswitwe aufnehmen.« Sie schlug die Hände vors Gesicht und weinte. »O Gott, mich darf keiner so sehen, sonst heißt es wieder, die Frau Doktor, die ist viel zu emotional …«

Leon legte den Arm um sie. »Aber es ist doch nur normal, dass du mit deinen Patienten mitfühlst! So sollte es doch im Idealfall sein! Oh, was gäbe ich dafür, wenn der Quacksalber, der mir seinerzeit einen Backenzahn gezogen hat, auch ein bisschen Gefühl an den Tag gelegt hätte. Ach, Clara, Kleines, nun wein doch nicht so!«

»Sie hat mir so furchtbar leidgetan!«, schluchzte Clara. »Und ach, ich weiß auch nicht … es ist vielleicht die Müdigkeit. Ich habe in den letzten vier Tagen vielleicht fünf Stunden geschlafen. Oh, Leon, du darfst es niemandem sagen, weil es doch immer heißt, das Weib hätte keine Kräfte, aber ich glaube, ich kann gerade wirklich nicht mehr!«

Leon legte den Arm um sie und zog sie zu sich. Dabei streichelte er ihr über das Haar. Als sie sich beruhigt hatte, richtete sie sich wieder auf. »Du wolltest mir etwas Wichtiges mitteilen, meinte die Schwester.«

»Ja.« Er blickte sie lang und ernst an. »Ich bin einberufen worden«, sagte er. »In einer Woche soll es losgehen. Aber vorher möchte ich noch etwas Wichtiges tun.«

Clara sah ihn an, und trotz ihrer Erschöpfung spürte sie die Wucht in seinen Worten.

Leon erhob sich, stellte sich vor sie und sank auf sein rechtes Knie. »Willst du mich heiraten, Clara?«

Sie rutschte von der Bank und umschlang ihn mit beiden Armen. Dann begannen sie zu kichern, weil eine Gruppe Ärzte in weißen Kitteln an ihnen vorbeiging und weil es bestimmt absurd aussah, wie sie beide vor der Bank hockten. Clara schloss die Augen und atmete Leons Duft ein, diese Mischung aus ureigenem Leon und Chemie.

»Ich weiß, es ist schon wieder verrückt, aber ich konnte so schnell keinen Ring kaufen, also habe ich dir ein paar hübsche Eisendrähte aus unserem Atelier gewunden.«

Clara betrachtete das Konstrukt, das in diesem Moment wie der schönste Ring auf Erden aussah. Sie lachte und weinte und küsste Leon und den Ring abwechselnd, dann flüsterte sie: »Ja, das will ich von Herzen gern!«

16

Die Schlange vor dem Rathaus wand sich bis hinaus auf die Straße. Clara und Leon, die sich an den Händen hielten, sahen sich um. Nicht jede Braut hatte in der Eile ein weißes Kleid finden können. Es gab Frauen in Blusen und leicht verschlissen aussehenden bodenlangen Röcken, Frauen, die sich ihr Brautkleid offensichtlich aus Vorhangstoffen genäht hatten, Frauen in Grün, Rot und Blau. Clara selbst trug ein weißes Hochzeitskleid, das einmal der Kuckuckswitwe gehört hatte. Es wirkte sehr altmodisch mit seinem ausstaffierten Hinterteil und dem ausladenden Rock.

»Hatte ick janz vagessen, det ick ja ooch ma so een Klapperjestell war«, hatte die Witwe gemeint, als Clara es anprobiert hatte. »Ach, det war damals een wundervoller Tag!«

Die Bräutigame trugen großenteils Uniform, einige hatten sogar schon das Gewehr geschultert. Es herrschte aufgeregtes Getuschel. Niemand fluchte, was Clara bedeutsam vorkam. Die junge Frau, die hinter ihnen in der Schlange stand, hatte unverkennbar einen Babybauch.

Clara hatte Vicki zu ihrer Trauzeugin bestimmt, Leons Trauzeuge war Friedrich. So schnell musste alles gehen, dass sie nicht einmal den Vater oder die Schwestern hatte einladen können, aber sie hatten ihre Glückwünsche telegrafiert.

Friedrich wirkte ein bisschen ungeduldig. Der Zug, mit dem seine Truppe an die Front gebracht werden sollte, ging am Nachmittag.

Sie waren eine ulkige kleine Hochzeitsgesellschaft, fand Clara. Niemand war mit einem der anderen Hochzeitsgäste verwandt. Und doch hatte Clara das Gefühl, ihre Familie um sich zu haben.

Vicki und Ida, denen sie sich näher fühlte als ihren Schwestern. Die kleine Emma, die auf Friedrichs breiten Schultern saß, ihr Patenkind. Die Kuckuckswitwe, die immer wieder an ihrem Kleid zupfte und dabei seufzte, und Idas Tante. Friedrich und Leons Chefs.

»In unserem Kreis wird komischerweise immer bescheiden geheiratet«, erklärte Vicki. »Na ja, ich werde das auch irgendwann mal so machen. Ist wohl unsere Tradition.«

Clara strahlte sie an. Sie liebte es, wie Vicki das sagte: in unserem Kreis. Und: unsere Tradition.

»Dann solltest du dich baldmöglichst mit Männern verabreden, Vicki«, gab Ida lächelnd zurück. »Damit wir erneut in den Genuss einer bescheidenen Hochzeit kommen!«

»Mit Männern verabreden?« Theatralisch warf Vicki die Hände in die Luft. »Warum muss ich denn bestraft werden? Ich hab doch nichts Falsches getan! Oh, Verzeihung, Männner.« Sie warf einen schelmischen Blick auf Leon und Friedrich. »Euch nehme ich von meiner Männer-Unlust natürlich aus!«

»Ich vermute, Sie haben schlechte Erfahrungen mit unseren Geschlechtsgenossen gemacht?«, erkundigte sich Friedrich in seiner formvollendet höflichen Art.

Clara und Ida blickten gespannt auf Vicki. Wenn es jemals eine Gelegenheit gegeben hatte, ein Wort über den geheimnisvollen Vater ihres Kindes zu verlieren, dann jetzt.

»Ach, die Erfahrung.« Vicki presste eine Hand auf ihre Brust. »Das ist eine wundervolle Sache. Befähigt einen, Fehler zu erkennen, wenn man sie wieder und wieder macht. Oh, seht mal, wir rücken jetzt auf!«

In der Tat kam Bewegung in die Schlange. Eine Gruppe Frauen mit schwarz geweinten Augen strömte über die Treppe. Sie hingen einander in den Armen und tupften sich gegenseitig die verlaufene Schminke ab, gefolgt von ein paar Herren in Uniform, deren Gewehrläufe mit Blumen geschmückt waren.

»So eine Massenverheiratung ist doch wirklich was fürs Auge«, erklärte Leon. »Davon können wir unseren Enkeln noch erzählen.«

Clara fühlte den altbekannten Stich im Herzen. Noch immer hatte sie Leon nicht erzählt, dass sie vielleicht keine Kinder bekommen konnten. Aber jetzt war nicht der Augenblick dafür. »Ich will nicht, dass du heute schon losfährst«, flüsterte sie.

»Wir wollen jetzt nicht daran denken.«

»Nein.« Clara schüttelte den Kopf. Sie hätte sich eigentlich todmüde fühlen müssen nach der durchwachten Nacht, die sie mit Leon in seinem Zimmer verbracht hatte. Sie hatten sich geküsst, sich geliebt und geredet, bis die Sonne aufgegangen war. Als würden sie einander nie wiedersehen, aber das würden sie, das hatte Leon ihr versprochen. Ihre Gefühle wirbelten durcheinander. Aber sie fühlte sich blitzwach.

Ein erschöpft aussehender Standesbeamter empfing sie. Der Raum roch nach Schweiß und billigem Parfüm.

»Viel zu tun heute?«, fragte Friedrich.

»Sie machen sich keine Vorstellung.« Der Standesbeamte lächelte. »Dieser Tag wird in die Geschichte eingehen.« Sein Lächeln wurde breiter. »Bitte nehmen Sie Platz.«

Ein greller Blitz fuhr durch den Raum. Leons Chef, Herr Welchmann, hatte ein Foto geschossen. Der Standesbeamte zuckte, wartete ab, dass wieder Ruhe einkehrte, und fuhr dann stoisch fort: »Wir haben uns heute hier versammelt, weil Clara Madsen und Leon Steiner den Bund der Ehe eingehen wollen.«

Clara spürte, wie ihr Herz klopfte. Sie blickte zu Leon, der aufrecht und sehr still dasaß.

»Die Liebe erträgt alles, glaubt alles, hofft alles«, fuhr der Standesbeamte fort. »Sie hält allem stand. Die Liebe hört niemals auf.«

Clara hörte, wie Ida leise schluchzte. Aus den Augenwinkeln bemerkte sie Vicki. Ihre Augen sahen merkwürdig glasig aus.

»So frage ich Leon Steiner, geboren 1889 in Berlin: Werden Sie Ihre Frau ehren und lieben in guten wie in schlechten Zeiten? So antworten Sie mit: Ja, ich will.«

»Ja, ich will«, erklärte Leon mit lauter, fester Stimme.

Claras Herz schlug nun noch schneller.

»So frage ich Clara Madsen, geboren 1889 in Westerland auf Sylt: Werden Sie Ihren Mann ehren und lieben in guten wie in schlechten Zeiten? So antworten Sie mit: Ja, ich will.«

»Ja, ich will«, sagte Clara fest.

»So erkläre ich Sie nun kraft meines Amtes zu Mann und Frau.«

Friedrich trat zu Leon und hielt ihm die Ringe entgegen. Leon nahm Claras Hand und schob einen schmalen goldenen Ring darauf. Ihre Augen weiteten sich, und er lächelte. Nun steckte sie ihm ihrerseits den Ring an. Sekundenlang verhakten sich ihre Blicke, und sie sah alles vor sich: die Winternacht, von der Ida gemeint hatte, sie sei ein Produkt von Drogenfantasien gewesen, das Wiedersehen im Fotoatelier nach ihrem Staatsexamen. Sylt und ihre erste Schwimmstunde. Leon vor einer Bank, auf der sie weinte, mit so viel Liebe in den Augen. Ihr Ja.

»Sie dürfen die Braut jetzt küssen«, sagte der Standesbeamte. Was Leon ohne Zögern und sehr ausgiebig tat.

Vicki bahnte sich einen Weg durch das Regiment, das auf der Friedrichstraße marschierte. Die Tritte der Soldatenstiefel hallten von den Häusern, dazwischen schrien die Zeitungsjungen. Jemand hatte einem der Jungen seine Extrablätter aus der Hand gerissen und in die Luft geworfen. Es regnete Schlagzeilen, und die Passanten griffen gierig zu.

Die wütenden Stimmen hörte sie schon, bevor sie den Bühneneingang zum Varieté betreten konnte. Lola rannte mit dramatisch geschminkten Augen, das taillenlange Blondhaar offen, schreiend an ihr vorbei.

Bitte nicht, dachte Vicki. Sie konnte keine Aufregung mehr an diesem Tag vertragen. Schlimm genug, dass sie soeben bei Claras und Leons Trauung fast geweint hätte. Noch schlimmer, dass sie Claras und Leons Hochzeitsmahl verpassen musste und dass sie Leon und Friedrich nicht einmal zum Bahnhof bringen konnte. Am allerschlimmsten, dass dieser verfluchte Krieg ausgebrochen war.

»Was ist los?«, fragte sie, als sie die Tür zur Garderobe aufstieß. Die Madame hatte die Arme vor der Brust verschränkt und versuchte, etwas zu sagen, aber die Mädchen übertönten sie.

»Dann jeh ick eben zum Altmann!«, brüllte Anni. »Da jibt et ooch noch Schampus nach der Vorstellung. Und mehr Moneten jibt et da ooch!«

»Ja, warum bist du denn da nicht schon längst?«, sagte die Madame müde. »Mädels, mir tut es doch auch leid, aber ich kann da nichts machen. Anordnung von janz weit oben. Ist eben so.«

Tatjana, die russische Ballerina, ging in die fünfte Position. »Wintergarten macht zu«, erklärte sie Vicki mit ihrem schweren Akzent.

»Aber warum?«, fragte Vicki verblüfft.

»Ach gut, die Stimme der Vernunft ist endlich da.« Madame wirbelte zu ihr herum. »Vicki, erkläre es den Mädchen bitte. Ich kann doch nichts dafür.«

Vicki stellte ihren Arztkoffer ab. Sie würde nach der Vorstellung noch zu Minna gehen, das hatte sie ihr versprochen. Und wenn sie schon mal in der Gegend war, wollte sie auch mal wieder nach Lines Familie sehen. »Ick hör det hier zum ersten Mal. Wat für ne Anordnung hat et jejeben?«

Madame seufzte. »Alle Varietés, Theater, Konzerthäuser und Vergnügungsparks müssen zugemacht werden. Erlass des Kaisers. Sogar der Lunapark schließt.«

»Dit heißt, det wir arbeitslos sind?«

»So sieht es aus.«

Vicki brauchte eine Sekunde, um diese Nachricht zu verarbeiten. Wie sollte sie jetzt die Miete bezahlen, wovon sollte sie sich zu essen kaufen? Gab es anderes, womit sie Geld verdienen konnte? Als Ärztin schon mal nicht, nicht in absehbarer Zeit.

»Wie viele Vorstellungen haben wir noch?«, fragte sie und merkte nicht einmal, dass sie ins Hochdeutsche gewechselt war.

»Heute Abend ist die letzte. Vorläufig. Der Krieg ist in ein paar Monaten wieder vorbei, dann nehmen wir die Vorstellungen natürlich wieder auf.«

»Ick jeh in die Tauentzienstraße«, hörte sie Hildi hitzig zu Sophie sagen. »So lang ick noch so ausseh. In die Friedrichstraße bringen mir keene zehn Gäuler.«

»Ja, aber du musst Beziehungen haben, wenn de zur Tauentzien willst«, wandte Sophie ein.

»Ick hab ne Beziehung zu meim Körper, und die is jut!«, brauste Hildi auf.

Die Madame klatschte in die Hände. »Hier geht keine anschaffen. Gibt nämlich keine Kundschaft mehr! Nicht, wenn die Herren alle an der Front sind! Außerdem sollt ihr gut aussehen, Mädels, wenn ihr Weihnachten hier wieder auftreten wollt! Und jetzt reißt euch gefälligst zusammen! In einer Stunde geht der Vorhang auf!«

Die Kapelle spielte, dass es ihnen in den Ohren sauste. »Deutschland, Deutschland, über alles« – und ein Oberkellner sang lauthals mit. Beim Aschinger war Hochbetrieb, aber es gelang ihnen, einen Tisch in einer Ecke zu ergattern, an den sie alle passten. Alle bis auf Vicki, die schon wieder arbeiten musste. Leon spendierte eine Runde Berliner Weiße. Die Kosten des Mahls wollten sie sich aber teilen, sagte Clara. Schließlich arbeite sie ja ebenso wie er. Auch wenn sie für ihre Schichten in der Charité kein Geld erhielt, so hatte sie ja immer noch ihre Nachhilfeschüler.

Sie bestellten Buletten, Currywurst, Königsberger Klopse und natürlich Erbsensuppe. Clara war so durstig, dass sie das Bier in einem Zug hinunterstürzte.

Friedrich klopfte an sein Glas. »Ich möchte euch eine Ankündigung machen«, rief er über das Gelärm im Restaurant hinweg.

Leon, der zu ihrer Rechten saß, griff nach ihrer Hand. Ihr Ehering schimmerte im Schein der Kristalllüster, ein neues, glänzendes Versprechen. Ganz ungewohnt fühlte sich das noch an.

»Leon und ich werden ja jetzt für ein paar Monate fort sein. Darum wollen Ida und ich euch einladen, so lange in der Grunewaldvilla zu wohnen, Vicki und du.« Er sah Clara an. »Ich meine, wenn es euch recht ist, natürlich. Aber ihr werdet dort beide Ruhe finden von eurem hektischen Ärztinnenleben. Es ist grün und ruhig dort – wenn man sich einmal an die Geräusche vom Lunapark gewöhnt hat –, und ihr habt einen Garten. Und Ida«, er legte eine Hand auf ihre Schulter, »die nun unser zweites Kind erwartet, ist dann nicht ganz so allein.«

Clara sprang auf und wollte einen Jubelschrei ausstoßen, doch dann sah sie das Gesicht der Kuckuckswitwe. »Oh, nein«, flüsterte sie und nahm ihre Vermieterin in den Arm.

»Ihr seid doch fast so wat wie meene Kinnerkens«, schluchzte die Witwe.

»Wir kommen Sie besuchen«, versprach Clara. »Und Sie uns. Und wenn die Männer aus dem Krieg zurückkommen, zieht Vicki ja vielleicht wieder bei Ihnen ein.« Sie wandte sich an Friedrich, der noch immer abwartend dastand. »Ich freue mich sehr. Und da kann ich bestimmt auch für Vicki sprechen. Wir drei«, sagte sie zu Ida, »werden es sehr lustig haben, so viel steht mal fest.«

»Aber was die Ruhe anbelangt, da unterschätzt mal nicht

Emma! Wenn ich mit meinem Bauch nicht mehr so kann, müsst *ihr* mit ihr in den Lunapark gehen.«

»Auto fahren!«, krähte Emma begeistert und kletterte auf ihren Stuhl.

Als sie den Aschinger verließen, hatten sich die Straßen draußen noch mehr gefüllt. Irgendjemand hatte eine Straßensperre aus Brettern und Rohren errichtet und brüllte. »Nein, die kommen hier nicht durch!«

»Was mag da los sein?« Clara raffte ihr Hochzeitskleid, um über eines der Bretter zu steigen.

»Tornister aufmachen!«, rief ein Polizist.

»Na, erlauben Sie mal!«, sagte Friedrich und deutete auf seine Erkennungsmarke. »Ich bin Militärchirurg auf dem Weg zu meinem Regiment, und mein Kamerad hier ist Soldat!«

»Verzeihung, aber wir müssen hier jeden kontrollieren, der durchwill!« Der Polizist war unbeirrbar. »Es heißt, dass Franzosen in der Stadt seien, um Gold nach Russland zu schmuggeln.«

»Also, wenn ich Gold in meinem Tornister hätte, das wüsste ich aber!«, gab Friedrich lachend zur Antwort. Aber er und Leon folgten dem Befehl.

Ein paar Straßen weiter sah es so aus, als hätte sich ganz Berlin in eine große Feier verwandelt. Kinder tanzten ausgelassen auf den Straßen. Überall spielten Kapellen auf. Als sie den Potsdamer Platz erreichten, marschierte just ein Infanterieregiment darüber. Die Männer waren geschmückt mit Blumensträußen und fingen lachend die Butterbrote auf, die ihnen das begeisterte Publikum zuwarf. Viele trugen Blumen in ihren Gewehrläufen. »Nach Paris, mir juckt die Säbelspitze«, rief jemand. »Nach Paris!«, schallte es von einer Gruppe Soldaten zurück.

Und dann waren sie am Anhalter Bahnhof. Ein graues Uniformenmeer wogte über den Bahnsteig, gesprenkelt von hellen Frauenkleidern. Clara sah einen Mann, der weinte, während er einen kleinen Jungen festhielt. Befehle gellten. Paare klammerten sich aneinander. Ein Pfiff ertönte. Dampf füllte die Halle. Und Clara brachte kein Wort mehr hervor.

»Mach dir keine Sorgen um mich«, sagte Leon leise. »Ich bin doch ein Glückskind. Und jetzt, wo du meine Frau bist, mehr denn je.«

Stumm sah Clara ihn an.

»Ich werde dir schreiben, sooft ich kann«, sagte er. »Darin habe ich ja ein bisschen Übung.«

Clara lachte, aber gleichzeitig musste sie weinen.

»Nicht«, sagte Leon und schloss sie in die Arme. »Sonst weine ich doch auch.«

Friedrich schob sich zu ihnen herüber. An einer Hand hielt er Ida, mit der anderen die kleine Emma. Sie saß auf seinen Schultern, brummte wie ein Motor und drehte ein imaginäres Lenkrad in ihren Händchen herum.

»Sie ist vollkommen verrückt nach Autos«, seufzte Ida.

»Clara, du passt mir gut auf meine Mädchen auf, tust du das? Und auf den kleinen Jungen in Idas Bauch?« Friedrich lächelte sie an. »Ida sagt immer, du seist ihr wie eine Schwester, darum sag ich Schwägerin zu dir. Mach's also gut, Schwägerin Clara. Keine Alpenwanderung diesmal, hörst du? Ich bring euch Geschenke mit aus Paris.«

»Mach's gut, Schwager«, sagte Clara. »Ich werde mit Ida allenfalls an den Wannsee wandern, und mit den Wehen warten wir diesmal auf dich.«

Sie lachten.

»Und du pass auf meinen Leon auf!«

»Das mache ich. Auf Wiedersehen!«

Wieder ertönte ein Pfiff, und jetzt gab es ein großes Geschiebe und Gedränge. Leon umschlang sie und küsste sie. Sie küssten sich, bis jemand Leon von ihr fortriss. Türen krachten zu. Der Zug setzte sich in Bewegung, und Clara versuchte zu sehen, ob Leon irgendwo am Fenster stand. Aber da waren nur lauter unbekannte Männer, die auf den Bahnsteig herunterwinkten. Sie versuchte, dem Zug hinterherzulaufen, während er aus der Halle schnaufte, aber dann ratterte es immer schneller auf den Gleisen. Der Zug war fort.

Es war ein seltsames Gefühl zu wissen, dass sie nicht mehr tanzen würde, jedenfalls nicht mehr für Geld. Denn dies hier, meinte Vicki, sollte ein Wink des Schicksals sein. Sie musste ja aufhören, früher oder später, es konnte doch nicht immer so weitergehen, einerseits das Fräulein Doktor und andererseits Korsett, Strumpfhalter, Stiefel und hochgeraffter Rock. Nur, was sie stattdessen tun sollte, um Geld zu verdienen, war ihr vollkommen schleierhaft. Sie blickte zu den anderen, die mit ihr in dem halb dunklen Raum neben der Bühne auf ihren Auftritt warteten. Lola redete wütend auf die anderen ein. Tatjana dehnte ihre Beine. Sophie wischte sich die Tränen aus dem Gesicht.

Der Tusch ertönte, mit dem ihr Auftritt angekündigt wurde, und dann hörte sie die Stimme des Conférenciers. »Meine Damen und Herren, die hübschesten Mädchen Berlins, die atemberaubendsten Tänzerinnen, die Sie jemals sehen werden, einige noch sehr unschuldig, andere …« Hier machte er seine Kunstpause, die das Publikum zum Lachen brachte, »nun ja, sehr lebensfroh, aber was soll man machen, diese Mädchen sind nur einmal jung und fragen nach der Liebe – also, hier sind sie! Vorhang auf für unsere letzte Girls-Revue!«

Der Vorhang wurde beiseitegezogen, und ein Licht schien auf, das sie blendete. Von einer Sekunde zur anderen veränderten sich die Gesichter der Mädchen. Lola setzte ihr strahlendes Lächeln auf, Sophie ihr kokettes, Tatjana war wie immer die Eisprinzessin, und Hildi und Anni zwinkerten frech ins Publikum. Auch Vicki strahlte, während sie mit den anderen hinaustänzelte, sich in eine Reihe mit ihnen stellte und dann ihre Beine hochwarf.

Es war eine Revue, wie sie sie lange nicht mehr gegeben hatten. Jede Bewegung saß. Selbst Hildi, die regelmäßig ihren Einsatz verpasste, spurte diesmal. Vicki warf sich in die Musik, als wäre die ihr Rettungsnetz, das einzig Vertraute, das sie all die Jahre begleitet hatte. Sie tanzte mit einer Leidenschaft und Genauigkeit, als wäre dies ihr erster Tag im Varieté. Aber ihr erster Tag lag nun schon neun Jahre zurück. Sie hatte mit sechzehn angefangen, nur wenige Monate nach Luises Geburt, und sie war von Anfang an gut auf der Bühne gewesen. Die Ballettstunden als höhere Tochter hatten sich eben bezahlt gemacht.

Es war ganz zum Schluss, als die Lichter dunkler wurden und sie ins Publikum sah. Der Saal war nicht so voll besetzt wie sonst immer, viele Männer waren schon einberufen und fortgefahren. Doch dort in der dritten Reihe, ganz eindeutig, erkannte sie ihren Bruder Theobald und seine Frau Sieglinde. Sie war sich nicht sicher, aber sie meinte, es an seinem Blick zu sehen. Theobald erkannte auch sie.

Die Kuckuckswitwe öffnete die Tür zur Stube, als Vicki die Haustür öffnete. Es ging schon auf die zehn Uhr abends zu, und sie war überrascht, ihre Vermieterin zu dieser späten Stunde noch zu sehen. »Hach, war dit ne Feier, wa?«, lächelte sie sie an. »Dit Fräulein Clara hat ihren Leon noch zum Bahnhof bringen müssen, o nee, o nee, so een junges Jlück!« Sie winkte mit einem versiegelten Briefumschlag. »Hier is so een janz Vornehmer jewesen, Vicki. So een richtijer Portier mit Livree. Ick soll dir dit hier jeben. Scheint wichtig zu sein!«

»Danke.« Müde lächelte Vicki sie an. So viel war geschehen an diesem Tag, dass sie es noch gar nicht alles begreifen konnte. Eigentlich wollte sie jetzt nur noch schlafen, und das für eine möglichst lange Zeit.

Sie brach das Siegel und zog den Brief aus dem Umschlag. Es war so lange her, dass sie diese Schrift gelesen hatte, dass sie nicht gleich wusste, wer der Absender war, zumal der Schreiber nur mit seinen Initialen gezeichnet hatte.

Treffen im Hause, 7. August 1914, nachmittags drei, las sie.

Vicki blickte in das erwartungsvolle Gesicht der Kuckuckswitwe. »Von meinem Bruder«, sagte sie langsam. »Er will mich an einem ersten *Freitag* im Monat sehen.«

17

Es war stockdunkel, als die Schmerzen einsetzten. Ida versuchte, sich im Bett aufzurichten, und zündete die Petroleumlampe an. Ihr Atem bildete eine weiße Wolke. Im Schlafzimmer war es eiskalt. Im Geiste ging sie durch die Räume in der Villa. Unter dem Dach schlief Frieda, die Haushälterin, die sie gemeinsam eingestellt hatten. Clara hatte Nachtschicht. Vicki war zu Hause, ebenso wie die kleine Emma natürlich, die in ihrem Kinderzimmer schlief. Es gab keinen Grund, unruhig zu werden, wenn man mal davon absah, dass sie mit der Geburt erst in zwei Wochen gerechnet hatte. Aber es würde schon irgendwie gehen.

Leise, um keine im Haus zu wecken, stand Ida auf. Sie musste warten, bis die Wehe vorbei war. Dann zog sie sich ihren Morgenmantel an. Sie ging in die Küche, machte Feuer und setzte einen großen Topf mit Wasser auf.

Friedrich würde das Haus elektrifizieren, wenn er vom Krieg heimkam. Das hatte er zumindest in seinem letzten Feldbrief geschrieben. Er machte sich ein bisschen Sorgen um sie. Wenn er wüsste, wie viel mehr Sorgen sie sich um ihn machte! Aber sie versuchte, es ihn in ihren Briefen nicht spüren zu lassen. Er solle nur immer gut auf sich achtgeben, hatte sie geschrieben. Elektrischer Strom sei ihr egal.

Sie musste zugeben, dass es jetzt doch ganz fein wäre, wenn sie einfach einen Schalter betätigen könnte. Die Wehen kamen und gingen, während sie darauf wartete, dass das Wasser kochte. Es dauerte eine Ewigkeit.

Ein Geräusch ließ sie herumfahren. Vicki stand vor ihr. »Was machst du zu dieser Uhrzeit in der eiskalten Küche?«, fragte sie.

Und dann, mit einem Blick auf ihre gebückte Haltung. »Oh, Kleine. Ist es so weit?«

Ida biss sich auf die Lippen, während die nächste Wehe kam.

»Sofort zurück ins Bett!«, kommandierte Vicki. »Ich übernehme hier.«

Sie hatte alle Lampen angezündet, die sie finden konnte, und auf Idas Schminktisch, dem kleinen Sekretär in ihrem Schlafzimmer und auf dem Fußboden abgestellt. Im Schein der Lampen sah Ida, dass Vicki ruhig und entspannt wirkte. Ihr wurde gleich wohler. »Du warst gar nicht in Charlottenburg heute«, sagte sie. »Dabei haben wir doch den ersten Mittwoch im Monat.«

Vicki lächelte. »Seit mein Bruder eingezogen wurde, ist es nicht mehr so eng mit der Regelung. Ich gehe morgen hin, wenn ich nicht arbeiten muss.«

»Du musst jetzt arbeiten.« Besorgt sah Ida sie an. »Du wirst morgen sehr müde sein.«

Vicki legte ihr Hörrohr auf Idas Bauch und zählte die fötalen Herzschläge mit Blick auf ihre Taschenuhr. »Alles in Ordnung, Idachen. Hier drinnen und auch bei mir.«

Dankbar drückte Ida der Freundin die Hand. Vicki war schon so manchem Sturm begegnet. Solange sie da war, konnte ihr nichts passieren.

»Wir sollten Clara Bescheid geben«, sagte Ida. »Sie hat darum gebeten, dass wir sie holen, wenn das Kleine kommt.«

»Da ist nichts, was wir zwei beide nicht auch hinkriegen würden«, gab Vicki lächelnd zurück. »Weißt du noch, damals in den Alpen?«

Ida lachte. »Wie könnte ich das jemals vergessen?«

»Und jetzt habe ich sogar meinen Geburtshilfekoffer hier. Leg dich hin, ich werde dich untersuchen.«

Ida krümmte sich unter einer Wehe. Vicki breitete ein desinfiziertes Tuch auf Idas Schminktisch aus. Darauf legte sie ihr Stethoskop, die Klemmen, die Schere, die Nierenschale sowie die Geburtszange, obwohl sie die sicher nicht brauchen würde. Dann betastete sie Idas Bauch. Ihr Lächeln schwand.

»Was ist?«, fragte Ida ängstlich.

»Das Baby hat sich noch nicht gedreht«, sagte Vicki. »Aber das macht nichts, das kriege ich schon hin.« Sie blies in ihre Hände, um sie zu wärmen. »Entspann dich, Ida. Ich werde dir jetzt über den Bauch streichen. Sollte ich dir dabei wehtun, gib mir Bescheid.«

Doch die Minuten vergingen, und nichts tat sich.

»Ein sehr eigenwilliges Kind«, lächelte Vicki im Petroleumschein.

»Das hat es sicher von seiner Patentante«, brachte Ida nach der nächsten Wehe hervor. Das heißt, wenn du es gern sein möchtest, Vicki.« Ida lächelte. »Ich würde mich sehr freuen.«

»Ich bin mit dem größten Vergnügen die Patentante von deinem kleinen Sturkopf. Warte, ich probiere es jetzt noch einmal.«

Als Clara eine Stunde später die Tür öffnete, hatte sich das Baby noch immer nicht gedreht. Die Wehen kamen mittlerweile alle vier Minuten. Ida wimmerte und schrie.

»Steißlage«, brachte Vicki hervor.

Clara warf Mantel und Mütze von sich, desinfizierte sich die Hände und stellte sich vor Idas Bett. Auch sie versuchte, das Baby zu drehen, aber auch ihr gelang es nicht. Dann untersuchte sie Ida.

»Muttermund ist komplett auf«, sagte sie knapp.

Ida schrie.

»Vicki, du setzt dich hinter sie. Zieh sie so hoch, dass sie ebenfalls sitzt. Ja, so ist es gut.«

Noch einmal schrie Ida. »So kann ich mein Kind nicht gebären! Nicht, wenn es mit den Füßen zuerst …«

Durch ihren Schleier aus Angst und Schmerzen fühlte sie, wie Vicki sie festhielt. Clara untersuchte sie erneut. Sie hockte so vor ihr, dass sie ihr Gesicht nicht sehen konnte. Nur ihre Stimme hörte sie deutlich, und das, was sie sagte, versetzte sie in Panik. »Ich sehe Babys Füßchen. Es kommt.«

Immer, wenn sie die Kameraden ins Lazarett schleppten, kam Leon seine Umgebung so viel bunter vor. Die Kondensstreifen der Flakgeschosse leuchteten weißer und das Gras der französischen Champagne grüner. Wieder einmal hätte es ihn erwischen können, aber er war gesund und lebte, Glückskind, das er war. In die Trauer um die zerfetzten Kameraden mischte sich die Dankbarkeit.

»Oberschenkeldurchschuss«, sagte er zu Friedrich, während er den dicken Max auf das Feldbett legte.

Auch die Gerüche waren intensiver, wenn er im Lazarett war: verbranntes Fleisch und geronnenes Blut und Eiter. Und über allem der Geruch von Karbol.

Ein Sanitäter, der erst vergangene Woche zu ihrer Einheit gestoßen war, grinste: »Bedeutet mehr Essen für uns.«

In der Tat stand der dicke Max immer als Erster in der Schlange vor der Gulaschkanone. Und er bat auch oft um Nachschlag. Aber dafür verteilte er seine Zigaretten unter den Kameraden. »Jedem das, was er braucht«, war seine Devise. Jetzt war Max bewusstlos und konnte um gar nichts mehr bitten. Leon hatte ihn schreiend gefunden. Eine Granate hatte ihn erwischt.

»Amputieren!«, fauchte der Gartner, der eigentlich schon zu alt für die Arbeit als Militärchirurg war.

»Nein, wenn Sie gestatten«, sagte Friedrich. »Ich könnte das Bein retten. Lassen Sie es mich ausprobieren!«

»Für Ihre Sperenzchen ist keine Zeit!«

Von draußen drang ein Geheul, dass es Leon durchzuckte. Artillerie trommelte von der Front.

Friedrich wischte sich den Schweiß von der Stirn und schnitt die Hose des dicken Max auf. Ein blutiger Brei quoll hervor. »Seit heute Morgen um fünf geht das nun schon so«, sagte er zu Leon. »Die Männer sterben wie die Fliegen, und ich kann nichts dagegen tun.«

»Jetzt beeilen Sie sich schon mit der Amputation, das Gewebe wird sonst nekrotisch!«, bellte der Gartner.

»Ich kenne Max, er war Wasserträger im Grunewald«, sagte Friedrich, während er das Bein untersuchte. »Wenn er das Bein nicht mehr hat, wird er nicht mehr arbeiten können.«

»Verschonen Sie mich mit Ihren neumodischen Methoden, dies ist ein Feldlazarett und kein Versuchslabor!«

Die Schreie wurden lauter, und ein anderer Sanitäter stürzte herein. Auf dem Arm trug er einen schreienden Reinhard. »Aus dem Weg, aus dem Weg, dieser hat den rechten Arm verloren!«, rief er.

Leon sah auf die klaffende Wunde. Dort, wo der Arm gewesen war, leuchtete es so rot. Er spürte, dass ihm schwindelig wurde, und er stürzte hinaus und erbrach sich. Noch immer trommelte das Feuer auf ihre Stellung.

Nicht Reinhard, weinte er in das Geschrei.

Er war der Jüngste in der Korporalschaft und eben erst eingezogen worden, direkt von der Schulbank. Reinhard war Pazifist, ein dummer Junge, der glaubte, wenn er nur ausreichend viele französische Vokabeln pauke, könne er mit dem Feind sprechen und so eine Völkerverständigung herbeiführen. Leon starrte auf seine Fingernägel. Sie waren schwarz von der Erde im Schützengraben, schwarz wie die Nacht in der Mark Brandenburg auf seinen Bildern, schwarz wie das Kleid, das Clara bei ihrer Doktorfeier getragen hatte. Jetzt erst fühlte er, dass er ebenfalls verletzt war. Der Matsch drang durch den Stoff seiner Uniformhose, als er sich hinsetzte. Er zerrte das Hosenbein aus dem Stiefel und sah, dass sein Schienbein blutete. Und dann sah er ihn direkt vor sich liegen: Reinhards Arm. In der toten Hand hielt er noch die französische Grammatik. Leon sprang auf.

»Ich habe ihn!«, schrie er. »Ich habe seinen Arm!« Friedrich würde ihn retten können, dessen war er sicher. Friedrich konnte so geschickt nähen.

Diesmal spürte er nicht den Geruch, sah keine Farben. Nicht einmal den Schmerz in seinem Bein bemerkte er mehr. Er hielt Reinhards Arm in die Höhe, während er zurück in das Lazarett rannte. »Friedrich!«, schrie er.

Reinhard riss die Augen auf und brüllte.

»Holen Sie ihm Morphium!«, herrschte Friedrich einen Sanitäter an.

»Ach, Sie glauben, wir hätten es hier fässerweise?«, rief der Gartner. »Wenn ich hier jedem Mann mit einer Verletzung Morphium geben würde …«

»Haben Sie Mitleid, verdammt!«, schrie Friedrich. »Er ist doch noch ein Kind!«

Reinhard sah seinen eigenen Arm und begann zu weinen. Noch nie hatte Leon jemanden so weinen gehört.

Täuschte Leon sich oder war das Trommelfeuer lauter geworden? Männer riefen durcheinander. »Die Front rückt näher!« – »Die Schweine greifen an!«

Reinhard sah ihm direkt in die Augen. Er hatte zu brüllen aufgehört. Blut floss ihm aus dem Mund.

»Dann gehe ich eben selber!«, schrie Friedrich und marschierte hinaus.

Der Knall war ohrenbetäubend. Und dann sah Leon alles auf einmal: Die Männer, in denen der Tod wuchs, und dass die Front jetzt bis ans Lazarett vorgerückt war. Er sah den Abendhimmel über der französischen Wiese, und da lag Friedrich und regte sich nicht mehr. Ein Loch klaffte in seiner Stirn, dort, wo er sich eben noch den Schweiß abgewischt hatte. Leon kniete sich neben ihn und drückte ihm die Augen zu, und dann machte er sich ganz vernünftig daran, ihm die Erkennungsmarke abzuknöpfen und ihm das Soldbuch aus der Hosentasche zu ziehen.

Später, als der Mond schien und das Trommelfeuer verhallt war, als sie Friedrich und Max und Reinhard und all die anderen in das Massengrab legten, das sie ausgehoben hatten, schrieb er einen Brief an Ida und legte Friedrichs Marke und das Buch mit in den Umschlag. Und als er weinte, erkannte er seine eigene Stimme nicht mehr.

»Gut machst du das, Ida, ganz ausgezeichnet«, sagte Clara. Nach den Füßchen folgten die Waden, die Knie, der Po und der Bauch. »Und jetzt nicht mehr pressen, Ida. Halt dich zurück. Atme, ja, so ist es gut. Ganz vorsichtig.« Sie wickelte ein Handtuch um den Körper des Babys, damit es nicht fror. »Und jetzt bin ich sicher, dass Vicki zu mir herunterkommen kann. Noch immer nicht pressen, Ida. Wir lassen das Baby ein bisschen aushängen, damit sein Köpfchen besser rutscht.«

»Nein!«, rief Ida und hielt sich an Vicki fest. »Bitte! Lass mich nicht los!«

Vicki stopfte ihr die Decke so in den Rücken, dass sie weiterhin aufrecht sitzen blieb. »Es ist alles in Ordnung«, sagte sie so ruhig sie konnte. »Bleib jetzt ganz ruhig.«

Clara bedeutete ihr, das Tuch um das Baby zu halten. Dann drückte sie mit ihrem Ellbogen auf Idas Bauch. Sie spürte eine Bewegung, ein fast unmerkliches Rutschen. »Jetzt, Ida«, sagte sie. »Jetzt press!«

Ida brüllte, während sie das Köpfchen herausdrückte. Es glitt in Vickis Arme. Das Baby schrie.

»Du hast einen kleinen Jungen!«, lachte Clara. »Einen gesunden kleinen Jungen! Oh, das hast du gut gemacht!«

»So wie Friedrich es vorhergesehen hat«, sagte Ida zufrieden und nahm ihr Kind entgegen.

Ein schwaches Licht schimmerte durch die Vorhänge. Clara stand auf, um sie beiseitezuziehen. Das Baby schrie, dann fand es die Brust und saugte. Über Berlin ging die Märzsonne auf.

18

Ida hatte dem kleinen Fritz gerade die Brust gegeben, als der Briefträger klingelte. Er brachte Feldpost. Leons geschwungene Handschrift prangte darauf. Sie wollte den Brief schon für Clara beiseitelegen, als ihr der Name der Adressatin auffiel. Der Brief war nicht an die Freundin gerichtet, sondern an sie.

Ihre Hände begannen zu zittern. Endlich gelang es ihr, den Umschlag aufzureißen. Friedrichs Erkennungsmarke fiel zu Boden. Sie bückte sich danach, richtete sich wieder auf und las. Die Buchstaben tanzten vor ihren Augen. Sie versuchte, sie zu lesen. Aber das, was Leon schrieb, ergab keinen Sinn.

»Clara!«, rief sie. »Vicki!«

Aber die beiden waren ja nicht im Haus. Es war der erste Mittwoch im Monat, Vicki war in Charlottenburg. Und Clara war mit der kleinen Emma im Grunewald unterwegs, damit Ida ein bisschen Ruhe hätte. Aber sie wollte keine Ruhe. Sie wollte, dass ihr jemand diesen Brief vorlas.

Vom Lunapark, stillgelegt seit Kriegsbeginn, drang kein Geräusch.

Sie sank auf den Boden, weil ihre Beine sie nicht mehr tragen konnten. Sie verstand ja, obwohl die Buchstaben noch immer tanzten. Friedrich würde seinen Sohn nicht sehen. Er würde noch nicht einmal erfahren, dass er einen Sohn hatte. Und sie verstand, dass ihr Leben, so wie sie es sich vorgestellt hatte, vorüber war.

»Wo ist euer Portier hin?«, fragte Vicki und gab Luise ein Küsschen. »Ist er malad?«

»Tante!« Das Mädchen riss die Augen auf. »Jetzt musst du zehn Pfennige bezahlen!«

Vicki lachte. »Wozu das denn?«

»Weil du zweimal ein fremdes Wort benutzt hast!«, erklärte Luise aufgeregt. »Eines kostet fünf Pfennige! Oh, und ich habe gar keine Blechkiste, in die du einzahlen kannst!«

Vicki lachte noch mehr. Die Unbeschwertheit wurde exponentiell durch den Umstand vergrößert, dass die Wohnstube sieglindenfrei war. Ihre Schwägerin war in der Küche, zweifellos, um die arme Gertrud zu terrorisieren. Der Köchin war die Aufgabe zugefallen, eine Mahlzeit aus Lebensmitteln zuzubereiten, die nur noch auf dem Schwarzmarkt und von Sieglindes Anteil an ihrem ostpreußischen Gutshof zu haben waren.

»Klingt nach einem lustigen Spiel.«

»Es ist weder ein Spiel *noch* lustig!« Luise ließ sich neben ihr aufs Sofa sinken, und Vicki beugte sich rasch über ihren Kopf, um Luischen einen Kuss auf ihr Haar zu drücken. »Unser Klassenlehrer hat gesagt, dass sich die französische Sprache wie ein Krebsgeschwür in unsere schöne deutsche Sprache gefressen hat, vor allem hier in Berlin.«

»Na ja, wie ein Krebsgeschwür würde ich das nun nicht gerade nennen«, meinte Vicki. »Aber es stimmt, dass wir eine Menge französischer Ausdrücke verwenden. Portier, Livree, Trottoir …«

Luise schlug sich die Hand vor den Mund, aber dann begann sie zu kichern.

»Telegraf, Visite, elegant.«

»Das waren jetzt schon sechs, Tante Viktoria«, meinte Luise entsetzt, lachte aber.

»Balkon, Menü, adieu …«

Luise tat so, als ob sie sich die Hände auf die Ohren pressen würde, aber Vicki sah, dass sie einen ordentlich großen Spalt frei ließ.

»Viktoria!«, donnerte Sieglinde in ihr Gelächter hinein. »Was treibst du jetzt schon wieder für einen Unfug mit dem Kind?«

»Tante Viktoria kennt ganz viele Wörter, die man nicht sagen darf!«, gab Luise kichernd zurück.

»Daran zweifle ich keine Sekunde.«

»Gut, ich will gern einzahlen«, sagte Vicki. »Ich hole nur mal kurz mein Portemonnaie.«

»Das war jetzt schon wieder eins!« Vor Lachen warf sich Luise auf dem Sofa zurück.

»Luise, hör auf zu zappeln, guck mal, wie das Kanapee jetzt aussieht!«, tadelte Sieglinde sie.

»Mutti!«, schrie Luise, und dann brachen sie und Vicki gleichzeitig in Gelächter aus.

Wütend stand Sieglinde auf. »Also, dein Einfluss auf das Kind … Wenn das Theobald wüsste!« Und damit rauschte sie hinaus.

Vicki und Luise pressten sich die Hände auf die Münder und kicherten weiter. »Ich werde dir eine Blechkiste kaufen«, flüsterte Vicki. »Nur für zu Hause. Dann kann deine Mutter da auch einzahlen.«

Luise richtete sich auf. Sie war wieder ernst, ganz Preußin. »Unser Klassenlehrer nennt die Kiste unsere Kriegssparkasse. Von den Fünfpfennigstücken, die wir da einzahlen, kaufen wir Wolle für die armen Soldaten. So wie Vati. Auch wenn der natürlich kein Soldat ist, sondern Leutnant.«

Der Gong läutete zum Mittagessen. Auch das war so eine Neuerung, seit Theobald fort war: Vicki durfte an den warmen Mahlzeiten der Familie von Dutzenberg teilhaben.

»Oh, *Servietten!*«, sagte Vicki, als sie den Speiseraum betraten, und Luise brach erneut in Gekicher aus.

»Ja, Servietten«, wiederholte Sieglinde. »Du magst sie für ein überflüssiges Accessoire halten, Viktoria, aber zivilisierte Leute benutzen sie, um sich damit den Mund abzutupfen. Was soll das hier sein, Gertrude?« Sie deutete auf eine weißliche Creme. »Etwa Mayonnaise? Du weißt, dass ich die nicht goutiere!«

Luise blieb der Mund offen stehen. Dann fasste sie sich und sagte: »Jetzt musst du zwanzig Pfennige einzahlen, Mutti, aber wirklich! Du hast vier französische Wörter gesagt!«

Sieglinde warf die Serviette auf den Tisch und funkelte Vicki an. »Hast du meine Tochter zu diesem Unfug angestiftet?«

Vicki wollte etwas antworten, aber Luise kam ihr zuvor. »Nein, Mutti, das hat mein Klassenlehrer gesagt. Warum hackst du nur immer auf Tante Viktoria herum? Wenn ich das täte, würdest du sagen, ich hätte keine Manieren! Verzeihung, dafür weiß ich leider nicht das deutsche Wort.«

»Benehmen«, sagte Sieglinde eisig. »Benehmen nennt man das.«

Schweigen erfüllte den Raum. Das Kaiserpaar blickte stumm und goldumrahmt von der Seidentapete. Die Möbel aus der Biedermeierzeit, in der Familie seit bald achtzig Jahren, standen an ihrem Platz wie eh und je. Die restliche Einrichtung, fand Vicki, war absurd und unnötig solide: Die Ritterrüstung eines Vorfahren stand auf ihrem Posten in der Ecke. Über der Anrichte kreuzten zwei Säbel. Und mit dem Tranchiermesser auf dem Esstisch konnte man sicher ohne Probleme orthopädische Operationen vornehmen.

Minutenlang hörte man nichts anderes als das diskrete Klappern von Silberbesteck auf Porzellan. Es gab tatsächlich Kalbsbraten, dabei war das Fleisch doch rationiert!

Vicki sah zu Luise hinüber. Doch die hielt den Kopf gesenkt und schob ihr Essen hin und her. Dann musterte Vicki ihre Schwägerin. Sie war sorgfältig gekleidet, mit einer hochgeknöpften Rüschenbluse über dem Korsett, und ihr Haar war wie immer so streng zurückgekämmt, dass auch noch das widerspenstigste Härchen gezähmt anlag, aber etwas an ihr hatte sich verändert. Ihre Finger zitterten, während sie das Besteck hielt, und als sie nun Vickis Blick begegnete, sah sie rasch wieder weg.

»Du machst dir Sorgen um Theobald«, stellte Vicki sanft fest.

Zu ihrer Überraschung füllten sich Sieglindes Augen mit Tränen. Sie legte das Besteck beiseite. »Ich habe seit zwei Monaten nichts mehr von ihm gehört.«

»Sie würden uns doch sicher benachrichtigen, wenn er …« Sie wechselte rasch ins Französische, damit Luise es nicht verstand.

»Ils n'ont pas les capacités d'écrire à tout le monde«, antwortete Sieglinde. Sie können nicht jedem schreiben. »Die Verluste gehen schon in die Zehntausende.«

»Liest du die Gefallenenliste in der *Vossischen* durch?«

Sieglinde schüttelte den Kopf. »Ich traue mich nicht.«

»Soll ich es für dich tun?«

»Ja, wenn du … Ach, ich weiß auch nicht.« Sie presste die zitternden Finger zusammen. »Es ist nur so, dass Doktor Bastian, unser Hausarzt, auch eingezogen wurde. Und ich bräuchte meine Beruhigungspillen, die bekomme ich ja nun nicht mehr.«

»Ich könnte dir Adalin verschreiben, wenn du möchtest.«

Sofort veränderte sich Sieglindes Blick wieder. »Du?«, zischte sie.

»Aber ja, Mutti, Tante Viktoria ist doch Ärztin!«

»Ich dachte, du bringst jetzt Kinder auf die Welt?«

»Ich habe mich auf Frauenheilkunde und Geburtshilfe spezialisiert, das ist richtig«, erklärte Vicki geduldig. »Aber ich habe die Approbation zur Ärztin, kann also auch Allgemeinmedizin. Wenn du Hilfe brauchst – ich kann dich gern untersuchen.«

Sieglinde schlug mit der flachen Hand auf den Esstisch. »Lieber bleibe ich krank, als mir von *dir* helfen zu lassen!«

»Mutti!«, empörte sich Luise.

Vicki spürte ihr Herz schneller schlagen. Aber sie hatte nicht mehr das Gefühl, weinen zu müssen, wie sonst, wenn ihr Bruder oder ihre Schwägerin diesen Ton vor Luise anschlugen. Etwas hatte sich verändert, seit Theobald eingezogen worden war.

Sie hatte schreckliche Angst gehabt, als sie den Brief ihres Bruders erhalten hatte, nach der letzten Vorstellung im Varieté vor einem Dreivierteljahr. Sie hätte schwören mögen, dass er sie erkannt hatte. Was wäre dann gewesen? Hätte er ihr den Umgang mit Luise komplett verweigert? Vermutlich ja. Aber er hatte ihr damals nur mitteilen wollen, dass er einberufen worden war.

Unter dem Tisch nahm sie Luises Hand. Es war nicht so, dass die Kleine aufsässig gegenüber Sieglinde wurde. Aber das Band, das Vicki all die Jahre über zwischen Luise und sich zu knüpfen versucht hatte, war fest geworden. Sie konnte sehen, wie das Grübchen in Luises linker Wange sichtbar wurde, wenn sie zu Besuch kam. Sie konnte die Freude ihrer Tochter spüren, wenn sie sie sah.

Sie nickte. »Aber falls du deine Meinung ändern solltest, Sieglinde, dann bin ich für dich da.«

An diesem Nachmittag sang sie, als sie nach Hause radelte. Von der Dutzenberg'schen Villa bis zu ihrem Haus in Grunewald war der Weg nicht lang, und sie hätte ewig weiterfahren können, so sehr sah sie Luise vor sich, die sie zum Abschied gefragt hatte, ob sie sie einmal besuchen dürfe, so sehr spürte sie ihre kleinen Arme um ihren Hals. Sie sang noch, während sie das Fahrrad an den Zaun lehnte. Hinter der geschlossenen Haustür hörte sie Fritz brüllen. Seine Schreie klangen heiser, so als würde er schon lange schreien.

»Ida!«, rief sie, als sie in den Flur trat. »Clara! Wo seid ihr?«

Mehrere Dinge lagen auf dem Boden: eine Marke, ein Heft und ein Umschlag, auf dem sie Leons Schrift erkannte. *Soldbuch Friedrich Goldt* las sie. Und dann begriff sie, und ihr Herz raste. »Ida!«, schrie sie noch einmal. Keine Antwort. »Ida! Nein!«

Sie fand sie auf dem Badezimmerboden. Sie war bewusstlos und blutete an der Stirn. »Oh, Ida.« Vicki weinte, während sie sie untersuchte. Ida schlug die Augen auf, aber sie schien sie nicht zu erkennen. Vicki nahm sie in den Arm und hielt sie, bis ihre Schulter nass war. Sie wusste nicht, ob es von Idas Tränen kam oder von ihrem Blut.

Idas Milch versiegte. Nichts half mehr, kein Malzbier, kein Fenchel- oder Bockshorntee. Der kleine Fritz schrie in dem Maße, in dem Ida verstummte. Am Ende beschlossen Clara und Vicki, eine Amme ins Haus zu holen.

»Es kann so nicht weitergehen«, sagte Clara eines Abends, während sie mit Vicki am Kaminfeuer saß, das diese im Wohnzimmer angezündet hatte. Es war kalt im Raum, das Feuer wärmte nicht richtig, weil sie sich nicht trauten, es groß zu schichten. Das Brennholz, das Friedrich im vergangenen Winter noch im Schuppen gestapelt hatte, war zu einem kleinen Häufchen geschmolzen, und sie wussten nicht, wovon sie Neues kaufen sollten. Überhaupt schien das Leben in große Rätsel zerfallen zu sein. Wie konnten sie Ida in ihrer Trauer helfen? Und womit würden sie jetzt Geld verdienen?

Claras männliche Nachhilfeschüler waren allesamt einberufen worden, und die paar Mädchen, die sie noch unterrichtete, hatten ihr gesagt, dass sie zu Ostern aufhören würden, weil sie danach die Schule beenden müssten. Jeder musste mithelfen, jetzt, da so viele Arbeitskräfte fehlten. Es hieß, dass es in der Straßenbahn sogar erste weibliche Schaffner gebe.

»Es fehlt an allem«, stimmte Vicki ihr zu.

»Wenn wir nicht bald zu Geld kommen, geht hier alles den Bach runter.« Clara rückte den heißen Ziegelstein unter ihren Füßen zurecht und wickelte die Wolldecke fester darum. »Ich musste heute bei einem Kaiserschnitt assistieren, und weißt du was? Ich konnte irgendwann nicht mehr stehen. Meine Schuhe sind schon seit Wochen zerlöchert, und dann ist Wasser auf den Boden gelaufen, sodass meine Füße durch die Strümpfe klitschnass und eiskalt wurden. Das tat weh, kann ich dir sagen! Lange schon nicht mehr solche Schmerzen erlebt! Ja, also, wenn wir uns noch nicht mal einen Schuster leisten können, wovon sollen wir die Amme und unser Hausmädchen zahlen? Meine Reserven sind bald aufgebraucht!«

Die Scheite knackten im Feuer. Draußen heulte der Wind.

»Warum machen wir es nicht so wie die anderen weiblichen Ärzte?«, sagte Vicki plötzlich. »Warum eröffnen wir nicht eine eigene Praxis? Hier in diesem Haus?«

Clara überlegte. Tatsächlich gab es Ärztinnen, die ihr eigenes Auskommen hatten. Angefangen mit Franziska Tiburtius und Emilie Lehmus, die noch im alten Jahrhundert die Poliklinik weiblicher Ärzte in der Alten Schönhauser Straße eröffnet hatten, welche nach ihrem Umzug nach Schöneberg von den Ärztinnen Agnes Bluhm, Pauline Ploetz, Anna Kuhnow und Agnes Hacker geführt worden war. Seit vergangenem Jahr gab es mit Martha Ulrich sogar eine Berliner Schulärztin. Und ihre frühere Mentorin, Hermine Edenhuizen, hatte gemeinsam mit der Kollegin Martha Wygodzinski eine Poliklinik für Frauen eröffnet, in der es allein um Frauenkrankheiten und Geburtshilfe ging. Alles in allem waren schon mindestens zehn Ärztinnen in Berlin niedergelassen.

»Es könnte funktionieren«, sagte sie. »Obwohl ich glaube, dass die meisten Ärztinnen ihre Praxen mithilfe ihres Privatvermögens am Laufen halten. Und du weißt, dass wir als weibliche Ärzte nicht über die Kasse abrechnen dürfen, also brauchen wir Privatpatientinnen. Woher kriegen wir die in Kriegszeiten, in denen keiner mehr was auf der hohen Kante hat?«

Vicki schnaubte. »Da täusche dich mal nicht. In der Stadt gibt es immer noch jede Menge Familien mit jeder Menge Geld!«

»Geld, das diese Familien lieber männlichen Ärzten geben, wenn sie krank sind.«

»Vielleicht ja auch nicht«, sagte Vicki. »Probieren wir es doch aus!«

»Wir bräuchten auch eine Schwester oder Sprechstundenhilfe.«

»Da fragen wir Ida.«

»Ida? Aber – sie hat zwei Kinder, und sie …«

»Und wir haben ein Hausmädchen und eine Amme. Wirklich, Clara, ich glaube, es würde Ida guttun zu arbeiten. Es würde ihr eine neue Aufgabe geben. Sie ablenken von Friedrichs Tod.«

»Hmm.«

»Es ist mir tatsächlich gerade erst bewusst geworden!« Vicki redete sich in Feuer. »Aber je länger ich es in meinem Kopf wälze, desto richtiger erscheint es mir!«

»Aber wovon sollen wir die Anschaffungen bezahlen?«, fragte Clara. »Wir bräuchten einen gynäkologischen Untersuchungsstuhl, ein Mikroskop, das ganze Instrumentarium …«

»Vielleicht kann Ida ihre Eltern bitten, uns Geld zu leihen? Und – ich hasse es, daran zu denken, aber es steht ihr ja nun auch eine Kriegswitwenrente zu.«

Clara nickte. »Wir könnten mit ihr darüber sprechen. Und ich bitte meine Mentorin um ein Beratungsgespräch.«

Es war merkwürdig, das Leben ohne die gewohnten Geräusche. Seitdem der Lunapark geschlossen hatte, konnte man in der Grunewaldvilla nur noch die Vögel zwitschern hören. Die Straßen wirkten ganz friedlich, weil ein Großteil der Fahrzeuge eingezogen worden war. Clara, die immer ein bisschen Angst gehabt hatte, sich mit ihrem Fahrrad in den tosenden Verkehr zu werfen, radelte jetzt gemächlich zwischen Pferden und Straßenbahnen umher. Wohin sie auch blickte, sah sie Frauen. Frauen, die zur Fabrikarbeit gingen, Frauen, die Straßenbahnen lenkten, Frauen mit Kindern an der Hand.

Wie schön es war, wenn einen der Wind so anblies auf dem

Fahrrad! Wie schön es war, ohne Korsett unterwegs zu sein! Während der gesamten Strecke vom Grunewald bis zum Alexanderplatz gelang es Clara, nicht an ihre Sorgen um Leon zu denken. Es wurde Frühling, das spürte sie mit allen Sinnen. Die Zeit der Dunkelheit und des Stillstands war vorbei.

Poliklinik für Frauen, stand auf dem Schild neben der Haustür. *Dr. med. Hermine Edenhuizen. Spezialärztin für Frauenkrankheiten und Geburtshilfe. Sprechstunde täglich 11–12 Uhr.*

Sie hieß jetzt Heusler-Edenhuizen, das wusste Clara, weil sie geheiratet hatte, aber ansonsten hatte sich ihre Mentorin nicht verändert. Noch immer strahlte sie diese unerschütterliche Ruhe und Zuversicht aus.

»Guten Tag, Clara«, begrüßte sie sie. »Wie schön, dich wiederzusehen!«

Clara ergriff ihre feste, kühle Hand. »Und ich freue mich erst! Danke, dass Sie mich empfangen konnten!«

»Sagen wir doch Du.« Hermine lächelte. »Komm herein, meine Hilfe macht uns ein Kännchen friesischen Tee. Die Patientinnen kommen erst in einer halben Stunde, wir haben also noch ein bisschen Zeit.«

»Friesischer Tee!« Clara schloss vor Genuss die Augen, während sie ihren ersten Schluck trank. Die Mischung aus schwarzem Tee, Kandis und Sahne katapultierte sie augenblicklich nach Sylt zurück. »Oh, wie ich den vermisst habe! Tut das gut!«

Hermine lächelte ihr feines Lächeln. »Der Geschmack der Heimat, nicht wahr?«

»Wen oder was muss man operieren, um an diese feinen Sachen zu kommen?« Einen Moment lang vergaß Clara den wahren Grund ihres Hierseins. »Oh, Verzeihung, das geht mich eigentlich gar nichts an.«

Hermine lächelte noch breiter. »In diesem Fall war es die Gebärmutter einer Privatpatientin. Und du darfst ruhig alles fragen, was dir in den Sinn kommt.« Sie rührte ein wenig Kandis in ihre Tasse. »Normalerweise nehme ich nichts von meinen Patientinnen an, aber in diesem besonderen Fall konnte ich nicht Nein sagen. Du trägst dich also mit dem Gedanken, selbst eine Praxis zu eröffnen?«

»Ja, gemeinsam mit einer Kollegin und Freundin, Viktoria von Dutzenberg.«

»Von Dutzenberg? Die Familie sagt mir etwas. Alter preußischer Adel, nicht wahr? Das ist gut, denn du wirst am Anfang viel Geld benötigen für eine Praxis. Gut, dass du dich mit deiner Freundin zusammentust!«

Clara biss sich auf die Lippe. Sie wusste nicht, wie viel sie sagen durfte ohne Vickis Einverständnis. Andererseits verspürte sie das Bedürfnis, sich jemandem anzuvertrauen, und wer eignete sich dafür besser als die mütterliche Freundin und Mentorin, Friesin wie sie? »Ehrlich gesagt haben wir so gut wie gar kein Geld. Vicki ist enterbt worden, das Verhältnis zu ihrer Familie ist sehr schlecht.« Sie nahm noch einen Schluck, dann sprudelte sie los. »Wir können uns die Arbeit in der Charité nicht mehr leisten, und da wir beide keine Familien haben, die uns unterstützen, brauchen wir dringend einen Plan. Ja, und da wir nun approbierte Ärztinnen und so wie du auf Frauenheilkunde spezialisiert sind, dachten wir, nun, wir können doch etwas. Damit müssen wir doch Geld verdienen! Zumal wir die Räumlichkeiten hätten. Wir leben im Haus einer weiteren Freundin, die seit Kurzem verwitwet ist und zwei Kinder hat. Und, um es auf den Punkt zu bringen, uns steht das Wasser bis zum Hals!«

Schweigend goss Hermine ihr Tee nach. Clara konnte sehen, wie es in ihr arbeitete, während sie ihr mit dem Teelöffel noch ein großes Stück Kandis in die Tasse gab. »Ich habe eine Idee«, sagte sie endlich. »Ich kann euch etwas Geld leihen, wenn ihr im Gegenzug ehrenamtlich hier arbeitet. Du weißt, dass wir hier Arbeiterinnen und obdachlose Mütter für symbolische zehn Pfennig behandeln? Das Geld, um diese Poliklinik am Laufen zu halten, hole ich mir durch meine Privatpraxis wieder rein.«

»Das ist ein unfassbar großzügiges Angebot«, sagte Clara. »Ich für meinen Teil kann mir gut vorstellen, hier zu arbeiten! Schon allein, um mehr Erfahrung zu sammeln. Und weil es so wichtig ist, was ihr hier tut! Allerdings müsste ich dafür die ehrenamtliche Arbeit in der Charité aufgeben. Der Tag hat ja nur vierundzwanzig Stunden, und ich pflege eine recht intensive Beziehung zu meinem Schlaf.«

Hermine lächelte. »Und das ist nur gesund und gut so! Wir ahnen noch gar nicht, wie viele Heilprozesse während des Schlafes ablaufen. Mach also ruhig weiter!«

Clara rührte in ihrer Tasse und strahlte Hermine an.

»Die Frage, ob ihr lieber hier oder in der Charité arbeiten möchtet, könnt ihr nur untereinander oder mit eurem Gewissen klären. Die Charité ist eine hervorragende Institution, und jeder, der dort arbeitet, kann sich glücklich schätzen. Wenn man bedenkt, wie viele Nobelpreisträger die Charité hervorgebracht hat, wie gut die Forschungseinrichtungen dort sind! Es ist also keine einfache Wahl.«

Clara wollte antworten, doch Hermine hob eine Hand. »Noch etwas. Ich weiß, dass ihr in der Charité Umgang mit den Ärmsten der Gesellschaft gewohnt seid. Doch hier ist es ganz besonders wichtig, sich auf die Frauen einzulassen. Die Räume sind klein, es herrscht eine recht intime Atmosphäre. Wenn deine adelige Freundin also Mühe mit Patientinnen aus der Arbeiterklasse haben sollte, dann wäre es mir lieber, sie bliebe weiterhin an der Charité.«

Zum ersten Mal lachte Clara. »Du kennst Vicki nicht! Wenn es jemanden gibt, der keinerlei Vorurteile hat, dann sie!«

Es klingelte an der Tür, und Hermine richtete sich auf. »Nun beginnt meine Sprechstunde«, sagte sie. »Für heute möchte ich dich verabschieden, Clara. Bitte gib mir Bescheid, wie du dich entscheidest.«

Clara drückte ihre Hand, die vom Tee und vom Sprechen ganz warm geworden war. »Ich danke dir von Herzen. Spätestens morgen sage ich es dir.«

19

Im Garten standen die Päonien in voller Blüte, Bienen und Hummeln summten herum. Der Sommer hatte sich angeschlichen, ohne dass sie ihn bemerkt hatten. Ein merkwürdiger Sommer, in dem zwar die Sonne schien, aber in dem so viel anderes dunkel war.

Immer wieder schreckten sie die Nachrichten von der Front auf. Hatten in den ersten Monaten noch ständig die Siegesglocken geläutet, so wurde es auf den Straßen zunehmend still. In den Zeitungen war von Schützengräben die Rede, die sich über eine Länge von siebenhundert Kilometern zogen. Von der Schweizer Grenze bis zur belgischen Kanalküste lagen sich deutsche und französische Soldaten gegenüber, oft nur wenige Meter voneinander entfernt.

Clara war nur ruhig an den Tagen, an denen sie von Leon Post bekam. Seine Briefe wurden immer kürzer, aber ob es daran lag, dass er keine Zeit mehr fand zu schreiben, oder ob er sie nicht mit seinem Kriegsleben ängstigen wollte, konnte sie nicht sagen. Sein Leben und ihr Leben waren nicht nur räumlich weit voneinander entfernt.

Eine Nachricht, die in Berlin die Runde machte und die Clara zunächst nicht glauben konnte, besagte, dass die Heeresleitung den Befehl erteilt hatte, an belgischen Schützengräben Giftgas einzusetzen. Das hatte es noch nie gegeben, in keinem Krieg der Welt. Bald darauf hieß es, auch die Gegner setzten nun Giftgas ein. Deutschland kämpfte jetzt an drei Fronten: im Westen gegen Frankreich, im Osten gegen Russland und im Süden gegen Italien, das aufseiten der Entente in den Krieg eingetreten war. Und nur ewige Optimisten wie die Kuckuckswitwe waren noch der

Meinung, dass das kaiserliche Heer an allen drei Fronten siegen konnte.

Clara und Vicki hatten sich dafür entschieden, ihre Arbeit an der Charité aufzugeben und stattdessen in der Poliklinik von Hermine Edenhuizen und Martha Wygodzinski auszuhelfen. Die restliche Zeit hatten sie damit verbracht, das Haus umzugestalten. Das Wohnzimmer war jetzt das Praxiszimmer, und dort, wo Friedrichs Vater immer so gern in seinem Ohrensessel gelesen hatte, stand nun ein gynäkologischer Stuhl. Eine lange Diskussion war der Entscheidung vorausgegangen, ob man im Haus auch operieren sollte, und wenn ja, wo. Der Speisesaal mit seinem langen Esstisch hatte zur Debatte gestanden. Am Ende gab eine Bemerkung der vierjährigen Emma den Ausschlag. Als sie wieder einmal bei Kartoffelsuppe beisammensaßen, wollte sie wissen, wann es denn mal wieder Klopse gebe, und Vicki musste ihr erklären, dass Fleisch von Tieren erst dann wieder auf den Speiseplan komme, wenn sie und Tante Clara ordentlich Fleisch von Menschen aufgeschnitten hätten.

»Ida, ist es in Ordnung, wenn wir den Speisesaal dafür verwenden?«, wollte Clara von der Freundin wissen.

Aber Ida winkte ab. Was ihr Friedrich nicht wiederbrachte, war ihr egal.

»Ida.« Clara nahm sie in die Arme. »Du weißt, dass du dich nicht immer so fühlen wirst?«

Die Freundin schüttelte den Kopf.

»Aber ich weiß es«, sagte Clara. »Nachdem meine Schwester gestorben war, konnte ich monatelang nicht aufstehen.« Sie fühlte Ida an ihrer Schulter beben. »Ich will nicht sagen, dass die Trauer verschwindet. Aber man lernt, damit zu leben. Vor allem, wenn man etwas Sinnvolles tut.«

Ida löste sich von ihr. »Ich weiß nicht mehr, was sinnvoll ist«, sagte sie leise. »Ich meine, ich weiß es in der Theorie. Meine Kinder aufziehen, diese Praxis gründen, damit wir anderen Frauen helfen können und Geld verdienen, aber …« Sie stockte.

»Du fühlst es nicht?«, fragte Clara.

Ida nickte.

»Der Verlust eines geliebten Menschen verändert einen von Grund auf. Lass dir Zeit, diese Verwandlung durchzustehen. Man wird … ja, man wird wohl zu jemandem, den man vorher nicht kannte.«

»Und dann muss man sich dran gewöhnen, dieser neue Mensch zu sein?« Idas große braune Augen standen voller Tränen.

»Ja, das muss man«, flüsterte Clara. »Und das wird man auch.«

»Aber wie lange wird das dauern?«

»Ich weiß es nicht, Ida. Aber wie lange es auch dauert, ich bin für dich da.«

So, wie Ida sich jetzt vornahm, jeden Tag einen Fuß vor den anderen zu setzen und nicht mehr darüber nachzudenken, welcher Weg noch vor ihr lag, so beschloss auch Clara, sich in Geduld zu üben. Aber es war nicht einfach. Das Haus zu elektrifizieren erwies sich als fast unmöglich. Nahezu alle Handwerker kämpften an der Front. Es gab kaum Materialien. Ihr Erspartes war aufgebraucht.

»Ich habe nicht vor, meine Patientinnen im Schein einer Ölfunzel zu untersuchen«, erklärte Vicki, nachdem der einzige Handwerker, den sie hatten finden können, verkündet hatte, es gebe keine Metalle mehr. »Und wenn wir dafür Silberbesteck einschmelzen müssen! Mir ist es egal!«

Am Ende erwies sich die Idee mit dem Besteck als goldrichtig. An einem Juliabend, den sie mit ihrer letzten Flasche Weißwein begossen, legte Vicki erfolgreich einen Lichtschalter um.

Gelungen fand Clara auch die Ausstattung des Wartezimmers. Sie hatten es in der Bibliothek eingerichtet, und sollten widrige Umstände oder komplizierte Fälle den Patientinnen eine längere

Wartezeit aufbürden, so konnte ihnen zumindest nicht langweilig werden, so viele Bücher standen da.

»Allerdings hoffe ich, dass sich die Frauen, die wir behandeln, tüchtig für Militärgeschichte und Waffenkunde interessieren«, meinte Clara, während sie die Regale näher inspizierte. »Friedrichs Vater frönt meines Erachtens einem etwas einseitigen literarischen Geschmack.«

»Es geht doch nichts über die Lektüre von blutigen Schlachten, bevor man sich auf den Operationstisch legt«, gab Vicki grinsend zurück.

Die Küche spielte eine etwas zwiespältige Rolle. Einerseits sollte Frieda dort ja weiterhin ihre Mahlzeiten zubereiten können, andererseits wollten Clara und Vicki sie nutzen, um ihre Instrumente auszukochen. Doch mit fest vereinbarten Nutzungszeiten, meinte Clara, sollte das friedliche Zusammenleben von Medizin und Kulinarik doch möglich sein.

Jetzt fehlten nur noch die Patientinnen.

Sie hatten Flugblätter in Charlottenburg, Grunewald und Wannsee verteilt, um auf ihre Praxis aufmerksam zu machen. *Sprechzeiten täglich 9–18 Uhr,* stand darauf. Und nun war der große Eröffnungstag da.

Die Wanduhr im Behandlungszimmer schlug neun. Clara und Ida standen in ihren bodenlangen weißen Kleidern und Kitteln nebeneinander und wagten nicht zu sprechen. Sie hatten beschlossen, dass Clara den Anfang machen sollte in der neuen Praxis, während Vicki an dem Tag in die Poliklinik ging. Die Uhr schlug Viertel nach.

»Und wenn das nun alles eine große Schnapsidee war?«, murmelte Ida, die alles mitgemacht hatte, ohne zu murren, aber auch, ohne sonderlich aufgeregt zu sein. Clara sah sie an. Dünn war sie geworden, mit dunklen Schatten unter den Augen. Sie war nicht gerade das, was man ein Aushängeschild für besondere Heilkünste nennen konnte, doch Clara vertraute darauf, dass Vicki recht hatte. Die Freundin brauchte Beschäftigung.

Halb zehn. An der Haustür klingelte es zaghaft. Clara machte einen kleinen Luftsprung. »Ich glaube, jetzt geht es los!«

Ursprünglich hatten sie mit Hermine vereinbart, eine Stunde pro Tag in der Poliklinik auszuhelfen, da sie selbst der Flut von Patientinnen nicht mehr gerecht werden konnte. Doch die Stunde dehnte sich zu zweien, dreien, vieren, und heute war die Hölle los. Es war, als hätte sich die gesamte weibliche Arbeiterschaft Berlins verabredet, ausgerechnet an diesem Tag verfrühte Wehen zu bekommen – oder Gonorrhoe. Doch als Vicki glaubte, dass es nicht mehr schlimmer kommen könne, sah sie plötzlich Hildi vor sich stehen.

Sie hatte Hildi seit ihrer Abschiedsvorstellung im August 1914 nicht mehr gesehen, und ihr erster Impuls war aufzuspringen und sie zu umarmen. Doch das war nicht richtig. Sie war Ärztin – und Hildi offensichtlich krank. Sie war eine der jüngsten Tänzerinnen gewesen, siebzehn Jahre, wenn sie sich richtig entsann, doch sie schien in der Zeit seit ihrem letzten Treffen um Jahre gealtert zu sein. Vicki ließ sich ihren Schreck nicht anmerken und bat sie, sich auszuziehen.

»Wie ist es dir ergangen?«, fragte sie, während sie Hildi hinter dem Wandschirm an ihren Kleidern nesteln hörte.

»Na, wie et einem so jeht als Minette«, antwortete Hildi leichthin. »Aber ick such mir die immer noch selber aus, die Herren. Kann nich jeder mit Hildi jehen. Und du, Gräfin? Hast et jut jehabt, ja?«

»Allet fein. Was führt dich hierher heute?« Vicki überlegte, was mit Minette gemeint sein konnte, wollte Hildi aber nicht in Verlegenheit bringen. Sie deutete auf den gynäkologischen Stuhl, während sie sich die Hände desinfizierte.

»Ick gloob, ick hab 'n Braten inna Röhre.«

»Na, denn wollen wir uns dit ma ankieken. Hier, die Füße kannste hier in die Stoffschlaufen legen, dann is dit bequemer für dich, und icke kann besser kieken.« Vicki schob Hildis Rock ein wenig höher – und erschrak. Hildi hatte auf dem Bauch und an den Hüften zahlreiche blaue Flecken. An einer Stelle auf dem Oberschenkel hatte sie ganz offensichtlich geblutet. Die Wunde war zu einer schorfigen Stelle verheilt. »Wer war dit, Hildi?«, fragte sie leise.

Hildi zuckte mit den Schultern. »Een Kunde, so 'n Perverser.«

»Das musst du zur Anzeige bringen.«

Hildi stieß ein heiseres Gelächter aus. »Nicht dein Ernst.«

»Doch, mein voller Ernst sogar, Hildi. Und wenn du willst, begleite ich dich. Niemand hat das Recht, so etwas einer Frau anzutun!«

»Dit Schwein hat mir janz andere Dinge anjetan. Aber dit will ick nich bequatschen. Kiek ma, ob ick schwanger bin.«

Vicki untersuchte sie so vorsichtig wie möglich, doch bei jeder Berührung zuckte Hildi zusammen. Endlich setzte sich Vicki neben sie, sodass sie auf Augenhöhe mit ihr war. »Du kannst die Beine wieder runternehmen, Hildi.«

»Und, wat is nu?«

»Vierter Monat, würde ich sagen.«

»Kannste dit wegmachen?«

Vicki schüttelte den Kopf. »Das darf ich nicht. Aber ich kann dir helfen, wenn du dich für eine Adoption entscheidest.«

Hildi richtete sich auf. »Du hast dir janz schön verändert, weißte det, Vicki? So vornehm, wie du jetzt quatschen tust.«

»Ich hab mein Leben verändert.« Vicki stand auf. »Und du kannst das auch tun, wenn du möchtest. Wenn du willst, helf ich dir dabei.«

»Nee, danke.« Hildi zog sich wieder an. »Ick bin jlücklich mit mein Leben. Also.« Sie verzog trotzig ihren Mund. »Du willst mir wirklich nich helfen?«

»Ich helfe dir bei allem Möglichen, Hildi, aber nicht dabei, dein Kind abzutreiben. Wenn ich das tue, verliere ich meine Appro… dann darf ich nicht mehr Ärztin sein, und dann kann ich für niemanden mehr was tun.«

Hildi zuckte mit den Schultern und blickte weg.

»Aber was das Schwein anbelangt, das dir das angetan hat – ich mein das ernst, wenn ich sage, der Kerl gehört angezeigt! Ich begleite dich, wenn du magst.«

»Ick weeß nich, Vicki.« Hildi sah aus, als wollte sie noch etwas hinzufügen, aber in diesem Moment drangen Schmerzensschreie von draußen in den Praxisraum. Gleich darauf hörte sie die beruhigende Stimme der Hilfe. »Aber ja doch, das Fräulein Doktor ist gleich für Sie da!«

Die Frau, die Ida hereinführte, kam Clara bekannt vor. Vermutlich hatte sie sie schon irgendwo im Grunewaldviertel gesehen. Sie war eine auffallend schöne Frau in auffallend eleganten Kleidern, und an der Art, wie sie den Praxisraum betrat, konnte Clara erkennen, dass sie es gewohnt war, im Rampenlicht zu stehen. Sie streckte Clara eine behandschuhte Hand hin. »Elisabeth Malminger«, sagte sie mit Theaterstimme. »Sehr erfreut, Sie zu sehen.«

»Die Freude ist ganz meinerseits.« Clara lächelte, was die Frau wiederum zum Lachen brachte.

»Also das«, sagte die Patientin mit ihrer Theaterstimme, »wäre schon mal geglückt. Ich bin Ihre erste Patientin, richtig?«

»Meine erste Patientin in diesen Räumen. Vor Ihnen habe ich schon Hunderte andere Patientinnen behandelt. Sie können also ganz unbesorgt sein.«

Die Patientin legte sich eine Lorgnette vor die Augen und beugte sich vor, um Claras Gesicht in Augenschein zu nehmen. »Sie sehen so jung aus, Liebes, deswegen frage ich. Meine Güte, irgendwann sind *alle* Menschen, mit denen man zu tun hat, jünger. Dabei kann ich mich noch gut daran erinnern, wie ich selbst immer das Küken war.« Sie warf Ida ihren Mantel zu, den diese knapp auffing, und donnerte: »Also gut, lasst die Doktorspiele beginnen!«

Die Anamnese ergab, dass die Patientin neununddreißig Jahre alt war, seit fünf Jahren verheiratet und nun, so mutmaßte sie, guter Hoffnung. Vorerkrankungen habe sie keine gehabt, wenn man von den üblichen Geschlechtskrankheiten absehe, die man als junges, aufstrebendes Theatertalent notgedrungen durchmachen müsse. Clara saß ihr gegenüber an ihrem Schreibtisch und schrieb alles mit. Dann bat sie Frau Malminger, auf dem Untersuchungsstuhl Platz zu nehmen.

»Ihr Instinkt hat Sie nicht getrogen, Frau Malminger.« Clara zog sich die Einweghandschuhe von den Fingern und lächelte ihre Patientin an. »Sie erwarten ein Kind.«

»Wie weit bin ich?«

»Noch ganz am Anfang. Gut, dass Sie so früh zu mir gekommen sind. Ich möchte Sie während Ihrer Schwangerschaft gern regelmäßig sehen, um sicherzustellen, dass sich alles gut entwickelt. Ihre letzte Regelblutung hatten Sie vor etwas über zwei Monaten, sagten Sie? Dann können wir mit einer Niederkunft im Februar 1916 rechnen.« Sie bemerkte, dass die Patientin auf einmal besorgt aussah. »Stimmt etwas nicht, Frau Malminger?«

»Mein Heinrich ist vor fünf Monaten eingezogen worden«, platzte sie heraus.

»In dem Fall müssten Sie natürlich weiter sein.« Clara runzelte die Stirn. »Merkwürdig, meinen Untersuchungen zufolge …«

»Könnte man die Geburt wie eine Frühgeburt aussehen lassen?«, unterbrach Frau Malminger sie.

»Ich verstehe nicht, was Sie …«

»Mein Heinrich ist nicht der Vater.« Frau Malminger sprach mit ihren gespreizten und entblößten Beinen auf dem Untersuchungsstuhl, als wäre dies ihre gewohnte Konversationshaltung. »Sein Adjutant, verstehen Sie, ist ein äußerst gut aussehender Mann.« Sie kicherte. »Prädestiniert für die Liebhaberrolle, haben wir am Theater immer gesagt. Zum Zeitpunkt des Einberufungsbefehls litt er an einer schweren Bronchitis, und ich habe ihn gesund gepflegt. Na ja, vielleicht ein bisschen *zu* gesund …«

Ida entfuhr ein Geräusch, das wie Husten klang. »Verzeihung«, murmelte sie unterdrückt und eilte hinaus.

»Nun habe ich Ihre Angestellte schockiert!« Frau Malminger schlug sich die Hand vor den Mund, blieb aber sitzen, wie sie war.

Clara schüttelte lächelnd den Kopf. »Darum machen Sie sich mal keine Gedanken! Unsere Assistentin hat ein Staatsexamen in Medizin abgelegt und jahrelang an der Charité gearbeitet, sie kann überhaupt nichts erschüttern. Und ja, natürlich können Sie Ihrem Gemahl sagen, dass es sich um eine Frühgeburt handelt, allerdings ist es für Ihre Gewissensruhe und Ihre Gesundheit sicherlich von Vorteil, wenn er die Wahrheit erfährt.«

Die Patientin lachte, während sie die Beine zusammenklappte und sich aufrichtete. »Gewissen!«, rief sie. »Wenn Sie wüssten, Frau Doktor, wie früh ich mich dieses Übels entledigt habe! Nein, ein Gewissen beschwert nur unnötig die Beziehung zwischen Mann und Frau!«

Clara probierte ein diplomatisches Lächeln. »Hauptsache, es geht Ihnen und dem Baby gut.«

»So sehe ich das auch immer! Ach ja, Frau Doktor, und dann hätte ich gern noch eine schmerzfreie Geburt!«

»Nun, schmerz*frei* kann ich Ihnen nicht bieten – das kann niemand – aber ich kann Ihre Schmerzen deutlich reduzieren.«

»Was auch immer – richten Sie es so ein, dass ich nicht wahnsinnig werde. Das ist nämlich meiner Schwester passiert. Wissen Sie, wie viele Frauen nach der Geburt ihrer Kinder in Irrenanstalten eingeliefert werden?«

Diesmal musste Clara wirklich lachen. »Was ich weiß, ist, dass wir viel Freude haben werden, wenn Sie weiterhin so fröhlich sind. Wir sehen uns also in spätestens zwei Monaten wieder?« Sie streckte ihre Hand aus, die Frau Malminger herzlich schüttelte.

»In zwei Monaten, Frau Doktor. Und danke für Ihr Verständnis. Ich werde Sie weiterempfehlen!«

Die Tür fiel zu, und Ida trat ins Zimmer, mit Tränen auf den Wangen und hochrot im Gesicht.

»Idachen!« Clara eilte besorgt auf sie zu, doch dann bemerkte sie, dass die Freundin nicht weinte, sondern lachte.

»Ein bisschen *zu* gesund«, keuchte Ida, während sie sich vor Gelächter die Seiten hielt. »O mein Gott, Clara, und wie die Frau so dagesessen hat! Oh, und der arme *Herr* Malminger!« Sie brach übergangslos in Tränen aus. »O weh, der arme, arme Mann!«

Clara nahm Ida in den Arm und hielt sie fest. So schön es auch war, Ida wieder lachen zu hören, sie wusste ja, dass es bloß die Nerven waren. Im Übrigen spürte sie selbst, wie es in ihr bebte. Das war also ihre erste Patientin gewesen! Sie konnte es nicht erwarten, Leon davon zu berichten. Und bald würde sie auch wieder einen Brief von ihm erhalten, dessen war sie sicher. Leon lebte – anders konnte, anders durfte es nicht sein.

Mit allem hätte Vicki gerechnet, als sie fünf Stunden später ihren Dienst in der Poliklinik beendet hatte, aber nicht damit, Hildi so bald wiederzusehen. Das Mädchen hatte sich umgezogen. »Ick hab mir anders entschieden«, verkündete sie. »Ick jeh zur Polizei, schon alleene, damit dit Schwein dit bei keener anderen mehr macht.«

Vicki nickte, während sie rasch überlegte. Sie hatte Clara versprochen, sofort in die Praxis zurückzukehren, wenn sie fertig wäre, und das hatte nun schon sehr viel länger gedauert als vorgesehen. »Du willst jetzt sofort gehen, nehme ich an?«

Hildi nickte tapfer. »Ick gloob, wenn ick dit jetz nich mach, mach ick dit jar nich.«

»Das ist eine gute Entscheidung.« Vicki rückte ihren Hut zurecht. »Vielleicht kannst du mir auf dem Weg zur Wache ein bisschen von dem Kerl erzählen.«

Es war, als hätte jemand Hildi von einem Schweigegelübde erlöst. Kaum hatten sie den Alexanderplatz erreicht, wusste Vicki schon alles, was sie wissen musste. Sie musterte Hildi von der Seite und bemerkte, dass sie einen Schwips hatte. Ihre runden Wangen leuchteten rot.

»Sophie und ich, wir waren ja erst mal Tauentzienstraße«, sprudelte Hildi. »Aber dit Jeschäft war unmöglich, die Männer sind ja nu alle im Krieg. Da hat uns Lola den Tipp mit den Hotels in Friedrichstadt jejeben.« Sie schilderte, wie sie am Anfang ihr Glück hatte kaum glauben können. Geschäftsmänner, ausländische Kunden, zumeist Schweizer und Amerikaner, alle mit mehr Geld als Verstand. Zum ersten Mal in ihrem Leben konnte sie sich einen Pelzmantel kaufen, Kleider aus Seide, Schuhe aus Schlangenleder, sie konnte essen, worauf sie Appetit hatte, und sie gab ihre alte Absteige bei einer Großfamilie am Halleschen Tor auf, mit der sie sich zwei winzige Zimmer geteilt hatte. Dafür mietete sie sich ein geräumiges Zimmer bei einer Offiziersfrau in der Nähe der Linden, schlief morgens lange und ging abends ins Hotel.

Einer ihrer ersten Kunden, ein famos großzügiger, überaus höflicher Amerikaner, sei zwei Monate in Berlin geblieben. »Een Traum«, betonte sie, wenn auch ein merkwürdiger, da der größte Herzenswunsch des Mannes darin bestanden habe, sie in Männerkleidung zu sehen, während er sich selbst am wohlsten in Frauenkleidern gefühlt habe. Bei seinen Geschäften konnte er die natürlich nicht tragen. »Wie hätte denn dit ausjesehen?«

So hätten sie und der Amerikaner Abend für Abend in seinem Zimmer gesessen, sie mit Monokel, im Anzug, Zigarren rauchend, er in ihrem Seidenkleid. Sie habe ziemlich viel lachen müssen bei diesen Treffen, was er ihr aber nie übel genommen habe, im Gegenteil, er selbst habe auch immer gern gelacht. Als er abgereist sei, habe er ihr ein Bündel Dollarnoten für ihr Seidenkleid geboten, und sie habe sich etliche Monate ausruhen können, so viel Geld sei das gewesen, viel mehr, als das Kleid wert gewesen sei. Aber irgendwann sei das Geld alle gewesen und sie habe wieder zurück in die Hotels gehen müssen. »Und dann ha ick Pech jehabt«, flüsterte sie.

Sie hatten die Polizeiwache erreicht, und Hildi senkte den Kopf. »Wat soll ick denen sajen? Die Wahrheit? Ick meen, dass ick ne Minette bin?«

»Bist du als Prostituierte registriert?«, fragte Vicki zurück.

»Ob ick ne Kontrollkarte habe?« Hildi nickte. »Klar, dit muss ick ja ooch.«

»Na siehst du, dann ist es nicht verboten, was du getan hast. Das Gesetz steht auf deiner Seite. Und die Polizei verhilft dir zu deinem Recht!«

Es herrschte reger Betrieb in der Wache. Mit Säbeln bewaffnete Polizisten führten Frauen in Handschellen herein. Die Frauen trugen zumeist verschmutzte, abgewetzte Kleider, und ihre Haare waren dreckig und verfilzt. Hier und da tauchte auch ein männlicher Delinquent auf – wie ein Relikt aus einer vergessenen Welt.

»Na, wen haben wir denn da?« Der Polizeibeamte legte seinen mächtigen Bauch auf dem Tresen ab und musterte sie, während er sich seinen Schopf unter der Pickelhaube kratzte. »Zwei hübsche Frolleinchens! Ärger mit dem kleinen Geschäft?«

Vicki legte ihre Visitenkarte auf den Tisch. »Mein Name ist Doktor von Dutzenberg, und dies ist meine Patientin Hildegard Jänneke. Sie kommt, um Anzeige wegen Körperverletzung zu erstatten, und ich möchte sie gern dabei begleiten, weil ich im Detail Auskunft über die ihr beigebrachten Wunden erteilen kann.«

Sowohl der Polizist als auch Hildi betrachteten sie mit großen Augen. Der Polizist fing sich als Erster. »Een Frollein Doktor.« Er kratzte jetzt stärker. »Das ist ja allerhand.«

»Wir würden Ihnen nun gern den Fall schildern.« Vicki klopfte mit ihren Fingern einen Rhythmus auf den Tresen und blickte auf ihre Taschenuhr.

»Na, so schnell schießen die Preußen nich!« Der Polizist grinste. »Der war gut, wa? Wo wir doch im Krieg sind! Na, ick will mal kieken, was sich machen lässt.«

Gejohle und Gezeter erfüllten den Warteflur. Auf den Holzbänken unterhielten sich Frauen jeden Alters über alles, was ihnen in den vergangenen Tagen widerfahren war. Gestohlene Brotkarten, aufgebrochene Ladentüren, Sodbrennen und Hunger – jedes Ungemach wurde hitzig kommentiert. Zwischen die Reihen wurden die Gefangenen geführt. Sie übertönten die Gespräche der Wartenden, indem sie wahlweise laut fluchten oder ihre Unschuld beteuerten. Wie von Ferne nahm Vicki Fetzen von Hildis Redefluss wahr.

»Ick muss immer dran denken, wie wir eenmal … Und dann weeßte noch, wie Lola diesen Lachanfall bekam, jerade, wie ick die Pirouette drehen sollte, und dann bin ick … Und ick sag noch, sterben müssen wir alle, aber ick lass mir nich jerne drängeln, wa?«

Vicki nickte und lächelte, doch gleichzeitig spürte sie, wie ihr schummerig wurde. Sie hatte am Morgen nur ein trockenes Stück Brot gegessen und seitdem nichts mehr. »Nee, ick mir ooch nich«, lächelte sie.

Endlich wurden sie aufgerufen. Der dicke Polizist führte sie in einen Raum, in dem sein körperlicher Gegenpart saß, ein hageres, strichdünnes Männlein mit gelber Haut, bei dem Vicki ein Leberleiden vermutete.

»Körperverletzung?«, schnarrte das Männlein. »Wurden Sie überfallen?«

Hildi erklärte, dass ihr die Verletzungen von einem ihr bekannten Mann zugefügt worden seien, woraufhin der Polizist wissen wollte, ob das ihr Verlobter war.

»Dit war een Kunde«, sagte Hildi und senkte den Kopf.

»Und warum haben Sie das nicht gleich gesagt, dass Sie diesem Gewerbe nachgehen?«, bellte der Gelbe.

»Einen Moment mal, was ändert das denn?«, fragte Vicki empört.

»Und Sie sind?« Der Gelbe klappte seinen Notizblock zu.

»Doktor von Dutzenberg, die Ärztin dieser jungen Frau.« Vicki schob ihm ihre Visitenkarte mit der Adresse ihrer Privatpraxis im Grunewald zu.

»Fräulein *Doktor.*« Der Gelbe betonte das Wort ironisch. »Vielleicht ist Ihnen bei Ihrem Studium entgangen, dass der Kaiser Prostitution nicht duldet. Wenn sich Ihre Patientin im Dreck suhlt, soll sie sich nicht wundern, wenn sie Dreck abbekommt.«

Vicki sah, dass Hildi blass wurde. »Die vierundzwanzig Paragrafen des Berliner Bordellreglements«, sagte sie, so freundlich sie konnte, »haben mir im Gegenteil bewiesen, dass Prostitution in der Stadt unter behördlicher Aufsicht steht. Somit gestattet der Kaiser dieses Gewerbe. Denn wie kann er etwas verbieten, das er kontrolliert?«

Der Gelbe setzte zu einer Antwort an, doch Vicki hob ihre Hand. »Allein die öffentliche Aufforderung zu fleischlichen Genüssen ist untersagt, das habe ich dem Studium der Paragrafen doch richtig entnommen?«

»Ja, aber …«

»Sehen Sie, und dieser Straftat hat sich meine Patientin nicht schuldig gemacht, richtig, Fräulein Jänneke?«

Hildi kramte ihre Kontrollkarte aus der Handtasche. »Bitte schön, Herr Polizist. Allet in Ordnung. Hab ooch die monatliche Untersuchung jemacht.«

Der Gelbe knallte seine Faust auf den Tisch, dass der Staub aufflog. »Was fällt Ihnen beiden eigentlich ein, mich zu belehren? Was das Gesetz sagt und wie das Gesetz auszulegen ist, das bestimme ja immer noch ich!«

Vicki wollte etwas entgegnen, vergaß es aber im selben Augenblick wieder. Der Gelbe, Hildi mit ihren hübsch gemachten Haaren und dem Seidenkleid, der Staub, der im Lichtquadrat des Fensters tanzte – alles verschwamm vor ihren Augen. Hunger und Erschöpfung übermannten sie, und sie ballte die Fäuste. Wach bleiben, beschwor sie sich innerlich, so wie all die tausend Male, an denen sie von einem langen Abend im Varieté heimgekommen war, um sich wieder an ihre Dissertation am Küchentisch der Kuckuckswitwe zu setzen. Bleib wach!

»Na, gut.« Der Polizist leckte sich über die Lippen. »Erzählen Sie, was Ihnen passiert ist. Dann werden wir sehen.«

Hildi zögerte, doch Vicki nickte ihr zu, und so begann sie. Dass der Herr im Hotel es ergötzlich fand, sie zu schlagen, und wie diese Schläge immer brutaler wurden, bis sie eines Abends versuchte zu fliehen.

Vicki bemerkte, dass der Polizist nicht mitschrieb. Seine Gesichtsfarbe war ins Rötliche gewechselt, während er Fragen nach den Schlaginstrumenten stellte. Und auf einmal wurde ihr bewusst, dass ihr Besuch hier ein fürchterlicher Fehler war. Sie wollte Hildi bedeuten, nicht mehr weiterzureden. Doch just, als sie den Mund öffnen wollte, sagte Hildi etwas, das ihr das Blut in den Adern gefrieren ließ.

»Sie haben vorhin jesacht, dat ick mir in Dreck suhle, aber dit stimmt nich. Dit sind allet feine Herrn jewesen, die ick bedient hab. Und der Schläger, dit war sojar een Arzt, ooch wenn man dit nich jedacht hat. Der hatte so ’ne komische hohe Stimme und ne Narbe uff der Wange, und er hat jesacht, det er nich einjezogen wurde, weil er ’ne Verletzung von ’nem Duell hatte, und wenn Sie jetzt noch seinen Namen mitschreiben wollen, um ihn verhaften zu lassen, dit war Doktor Bäumer, mit Vornamen Carl.«

20

Die Verwundeten wurden direkt vor ihrer Haustür vorbeigefahren. Clara konnte das Schreien und Weinen der Männer hören, wenn sie im Garten arbeitete oder wenn sie drinnen im Haus das Fenster aufließ. Dort, wo die kleine Emma noch vor gar nicht so langer Zeit Auto gefahren war, wo der künstliche Wasserfall herabgerauscht war, Menschen im Café gesessen oder Zuckerwatte gekaut hatten, war die Verzweiflung eingezogen. Im Lunapark war ein Lazarett eingerichtet worden. Es war das erste Mal, dass ihr der Krieg so nahe war.

»Noch immer keine Nachricht von Leon?« Vicki war zu ihr getreten und reichte ihr eine Tasse Kaffee – oder wie auch immer man das Gebräu nennen mochte, das sie morgens aus geriebenen Löwenzahnwurzeln aufkochten. Ida nannte es »Muckefuck«, Vicki sagte »Verfluchter Scheißkrieg«, wenn sie es kochte, und Clara schwieg. Sie fand, dass Schweigen eine gute Antwort auf alles war: auf die Kälte, auf die Patientengespräche, die sie oft noch in der Nacht verfolgten, auf die Angst um Leon und die Ungewissheit. Seit fast einem Jahr hatte sie nichts mehr von ihm gehört.

Vicki nahm ihr den Stoß Briefe aus der Hand und ging sie durch. »Rechnung, Rechnung, Rechnung«, murmelte sie. »Langsam wird's langweilig. Noch 'ne Rechnung. Haben die nichts anderes zu schreiben als Zahlen?« Sie warf die Hände in die Luft in einer Geste, die Clara zum Lachen bringen sollte. »Haben die Menschen keinen Sinn mehr für Poesie?«

Clara nahm einen Schluck vom verfluchten Scheißkrieg und schloss die Augen. Mit ein bisschen Fantasie konnte man sich vorstellen, dass es Kaffee war. Mit Fantasie konnte sie sich vorstellen, dass Leon noch lebte, aber nicht schreiben konnte, weil … An diesem Punkt versiegte wie immer die Fantasie. Sie öffnete die Augen. Und da erst sah sie es. Ihr blieb der Mund offen stehen.

»Ich dachte, du würdest es nie bemerken«, lachte Vicki und fuhr sich durch die kurzen Haare. »Sieht gut aus, nicht wahr?«

Clara staunte. »Es sieht unglaublich aus. Du bist ein ganz neuer Mensch mit der Frisur!«

»So fühle ich mich auch.« Vicki grinste und vollführte eine kleine Drehung.

Seit dem Neujahrstag war die revolutionäre Kurzhaarfrisur der englischen Tänzerin Irene Castle ein wiederkehrendes Gesprächsthema in der Grunewaldvilla. Sie besprachen Schwangerschaften, Herpesviren, die Vorteile von Präservativen, die ausreichend Platz für das Ejakulat ließen – und, schwupps, war er wieder da, der Bubikopf. Vicki hatte geschworen, dass sie ihn sich noch in diesem Jahr schneiden lassen würde, mögliche Einbußen in puncto ärztlicher Seriosität hin oder her. Und nun hatte sie es getan.

Clara berührte die kurzen Fransen. »Wer hat das geschnitten? Gut sieht es aus!«

»Ich war das.« Ida marschierte mit Fritz auf einer Hüfte zur Tür herein. »Konnte mir Vickis Gequengel nicht länger anhören.« Sie löste Fritzchens Faust aus ihrem Zopf. »Überlege im Übrigen, mir die Haare selbst so schneiden zu lassen. Könnte eine von euch Skalpellkünstlerinnen das vielleicht tun?«

»Hier!«, rief Vicki und riss die Hand hoch.

Clara leerte ihren Becher und streckte die Arme nach Fritzchen aus. Der Junge juchzte, als sie ihn von Ida entgegennahm. Sie vergrub ihre Nase in seinen weichen Haaren, und ein warmes Gefühl stieg in ihr auf. Dann blickte sie noch einmal auf Vicki. Die kinnlang geschnittenen Haare schärften ihr Profil und unterstrichen ihren Charakter. Gleichzeitig sah sie so viel jünger aus. »Bist ein hübsches Mädchen, Vicki«, meinte sie lächelnd, während sie Fritz über den Kopf strich. »Hat dir das schon mal jemand gesagt?«

»Nichts anderes höre ich.« Vicki rollte ironisch mit den Augen.

Es klingelte, und Ida strich über ihren weißen Kittel. »Ich mach auf.«

Einen Moment später stand sie wieder im Praxiszimmer. »Das war Frau Malmingers Hausmädchen«, sagte sie. »Es geht bei ihr los.«

Sie waren übereingekommen, dass Vicki in der Praxis die Stellung halten sollte, während Clara und Ida gemeinsam zu Frau Malminger gingen.

Die Patientin saß in einem seidenen Morgenmantel auf dem Sofa im Salon. Sie wimmerte, während sie ihre Finger in das Polster grub.

»Es tut weh!«, sagte sie mit einem anklagenden Blick auf Ida und Clara.

»Selbstverständlich tut es weh«, tröstete Clara. »Aber das werden wir gleich ändern!«

In Windeseile richteten Ida und sie das Bett im Schlafzimmer her. Unter die Laken legten sie eine Schicht Ölpapier, Ida ließ nach heißem Wasser und Tüchern schicken, und Clara desinfizierte den Schminktisch und breitete ihre Instrumente darauf aus. Sie hatte den Dämmerschlaf nach der Krönig'schen Methode als zu schwach für die Patientin verworfen – schließlich hatte diese ihre Absicht, *keinerlei* Schmerz während der Geburt empfinden zu wollen, mehrfach betont. Stattdessen hatte sich Clara für eine Behandlung mit Skopolamin entschieden und zu diesem Zweck einen Apotheker mit der Herstellung einer Lösung beauftragt. Die Ampullen hatten sie im Kältekeller zwischen Eisblöcken gelagert, die sie aus dem Garten gehauen hatten, und Clara freute sich über diese Voraussicht. Sie hatte bereits bei mehreren schmerzempfindlichen Gebärenden hervorragende Ergebnisse damit erzielt.

Als sie ins Wohnzimmer zurückkehrte, sah sie, dass Frau Malmingers Nägel Löcher ins Sofapolster gegraben hatten. Sie schrie vor Schmerzen und zupfte jetzt Teile des Polsters aus den Löchern heraus.

Clara beugte sich vor in dem Versuch, ihr emporzuhelfen. Doch Frau Malminger brüllte. »Erst das Mittel gegen die Schmerzen!«, verlangte sie.

Clara verabreichte ihr das Skopolamin nach Vorschrift und half ihr hinüber ins Schlafzimmer. Dort fiel Frau Malminger auf ihr Bett – und schlief auf der Stelle ein.

»Gibt es doch nicht«, sagte Clara eine halbe Stunde später, als Frau Malminger trotz Wehen nicht aufwachte. »Hat Frau Malminger zum Frühstück vielleicht ein Glas Sekt getrunken?«, fragte sie das Hausmädchen.

Das zuckte bloß mit den Schultern. »Nicht mehr als sonst auch.«

»Meinst du, es könnte am Alkohol liegen?«, flüsterte Ida.

»Ich habe absolut keine Ahnung.« Clara fühlte, wie ihr Puls raste. »So etwas ist mir noch nie passiert.«

Die Wehen kamen nun regelmäßig, aber Frau Malminger schlief weiter.

»Ich werde Sie jetzt untersuchen«, erklärte Clara, so laut sie konnte. Auch darauf reagierte die Patientin nicht. Der Muttermund war drei Fingerbreit geöffnet. Frau Malminger schlief tief und fest.

»Herztöne des Kindes bei hundertzwanzig«, sagte Ida, während sie das Hörrohr auf den Bauch der Schlafenden presste. »Das Kind scheint ebenfalls entspannt zu sein.«

Clara wischte sich den Schweiß von der Stirn, dabei war es nicht sonderlich heiß im Zimmer. »Entspannt.« Sie verzog das Gesicht. »Ich wünschte, das wäre ich auch.«

Das Fruchtwasser ergoss sich just in dem Moment, in dem das

Hausmädchen ihnen einen Teller mit Broten hinstellte. Frau Malminger wachte nicht auf.

Die Kontraktionen kamen nun alle zwei Minuten. Frau Malminger seufzte im Schlaf.

Clara blickte zu Ida. »Ich habe eine Idee. Wir halten ihr einen Wecker ans Ohr.«

Sie durchsuchten Frau Malmingers Zimmer nach einem Zeitmessgerät, fanden aber keines. »Frau Malminger mag nicht an die verrinnende Zeit erinnert werden«, erklärte das Hausmädchen.

»Und wie macht sie das mit dem Aufstehen?«

»Das macht sie, wenn sie ausgeschlafen hat.«

Sie baten das Hausmädchen um ihren Wecker. Es war ein riesiges, rasselndes Gerät. Ein Hund begann draußen zu jaulen, als sie es schrillen ließen. Frau Malminger bewegte sich nicht.

Ida überprüfte ihre Lebenszeichen. »Puls und Herzschlag normal.«

Endlich war der Muttermund zehn Zentimeter weit offen. »Frau Malminger!«, rief Clara und schüttelte sie an der Schulter. »Frau Malminger, ich brauche Sie! Bitte wachen Sie auf!«

Frau Malminger schnarchte leise und lächelte im Schlaf.

»Zange«, sagte Clara hastig und drehte Frau Malminger auf die Seite. Sie legte sich eines ihrer langen Beine über die Schulter und nahm die Zange von Ida entgegen. Das Köpfchen erschien, doch Frau Malminger presste nicht. So vorsichtig sie konnte, setzte Clara die Zange an – und zog.

»So wird das nichts«, sagte sie nach einer Weile. »Wir rollen sie wieder auf den Rücken, und du, Ida, hältst ihre Beine geöffnet. Ich setze jetzt erneut mit der Zange an.«

Sie zog und zerrte. Der Damm riss. Frau Malminger wachte nicht auf. »Ida, Daumen auf den Damm, dass der nicht weiter aufgeht.« Sie stand auf, stemmte sich mit einem Fuß gegen das Bett und zog weiter. Und dann endlich geschah es: Das Baby glitt heraus, und ein paar angstvolle Minuten lang versuchten Ida und sie gemeinsam, es zum Atmen zu bringen. Es war ein kleines und ziemlich benommenes Mädchen – und zu ihrer Überraschung hatte es eine dunkelbraune Haut.

Weitere angstvolle zehn Minuter später begann es schließlich, sich zu regen. Und dann füllte es seine Lungen mit Luft und schrie.

Frau Malminger erwachte erst zwei Stunden später, höchst beglückt darüber, dass sie keinerlei Schmerzen empfunden hatte. Etwas weniger beglückt war sie über den Umstand, dass das kleine Mädchen die Hautfarbe seines Vaters hatte. Der Adjutant, erklärte sie, sei doch »aus den Kolonien« gewesen. »Ein Frühchen mit etwas zu dunkler Farbe«, kicherte sie. »Na, da muss ich mir wohl doch noch etwas einfallen lassen bei meinem Heinrich. Aber er hat mir bislang noch alles verziehen.« Sie rekelte sich und gähnte. »Aber dass ich so wirklich keine Schmerzen gespürt habe! Fantastisch, Frau Doktor! Ich werde Sie auf jeden Fall weiterempfehlen!«

Der Winter ging in einen sonnigen Frühling über, und im Garten blühte der Apfelbaum. Manchmal, wenn Clara die Blüten ansah, konnte sie sich fast ein freundliches Leben vorstellen. Sie versuchte, nicht das Stöhnen der Verletzten im Lunapark zu hören, nicht daran zu denken, dass die Menschen in Europa wie die Fliegen starben, in den Gräbern und Schlachtfeldern in Ost und West.

Noch immer hatte sie kein Lebenszeichen von Leon. Sie durchsuchte täglich die Gefallenenlisten in den Zeitungen, und sie ging zur Auskunftsstelle für Kriegsgefangene im Berliner Rathaus, doch auf keiner der Listen war Leons Name verzeichnet. Es war, als wäre er vom Erdboden verschluckt.

»Betrachte es als ein gutes Zeichen«, versuchte Ida, sie aufzumuntern. »Wenn Leon gefallen wäre, hätten sie es dir mitgeteilt.«

Ida warf sich in ihre Arbeit mit Emma und Fritz und der Praxis, als wäre sie ein Benz-Motor. Von Friedrich sprach sie wie früher, als er noch in Berlin gedient hatte und sie sich wochenlang nicht hatten sehen können. So, als wäre er gleich wieder da.

Als der Sommer kam, beschloss Clara, die Auskunftsstelle im Rathaus mit Nachforschungen zu beauftragen, aber die Schalterbeamtin zuckte bloß mit den Schultern. »Dit sind Tausende, die wir nich mehr finden, gnä'je Frau.«

Auch sie versuchte, sich mit Arbeit zu betäuben, und das gelang ihr an vielen Tagen. Dank der Empfehlung durch Frau Malminger, die die »absolut schmerzfreie Geburt der Frau Doktor Steiner-Madsen« anpries, hatten sie mehr als genug zu tun. Dabei dankte Clara dem lieben Gott und ihrem verantwortlichen Apotheker, dass die Skopolaminlösung nie wieder so stark ausfiel. Zwar betäubte das Tollkirschengift die Frauen in den Wehen, aber nie wieder schlief eine davon so fest wie Frau Malminger.

Doch je länger der Krieg dauerte, desto seltener wurden Vicki und sie zu Geburten gerufen. Männer kamen nicht mehr oft auf Heimaturlaub, Hunderttausende starben an den Fronten – oder sie verschwanden, wie in Leons Fall. Als es Herbst wurde, hatten sie sowohl in der Privatpraxis als auch in der Poliklinik vor allem mit Fällen von Neurasthenie zu tun. Sie verschrieben Promonta dagegen, ein Eiweißpräparat mit zehn Prozent Hirntrockensubstanz, das gut gegen die Ermüdungszustände half, doch im Fall der Fabrikarbeiterinnen, die täglich von neun bis einundzwanzig Uhr in den Rüstungsbetrieben schufteten, half das nur wenig. Immer wieder passierte es ihnen, dass die Frauen, kaum saßen sie auf dem Behandlungsstuhl, einschliefen. Und viele kamen mit bösen Quetschungen zu ihnen, weil sie während der Arbeit weniger achtsam waren.

Es wurde so kalt, dass ihnen der Eiswind die Luft zum Atmen abschnitt, dass ihnen immerzu die Augen tränten, dass ihnen alles wehtat, dass sie oft nicht schlafen konnten vor Kälte, Hunger und Schmerz. Die Äpfel am Baum ihres Gartens hatten sie aufgegessen. Brennholz war rationiert, Fleisch gab es schon lange nicht mehr, Eier auch nicht, Brot war schon am frühen Morgen ausverkauft. Patientinnen klagten darüber, dass ihre Periode ausblieb, und vermuteten eine Schwangerschaft, obgleich sie doch keinen Geschlechtsverkehr hatten, aber das Rätsel war rasch gelöst: Sie waren zu unterernährt, um menstruieren zu können. Doch Probleme bekamen auch jene, die jenseits der Menopause waren.

»So ein Schlamassel!«, rief Idas Tante, als sie einen gebrochenen Fußknöchel bei ihr diagnostizierten, und Wochen später noch einen Finger und schließlich einen Zeh.

Sie war nicht die einzige ältere Patientin, die unter Knochenzermürbung litt. Doch zumindest erkrankte sie nicht anderweitig. In der Stadt breiteten sich Ruhr, Typhus und Tuberkulose aus.

Vicki, die schon immer sehr schlank gewesen war, hatte so viel Gewicht verloren, dass sie mit ihren kurzen Haaren und dem dünnen Körper wie ein Junge aussah. Sie hatte dunkle Schatten unter den Augen, und sie geriet jetzt öfter außer Atem, wenn sie mit ihrem Fahrrad den Weg vom Alexanderplatz in den Grunewald fuhr. Aber sie beklagte sich nicht, denn das, was sie in der Poliklinik erlebe, sei noch viel schlimmer, sagte sie.

Sie hatten ursprünglich vereinbart, sich bei ihrer Arbeit in der Poliklinik und in ihrer Privatpraxis abzuwechseln, aber es stellte sich heraus, dass Vicki mit den Arbeiterfrauen, Odachlosen und Prostituierten besser umgehen konnte. Clara hingegen verstand es, den Frauen der Offiziere, Professoren und Künstler ihre mitunter ausgefallenen Wünsche zu erfüllen und in langen, einfühlsamen Gesprächen ihr Vertrauen zu gewinnen.

Vicki, Ida und Clara wechselten sich nachts ab, Schlange vor einem der ehemaligen Kolonialwarenläden zu stehen, die nun nur noch Kaffee, Brotersatz und Marmelade aus Kohlrüben anboten, und das auch nur am Morgen, bevor es dann ausverkauft war.

»Ich schwöre, wenn dieser Krieg zu Ende ist, werde ich nie wieder in meinem Leben eine einzige Kohlrübe essen«, erklärte Vicki, während sie am Abend das verhasste Gemüse für einen Eintopf zerhackte. »Man könnte mir tausend Mark bieten, ich würde es nie wieder tun.«

»Tausend?« Ida wickelte am Küchentisch Bandagen auf. »Das würde ich mir dann aber noch mal überlegen, Vicki!«

»Du könntest den Tausender nehmen und dir ein Stück Butter für die Kohlrübe kaufen. Oder Fleisch. UND dir noch einen Pelzmantel kaufen!«, fiel Clara ein. »Oder etwas anderes, das dir Freude macht.«

»Ja, einen größeren Revolver beispielsweise. Den halte ich dem Idioten unter die Nase, der diesen ganzen Schweinkram angezettelt hat!«

»Das wäre dann wohl der Kaiser. Nee, das willst du nicht tun.«

Es war im Februar 1917, als Clara endlich einen Brief erhielt. Doch er war nicht von Leon, sondern von ihrem Vater. Er sei eingezogen worden, schrieb er, wie nun alle deutschen Männer, die noch nicht einundsechzig waren. Er hoffe, dass es ihr gut gehe, und er schloss seinen Brief mit den Worten: *Ich behalte dich in meinem Herzen, liebe Tochter, und bin sehr stolz auf dich.*

21

Die Laken fühlten sich an wie Metallplatten, so steif gefroren waren sie. Vicki schob sich hindurch, wobei sie Luise mit ihrer freien Hand festhielt. Das Mädchen, das den ganzen Weg vom Grunewald bis zum Halleschen Tor unablässig geredet hatte, sagte keinen Ton mehr und drängte sich hier im dunklen Hinterhof dichter an sie heran.

Auf dem Treppenaufgang einer Mietwohnung saß eine Frau und stillte ihr Baby. Ein Zigarettenstummel klemmte in ihrem Mundwinkel. Die Frau war so dünn, dass Vicki ihre Knochen sehen konnte. Leer und schlaff hing ihre Brust herunter. Inmitten der Schwaden nuckelte das Baby mit all seiner Kraft.

»Ich frage dich das zum letzten Mal, Luischen. Du bist ganz sicher, dass du mich auf diese Visite begleiten möchtest?«

Luise warf ihre Zöpfe zurück. »Das macht schon wieder fünf Pfennig, Tante Viktoria! Und ja, ich *will* mitkommen! Ich bin doch nun wirklich kein Baby mehr!«

Vicki musterte ihre Tochter. Wie gut sie aussah, wie wohlgenährt sie war! Man musste es Sieglinde lassen, gesorgt hatte sie für das Mädchen. Als Junkerin mit Gutsbesitz und Tieren in Ostpreußen gehörte Sieglinde zu jenen außerordentlichen Berliner Exemplaren, die den Winter ohne den Verzehr von Kohlrüben überstanden hatten. Monat für Monat war Sieglindes Gutsverwalter nach Berlin kutschiert, um ihr Kartoffeln, Eier und Pökelfleisch zu bringen. Doch nun, im Februar 1918, war auch er eingezogen worden, als Allerletzter auf dem Hof. Es nützte nichts, Sieglinde hatte sich ihr Fleisch und ihre Kartoffeln nun selbst holen müssen. Sie hatte jedoch die Vorsehung gepriesen, dass sie nicht allein fahren musste und dass ihr derzeitiger Kutscher fürs Erste auch ihr Kutscher bleiben würde, da er auf einem Auge blind und somit kriegsuntauglich war.

Es war, als wäre es um ein militärisches Manöver gegangen. Sieglinde hatte ihren Vorstoß gen Osten getreu ihrem Vorbild geplant, dem Oberbefehlshaber von Hindenburg. Wochenlang hatte sie mit dem einäugigen Kutscher Landkarten konsultiert, Übernachtungsmöglichkeiten beraten und ihrer Köchin die Zubereitung größerer Mengen an Proviant befohlen. Eine zunächst am Rand erscheinende, doch dann immer drängender werdende Frage hatte Luise betroffen. Sieglinde hatte gefunden, dass sie das fünfzehnjährige Mädchen unmöglich mit in die Nähe der Russen bringen konnte, die so verrückt waren, sich mitten im Krieg gegen die Deutschen auch noch gegen ihren Zaren aufzulehnen, und deren Impulsivität ihr nicht lag.

In fast täglichen Telefonaten hatte Vicki ihre Hilfe angeboten. Natürlich könne sie Luise während Sieglindes Abwesenheit zu sich in die Grunewaldvilla holen und dort auf sie aufpassen, hatte sie versichert. Nein, sie behandelten in ihrer Praxis keine ansteckenden Krankheiten, und wenn, dann träfen sie alle nötigen Vorkehrungen, um sich nicht anzustecken, schon im eigenen Interesse. Nein, Clara und Ida seien mitnichten Luder, sondern Ärztinnen wie sie, Sieglinde könne sich mit eigenen Augen von deren Rechtschaffenheit überzeugen. Ja, Luise sei jederzeit in ihrer Obhut und nicht in Gefahr.

Es wäre sicher auch alles genau nach Plan verlaufen, hätte Vicki nicht einen Anruf von Hermine Edenhuizen bekommen. Eine hochschwangere Patientin, die sich aufgrund eines Ereignisses mit einem Arzt, den man wohl nur als Sadisten bezeichnen könne, weigere, zur Entbindung in die Charité zu gehen, habe sehr starke Schmerzen. Weder sie noch ihre Kollegin könnten sich in diesem Moment um die Patientin kümmern, ob Clara oder Vicki wohl einspringen würden? Clara war mit einer Krebspatientin beschäftigt und nicht abkömmlich. Ida, die hin und wieder einsprang, wenn es um eine Schwangerschaftsfürsorge ging, kümmerte sich um Emma, die an einer Mittelohrentzündung litt. Schließlich war Vicki nichts anderes übrig geblieben, als selbst zu gehen.

»Du musst keine Angst haben«, sagte Vicki und drückte ihre Tochter kurz an sich. »Diese Menschen mögen arm sein, aber sie sind nicht gefährlich. Nicht gefährlicher jedenfalls als diejenigen, die in diesem Moment mit ihren Schusswaffen Unschuldige niedermähen, nur weil die aus einem anderen Land stammen und ihnen im Graben gegenüberstehen.«

»So etwas darfst du nicht einmal denken, Tante Viktoria!«, sagte Luise. Weiß wolkte der Atem aus ihrem Mund.

»Tut mir leid.« Vicki lächelte müde. »Ich finde nur manchmal alles so ungerecht …«

Sie beobachtete ihre Tochter aus den Augenwinkeln, während sie sich zwischen weiteren Stücken gefrorener Wäsche hindurchschoben. Ein Fenster flog auf, und eine Frauenstimme keifte. Vicki konnte Luise gerade noch beiseitereißen. Ein Kübel dreckigen Wassers ergoss sich in den Hof.

So oft war Vicki schon in den Höfen am Halleschen Tor gewesen, dass sie ohne viele Fragen in die richtige Wohnung fand. Die, in die sie heute gerufen wurde, ähnelte der Behausung, in der Line gestorben war.

Einen Moment lang war es Vicki, als wäre sie zurückgefallen in ihre Vergangenheit. Sie sah sich selbst, fast noch ein Mädchen, Tänzerin im Varieté, die davon träumte, eines Tages ein Fräulein Doktor zu werden. Eine, die man respektieren konnte. Der man das Recht einräumte, ihre Tochter zu sehen. Sie blickte Luise an und fragte sie mit den Augen, ob es ihr noch gut gehe. Alles in Ordnung, blinzelte Luise zurück.

Die Patientin war eine fast durchscheinend wirkende Fünfundzwanzigjährige. Ihre Haut war so weiß, dass Vicki die Adern darunter erkennen konnte. Sommersprossen sprenkelten ihr Gesicht, die roten Haare ringelten sich über ihren Rücken und ihren großen runden Bauch. Sie lächelte, als Vicki ihren Arztkoffer abstellte. »Das wär nicht nötig gewesen, Frau Doktor«, sagte sie. »Mir geht es schon viel besser. Ich bin übrigens Rose. Mama hat falschen Alarm geschlagen. Oh, haben Sie Ihre Tochter mitgebracht?«

Ein paar rasende Herzschläge lang kam es Vicki so vor, als würde Luise sie kritisch mustern. Täuschte sie sich, oder war da eine Frage in ihren Augen? Rasch schüttelte sie den Kopf. »Das ist meine Nichte, sie begleitet mich heute«, sagte sie und räumte den Stapel schmutziger Teller beiseite, die jemand auf dem Bett der Patientin abgestellt hatte und die bei jedem Sprung, den zwei kleine Jungen auf dem Bett machten, klirrten. Eine ältere Frau betrat den Raum und scheuchte die Jungen laut schimpfend auf den Hof hinaus.

»Ach, lass die Jungs doch, Mama«, meinte die Patientin lächelnd. »Das Fräulein Doktor will doch sowieso nur Blutdruck messen, oder?«

»Ich möchte Sie gern einmal ganz gründlich untersuchen«, sagte Vicki. »Ihre Mutter sagte mir, Sie hätten starke Kopfschmerzen gehabt.«

»Na ja, ist vielleicht auch normal bei dem Lärm in der Fabrik.«

»Sie arbeiten noch?«, fragte Vicki entsetzt. »In Ihrem Zustand?«

»Einer muss ja das Geld verdienen. Heute bin ich allerdings nicht gegangen wegen der Schmerzen. War aber nur heute Morgen so schlimm.«

»Frau Doktor, mir ist das furchtbar peinlich, dass es hier so aussieht«, hakte die Mutter ein. »Sie müssen denken, dass wir sonst was für Leute sind!«

»Das denke ich gewiss nicht.« Vicki lächelte und kramte in ihrem Koffer nach einem Glas. »Darf ich Sie um eine Urinprobe bitten?«

»Wie bitte?« Entsetzt starrte Rose sie an.

»Du sollst da reinpieschern, Spatz!« Die Mutter griff nach ihrem Arm. »Komm, ich bring dich in den Flur.«

»Na, noch kann ich alleine.« Rose nahm das Glas, wuchtete sich in die Höhe und watschelte aus dem Raum.

Während sie weg war, erzählte die Mutter ihre Geschichte. Aus Kiel seien sie gekommen, ihr Mann wollte in Berlin einen Kiosk eröffnen. Selbstständig arbeiten ist besser, als einen Chef zu haben, habe er immer gesagt. Er sei gleich nach Kriegsbeginn an der Westfront gefallen, und jetzt gebe es nur eine winzige Kriegswitwenrente, denn ihr Heinz habe ja keinen Lohn bekommen und nicht eingezahlt. Roses Mann sei immer noch in Frankreich, und jetzt im Winter seien ihre Ersparnisse aufgebraucht, und sie hätten aus ihrer Schöneberger Zweizimmerwohnung in dieses Unglück hier ziehen müssen. Sie deutete auf das Zimmer mit der Dachschräge, in dem zwei Betten standen, ein Tisch mit drei Stühlen und die Wäscheleinen, die kreuz und quer über ihren Köpfen hingen.

»Dieser Krieg ist für uns alle eine Zumutung«, stimmte Vicki ihr zu. Sie räumte eine winzige Ecke auf dem Tisch frei und stellte ihren Bunsenbrenner auf. Dann bat sie Luise, sich an das Kopfende von Roses Bett zu stellen.

»Ich werde Sie jetzt einmal untersuchen, um zu sehen, wie weit Sie sind.«

»Alles in Ordnung, Spatz.« Die Mutter stellte sich ebenfalls an Roses Kopfseite und strich ihr übers Haar. »Das Fräulein Doktor ist bestimmt nicht so wie dieser Herr im Krankenhaus. Nicht wahr?«, wandte sie sich an Vicki. »Männer, die Frauen untenrum anfassen wollen, sind nicht recht normal, sach ich immer. Auch nicht, wenn sie Doktor sind. Frauensachen sind immer noch Frauensachen, richtig? Auch, wenn Sie mit Ihren kurzen Haaren … hab ja erst 'n Schreck gekriegt und dachte, das wär wieder 'n Mann.«

Vicki lächelte. »Da droht keine Gefahr. Also, Rose, in Ihrem Unterleib ist alles in Ordnung, ich schätze, dass Sie in ein paar Tagen niederkommen, aber Ihr Muttermund ist immer noch schön zu.« Sie blickte zu Luise, die sich nicht regte. Ihre Augen ruhten auf Vicki, und ihre Wangen waren feuerrot. »Und jetzt werde ich tatsächlich Ihren Blutdruck messen, Rose.« Sie lachte. »Als hätten Sie es geahnt!«

Der Blutdruck war um ein Vielfaches erhöht. »Neigen Sie zu Bluthochdruck?«

Rose hob die Schultern. »Hat mich das andere Fräulein Doktor auch schon gefragt. Nee, keine Ahnung, als meine Jungs unterwegs waren, hat den keiner gemessen.«

»Das ist die Arbeit, wenn Sie mich fragen«, unterbrach die Mutter.

»Jeden Tag zwölf Stunden am Fließband, ja, ist das denn ein Zustand? Und dann diese Schwerstarbeiterzulage, fünfzehn Gramm Fett und ein halbes Pfund Brot pro Tag, ist doch ein Witz, sach ich! Wo meine Rose doch guter Hoffnung ist!«

Vicki nickte und zündete mit einem Streichholz den Docht unter ihrem Bunsenbrenner an. Dann nahm sie das Glas mit Roses Urinprobe und goss ein wenig davon in ihr Reagenzglas. Während sich die Flüssigkeit erhitzte, wurde der Urin weiß. Vicki erstarrte, versuchte aber, sich nichts anmerken zu lassen.

»Haben Sie in letzter Zeit zugenommen? Ich meine, mehr als normal?«

»Ja, na ja, ich bin im neunten Monat.«

»Ich sach immer«, schaltete sich die Mutter wieder ein. »Ist ein echtes Wunder. Immer nur arbeiten und so wenig zu essen, aber meine Rose hat trotzdem zugenommen. Ein echtes Wunder ist das.«

Vicki untersuchte Roses Beine. Nun erst bemerkte sie, dass sie stark angeschwollen waren. Wassereinlagerungen – das war der Grund, warum Rose zugenommen hatte. Sie war sich fast sicher: Rose litt an Präeklampsie.

»Ich muss Sie in die Charité überweisen«, sagte sie so ruhig wie möglich.

»Nein!« Rose schrie es. »Da ist dieser Mann, ich will nicht …!«

»Ich fürchte, Sie haben keine andere Wahl.«

»Aber mir geht es jetzt doch wieder gut!«

Vicki sah sie lange an. Wie sollte sie ihr sagen, dass ihr Leben nur noch an einem seidenen Faden hing? Eklampsie verlief in fast jedem Fall tödlich. Sie wollte Rose nicht aufregen, aber sie musste ihr klarmachen, wie ernst ihre Lage war. »Sie haben eine Schwangerschaftsvergiftung, das ist etwas sehr Ernstes.Wenn Sie wollen, bringen meine Nichte und ich Sie persönlich zur Aufnahme. Ich würde mich darum kümmern, dass Sie dort gut behandelt werden«, sagte sie.

Die Mutter nahm sie am Arm. »Ist schon in Ordnung, ich bringe meine Tochter selber.«

»Aber falls etwas ist«, Vicki reichte ihr ihre Visitenkarte mit der Adresse der Privatpraxis, »dann geben Sie mir Bescheid.«

»Sie haben getan, was Sie tun konnten«, sagte die Mutter. »Geh'n Sie ma nu.«

Es erforderte höchste Konzentration, sich daran zu erinnern, dass das Wartezimmer eigentlich die Bibliothek des Hauses war, aber Clara fand, dass sich die Mühe der Erinnerung lohnte – und das Umräumen auch. Sie rückte die Stühle beiseite und ließ sich in den Ohrensessel fallen. Dabei betrachtete sie das Ölgemälde von Friedrichs Großeltern, die gemeinsam in ein Buch vertieft waren, und freute sich über diese harmlosen Symptome von Bibliophilie.

Von oben drangen die Stimmen der Kinder, und sie schloss

die Augen. In ihrem Kopf wirbelten die Krankengeschichten ihrer Patientinnen umher. Sie fühlte zu stark mit, das war von Beginn an ihre Schwachstelle als Ärztin gewesen. Heute hatte sie unter einem Vorwand den Raum verlassen müssen, um zu weinen, so sehr machte ihr das Schicksal ihrer Patientin zu schaffen. Die dreißigjährige Frau eines Leutnants, der an der Ostfront kämpfte, war unheilbar an Brustkrebs erkrankt, wollte ihrem Mann aber nichts davon sagen, weil sie ihn nicht noch weiter belasten wollte. Clara konnte nichts mehr für sie tun, außer ihr Morphium zu geben – und das Gefühl, dass sie nicht allein mit ihren Schmerzen und Ängsten war. Ihr wurde die Kehle eng bei der Erinnerung, wie aufmunternd die Frau bei ihrer Visite gelächelt hatte. Als gälte es, sie, Clara, zu trösten, und nicht umgekehrt!

Hatte sie die richtige Wahl getroffen, damals, als sie sich für eine Spezialisierung in Frauenheilkunde und Geburtshilfe entschieden hatte? In keinem anderen Bereich, so schien es ihr, lagen Leben und Tod so dicht beieinander. Nirgendwo sonst war die Beziehung zwischen Ärztin und Patientin so intim. Und dann, wenn sie der Patientin in Momenten größter Angst oder auch größter Freude beigestanden hatte, trennten sich ihre Wege oft auch schon wieder. Ihre Gefühle spielten zunehmend verrückt dabei. Leben, Tod, Krankheit, Geburt, Liebe, Abschied, Neuanfang – das war doch mehr, als ein normaler Mensch in so kurzen Abständen verkraften konnte! Und nun musste sie sich auch noch damit abfinden, dass Leon nicht mehr am Leben war. Drei Jahre hatte sie schon nichts mehr von ihm gehört …

Es klopfte, und sie wischte sich hastig die Tränen von den Augen. Die Tür öffnete sich. Vicki und Luise traten ein.

Man musste schon blind sein, um nicht zu sehen, dass die beiden Mutter und Tochter waren. Auch wenn Luise wohlgenährter aussah als Vicki und Zöpfe anstelle eines Bubikopfs trug. Luise hatte von ihrer Mutter die schalkhaften blauen Augen geerbt und die katzenhaften Bewegungen. Sie hatte sogar dieselbe Zahnlücke wie sie, und wenn sie lachte, sah sie ebenfalls ein bisschen aus wie der Strandräuber, den sie sich immer vorgestellt hatte. Damals, als Aiske ihr aus dem Buch vorgelesen hatte.

»Müde?«, fragte Vicki und drückte ihr einen Kuss auf die Wange. »Komm, Luise, wir leisten Clara ein bisschen Gesellschaft, sie sieht aus, als könnte sie mal normale Menschen in ihrer Nähe gebrauchen.«

»Wie war es bei eurer Patientin am Halleschen Tor?«, fragte Clara.

Vicki wandte sich an ihre Tochter. »Möchtest du das erzählen?«

Das Mädchen nickte. »Wir waren bei einer Frau, die im neunten Monat schwanger ist und mit ihrer Mutter und ihren beiden Kindern in einem winzigen Zimmer lebt. Sie sah sehr hübsch aus und überhaupt nicht kränklich, aber Tante Viktoria sagt, sie hätte Prä…eklam…psie.«

»Präeklampsie, bist du sicher?« Clara richtete sich auf.

»Ich habe ihren Urin untersucht«, bestätigte Vicki. »Wassereinlagerungen, Gewichtszunahme, erhöhter Blutdruck, Kopfschmerz – das alles spricht für die Diagnose. Ich musste sie gegen ihren Willen in die Charité überweisen.« Sie biss sich auf die Lippen. »Mache mir aber, ehrlich gesagt, trotzdem Sorgen um sie.«

Clara lächelte. Trotz aller Unterschiede war Vicki manchmal nicht anders sie selbst. »Vielleicht musst du das gar nicht. Ich hatte neulich auch mal einen Fall von Präeklampsie – vermeintlich. War mir nicht ganz sicher, ob die Urinprobe vielleicht von vaginalen Sekreten verunreinigt war, also habe ich meine Patientin kathetisiert. Ergebnis: Sie war vollkommen gesund. Ihre Kopfschmerzen, stellte sich dann heraus, stammten nur von den Zigaretten, die sie trotz ihrer Schwangerschaft weitergeraucht hatte, als gäbe es kein Morgen. Wer weiß, ob die Russen nicht bald einmarschieren, meinte sie. Dann wäre es doch ohnehin alles gleich.«

»Ich finde Zigaretten sehr eklig«, fiel Luise ein.

Vicki lachte. »Was beweist, dass du mehr Verstand hast als so manch eine erwachsene Frau!«

Die beiden drehten lächelnd ihre Köpfe zueinander, und wieder bemerkte Clara die Ähnlichkeit zwischen ihnen.

»Im Übrigen ist mir aufgefallen, dass wir seit Kriegsausbruch weitaus weniger Fälle von Präeklampsie behandeln als vorher«, bemerkte Vicki. »Weißt du noch, in unserer Zeit an der Charité?«

Clara nickte. »Kaum ein Monat verging ohne einen Fall von Schwangerschaftsvergiftung, ich erinnere mich an Tage, da hatte ich es mehr mit toten als mit lebenden Frauen zu tun.«

»Ich frage mich, ob der Rückgang von Präeklampsie irgendwie mit der Mangelernährung in Verbindung stehen könnte«, überlegte Vicki.

»Du meinst, weil die Frauen weniger Fett und Eiweiß bekommen?« Clara riss die Augen auf. »Das ist eine sehr interessante Beobachtung, könnten wir vielleicht …«

Es schrillte an der Haustür. Clara und Vicki sahen sich an.

»Wer kommt denn jetzt noch?«, meinte Clara, doch sie musste nicht auf die Antwort warten, denn in diesem Moment stürmte auch schon Frieda herein.

»Da draußen steht so 'n Kleener«, stieß sie hervor. »Sagt, dit is wichtig. Seine Mama stirbt.«

Luise bestand darauf, Vicki erneut zu begleiten, doch die blieb diesmal hart. »Ich möchte nicht, dass du das miterlebst, Luischen«, sagte sie, während sie sich den Mantel überwarf.

»Aber ich bin doch kein kleines Kind mehr!« Luise stampfte mit den Füßen auf.

»Das bist du gewiss nicht, aber Präeklampsie ist ein Zustand, den selbst viele Erwachsene nicht mit ansehen können. Außerdem bin ich ohne dich und mit dem Fahrrad schneller. Tante Clara und Tante Ida passen so lange auf dich auf.«

»Sie sind nicht meine Tanten!«, rief Luise. »Und du auch nicht!«, fügte sie leise hinzu.

Vicki erstarrte. »Was hast du da eben gesagt?«

Luise warf die Zöpfe nach hinten. »Wenn du mich nicht mitnimmst, meine ich. Dann will ich nicht mehr deine Nichte sein!«

Vicki schloss sie in die Arme. »Sag nie wieder etwas so Schreckliches, Luise, bitte. Wir beide bleiben immer zusammen, das will ich zumindest hoffen. Wir sind doch …« Sie spürte, wie ihre Stimme kippte. »Wir sind doch blutsverwandt.«

Das Mädchen ließ sich in ihre Umarmung fallen. »Tut mir leid«, murmelte sie.

Eine Hand legte sich auf ihre Schulter. »Vicki«, hörte sie Clara sagen. »Du musst jetzt gehen.«

Es war dunkel draußen geworden. Vicki setzte Roses Jungen, der nicht älter als sechs Jahre alt sein konnte, auf ihren Gepäckträger, warf ihren Arztkoffer vorne in den Korb, knipste die Lichter an und fuhr los. Die Straßen waren wie ausgestorben und über weite Strecken dunkel. Nur der Kegel ihrer Fahrradlampe lichterte über das Pflaster. Es war noch kälter geworden, und sie stieg ab, um dem Jungen ihre Mütze aufzusetzen, dann fuhr sie weiter. Der Fahrtwind schnitt ihr eisig ins Gesicht. Als sie das Hallesche Tor erreichte, war sie so durchgefroren, dass sie trotz der Handschuhe ihre Finger nicht mehr spürte. Die Fenster waren dunkel. Hier war noch nichts elektrifiziert, und Petroleum gab es nicht mehr. Sie ließ sich von dem Jungen durch die Dunkelheit der Gänge ziehen, an den vereisten Laken vorbei. Noch immer konnte sie nicht glauben, dass das kleine Kerlchen allein den Weg nach Grunewald gelaufen war.

Sie fand Rose bewusstlos auf dem Boden, aus ihrem Mund lief

Blut. Ihre Mutter hockte neben ihr und weinte. »Ich krieg sie nicht mehr hoch!«

Es war keine Zeit für Fragen. Roses Herz schlug rasend schnell. »Nehmen Sie ihre Füße!«, befahl sie. »Ich nehme ihre Schultern, und auf drei heben wir sie hoch.« Gemeinsam gelang es ihnen, Rose zurück auf die Matratze zu wuchten. Vicki maß ihren Blutdruck. Der systolische Wert betrug zweihundert, der diastolische hundertneunzig. Sie legte ihr eine Hand auf die Stirn. Sie war sehr heiß.

»Haben Sie ein sauberes Tuch, das wir als Knebel nutzen können?«, fragte sie.

Die Augen der Mutter weiteten sich. »Als Knebel?«

»Sie hat sich die Zunge zerbissen, deshalb das ganze Blut«, erklärte Vicki. »Beim nächsten Anfall wird sie ihre Zunge vielleicht durchtrennen. Bitte tun Sie, was ich Ihnen sage, Frau …«

»Winter«, wimmerte die Mutter. »Mein Name ist Winter. Als ob das noch wichtig wär.«

»Frau Winter, ich bitte Sie, Sie müssen jetzt die Ambulanz rufen. Ich weiß nicht, ob ich das Baby hier alleine retten kann!«

»Aber meine Tochter hat doch gesagt, sie will nicht!«

Vicki presste ihr Hörrohr auf Roses Bauch. Nichts, kein Herzton.

»Sie muss! Frau Winter, Ihre Tochter stirbt sonst!« Aber sie hielt sich nicht mehr mit Reden auf, sondern raste die Treppe hinunter, in die nächste Gaststätte. »Gibt es hier einen Fernsprechapparat?«, keuchte sie. Die Männer am Tresen starrten sie an, als käme sie aus einer anderen Welt, und der Wirt stieß ein bellendes Gelächter aus.

»Nee, Frollein, und dat nächste Mal fragst du mir, ob ick 'n Zoo hab, wa? Nee, dit einzije Exotische bist du!«

»Ich brauche eine Ambulanz, da oben stirbt jemand!«

»Na, warum hast denn dit nich jleich jesagt? Los, Heini«, wandte er sich an den jüngsten Mann im Raum. »Loof man nach ’m ollen Huber, der hat so ’n Apparat!«

Vicki drehte sich auf dem Absatz um und rannte. Glatt war es auf dem Pflaster geworden, und sie rutschte und schlug der Länge nach auf, sprang aber gleich wieder in die Höhe und lief weiter, immer weiter durch die dunklen Höfe, die vereisten Laken, die Gerüche von Zigarettenqualm und Urin. Die Schreie hörte sie schon von unten. Zwei Stufen auf einmal nahm sie, und dann riss sie die Tür auf.

Rose bäumte sich in ihrem Krampf so heftig auf, dass nur noch ihr Kopf und ihre Füße auf dem Bett lagen, doch trotz der Zuckungen, die mit ihrem Krampf einhergingen, war sie noch immer nicht zu Bewusstsein gelangt. »Halten Sie ihren Arm fest, ich werde ihr ein Beruhigungsmittel spritzen«, wies sie die Mutter an.

Schaum trat vor Roses Mund. Die Saliva vermischte sich mit dem Blut ihrer zerbissenen Zunge. Dann hörten die Zuckungen wieder auf.

»O Gott sei Dank, es ist vorbei«, sagte Frau Winter. »Nicht wahr, Frau Doktor, jetzt wird es meiner Tochter wieder besser gehen? Oh, Frau Doktor, Sie sehen ja selbst ganz schlimm aus, sind Sie draußen überfallen worden?«

Jetzt erst spürte Vicki, dass sie an der Schläfe blutete. Sie schüttelte den Kopf, während sie Roses Fieber maß. Einundvierzig Grad. Wenn die Ambulanz nicht gleich käme, dann würde Rose hier vor ihrer Mutter und ihren Söhnen sterben. Der Kleine, der nach Grunewald gelaufen war, stand am Bett seiner Mutter und hielt ihre Hand. »Mama hat immer so gefroren«, sagte er leise. »Aber jetzt ist sie schön warm.«

Vicki spürte nicht, dass sie weinte, bis Frau Winter ihr eine Hand auf die Schulter legte. »Sch, Frau Doktor. Jetzt ist es doch gleich wieder gut.«

Rose starb, während die Männer von der Ambulanz sie die

Treppe hinuntertrugen. Vicki stellte ihren Tod fest, als sie auf der Trage im Wagen lag.

Sie wusste nicht, wie sie in dieser Nacht nach Hause kam. Der Schein ihrer Fahrradlampe tanzte auf dem vereisten Pflaster. Ihr Körper schmerzte. So irrlichterte sie durch die Dunkelheit.

Das, wovor sie sich all die Jahre gefürchtet hatte, geschah, als Sieglinde zwei Tage später von ihrem Gut nach Berlin zurückkehrte. Als sie von Luise erfuhr, dass diese mit Vicki in eine Wohnung am Halleschen Tor gegangen war, in der wenig später eine Frau gestorben war, schickte sie Vicki einen Brief.

Du hast Luise bewusst einer großen Gefahr ausgesetzt, schrieb sie. *Durch dich musste sie auf den niedersten Pöbel treffen, den Berlin zu bieten hat, das Ungeziefer unserer Volksseele, ja, den Tod. Und wofür das alles? Damit sie dich bewundert? Lass es dir gesagt sein: Das Gegenteil ist der Fall. Luise verachtet dich, lass es mich so ungeschönt ausdrücken. Und mit deinem Handeln hast du endgültig bewiesen, dass du kein Verantwortungsgefühl besitzt. Ich verbiete dir also unter diesen Umständen bis auf Weiteres den Kontakt zu Luise. Außerdem erhältst du Hausverbot bei uns. Solltest du dich meinen Anordnungen widersetzen, werde ich Theobalds und meine Anwälte kontaktieren.*

Es war, als würde die Nacht niemals enden, die am Halleschen Tor begonnen hatte. Claras Gesicht erschien manchmal und Idas, Zeit verging, die Vicki nicht mehr messen konnte, manchmal hörte sie laute Stimmen und Wörter wie *Lungenentzündung* und *Gehirnerschütterung*. Aber das Wichtige war, dass sie in der Dunkelheit bleiben durfte. Sie wünschte, dass sie nie mehr aufwachen müsse. Und das tat sie auch für lange Zeit nicht.

22

Hallo, du kleines Schmaltier.« Clara stellte die Tasse mit frisch gekochtem Friesentee auf Vickis Nachttisch ab. »Ich habe hier etwas ganz Feines. Ist sogar Zucker und Kandis drin.«

Sie betrachtete die Freundin, die von Tag zu Tag besser aussah. Monatelang hatten Ida und sie geglaubt, dass Vicki sterben würde. Sie hatte zu kämpfen aufgehört. Ida hatte es im September ausgesprochen. »Ich glaube, dass sie nicht mehr leben will.« Zu diesem Zeitpunkt war Vicki sechs Monate krank gewesen und hatte sich nicht aus dem Bett begeben. Doch von einem Tag auf den anderen hatte sich ihr Zustand geändert.

Der Grund dafür war das Grammofon. Schon länger hatte Clara mit der Anschaffung eines Wiedergabegeräts für Musik geliebäugelt. Und auch, wenn es an allem und jedem mangelte – Grammofone gab es nun zuhauf. Wohlhabende Familien verkauften sie im Tausch gegen Geflügel, Kartoffeln und Obst, und so tauschte Clara eine Kiste Äpfel aus dem Garten gegen ein bisschen gute Stimmung im Haus. Ein paar Schellackplatten gab es gratis dazu, und die erste, die sie unter den staunenden Augen von Fritz und Emma auflegte, war der *Tiger Rag*. Ihre Englischkenntnisse waren dürftig, aber dass es um einen Tiger ging, den man suchen musste, das verstand sie dann doch.

»Wo ist der Tiger?«, sang sie auf Deutsch mit und fletschte ihre Zähne. »Hier ist der Tiger, grrrr!« Emma und Fritz stoben jedes Mal kreischend und lachend davon.

Vicki richtete sich im Bett auf und nahm die Teetasse an sich. »Was für ein luxuriöses Besäufnis! Jetzt fehlt nur noch die Musik!«

»*Tiger Rag?*«, zwinkerte Clara.

»*Tiger Rag!*«, strahlte Vicki zurück. Sie war nur noch Haut und Knochen, aber ihre Augen waren wieder lebendig geworden.

Clara musterte sie, während sie ihren Tee trank. »Ich habe einen Kohlrübeneintopf gemacht, nach dem wirst du dir die Finger lecken«, bemerkte sie.

Vicki hob eine Augenbraue. »Du hast eine sonderliche Art von Humor.«

»Nein, wirklich!« Clara setzte die Nadel auf die Platte. »Ich habe Äpfel aus dem Garten daruntergemischt! Ida und die Kinder sind verrückt danach! Wo ist der Tiger?«

Vicki erhob sich und begann, sich vorsichtig zu drehen. »Hier ist der Tiger!«, lachte sie.

Sie nahmen sich an den Händen und tanzten durch das Zimmer, bis die Platte zu Ende war. Vicki ließ sich erschöpft zurück auf die Matratze fallen. Ihr Atem ging stoßweise, und ihre Wangen leuchteten rot. »Mann, tut das gut!«, keuchte sie. »Auch wenn ich natürlich völlig aus der Übung bin. Wie nennt man diese amerikanische Musik noch mal? Jazz, sagst du?«

»Soweit ich weiß, ja, aber ich bin keine Expertin in diesen Dingen.« Clara ließ sich neben Vicki fallen.

»Du bist eine Expertin darin, Menschen wieder gesund zu machen, das sollte reichen.« Lange sah Vicki sie an. »Ich weiß, dass ich dir mein Leben verdanke, Clara. Dir und Ida. Ohne euch wäre ich gestorben nach dieser furchtbaren Nacht – und allem, was danach passiert ist.«

Clara nahm ihre Hand. »Wir haben uns solche Sorgen um dich gemacht.«

»Und ich mache mir große Vorwürfe.« Vicki senkte den Blick. »Das ist eigentlich das Schlimmste. Ich hätte Luise nicht mitnehmen dürfen damals. Ich habe alles kaputt gemacht.«

»So darfst du nicht einmal denken!«, rief Clara aus. »Dieses

Monster von Schwägerin, das du hast, hat doch nur nach einem Vorwand gesucht, um dir Luise wegzunehmen! Außerdem hat Luise damals darauf bestanden, mitzukommen! Und lass dir nicht einreden, dass du sie in Gefahr gebracht hättest. Das hast du nämlich nicht!«

»Bist du sicher?«

»Natürlich bin ich sicher! Und jetzt, wo es dir wieder besser geht, werden wir dafür sorgen, dass Luise und du euch wiedersehen dürft!«

Vicki schüttelte den Kopf. »Das wird nicht mehr geschehen. Aber lass uns nicht mehr von mir reden. Gibt es Neuigkeiten von Leon?«

Clara schüttelte den Kopf.

»Von deinem Vater? Deinen Schwagern?«

»Blaik ist im Sommer gefallen. Mein Vater wurde an seinem einundsechzigsten Geburtstag zurückgeschickt. Er hat einen Schulterschuss erlitten und kann den rechten Arm nicht mehr bewegen, aber ansonsten geht es ihm gut.«

»Das tut mir sehr leid zu hören.« Vicki drückte ihre Hand. »Wie wirst du damit fertig?«

»Wie mit allem.« Clara lächelte. »Ich arbeite.«

»Unsere Praxis gedeiht also?«

»Sie gedeiht sogar sehr gut.«

Vicki blickte im Zimmer umher, und Clara konnte sehen, wie es in ihr rumorte. Es war ein gemütliches Zimmer, die Tapeten waren mit kleinen Rosen gemustert, das Ölbild eines Sommergartens hing goldumrahmt über der Kommode vor ihrem Bett. »Und da draußen?«, fragte Vicki endlich. »Was schreiben die Zeitungen? Wie läuft der Krieg?«

»Vor zwei Monaten, im August, hat es eine Schlacht gegeben, die für das deutsche Heer offenbar verheerend war. Das flandrische Küstengebiet ist an die Engländer gefallen, und die deutschen Truppen sind in ihre Ausgangsstellungen zurückverlegt worden.« Sie machte eine Pause. »Hindenburg sagt, wir sollen durchhalten. Aber ich glaube, es ist bald vorbei.«

Es war, als hätte jemand die Berliner ausgetauscht. Als Vicki zuletzt bei Tageslicht durch die Stadt gefahren war, hatte sie zwar schon ein paar Kriegsinvaliden gesehen, aber das war nichts gewesen im Vergleich zu dem Anblick, der sich ihr jetzt, an diesem frühen Novembermorgen 1918, bot. Berlin war bevölkert von Männern, denen Arme und Beine fehlten und deren Gesichter zerschossen waren. Sie sah Männer mit Bandagen und leerem Blick. Einige saßen am Straßenrand und hielten Pappschilder vor sich, auf denen sie um etwas zu essen baten. Andere humpelten mit Krücken umher. Und zwischen diesen Männern marschierten andere Männer, gesunde Männer, die meisten von ihnen in Gruppen. Einige von ihnen schwenkten rote Fahnen. Sie sahen wütend und entschlossen aus. Ein leichter Nieselregen fiel, doch das schien niemanden zu kümmern. Eine merkwürdige Anspannung lag in der Luft.

»Viktoria!« Hermine nahm ihre Hand in ihre Hände. »Ich bin so froh, dass Sie wieder gesund sind! Willkommen zurück bei uns.«

Vicki lächelte. »Es ist schön, Sie wiederzusehen!«

»Haben Sie schon gehört, was die Kieler Matrosen in den deutschen Städten getan haben? Hamburg, Köln, Hannover, Frankfurt – überall ist die Revolution im Anmarsch! In Bayern wurde gar die Republik als Freistaat proklamiert! Na ja, wie auch immer, wir haben hier eine Schwangerschaft mit Zwischenblutungen und einen juckenden Ausschlag.«

»Doktor Edenhuizen.« Vicki beschloss, die Wahrheit zu sagen – eine Vorgehensweise, die sie in der Vergangenheit nicht oft geprobt hatte. »Ich habe jetzt ein halbes Jahr lang keine Patientinnen mehr behandelt, und ich habe Angst …«

»... dass Sie es nicht mehr können?« Hermine lächelte. »Machen Sie sich deshalb keine Sorgen! Sie haben doch schon viel Erfahrung. Und zur Not blicken Sie in ein Nachschlagewerk.« Sie deutete auf die Lederfolianten im Regal.

»Mhmm.« Vicki blinzelte. »Aber wie viel Vertrauen hätten *Sie* in jemanden, der mit einem Skalpell in der einen Hand und einem Lehrbuch in der anderen stirnrunzelnd vor Ihren Genitalien steht?«

Hermine lachte. »Ich weiß, warum Clara meinte, Sie wären nun bereit, Ihren Dienst anzutreten! Sie sind wieder zu Scherzen aufgelegt!«

»Das war kein ...«

»Nun haben Sie aber den Beweis angetreten. Sollten Sie eine Frage haben, so melden Sie sich gern bei mir!«

Die erste Patientin, die Vicki an diesem Tag behandelte, riss ihre Augen bei Vickis Anblick auf. »Oh, Frau Dokta, Sie ham aber ooch jehungert, wa? Det is aba jar nich schön, so dünn!«

»Na, dit is die neue Mode!«, versuchte Vicki zu scherzen. »Sie sind ja ooch nich jerade korpulent!«

Sie schob gerade das Spekulum in die Vagina der Patientin, als von draußen Rufe laut wurden. Die Rufe kamen näher. Tritte hallten auf dem Pflaster, Menschen schrien, jemand skandierte etwas. Dann fiel ein Schuss.

»Een Tumult da unten!« Die Frau schüttelte sich.

»Frau Meiner, bitte halten Sie einen Moment still, ich muss den Abstrich machen.«

Sie tupfte die Flüssigkeit auf ein Glasplättchen und betrachtete sie durch das Mikroskop. Das sah nach Dermatophyten aus.

»Alle Macht den Arbeitern!«, schallte es von unten. »Nie wieder Krieg!«

»Ja, nie wieder Krieg, da bin ick ooch für«, stimmte Frau Meiner zu. »So, watt'n ditte für eene Krankheit? Dit juckt, dit kann ick Ihnen jar nich sajen!«

Vicki drehte sich auf ihrem Stuhl um. »Das ist nur eine Pilzerkrankung, Frau Meiner. Ich werde Ihnen eine Salbe verschreiben, die hilft recht gut. Und bitte mindestens eine Woche lang keinen Geschlechtsverkehr.«

»Fort mit dem Kaiser!«, schrie jemand unten. »Der Kaiser jehört abjedankt!«

»Eene Woche lang?« Frau Meiner riss die Augen auf. »Und wat soll ick meenem Rudi sagen? Der ist doch jerade erst zurückjekehrt!«

»Sagen Sie ihm einfach, dass es aus medizinischen Gründen nicht geht. Bei einer Pilzinfektion macht das ja auch für Sie keinen Spaß.«

»Spaß?« Frau Meiner wirkte noch ungläubiger. »Um Spaß jeht et doch ooch jar nich. Jeht darum, det ick meene Pflicht tu!«

Einen Moment lang sah Vicki sich selbst wieder, bei ihrem ersten und einzigen Mal Geschlechtsverkehr.

Mag sein, dass sie damals noch zu jung gewesen war, um Spaß zu empfinden, aber immerhin hatte sie die Klarsicht gehabt, nie wieder etwas zu tun, das sie nicht mochte – und dazu auch zu stehen.

»Ich bin keine große Expertin in diesen Dingen«, sagte sie, während sich Frau Meiner hinter dem Wandschirm wieder anzog. »Aber ich denke, niemand sollte gegen seinen Willen handeln, schon gar nicht in der Liebe.«

Sie schrieb ein Antimykotikum auf und reichte Frau Meiner den Zettel. »Sagen Sie Ihrem Mann ruhig einmal, was Sie denken und fühlen.«

»Det wär aba ma wat Neues!«

Vicki machte eine Kopfbewegung zum Fenster, dessen Scheiben von den Rufen und Tritten klirrten. »Wie es sich anhört, brechen ja auch neue Zeiten an.«

Die Männergruppen, die sie am Morgen noch gesehen hatte, waren zu einem riesigen Zug verschmolzen. So viele waren unterwegs, dass Vicki ihr Fahrrad nur schieben konnte. Männer mit Matrosen-, Schieber- und Soldatenmützen, mit Hüten aus Filz und Stroh schoben sich über die gesamte Straßenbreite bis zu den Fassaden der Häuser. Ein Junge war eine Straßenlaterne emporgeklettert und berichtete in aufgeregten Tönen von dem, was er sah. »Ick kann bis zum Alex kieken, keene Pickelhauben zu sehen!«, schrie er.

»Wär ja ooch noch schöner!«, brüllte jemand zurück.

Jetzt ratterte die Straßenbahn auf den Alexanderplatz zu. Die Bahn war voll besetzt, Vicki konnte Menschen darin entdecken, die ihre Nasen an die Scheiben drückten. Andere waren auf das Dach der Bahn geklettert, standen auf dem Trittbrett oder hielten sich außen am Gestänge fest. Einige schwenkten rote Fahnen. Jemand sang die Internationale, und immer mehr Stimmen fielen ein.

»Na, kommse mit in die Reichskanzlei, Frollein?«, grinste ein Mann, der etwa in Vickis Alter war. Er trug eine Schiebermütze und Hosenträger über seinem abgewetzten Hemd.

»Wat soll ick denn da?«, fragte Vicki zurück.

»Stürmen, wat sonst? Det is Revolution heute! Polizei is schon entwaffnet worden, ha ick jehört!«

Sie brauchte fast zwei Stunden für den Heimweg. Immer wieder drängte die Menge sie an die Hauswand, und manchmal blieb sie mitten zwischen den Leibern stehen. Es war ein Glück, dass sie ihren Revolver immer dabeihatte, dachte sie, während sie die Aufregung und Wut in der Menge spürte. Sollte jemand auf die Idee kommen, sie anzugreifen, so konnte sie ihn zumindest erschrecken, indem sie in die Luft schoss. Aber die Wallungen schienen gegen niemanden persönlich gerichtet zu sein, und sie waren auch nicht recht zu fassen. Es war eher ein großer Taumel. Die Stadt war im Fieberrausch. Jeder wusste etwas Neues, aber Vicki hatte Mühe, sich ein Bild zu machen. Die Neuigkeiten wurden durch immer neuere Neuigkeiten überlagert. Und je weiter sie ihr Rad schob, desto verwirrender wurden sie.

»Kaiser hat abjedankt!«, rief ein Mann, als sie ihr Rad über die Königstraße schob. Doch ein anderer widersprach heftig. Das stimme überhaupt nicht, Reichskanzler Max von Baden habe das nur behauptet, um die kommunistische Revolution zu verhindern, aber man werde diesen Lügnern schon zeigen, wo der Hammer hänge, und die Sichel gleich dazu.

Sie hatte die Spree erreicht und schob ihr Rad jetzt über die Linden, als sie erfuhr, dass es gar keinen Reichskanzler von Baden mehr gab. Der neue Kanzler heiße Ebert, rief jemand, und sei Sozialdemokrat. Eine Gruppe von Männern, die wie Fabrikarbeiter gekleidet waren, brach in spontanen Jubel aus. Andere, die wie Matrosen aussahen, schimpften erbost.

Kurz vor dem Tiergarten, als Vicki endlich wieder auf ihr Rad steigen konnte, warfen Männer ihre Mützen in die Luft. Im Hohenzollernschloss habe der Spartakist Karl Liebknecht die freie sozialistische Republik ausgerufen. »Hoch lebe der Sozialismus!«, riefen sie. »Hoch lebe Lenin! Hoch lebe die Revolution!«

Erst Stunden später, als sie wieder in der Grunewaldvilla war, ergab sich ein anderes Bild. Clara schwenkte ein Extrablatt vor ihrer Nase. »Der Sozialdemokrat Scheidemann hat im Reichstag die Republik ausgerufen!«, erklärte sie. »Ist es zu fassen? Die Welt steht kopf!«

»Ja, ich tue das auch, wenn ich weitere Versionen der heutigen Ereignisse hören muss.« Vicki ließ ihren Arztkoffer fallen und sich gleich daneben. »Meinetwegen kann die gute Zahnfee in den Reichstag einziehen, Hauptsache, dabei bleibt es dann auch. Ich komme mir allmählich vor wie eine Romanfigur. Was auch immer passiert, ich muss mit einer Zeitmaschine zurückreisen und eine parallele Version zum Erlebten sehen.«

Clara lachte. »Fieber. Ich wusste, dass es etwas Gutes hat!«

»Erzähl das der Menge, die da draußen kocht!« Vicki deutete mit dem Finger in Richtung Haustür.

»Gern. Wenn ich Frau Malminger verarztet habe. Sie möchte heute etwas über Verhütungsmethoden lernen.« Clara blickte auf die Uhr. »Allerdings könnte es jederzeit klingeln, und dann muss ich operieren. Frau Etzdorff, weißt du. Gebärmuttermyom.«

Vicki raffte sich auf. »Ich kann Frau Malminger übernehmen.«

»Bist du sicher? Du siehst sehr erschöpft aus. Vielleicht solltest du erst einmal etwas essen. Ida hat einen hervorragenden Kohlrübeneintopf gemacht.«

»Haha.« Vicki grinste. »Immer wieder derselbe Scherz.«

»Sind ja auch immer wieder die gleichen Kohlrüben. Was soll's. Wenn du die Kraft hast – übernimm Frau Malminger gern.«

Es klingelte.

»Na bitte. Das wird sie sein.«

Sie musste das Gespräch mit Frau Malminger in erhöhter Lautstärke führen. Ihre mittlerweile fast dreijährige Tochter kreischte unentwegt.

»Mein Heinrich will auf gar keinen Fall die Fromms benutzen!«, schrie Frau Malminger über das Geheul ihrer Tochter hinweg. »Und auch wenn Ihre Kollegin die Geburtsschmerzen so famos beseitigen kann – *ich* will auf keinen Fall ein zweites Kind!« Die Kleine stieß ein durchdringendes Geheul aus. »Es ist anstrengender, als ich gedacht hätte!«, versuchte Frau Malminger, ihre Tochter zu übertönen. »Allmählich machen meine Nerven das nicht mehr mit!«

»Es gibt noch andere Methoden, um zu verhüten!«, rief Vicki.

»Wirklich?«, brüllte Frau Malminger. »Scht, Dora, nun sei doch mal leise, Mutti unterhält sich! Und was wären das für Methoden, Frau Doktor? Ich meine, ich würde meinem Heinrich gern ein bisschen entgegenkommen. Er hat ja auch nichts dazu gesagt.« Sie deutete auf ihre Tochter, die sich in ihren Armen nach hinten bog.

»Ihr Mann hat noch nichts zu Ihrer Tochter gesagt?«, schrie Vicki.

»Nein, er hat nichts dazu gesagt, dass sie eine solch dunkle Haut hat!«

»Verstehe, also, ich würde …« Aber sie kam nicht mehr dazu, ihren Gedanken auszuführen, denn nun riss Clara die Tür auf. »Der Kaiser packt seine Koffer, hat Ida gerade gehört!«

»Seine Koffer?« Frau Malminger war verblüfft. »Wo will er denn hinfahren, der Kaiser? In den Urlaub?«

»Keine Ahnung, wo er hinwill, aber in den Urlaub glaube ich …« An der Haustür läutete jemand Sturm. Clara horchte. »Wehen? Jetzt schon?«, hörten sie Ida fragen. »Nun gut, ich geb der Frau Doktor sofort Bescheid!«

»Wirklich verrückter Tag heute«, bemerkte Frau Malminger. »Wo waren wir stehen geblieben, Frau Doktor?«

»Bei einer Alternative zu Kondomen. Also, ich empfehle Ihnen ein Diaphragma. Man nennt es auch Scheidenpessar …«

Es war, als hörte es überhaupt nicht mehr auf. Die Nachrichten wechselten in einem Tempo, dass Clara schwindelig wurde. Aber vielleicht lag es auch daran, dass sie in den vergangenen Nächten kaum geschlafen hatte und einfach immerzu hungrig war. Zum Frühstück, das aus einem Kohlrübenkaffee bestand, las sie in der Zeitung, dass der neue Reichskanzler Ebert eine Regierung gebildet hatte. Die bestand aus jeweils drei Männern der SPD und der USPD. Gemeinsam bildeten die den Rat der Volksbeauftragten, und der sollte bis zu den ersten demokratischen Wahlen Deutschlands so bestehen.

Am Nachmittag, als Vicki Frau Malminger das Scheidenpessar anpasste, hörten sie, dass der Kaiser in die Niederlande abgereist war. Ida erfuhr in der Apotheke, in der sie für Frau (oder vielmehr Herrn) Malminger ein Spermizid anmischen ließ, dass es nun offiziell war: Der Kaiser hatte abgedankt.

Nur einen Tag später, am 11. November, unterzeichneten Deutsche und Alliierte in einem Eisenbahnwaggon bei Compiègne ein Waffenstillstandsabkommen. Nach vier Jahren und drei Monaten, in denen fünfzehn Millionen Menschen gestorben waren, endete der Krieg.

Am letzten Tag des Monats geschah aber die größte Überraschung: Der Rat der Volksbeauftragten beschloss, Frauen das Recht zu wählen zuzugestehen. Doch Frauen sollten nicht nur wählen können, sie sollten auch selbst gewählt werden dürfen, denn für die Wahl zur Deutschen Nationalversammlung stellten sich auch weibliche Kandidaten auf.

Clara glaubte, dass es nun keine Steigerung mehr auf der Überraschungsskala geben würde. Doch nur eine Woche später stand Leon vor der Tür.

23

Du weißt doch, dass ich ein Glückskind bin!« Leon hielt sie in seinen Armen, als wollte er sie nie wieder loslassen.

Clara bohrte ihren Kopf in die kleine Kuhle zwischen Hals und Schulter, die sie so geliebt hatte. Aber etwas war anders. Sie traute sich kaum, es zu denken. Er roch nicht mehr nach Chemikalien, seine Stimme klang rauer, er wirkte so viel älter als seine neunundzwanzig Jahre. Der Mann war ihr fremd.

»Das Glückskind hätte mir ruhig mal schreiben können«, versuchte sie, den leichten Ton von früher wiederzufinden.

Leon umfasste ihre Schultern und blickte sie an. Sie versuchte, sich ihren Schreck nicht anmerken zu lassen. Die Wintersonne, die durch das Fenster fiel, schien auf sein Gesicht, beleuchtete die Falten, die sie noch nicht kannte, und seine graue Haut. Er hatte etwas im Blick, das sie nicht recht deuten konnte. »Das war nicht möglich«, sagte er. »Ich war in Kriegsgefangenschaft.«

Hinter der Tür ihres Zimmers konnte Clara all die vertrauten Geräusche hören. Emma, die mit einem Brummen auf den Lippen Autofahren spielte. Das Getrappel von Fritzchens kleinen Beinen, ein Klirren, Idas Schimpfen. Unten schrillte die Haustür. Sie unterdrückte den Impuls hinunterzulaufen. Vicki hatte ihr versichert, dass sie sich um die Patientinnen heute kümmern würde. »Du und Leon, ihr habt sicher anderes zu tun«, hatte sie gesagt und gezwinkert. Aber Clara hatte nicht das Gefühl, dass sie etwas anderes zu tun hatte als das, was sie sonst immer tat. Sie musste Frau Etzdorff heute noch mal sehen, die nach der Operation noch immer nicht auf die Beine gekommen war, und sie wusste, dass es bei einer Patientin, die frisch nach Grunewald gezogen war, jederzeit losgehen konnte mit der Geburt.

»Und da gab es kein Papier?«, fragte sie und erschrak selbst über die Härte in ihrer Stimme.

Leon schüttelte den Kopf. »Du hast mich nicht sonderlich vermisst, oder?«

»Ob ich dich …« Clara sprang von ihrem Platz auf dem Bett auf, auf dem sie nebeneinandergesessen hatten. Das Herz schlug ihr wie wild in der Brust. »Das fragst du auch noch? Dreieinhalb Jahre, in denen ich nichts von dir gehört habe, Leon! Ich habe nach dir suchen lassen. Aber ich habe keine Spur von dir gefunden. Und dann habe ich gedacht, dass du tot wärst, so wie Friedrich, so wie Millionen andere Menschen auch! Ich habe um dich getrauert! Was hast du denn geglaubt?«

Leon sah sie an, und jetzt bemerkte sie, was sich verändert hatte: Er strahlte nicht mehr. Und in diesem Moment wurde sie traurig. Sie wurde so traurig, dass sie fühlte, wie alles um sie herum in Dunkelheit versank. Leon sprang auf und küsste die Tränen, die ihr über die Wangen liefen. »Nicht weinen, mein Liebling«, sagte er. »Es ist alles wieder gut. Ich bin doch jetzt hier.«

Nichts ist gut, wollte Clara zu dem Mann sagen, der ihr Leon war und doch nicht.

»Wenn du möchtest, erzähle ich dir alles.« Er schloss sie wieder in die Arme. »Möchtest du das?«

Clara nickte. Die Tränen strömten weiter. »Es muss so schrecklich gewesen sein!«

»Ja, das war es«, sagte Leon leise. »Es war … Niemand kann sich das vorstellen. Und es ist sehr schwer, es in Worte zu fassen. Aber ich kann es versuchen … für dich.«

Clara streichelte ihm über die Wangen. Lange streichelte sie so, bis sie bemerkte, dass es die immer gleiche Bewegung war. Sie streichelte Leon genauso, wie sie Mads früher gestreichelt hatte, als Baby. Wie jemanden, der sehr zerbrechlich war. »Lass uns zusammen nach Sylt fahren«, sagte sie.

Es geschah nicht häufig, dass Vicki im Grunewaldviertel Hausbesuche machte, denn die meisten Frauen, die hier lebten, genossen den Luxus einer gut eingerichteten Privatpraxis und kamen lieber zu ihnen. Wenn es dann doch einmal zu einem Notfall oder einer intensiven häuslichen Betreuung kam, so übernahm Clara die Aufgabe meistens. Aber Clara war schon seit Stunden mit Leon oben in ihrem Schlafzimmer, und Vicki hatte ihr versichert, dass sie sie nicht stören würde, und so radelte nun sie zu der Krebspatientin. Sie wusste, dass sie im Endstadium ihrer Erkrankung war.

Das Hausmädchen begrüßte sie wortreich. Sie wrang die Hände und redete dabei in einem fort. Der Herr des Hauses sei heute zurückgekommen, und sie wisse gar nicht, woher sie denn jetzt das Fleisch nehmen solle, das so ein Herr bestimmt verlangen werde, das Fräulein Doktor solle sich das mal vorstellen, Rechtsanwalt und Leutnant, so ein feiner Herr! Und jetzt in Trauer, weil die Gemahlin doch so krank sei, und ob sie dem Fräulein Doktor jetzt irgendwas bringen könne, einen Kaffee vielleicht, sie hätten einen ganz famosen mit fünfundzwanzig Prozent Bohnenanteil!

Vicki legte dem Mädchen eine Hand auf die Schulter. »Machen Sie sich meinetwegen keine Umstände. Wo finde ich denn die gnädige Frau?«

Das Mädchen riss die Augen auf. »Also, det find ick knorke!«, entfuhr es ihr. »Een Doktor, wo ’ne Frau is, ick meene, een Fräulein Doktor … det ha ick schon Ihrer Kollejin jesagt!«

Vicki lächelte. »Alle Frauen können jetzt Medizin studieren. Und wählen können sie jetzt auch, wenn sie volljährig sind!«

»Ja, det ha ick ooch jehört, dauert aba noch een paar Jahre bei mir. So, Frau Doktor, keen Kaffee, wirklich? Also hier jeht dit rin.«

Frau Herzberg lag in einem abgedunkelten Schlafzimmer. Ihr Gesicht war so eingesunken, dass die Nase spitz hervortrat. Jemand hatte auf einem Grammofon Mozarts *Kleine Nachtmusik* aufgelegt. Die letzten Töne verklangen, dann schrammte die Nadel weiter, es klickte, und Stille erfüllte den Raum. Erst jetzt sah Vicki, dass noch jemand da war. Ein Mann, der mit hinter dem Rücken verschränkten Händen vor einem Gemälde stand.

»Guten Tag, Frau Herzberg«, sagte Vicki leise. »Mein Name ist Doktor von Dutzenberg. Ich komme in Vertretung meiner Kollegin Doktor Steiner-Madsen, die Ihnen herzliche Grüße ausrichtet.«

Ein Lächeln huschte über das Gesicht der Patientin. »Sagen Sie ihr herzliche Grüße zurück. Wie geht es ihr?«

Clara hatte sie vorgewarnt. »Eine unfassbar tapfere Patientin. Hat sich noch nie beklagt, obwohl die Schmerzen furchtbar sein müssen. Denkt immer nur an die anderen.«

»Gut geht es ihr«, lächelte Vicki. »Ihr Mann ist heute Morgen aus dem Krieg heimgekehrt.«

»Oh. Dabei hatte sie doch nicht mehr an seine Heimkehr geglaubt!«

Jetzt erst bemerkte Vicki, dass sich der Mann umgedreht hatte. Noch immer konnte sie sein Gesicht nicht erkennen. »Guten Tag, Herr Leutnant«, nickte sie in seine Richtung. Und dann wieder zur Patientin: »Ich sehe, dass Ihr Mann ebenfalls heimgekehrt ist!«

»Ja«, lächelte die Frau. Sie wollte noch mehr sagen, aber die Stimme versagte ihr. Der Mann setzte sich an den Bettrand und nahm ihre Hand.

Während Vicki die Instrumente aus ihrer Tasche holte, spürte sie den Blick des Mannes auf sich. Sie versuchte, ihn zu ignorieren, auf eine Weise, die nicht unhöflich war. »Wie sind die Schmerzen, Frau Herzberg?«, fragte sie, während sie eine Lampe anknipste. Im Lichtschein sah sie, dass die Haut der Patientin schon gelblich war. Ihre Augen wirkten eingefallen, und ihr Blick war starr. Vicki nahm ihre andere Hand in ihre beiden und streichelte sie. Frau Herzberg schloss die Augen. Aus den Augenwinkeln beobachtete sie, wie der Mann zum Grammofon hinüberging und die Nadel wieder aufsetzte. Die *Kleine Nachtmusik* erklang erneut.

»Unser Mozart, Antonie«, sagte er.

Etwas an der Stimme des Mannes ließ Vicki aufhorchen. Sie hob ihren Blick und betrachtete ihn. Einen Herzschlag lang sahen sie sich in die Augen. Er musste sie gleich erkannt haben, vermutlich schon bei ihren ersten Worten. Sie nickte und sah wieder auf die Hand zwischen ihren Händen. Die Haut der Frau fühlte sich kühl an und pergamenten. Vicki schätzte, dass es bald so weit war.

»Unser Mozart.« Frau Herzberg lächelte mühsam. Dann drehte sie den Kopf in Viktorias Richtung. »Verzeihung, Frau Doktor, ich hatte Ihre Frage gar nicht beantwortet. Es tut nicht mehr so sehr weh.«

»Das freut mich zu hören«, sagte sie, während sie die Kapsel mit dem Morphium brach und in die Spritze füllte. »Ich würde Ihnen trotzdem gern etwas geben, das Sie beruhigt.«

Sie setzte ihr die Spritze, dann knipste sie das Licht wieder aus. Es war merkwürdig, so zu sitzen, während eine Hand der Sterbenden in ihrer lag und die andere in der Hand ihres Ehemanns. Ein Strom schien so durch ihre Hände zu fließen, vom Leben zur Sterbenden und wieder zum Leben. Es war dunkel, und Frau Herzberg atmete in den Mozart, erst hastig und unregelmäßig, dann tief und beruhigt. Vicki dachte daran, wie Armin Herzberg, der Nachbarsjunge, mit dem sie »Ein Hut, ein Stock, ein Regenschirm« und Ball gespielt hatte, ihre Hand vor fünfzehn Jahren ebenso gehalten hatte. Wie er sie gefragt hatte, ob sie sicher sei. Und als wäre dies nur ein weiteres ihrer Spiele gewesen, hatte sie gelacht und sich auf ihn geworfen und Ja gesagt.

»Ich kann es nicht fassen, dass Mads schon vierzehn Jahre alt ist!« Clara hauchte eine Atemwolke an die Scheibe des Waggonfensters und malte ein Herz hinein.

Leon hievte ihren gemeinsamen Koffer in das Gepäcknetz und ließ sich in eines der Polster fallen. Die Lokomotive schnaufte aus dem Bahnhof. Sie waren allein im Abteil.

Clara setzte sich Leon gegenüber. »Meinst du, dass er mich überhaupt noch kennt?«

»Wenn man jemandem sehr nah ist, kennt man ihn immer. Dann ist es egal, wie lang man ihn nicht mehr gesehen hat.«

»Aber sieben Jahre, Leon! Das ist eine unfassbar lange Zeit, vor allem für ein Kind!«

Leon betrachtete sie, während die Häuser draußen an ihnen vorbeizogen. Sie hatte ein paar feine Linien um die Augen und den Mund herum bekommen, und das stand ihr ausgezeichnet. Als junge Frau war sie hübsch und hell gewesen, jetzt war sie auf eine reife und klassische Weise schön. »Ja«, sagte er. »Und doch werdet ihr zwei euch wieder nahe sein.« Er wusste, dass sie wusste, dass er nicht von Mads gesprochen hatte. Aber er wusste auch, wie wichtig ihr der Sohn ihrer verstorbenen Schwester war, und deshalb schob er das, was er ihr sagen wollte, auf später. Es war gut, dass sie überhaupt miteinander sprachen. Es gab Lebenslagen, in denen man sich mit Gesten annähern musste, so wie er es beim Bauern Giroud getan hatte, aber manchmal musste man auch Worte wählen. Clara war ein Geschöpf, das man sowohl mit Gesten als auch mit Worten berühren konnte, ein gleichermaßen sinnliches und kluges Geschöpf. Er sah zu, wie sich Licht und Schatten auf ihrem Gesicht abwechselten, während der Zug an einer Baumreihe vorbeiraste, und er hätte ihre Lider küssen mögen, die so durchscheinend waren.

Leon war müde. Er war so müde, als hätte er Flüsse umgeleitet oder Berge versetzt. Clara wieder näherzukommen war eine Herkulesaufgabe, aber eine, die er bewältigen musste, wenn er wieder glücklich werden wollte. Und das wollte er.

Jetzt sah er, dass sie lächelte. Sie beugte sich vor und nahm seine Hand. »Du schläfst gleich ein, Leon. Komm, setz dich neben mich und leg deinen Kopf in meinen Schoß.«

Es war so weich, in ihrem Schoß zu liegen. Er fühlte ihre langen weißen Finger, die ihm über den Kopf fuhren, ihn streichelten, bis ihm die Augen zu schwer wurden, um sie weiter anzusehen. Und noch während der Zug durch das winterliche Norddeutschland brauste, hier hielt und dort wieder, wusste er, dass er zu Hause war.

In seinem Traum sah er Clara, von Licht umgeben, ihr hellblondes Haar fast gelb neben dem Schnee, der sie umgab. Und dann sah er den Winter in Südfrankreich weichen, sah den Hof, auf dem er leben durfte, nicht wie die anderen im Lager, sondern bei den Girouds. Er sah die Mandelbäume knospen, nachdem der erste Frost vorbei war, und er spürte die erste Frühlingswärme auf seiner Haut. »Ich bin ein Glückskind«, hörte er sich im Traum sagen. »Ein Glückskind bin ich.«

Es gab eine Aufgabe im Grunewald-Haushalt, die keine gern übernahm. Sie bestand darin, Zeitungen und medizinische Fachblätter nach Anregungen für ihre Arbeit durchzusehen. Waren sie am Anfang noch reihum verfahren, hatte sich zunehmend Ida für diese Aufgabe qualifiziert. »Augen zu und durch«, erklärte sie ihre Herangehensweise. »Man darf sich nur nicht in den Artikeln verlieren. Dann geht das ruck, zuck.«

Sie schraubte den gynäkologischen Stuhl im Wohnzimmer in Liegeposition, dann packte sie den Stapel dieser Woche darauf.

Vicki blinzelte vom Schreibtisch herüber, an dem sie sonntags ihre Rechnungen schrieb. »Eigentlich wollte ich nie danach fragen. Aber wie sieht deine Auswahlmethode eigentlich aus?«

»Also erst mal lese ich, so schnell ich kann«, murmelte Ida, ohne aufzusehen. »Und dann mache ich aus diesem Stapel drei.«

Vicki grinste. »Klingt … neuartig. Was sind das für Stapel?«

»Schund … noch größerer Schund … nützlich«, murmelte Ida weiter, während sie die Papiere umschichtete.

»Welcher ist denn dieser Riesenstapel in der Mitte?«

»Noch größerer Schund. Aber Vicki, wenn du mich immer wieder unterbrichst, werde ich bis heute Mittag nicht fertig, und ich muss auch noch …«

»Ja?« Vicki hasste es, wenn Menschen ihre Sätze nicht zu Ende sprachen. »Was musst du heute Mittag tun?«

»Warte mal.« Ida hob eine Hand, während sie mit der anderen eine Zeitschrift festhielt. »Das ist ja wohl die Höhe!«

Vicki verdrehte die Augen. »Könntest du mir bitte sagen, was du meinst?«

»Hier.« Ida reichte ihr die Zeitschrift. »Lies selbst.«

Vicki las die Überschrift: *»Warum Frauen ungeeignet sind, den Beruf der Frauenärztin auszuüben.* Ach, Ida, mach einen neuen Stapel auf und nenne ihn größten Schund von allen. Da gehört so ein Machwerk drauf!«

»Und jetzt guck mal, wer das Machwerk verfasst hat!«

»Nicht zu fassen.« Vicki blickte auf. »Carl Bäumer, dieses perverse Scheusal!« Sie machte sich daran, die Zeitschrift in die Ecke zu pfeffern, aber Ida nahm sie ihr aus der Hand.

»Die behalten wir als Beweis. Falls das mal justiziabel wird.«

»Warum? Beleidigt er uns in seinem Artikel namentlich?«

»Nicht direkt. Aber überleg mal, wie viele Frauenärztinnen es im Deutschen Reich, äh, in unserer Demokratie oder was auch immer wir gerade sind … also, wie viele Frauenärztinnen es hier gibt. Nicht so viele!«

»Was schreibt er genau?«

»Nun, er schreibt, die Frau sei dem ärztlichen Beruf weder körperlich noch seelisch gewachsen. Die Frau sei abhängig von ihren Sexualorganen. Zur Zeit der Menstruation sei die Frau nicht zurechnungsfähig, darum müsse man Vorsicht walten lassen, sie zu Geburten heranzuziehen und ihr Operationen anzuvertrauen.«

Vicki winkte ab. »Diese alte Leier! Singt doch im Jahr 1918 keiner mehr mit!«

»Das stimmt leider nicht, Vicki. Ich habe in den letzten Wochen vermehrt Artikel in den Ärzteblättern gefunden, in denen es hieß, wir würden mehr Fehler machen als männliche Kollegen, weil wir doch einmal im Monat«, sie machte Gänsefüßchen, »*unzurechnungsfähig* sind.«

»Aber das ist doch bloß Neid«, schnaubte Vicki. »Hermine Heusler-Edenhuizen, wie sie seit ihrer Eheschließung heißt, hat man noch mit Spott zugesehen, weil man dachte, sie könne dem Heer männlicher Frauenärzte nichts anhaben. Als aber mit uns weitere Frauenärztinnen nachrückten, da haben die Herren aufgehorcht und den großen wirtschaftlichen Schaden beziffert, den wir ihnen zufügen können.« Vicki klopfte mit ihrem Füllfederhalter an ihre Stirn, dass es dunkel herausspritzte. »Weißt du noch, wie die Krankenkassen zunächst beschlossen haben, uns nicht zuzulassen? Merkwürdigerweise bekamen wir aber trotzdem Zulauf, und zwar aus wohlhabenden Kreisen, wie man hier im Grunewaldviertel sieht! Und nun läuft unsere Praxis. Und selbst wenn wir uns damit nichts zu essen kaufen können – so haben wir doch Geld!«

Ida stand auf, spuckte in ihr Taschentuch und ging zu Vicki hinüber.

»Ich hoffe, das ist jetzt ein schlechter Scherz!«

Ida kicherte. »Ich weiß, ich mochte es auch nie, wenn meine Mutter mich auf diese Weise abgeputzt hat. Aber Tinte im Gesicht? Nicht, dass man dich noch für unzurechnungsfähig hält!«

Vicki stand auf und nahm Ida in den Schwitzkasten, bis sie das Taschentuch fallen ließ und sich in einem Lachkrampf wand.

»Danke, dass du es immer wieder schaffst, mich an das Komische im Leben zu erinnen«, sagte Ida später, während sie erneut an ihren Papierstapeln saß.

»Danke, Ida, dass du das Leben so komisch *machst.*«

»Gut siehst du aus, Clara.« Greetje stemmte die Hände in die Hüften. Sie trug die Witwentracht mit schwarzem, weit ausgestelltem Rock und schwarzer Haube. »Ist vielleicht auch normal, wenn man seinen Mann noch hat.« Sie nickte in Richtung Leon. »Gur Dai.«

Clara umarmte ihre Schwester, und wundersamerweise ließ Greetje das geschehen. »Es tut mir so leid, Große. Ich weiß nicht, was ich sagen soll.«

Greetje machte sich frei. »Da gibt es nichts zu sagen. Kommt rein.«

»Ist Vater auch da?«

»Natürlich ist er da, was meinst du, wo er mit seinem schlimmen Arm hinsoll?«

Clara spürte, wie Leon ihr seine Hand ins Kreuz legte, dort, wo sie immer zuerst einen Schmerz spürte, wenn sie angespannt war. Sie drehte sich zu ihm, und er lächelte sie an.

Der Vater saß im Ohrensessel und breitete den linken Arm nach ihr aus. Der rechte hing schlaff herunter. »Willkommen zu Hause, meine Clara!«, rief er.

Die lief auf ihn zu und ließ sich in seine Umarmung sinken. Vati roch so ganz vertraut nach alten Büchern, Salz und Meer.

»Lass dich ansehen, Kind!«

»Pass doch auf, Clara!«, hörte sie Greetje hinter sich schimpfen. »Du zerquetschst Vati ja seinen anderen Arm auch noch! Und so was nennt sich Ärztin!«

Rasch wollte Clara sich aufrichten, doch der Vater hielt sie mit seinem guten Arm weiterhin fest. Lass dich nicht ärgern, machte er mit den Augen. Lächelnd schüttelte Clara den Kopf.

»Guten Tag, Leon, verzeih, dass ich dich noch gar nicht begrüßt habe!« Die Männer schüttelten sich die linke Hand.

»Greetje, machst du uns einen Tee?«, rief der Vater.

»Ich helfe dir«, sagte Clara hastig, bevor Greetje etwas Böses erwidern konnte.

»Du mit deinen ungeschickten Händen?« Greetjes Stimme klang giftig. »Du machst doch alles wieder kaputt!«

»Seit Blaiks Tod ist es noch schlimmer mit ihr«, flüsterte der Vater und wandte sich dann an Leon: »Du hast also auch an der Westfront gekämpft?«

»Ja, aber ich habe großes Glück gehabt. Ich habe die meiste Zeit des Krieges als Gefangener auf einem Bauernhof verbracht, und die Familie war sehr gut zu mir.«

»Tja, die einen stehen eben immer auf der Sonnenseite des Lebens«, sagte Greetje, die den Kandis und die Sahne hereintrug. »So ist das auf dieser Welt.«

»Ach, Greetje«, seufzte der Vater. »Nun hör doch auf.«

Aber Greetje hörte nicht auf. Sie schimpfte, als Clara sie nach Mads fragte (»Was geht es dich eigentlich an, wo mein Sohn ist?«), sie schimpfte, als Leon das Festessen vorbereitete (»Wer isst denn so was zu Heiligabend, Muscheln mit frittierten Kartoffeln, da lacht sich ja Westerland halb tot über uns!«), und sie schimpfte, als sie zum Weihnachtsgottesdienst in die neue Kirche gingen (»Ich verstehe nicht, warum du kein Schwarz trägst, Clara, schließlich ist dein Schwager gefallen!«). Aber für Clara hatte sich etwas verändert. Ja, es berührte sie noch immer, wenn Greetje so mit ihr schimpfte. Aber es machte sie nicht mehr so verzweifelt. Sie begriff, dass Greetje jemanden brauchte, den sie verantwortlich machen konnte. Und dass das nicht bedeutete, dass sie für Greetjes Unglück verantwortlich *war*.

Sie sah zu Mads hinüber, während die Orgel brauste. Mads war mit seinen vierzehn Jahren ein junger Mann geworden, und er strahlte, als er ihren Blick bemerkte. Als sie neben ihm das Vaterunser betete, bemerkte sie, wie tief seine Stimme geworden war.

Es schneite, als sie wieder hinaustraten. Mads hakte sich bei ihr unter. Ihre Schritte knirschten auf dem Schnee. Die Glocken läuteten, und von überall riefen sich die Menschen »Frohe Weihnachten!« zu.

»Wann kommst du zurück, Tante Clara?«, fragte Mads, als sie sich ein bisschen entfernt hatten.

»Ich hoffe, im nächsten Sommer schon.«

Mads klatschte in die Hände und sah auf einmal wieder wie ein Kind aus. »Und dann lebst du mit uns?«

»Nein, ich …« Clara war verblüfft. »Würdest du das wollen?«

»O ja, das hätte ich sehr gern.«

Clara blieb stehen und wandte sich ihm zu. Noch ein Jahr, und Mads würde sie überragen. Sie konnte schon den Mann in ihm erkennen. Kinn und Wangenknochen traten hervor. Und gleichzeitig sah sie in ihm Aiske. Mads war genauso hübsch wie die geliebte Schwester, er hatte diesen Liebreiz, den man so schlecht greifen konnte, aber der die Menschen zu ihm zog.

»Ich glaube, dass ich Berlin nicht verlassen kann«, erklärte sie. »Ich habe da doch meine Praxis und Leon.«

»Onkel Leon kann doch auch auf Sylt leben! Jetzt, wo der Krieg vorbei ist, kommen doch auch die Badegäste wieder, und die wollen fotografiert werden! Und außerdem …« Er suchte sichtlich nach Worten. »Doktor Thomsen geht irgendwann in den Ruhestand! Dann braucht Sylt einen neuen Arzt!«

Clara überlegte. Würde es ihr gefallen, in die Heimat zurückzukehren? Sie spürte das Seiltänzergefühl wieder. Sylt war auf der einen Seite, Berlin auf der anderen, sie selbst spazierte in der Mitte, um Gleichgewicht bemüht. »Ich weiß nicht, ob das eine gute Idee wäre. Deine Mutter …«

Mads' Gesicht verzog sich. »Sie ist nicht meine Mutter, und das weißt du.«

»Ja, aber, Mads, sie ist die Frau, die dich aufgezogen hat. Das kommt einer Mutter schon sehr nah.«

Sie schwiegen, während sie weitergingen. »Hör zu, Mads, ich werde einfach öfter kommen«, sagte Clara schließlich. »Das verspreche ich dir. Und du kommst nach Berlin. Unser Haus steht dir immer offen.« Sie legte Mads eine Hand auf die Schulter. »Ich habe dich sehr vermisst.«

»Ich dich auch. Frohe Weihnachten, Tante Clara!«

»Frohe Weihnachten, Mads!«

Es wurde ein Fest, wie Clara es noch nie auf Sylt erlebt hatte. Mads und sie zündeten gemeinsam die Lichter am Weihnachtsbaum in der Stube des Vaters an. Sie sangen *Schneeflöckchen, Weißröckchen* zusammen. Leon bereitete Muschelsuppe mit frittierten Kartoffeln zu, so wie er es in Frankreich gelernt hatte, und Clara holte die Weinflaschen aus dem Koffer, die sie in Berlin gekauft hatte. Fiete, der sonst nie einen Ton sagte, bekam einen Schwips und sang mit. Mads staunte über den schönen Pullover, den Ida ihm gestrickt hatte, und der Vater freute sich über sein Buchgeschenk. Für ihre Schwestern hatte Clara bunte Tücher, Bänder und Mützen besorgt. Greetje grummelte zwar, dass Clara wohl nicht mitgedacht habe, schließlich würde sie doch nur noch Schwarz tragen, aber später, als auch Greetje einen Schwips hatte, sah sie, dass sie die Tücher mit einem Lächeln besah.

Als sie im Bett lagen, kam es Clara so vor, als hätte auch Leon sich schon ein bisschen zurückverwandelt in den Leon, den sie früher gekannt hatte und den sie immer noch liebte, trotz der Fremdheit, die jetzt nur noch ein bisschen Schüchternheit war. So wie damals, als sie zum ersten Mal Erbsensuppe gegessen hatten und Clara nicht gewusst hatte, dass sie dabei gewesen war, sich zu verlieben. Seine Haut hatte das Grau verloren, und seine Wangen sahen im Schein der Petroleumlampe rosig aus.

»Ich muss dir etwas sagen, Leon«, flüsterte sie ihm ins Ohr. »Aber ich fürchte mich ein bisschen davor.«

»Du kannst mir alles sagen, Liebste.« Er fuhr mit seinem Zeigefinger über ihre Wange.

»Ich weiß, wie sehr du dir wünschst, dass wir eine Familie gründen. Aber …« Sie traute sich nicht mehr, ihn anzusehen. »Ich fürchte, dass ich unfruchtbar bin.«

Leon streichelte sie weiter. »Und selbst wenn, Clara. Wir haben doch noch uns beide. Und keinen Krieg mehr. Und unser Leben in Berlin.« Er streichelte ihr über ihren Hals und ihre Schulter und ihren Busen. »Außerdem gebe ich die Hoffnung nicht so schnell auf …«

24

Es gab wieder etwas zu essen. Das Glück darüber erfüllte Vicki täglich aufs Neue. Es gab Milch, Käse, Eier, es gab Schinken und Buletten und Königsberger Klopse mit Kapern in der Soße. Die Lebensmittel waren zwar teuer geworden, aber immerhin waren sie wieder aufgetaucht. »Hallo, Senf!«, sagte Vicki verzückt, wenn sie ein Glas beim Kolonialwarenhändler fand. »Oh, hallo, Honig, bist du auch wieder da?«

Abends lieferten sie sich Kochwettbewerbe. Leon, der bei seiner französischen Bauernfamilie kochen gelernt hatte, bereitete provenzalische Gerichte zu. Er briet Lammkeulen in Knoblauch und Aprikosen, pürierte Kartoffeln und bestreute sie mit gerösteten Zwiebeln. Idas Spezialität waren Senfeier. Clara hatte ein Händchen für alles mit Fisch. Sie aßen mit geschlossenen Augen und seufzten. Niemand sprach mehr ein Wort bei Tisch, aber sie lächelten, wenn sie geendet hatten, und legten sich zufrieden ihre Hände auf die Bäuche.

Für ihre Sonntagnachmittage buken sie Kuchen, jede Woche einen anderen: Leon einen Apfel-Lavendel-Kuchen, Vicki Marmorkuchen, Clara Quarktorte, und Ida machte Zuckerschnecken, leider noch ohne Zimt. Einen Teil der Köstlichkeiten nahmen sie mit zur Poliklinik und steckten sie dort den Patientinnen zu.

Auch die Stadt hatte Hunger. Immer weiter fraß sich Berlin in die Landschaft hinein. Felder und Wiesen wichen Straßen und Häusern. Autos und Straßenbahnen fuhren jetzt so viel schneller, Menschen hasteten, alles war in Eile. Berlin war zu einer Millionenmetropole angewachsen. Menschen aus aller Welt suchten sie auf. Auch das Verlieben ging nun in großer Hast vonstatten, fand Vicki, während sie sich die Augen schminkte. Nicht, dass das auf sie selbst zutraf. Dreiunddreißig Jahre war sie nun schon alt, und noch immer hatte sie niemanden getroffen, der die Fähigkeit besäße, ihr die Sinne zu rauben. Sie schraubte den Lippenstift auf, den sie sich eigens für die Silvesterfeier gekauft hatte, und schminkte ihren Mund. Dann trat sie einen Schritt zurück und betrachtete sich im Spiegel. Keine der Personen, die sie in sich hatte, erkannte sie darin. Nicht das fünfzehnjährige Mädchen, das nach einem Spiel mit dem Nachbarsjungen schwanger geworden war. Nicht die junge Studentin im Reformkleid, nicht die Tänzerin, nicht die Frau Doktor. Nicht die Frau, die um ihre Tochter gekämpft und sie verloren hatte. Sie war eines dieser neuen, schillernden Geschöpfe, immer noch schlank, aber nicht mehr so absurd dünn wie im Krieg. Sie trug ihren kinnlangen Bob in Wellen, ihre Augen waren groß und dunkel umrandet, ihr Mund leuchtete rot. Ihr Kleid war gerade geschnitten und endete über dem Knie. Sie schenkte sich noch mehr Champagner ein und stürzte ihr Glas hinunter. Morgen würde das Jahr 1922 beginnen, und sie hatte beschlossen, nicht mehr zu hoffen und nichts mehr zu fürchten. Es war der Beginn einer neuen Zeit.

»Vicki!«, rief Clara von unten. »Bist du fertig? Wir warten auf dich!«

Sie schritt die Treppe hinunter und musste lachen, als sie die Gesichter der anderen sah. Clara und Ida hatten die Augen aufgerissen, und Leon öffnete den Mund, doch kein Ton drang daraus hervor.

Als Erste fand Clara die Sprache wieder. »Du siehst unfassbar schön aus, Vicki!«

»Ihr seht auch gut aus!« Vicki lachte. »Auf diese hübsche, respektable Art!«

»Ich bin mir nicht sicher, ob das ein Kompliment oder eine Beleidigung war.« Ida, die ihren Zopf endlich auch abgeschnitten hatte, schüttelte den Kopf.

»Wie auch immer.« Leon hielt drohend seinen Autoschlüssel in die Luft. »Ich bin jedenfalls bereit, euch zu verteidigen, sollten meine Geschlechtsgenossen euch zu nahe kommen heute Nacht. Was sie zweifellos tun werden, so wie ihr ausseht.«

Vicki hakte sich bei Clara ein und drückte ihr einen Kuss auf die Wange. Die Freundin hatte sich das Blondhaar ebenfalls abgeschnitten, allerdings trug sie es länger, fast bis zur Schulter. Die Frisur machte sie um Jahre jünger, und jetzt, da sie sich die Wimpern tuschte, strahlten ihre Augen riesig und blau. »Du siehst nur hübsch und nicht respektabel aus«, flüsterte Vicki ihr ins Ohr.

Sie wollten gerade in den Maybach steigen, den Leon und Clara sich gemeinsam gekauft hatten, seitdem die Privatpraxis Profit abwarf und Leon wieder als Fotograf arbeitete, als Vicki eine gekrümmte Gestalt bemerkte, die auf der anderen Straßenseite saß. Blut lief zwischen ihren Beinen in den Rinnstein, und sie wimmerte. »Dit hört nich uff«, keuchte sie, als Vicki auf sie zulief.

»Lass mich das übernehmen«, sagte Clara, die im Nu an ihrer Seite war.

»Nein, Clara, du sollst dich mit Leon und Ida vergnügen«, gab Vicki zurück. »Du hast dich so lange darauf gefreut!«

»Du dich noch länger«, sagte Clara. »Nun komm schon, fahrt los!«

»Ich habe ein schlechtes Gewissen!« Ida wiederholte den Satz wie ein Mantra, während Leon den Maybach durch die Straßen steuerte. »Fritzchen und Emma sind ohnehin zu Hause, ich meine, ich hätte doch einfach …«

Vicki drehte ihren Kopf in Richtung Rückbank. »Red keinen Quatsch, Ida. Die Frau sah wirklich aus, als bräuchte sie eine Ärztin. Du bist nicht approbiert.«

Ida biss sich auf die Lippe und sah zum Fenster hinaus. »Ich habe überlegt, ob ich es nachhole«, sagte sie nach einer Weile leise. »Das Studium, meine ich.«

»Das ist eine ganz hervorragende Idee, Ida. Und ein ganz famoser Neujahrsvorsatz! Darauf trinken wir gleich!«

Sie hatten beschlossen, in einem Nachtlokal in der Friedrichstadt zu feiern, von dem Lola, Vickis ehemalige Tanzkollegin, behauptet hatte, es sei ein Merkwürdigkeiten-Magnet. »Und ich mag Merkwürdigkeiten«, hatte Vicki erklärt.

Leon parkte den Maybach zwischen einem Cadillac Sedan und einer anderen glänzenden Karosserie. Von irgendwoher wehten Jazzakkorde.

»Wo ist der Tiger?«, lachte Vicki und reichte Ida den Flachmann aus ihrem Strumpfhalter.

»Hier ist der Tiger!« Leon griff mit der Hand dazwischen und nahm einen langen Zug.

»He, du musst uns nachher noch zurückfahren!«, protestierte Ida.

»Ja, aber in der Zwischenzeit«, grinste Leon, »da amüsiere ich mich!«

Sie mussten einen schweren Ledervorhang beiseiteschieben – und waren in einer anderen Welt. Lichter funkelten von einem Kronleuchter, und auf einer kleinen Bühne spielte ein Salonorchester. Die Musik fuhr Vicki augenblicklich in die Beine, und sie wirbelte zu den anderen herum, konnte jedoch kaum ihre Gesichter erkennen im Zigarettenqualm.

»Doch, sie ist hier, sag ich dir!« Ein Mann mit Monokel im Auge trat aus den Schwaden auf sie zu. »Haben Sie dit ooch jehört, junges Frollein?«, sagte er zu Ida. »Anita Berber is hier!«

»Es tut mir leid, aber ich wurde hier noch niemandem vorgestellt«, entgegnete Ida höflich.

»Een Witzbold, Ihre Freundin, wa?«, lachte der Monokelherr in Richtung Vicki und legte den Arm um Ida.

»Ja, sie hat Humor«, bestätigte Vicki und nahm den Arm von Idas Schulter wieder herunter. »Aber den teilt sie normalerweise nur mit Menschen, die ihrer ebenbürtig sind.« Sie bemerkte eine Frau, die neben ihr stand und sie anlachte. Sie hob die Schultern in einer Was-sollte-ich-machen-Manier und lachte zurück.

Die Frau streckte ihr eine Hand hin. »Marlene«, sagte sie mit einer Stimme, die leicht heiser klang.

»Vicki.« Die Berührung von Marlenes Hand schickte ein kribbeliges Gefühl über ihre Haut.

Marlene sah sie aufmerksam an. Sie trug die blonden Haare in einer Wasserwelle gelegt. Das schimmernde Kleid betonte ihre Figur.

»Oh, und das sind meine Freunde Ida und Leon«, setzte Vicki hinterher.

Marlene drückte den beiden die Hand. »Ich wünschte, ich könnte dir meine Freunde ebenfalls vorstellen«, sagte sie in Vickis Ohr. »Aber ich habe leider keine.«

Vicki zog eine Braue hoch. »Ich mag leichtgläubig wirken, aber ich bin es nicht wirklich.«

Marlene lachte und ließ dabei eine Reihe perlweißer, gerader Zähne erkennen. »Sie wollten in ein Lokal, das mir nicht gefiel. Da habe ich beschlossen, Silvester eben allein zu feiern.«

»Heute Nacht muss niemand allein sein«, erklärte Vicki. »Feier mit uns, wenn du magst.«

Wieder musterte Marlene sie lange. »Danke. Das würde mir sehr gut gefallen.«

Ein Oberkellner führte sie an einen Platz in der Nähe der Bühne, und Leon bestellte eine Flasche Champagner und Schnäpse. »Auf Clara!«, rief er und stürzte seinen Schnaps hinunter. »Meine sehr uneigennützige Frau!«

»Clara ist unsere andere Freundin und meine Kollegin«, erklärte Vicki Marlene, während sie selbst ihr Glas kippte. »Sie wurde zu einem Notfall gerufen, und ich glaube, ihr Mann ist ein bisschen sauer auf sie!«

»Was seid ihr?«, fragte Marlene, die ihr Glas nicht angerührt hatte. »Feuerwehrfrauen? Polizistinnen?«

»Ärztinnen.«

»Ich bin beeindruckt.« Aufmerksam sah Marlene sie an. Vicki bemerkte, dass sie mit den Augen lächelte und nicht mit dem Mund, im Gegensatz zu dem, was die meisten Menschen taten.

»Und du?«, fragte sie. »Was machst du so?«

»Ich war im letzten Kriegsjahr Straßenbahnschaffnerin. Das war eine Arbeit, die mir gut gefallen hat. Aber jetzt, wo die Männer wieder da sind, bin ich ins Büro zurückgekehrt.« Sie tippte mit ihren Fingern auf einer imaginären Schreibmaschine, und Vicki sah, dass sie sehr schöne Hände hatte.

Jubelschreie gellten auf. »Bleigießen!«, rief jemand. »Famos!«

Ein Kellner reichte ihnen ein Tablett, auf dem sich kleine Stücke Blei, ein Löffel und eine Schale Wasser befanden.

»Dann wünsche ich dir, dass du bald ein anderes Verkehrsmittel findest, das du steuern kannst!«

Leon eröffnete die Runde mit dem Bleigießen.

»Für wen ist das, was du da schmilzt?«, wollte Ida wissen.

»Für dich«, sagte Leon, schob den Löffel über die Kerze auf ihrem Tisch und reichte ihn Ida, als das Blei geschmolzen war. Sie hielten den Atem an, während Ida das erhitzte Blei in die Wasserschale warf.

»Ich sehe … oh, ist das eine Schlange?« Ida sah enttäuscht aus. »Ich hatte als Haustier für Fritz und Emma an ein Kaninchen gedacht.«

»Ida!« Vicki legte ihre Hand über die der Freundin. »Das ist die Schlange, die sich um den Äskulapstab windet! Du wirst dein Medizinstudium wieder aufnehmen!«

Idas Augen wurden ganz rund. »Wirklich? Meinst du?«

»Und jetzt du, Vicki!« Leon legte das nächste Stück Blei auf den Löffel. Es zischte ordentlich, als Vicki es ins Wasser warf.

»Ein Herz!«, rief Ida. »Oh, du wirst dich verlieben, Vicki, endlich!«

Vicki spürte, wie sie über und über rot wurde. Gleichzeitig fühlte sie Marlenes Blick auf sich.

»Was guckst du so erschüttert?« Leon lachte. »Das ist doch schön!«

»Gießt du auch Blei für Marlene?« Vicki beschloss, nicht auf ein Gespräch über die Vor- und Nachteile von Liebe einzugehen.

»Aber selbstverständlich. Wenn du uns noch eine Flasche Champagner orderst!«

Vicki erhob sich und winkte mit den Armen. Ihre Wangen waren noch immer heiß, und sie spürte ihr Herz schneller schlagen. »Noch eine Flasche Schaumwein, bitte!«, rief sie dem Kellner zu. Als sie sich wieder setzte, sah sie, dass Marlenes Bleistück im Wasser schwamm. Leon und Ida beugten sich ratlos darüber.

»Könnte alles sein.« Ida kratzte sich am Kopf.

»Gut, dann nehme ich … alles!« Marlene lachte und sah Vicki an.

»Jetzt du, Leon!« Vicki versuchte, Marlene nicht anzusehen.

Es sah aus wie ein kleines Baby.

»Oh, Leon!«, rief Ida. »Ich glaube, dass ihr ein Kind bekommt!«

Leon starrte auf das Stück Blei. Ein Lächeln breitete sich über seine Züge, bis sein ganzes Gesicht zu leuchten anfing. »Meinst du?«, fragte er.

Vicki sah, dass ihm Tränen in die Augen stiegen. Sie sprang auf und schlang ihre Arme um ihn. »Ja, ich meine das, Leon! Bestimmt!«

Der Raum verschwamm vor ihren Augen. Lichter zuckten nun durch den Qualm. Durch den Nebel hörten sie die Stimme eines Conférenciers. »Und nun, meine wohlverehrten Geschöpfe, habe ich die große Ehre, Ihnen den Stern am Berliner Nachthimmel vorstellen zu können!« Er machte eine weit ausladende Handbewegung. »Ein ohrenbetäubender Applaus für Anita Berber!«

Jemand schrie. »Ha ick det doch jesacht!«

Eine Frau im Smoking betrat die Bühne. Auch sie trug ihre dunklen Locken kurz geschnitten. Die Hände hatte sie in ihre Hosentaschen versenkt. Und dann begann sie, sich zu bewegen, auf eine Art, wie Vicki es noch nie gesehen hatte, aber vielleicht war es auch das Lokal, das so um sie herumtanzte, und da war ein Lachen in ihrer Kehle und ein großes Glück. Sie drehte sich zu Ida und Leon, den Menschen, die ihre Familie geworden waren, und zu Marlene, die mit den Augen lachte und nicht mit dem Mund.

»Zehn, neun, acht …«, zählte jemand herunter, und Vicki spürte, wie sie aufsprang und wie Marlene auf einmal neben ihr stand. Sie legten die Arme umeinander und zählten weiter, und dann war der Raum voller tanzender, glückseliger Menschen, und alle schrien: »Frohes neues Jahr!«

Sie wusste nicht, wie es kam, aber plötzlich standen sie draußen, und Vicki breitete ihre Arme aus. Schneeflocken fielen vom Himmel, und Marlene streckte ihre Zunge heraus, um die Flocken darauf schmelzen zu lassen, so wie Clara das immer tat. Vicki lachte, und sie sprangen in die Luft. Über ihnen explodierten die Farben, Blumen knallten, Lichtregen spritzte. Der Himmel war von winzigen bunten Punkten übersät. Noch immer spielte die Kapelle drinnen, aber sie wurde immer leiser, je weiter sie liefen. Marlene nahm ihre Hand, und sie liefen noch schneller, und dann wurden die Straßen stiller, aber über ihnen donnerte das Feuerwerk weiter, bis es schließlich erstarb. Marlene drehte sich zu ihr um und sah sie mit ihren lächelnden Augen an. Und dann stellte sie sich auf die Zehenspitzen und küsste Vicki auf den Mund.

Das Blut lief immer stärker. Clara hatte die junge Frau in ihren kleinen Operationsraum gebracht, nachdem sie sie untersucht hatte. Eine misslungene Abtreibung. Nicht die erste, die sie sah, aber diese schien besonders stümperhaft ausgeführt worden zu sein.

Sie kam nicht aus der Gegend, so viel konnte Clara erkennen. Mehr fand sie nicht über sie heraus, nur ihren Vornamen, Mia. Sie überlegte, woher Mia ihre Adresse hatte, aber jetzt war nicht der Zeitpunkt, danach zu fragen. Sie fieberte, und Clara fragte sich, ob sie die Nacht überleben würde.

»Ich würde gern jemanden benachrichtigen«, sagte sie, während sie einen Stuhl zu ihr heranrückte. »Haben Sie Eltern, Geschwister, eine Freundin, einen Freund?«

Mia schüttelte den Kopf. Sie versuchte zu sprechen, und dann brach sie in Tränen aus.

»In Ordnung, machen Sie sich keine Sorgen.« Sie nahm ihre Hand. »Ich bleibe bei Ihnen. Sie sind heute Nacht nicht allein.«

Clara blickte auf die Uhr. Vicki, Leon und Ida waren vor drei Stunden losgefahren. Sie zählte auf Ida und ihr Pflichtgefühl. Ida würde Vicki und Leon sagen, dass sie losfahren müssten, die Kinder würden doch auch wieder früh wach werden, Patienten stünden vor der Tür. Aber die Uhr tickte, und sie blieb allein mit der Patientin.

Es schlug zwei Uhr, und Clara schreckte hoch. Einen Moment lang war sie verwirrt, weil sie nicht wusste, warum sie in einem Stuhl in ihrem kleinen Operationssaal saß, und dann sah sie Mias kalkweißes Gesicht, und ihr Herz schlug wie wild. Mia lebte noch, doch ihr Atem war flacher geworden.

»Mia!« Clara klopfte ihr leicht gegen die Wange. »Mia! Wachen Sie auf!«

Clara untersuchte sie, noch immer mit klopfendem Herzen. Die Blutung hatte aufgehört, aber Mia schien sehr schwach zu sein.

Die Haustürglocke ließ sie zusammenfahren. Clara stieß einen Fluch aus. Nicht noch eine Patientin, dachte sie. »Ich bin gleich wieder da«, sagte sie.

Sie hätte sie um ein Haar nicht wiedererkannt. Sie war erwachsen geworden, hatte sich die Augen geschminkt und die Haare abgeschnitten, und die Ähnlichkeit mit Vicki war augenfälliger denn je.

»Ich bin gekommen, um bei meiner Tante zu leben«, sagte Luise. Dann nahm sie ihren Koffer und schob sich an ihr vorbei.

Die Sonne ging über Berlin auf. Noch war der Himmel nachtblau, doch in der Ferne konnte Vicki einen Lichtstreif erkennen. Sie fühlte sich so glücklich wie noch nie. Immer wieder blieben Marlene und sie stehen, um sich zu küssen. Marlenes Augen lachten noch immer, und ihre Lippen waren so weich.

Als sie die Straße zu ihrem Haus erreichten, sah sie ein blaues Licht über den Schnee zucken. Sie brauchte einen Moment, um zu begreifen, dass es ein Polizeiauto war.

Die Eingangstür stand offen. Als sie darauf zulief, bemerkte sie, dass der Wagen fehlte. Leon und Ida mussten noch immer im Nachtlokal sein. In diesem Moment traten ihr zwei Polizisten entgegen. In ihre Mitte hatten sie Clara genommen. Und erst dann sah sie, dass Clara in Handschellen war.

»Was machen Sie denn da?«, rief Vicki.

»Die Kurpfuscherin festnehmen«, erklärte einer der Polizisten.

Clara brachte kein Wort hervor. Sekundenlang sah Vicki ihre hellblauen Augen, die Angst und das Entsetzen darin.

»Das ist ein Missverständnis!«, brüllte Vicki. »Wir sind Frauenärztinnen!«

»Ja, und offenbar welche, die sich mit gelegentlichen Aborten ein bisschen was dazuverdienen!«

»Nein«, brachte Clara jetzt hervor. »Sie irren sich …«

»Sie stehen schon länger unter Beobachtung, und nun ist die Beweislage wohl eindeutig. Dass Sie sich nicht schämen, Sie! Da drinnen liegt eine Frau im Sterben. Und das ist ganz eindeutig Ihr schändliches Tun!«

»Nein, warten Sie, ich kann das aufklären.« Vicki stellte sich den Polizisten und Clara in den Weg. »Die Patientin, von der Sie sprechen, hat uns wegen starker Blutungen aufgesucht, das kann ich bezeugen! Aborte nehmen wir in unserer Praxis nicht vor!«

Eine helle Stimme ertönte. »Da ergeben meine Untersuchungen aber etwas anderes.«

Vicki wich zurück. »Carl!«

»Doktor von Bäumer, bitte, ich wüsste nicht, dass wir uns schon mal begegnet wären.« Er schnippte mit den Fingern und zeigte auf Vicki. »Das hier ist die Komplizin! Am besten, Sie nehmen sie ebenfalls mit!«

Vicki erstarrte. Dann drehte sie sich zu Marlene. Schnee fiel auf ihre Kappe, und ihre Augen lachten nicht mehr, während sie sich von ihr fortbewegte, zögerlich erst, dann immer schneller. Im nächsten Moment fühlte Vicki, wie ihr einer der Polizisten die Arme auf den Rücken bog, und dann klickten die Handschellen auch hinter ihrem Rücken zu.

Jemand wirbelte aus dem Haus und die Stufen hinunter zu ihr, und Vicki wollte die Arme ausbreiten, denn dieser Jemand war der Mensch, den sie am meisten liebte auf der Welt, aber sie konnte sich nicht bewegen, so fest waren ihre Hände gefesselt.

»Tante Viktoria!« Luise weinte und schlang ihre Arme um sie.

»Ich komme wieder!«, versprach Vicki, während sie in das Polizeiauto geschoben wurde. »Das ist alles ein großer Irrtum! Bleib, wo du bist!«

25

Clara erwachte, aber sie konnte nicht atmen. Dämmerlicht erfüllte den Raum. Es reichte, dass sie die Gestalt sehen konnte, die auf ihrem Brustkorb saß. »Könnten Sie bitte wieder von mir runtergehen?«, presste sie hervor.

Die Gestalt warf ihren Kopf in den Nacken und grölte. »Du bist 'ne janz Feine, dit ha ick jleich jewusst, wo se dich hier rinjebracht ham!«

Clara versuchte, eine Antwort zu finden, aber sie konnte nicht denken. Ihr Kopf schmerzte, und sie verspürte großen Durst. Ihre Zunge war zu einem trockenen Klumpen angeschwollen. Sie versuchte, Luft zu holen, doch das ging nicht. Die Gestalt bewegte sich nicht.

»Dit macht Spaß, wa?«, lachte die Gestalt jetzt. Sie hatte ein bellendes Lachen, das in einen minutenlangen Husten überging.

»Ihnen mehr als mir«, brachte Clara hervor.

Die Gestalt kicherte, dann rollte sie sich von ihr herunter und richtete sich auf. »Ick will mal nich so sein«, brummte sie. »Vazeihung. Ick freu mir imma so, wenn ick Besuch krieg, dann nimmt det überhand mit mir.«

Clara richtete sich auf einem Ellbogen auf, fiel aber gleich wieder zurück. Der Raum tanzte vor ihren Augen.

»Die Beule wird imma jrößer!« Wieder beugte sich die Gestalt über sie, aber diesmal rührte sie sie nicht an.

Vorsichtig betastete Clara ihre Stirn. Eine Ausbuchtung, etwa so groß wie Emmas Spielzeugauto, war auf ihrem Schädel gewachsen. Sie stöhnte auf. Die Erinnerungen kamen in kurzen, abgehackten Sequenzen. Wie bei einem Stummfilm mit Texttafeln. Nur, dass auf dem Schwarz kein Text geschrieben stand. Sie sah die Arrestzelle vor sich, in die sie nach ihrer Festnahme gebracht worden war, sie hörte Vickis Schreie wieder aus dem Gang. Sie sah einen Schlüssel, der ihre Zellentür aufschloss, spürte die Hoffnung. Männerstimmen. Ein Schlag.

»Wo bin ich?«, fragte sie.

»Barnimstraße.« Der Stimme nach zu urteilen, musste ihre Gesprächspartnerin eine Frau sein.

»Hausnummer?«, fragte Clara weiter.

»Clown jefrühstückt, wa?« Die Frau lachte wieder ihr bellendes Lachen. »Hausnummer weeß ick nich. Barnimstraße eem, wa?«

Clara blickte die Frau verständnislos an.

»Weiberjefängnis, Mensch.«

Die anderen Bilder rollten heran. Die junge Frau mit den schweren Blutungen, deren Nachnamen sie noch immer nicht kannte. In der Ferne das Feuerwerk. Die verhasste hohe Stimme, der Schmiss auf der Wange. Sie hätte nicht gedacht, dass sie ihm noch einmal begegnen müsste. Carl.

Sie hatte versucht zu argumentieren. Hatte versucht zu erklären, dass sie Frauenärztin war, keine Engelmacherin. Hatte Vicki schreien gehört, als sie draußen an ihrer Zelle vorbeigeführt worden war. Und jetzt erinnerte sie sich wieder an die Panik in Vickis Stimme. Erinnerte sich an ihre Worte.

Nein! Ich will das nicht! Hören Sie damit auf! Sie tun mir weh!

Sie hörte ihre eigene Stimme. »Was machen Sie mit meiner Kollegin? Ich will auf der Stelle zu ihr! Lassen Sie mich los, wir sind Ärztinnen, wir lassen uns nicht so behandeln, verklagen werde ich Sie!«

Der Schlag hatte sie von den Füßen geworfen. Dunkelheit. Eine Frau, die auf ihr saß, sodass sie nicht atmen konnte. »Gefängnis«, echote sie.

»Jawoll, Jefängnis. Ick bin det Lottchen.«

»Clara.« Sie versuchte erneut, sich aufzurichten. »Aber ich

glaube nicht, dass wir lange die Ehre haben werden, uns das Zimmer zu teilen.«

»Det Zimmer.« Lottchen kicherte wieder. »Na, und ick gloob schon, det wir die Ehre haben werden. Inner Barnimstraße biste nich ma so een Tag. Wat haste ausjefressen?«

»Nichts«, entgegnete Clara. »Ich bin hier zu Unrecht. Und du?«

»Na, icke ha schon wat jemacht.«

»Was denn?«

Die Frau kam mit ausgestreckten Armen auf sie zu, und einen Moment lang fürchtete Clara, dass sie sie erwürgen wollte. »Det sach ick dir, wenn wir uns besser kennenjelernt ham, wa.«

Ida stellte die Kanne mit dem frisch aufgebrühten Friesentee auf dem Tisch ab, ließ sich auf einen Stuhl fallen und blickte zwischen Leon und Luise hin und her. »Gut«, sagte sie, während sie ihren Füller zur Hand nahm. »Lasst uns aufschreiben, was wir jetzt noch tun können. Kommt, ihr beiden! Ideen!«

»Ich mach das Arschloch ausfindig, das meiner Clara das angetan hat, und dann werde ich es umbringen!« Leon entzündete ein Streichholz, hielt es an seine Zigarette und wedelte es aus.

»Er heißt Carl Bäumer, und man findet ihn im Telefonbuch.«

Leon sog an seiner Zigarette, dass es glühte. »Dann setzen wir da an. Entweder er hat den Abort bei dem Mädchen selbst vorgenommen, oder er kennt jemanden, der es getan und ihm das Mädchen ausgehändigt hat.«

»Das ist ganz meine Meinung, Leon. Aber wir können Bäumer nichts nachweisen. Der Mann hat die besten Verbindungen, das war schon zu Studienzeiten so. Der wird von ganz oben gedeckt!«

»Du erwähntest gestern, dass es derselbe Typ ist, der Clara damals meinen Brief nicht ausgehändigt hat, richtig?«

»Richtig. Es ist derselbe Mensch, der uns das Leben in den Vorlesungen schwer gemacht hat. Der Vicki und Clara hasst, weil sie vor ihm promoviert wurden. Vicki hat zudem eine Patientin behandelt, die …« Gerade noch rechtzeitig sah sie davon ab, die Wunden zu beschreiben, die Vicki an der Patientin gesehen hatte und die nach deren Aussage von Bäumer stammten.

»Die?«

Rasch blickte Ida zu Luise, und Leon verstand.

Von dem stummen Austausch hatte Luise nichts mitbekommen. »Ich könnte meine Eltern bitten, ihre Anwälte zu beauftragen. Sie haben sehr gute Anwälte. Sagt Mutter zumindest. Ich fürchte nur, sie kosten viel Geld.«

»Geld spielt keine Rolle«, erklärte Leon. »Wir verkaufen den Maybach. Ich kann auch meine Kamera verkaufen. Und meine Anteile am Fotoatelier. Ich verkaufe alles, wenn wir keine andere Wahl haben. Wenn wir nur Clara wieder freibekommen – alles andere ist mir gleich!«

»Und Vicki«, fügte Ida hinzu.

Leon blies Rauchkringel in die Luft.

»Wie wahrscheinlich ist es, dass deine Eltern ihre Anwälte bemühen würden, um deine Tante zu retten?«, wandte Ida sich an Luise.

»Nicht sehr wahrscheinlich«, flüsterte sie.

»Wir beauftragen selbst einen Anwalt.« Leon blickte sie aus zusammengekniffenen Augen an. »Es kann doch wohl nicht so schwer sein, jemanden zu finden, der sich zweier gut beleumundeten Ärztinnen annimmt!«

Ida biss sich auf die Lippe. »Ehrlich gesagt …« Sie warf einen Blick auf Luise. Konnte sie vor dem Mädchen offen aussprechen, was sie dachte?

»Ja?«

»Ehrlich gesagt befürchte ich, dass es schwer wird. Wer sich im Sinne des Paragrafen 218 schuldig gemacht hat, dem drohen fünf Jahre Zuchthaus.«

»Ja, aber Clara und Vicki sind unschuldig!«, fuhr Leon auf.

»Du weißt das, und ich weiß das, aber niemand kann es beweisen.«

»Wir können als Zeugen auftreten!«, rief Leon.

Ida sah ihn lange an. »Das können wir nicht, Leon. Wir waren in dieser Nacht nicht dabei.«

»Aber wir haben das Mädchen gesehen, es hat geblutet …«

»Das wird kein Gericht anerkennen«, erklärte Ida. »Sie könnte Zwischenblutungen gehabt haben, oder das Blut stammte aus einer Wunde, die wir nicht kennen.«

»Verzeihung«, fragte Luise schüchtern. »Was besagt dieser Paragraf?«

»Der Paragraf 218 besagt, dass Schwangere, die ihre Leibesfrucht im Mutterleib töten, mit Zuchthaus von bis zu fünf Jahren bestraft werden. Dieselben Strafvorschriften finden auf denjenigen Anwendung, der die Mittel zur Abtreibung bei der Schwangeren angewendet hat.«

»Was ist mit Frauen, die … überfallen wurden?« Luise wurde rot.

»Du meinst Frauen, denen Gewalt angetan wurde und die das Kind ihres Vergewaltigers nicht austragen möchten? Auf die trifft das Gesetz ebenfalls zu.«

Luise ballte die Fäuste. »Aber das ist total ungerecht! Die Frauen werden ja doppelt und dreifach bestraft!«

»Mit dieser Meinung stehst du nicht allein. Die USPD hat schon vor zwei Jahren gefordert, den Paragrafen ersatzlos zu streichen!«

»Ja, und warum passiert nichts?«

»Weil das Lager derjenigen, die den Paragrafen 218 befürworten, zu mächtig im Deutschen Reichstag ist.«

»Aber warum ist das so?«

Ida versuchte, Leons Blick auszuweichen. »Es werden nicht genug Kinder in Deutschland geboren. Seit dem Ende des Kriegs gibt es einen starken Geburtenrückgang.«

»Und darum muss jede Frau, die schwanger ist, ihr Kind austragen«, ergänzte Leon. »Egal, ob sie dabei umkommt und ob sie es ernähren kann. Aber lasst uns dieses Thema jetzt nicht weiterverfolgen. Also, wir müssen diesen Bäumer aufsuchen. Und wir müssen die Frau finden, die in der Silvesternacht herkam.«

»Aber brechen die Frauen ihre Schwangerschaften nicht trotzdem weiter ab? Nur unter schlechteren Bedingungen?« Luise ließ nicht locker.

»Doch, das tun sie.« Ida schenkte den Tee in die Tassen. »Nach Schätzungen des Deutschen Ärztetags liegt die Dunkelziffer aller Abtreibungen bei einer Million jährlich. Und ja, die Bedingungen sind definitiv schlechter, wenn die Frauen sich mit Stricknadeln in ihre Gebärmutter stechen oder zu Quacksalbern ohne medizinische Ausbildung gehen. Aber Leon hat recht, das führt uns jetzt nicht weiter. Mit jeder Stunde, die wir warten, verschlechtert sich Claras und Vickis Situation. Und die unserer Praxis. Im Moment können wir nur hoffen, dass unsere Patientinnen nichts von der Festnahme mitbekommen haben.« Sie klopfte mit ihrem Füller auf den Schreibblock. »Ja, Leon, wir müssen die Frau finden. Nur – wie gehen wir dabei vor?«

»Tante Vicki hat nichts Unrechtes getan, oder?«, entfuhr es Luise. »Sie würde niemals dem Gesetz zuwiderhandeln, nicht wahr?«

Wieder bemerkte Ida die Ähnlichkeit zwischen Vicki und dem Mädchen. Wann würde Luise erkennen, dass Vicki ihre Mutter war?

»Deine Tante Vicki heilt Frauen und bringt ihre Babys auf die Welt. Sie ist ein Segen für die Menschheit und würde niemals etwas Unrechtes tun.«

»Mutter und Vater behaupten etwas anderes.« Luises Augen funkelten. »Aber ich bin es leid, ihren Lügengeschichten zuzuhören. Ich kann Lügner nicht leiden! Ich verachte sie!«

Ida wechselte einen raschen Blick mit Leon.

»Manchmal sind Lügen notwendig«, sagte Leon, während er seine Zigarette im Aschenbecher ausdrückte. »Manchmal wird ein Mensch gezwungen dazu.«

Luise wollte zu einer Antwort ansetzen, doch in diesem Moment klingelte es an der Haustür.

»Wir können derzeit keine Patientinnen annehmen!« Ida wandte sich an das Hausmädchen.

Aufgeregte Stimmen hallten vom Hausflur herüber, und Ida sah, wie Luise aufsprang. Ihr Stuhl kippte mit der Lehne nach hinten. Im nächsten Moment wurde die Tür aufgerissen, und eine Frau, die Ida nicht kannte, betrat den Raum. Sie schwenkte eine Zeitung über ihrem Kopf. »Ich habe es gewusst!«, rief sie.

Leon nahm ihr schweigend die Zeitung ab, warf einen Blick auf die Schlagzeile und reichte das Blatt an Ida weiter.

Grunewalder Ärztinnen wegen Engelmacherei festgenommen, stand da in riesigen Lettern gedruckt.

Ida versuchte, sich ihren Schreck nicht anmerken zu lassen. »Darf ich fragen, wer Sie sind?«

»Sieglinde von Dutzenberg«, donnerte die Unbekannte. »Und ich bin gekommen, um meine Tochter zurückzuholen!«

Die Tage gingen in Nächte über, ohne dass Clara es merkte. Es gab einen Schlitz im oberen Bereich der Zellenwand, durch den die Wintersonne fiel. Manchmal lichterte es auch durch das Loch in ihrer Zellentür, wenn die Wärterin ihren Rundgang machte. Clara war es egal, ob es Tag oder Nacht war, Licht oder Dunkelheit.

Noch immer hatte sie keine Ahnung, was mit Vicki geschehen war. Sie hatte zu niemandem Kontakt aufnehmen können. Noch nie in ihrem Leben hatte sie sich so verzweifelt gefühlt.

Sie traute sich nicht zu schlafen, aus Angst, dass ihre Zellengefährtin sich wieder auf ihren Brustkorb setzen könnte. Sie und Lottchen waren beide gleich gekleidet: blaues Waschkleid, blauweißes Halstuch, blaue Wollstrümpfe mit rotem Rand. Äußerlich war sie jetzt gleichgestellt mit Mörderinnen, Prostituierten und Diebinnen. Und je länger sie hierbliebe, desto ähnlicher würde sie den Frauen sein.

In den ersten Tagen hatte sie sich vorgenommen, den Brei nicht anzurühren, den ihr eine Aufseherin zweimal täglich in einer Schale vor die Füße knallte, weil sie Angst hatte, von der Pampe krank zu werden. Aber nach einer Zeit von Licht und Dunkelheit fühlte sie sich so schwach werden, dass sie sich dazu überwand. Wieder und wieder erkundigte sie sich nach Vicki, aber selbst Brusthocker-Lottchen, wie sie von den anderen Gefangenen genannt wurde, hatte nichts von einer Vicki oder Viktoria gehört.

»Ick kenn hier alle«, brüstete sie sich. »Bin ja schon eene Weile hier.«

»Wie lange?«, wollte Clara wissen.

Brusthocker-Lottchen nahm die Finger ihrer Linken, hielt sie sich im Dämmerlicht vor die Augen und zählte ab. »Na, meen Kleener müsste nu sieben sein. Fast acht. Hab noch die Rosa jesehen, wie sie die hier einjebuchtet ham.«

»Rosa?«

»Rosa Luxemburg! Sach, det de die nich kennst! War bei den Politischen drüben.«

Die andere Information erschien Clara noch relevanter. »Du hast hier im Gefängnis ein Kind bekommen?«

Lottchen rückte ihr Halstuch zurecht und reckte das Kinn. »Ick hab sogar ne janz schnieke Zelle mit dem Kleenen jekriegt! Und wie der uff de Welt jekommen is, det war kolossal! Entbindungssaal mit allen Schikanen. Ja, det is die Barnimstraße, wa! Janz modern!«

»Es gibt einen Entbindungssaal hier?«, fragte Clara. Zum ersten Mal seit ihrer Ankunft im Gefängnis fühlte sie Hoffnung in sich aufkeimen. Wenn sie sich nun auf die Stelle einer Gefangenenärztin bewarb? Sie könnte den Frauen hier von Nutzen sein! Sie musste nicht untätig bleiben! Vielleicht konnte sie sogar wertvolle Erkenntnisse durch die Behandlung von Gefängnisinsassinnen gewinnen! Und am Ende könnte sie sogar ihre Haftstrafe damit verkürzen!

»Nu kiek dir mal nich die Oogen ausm Kopp!« Lottchen kicherte. »Willst bei den Wöchnerinnen malochen, wa? Jutes Betragen, wa, denkste! Die nehmen keene Engelmacherinnen inna Jeburtsstation!«

»Wie oft soll ich es noch sagen!«, fuhr Clara auf. »Ich bin keine Engelmacherin!«

Lottchen winkte ab. »Mir is det schnurzpiepe. Ick hab schon janz andre Kaliber jesehen!«

Ein Tumult dröhnte vom Zellentrakt draußen. Lottchen sprang auf und schlug sich mit der Faust auf die geöffnete Hand. »Dresche!« Sie warf sich mit ihrem Gewicht gegen die Zellentür. »He! Uffmachen! Ick will mir ooch keilen!«

Die Frauenstimmen wurden lauter. Clara versuchte zu verstehen, worum es ging, aber jetzt wurde das Geschrei so schrill, dass es ihr in den Ohren wehtat. Sie wollte sich zurück auf ihre Holzpritsche fallen lassen, doch in diesem Moment hörte sie etwas, das sie wieder hochschnellen ließ. »Ick sag dir det, dit is die Gäfin. Und wenn du irjendwat jejen die Gräfin tun willst, krist du dit mit mir zu tun!«

Claras Herz schlug schneller. Sie kannte diese Stimme.

»Lola, lass det, verteidijen kann ick mir ooch selbst.«

»Det is die Gräfin da draußen!« Brusthocker-Lottchen drehte sich triumphierend zu Clara um. »Die Gräfin steht vor unserer Zelle!«

»Du kennst sie?«, war alles, was Clara hervorbrachte.

»Ob ick die Gräfin kenne?« Lottchen richtete sich zu ihrer vollen Größe auf. »Det is mir ne besondere Ehre, die zu kennen! Is Lolas Freundin! Lola hat uns allet von der erzählt! Die Gräfin, det is ne janz Schlaue! Det is unsere Heldin hier!«

»Aber das ist doch Vicki!«, flüsterte Clara.

»Die Gräfin, ja, die Vicki!« Lottchen starrte sie an. »Potztausend, du kennst die ooch?«

26

Der Kopf der Wärterin widersprach allem Gelernten. Nicht, dass Vicki den Erkenntnissen des Leipziger Neurologen Paul J. Möbius schon zu Studienzeiten viel Glauben beigemessen hätte. Aber seine Schrift *Geschlecht und Kopfgröße* war ihren damaligen Professoren zufolge über jeden Zweifel erhaben, sie hatte den Grundstein zu ihrem Wissen über die Unterschiede zwischen Mann und Frau gelegt. Hutgröße bis 51 gleich eklatante Minderbegabung, so hatte sie es in Neurologie noch lernen müssen. Je größer der Hut, desto phänomenaler der Verstand. Sie musterte den Riesenschädel, der jetzt zu Lola herumschwang. »Du hältst jetz ma schön die Fresse!«, fuhr die Wärterin Lola an.

»Wennde denkst, ick hätt Muffensausen«, Lola klopfte sich an ihre Stirn, »dann streng dir mit Denken mehr an!«

Die Wärterin drehte ihren enormen Schädel wieder in Vickis Richtung. In irgendeinem Winkel ihres Hirns hatte sie begriffen, dass Lola sie beleidigt hatte. Aber sie verstand nicht, worum es bei der Beleidigung ging. Endlich holte sie mit der Faust zum Schlag aus. »Mach ma nich so 'n Rabatz hier!«, brüllte sie.

Lola duckte sich unter dem Schlag weg und lachte. Die Wärterin knallte mit der Faust gegen die Wand.

»Lass es jetzt gut sein, Lola«, mahnte Vicki.

»Haste jehört, wat die Gräfin jesagt hat?«, rief Lola. »Wir sind nu wieder janz brav!«

Von irgendwoher meinte Vicki, ihren Namen zu hören. Aber sie wunderte sich über nichts mehr. Der halbe Wintergarten war im Frauengefängnis Barnimstraße versammelt sowie etliche Blumen der Nacht von der Unterführung am Friedrichstraßenbahnhof. Zuerst hatte sie es nicht glauben können, dass so viele ihrer ehemaligen Kolleginnen eingesperrt worden waren. Noch weniger hatte sie glauben können, wie froh die Frauen gewesen waren, sie zu sehen.

»Ich hab immer gesagt, wenn die Gräfin hier wäre, dann wüsste sie uns schon zu raten«, hatte Lola ihr zugeflüstert, als sie sich in der Nähwerkstatt begegnet waren, am Morgen nach ihrer Ankunft.

»Du weißt, dass ich gar keine Gräfin bin, oder?«, hatte Vicki ihr zurückgeflüstert.

»Viktoria von Dutzenberg, wenn dit nich adelig is, fress ickn Besen!«

»Ach, Lola.« Vicki hatte ihr eine blonde Locke hinter die Ohren gestrichen. »Es gibt eine Geschichte dazu.«

»Erzähl sie mir!«, hatte Lola gefordert.

Aber Vicki hatte nur den Kopf geschüttelt. Ihre unverhofft starke Position unter den Gefangenen konnte sie nur aufrechterhalten, wenn sie nicht zu viel von sich preisgab. Und dieses Mittel hatte sich in der ersten Woche ihrer Haft bewährt. Auch das blaue Auge, mit dem sie hier eingeliefert worden war, weil einer der Polizisten sie bei ihrer Festnahme geschlagen hatte, war nicht von Nachteil für ihren Ruf gewesen. Niemand lege sich mit der Gräfin an – diese Parole hatte Lola ausgegeben: Die Gräfin ist nicht nur schön, schlau und einflussreich, sie kann sich auch prügeln! Ach, dachte Vicki, wenn es doch nur so wäre!

Sie durften nicht miteinander reden, während sie in der Nähwerkstatt beieinandersaßen. Und doch konnten Informationen zirkulieren. Lola, die schon seit einem Jahr hier einsaß, war hervorragend vernetzt. Die Botschaften wurden in Säume geschoben, die unter einem Vorwand geöffnet und rasch wieder zugenäht wurden. Auf diese Weise hatte Vicki erfahren, dass auch das Mädchen, das Clara in der Silvesternacht behandelt hatte, in der Barnimstraße war. Sie hatte zunächst in der Krankenstation gelegen, doch jetzt, da sie das Schlimmste überstanden hatte, erwartete sie ihren Prozess. Der Fall war bei ihr ganz eindeutig gelagert: Sie hatte einen Abort vornehmen lassen, das hatte ein Gefängnisarzt ohne jeden Zweifel feststellen können. Die Frage war nur, ob sie bei ihrer Aussage bleiben würde, dass Clara den Eingriff vorgenommen hatte. Und dass die Grunewalder Praxis der Frauenärztinnen in Wahrheit ein Ort der Abtreibungen war. Vicki hatte noch nicht persönlich mit dem Mädchen sprechen können. Es war noch zu schwach für die Gefängnisarbeit. Aber die Frau, mit der sie sich die Zelle teilte, hatte Lola gesagt, dass das Mädchen fürchterliche Angst habe. Ob es die Angst vor der zu erwartenden langen Haftstrafe war, hatte sie nicht gesagt.

Vicki war erstaunt darüber, wie schnell sie sich an das Leben im Gefängnis angepasst hatte. Wie schnell sie sich daran gewöhnt hatte, eine Gefangene in blauer Anstaltsuniform zu sein. Dabei wusste sie ja, dass das Anpassen an Lebensumstände ihr größtes Talent war. Ihr Garant dafür, nicht unterzugehen.

Nur nachts, wenn sie in ihrer Zelle lag und den Atemzügen ihrer Bettnachbarin lauschte, erlaubte sie sich, an die Zukunft zu denken. Sie wollte wieder als Ärztin arbeiten, am liebsten mit Clara und Ida. Und sie wollte ihre Tochter wiedersehen. Aber sie machte sich keine Hoffnungen. Selbst wenn sie ihre Unschuld beweisen könnte, würden Theobald und Sieglinde alles daransetzen, den Kontakt zwischen ihr und Luise zu verhindern. Und ihre Praxis im Grunewald war am Ende, selbst wenn Clara und sie ihre Approbation behalten dürften, was höchst unwahrscheinlich war.

Wenn sich ihre Augen schlossen und sie zwischen schlafen und wach sein schwebte, dachte sie an Marlene. An ihre lächelnden Augen, während ein Feuerwerk seine Farben in den Himmel knallte, an ihre weichen Lippen auf ihren. Sie sah sie vor sich, wie sie vor ihr zurückwich, als die Polizisten sie an den Armen packten. Immer wieder fühlte sie den Schmerz und die Enttäuschung. Und trotzdem. Zum ersten Mal, seit sie denken konnte, stellte sie sich vor, wie es wäre, jemanden an ihrer Seite zu haben, so, wie Ida Friedrich gehabt hatte und wie Clara Leon hatte. Aber das würde nun für lange Zeit nicht geschehen.

Die Patientinnen blieben aus, wie nicht anders zu erwarten. Ida hatte sich darauf vorbereitet, nachdem sie den Artikel über Clara und Vicki in der Zeitung gelesen hatte. Und doch war es ein Schock zu sehen, wie wenig ihnen die Frauen vertrauten. Wenn sie mit Emma und Fritz an der Hand zum Einkaufen ging, sah sie, wie sich Nachbarinnen von ihnen abwandten. Es erinnerte Ida an früher, als ihre Mitschülerinnen sie geschnitten hatten, weil ihre Eltern doch bloß konvertierte Christen gewesen waren und eigentlich Juden. Es brachte sie zur Verzweiflung. Und es war ihr nur allzu vertraut.

Allein Frau Malminger hielt ihnen die Treue. Das Scheidenpessar funktioniere großartig, hatte sie Ida verkündet. Nur verlange ihr Heinrich jetzt dringlichst Nachwuchs. Dass sie ein Scheidenpessar benutze, könne er sehen, da er ja nicht blind sei. Sie aber wolle partout keine Kinder mehr kriegen. Was um Himmels willen solle sie jetzt tun?

Ida wies Frau Malminger zunächst einmal darauf hin, dass sie ihr Medizinstudium nicht bis zur Promotion gebracht hatte und somit nicht befugt war, sie zu behandeln. Frau Malminger jedoch rollte nur mit den Augen. Sie habe ihr Studium an der Schauspielschule ebenfalls nicht beendet, und habe sie das davon abgehalten, in Dutzenden von Filmen die schmachtende Geliebte zu geben, eine Rolle, die sie noch heute aus dem Effeff beherrsche? Wohl kaum!

Ida, die dank ihrer wöchentlichen Lektüre von Fachblättern immer auf dem neuesten Stand war, berichtete Frau Malminger daraufhin von einer Erfindung namens Intrauterinpessar oder Spirale – von türkischen Kameltreibern an den Gebärmüttern ihrer Tiere erfolgreich getestet und nun von einem Berliner Mediziner namens Gräfenberg zur Anwendung bei Menschen weiterentwickelt. Nur drei Prozent aller Frauen, denen der Arzt seine Erfindung eingesetzt hatte, waren schwanger geworden. Und beim Geschlechtsverkehr spürten Männer nichts davon.

Frau Malminger klatschte in die Hände und lachte. »Genau das, was ich brauche!«

»Vielleicht reden Sie aber mit Ihrem Mann zunächst einmal darüber«, meinte Ida. »Nicht, dass Sie das Gefühl haben, Sie würden ihn hintergehen.«

Frau Malminger lachte noch heller und drückte ihr dunkelhäutiges Mädchen an sich. »Mit diesem Gefühl kann ich leben, da machen Sie sich mal keine Sorgen! Also, wann setzen Sie mir die Spirale ein?«

Es dämmerte, als Frau Malminger sich verabschiedete. Ida brachte sie bis an die Haustür. Dann sah sie ihr zu, wie sie die Straße hinunterging. Ihre Schritte verloren sich im Januarnebel. Mit einem Flackern erwachten die Straßenlaternen. Zwei Autoscheinwerfer strahlten heran. Sie wollte gerade die Tür schließen, als das Auto vor ihrem Grundstück anhielt. In die darauffolgende Stille klackte eine Tür.

»Guten Abend«, sagte eine Männerstimme. »Verzeihen Sie bitte, ich wollte Sie nicht erschrecken.« Der Unbekannte nahm seinen Hut ab. »Ich habe von Ihrem Missgeschick aus der Zeitung erfahren, und nun würde ich mich gern mit Ihnen unterhalten.« Er nahm seinen Hut ab und reichte ihr eine Karte.

Ida blickte auf den Namen, der in ihr eine vage Erinnerung auslöste. »Ihre Frau war Patientin bei uns, richtig?«

»Bestätige. Darf ich eintreten?«

Sie spürte, dass sie Angst hatte. Sie war mit ihren Kindern allein zu Hause, den Angestellten hatte sie freigegeben, und Leon fotografierte an diesem Abend im Theater. Sie hatte keine Ahnung, was der Unbekannte mit seinem Besuch beabsichtigte. Dann warf sie einen Blick auf seine Karte. *Dr. Armin Herzberg, Rechtsanwalt* stand darauf. Sie schluckte, dann fand sie ihre Sprache wieder. »Kommen Sie herein.«

Noch vor wenigen Jahren hätte sich Marlene als Romantikerin bezeichnet, doch ein Zerwürfnis mit ihren Eltern, einen großen Krieg und ein Dasein als Straßenbahnschaffnerin später hatte sie die Niederungen des menschlichen Lebens kennengelernt. Jetzt war sie Realistin. Und entsprechend rasch war es ihr gelungen, sich nicht mit Wehklagen über die plötzliche Trennung von einer fabelhaften Frau aufzuhalten, sondern vielmehr zu überlegen, wie dieser Frau zu helfen war. Sie hatte Vicki am Silvesterabend genau beobachtet, so wie sie Kinder im Blick behalten konnte, die in ihre Straßenbahn einstiegen, oder einen Trittbrettfahrer, oder wie sie darauf achten konnte, dass bei ihrer Fahrt niemand zu Schaden kam. Sie hatte ein paar Schlüsse aus ihren Beobachtungen von Vicki gezogen. Und die waren eindeutig. Erstens: Hier war eine rechtschaffene, zutiefst moralisch denkende Frau. Zweitens: Als Liebhaberin hatte Vicki keine Erfahrungen. Vermutlich war sie, Marlene, die erste Frau, die Vicki geküsst hatte. Vicki würde Mühe haben, sich dazu zu bekennen, zum anderen Ufer zu gehören, aber an derlei Schwierigkeiten war Marlene gewöhnt. Drittens: Das Mädchen, das auf der Schwelle von Vickis Haus im Grunewald gestanden hatte und sie »Tante Viktoria« genannt hatte, spielte eine wichtige Rolle in Vickis Leben. Viertens und letztens war Vicki zu Unrecht denunziert worden. Und zwar von der Fistelstimme mit Schmissgesicht. Er war der Hebel, den Marlene bedienen musste, wenn sie die Bahn wieder aufs richtige Gleis lenken wollte. Diesen Hebel würde sie jetzt bewegen. Ob der Hebel es wollte oder nicht.

Sie hatte keine Ahnung, ob das Schmissgesicht sie zusammen mit Vicki gesehen hatte, aber sie schloss eine Wette mit sich selbst ab, dass der Kerl nur auf seinen eigenen Auftritt konzentriert gewesen war. Und so hatte sie nach Vickis Festnahme das einzig Vernünftige getan und war in die Dunkelheit verschwunden.

Zunächst war alles ganz einfach gewesen. Sie hatte am Straßenrand gestanden, hilflos, mit weit aufgerissenen Augen. Das Schmissgesicht in seinem Angeberauto hatte angehalten und sie mit seiner Fistelstimme gefragt, ob er ihr behilflich sein könne. Und sie hatte weinend von einem Verlobten gefaselt, der sie hier stehen gelassen habe, und dass sie jetzt nicht weiterwisse, und ob es noch weit sei bis zum Zentrum von Berlin? Schmissgesicht war ausgestiegen, er hatte ihr die Fahrertür mit einer Verbeugung geöffnet, und sie hatte sich bedankt und ihn nach seiner eigenen Silvesterfeier gefragt.

Sie brauchte nichts mehr zu tun, als ihm zu sagen, wie sehr sie sein Auto bewundere, und sie brauchte nur ein paarmal wie zufällig seine Hand am Lenkrad zu berühren. Ihn anlächeln von schräg unten mit ihren makellosen Zähnen. Ihn nach seiner beruflichen Beschäftigung fragen. Er war erstaunlich freizügig mit seinen Informationen. Sie erfuhr, dass er Arzt war mit eigener Praxis. Und in dieser Nacht ausgesprochen guter Laune. Dass der Zweck die Mittel heilige, manchmal. Und er fragte sie, ob eine schöne Frau wie sie noch etwas Spaß haben wolle. Marlene antwortete mit Ja.

Ein rosa Licht glühte auf den Straßen, Frauen mit zerlaufener Wimperntusche im Gesicht hakten einander unter und sangen im Sonnenaufgang ein Lied. Der Mann lenkte seinen Wagen nach

Charlottenburg. Es war ein Haus mit einem schmiedeeisernen Gitter und einem Garten, in dem Wasser aus einer Fontäne in den Morgenhimmel schoss. Erst im letzten Moment sagte Marlene, dass sie es sich anders überlegt habe. Sie hatte ja nun seinen Namen und wusste, wo er wohnte. Sie kannte sein Geheimnis. Sie wollte gleich zur Polizei gehen. Vicki sollte nicht eine Sekunde länger leiden. Aber das Schmissgesicht war nicht blöd.

»Fertig mit der kleinen Schauspielnummer?«, fragte er mit seiner hohen Stimme.

Marlenes Herz klopfte, aber sie lächelte tapfer. »Ich weiß nicht, wovon Sie sprechen.«

Er packte sie am Arm, und sie musste sich zusammenreißen, um nicht aufzuschreien vor Schmerz.

»Ich glaube, das wissen Sie sehr gut.«

Es war ihr erstes Zusammentreffen. Aber es gab keine Möglichkeit, dass sie sich austauschten. Vicki streifte bloß Claras Hand, als sie in der Nähwerkstatt aneinander vorbeigingen, und blickte ihr fest in die Augen. »Das Mädchen ist auch hier!«, flüsterte sie.

»Woher …?« Clara starrte Vickis rechtes Auge an und zuckte unwillkürlich zusammen. Die Haut schillerte in allen Farben. »Hat man dich versorgt?«, flüsterte Clara. »Geht es dir gut?«

»He, die zwei Dauerquassler da vorne! Ran an de Buletten, aba zack, zack!«, brüllte eine Aufseherin mit einem Schädel, der wie ein Riesenkürbis aussah.

Vicki schüttelte den Kopf und drehte sich um.

Die Werkstatt war eiskalt. Clara zitterte in ihrem blauen Waschkleid, während sie sich in die Schlange einreihte, um ihre Arbeit entgegenzunehmen. Dabei blickte sie sich um. Brusthocker-Lottchen schlug einem ausgemergelt aussehenden Mädchen auf die Schulter und lachte dröhnend. Weiter hinten fiel ihr eine Blondgelockte ins Auge, die mit Vicki sehr vertraut schien. Vielleicht eine ehemalige Kollegin aus der Zeit, in der Vicki noch als Serviermädchen gearbeitet hatte? Sie entdeckte mehrere Schwangerschaften, eine Rachitis und einen Fall, von dem sie hoffte, dass es keine Masern waren. Ein fahles Winterlicht erhellte die Gesichter der anderen Gefangenen. Vicki überragte alle. Sie hielt sich aufrecht und gerade, und abgesehen von der verfärbten Haut an ihrem rechten Auge wirkte sie gesund und normal. Claras Blick flog zurück zu den Schwangeren, und ein Stich durchfuhr sie. Wenn ich nur wieder hier herauskomme, dachte sie. Ich würde alles hintanstellen. Selbst die Arbeit, die ich so liebe. Ein Baby zu bekommen, ein kleines Wesen, das ich lieben und beschützen darf, das ich gemeinsam mit Leon aufziehe – das ist ab jetzt das Einzige, was zählt.

Sie spürte erst, dass ihre Wangen nass waren, als Brusthocker-Lottchen sie in die Rippen boxte. »Heulste oder was? Is erst der Anfang!«

Clara wischte sich mit ihrem Waschkleidärmel übers Gesicht. Der Stoff war rau und kratzte. Dann holte sie tief Luft. Immerhin war dies ihr erster Tag außerhalb der Zelle, da musste sie einen guten Eindruck machen. Ohnehin hatte sie einen schweren Stand. Allem Anschein nach lag die Hauptlast der Anschuldigungen auf ihr. Sie war angeblich diejenige gewesen, die bei der Frau einen Abort vorgenommen hatte. Vicki galt lediglich als Mitwisserin.

Es geschah, als das Licht schon wieder schwand. Funzeln erhellten die Tische. Clara beugte sich vor, um ihre Näharbeit besser erkennen zu können. Sie nähte Säume, eine Arbeit, die sie als Chirurgin von Unterleibsoperationen im Schlaf durchführen konnte, und tatsächlich fielen ihr die Augen fast zu. Da ertönte eine Glocke. Die Frauen sprangen auf.

»Wat isn dit für een Jebimmel?«, rief eine.

Die Glocke klingelte weiter. Clara suchte Vicki in dem Gemenge, konnte sie aber nirgendwo finden. Sie drehte und wand sich, aber da war kein Zweifel möglich: Vicki war nicht mehr im Raum.

»Deibel ooch, die wollen uns kirre machen!«, versuchte eine, das Glockenschlagen zu übertönen. »Verdammter Saftladen is dit hier!«

»Ick weeß, was dit bedeutet.« Lottchen war neben sie getreten und legte den Finger auf die Lippen. »Da hat sich eene uffjehängt«, flüsterte sie.

27

DIE ERZTIN HAT ES NICH GETAN. ICH SOLLTE DAS BLOS SAGN. Vicki legte das Stück Papier so vorsichtig zurück auf den Esstisch, als hätte sie Angst, es könnte unter ihren Fingern zu Staub zerfallen. »Und das haben die als Geständnis anerkannt?«

Armin Herzberg blickte sie ruhig an. »Es war ein Steinchen im Mosaik.«

»Ich habe das richtig verstanden – das waren ihre letzten Worte?«, fragte Clara leise.

»Bestätige, das war der Brief, der auf der Pritsche der Mia Meyer lag.«

»Ich habe immer noch nicht begriffen, wie sie sich aufhängen konnte«, sagte Clara.

»Sie hat ihr Betttuch in Streifen zerrissen und sich an einem Nagel in ihrer Zelle aufgehängt.«

»Das arme Mädchen.« Vicki spürte, wie ihre Stimme zitterte. »Ich möchte mir nicht vorstellen, was sie durchgemacht hat.«

»Ich möchte mir nicht vorstellen, was IHR durchgemacht habt!« Idas Hände krallten sich um eines von Emmas Spielzeugautos. »Zwei Wochen Gefängnis! Unschuldig! Wegen einer …« Das Auto krachte zu Boden. »… einer Schmierenkampagne gegen uns!«

Vicki wollte etwas erwidern, aber noch immer traute sie ihrer Stimme nicht. Sie hatte Mühe zu glauben, dass sie wieder daheim war. Vielleicht war dies hier nur ein Traum.

Sie war nach dem langen, entsetzlichen Klingeln wieder in ihre Zelle gebracht worden. Nachdem sie erfahren hatte, dass jemand gestorben war. Sie konnte die Nacht über nicht schlafen, weil sie in der Menge Clara nicht gesehen hatte. Niemand konnte ihr sagen, wer gestorben war. Und dann, am nächsten Morgen wurde ihre Zellentür geöffnet, und die Aufseherin mit dem Riesenschädel hatte verkündet, sie sei frei.

Sie blickte zu Clara hinüber, die auf Leons Schoß saß und zurücksah. Leons Zigarette verglühte. Niemand sagte etwas. Ida schenkte Tee in die Tassen. Leon umschlang Clara fester. Armin Herzberg schrieb etwas auf.

Vicki beobachtete ihn, während er den Kopf gesenkt hielt. Sie konnte den Nachbarsjungen in seinen Zügen erkennen, den Lieblingsspielkamerad. Sie sah ihn vor sich gehen, damals durch den Garten. »Ein Hut, ein Stock, ein Regenschirm«, das hatten sie spielen können, ganze Tage, sommers wie winters, im Sonnenschein und Schnee. »Und vorwärts, rückwärts, seitwärts, ran.« Armin sah auf, als hätte er gespürt, dass sie ihn betrachtete. Ihn und ihre gemeinsame Vergangenheit.

»Ich habe es in der Zeitung gelesen«, erklärte er, als hätte sie ihn danach gefragt.

Sie spürte, dass Clara zwischen dem Anwalt und ihr hin und her sah.

»Ich konnte mir nicht vorstellen, dass es stimmte. Frau Rosenstein«, er machte eine Kopfbewegung in Richtung Ida, »hat ihrer Meinung Ausdruck verliehen, dass die Grunewalder Praxis der Frauenärztinnen mit Absicht verunglimpft werden sollte. Den Polizeiakten konnte ich entnehmen, dass zum Zeitpunkt der Festnahme ein Arzt namens Carl Bäumer zugegen war. Frau Rosenstein konnte mir einiges über diesen Mann sagen.« Wieder blickte er von Vicki zu Clara. »Er ist Ihnen in herzlicher Abscheu zugetan, so viel kann ich Ihnen verraten.«

»Du hast mit ihm gesprochen?«, entfuhr es Vicki. Sie bemerkte die überraschten Blicke der anderen. »Armin … Herr Doktor Herzberg und ich … wir haben uns vor langer Zeit gekannt.«

Claras Brauen schossen in die Höhe.

»Bestätige. Ich habe mich mit diesem – wie soll ich sagen? – recht unsympathischen Herrn ausgetauscht und dabei festgestellt, dass unsere Ansichten gleich in mehreren Bereichen divergieren. Mit dem Ergebnis, dass ich ihm neue Gesprächspartner verschafft habe.« Er blickte auf die Taschenuhr an seiner Weste. »Zur Stunde wird er von der Polizei vernommen, wenn mich nicht alles täuscht.«

»Was?« Vicki sprang so heftig auf, dass ihre Tasse umfiel.

Armin lächelte wieder. »Du kannst dich bei Fräulein Bülow bedanken.«

»Ich kenne kein Fräulein Bülow.« Vicki blieb stehen, aber jetzt spürte sie, dass ihr Herz schneller klopfte.

»Marlene Bülow? Deine Freundin?«

»Meine …« Vicki blieb sprachlos stehen.

»Sie ist keine Kollegin von euch, oder? Mir gegenüber gab sie an, als Stenotypistin zu arbeiten. Nun ja, sie war äußerst entschlossen, euren Ruf wiederherzustellen, und so ist sie …«

»Ich kenne auch keine Marlene«, unterbrach Clara.

»Wir haben sie auf unserer Silvesterfeier kennengelernt«, erklärte Ida. Vicki spürte, dass Ida sie musterte. Zu ihrer eigenen Verlegenheit wurde sie rot.

»Nun, Sie müssen ordentlich Eindruck hinterlassen haben. Jedenfalls hat sich Fräulein Bülow, als sie feststellte, dass Sie festgenommen wurden, mit Doktor Bäumer unterhalten.«

»Aber woher kannte sie ihn denn? Und wie hat sie ihn gefunden?« Vicki stand noch immer. »Ich verstehe das alles nicht!«

Armin blätterte durch seine Notizen. »Sie ist zu ihm in seinen Wagen gestiegen. Während der Fahrt hat sich Doktor Bäumer – der nicht wusste, dass es sich bei Fräulein Bülow um eine Bekannte von Ihnen handelt – dazu hinreißen lassen, ein bisschen anzugeben. Er war so unvorsichtig, von …« Erneut blickte er auf seine

Notizen, »… Weibern zu sprechen, denen er es endlich besorgt habe. Und schließlich und endlich war er so vermessen, Fräulein Bülow mit sich mitzuschleifen und zu beschimpfen, als diese sich weigerte, mit in sein Schlafzimmer zu gehen.«

Vicki spürte, wie ihr jetzt alles Blut aus dem Gesicht wich. »Hat er … Ist Fräulein Bülow …?«

Wieder lächelte Armin. »Fräulein Bülow war so umsichtig, sich vor dem Krieg bei Erich Rahn in der Kunst des Jiu-Jitsu ausbilden zu lassen. Als Doktor Bäumer ihr eine Ohrfeige versetzte, blieb ihr nichts anderes übrig, als ihn mit ein paar gezielten Tritten zu Boden zu werfen. Anschließend erstattete sie Anzeige gegen ihn bei der Polizei.«

Tausend Gedanken und Fragen rasten gleichzeitig durch Vickis Kopf. Clara brachte es auf den Punkt: »Wie gut stehen die Chancen, dass man ihn wegen seiner Taten belangt?«

»Nicht gut.« Armin schüttelte den Kopf. »Es heißt, dass er mit den richtigen Leuten bekannt ist. Jemand, wir wissen nicht, wer, hält eine schützende Hand über ihn. Aber es hat gereicht, um dich, Viktoria, und Sie, Frau Doktor Steiner-Madsen, wieder freizulassen. Der Brief, den dieses unglückliche Mädchen schrieb, hat Doktor Bäumers Vorwürfe gegen Sie weiter entkräftet. Wir haben dann nur noch die Kaution bezahlt – und Sie waren frei.«

»Die Kaution?«, fragten Vicki und Clara gleichzeitig.

Leon drückte Clara noch enger an sich. »Ich habe den Maybach verkauft.«

»Müssen wir damit rechnen, erneut festgenommen zu werden?«, brachte Vicki hervor.

»Negativ. Die Beweislage ist eindeutig. Und sollte es noch einmal Probleme geben – ich bin jederzeit für dich da, Viktoria, und für Sie, Frau Doktor Steiner-Madsen, natürlich auch.«

Im Dämmerlicht des Windfangs schien der erwachsene Armin zu schwinden. Wieder sah Vicki den Jungen in ihm. Sie drückte ihm die Hand, und es fühlte sich seltsam vertraut an. »Ich danke dir von ganzem Herzen«, sagte sie. »Ich weiß nicht, wie ich dir das jemals vergelten kann.«

Armin behielt ihre Hand in seiner. »Darf ich sie einmal kennenlernen?«, fragte er so leise, dass die anderen im Wohnzimmer es nicht hören konnten. »Luise, meine ich?«

Vicki wich zurück.

»Nicht erschrecken, Vicki. Was meinst du? Darf ich mich irgendwann einmal mit ihr unterhalten?«

Vicki hatte das Gefühl, zu Stein geworden zu sein. Gleichzeitig fühlte sie, wie ihr alles wehtat. Die Verletzung am Auge. Ein Bauchkrampf. Ihr Herz.

»Du willst wissen, wie ich es herausgefunden habe?«

Noch immer konnte Vicki sich nicht bewegen.

»Es war nach dem Tod meiner Fau.« Armin blickte ihr in die Augen. »Vielleicht hatte ich das Bedürfnis, etwas Vertrautes wiederzufinden. Erinnerungen zu wecken an eine glückliche Zeit.«

Vicki löste ihre Hand aus seiner. »Ja, aber diese Zeit ist für immer vorbei.«

»Ich meinte nicht …« Armin sah verwirrt und verletzt aus. »Nicht so, wie du jetzt vielleicht denken könntest.«

»Das meinte ich auch nicht«, entgegnete Vicki schnell.

»Ich wollte nur meine Kindheit noch einmal sehen.«

Ein paar Herzschläge lang sahen sie sich in die Augen.

»Wie auch immer.« Armin durchbrach den Moment als Erster. »Ich habe bei deinem Bruder geklingelt. Das Hausmädchen bat mich in den Salon. Und während ich noch gewartet habe, kam Luise.« Er lächelte. »Ehrlich, Vicki. Ein Blinder erkennt, dass sie deine Tochter ist. Und meine. Aber vor allem ähnelt sie dir.«

»Sie weiß es nicht.« Vicki hörte selbst, wie wütend sie klang.

Wieder musterte Armin sie lange. »Das weiß ich. Sie hält sich für die Tochter deines Bruders und seiner Frau. Aber sie scheint mir nicht besonders glücklich zu sein mit den beiden. Hast du nicht mal darüber nachgedacht, sie zu dir zu nehmen?«

»Ob ich …?« Vicki musste sich beherrschen. »Was ist denn das für eine Frage, Armin? Meinst du, ich habe mich damals freiwillig von ihr getrennt? Oh, du hast ja keine Ahnung!« Sie presste ihre Fäuste vors Gesicht.

»Ich glaube, ich kann es mir vorstellen.« Sie hörte Armin wie durch einen Nebel. »Und ich könnte dir helfen. Es gibt legale Wege …«

»Es gibt keine legalen Mittel, seinem Kind zu erklären, warum man es achtzehn Jahre lang angelogen hat!«, platzte Vicki heraus.

»Ich weiß, dass du zu diesem Schritt gezwungen wurdest, Vicki.« Armin nahm erneut ihre Hand in seine. »Und ich kann nur ahnen, was du durchgemacht hast. Wenn ich es nur früher gewusst hätte, wenn du mich nur aufgesucht hättest … Lass es mich wiedergutmachen, Vicki!«

»Da ist nichts wiedergutzumachen.« Vicki biss sich auf die Lippe. »Aber das ist nicht deine Schuld, Armin. Was du für mich und Clara getan hast, werde ich dir nie vergessen.« Sie beugte sich vor und drückte ihm einen Kuss auf die Wange. Noch immer war sie genauso groß wie er. »Ich danke dir sehr dafür.«

»Und du bist dir ganz sicher?«, fragte Leon, während sie die Koenigsallee hinabschlenderten. Sie gingen wieder Hand in Hand, so wie früher, als sie sich wiedergefunden hatten und befürchten mussten, sich erneut zu verlieren.

»Hundertprozentig sicher.« Clara drückte Leons Hand noch fester. »Und es ist keine Entscheidung, die ich so über Nacht gefällt habe. Ich habe jetzt ein paar Wochen lang darüber nachgedacht. Die Frage ist nur, ob du es dir auch vorstellen könntest.«

Der schwarze Wagen von Reichsaußenminister Walther Rathenau fuhr an ihnen vorüber. Clara und Leon hoben die Hand zum Gruße, und der Außenminister grüßte sie zurück. Immerhin einer, für den Clara nicht Luft war. Abgesehen von ihrer treuen Patientin Frau Malminger, die sich just an diesem Morgen eine Spirale von ihr hatte einsetzen lassen.

»Ob ich mir vorstellen kann, jeden Tag gesunde Nordseeluft zu atmen und im Sommer mein kleidsames Schwimmkostüm zu tragen?« Leon lachte. »Die Antwort ist Ja.«

»Aber wirst du Berlin nicht vermissen? Deine abendlichen Streifzüge auf dem Prenzlauer Berg, all die interessanten Gesichter mit ihren Geschichten?« Clara sah ihn aufmerksam an.

»Was meinst du, was für Gesichter ich erst in Westerland vor meine Linse bekomme?« Leon lachte weiter. »Menschen aus dem ganzen Deutschen Reich!«

»Und im Winter? Es kann dann sehr eintönig werden auf Sylt.«

»Nicht, wenn du auf der Insel bist.«

»Ich meine es ganz ernst, Leon!«

»Ich meine es auch ganz ernst.«

Die Märzsonne schimmerte durch die Zweige. Noch war es nicht Frühling, aber es lag ein Hauch von Hoffnung in der Luft. Clara öffnete ihren Wintermantel, weil ihr auf einmal warm war. Sie wusste, dass es, vom Standpunkt der Vernunft aus betrachtet, die beste Lösung war. Die Grunewaldpraxis war am Ende. Auch nach ihrem Freispruch waren die Patientinnen nicht zurückgekehrt. In ihrem Kopf hörte sie Mads' Stimme, damals, nach der Weihnachtspredigt: »Wann kommst du zurück, Tante Clara?« Und jetzt war der geeignete Zeitpunkt. Nach fast fünfzig Jahren Dienst am Inselmenschen hatte Doktor Thomsen den Ruhestand gewählt. Und sie war die perfekte Kandidatin, um seine Praxis zu übernehmen, ausgebildet an der Charité, mit einer Spezialisierung in Frauenheilkunde. Und gleichzeitig kannte sie ihre Insulaner. Ihre Heimat. Ihr Volk.

»So wie ich dich kenne, hast du mit Doktor Thomsen bereits korrespondiert?«

»Ja, um zu erfahren, ob er mir seine Praxis überhaupt überlassen würde. Und um zu hören, ob es in Westerland ein ernst zu nehmendes Fotoatelier gibt.«

»Wie lauten die Antworten?«

»Ja zu eins, nein zu zwei.«

»Aber Vicki und Ida werden dir fehlen.« Der Schatten eines Zweigs tanzte auf Leons Gesicht.

Clara nickte und versuchte, dabei zu lächeln. Leon schloss sie in die Arme. Und da erst brach sie in Tränen aus.

Es regnete so stark, dass alle anderen Geräusche darin ertranken. Die Autos, die an Vicki vorüberbrausten, durchnässten sie von Kopf bis Fuß. Ihr kinnlanges Haar klebte ihr an den Wangen, Regenbäche ronnen ihr in den Kragen und den Rücken hinab. Sie stieg von ihrem Fahrrad, um jemanden nach dem Weg zu fragen, aber das war nicht möglich. Alle versuchten, sich vor den Wassermassen zu retten, und rauschten an ihr vorüber. Vicki musste an den Tag vor fünfzehn Jahren denken, als sie ihren Termin im Anatomischen Institut bei dem Scheusal Hebemeyer gehabt hatte. Damals hatte sie Clara und Ida kennengelernt. Der Regen hatte ihr Glück gebracht.

Da vorn, das musste der Nollendorfplatz sein. Sie versuchte, sich an die Straßenkarte zu erinnern, die sie vor ihrem Gang nach Schöneberg konsultiert hatte. Dort bei dem Kolonialwarenhändler musste sie links abbiegen. Laternen flammten auf. In ihrem Licht schimmerte der Regen wie ein Perlenvorhang. Vicki fuhr durch die Lichtperlen hindurch.

Sie spürte, wie ihr Herz klopfte, während sie klingelte. Sie hatte ihren Besuch nicht telefonisch ankündigen können, aus dem einfachen Grund, dass die Witwe, bei der Marlene wohnte, kein Telefon besaß.

Eine Dame undefinierbaren Alters öffnete ihr die Tür. »Sie wünschen?«

»Ich möchte bitte zu Marlene Bülow.«

Die Dame sah sie abschätzig von oben bis unten an. »Vielleicht sind Sie so gütig, sich zuerst abzutrocknen. Warten Sie bitte, ich reiche Ihnen ein Tuch.«

Marlene saß im Wohnzimmer auf der Couch. Als Vicki eintrat, sprang sie auf. Vicki wollte ihr eine Hand reichen, aber Marlene hob die Arme, als wollte sie sie umarmen. Vicki hob auch ihre Arme – und berührte dann doch Marlenes ausgestreckte Hand. Einen Moment lang schwiegen sie. Marlenes Wangen färbten sich rot.

»Bestimmt möchtest du mir deinen Gast vorstellen?« Die Witwe war hinter sie getreten.

»Ja, sicher.« Marlene gewann ihre Fassung wieder. »Das ist Doktor Viktoria von Dutzendorf.«

»Sie sind Ärztin?«, fragte die Witwe verblüfft.

Vicki nickte.

»Ausgezeichnet! Könnten Sie sich bitte diese Stelle einmal ansehen? Seit Wochen warte ich nun auf einen Termin beim Herrn Doktor, aber da ist ja nix zu machen. Dieses Land geht vor die Hunde, na, dann kieken Sie mal!«

Marlene hob die Schultern und verdrehte die Augen, und einen verrückten Moment lang fühlte Vicki ein Kichern in sich aufsteigen. Rasch schlug sich Marlene eine Hand vor den Mund.

Erst jetzt bemerkte Vicki, dass noch jemand im Salon saß. Ein junger, schwarzhaariger Mann. Er verbeugte sich vor Vicki und stellte sich als Barmann vor.

Vicki erwiderte den Gruß, dann beugte sie sich über das Bein der Witwe, das diese entblößt hatte. »Juckt es?«, fragte sie, während sie mit dem Zeigefinger vorsichtig über eine Reihe roter Punkte fuhr.

»Es juckt so sehr, Frau Doktor, ich kann überhaupt nicht mehr schlafen!«

»Haben Sie diese Punkte noch an anderen Stellen des Körpers?«

»Nein, nur hier.« Die Witwe rollte ihren Seidenstrumpf wieder nach oben und befestigte ihn am Strumpfhalter.

Eine Frau, die sich ihren Flechtzopf einmal rund um den Kopf geschlungen hatte, betrat den Raum. »Hat jemand die Blausäure aus dem Badezimmerschränkchen gesehen?«

Der schwarzhaarige Mann, der von sich behauptet hatte, er sei Barmann, hob seine Hände. »Die rühre ich schon aus beruflichen Gründen nicht an.«

»Man kann sich Blausäure auch wieder von seinen Händen waschen, weißt du?« Die Bezopfte zog ihre Brauen zusammen. »Hattest du die Blausäure, Marlene?«

»Sosehr es mich auch reizen würde, Blausäure in meinem Zimmer zu haben – aber auch ich habe die Finger davon gelassen. Was willst du überhaupt damit? Hast du schon wieder Wanzen im Bett?«

Die Bezopfte nickte. »Weiß nicht, was meine Vorgängerin auf der Matratze getrieben hat, aber es war bestimmt sehr schmutzig. Marlene, du könntest dir nicht vorstellen, mit mir das Zimmer zu tauschen?«

Marlene verneinte. Das Mädchen stampfte hinaus.

»Ich glaube, es sind Wanzenstiche«, sagte Vicki zur Witwe. »Wenn Sie die Viecher beseitigt haben, verschwinden die Stiche nach ein paar Tagen von alleine. Wenn Sie aber unsicher sind, kommen Sie gern zu uns in die Praxis. Dann gucken wir uns das genauer an.«

Die Witwe schlug die Hände vor den Mund. »O Gott, Frau Doktor, ist mir das jetzt peinlich!«

»Muss es nicht. Diese Tiere kommen neuerdings in den nobelsten Häusern vor.«

»Ich hol jetzt Blausäure aus der Apotheke.« Die Bezopfte steckte ihren Kopf wieder durch die Salontür. »Frau Lehmann, das ziehe ich Ihnen aber von der Miete ab.«

Die Witwe erhob sich. »Wenn es nicht anders geht. So, Frau Doktor, bestimmt möchten Sie einen Tee?«

Auch der Barmann stand auf. »So, ich geh mal. Schicht fängt gleich an.«

Sie waren allein im Salon. Marlene und sie sahen sich an.

»Ganz munter so bei euch.« Vicki lächelte.

»Ja, wir haben uns immer was zu erzählen. Woher hast du meine Adresse?«

»Du hast sie dem Rechtsanwalt gegeben. Mitsamt den Informationen, die dazu führten, dass Clara und ich aus der Haft entlassen wurden.«

»Das war doch gar nichts.« Marlene ließ ihre perlweißen Zähne blitzen und wedelte mit der Hand.

»Jiu-Jitsu also?«

Marlene lachte. »Jiu-Jitsu, ja. Zurzeit versuche ich, es Charlotte beizubringen, meiner Blausäure liebenden Mitbewohnerin. Sie muss oft im Dunkeln arbeiten, da ist es ja sehr von Vorteil, wenn man sich verteidigen kann.«

»Was macht sie denn beruflich?«

»Sie ist Pferdetrambahnritzenreinigungsdame.«

Vicki lachte. »Manchmal denke ich, die deutsche Sprache macht das absichtlich. Damit ja kein Uneingeweihter sie versteht. Also, was genau macht Charlotte?«

Marlene lachte, dass ihre Zähne blitzten. »Sie kehrt mit einem Besen die Pferdeäpfel aus den Ritzen der Trassen.« Dann wurde sie plötzlich ernst. »Lass uns spazieren gehen, Vicki. Wir beide haben uns viel zu erzählen.«

Vicki deutete zum Fenster, gegen das der Regen trommelte. »Du hast keine Angst, dich bei dem Wetter zu erkälten?«

»Mit dir als Ärztin an meiner Seite?« Marlene lächelte. »Nein, die Zeit der Angst ist vorbei.«

Obwohl sie seit Monaten gewusst hatten, was geschehen würde, kam es ganz plötzlich. Es war der Morgen des 24. Juni, sechzehn Grad Celsius, und der Wetterbericht hatte einen leichten Regen vorausgesagt. Trotz dieser Vorhersage drangen vom angrenzenden Lunapark, der jetzt wieder geöffnet hatte, das Rattern der Holzräder und begeistertes Geschrei.

Leon trug die letzten zwei Koffer herunter. »Ich glaube, das war's jetzt.«

Ida schloss Clara in die Arme. »Es wird so merkwürdig sein, dieses neue Leben«, flüsterte sie. »Vor allem, weil du nicht mehr dabei sein wirst.«

Clara hatte keine Hand frei, um sich die Tränen abzuwischen. Sie ließ sie auf Idas Schulter tropfen, und sie war sicher, dass Ida die Tränen spürte, denn sie hatte nur ein leichtes Sommerkleid an. »Ich werde euch einmal im Jahr besuchen kommen, versprochen.«

»Das wäre sehr schön. Auch wenn wir es dann etwas beengt haben werden.«

»Beengt mit euch macht mir nichts aus.« Aus den Augenwinkeln bemerkte sie die Kisten, die sich zwischen dem gynäkologischen Stuhl und dem Schreibtisch stapelten. In einer Woche würden die Mieter einziehen. Und Ida würde dann mit Emma, Fritz und Vicki wieder bei ihrer Tante in Tiergarten wohnen. Sie würden von den Mieteinnahmen der Grunewaldvilla leben. Was davon übrig bliebe, würde Ida für ihr Studium verwenden. Zwei Jahre, schätzte sie. Mehr Zeit würde sie für ihre Promotion nicht brauchen. Dann könnte sie da ansetzen, wo sie vor elf Jahren aufgehört hatte, und endlich praktizierende Frauenärztin sein.

Vicki lief die Treppe hinunter. Als sie die zwei Freundinnen in einer Umarmung sah, lief sie dazwischen und legte die Arme um sie. So standen sie eine Weile: Drei Frauen, nicht mehr jung, aber auch noch nicht alt. Drei, die gekämpft hatten und gescheitert waren. Die sich vom Scheitern aber nicht unterkriegen lassen wollten und etwas Neues anfingen. Und die so traurig waren, dass sie dachten, es sei das Ende der Welt.

»Es ist nicht das Ende der Welt«, sagte Clara.

»Nein«, bestätigte Vicki.

»Nein.« Ida weinte jetzt auch.

Leon räusperte sich. »Der Droschkenfahrer ist da, Clärchen.«

Die Sonne schien von einem bewölkten Himmel, als Clara den Grunewald verließ, und doch sah sie alles durch einen nassen Schleier: Die Villa, vor der Ida, Vicki, Emma, Fritzchen und das Hausmädchen standen und mit Taschentüchern winkten. Das Haus von Außenminister Rathenau in der Koenigsallee 22. Und jetzt, als sie in die Douglasstraße einbogen, das Haus des Theaterkritikers Alfred Kerr und seiner Familie und daneben das Haus von Frau Malminger, die jetzt eine Spirale trug. Ein paar Villen weiter stand das Haus der Herzbergs, in dem Dr. Herzberg seit dem Tod seiner Frau alleine lebte. Clara dachte an die Geheimnisse, die hinter den Mauern der Häuser wuchsen, und daran, wie oft sie eingeweiht gewesen war.

Dass Reichsaußenminister Walther Rathenau von Männern in seinem Wagen erschossen worden war, die ihn als »Juden« und »Volksverräter« bezeichnet hatten, nur eine halbe Stunde nachdem sie und Leon mit ihrer Droschke durch den Grunewald gefahren waren, las sie erst Tage später in der *Sylter Rundschau*. Die Nachricht versetzte sie in großen Aufruhr. Aber das war nichts im Vergleich zu dem, was sie erfuhr, als sie in Westerland war.

28

Du bist schwanger?« Wäre Clara in Berlin gewesen, hätte sie einen Luftsprung gemacht. Hier in Westerland aber konnte sie sich gerade noch beherrschen. Sie musste würdevoll auftreten, vor allem in ihrer neuen Funktion.

Daje kniff die Augen zusammen. »Du musst gar nicht so komisch gucken, Clara. Mit einundvierzig kann man durchaus noch Kinder kriegen.«

»Ich weiß, dass man mit einundvierzig … oh, Daje, ich bin so glücklich! Was für eine umwerfende Nachricht! Sag, freust du dich denn auch?«

»Was soll sie sich denn freuen, Clara.« Greetje ging dazwischen. »Du weißt doch, vor welcher Wahl die Frauen in unserer Familie stehen: im Kindbett sterben oder unfruchtbar sein.«

Clara blickte um sich. Alle Schwestern waren in Greetjes Wohnstube versammelt. Greetje trug noch immer ihre schwarze Witwentracht mit Haube. Femmys Blondhaar war grau geworden. Und Daje, die Jüngste ihrer älteren Schwestern, sah blass aus vor Angst.

Clara rückte ihren Stuhl so vor Daje, dass sie ihre Hände nehmen konnte. »Du weißt, dass das Unsinn ist, Daje, oder? Nur weil Mutter und Aiske im Kindbett gestorben sind …«

»… und der Rest von uns keine Kinder bekommen kann«, fiel Greetje wieder ein.

»Jetzt hör doch mal endlich auf, ihr Furcht einzujagen, Greetje!«, rief Clara. »Das ist wenig hilfreich, verdammt!«

»Ich möchte mal wissen, wo du solche Ausdrücke gelernt hast.« Greetjes Augen glommen boshaft. »Im Gefängnis?«

»Woher weißt du …« Clara fühlte sich ertappt, und gleichzeitig ärgerte sie sich darüber.

»Ach, Vater lässt seine Briefe rumliegen. Überhaupt sprechen sich solche Sachen schnell rum.«

»Wenn du meinen Brief an Vater gelesen hast, dann weißt du auch, dass ich zu Unrecht eingesperrt wurde!« Ihre Stimme klang, als müsste sie sich rechtfertigen.

»Kein Rauch ohne Feuer, Clara.«

»Greetje.« Clara ballte die Fäuste. »Ich kann aber doch darauf zählen, dass du das nicht herumerzählt hast! Ich möchte mir hier auf der Insel ein neues Leben aufbauen. Ich brauche Respekt!«

»Das hättest du dir vielleicht überlegen müssen, bevor du was Strafbares gemacht hast.«

»Zum letzten Mal, Greetje, ich habe mir nichts zuschulden kommen lassen.« Sie atmete einmal tief durch und schloss die Augen. »Und ich verbitte mir diesen Ton.«

Minutenlang herrschte Schweigen in der Stube. Von draußen tönte das Meeresrauschen. Der Teekessel sang.

»Ich möchte jetzt gern mit Daje allein sein«, sagte Clara schließlich. »Ich schlage vor«, sie wandte sich an ihre Schwester, »wir gehen zu dir nach Haus.«

»Ich würde das freundliche Angebot ablehnen, Daje«, sagte Greetje. »Du weißt, dass Clara uns nur Unglück gebracht hat. Durch sie ist Mutter gestorben. Und sie war zugegen, als Aiske starb.«

Clara wollte etwas antworten, aber Daje kam ihr zuvor. »Ich würde es gern mit Clara versuchen«, sagte sie leise. »Ich meine, sie ist ausgebildet worden als richtige Frauenärztin, stimmt doch, Clara?«

Clara nickte. »Und ich habe schon Hunderte von Babys auf die Welt gebracht.«

»Auch schwierige Geburten?«

»Ja, Daje. Sehr schwierige sogar.« Sie erhob sich und reichte Daje die Hand, auf dass diese ebenfalls aufstand. Greetje stellte sich ihr in den Weg. »Ich sag dir eins, Clara. Wenn du das mit Daje vermasselst, dann machst du keinen Stich auf der Insel. Dafür werde ich persönlich sorgen. Ich werde dir die Hölle auf Erden bereiten. Du wirst dir dann wünschen, nicht geboren worden zu sein!«

»Lass mich durch, Greetje.« Clara blickte ihr in die Augen. Sie konnte den Atem der Schwester auf ihrem Gesicht spüren, und sie meinte, alles, was Greetje ausmachte, darin zu riechen: ihre Bitterkeit, ihren Hass und ihre Trauer. Endlich trat sie einen Schritt beiseite. Und Daje und Clara gingen hinaus.

Es roch noch immer nach Lysol, wenn man die Stufen zur Wohnung des Tantchens hinaufging. Und auch sonst hatte sich nichts hier verändert. Der Kaiser hing goldumrahmt an seinem angestammten Platz.

»Na, Freundchen, hier steckst du also!« Vicki kniff in des Kaisers Richtung ein Auge zu.

»Was sagt das Meydele?«, schrie das Tantchen, während sie ihr Hörrohr in Idas Richtung reckte.

»Das Meydele ist jetzt schon eine erwachsene Frau Doktor, und sie sagt, dass sie sich freut, den Kaiser wiederzusehen!«, brüllte Ida zurück.

Das Tantchen strahlte Vicki an. Dann wandte sie sich zu Ida um, und ihr Lächeln verflog wieder. »Aber das ist doch das Meydele mit der Chuzpe! Das habe ich doch schon mal gesehen!«

Ein ohrenbetäubendes Gebrüll ertönte vom Fußboden, auf dem sich Emma und Fritz um ein Auto zankten. Ida und Vicki schreckten zusammen, nur das Tantchen blickte, eine Antwort erwartend, weiterhin ihre Nichte an.

»Einer der Vorteile, wenn man schwerhörig ist!«, übertönte Ida das Geschrei. »Manchmal wünschte ich, ich wäre das auch!«

»Das ist mein Auto, du blöder Jude!«, rief Emma und zerrte an einer Maybach-Miniatur.

»Emma!«, schrie Ida entsetzt auf. »Ich verbiete dir dieses Wort!«

»Aber es ist doch wahr, Fritzchen ist doch Jude!«, protestierte Emma und senkte sogleich den Blick. »Wir sind alle Juden, oder? Ich auch?«

»Wer sagt das?« Ida hockte sich vor ihre Kinder hin und sah Emma in die Augen.

»In der Schule, die Kinder. Mutti, was ist ein Jude überhaupt?«

»Was will das Kind wissen?«, schrie das Tantchen und richtete ihr Hörrohr auf Vicki.

Vicki legte ihr eine Hand auf den Arm. »Gleich.« Dann setzte sie sich neben Ida. »Kennst du Jesus, Emma?«

Emma zog die Brauen zusammen. »Wer kennt Jesus bitte schön nicht?«

»Na, anscheinend diejenigen, die das Wort Jude als Schimpfwort verwenden. Jesus war Jude. Das kannst du den anderen sagen. Und dann kannst du sie gleich mal fragen, ob sie vorhaben, Jesus zu beschimpfen. Ich schätze, das trauen die sich nicht.«

»Danke«, flüsterte Ida, als sie wieder aufstanden.

Vicki strich ihr über die Wange. »Gern geschehen.«

An diesem Abend blieb Vicki zu Hause. In ihrem neuen Heim, das noch nicht Heimat war. Aber sie beschloss, dass es das noch werden würde. Alles würde am Ende noch glücken. Sie hatte Luise geschrieben und ihr die Sache mit der Festnahme erklärt, und Luischen hatte zurückgeschrieben, und nun würden sie sich treffen, heimlich. Sie hatte immer noch ihre Arbeit in der Poliklinik. Sie hatte Marlene und ein Dach über dem Kopf.

»Meinst du, wir können eine Schallplatte auflegen?«, fragte Vicki, während sie eine Flasche Schaumwein und zwei Gläser auf einem Tablett ins Wohnzimmer trug.

Idas Augen weiteten sich. »Ich liebe deine Umsicht! Ja, zu Tanz und Wein!«

Vicki zerrte am Korken, der sich partout nicht bewegen lassen wollte. »Ich habe mit Clara verabredet, dass wir …«, sie blickte auf die Standuhr, »… genau jetzt anstoßen!«

Der Korken knallte an die Decke. »Schnell, Ida! Die Gläser!« Der Schaumwein lief über. Sie hielten die Gläser in die Höhe, und Vicki rief: »Auf die beste angehende Frauenärztin Berlins! Und darauf, dass wir irgendwann alle wieder glücklich vereint sein werden hier!«

»Prosit!« Ida trank ihren Wein mit leuchtenden Augen.

Vicki sprang auf und holte ein Pappquadrat hervor. »Habe ich extra gekauft!«, rief sie. »Aber nicht gucken!«

Sie legte die Schellackplatte auf das Grammofon und ließ die Nadel herunter.

»Tootsie!«, lachte Ida und sprang ebenfalls auf. Sie hakte Vicki unter, und gemeinsam tanzten sie im Kreis. »Toot, Toot, Tootsie, good-bye!«, sangen sie so laut, dass es wirklich ein Glück war, dass Tantchen nach acht immer ihr Hörrohr weglegte.

»If you don't get a letter, then you'll know I'm in jail«, sang Ida die Worte von Al Jolson mit.

»Was heißt das?«, fragte Vicki, die immer noch kein Englisch konnte, obwohl sie sich vorgenommen hatte, die Sprache zu lernen, aber der Tag war nun mal zu kurz für alles, was ihr wichtig war.

»Wenn du nichts von mir hörst, bin ich im Gefängnis«, übersetzte Ida und schlug sich die Hand vor den Mund.

Vicki lachte, während sie weitertanzte. »Dann passt das ja!«

Als das Lied zu Ende war, legte Vicki es erneut auf. »Und so«, sagte sie, während sie Ida und sich die Gläser nochmals vollschenkte, »kann es meinetwegen bis Sonnenaufgang weitergehen!«

Es hörte aber schon um elf auf. »Ich bin duhn«, kicherte Ida und ließ sich aufs Sofa fallen. Vicki ließ sich neben sie plumpsen. Und so schliefen sie ein.

»Ich glaube, ich bin sehr betrunken.« Clara hielt sich an Leon fest, während sie in der Dunkelheit durch den Sand stapften.

»Hoppla!« Eine Sandburg tauchte plötzlich vor ihnen auf, und Leon konnte Clara gerade noch davon abhalten, in den Burggraben zu stürzen. »Dann ist baden gehen jetzt aber eine ganz schlechte Idee!«

»Im Gegenteil, die Idee ist sogar ganz fantastisch!« Clara kicherte. Dann setzte sie einen Zeh in den Burggraben. »Glaubst du, dass Walfische darin schwimmen?«

»Nein, dafür ist der Burggraben zu klein.«

»Ich meine doch, in der Nordsee!«

»Ja, also in der Nordsee schwimmen Wale. Fürchtest du dich davor?«

»Ich! Mich fürchten!« Claras Augen weiteten sich so sehr, dass Leon im Mondschein nur das Weiße darin sah. Da war es wieder, sein helles Mädchen. »Ich fürchte mich vor überhaupt gar nichts! Nicht mal vor dem Scheusal Carl!« Sie begann, sich ihr Kleid aufzuknöpfen, hielt aber plötzlich inne. »Oh, Leon! Wir haben unsere Badekostüme vergessen!«

»Dann müssen wir wohl nackt schwimmen gehen.«

Clara lachte so sehr, dass sie in den Sand fiel. »Das ist so eine lustige Idee!«

»Die wir auf der Stelle umsetzen werden.« Leon streifte sich sein Hemd über den Kopf, dann öffnete er seine Hose.

»Du, Leon?« Sie starrte ihn an. »Hat dir schon mal jemand gesagt, dass du sehr schön bist?«

Leon tat, als müsste er überlegen. »Jetzt, wo du es erwähnst … nein.«

»Lügner! Ich war das! Ich habe dir das schon mal gesagt!«

»Oho, Lügner nennst du mich!« Leon wackelte mit seinen Fingern. »Das erfordert eine sofortige Durchkitzelung!«

Clara lachte und rannte in Richtung Meer. Der Mond glitzerte auf dem Wasser. Sie lief, dass das Wasser an ihr hochspritzte, und dann lief sie weiter, direkt in die Wellen hinein. Die Kälte raubte ihr einen Moment lang den Atem. Es kribbelte im ganzen Körper, sie wusste nicht, ob vor Kälte oder Glück. Eine Welle schlug über ihr zusammen, und kurz hatte sie doch Angst, weil sie nicht wusste, ob sie noch schwimmen konnte, aber dann fiel es ihren Armen und Beinen wieder ein. Und dann war ihr, als würde die Nordsee alle Sorgenschichten von ihr abwaschen, und zurück blieb sie selbst, angstfrei und rein.

Sie spürte, wie Leon sie von hinten umarmte. »Weißt du noch, wie wir über unsere Nixenfamilie gesprochen haben, damals?«, fragte sie in den Mondschein.

»Als wäre es gestern gewesen.«

»Ich will die.«

»Ich will die auch.«

Sie drehte sich zu ihm um und strich ihm mit dem Finger über die Lachfalten an seinen Augen. »Lass uns so ein Nixenkind machen, Leon. Noch heute Nacht.«

29

Eigentlich hätte Vicki sich todmüde fühlen müssen, denn sie führte jetzt ein Leben, in dem sie alles hatte außer Schlaf. Nachdem sie beim schwerhörigen Tantchen eingezogen waren, arbeitete sie mehr denn je in der Poliklinik von Hermine Heusler-Edenhuizen, sie passte auf Emma und Fritzchen auf, wenn Ida an der Uni war, sie besuchte Lola und die anderen im Gefängnis, sie radelte zu unbezahlten Hausbesuchen bei deren Familien, sie korrespondierte mit Luise – und nachts, wenn sie eigentlich schlafen sollte, um Kraft zu tanken, tauchte sie in immer neue Wunderwelten des Berliner Nachtlebens ein. Ida machte ihr zuweilen Vorwürfe, dass sie sich so verausgabte. »Du willst doch sicher dein vierzigstes Lebensjahr erreichen, oder?«, fragte sie sie.

»Was für eine Fangfrage ist das denn?«, gab Vicki dann nur lachend zurück.

Sie zog allerdings eine Grenze, als ihr eine Stelle an der Charité angeboten wurde. »Dann müsste ich wohl mein frivoles Hobby von nächtlichen vier Stunden Schlaf aufgeben oder mich klonen«, begründete sie ihr Nein.

»Aber die Charité!«, hielt Ida wieder dagegen.

»Die Charité wollte uns für unsere Arbeit nicht bezahlen, nachdem wir promoviert waren«, sagte Vicki. »Und jetzt will *ich* nicht mehr. Nein, ich will für die Frauen arbeiten, die ich nun schon so lange kenne und betreue, Ida. Da bin ich stur.«

An diesem Abend wollte Vicki eigentlich wieder stur sein und sich Marlenes nicht enden wollendem Feierwunsch widersetzen. Aber Marlene lockte sie mit dem Versprechen auf Freigetränke. Ihr Mitbewohner, der Barmann, schenke aus.

»Was gibt es denn bei ihm zu trinken?«, wollte Vicki wissen.

Marlene lachte. »Alles außer Blausäure – darauf kannst du Gift nehmen!«

Es war ein warmer Juliabend. Rund um den Nollendorfplatz gingen Freundinnen untergehakt. Vögel zwitscherten in den Bäumen. Hufe klapperten über den Asphalt. Vicki schob ihr Fahrrad mit einer Hand, damit sie die andere frei hatte, um Marlene gelegentlich zu berühren. Doch plötzlich wurde die Stille von Zeitungsjungen unterbrochen.

»Erneut Attentat im Grunewald!« – »Verleger erleidet schwere Kopfverletzung!« – »Maximilian Harden von Rechtsradikalen angegriffen!«

»Das häuft sich ja in letzter Zeit«, bemerkte Vicki.

»Das ist wie die Mode, das vergeht auch wieder«, meinte Marlene.

»Meinst du?« Vicki betrachtete eine Monokel tragende, Zigarre rauchende Dame, die sich eine Zeitung unter den Arm geklemmt hatte.

»Ja, meine ich. Heute links, morgen rechts, kenne selber eine Reihe von Menschen, die sich nicht entscheiden können. So, und jetzt sind wir schon da!«

Vicki lehnte ihr Fahrrad an eine Hausmauer. Sie betraten eine Bar, die reichlich dunkel wirkte, obgleich doch draußen noch die Sonne schien. Im Schummerlicht saßen Männer in Anzügen und tranken ihr Bier.

Vicki nickte in die Runde. Sie steuerte den Tresen an, hinter dem Marlenes Mitbewohner Gläser putzte. »Guten Abend! Ich hätte gern den größten Kaffee, den du herstellen kannst, bitte! Und du, Marlene, was möchtest du?«

Der Mitbewohner, dessen Namen sie noch immer nicht kannte, nickte ihr zu. »Wieder langen Tag gehabt heute, Fräulein Doktor?«

Vicki nickte. »Bin seit dreißig Stunden auf den Beinen. Zwillingsgeburt.« Sie drehte sich zu Marlene um und raunte ihr ins Ohr. »Hier halten sie sich also versteckt, ja?«

»Wer?«, fragte Marlene.

»Na, die Schöneberger Männer!«

Marlene hatte ihr berichtet, dass dieser Teil Berlins praktisch nur noch aus Frauen bestehe. Was die Schönebergerinnen allerdings nicht interessierte, da sie sich abends und nachts vor allem miteinander amüsierten – bei Vergnügungen jeder erdenklichen Art. Für Frauen, die andere Frauen liebten, so Marlene, gebe es mehrere Dutzend Gesellschaftsklubs, zwei Eislaufvereine, ein Nudistengelände, drei Vereine für Freiluftsport, sechs Zeitschriften und fünfundachtzig Bars.

Marlene lachte, und zu Vickis Überraschung lachte auch ihr Mitbewohner hinter der Bar. »Dann kiek ma jenauer!«

Vickis Augen weiteten sich. Jetzt erst bemerkte sie die zarten Finger der Tresentrinker und die Rundungen unter dem Hemd des Barmanns.

»Aber psst!« Marlene legte einen Finger auf die Nase. »Darf unsere Vermieterin nicht wissen! Ist ein bisschen altmodisch, was das angeht!«

»Ich fürchte, wir wurden einander noch nicht richtig vorgestellt.« Vicki streckte dem Barmann die Hand hin. »Ich bin Vicki.«

»Erika«, sagte der Barmann. »Aber für dich bin ich Erich, Vicki.«

»Sehr erfreut.«

Es dämmerte, als sie wieder auf die Straße traten. Die Straßenbahn ratterte über die Schienen, in der Ferne prustete eine Lokomotive, am Rheinschloss-Filmtheater leuchtete es auf wie für ein großes Fest. *Nosferatu – eine Symphonie des Grauens*, glitzerte es in die blaue Stunde. Marlene blickte an sich herunter. »Ich frage mich, ob wir elegant genug sind für unser nächstes Ziel.«

Vicki registrierte, dass sie beide noch ihre Arbeitskleidung trugen. Marlene eine Seidenbluse mit Schleife und einen locker fallenden Rock, sie selbst ein gerade geschnittenes Kleid. »Vielleicht nicht elegant, aber dafür unwiderstehlich.«

»Na dann, auf ins Eldorado!«

Bedauernd blickte Vicki auf ihren Arztkoffer. »Ich fürchte, für Südamerika habe ich nicht gepackt.«

Marlene lachte. »Ich spreche von einem anderen Goldland, das nur ein paar Straßen von hier entfernt liegt.«

Es war dunkel, als sie in die Lutherstraße bogen. Vor der Scala mit ihrem hell erleuchteten Eingang war schon ordentlich Betrieb. Damen mit engen Kappen auf dem Kopf und in schimmernden Paillettenkleidern tänzelten am Arm ihrer Begleiter auf das Varietétheater zu. Auf der anderen Straßenseite herrschte ebensolches Gedränge, allerdings wirkte das Etablissement wesentlich dunkler. Sie folgten einer Blondine in weißem Pelzmantel, die sich vor dem Eingang die Lippen nachzog, und gingen hinein.

Die Luft war blau vom Zigarettenqualm. Ein Salonorchester spielte auf, und auf der Tanzfläche bewegten sich die schönsten Frauen, die Vicki je gesehen hatte: Wunderwesen auf langen Beinen mit schmalen Hüften und aufreizend geschminkten Gesichtern.

»Apropos verschwundene Männer von Schöneberg«, lachte Marlene.

Vickis Blick schweifte von den Wunderwesen auf der Tanzfläche hin zu der Blondine, die vor ihnen eingetreten war und sich jetzt in ihrem Goldkleid über einen Tisch beugte, um eine Brünette mit Federboa so leidenschaftlich zu küssen, dass Vicki den Blick abwenden musste. »Ja, hier sind sie wohl auch nicht«, stimmte sie zu.

Marlene lachte noch mehr. »Im Gegenteil, hier sind sie alle!«

Vicki stutzte. »Du meinst …«

»Ja, ich meine. Alles Männer. Ach nein, doch nicht.« Sie deutete auf eine Gruppe von Anzugträgern, die breitbeinig vor dem Tresen saßen und Zigarre schmauchten. »Ein paar unserer Geschlechtsgenossinnen haben sich heute Abend doch auf den Weg hierher gemacht.«

Was würden Clara und Ida wohl zu alldem sagen, dachte Vicki, während sie mit Marlene über das Parkett schwebte. Um sie herum tanzten die Zauberwesen mit ihren schimmernden Kleidern, und jetzt konnte sie es auch sehen: den etwas zu muskulösen Hals der Blonden, den Adamsapfel der Brünetten. Der Kronleuchter verwirbelte seine Lichter oben, und mit ihm verwischte sich alles, was kürzlich noch klar umrissen gewesen war. Nur eines war wie immer: ihr Leben, das in Stücke zerfiel.

»Woran denkst du?«, fragte Marlene, während die Lichter sich weiterdrehten.

»Daran, dass nicht alle Legespiele dafür gemacht sind, zusammengelegt zu werden.«

»Was würde denn passieren, wenn man mal etwas Unpassendes zusammenlegt?« Marlene lächelte mit ihren Augen.

»Es würde sich ein komisches Bild ergeben.«

»Die komischsten sind oft die besten«, flüsterte Marlene und küsste sie auf den Mund.

Es war ein kühler Tag im September, und Clara roch den Herbst. Sie schlug den Kragen ihres Ölmantels höher, wuchtete ihren Arztkoffer in die Satteltasche, setzte einen Fuß in den Steigbügel und hievte sich auf Vaters altes Pferd. Ihr Arztkoffer wog schwer an diesem Tag: Spekulum und Glasflasche mit Desinfektionsmittel für eine Schwangere in Hörnum, ein Sphygmomanometer für die Blutdruckmessung eines Patienten mit Herzproblemen in

Wenningstedt, Reagenzgläser mit Bunsenbrenner und Färbelösungen für alle Patienten, deren Abstriche, Blut- oder Urinproben sofort untersucht werden mussten, Spritzen und Kompressen sowie ihr Stethoskop. Sogar einen Katheter für Blasenspiegelungen führte sie heute mit sich, schließlich hatte Frau Petersen in Morsum ihr nur die Nachricht zukommen lassen, es sei was mit »untenrum«, und sie wollte für alle Fälle gewappnet sein.

Sie hätte einiges darum gegeben, mit dem Auto über die Insel zu fahren, aber daran konnten sie vorerst nicht denken. Leons Arbeit als Urlaubsfotograf ließ sich zwar sehr gut an, und auch ihre Praxis brachte Geld ein, aber für einen Maybach, wie sie ihn in Berlin gefahren hatten, reichte es nicht aus. Viele ihre Patienten waren zudem so arm, dass sie es nicht übers Herz brachte, ihnen etwas zu berechnen. Immerhin bezahlten einige in Naturalien, was sich in den vergangenen Monaten als recht nützlich erwiesen hatte, denn die Reichsmark verlor in geradezu atemberaubendem Tempo an Wert. Bauern packten ihr für einen Hausbesuch einen Sack Kartoffeln oder Äpfel in die Satteltasche, und Fischer Jensens Frau, der sie ein Mittel gegen ihre Menstruationsschmerzen gegeben hatte, hatte ihr vergangene Woche sogar einen frischen Wolfsbarsch in den Arztkoffer gelegt. Sie hatte den Koffer tagelang vor die Tür ihres neuen Häuschens gelegt, um das Leder auszulüften, aber dafür hatten Leon und sie eine köstliche Mahlzeit gehabt.

Clara fühlte, wie sie sich während des Reitens versteifte. Es war nicht so sehr der ungewohnte Vorgang als solcher – als junges Mädchen war sie viel geritten, und ihr Körper konnte sich wieder daran erinnern, was sie tun musste, um das Pferd zu lenken –, nein, sie fürchtete die Erschütterungen, von denen sie wusste, dass sie nicht gut waren für eine Schwangerschaft im Frühstadium.

Der Wind nahm zu, während sie aus Westerland herausritt. Regentropfen schlugen ihr ins Gesicht. Am Strand konnte sie ein paar zusammengesackte Sandburgen erkennen, aber keine Menschen. Die Badegäste wagten sich bei diesem Wetter offenbar nicht vor die Tür. Auch Greetjes Haus, das am Ortsrand stand, wirkte verlassen, aber als sie winkte, meinte sie, eine Bewegung hinter dem Stubenfenster zu erkennen. Mads, der seit Kurzem als Leichtmatrose auf einem Frachtsegler mitfuhr, war in Südamerika. Sie hatte ihn seit ihrer Ankunft auf Sylt noch nicht gesehen. Wusste er überhaupt, dass sie wieder auf der Insel lebte? Sie freute sich so sehr darauf, ihn zu sehen!

Die Zügel in ihrer Hand fühlten sich klamm an, als sie das Pferd auf den Sandweg lenkte, der nach Morsum führte. Eine Böe bog ihr den Mantelkragen nach hinten, und jetzt lief ihr der Regen den Rücken hinab. Clara unterdrückte einen Fluch und ritt weiter. Einen Moment lang sah sie Berlin vor sich, das glitzernde Metropolis. Vickis und Idas vertraute Gesichter, Autos, Warmwasser und Elektrizität. Nicht dran denken, befahl sie sich, während Vaters Pferd nun in einen leichten Trab fiel, was sie noch weiter durchschüttelte. Sie wusste nicht mit Sicherheit, ob sie schwanger war. Aber ihre Periode war gleich nach ihrer Ankunft auf Sylt ausgeblieben, und sie fühlte, dass sich ihr Körper veränderte. Ihre Brüste spannten, ihr Haar glänzte, und am Morgen war ihr leicht übel. Neulich, nachdem sie den Wolfsbarsch in ihrem Arztkoffer gefunden hatte, da hatte sie sogar geweint. Wenn es nach ihr ginge, würde sie am liebsten aufs Reiten verzichten. Aber sie hatte keine andere Möglichkeit, ihre Patienten zu erreichen – und somit hatte sie auch keine Wahl.

Noch hatte sie sich nicht getraut, es Leon zu sagen. Sollte sie nun doch kein Kind erwarten, so wäre er furchtbar enttäuscht.

»Gur Dai, Frau Doktor!« Ein junges Mädchen öffnete die Haustür. Der Regen platterte am Rohr des Reetdachs herunter, sodass Clara das Mädchen nicht klar erkennen konnte. »Meine Mutter erwartet Sie schon! Ich bin Anne.« Sie trat vor, um die Zügel des Pferdes festzuhalten, und erst da bemerkte Clara, dass sie errötet war. »Vielleicht haben Sie schon von mir gehört?«

Clara zerbrach sich den Kopf, während sie in den Matsch sprang. Das Mädchen schien ihre Verwirrung zu bemerken, denn jetzt färbten sich ihre Wangen noch dunkler. »Mads' Verlobte.« Sie knickste, während sie Claras Hand drückte. »Mads hat mir schon so viel von Ihnen erzählt!«

Clara zog das Mädchen in eine Umarmung. »Ich wusste noch nicht mal, dass Mads verlobt ist! Lass uns Du sagen! Oh, entschuldige bitte, jetzt habe ich dich ganz nass gemacht!«

»Genauso hat Mads von dir geredet! Dass du so freundlich und klug wärst, meinte er. Du bist seine Lieblingstante! Nein, sein Lieblingsfamilienmitglied. Oh, ich freue mich so, dich kennenzulernen!«

»Und ich mich erst mal!«, strahlte Clara. Auf einmal leuchtete die Welt ein bisschen heller. Mads war verlobt! Mit diesem erfrischenden Mädchen. Und er hatte all diese Dinge über sie gesagt!

»Möchtest du einen Tee trinken, Frau Doktor? Oder Tante Clara?« Das Mädchen errötete wieder. »Ich weiß nicht, wie ich dich nennen darf.«

»Tante Clara passt fabelhaft, Anne! Einen Tee nehme ich vielleicht später. Am besten, du führst du mich erst mal zu deiner Mutter.«

Frau Petersen saß auf einer Bank in der Küche und schälte Kartoffeln. Als Clara eintrat, erhob sie sich, verzog aber sogleich das Gesicht. »Ach, Clara, ich meine, Frau Doktor! Wie gut, dass Sie gleich kommen konnten! Es ist so merkwürdig, dich Frau Doktor zu nennen, Clara. Ich kenn dich ja noch als kleines Kind.«

»Clara geht völlig in Ordnung. Aber sollten Sie nicht lieber im Bett liegen, wenn Sie Schmerzen haben?«

»Nee, nee, ich kann nich liegen, Clara, das Essen kocht sich ja nicht von selbst. Anne, bitte lass die Frau Doktor und mich ma allein!«

Das Mädchen schloss die Tür hinter sich.

»Hier.« Frau Petersen pustete Clara ins Gesicht. »Man riecht keine Zwiebel, oder? Ich hab meinen Klaas auch schon angepustet, aber er fand, es wär alles normal.«

Clara stellte ihren Arztkoffer auf einem Hocker ab. »Ich fürchte, ich verstehe nicht, wovon Sie sprechen, Frau Petersen.«

»Sag doch Marie, Kleines, wir auf der Insel sagen doch alle Du. Also, mein Klaas hat ja keine Ahnung, warum ich ihn gefragt habe, ob da noch alles nach Rosen riecht. Er soll es auch gar nicht wissen.« Sie beugte sich vertraulich vor. »Ich glaube, dass da schon wieder einer kommt.«

Clara überlegte. Konnte es sein, dass Marie Petersen tüdelig war? »Ich kann dich ja gleich mal untersuchen«, sagte sie. »Wo genau sind die Schmerzen denn?«

»Beim Wasserlassen, Frau Doktor Clara. Da tut es ganz fürchterlich weh.«

»Dann gehen wir doch gleich mal rüber in dein Schlafzimmer, in Ordnung? Ich sehe mir das einmal an.«

Es dauerte eine Weile, bis sich Marie Petersen ausgezogen hatte, so viele Röcke und Unterröcke trug sie. »Ist ja schon tüchtig kalt geworden«, bemerkte sie mit einem verlegenen Lächeln. Clara, die mit dem Gesicht zum Fenster stand, beobachtete eine Gruppe von Fischern, die ihre Boote an Land zogen. Draußen auf See türmten sich die Wellen. Das Wasser krachte auf den Strand. »Lass dir Zeit.«

»Ich nehme an, dass ich die Zwiebel dann rausnehmen kann, oder?«

»Welche Zwiebel?« Clara drehte sich um.

»Na, die Zwiebel eben, die man untenrum trägt. Ich wollte

doch wissen, ob ich wieder schwanger bin, Clara!« Und mit einem leichten Vorwurf in der Stimme: »Hast du das denn nicht gelernt?«

»Ich fürchte, dass ich immer noch nicht …« Ihre Augen weiteten sich, als sie sah, wie sich Marie Petersen mit einer Hand zwischen die Beine griff und eine kleine Knolle herausfischte.

Das muss ich Vicki und Ida erzählen, dachte Clara. Laut sagte sie: »Ich nehme an, dann haben wir das Rätsel gelöst.«

»Welches Rätsel?« Marie sah verwirrt aus. »Das sind doch zwei Paar Schuhe, Clara! Mit der Zwiebel wollte ich gucken, ob ich wieder was Kleines erwarte, und das andere, weshalb ich Schmerzen habe, das musst du dir jetzt selber ansehen!« Sie zog die Brauen zusammen. »Du hast doch wirklich studiert, oder? Mir scheint gerade, dass du nicht so viel weißt!«

Clara wollte zu einer Antwort ansetzen, doch Marie hob den Finger. Sie wolle ihr gern ein bisschen Nachhilfe geben. Und dann begann sie zu erzählen: Wie schon ihre Mutter und deren Mutter und alle Mütter vor ihnen ihre Schwangerschaften mithilfe einer abends vaginal eingeführten Küchenknolle festgestellt hätten. Wie einfach die Methode sei: Wachte man am Morgen auf und roch nach Lauch, so sei man nicht schwanger. Sei der Atem dagegen frisch, so habe das keimende Leben in ihrem Bauch den Geruch absorbiert.

Ob auch Doktor Thomsen Schwangerschaften auf diese doch sehr überkommene Weise diagnostiziert habe, wollte Clara wissen. Woraufhin Marie Petersen fast so beleidigt reagierte, als hätte Clara eine Blasphemie begangen. »Selbstverständlich«, entgegnete sie.

Zum Glück sei die Wissenschaft heute ein bisschen weiter, erklärte Clara. Vor zwei Jahren habe man gar das Hormon gefunden, das Frauen bei einer Schwangerschaft bildeten. »Nur nachweisen kann man es leider noch nicht.«

»Ja, aber dann nützt das doch auch nichts«, meinte Frau Petersen. »Ich würde sagen, da ist Doktor Thomsen mit seiner Zwiebelmethode schon weiter gewesen!«

Clara beschloss, die Diskussion zu beenden. »Es gibt ja noch andere Mittel, eine Schwangerschaft festzustellen. Und dazu taste ich dich jetzt einmal ab.«

Maries Gebärmutter war so flach wie die eines jungen Mädchens. »Du bist definitiv nicht schwanger«, bemerkte sie.

»Aber mein Atem …«

Clara versuchte, sich ihre Ungeduld nicht anmerken zu lassen. »Ich schließe eine Schwangerschaft zu hundert Prozent aus. Jetzt zu deinen Schmerzen. Hast du das Gefühl, dass du öfter Wasser lassen musst als üblich? Und kommt manchmal auch nichts raus?«

»Genauso ist es.«

»Dann würde ich dich jetzt gern …«

Eine Tür wurde unten aufgepoltert. Dann wurden mehrere Stimmen laut. »Aber ich muss sofort zu ihr!«, hörte Clara jemanden rufen. Im nächsten Moment klapperten Schritte auf der Treppe, und plötzlich stand Femmy in der Tür. »Daje blutet!«, keuchte sie. »Wir glauben, sie kriegt ihr Kind!«

»Aber es ist doch noch viel zu früh dafür!« Clara spürte, wie eine Hitzewelle in ihr aufstieg. Alles stand ihr auf einmal wieder vor Augen: Wie Aiske geschrien hatte, und wie niemand sie hatte retten können, und Greetjes Worte über Unfruchtbarkeit und Tod. Sie schloss die Augen und holte tief Luft. »Ich komme«, sagte sie, so ruhig sie konnte. »Marie, ich komme, so schnell ich kann, wieder. Trink einstweilen, so viel du kannst! Hast du getrocknete Birkenblätter? Sehr gut! Dann brüh die auf!«

Die Sonne war nur mehr eine blasse Scheibe. Wolken stürmten über den Himmel, und es regnete jetzt so stark, dass Clara kaum etwas erkennen konnte.

»Wir müssen uns beeilen«, rief Femmy. »Sie blutet ganz stark!«

Clara schwang sich auf das Pferd, das Anne schon herausgeführt hatte, und die Pferde, angeführt von Femmys, fielen augenblicklich in Galopp. Sie hatten Westerland fast erreicht, da spürte Clara etwas Nasses in ihrer Hose. Bitte nicht, dachte sie, während sie das Pferd in die Kjeirstraße lenkte. Aber für mehr war keine Zeit.

Greetje in ihrer schwarzen Witwentracht stand vor Dajes Haustür, die Fäuste in die Hüften gestemmt. »Das wird aber auch mal Zeit mit euch beiden!«, rief sie ihnen entgegen. »Ich will nicht wissen, womit du schon wieder deine Zeit vertrödelt hast, Clara. Aber Familie ist für dich ja nicht so wichtig, das war bei dir schon immer so.«

Clara schob sie beiseite. »Lass mich zu Daje.«

Greetjes Antwort konnte sie nicht hören. Dajes Schreie übertönten sie. Sie lief ins Haus, und dabei fühlte sie, wie sich die Nässe zwischen ihren Beinen ausbreitete. Dann schoss ein Schmerz durch ihren Unterleib, und sie krümmte sich. Ein paar Herzschläge lang stützte sie sich am Geländer ab, dann rannte sie in Dajes Zimmer, und da erst sah sie ihre Schwester, die auf ihrem Bett lag und sich in die Hand biss.

»Ganz ruhig«, sagte sie. »Du musst keine Angst haben, Daje. Ich sehe mir jetzt erst einmal an, was es ist.« Sie desinfizierte ihre Hände, streifte sich einen Gummihandschuh über und ertastete sich ihren Weg zu Dajes Gebärmutter. Der Muttermund war fest verschlossen, und sie atmete auch. »Hast du Wehen?«, fragte sie.

Daje schüttelte den Kopf.

»Hör zu, du musst dir keine Sorgen machen. Du hast einfach nur Blutungen, aber du wirst dein Baby nicht verlieren, das verspreche ich dir.«

»Ich bin doch erst im sechsten Monat«, weinte Daje.

»Ja, und das wirst du auch bleiben.« Clara strich ihrer Schwester über das Haar. »Und irgendwann wirst du im siebten und achten und neunten sein.«

Daje sah aus verweinten Augen zu ihr auf und presste sich die Hände auf den Bauch. »Ich habe so schreckliche Angst, Clara.«

»Und das ist normal.« Clara versuchte zu lächeln, aber die Krämpfe in ihrem Unterleib wurden immer stärker. »Jede werdende Mutter hat das. Pass auf, ich gebe dir jetzt ein Beruhigungsmittel, und dann wirst du schlafen. Ich will ganz sichergehen und verordne dir hiermit Bettruhe. Bis dein Baby geboren ist, stehst du bitte nicht mehr auf.«

»Aber … wie soll das gehen?« Daje weinte. »Keno ist doch jetzt in Norwegen, und ansonsten bin ich im Haus allein.«

»Ich helfe dir.« Clara streichelte sie weiter. »Wir helfen dir alle. Hab bitte keine Angst.«

Daje drehte sich auf die Seite und wühlte den Kopf in ihr Kissen. »Ich schäme mich so.«

»Aber da gibt es doch nichts, wofür du dich schämen müsstest, Daje.«

»Doch. Dafür, wie ich dich behandelt habe. Wir waren …« Sie weinte wieder. »Wir waren alle so schrecklich zu dir.«

Clara streichelte immer weiter. Dann zog sie ihre Spritze auf und nahm Dajes Arm. »Mach mal eine Faust«, wisperte sie.

»Was?«

»Eine Faust. Als ob du wütend wärst.«

»Ich hab solche Angst, Clara.«

»Dann sei wütend auf die Angst. So ist es gut. Pass auf, jetzt gibt es einen Pikser. Und wenn du morgen aufwachst, wirst du dich schon viel besser fühlen.«

»Wirklich?«

»Wirklich. Das verspreche ich dir.«

Sie sah zu, wie Dajes Augen zufielen. Dann erst stand sie auf und untersuchte sich selber. Ihr Unterrock war mit Blut getränkt.

Und jetzt fühlte sie auch, wie die Krämpfe zurückkehrten. Immer weiter lief das Blut aus ihr. Sie gestattete sich keine Gefühle, als sie aus Dajes Haus heraustrat, und sie sagte auch nichts, als Greetje sie anfuhr. Sie ließ alles stehen, den Arztkoffer, das Pferd, die Schwestern. Ihr wurde dunkel vor Augen, während sie so ging. Erst als sie ihre Haustür hinter sich geschlossen hatte, fiel sie zu Boden. In dieser Haltung fand Leon sie.

30

Ich denke nicht, dass du aufstehen solltest.« Leon setzte sich auf das Bett, das ein ehemaliger Schüler von Claras Vater ihnen vermacht hatte. Irgendjemand war in diesem Bett gestorben, und Leon hatte von Anfang an ein ungutes Gefühl gehabt, darin zu schlafen, aber noch fehlte ihnen das Geld für eigene Möbel. Er hoffte, dass Clara nicht sah, dass er auch geweint hatte. Er musste jetzt doppelt so stark sein. Für sie.

»Ich muss aber.« Clara stellte ihre Füße auf den Boden. »Ich muss nach Daje sehen. Und ich habe all meine anderen Patienten, da ist Marie in Morsum, der ich versprochen habe, gleich wiederzukommen und ...«

»Daje geht es gut, ich war heute Morgen bei ihr. Keine Blutungen mehr. Und deine anderen Patienten müssen sich eben gedulden. Ich möchte, dass du dich jetzt wieder hinlegst, Clara. Das, was du durchmachst, ist kein ...« Kinderspiel, wollte er sagen und biss sich auf die Lippen.

Clara sah ihn an. »Ich muss selbst nach Daje sehen.«

»Gut, aber dann begleite ich dich.«

»Hast du keine Kunden heute?«

Doch, habe ich, wollte er sagen. Aber es war doch alles gleich. Was konnte es Wichtigeres geben, als wenn die eigene Frau ihr Kind verloren hatte. Er hatte ja noch nicht mal gewusst, dass sie schwanger gewesen war! Und dann hatte er sie ohnmächtig auf dem Dielenboden gefunden, und sie hatte ihm von ihrer Fehlgeburt erzählt.

In ihm loderte eine Wut, die er kaum beherrschen konnte. Warum nur, warum hatte Clara alles für sich behalten? Sie wusste doch, wie sehr er sich darauf freute, Vater zu werden! Warum hatte sie ihn ausgeschlossen? Warum nur machte sie immer alles mit sich selber aus?

Aber er durfte ja nicht wütend sein auf Clara, wenn sie solche Schmerzen durchmachte. Wenn sie so unfassbar verzweifelt war! Er drehte sich um und ging in die Küche. Auf keinen Fall sollte sie mitbekommen, wie es in ihm aussah.

In der Küche entfachte er ein Feuer für den Ofen, setzte einen Kessel Wasser auf die Kochringe und blickte aus dem Fenster, während er darauf wartete, dass es zu kochen anfing. Es wird alles wieder gut, sagte er sich, ich bin doch ein Glückskind. Clara und ich werden Eltern. Clara wird wieder ganz gesund. Der Türklopfer ließ ihn zusammenschrecken. Der Postbote war da.

»Briefe aus Berlin für die Frau Doktor«, sagte er. »Es geht ihr doch gut, der Frau Doktor, oder? Ich frag nur, weil Sie doch anstelle der Frau Doktor heute Morgen bei Daje waren.«

»Die Frau Doktor ist unpässlich«, entgegnete Leon nach einem Zögern.

»Dürfte ich fragen …?«

»Nein«, sagte Leon unwirsch. »Dürfen Sie nicht.«

Aus Claras Zimmer drang kein Ton, als er die Tür zuschlug. Als er zu ihr trat, sah er, dass sie wieder eingeschlafen war.

Der erste Auftritt von Greetje erfolgte am Nachmittag. Was sich Clara denn einbilde, schimpfte sie, Daje nicht mehr zu behandeln, das würde doch einmal wieder beweisen, dass sie sich um die Familie einen feuchten Kehricht schere. Leon wehrte sie ab, indem er sagte, dass Clara krank sei. Was sie sich denn einbilde, ausgerechnet jetzt krank werden zu wollen, andere müssten auch ihre Pflicht tun, ob sie sich dabei wohlfühlten oder nicht.

Clara schlief weiter. Erneut ging Leon zu Daje hinüber. Sie saß aufrecht im Bett und lächelte ihn an. Die Blutungen hätten aufgehört, versicherte sie ihm. Sie habe auch keine Schmerzen. Aber sie würde gern wissen, wann Clara bei ihr vorbeisehen könne, nur um ganz sicherzugehen.

»Clara ist krank.«

»Ist sie erkältet? Wir sind alle erkältet zurzeit, der Herbst kam so plötzlich und …«

»Daje.« Leon hob eine Hand. »Du weißt, dass Clara ihre Pflichten als Ärztin nur im Fall eines äußerst triftigen Hinderungsgrunds vernachlässigen würde?«

Jetzt sah Daje doch erschrocken aus. »Bitte, Leon, was ist passiert?«

»Ich glaube, das sollte Clara dir selbst sagen.«

Daje griff nach seiner Hand. »So schlimm?«

Leon stand rasch auf. »Ich möchte jetzt gern wieder bei ihr sein.«

»Bitte sag ihr … sag ihr, dass ich sie sehr lieb hab.«

»Das werde ich tun.«

Als Nächstes kam Greetje, als Leon gerade versuchte, Clara etwas zu essen zu geben. »Das ist ja wohl die Höhe!«, polterte sie. »Liegt meine faule Schwester noch immer im Bett!«

Da konnte Leon sich nicht mehr beherrschen. Er packte Greetje am Arm. »Wag es noch einmal, meine Frau zu beschimpfen! Mir reicht es mit dir! Du verlässt auf der Stelle unser Haus!«

Greetje starrte ihn an, als könnte sie ihren Augen nicht trauen. Dann blickte sie durch die Schlafstube. Im Schein der Petroleumlampe konnte sie die blutige Kleidung und die Baumwollbinden sehen. Ihr Gesicht verzog sich zu einer Fratze. »Sie hat ihr Kind verloren, richtig? Hochmut kommt vor dem Fall, sag ich immer. Clara, Clara. Das geschieht dir ganz recht.«

Die Anspannung der Frau war mit Händen zu greifen. Vicki warf noch einen Blick auf die Patientenakte. Deikjen Lorenzen, einunddreißig Jahre alt, verheiratet, keine Vorerkrankungen, starker

Juckreiz im Genitalbereich. Vorsichtig schob sie das Spekulum in die Vagina von Frau Lorenzen, dann führte sie ein Wattestäbchen hinein, um den Abstrich zu machen. Sie bemerkte, dass die Patientin ihre Hände um den Untersuchungsstuhl krallte, also verwickelte sie sie in ein kleines Gespräch.

»Sie kommen aus Norddeutschland, richtig?«

Die Hände lockerten sich etwas. »Was hat mich verraten?« Frau Lorenzen lächelte unsicher.

»Die Ähnlichkeit im Tonfall einer sehr lieben Freundin von mir, die von der Insel Sylt stammt.«

»Sylt!«, stieß Frau Lorenzen aus. »Da komm ich ja nu auch her! Vielleicht kenne ich Ihre Freundin gar?«

»Sie heißt Clara Steiner-Madsen.« Vicki stellte ihren Stuhl vor das Mikroskop und gab den Abstrich auf zwei Glasplättchen, auf die sie jeweils Kochsalz und Methylenblau geträufelt hatte. »Sie ist auch Frauenärztin, wir haben zusammen studiert.«

»Frau Doktor Madsen!« Frau Lorenzen war hochgeschnellt. »Aber natürlich kenne ich sie. Hat meine Schwiegermutter von einer Blasenentzündung geheilt.«

Vicki blickte durch ihr Okular, um das Ergebnis des Abstriches zu beobachten. Sekunden später konnte sie sie erkennen: runde Geißeltierchen mit langen Fäden.

»Ah, ich habe den Bösewicht entdeckt, der Ihnen Kummer bereitet: Es sind Trichomonaden. Keine Sorge, das kommt relativ häufig vor, und man kann es sehr gut heilen. Ich werde Ihnen Arsphenamin verschreiben, dann sind Sie das Übel ruck, zuck wieder los.«

»Ars… Ist das so etwas wie Arsen?« Sie wurde rot. »Entschuldigung, ich wollte nicht … Aber ich durfte in Kiel das Mädchengymnasium besuchen, und ich mochte Chemie immer sehr gern.«

Vicki lächelte. »Sie haben recht, Arsphenamin ist ein Arsen-Derivat. Aber keine Sorge, damit vergiften wir nicht Sie, sondern nur die Trichomonaden. Übrigens eine Berliner Erfindung, das

Arsphenamin, von Professor Ehrlich entwickelt. Ja, es stammen auch gute Dinge aus der Hauptstadt! Kommen Sie klar mit den Berlinern ansonsten? Die sind anfangs ja nicht jedermanns Fall!« Vicki hörte selbst, dass sie mehr redete als üblich. Musste an den Litern von Kaffee liegen, den es jetzt wieder mit hundert Prozent Bohne gab und den sie an diesem Morgen schon in großen Mengen getrunken hatte.

»Ach, die Berliner …« Frau Lorenzen machte eine Handbewegung, die so ziemlich alles bedeuten konnte. »Man muss das Unglück ertragen können, sage ich immer. Mussten unsere Väter im Krieg ja auch.«

»Mhm.« Vicki versuchte, sich in ihrer Eigenschaft als Berlinerin nicht allzu beleidigt zu fühlen. »Frau Lorenzen, ich müsste eine Schwangerschaft ausschließen, bevor ich Ihnen das Mittel verschreibe.« Sie nahm ihren Stift zur Hand. »Letzte Periode?«

»Vor einer Woche.«

»Fein.« Vicki notierte die Angaben und stand auf, um Frau Lorenzens Gebärmutter abzutasten. »Ich möchte das gern mit Sicherheit ausschließen. Erlauben Sie?«

»Nur zu.« Frau Lorenzen hob den Blick zur Decke. »Da fällt mir ein, grüßen Sie die Frau Doktor bitte recht herzlich von mir und sagen Sie ihr, wie sehr es mir leidtut.«

»Was denn?« So vorsichtig wie möglich führte Vicki zwei Finger ein. Mit der anderen Hand drückte sie Frau Lorenzen sanft auf den Bauch.

»Also, wir sind ja erst vergangene Woche hier angekommen, und die Abreise war so hektisch, da konnte ich das der Frau Doktor nicht mehr persönlich sagen. Aber richten Sie ihr bitte aus, es täte mir so sehr leid.«

»Was tut Ihnen leid, Frau Lorenzen?« Vicki zog ihre Finger zurück und streifte sich den Gummihandschuh wieder ab.

»Na, dass die Frau Doktor die Fehlgeburt hatte.«

Vicki ließ den Handschuh fallen.

»O Gott, nu gucken Sie doch nicht so erschrocken. Das wird doch bestimmt wieder bei der Frau Doktor, die ist ja auch noch jung!«

Vicki stützte sich an der Wand ab. In ihren Ohren schwirrte es. Wie von Ferne sah sie sich dabei zu, wie sie das Rezept schrieb. Sie reichte es Frau Lorenzen. »Hier bitte, danke schön.«

»Na, ich hab doch wohl zu danken.« Frau Lorenzen schüttelte den Kopf, während sie ihren Rock wieder anzog. Dann verließ sie den Raum.

Vicki blieb sitzen, bis die Sprechstundenhilfe an die Tür klopfte. »Fräulein Doktor von Dutzenberg? Ich habe hier die nächste Patientin!«

Das Schwirren in ihren Ohren war lauter geworden. Es klang wie von einem Hummelschwarm. Nicht Clara, sirrten die Hummeln. Das durfte nicht sein.

Sie erhob sich, und noch in der Bewegung traf sie eine Entscheidung. »Ich möchte bitte gleich mit Frau Doktor Heusler-Edenhuizen sprechen«, sagte sie zu der Hilfe. »Einstweilen schicken Sie doch die Patientin herein.«

Es war genauso, wie Clara es beschrieben hatte. Schwarze Wolken trieben über den Himmel und bliesen Vicki nasse Luft ins Gesicht. Ihre Haut prickelte, als würde jemand Stecknadeln hineinstecken. In der Ferne dehnten sich Sanddünen in die Landschaft. Grüne Halme bogen sich fast waagerecht darauf.

Sie schüttelte sich die Haare aus dem Gesicht, holte tief Luft und nahm ihren Koffer wieder auf. Die Fähre, die sie auf die Insel gebracht hatte, machte sich wieder ans Ablegen. Außer ihr war niemand mitgefahren. Es war auch niemand auf der Straße. Sylt, so schien ihr, war der verlassenste Ort der Welt.

Ein Kirchturm ragte aus dem Ort hervor. Auf den nahm sie

Kurs, bestimmt konnte ihr dort jemand den Weg zur Praxis von Doktor Steiner-Madsen zeigen. Sie war keine paar Schritte gegangen, als sie von Nebelschwaden eingehüllt wurde. Schon konnte sie kaum noch die Reetdächer vor sich sehen. Und dann tauchte eine schwarze Gestalt vor ihr auf. Eine Gänsehaut überzog Vicki. Die Augen der Gestalt leuchteten so hell im Nebel, dass sie fast durchscheinend waren.

»Entschuldigung«, sagte Vicki. »Ich suche die Praxis von Doktor Clara Steiner-Madsen.«

»Was wollen Sie denn von der?«, stieß die Gestalt hervor.

Vicki wollte entgegnen, dass das wohl niemanden außer ihr und Clara etwas angehe, besann sich aber eines Besseren. So schnell lief ihr in diesem gottverlassenen Nest wohl niemand anderer über den Weg. »Ich bin eine Freundin von ihr.«

»Straße runter, dann rechts. Ach, und sagen Sie ihr, sie soll Daje besuchen. Faulenzer können wir hier nicht gebrauchen.« Und damit löste sich die schwarze Gestalt wieder auf.

Charmant, dachte Vicki. Das war dann wohl die Schwester, von der Clara ihr berichtet hatte. Der Nebel wurde noch dichter. Einen Arm ausgestreckt, damit sie nirgends anstieß, setzte sie ihren Weg fort.

Es war Leon, der ihr die Tür öffnete. Im nächsten Moment fiel er ihr um den Hals. »Oh, Vicki«, stieß er hervor.

»Wie geht es ihr?«, flüsterte Vicki.

Leon schüttelte den Kopf.

Clara lag in ihrem Bett und starrte an die Decke. Als sie Vicki sah, begann sie zu weinen. Vicki lief zu ihr und umschlang sie. »Ich weiß, du hast Leon und deine Familie«, sagte sie leise. »Aber ich musste dich einfach sehen.«

»Aber Ida … wer passt auf Emma und den kleinen Fritz auf? Und die Arbeit bei Hermine in der Poliklinik?«, schluchzte Clara.

Vicki hielt sie noch immer. »Das ist doch jetzt ganz egal.«

Sie fühlte, wie Clara sich an sie klammerte. »Vicki«, weinte sie. »Ich mag nicht mehr.«

Vicki merkte, wie sie erstarrte. »Was meinst du damit?«

Clara weinte weiter. »Ich mag … Ich mag nicht mehr leben. Es ist alles zu viel.«

»Ach, Clärchen.« Vicki streichelte ihr über die Haare. »Ich weiß genau, was du meinst.«

»Wirklich?« Clara hob den Kopf. »Ich fühle mich so schuldig, dass ich solche Gedanken habe. Ich meine, ich hab doch Leon … und euch … und den Beruf, den ich immer haben wollte … aber jetzt … Ich ertrage das einfach nicht mehr!«

»Du hast vollkommen recht«, sagte Vicki. »Es reicht wirklich! Wer ist eigentlich dieser sadistische Gott, dass er uns mit dieser ganzen vermaledeiten Soße begießt!« Sie reckte ihre Faust gen Zimmerdecke und brüllte: »Hallo, da oben! Dit reicht!!«

Clara kicherte. »Das tut ein bisschen gut, das zu hören.«

»Was meinst du, wie gut es erst mal tut, wenn man es sagt!«

»Ich kann das nicht.« Clara sank zurück in ihr Kissen und schloss die Augen. Dann öffnete sie sie wieder. »Hallo, da oben!«, schrie sie. »Es reicht!«

Die Tür flog auf, und Leon stürzte herein. »Alles in Ordnung hier drinnen? Ich habe laute Stimmen gehört!«

»Das waren die Stimmen der Rächerinnen«, erklärte Vicki und drückte Claras Hand. »Wir zwei haben beschlossen, wir lassen uns nichts mehr gefallen!«

Aber so einfach war es doch nicht. Vicki, die in Claras Bett schlief, während Leon mit dem Ohrensessel in der Wohnstube vorliebnahm, wachte nachts immer wieder von Claras Weinen auf. »Ich hatte es mir so sehr gewünscht«, flüsterte Clara in die Dunkelheit.

Vicki nahm ihre Hand. »Ich weiß.« Sie sagte nicht: Das wird schon wieder. Bestimmt klappt es beim nächsten Mal. Sie kannte

Clara zu gut, um zu wissen, dass sie hohle Sätze verabscheute. Außerdem wusste sie nicht, ob es die Wahrheit war.

Sie lernte auch Claras Vater kennen, einen schweigsamen Mann, der nach alten Büchern roch und seinen rechten Arm nicht mehr bewegen konnte. Stundenlang saß er an Claras Bett und hielt ihre Hand in seiner guten Linken. Manchmal vergaß sie glatt, dass er da war, denn er saß einfach nur da, hielt Claras Hand und las in einem Buch.

Am Morgen vor ihrer Abfahrt war sie allein mit Clara im Zimmer.

»Ich werde mich anziehen«, verkündete Clara und setzte sich aufrecht hin. »Und dann stehe ich auf und lasse alle wissen, dass ich wieder im Einsatz bin.« Sie sah immer noch nicht besonders gut aus, fand Vicki. Die Schatten unter ihren Augen wirkten im Novemberlicht schwarz.

»Du weißt, dass ich immer für dich da bin?«, fragte Vicki. »Ein Wort, und ich komme wieder!«

»Das weiß ich, und dafür bin ich unendlich dankbar.« Clara biss sich auf ihre Lippe. Dann blickte sie auf. »Ich habe dich nicht einmal gefragt, wie es dir geht.«

»Gut.« Vicki wandte rasch ihren Blick ab. »Immer viel zu tun.«

»Hast du Luise wiedersehen können?«

»Wir schreiben uns regelmäßig. Und ja, einmal haben wir uns auch kurz und heimlich gesehen« Einen irren Moment lang überlegte sie, ob sie Clara von Marlene erzählen könnte. Aber es war so schwer, die Wahrheit zu sagen, wenn man so lange mit einer Lüge gelebt hatte. Die Wahrheit schien sich mit den Jahren verklumpt zu haben, und jetzt kam sie nicht mehr heraus. »Ida und ich haben übrigens einen Plan geschmiedet, wie wir Carl Bäumer endlich unschädlich machen können!«

Claras Augen leuchteten auf. »Ich möchte alles darüber erfahren!«

»Ich werde dir schreiben.«

Sie umarmten sich, und Vicki konnte Claras Knochen unter dem Nachthemd fühlen. »Ich schreibe dir auch!«

Zwei Tage später, Clara hatte gerade den Docht ihrer Petroleumlampe ausgepustet und sich an Leon geschmiegt, klopfte es an die Haustür. Es war Keno, der aus Norwegen zurückgekehrt war. »Es geht los bei Daje«, sagte er.

31

Die Schwestern waren bei Daje versammelt. Sie umstanden das Bett, und im Schein der Kerze, die auf Dajes Nachttisch flackerte, sahen ihre Gesichter gespenstisch aus. »Ja, es ist eine Schande, dass wir keinen richtigen Arzt mehr auf Sylt haben«, hörte sie Greetje sagen.

»Raus hier!«, sagte Clara.

Greetje stellte sich vor sie, die Hände in die Hüften gestemmt. »Wie kannst du es wagen, so mit mir zu reden!«

Clara schob sie beiseite. »Raus.« Sie setzte sich an Dajes Bettrand. »Gur Dai, Schwester. Wie fühlst du dich?«

Daje umklammerte ihr Handgelenk. »Ich fürchte mich, Clara!«

»Dafür gibt es keinen Grund.« Clara strich ihr über die Wange.

»Aber ich bin doch erst im achten Monat! Es ist noch viel zu früh!«

»Es wird nicht gut gehen«, hörte Clara Greetje hinter sich murmeln. »Ich habe es im Gefühl.«

Sie hätte nicht gedacht, dass sie die Kraft noch hatte. Und sie wusste auch nicht, was sie tat. Ihre Wut war so gewaltig, dass sie Greetje packte. Und dann schleifte sie sie aus dem Zimmer hinaus, über den Flur und öffnete die Haustür. »Jetzt hast du wenigstens einen Grund, um schlecht über mich zu reden!«, rief sie, während sie sie auf die Straße warf.

»So«, wandte sie sich an Femmy, die aufrecht im Zimmer stehen geblieben war. »Hast du auch noch was zu sagen?«

Femmy schüttelte stumm den Kopf.

»Könntest du dann bitte etwas mehr Licht machen?«, fragte Clara sanfter. »Und mir bitte heißes Wasser aufsetzen?«

»Tee?«, fragte Femmy.

Clara wollte den Kopf schütteln, aber dann besann sie sich. »Es könnte eine lange Nacht werden. Bleibst du bei uns?«

Femmy nickte.

»Dann heißes Waschwasser für Daje und für uns alle einen Tee.«

»Ich habe Kandis und Sahne.« Zum ersten Mal seit Ewigkeiten, so erschien es Clara, lächelte Femmy sie an. »Als Kind mochtest du das immer gern.«

Clara erwiderte ihr Lächeln. »Ich mag es immer noch gern.«

Daje atmete ruhiger. Wieder dachte Clara an das, was sie bei Patienten so häufig beobachtet hatte: Wenn die seelischen Umstände stimmten, nahmen die körperlichen Beschwerden ab. Sie öffnete ihren Arztkoffer, förderte ein steriles Leinentuch zutage, das sie auf die Kommode legte, und breitete die Instrumente darauf aus: eine Baumwollhülle, in der sie ihre Scheren aufbewahrte, die Geburtszange, ein Spekulum, ihr Stethoskop. Dann noch ein Hörrohr für die Babyherztöne, ein gläsernes Darmrohr, eine Einlaufspritze und einen Einlauftrichter. Binden, Kompressen und Verbandsmaterial stapelte sie auf einen Haufen daneben.

Dajes Wehen kamen nun in Abständen von fünf Minuten. Aber ihr Muttermund war nicht besonders weit geöffnet. »Mach dir keine Sorgen«, sagte Clara, während Femmy ihnen beiden einen Becher Tee reichte. »Wir haben noch ganz viel Zeit.«

Zwischen zwei außergewöhnlich starken Wehen nahm Clara Femmy beiseite. »Auch, wenn es vermutlich noch ein paar Stunden dauert«, sagte sie leise, »müssen wir alles für Babys Ankunft vorbereiten. Da es eine Frühgeburt sein wird, müssen wir es besonders warm halten. Kannst du Wärmflaschen vorbereiten?«

Femmy riss die Augen auf. »Wärmflaschen?«

»Ja, oder was auch da ist, um das Baby in seinem Bettchen warm zu halten.«

»Wir haben Wärmepfannen aus Messing«, sagte Femmy zögernd. »Die kann ich mit glühenden Kohlen befüllen.«

»Messing ist prima«, nickte Clara. »Das leitet die Wärme besonders gut. Dann wirf doch bitte ein paar extra Kohlen in den Herd!«

Die Kohlen verglühten, und die Nacht wurde heller. Daje schrie vor Schmerzen, wenn eine neue Wehe heranrollte. Doch ihr Muttermund weitete sich nicht mehr.

»Ich will einfach nur sterben.« Sie weinte.

Und dann hörten die Wehen auf. Draußen malte ein neuer Morgen orangene Streifen in den Himmel. Die Rufe der Fischer, die ihre Boote ins Wasser stießen, drangen zu ihnen herein. Clara presste ihr Hörrohr an Dajes Bauch. Babys Herz schlug schnell.

»Dein Baby möchte bald geboren werden«, sagte Clara. »Auch wenn deine Wehen jetzt ausbleiben. Darum möchte ich dir gern ein bisschen helfen. Mach dir keine Sorgen, dir wird nichts passieren und deinem Kind auch nicht. Vertraust du mir?«

Daje biss sich auf die Lippe und nickte.

»Gut«, sagte Clara. »Ich werde dir alles erklären, wenn du möchtest. Aber ich denke, du solltest jetzt noch ein bisschen schlafen. Du brauchst gleich all deine Kraft.«

Ida blickte in die Gesichter der Studentinnen um sich und wunderte sich, wie jung sie aussahen. War sie irgendwann auch mal so gewesen? So flink auf der Treppe zum Hörsaal, so schüchtern – und mit einem Gesicht wie frisches Obst? Sie seufzte und sehnte sich nach Vicki und Clara. Unter ihren neuen Kommilitoninnen würde sie keine Freundinnen finden, dessen war sie sicher. Aber gut, deswegen war sie ja auch nicht da.

Auch die Charité hatte sich verändert. Das Gelände war riesig geworden, roter Backstein mit Säulengängen und Türmen und ganz neuen Instituten. Sie brauchte einen Moment, bis sie wieder wusste, wo sie war.

Der Novembernebel machte es nicht besser. Schwaden hüllten das Gelände ein. Nach der morgendlichen Vorlesung musste sie das Hauptgelände verlassen, um in die Ziegelstraße zur Universitätsfrauenklinik zu gehen. Hier war sie in ihrer Studienzeit vor mehr als elf Jahren nur selten gewesen, und sie musste eine Gruppe Backfische fragen, ob sie ihr die Richtung weisen konnten. Dichter Qualm aus dem Schlot eines Kesselhauses vermengte sich mit dem Nebel, sodass sie die Kinder nur als dunkle Schatten wahrnahm. Die Backfische antworteten, sie möge ihnen gerne folgen, und ein ernsthaftes Mädchen mit geflochtenen Zöpfen, das Ida an sich selbst vor langer Zeit erinnerte, erklärte auf Idas Nachfrage, was sie denn zu dieser Tageszeit auf der Straße tue, sie studiere Medizin.

Die Klinik war ein lang gestreckter Bau, der in den Schwaden wie ein Märchenschloss wirkte. Zwei Türme im Renaissancestil flankierten ihn. Ida folgte den Studenten ins Haupthaus und von da aus in einen überdachten Gang, der zu einem Pavillon führte. Eine Krankenschwester mit weißer Haube und weißer Schürze rannte ihnen entgegen. Schreie drangen aus einem Raum am Ende des Ganges. Die junge Frau, die Ida im Nebel für einen Backfisch gehalten hatte, öffnete die Tür, und die Schreie wurden lauter. Sie waren im Kreißsaal angelangt.

»Herzlich willkommen, die Herren Studenten!« Ein Professor trat ihnen entgegen. »Viele von Ihnen erleben eine Geburt heute zum ersten Mal, und ich möchte den Schwächeren unter Ihnen von Ohmachten und derlei unmännlichem Unfug abraten. Ja, ganz recht, denn ich sehe, wir haben heute gleich mehrere Damen dabei.«

Manche Dinge ändern sich dann wohl doch nicht, dachte Ida. Die Schreie der Frau auf ihrem Bett wurden lauter.

»Gut, jemand möge die Patientenakte vorlesen! Sie da mit dem Espenlaubkörper! Treten Sie vor!«

Der Angesprochene wirkte in der Tat, als kämpfte er gegen den Unfug, vor aller Augen umzukippen. Er zitterte am ganzen Leib. »Die Pa… Patientin ist vierundzwanzig Jahre alt«, stammelte er mit Blick auf die Akte, während er sich an dem Bettpfosten der Patientin festhielt. »Vorerkrankungen Gonorrhoe und Chlamydien … Erstge… ge…« Und dann verdrehte er die Augen und fiel um.

»Rausbringen, den Schwächling! Nächster! Wer möchte die Untersuchung der Kreißenden angehen?«

Idas Hand flog in die Höhe.

»Bereits an den Touchierübungen teilgenommen, Fräulein?«

Ida unterdrückte den Impuls zu erklären, dass sie bereits Hunderte von Babys sicher auf die Welt gebracht hatte und zudem kein Fräulein war, sondern eine Frau. »Habe ich, Herr Professor.« Sie säuberte sich gründlich die Hände und schlüpfte dann in die Gummihandschuhe, die eine Schwester ihr hinhielt.

»Guten Tag, mein Name ist Ida Goldt, und ich werde Sie jetzt untersuchen«, sprach sie die Gebärende an.

»Wir sind hier nicht beim Nachmittagstee im Adlon, Fräulein! Machen Sie Konversation beim Kuchenessen, aber nicht in der Charité!«

Ida ließ sich nicht beirren. »Sie müssen keine Angst haben, wir bringen Ihr Baby gleich sicher auf die Welt!«

Die Kreißende starrte sie an, als hätte sie eine Erscheinung. Dann brach ein gewaltiger Schrei aus ihr heraus.

»Cervix bei neun Zentimetern«, bemerkte Ida, während sie noch zwischen den geöffneten Beinen der Patientin saß. »Austreibungsphase beginnt.«

Eine Frau im Hebammenkittel schob sie beiseite. »Ich übernehme jetzt.«

»Ich fürchte, dass der Damm gleich reißt.« Ida drückte ihren Daumen mit ganzer Kraft auf die Partie zwischen Vagina und Anus. »Ich bitte um warme Kompressen.« Und an die Hebamme gewandt: »Herztöne mit dem Fetal-Doppler abhören!«

»Herztöne in Ordnung.«

»Gut machen Sie das!« Ida lächelte die Gebärende an.

»Ich muss pressen!«, schrie die Frau.

»Ganz vorsichtig. So atmen, das ist richtig, gut machen Sie das! Ganz genau! Und jetzt!«

Die Krone des Köpfchens wurde sichtbar. »Baby kommt«, erklärte Ida. »Und jetzt noch einmal pressen, ja genau so, sehr gut!«

In einem Schwall von Flüssigkeiten flutschte das Baby heraus. Die Hebamme nahm es an sich, und gemeinsam sahen Ida und sie sich das Neugeborene an. Als Ida wieder aufsah, bemerkte sie, wie der Professor und die anderen Studenten sie anstarrten.

»Sie machen das offenbar nicht zum ersten Mal?« Der Professor fand als Erster seine Sprache wieder.

»Sechs Jahre Berufserfahrung.« Ida wischte sich die Haare aus dem Gesicht und lachte. Sie hätte vor Glück einen Luftsprung machen können, so wie Vicki, Clara und sie es manchmal getan hatten nach einer erfolgreich überstandenen Geburt.

»Als was genau, wenn ich um diese zusätzliche Information bitten dürfte?«

Ida warf einen Blick auf ihre Patientin. Die Hebamme hatte der Mutter das Baby in den Arm gelegt, und diese sah es mit einer Mischung aus Schock und Liebe an. »Medizinische Assistentin in einer Praxis für Geburtshilfe und Gynäkologie.«

Einen Moment lang befürchtete Ida den Spott des Professors. Aber er schüttelte nur langsam den Kopf. »Sie sagten der Patientin vorhin Ihren Namen.« Er klopfte an seine Stirn. »Den habe ich mir jetzt gemerkt.«

Clara war so müde, dass ihr schwindelte. Als sie aufstand, um zu ihren Instrumenten zu gehen, wurde ihr einen Wimpernschlag lang schwarz vor Augen. Sie riss das Fenster auf und holte tief Luft. Die Männer waren jetzt so weit draußen, dass sie ihre Boote nur noch wie dunkle Punkte auf dem Wasser tanzen sah.

Amniotomie, dachte sie. Ich muss eine Amniotomie vornehmen. Sie fühlte eine Hand auf ihrem Rücken, und dann hörte sie Femmys Stimme: »Wie geht es dir, Litje?«

Litje, das sylterfriesische Wort für Kleine. Sie hatte es seit Aiskes Tod nicht mehr gehört. Einen Moment lang musterte sie Femmy. Sie sah das Raue in ihrem Gesicht, die Salzluft, die ihre Haut gegerbt hatte, aber zum ersten Mal sah sie auch Zärtlichkeit. »Es kann nicht leicht für dich sein.«

Clara schluckte. »Es geht schon wieder. Bin nur so oft müde in letzter Zeit. Wie ist es mit dir? Willst du dich nicht hinlegen?«

Femmy schüttelte den Kopf. »Ich mache uns noch einen Tee.«

Sie sah, dass Daje sie vom Bett aus beobachtete. »Du hast gesagt, dass du mir alles erklärst, wenn ich wieder wach bin«, flüsterte sie.

»Und das mache ich jetzt auch.« Clara setzte sich an Dajes Bettrand. »Du weißt, dass dein Baby in einer Fruchtwasserblase schwimmt?«

Daje riss die Augen auf. »Richtig schwimmt? Wie ein kleiner Seemann?«

»So könnte man es beschreiben. Obwohl ein Seemann sich ja immer lieber auf seinem Schiff aufhält.«

Jetzt lächelte Daje auch. »Solange er nur lebt.« Sie sah Claras Gesicht und brach übergangslos in Tränen aus. »Oh, Clara. Es tut mir so leid!«

»Scht.« Clara strich ihr die Haare aus dem Gesicht. »Mach dir doch darüber jetzt keine Gedanken. Also, ich werde die Blase, in der der kleine Seemann in seinem Wasser schwimmt, jetzt öffnen.

Das wird dir nicht wehtun. Aber die Wehen, wenn sie wieder einsetzen, werden recht schmerzhaft sein. Bist du bereit?«

Daje nickte.

Clara legte mehrere Lagen Leinentücher unter Dajes Becken, dann untersuchte sie die Schwester erneut. Femmy kam mit einem neuen Pott herein. »Ich möchte, dass du Daje jetzt ein bisschen ablenkst«, wisperte sie ihr zu.

»Weißt du noch, wie wir als Kinder auf der Hauptstraße Reifentrudeln gespielt haben?«, fragte sie Daje, während sie den Tee eingoss.

»Warum fragst du das?«, gab Daje zurück.

»In ein paar Jahren haben wir wieder jemanden, der mit den alten Reifen spielen kann.«

Clara schob einen Haken in Dajes Geburtskanal. Das Fruchtwasser ergoss sich mit einem Schwall, und Daje sah überrascht auf. Sie wollte etwas sagen, aber anstelle von Worten brach sich ein Schrei in ihr Bahn. Sie krallte die Hände in die Laken. Und schon rollte die nächste Wehe heran.

»Ich möchte, dass du jetzt aufstehst«, sagte Clara.

»Ich kann nicht!«

»Doch, das kannst du. Wir werden dir dabei helfen. Komm, stütz dich an uns ab!«

Daje schrie. Immer schneller kamen die Wehen jetzt, während sie sich vor den Bettpfosten krümmte. »Ich muss pressen!«, brachte sie hervor.

Clara bedeutete ihr, sich wieder hinzulegen. Endlich! Die Cervix war zehn Zentimeter weit geöffnet. Aber wieder schien nichts zu passieren. Sie konnte das kleine Köpfchen erkennen, aber jetzt, obwohl Daje presste, schien sich nichts zu bewegen. Clara drückte erneut ihr Hörrohr auf Dajes Bauch. Babys Herz schlug jetzt sehr schnell.

»Schieb noch eine Ladung Kohlen in den Ofen«, sagte sie zu

Femmy. »Wir müssen Baby gleich sehr warm halten. Ich hole es jetzt heraus.«

»Du holst es?«, fragte Femmy, und dann weiteten sich ihre Augen, als sie sah, dass Clara ihre Geburtszange in die Hand nahm.

Clara nickte grimmig. »Ich habe keine andere Wahl.«

32

Und wieder ein Tag, an dem er uns entwischt ist.« Vicki ließ sich auf Marlenes Schoß fallen, die in einem der schweren Klubsessel saß. Sie war so müde, dass sie am liebsten eingeschlafen wäre, aber das ging in einem Nachtklub wohl schlecht. Oder vielleicht doch? Die Leute taten allerhand verrückte Dinge in diesen Nachtklubs, da zählte Schlafen wohl noch zu den harmloseren Vergnügungen.

»Ja, man möchte meinen, dass sich Doktor Carl Bäumer in Luft aufgelöst hat.« Marlene nippte an ihrem Martini. »Äußerst rätselhaft, der Mann.«

»Das einzige Rätselhafte an dem Mann ist, wie er es geschafft hat, trotz eklatanter geistiger Unterbelichtung Arzt zu werden. Doch eigentlich ist das nicht wirklich ein Mysterium, schließlich hat er durch seine schlagende Verbindung Kontakte zu den richtigen Leuten.« Sie schloss die Augen. Vermutlich sogar zu ihrem Bruder. Warum sonst wohnte er jetzt im Haus nebenan? Die Entdeckung beschäftigte sie noch immer. Carl Bäumer im ehemaligen Haus der Herzbergs. War das ein Zufall?

Sie schlug die Augen auf und bemerkte, dass Marlene sie ansah. »Aber ich bin recht sicher, dass wir ihn bald drankriegen.« Sie lächelte die Freundin an. »Meine Kontakte sagen, er sei diese Woche wieder in Berlin.«

»Deine Kontakte, ja?« Marlene streichelte ihr eine Locke hinter die Ohren. »Ich hoffe, ich muss nicht eifersüchtig auf sie sein?«

Vicki dachte an Hildi, die den Freier, der sie misshandelt hatte, ebenfalls im Blick behielt. Hildi war mittlerweile Mutter eines fünfjährigen Jungen und prostituierte sich nur noch selten.

Sie wusste, dass Vicki darauf aus war, ihrem Peiniger etwas nachweisen zu können, und sie hatte ihn mehrfach in einschlägigen Etablissements rund um die Friedrichstraße gesehen. »Du musst überhaupt nichts, denn jetzt hast du Feierabend«, neckte sie sie.

Sie waren in einem Klub gelandet, für den man, Marlene zufolge, viel Geduld für die Zeit bis zur Aufnahme, eine elegante Garderobe und großes Selbstbewusstsein brauchte. Leider verfügte Vicki nur über Letzteres. Irgendwie hatte Marlene es aber trotzdem geschafft, den Klubvorstand von sich und ihrer salopp gekleideten Freundin zu überzeugen, und jetzt waren sie Teil des sechshundert Frauen umfassenden Klubs Monbijou.

Vicki fühlte, wie ihr die Augen zufielen, während Marlene ihr weiter über die Haare strich. Die Bilder an den Wänden des Klubs vermengten sich mit der Realität, ästhetische Frauenkörper, die Vicki nicht untersuchen musste, eine Frau mit schwarz geschminkten Augen, die sich ein Äffchen wie einen Schal um die Schultern gelegt hatte, eine Sängerin auf der Bühne mit silbrig glänzendem Mikrofon. Die Lichter auf den Tischen machten so schöne konzentrische Kreise. Marlenes Streichelhand auf ihrem Kopf tat so gut. Ein paar schlaftrunkene Herzschläge lang schob sich alles ineinander. Da sprang der Affe auf ihren Schoß.

»Oh, wirklich, Liebling, dir müsste man mal Manieren beibringen!« Die Frau mit den schwarz geschminkten Augen beugte sich zu ihr herunter. »Ich darf doch wohl?«

Eine ältere Frau zog die Schwarzgeschminkte am Revers ihres Galajacketts. »Anita, also wirklich, immer derselbe billige Trick!«

»Das ist Anita Berber.« Marlene beugte sich zu ihrem Ohr herunter. »Erinnerst du dich noch an die Nacht?«

»Ich habe einen Revolver in meinem Arztkoffer. Sollte ich mich eines Tages wirklich nicht mehr an die Nacht erinnern können, in der ich dich kennengelernt habe, bin ich so verkalkt geworden, dass du mir damit getrost den Rest geben darfst.«

»Anita ist bis obenhin voll Koks heute.« Eine Frau mit russischem Akzent flüsterte verschwörerisch in ihre Richtung.

»Oh? Ich habe mich schon immer gefragt – ist diese Droge zu empfehlen?«, fragte Vicki. »Ich habe gehört, sie mache tadellos wach.«

»Pokergesicht, du schönes.« Marlene lachte, dass ihre weißen Zähne blitzten. »Manchmal denke ich, du sagst so was im Ernst!«

»Und ihre Geliebte«, fuhr die Russin fort, »das ist Susi Wanowski. Die Frau von einem Polizei-Apparatschik, stellt euch vor! Ah, das Publikum hier, ich sage euch! Da kann man sich die Lichtspielhäuser doch glatt sparen.« Sie hielt inne, dann weiteten sich ihre Augen. »Vicki, das bist doch nicht du?«

Vicki spürte, wie ihr Herz schneller klopfte. Niemand durfte wissen, dass sie in lesbischen Klubs verkehrte, wenn sie nicht ihren Ruf als Frauenärztin aufs Spiel setzen wollte. Doch dann erkannte sie ihr Gegenüber. »Tatjana? Was machst du denn hier?«

Eine im Smoking gekleidete Conférencière trat auf die Bühne. »Und jetzt habe ich die Ehre, einen neuen Stern an unserem bunten Himmel verkünden zu dürfen!«

Tatjana stand auf und streckte ihre langen Beine. »Auftreten, schätze ich.«

Und wieder wurde es eine Nacht, die Vicki nicht vergessen würde. Auch wenn sie bald so müde war, dass sie nicht mehr wusste, wie sie hieß. Im Publikum konnte sie eine Schriftstellerin ausmachen, die Clara und sie gern gelesen hatten. Ein paar Dadaistinnen standen am Tresen und unterhielten sich lautstark über die Rolle der Zeit.

»Das Schlimmste an der Inflation ist«, bemerkte Vicki, »dass der Platz in meiner Handtasche bald nicht mehr für all das Geld ausreicht.« Sie zog einen Packen Tausenderscheine hervor. Der

Klub hatte sich geleert, und durch einen Spalt in den Vorhängen schimmerte der heraufziehende Morgen. Sie hielt inne. »Hätte übrigens nie gedacht, dass ich diese Worte einmal aussprechen würde, hihi.«

»Welche Worte, Liebling?« Marlene zog ebenfalls ihre Tausender hervor.

»Dass ich nicht mehr genug Platz für all das Geld in meiner Handtasche habe.«

Marlene schlang die Arme um sie. »Ich hätte so einiges nicht geglaubt. Vor allem nicht, dass ich mal jemanden wie dich treffen würde.«

Mit dem Finger strich Vicki über Marlenes Lippen. »Dabei bist du doch selber so ein besonderes Exemplar.«

Es war hell, als sie nach draußen traten. Eine Straßenbahn ratterte über die Schienen. Frauen und Männer mit müden Gesichtern hasteten an ihnen vorbei. Marlene schlang den Arm um sie. »Gehen wir zu mir?«

Vicki dachte an den Tag, der vor ihr lag. Ausschlafen in Marlenes Wohngemeinschaft, ein später Tee mit der Witwe, die Vicki bestimmt wieder bitten würde, sich ihre Leiden anzusehen, dann am Nachmittag ein paar Hausbesuche. Das Leben könnte schlechter sein.

Sie schrak zusammen, als das Mädchen wie aus dem Nichts vor ihr auftauchte. Es trug einen Topfhut, der einen Teil ihrer Augenpartie verdeckte, und doch erkannte sie eindeutig das Gesicht ihrer Tochter unter dem Hut.

Vicki riss sich von Marlene los. »Luise!«, stieß sie hervor und packte das Mädchen am Ärmel, bevor es ihr wieder entwischen konnte. Erst dann bemerkte sie ihr Versehen.

Das Mädchen warf ihr einen Blick zu, schüttelte den Kopf und ging weiter.

»Was war das denn eben?«, fragte Marlene.

Vickis Herz trommelte einen Wirbel. »Ich dachte, ich hätte meine Tochter erkannt!«

»Und da willst du natürlich nicht Arm in Arm mit mir gesehen werden?«

Es war das erste Mal, dass sie Marlene so erlebte. »Bist du deswegen böse auf mich?« Vicki war fassungslos.

»Ob ich deswegen …« Marlene holte tief Luft. »Hör mal, Vicki, ich dachte, das mit uns beiden wäre dir ernst!«

»Das ist es auch. Natürlich!«

»Aber?«

Sie musterte Marlene. Unter ihrem rechten Auge war die Wimperntusche verlaufen, und normalerweise hätte Vicki ihr Taschentuch genommen und Marlene damit abgetupft. Doch jetzt war es, als wäre ihr Körper zu Eis erstarrt. »Das weißt du genau«, sagte sie leise. »Niemand darf das mit uns wissen. Ich will irgendwann endlich mit meiner Tochter leben. Und als Frauenärztin …«

»Ich habe es gewusst.« Marlenes Augen hatten aufgehört zu lächeln. »Du bist eben doch feige, was das anbelangt.«

»Marlene!« Vicki war so entsetzt, als hätte die Freundin ihr eine Ohrfeige versetzt. Sekundenlang sahen sie sich an, dann wandte Marlene sich ab. »Ich muss nachdenken«, sagte sie. »Allein.«

Clara blieb im Türrahmen stehen und betrachtete die beiden, ohne dass Daje es sah. Die war auch viel zu vertieft in den Anblick ihres kleines Sohnes, der an ihrer Brust trank, als hätte er Angst, die Quelle könnte irgendwann versiegen. Die Angst musste er nicht haben. Daje hatte Milch für zwei.

»Gur Dai, Schwester.« Jetzt trat sie doch ein. »Wie geht es dir?«

Dajes Augen leuchteten. Sie sah erschöpft aus und zugleich unendlich glücklich, eine Kombination, die vermutlich nur Mütter zuwege brachten.

»Sehr gut.« Daje strahlte.

»Und Joris?« Clara deutete auf das Baby, das eine Hand besitzergreifend auf Dajes Brust gelegt hatte und hastig weitertrank.

»Seit deinem letzten Besuch vor ein paar Stunden?« Daje lachte. »Ich glaube, er wächst und gedeiht!«

Clara betrachtete das Gesicht des Jungen und seinen süßen, schmatzenden Mund. Schon erinnerte nichts mehr an das magere Frühchen, das er noch vor wenigen Monaten gewesen war. Sie wog ihn täglich, auch wenn das jetzt eigentlich nicht mehr nötig war. Der Junge wog genauso viel wie andere Babys in seinem Alter. Er verdaute ohne Koliken, und sein Hunger schien kein Ende zu nehmen. »Wenn wir nicht aufpassen, wird er irgendwann Schiffsgröße erreichen«, sagte Clara. »Und dann können wir ihn nur noch in die Werft geben, sollte mal was mit ihm sein.«

Daje schmunzelte und streichelte Joris über seine dicke Wange. »Mein Sohn, das Schlachtschiff!«

Clara baute ihre Waage auf dem Nachttisch auf und legte Joris hinein. Dann las sie die Zahl ab und lächelte. »Und die erste Schlacht hat er gewonnen, daran gibt es keinen Zweifel mehr!«

Die ersten Wochen waren kritisch gewesen. Sie hatten Joris in Leinen- und Baumwolltücher geschnürt und ihn in ein Bettchen gelegt, das sie Tag und Nacht mit heißen Ziegelsteinen und Bettpfannen gewärmt hatten. Clara und Femmy hatten Daje Tees aus Fenchelsamen und getrocknetem Löwenzahn gebraut, und Keno hatte Kisten mit Malzbier angeschleppt. Bald schon war Daje übergeflossen vor Milch. Und Joris hatte getrunken, als wäre er mit dem Durst eines Seemanns geboren, wie Keno angemerkt hatte.

Jetzt erst nahm Clara den Duft von alten Büchern wahr, der den Raum erfüllte. Zwischen dem Geruch von Muttermilch und süßem Baby ging er fast unter, ebenso wie die Gestalt, die in der dunkelsten Ecke des Raums saß. »Vater!«, stieß sie überrascht aus. Sie sah, wie er sich mit seinem guten linken Arm aus dem Stuhl hervorkämpfen wollte, und lief schnell auf ihn zu.

»Du hast mich gar nicht gesehen, oder?«, fragte er, und Clara hörte, wie heiser seine Stimme klang. Er sprach nicht mehr viel dieser Tage. Sie umschlang ihn. »Ich werde unsichtbar«, fuhr der Vater fort. »Das ist das Schicksal des Alters. Die Leute sehen dich nicht mehr.«

»Du sitzt aber auch immer in der dunkelsten Ecke, Vater«, gab Clara lächelnd zurück. »Das könnte ein Grund für deine Unsichtbarkeit sein!«

»Ich möchte meinen Enkel so gern halten«, flüsterte er. »Aber mein Arm …«

Clara blickte zu Joris hinüber, der aufgehört hatte zu trinken und jetzt mit selig geschlossenen Augen in Dajes Armen lag. Sie half dem Vater, sich aus dem Stuhl zu erheben, und platzierte ihn neben Daje auf dem Bett. »Darf ich?«, fragte sie die Schwester, und die nickte. So behutsam sie konnte, nahm sie den schlafenden Joris und legte ihn auf Vaters guten Arm. Dann stellte sie sich hinter die beiden, umschlang den Vater von hinten, sodass sie das Baby mit ihrem eigenen rechten Arm festhalten konnte. »Ich habe mal ein Sprichwort gehört«, sagte sie. »Ich weiß nicht mehr, ob es aus Afrika stammt oder von den Indianern, aber es besagt, dass man ein ganzes Dorf braucht, um ein Kind großzuziehen.«

»Vielleicht reicht auch eine Familie«, sagte Daje leise. »Die einander verzeiht.«

Eine lange Weile sprach niemand. Die Fensterscheiben klirrten leise. Draußen tosten die Wellen über das Meer. Clara blickte auf Joris hinab, der von den Armen seines Großvaters und seiner Tante gehalten wurde, gesättigt von Muttermilch.

»Weshalb ich heute Morgen hierhergekommen bin«, sagte der Vater endlich. »Der Postbote hat mir einen Brief von Mads gebracht. Er kommt nach Haus.«

Es gab vieles, das sich in der Charité verändert hatte, fand Ida, aber die augenscheinlichste Veränderung waren die Patientinnen. Waren es vor dem Krieg nur die Ärmsten der Armen gewesen, die hier aufgenommen worden waren, fand sie bei ihren Visiten jetzt zunehmend bürgerliche Frauen vor. Selbst die Schriftstellerin, die Vicki und Clara so gerne lasen, die Frau eines Ministerialrats und eine bekannte Schauspielerin hatten sich vertrauensvoll in die Hände des gynäkologischen Personals begeben. Das Krankenhaus genoss bei wohlinformierten, gebildeten Frauen ganz augenscheinlich einen sehr guten Ruf. Das lag zum einen an den bahnbrechenden Arbeiten von Medizinern wie Paul Ehrlich, Rahel Hirsch und Rudolf Virchow, zum anderen an der Einrichtung der Patientenzimmer, die es durchaus mit Hotels aufnehmen konnten, was Geschmack und Komfort anbetraf. Ein Teil der Zimmer ging zur Spree hinaus. Bunte Muster aus Glas über der Tür und um die Deckenlampe herum verströmten eine heimelige Atmosphäre. Gespräche zwischen Patientinnen und ihren Ärzten waren vor neugierigen Ohren durch doppelte Türen geschützt, und die Räume in den Pavillons waren so aufgeteilt, dass nie mehr als vier Patientinnen zusammenliegen mussten. Es gab Heizkörper, die jetzt im April, wo es immer noch kalt werden konnte, auch eingeschaltet wurden. Wer wollte, konnte ein Bad in einer auf Fußbodenebene eingebauten Wanne einnehmen.

Doch es gab ein Problem, dessen sie offenbar nicht Herr werden konnten. Und als der Professor sie an diesem Morgen in die Sepsisabteilung führte, wusste Ida, dass es schon wieder geschehen war.

»Ich muss wohl nicht betonen, dass dies einer besonderen Geheimhaltung bedarf«, erklärte der Professor, während er die Tür zu einem Krankenzimmer öffnete. »Sie wissen, wie peinlich es für uns ist, wieder einen Sepsisfall zu haben! Die meisten Fälle dieser Art enden mit dem Tode. Dafür wird dann natürlich die Klinik verantwortlich gemacht.« Er blickte streng in die Runde. Die Studentin, die Ida an ihrem ersten Tag den Weg gewiesen hatte, blickte schuldbewusst zu Boden. Auch die anderen jungen Männer und Frauen wirkten bedrückt. »Ich möchte diese Gelegenheit *wieder einmal* nutzen, Sie alle darauf hinzuweisen, wie wichtig gründliche Säuberung *und* Desinfektion der Hände vor einer Untersuchung sind.«

Ida betrachtete die Frau, die allein im Raum lag. Sie war hochrot im Gesicht und warf sich fiebernd hin und her. »Ich verstehe das nicht«, bemerkte Ida leise. »Im Entbindungszimmer und auf der Station herrscht hochgradige Asepsis. Haben wir aufmerksam die Vorgeschichte der Patientin geprüft?«

Der Professor sah sie mit dieser Mischung aus Achtung und Ärger an, die sie mittlerweile schon kannte. »Irgendwelche konkreten Vorschläge, Frau Goldt?«

»Noch nicht, aber ich würde mich gern mit der Patientin unterhalten.«

Wieder sah der Professor sie an, und diesmal überwog in seinem Blick die Achtung. »Tun Sie das. Tatsächlich schlage ich vor, dass Sie die Patientin in den nächsten Tagen überwachen, während wir jetzt zu den nächsten Fällen übergehen.«

»Das geht nicht«, sagte Ida hastig. »Ich habe zwei Kinder zu Hause, und ich muss …«

»Bevor Sie das nächste Mal den Mund öffnen, überlegen Sie sich doch, welche Folgen Ihre Antwort haben könnte, Frau Goldt.«

»Ich wollte doch nur …« Ida schwieg. Nun gut, sie würde in der Poliklinik anrufen und Vicki bitten, die Kinder von der Schule abzuholen, ihnen etwas zu essen zu machen und sie zu Bett zu bringen. In der Hoffnung darauf, dass Vicki die Zeit dafür finden würde – sie schien immer öfter mit anderen Dingen beschäftigt zu sein.

Sie konnte den Anruf erst in der Mittagspause absetzen, und auch das nur, indem sie dem Portier glaubhaft versicherte, es gehe um Leben und Tod, was gewissermaßen nicht mal besonders gelogen war. Doch zu ihrer Überraschung nahm nicht die Sprechstundenhilfe den Anruf entgegen, sondern Frau Doktor Heusler-Edenhuizen höchstselbst.

»Ist Viktoria zu sprechen?«, fragte Ida, nachdem sie sich vorgestellt hatte.

»Nicht da«, entgegnete die Ärztin in ihrer knappen, nüchternen Art. »Kann ich etwas ausrichten?«

»Ich habe …« Ida unterbrach sich. Sie konnte die Leiterin einer Poliklinik wohl kaum mit so profanen Dingen wie Kinderbetreuung belästigen. Aber sie konnte ihr, da sie sie schon mal am Telefon hatte, eine Frage stellen. »… ein spezielles medizinisches Problem.«

Das Schweigen am anderen Ende nahm sie als ein Zeichen, dass sie weitersprechen durfte. »Wir haben hier an der Charité immer wieder blühend gesunde Frauen, die trotz aller Vorsicht nach der Geburt an Kindbettfieber erkranken«, sagte sie hastig.

»Jetzt haben Sie meine Aufmerksamkeit«, hörte sie die Stimme der älteren Frau. »Wissen Sie, dass ich mich schon seit Jahren mit diesem Thema beschäftige? Ich habe sogar mal einen Aufsatz darüber geschrieben. Leider hat ein Großteil unserer männlichen Kollegen meine Erkenntnisse abgewehrt.«

»Was haben Sie herausgefunden?«

»Haupttodesursache bei Hausgeburten bleibt nach wie vor mangelnde Asepsis. Das kann man im Krankenhaus natürlich großenteils ausschließen. Aber in den Fällen, die ich untersucht habe, hat der Ehemann kurz vor der Geburt noch mal sein Recht geltend gemacht, teilweise nur wenige Stunden vor Wehenbeginn.«

»Sie meinen …« Ida stockte.

»Geschlechtsverkehr als Ursache für Sepsis, ja.«

»Und die Kollegen haben Ihre Fälle nicht überprüft?«

»Rundheraus abgelehnt trifft es eher. Ein Frauenarzt schrieb mir, selbst wenn es denn so sei, so könne man doch keinem Mann Enthaltsamkeit aufzwingen! Der Geschlechtsverkehr sei doch der Hasenbraten des Mannes, schrieb er wörtlich. Worauf ich ihm entgegnete, ja, aber ein Hasenbraten, den die Frau mit dem Leben bezahle!«

»Haben Sie mit den betroffenen Ehemännern einmal darüber gesprochen?«

Ida hörte ein Schnaufen durch den Hörer. »Einmal? Fast täglich sage ich das! Vor allem, weil die Ehemänner, deren Frauen nach der Geburt an Kindbettfieber starben, mir alle sagten, sie hätten es ja nicht besser gewusst. Das habe ihnen ja keiner gesagt. Seitdem gehört das zu den Grundlagen meiner Aufklärungsarbeit. Jede Schwangere, die meine Klinik aufsucht, bekommt jetzt diesen Vortrag. Und die Männer natürlich auch.«

»Ich werde meine Patientin fragen, wann sie ihren letzten Geschlechtsverkehr hatte«, sagte Ida entschlossen. Sie bemerkte, dass der Portier sie mit hochgezogenen Brauen ansah.

»Oh, Frau Goldt, und noch was. Vicki hat mir ein bisschen etwas über Sie erzählt. Als alleinerziehende Witwe mit zwei Kindern sind Sie an die Universität zurückgekehrt, um zu promovieren. Sie haben meinen Respekt. Haben Sie, auf der anderen Seite, schon ein Thema für Ihre Doktorarbeit?«

Ida stutzte. »Noch nicht, aber …«

»Dann untersuchen Sie die Ursachen von Kindbettfieber. Ich habe zahlreiche Notizen dazu, meine Beobachtungen aus den letzten zehn Jahren Praxis, Krankheitsverläufe, Fallbeispiele, das kann ich Ihnen gern überlassen.«

»Sie …« Ida schluckte. »Sie überlassen mir Ihre Aufzeichnungen zur Sepsis?«

»Wenn Sie die Studie breiter aufstellen können im Rahmen einer Forschungsarbeit, ja.«

Ida war sprachlos. »Ich weiß nicht, was ich sagen soll.«

»Am besten gar nichts, arbeiten Sie einfach weiter.« Die Stimme der Ärztin klang wieder ganz geschäftsmäßig nüchtern. »Und kommen Sie diese Woche mal wegen der Aufzeichnungen vorbei.«

33

Sie hatten alle Fälle gesammelt: Das Mädchen, das Carl zu einem Abbruch gezwungen hatte, um sie belasten zu können. Die Patientin, der er absichtlich Schmerzen zugefügt hatte. Hildi, die er während des Geschlechtsakts so misshandelt hatte, dass sie innere Verletzungen davongetragen hatte. Die Falschaussage, die er gegen sie gemacht hatte. Marlene, die nur dank ihrer Wehrhaftigkeit einer Vergewaltigung entgangen war.

Vickis und Idas Plan sah vor, dass sie Carl mit all diesen Taten konfrontierten, ihm die schriftlichen Zeugenaussagen zeigten und so zu einem Geständnis zwangen, aber seine Praxis in Charlottenburg war verschlossen und Carl schien verschollen.

»Ich werde nicht länger warten«, erklärte Vicki, während sie den alten Waschkübel des Tantchens mit Geldscheinen füllte. »Ich zeige ihn jetzt an! Fünfundzwanzig Milliarden neunhundert … neunhundertfünfzig …«

Ida fischte einen Fünfmillionenschein aus ihrem Sparschwein. »Ich denke, das wird auch höchste Zeit! Lass uns gleich zur Roten Burg gehen!«

»Erst mal müssen wir Milch kaufen.« Vicki stellte einen Hocker vor den Küchenschrank und stieg hinauf. »Ich bin mir sicher, dass ich in dem Einmachglas noch einen Zehnmillionenschein versteckt hatte.« Sie schüttelte das leere Glas. »Verdammt!«

»Wie viel kostet die Milch, was schätzt du?«

Vicki runzelte die Brauen. »Gestern waren es fünfundzwanzig Milliarden Mark.«

»Und Brot?«

»Hundertfünf Milliarden.« Vicki fand ein Bündel Reichsmarkscheine in der Brotdose und warf sie über ihren Kopf. »Heissa!«

»Was macht Tante Vicki?«, fragte Fritzi entsetzt.

»Einen alten Kindheitstraum leben«, erklärte Vicki und sammelte die Scheine wieder ein. »Als ich so alt war wie du, wollte ich Millionärin werden, damit ich von zu Hause ausziehen und mein eigenes Leben führen kann.« Sie wedelte mit einem Zehnmillionenschein. »Und jetzt ist mein Traum in Erfüllung gegangen! Ist das nicht famos?«

Ida riss ihr den Schein aus der Hand und stopfte ihn in den Waschkübel. »Der nützt dir jetzt auch nichts!«

»Im Gegenteil!« Vicki lachte, nahm Ida um die Taille und tanzte mit ihr zu den Klängen von *Yes! We Have No Bananas* herum. »Der nützt mir sogar eine ganze Menge! Ich wohne jetzt mit dir zusammen, und gleich …« Sie deutete auf den Waschkübel mit den überquellenden Geldscheinen. »… kaufe ich uns einen Liter Milch.« Sie hatte die Schellackplatte für ihre Dienste an den Eierstöcken einer Patientin erhalten. Die Eierstöcke hatten Zysten aufgewiesen, eine Operation, die normalerweise etwa eine Trilliarde Reichsmark gekostet hätte. Vicki hatte eine Bezahlung in Schellackplatten akzeptiert, weshalb die Mahlzeiten jetzt wesentlich lustiger waren.

»Und du hast so gute Laune, weil …?« Ida machte sich frei.

»Na, weil wir heute das Schwein Carl anzeigen!« Vicki deutete auf die Ledermappe, die auf dem Küchentisch lag. »Alle Zeugenaussagen beisammen!«

Ida warf einen Blick auf ihre Taschenuhr. »Gut, aber dann lass es uns schnell machen. Ich muss gleich in die Charité.«

Sie bemerkten, dass etwas nicht stimmte, kaum dass sie auf die Straße getreten waren. Eine Menge aufgebrachter Männer und Frauen strömte ihnen entgegen, mit Pappschildern in der Hand. Vor der Suppenküche unten hatte sich eine lange Schlange gebildet. Vickis gute Laune verflog, als sie die Menschen ansah. Es schien ihr, als würde die Schlange täglich länger. Waren es anfangs hauptsächlich Männer gewesen, die im Krieg ein Bein oder einen Arm verloren hatten und jetzt keine Arbeit mehr fanden, oder Witwen mit kleinen Kindern, standen mittlerweile ganze Familien an. Sie schoben sich mit ihrem Waschkübel voller Geld an ihnen vorbei, den sie mit Betttüchern abgedeckt hatten, damit niemand sah, was sie darin transportierten, und im ersten Kolonialwarenladen, der noch Brot und Milch führte, kauften sie ein.

Das Geschrei auf dem Alexanderplatz hörten sie schon von Weitem, über das Geratter der Straßenbahn, Hufgeklapper und Autohupen hinweg. Die Zeitungsjungen versuchten, sich gegenseitig zu überbieten: *Schießerei in München! – Nationalsozialisten putschen sich an die Macht!*

Vicki und Ida pressten sich durch die Menge in Richtung Rote Burg. Polizisten liefen hinein und hinaus, jemand blies in eine Trillerpfeife, und dann fuhr ein Polizeiauto mit Sirenengeheul an ihnen vorbei.

»Wir sind hier, um Anzeige wegen gefährlicher Körperverletzung zu erstatten!« Vicki packte einen vorbeieilenden Polizisten am Ärmel. »Wo gehen wir da am besten hin?«

»Heute am besten nirgendwo! Kommen Sie morgen wieder!« Der Polizist rannte davon.

Vicki drehte sich zu Ida um. »Als Clara und ich festgenommen wurden, hatte die Berliner Polizei nicht plötzlich so viele«, sie machte Gänsefüßchen mit Zeige- und Mittelfinger, »*wichtige* Dinge zu tun. Da konnten sie sich voll und ganz darauf konzentrieren, zwei Unschuldige hinter Gitter zu bringen.«

»Ich glaube, es ist besser, wenn wir uns nicht hineinsteigern«, flüsterte Ida. »Lass uns vielmehr zeigen, wie ernst zu nehmend und besonnen wir sind.«

Vicki rollte mit den Augen. »Du weißt, dass dieses Spiel nicht nach meinem Geschmack ist.« Sie hielt eine Sekretärin an, die mit einem Stapel Aktenordner auf dem Arm vorbeilief. »Anzeige wegen Körperverletzung, wohin geht es, bitte?«

»Da kommen Sie heute nicht durch, fürchte ich«, rief die Sekretärin im Weitereilen. »Haben Sie nicht gehört, was los ist?«

Vicki und Ida sahen sich an.

»Geht es um diese Nazi-Kasper in München?« Ida kratzte sich am Kopf.

»Verstehe ich auch nicht. Was haben wir in der Hauptstadt damit zu tun?«

Sie fanden den Weg in die richtige Amtsstube dennoch. »Guten Morgen! Wir möchten Anzeige wegen Körperverletzung erstatten!« Vicki wedelte mit ihrer Ledermappe. »Zeugenaussagen sind alle hier drin!«

Der wachhabende Beamte hörte sie nicht mal. »Sie haben Stadträte als Geiseln genommen!«, las er von einem Telegramm ab. »Und sie in den Bürgerbräukeller gesperrt!« Er wandte sich an einen Jungen, der Vicki nicht viel älter als Luise zu sein schien. »Schnell, bring diese Nachricht in den Ersten! Und dann lauf wieder zurück!«

Ein weiterer Beamter stürmte in den Raum. »Die bayerische Landespolizei hat Panzerwagen gegen die Putschisten eingesetzt. Jetzt beginnt eine Schießerei!«

»Verzeihung?«, sagte Ida. »Wir möchten gern Anzeige erstatten. Es geht um gefährliche Körperverletzung und …«

»Sie marschieren auf Berlin!«, brüllte einer. »Hitler, Göring und Ludendorff führen die Putschisten schon aus München! Es heißt, sie haben eine dreißig Mann starke Abteilung der Landespolizei entwaffnet!«

Von draußen ertönte Geschrei. Aus dem Fenster konnte Vicki Männer mit roten Nazi-Armbinden erkennen, die Blätter verteilten. »Die Bewegung hat gesiegt!«, brüllte einer mit heiserer Stimme. »Die verjudete Republik ist am Ende!«

Jemand sang *O Deutschland hoch in Ehren*, während ein anderer brüllte: »Halt's Maul, du Sau!«

»Vier Polizisten getötet!« Der Junge in Luises Alter stürmte zurück in die Amtsstube. »Die Putschisten haben in München vier Polizisten umgebracht!«

Ida blickte auf ihre Taschenuhr. »Ich muss los, Vicki, ich kann's nicht ändern! Meine Schicht im Kreißsaal beginnt gleich.«

»Lauf!« Vicki gab ihr einen Klaps auf die Schulter. »Ich bleibe hier, so lange es nottut.« Sie hielt Ida am Ärmel. »Pass auf dich auf da draußen!«

Sie beschloss, sich auf eine Bank zu setzen, bis sich das größte Chaos beruhigt hatte. Aber so, wie es aussah, wurde es eher schlimmer. Immer mehr Beamte rannten an ihr vorbei. Im allgemeinen Geschrei hörte sie Worte wie »Kanonen eingesetzt«, »mit Maschinengewehren, ja« und dann, mit einer Wucht, die alles andere übertraf: »Putschisten haben Polizeikommandanten erschossen!«

Eine blonde Frau in Rock und Bluse hastete mit einem Stapel Papiere an ihr vorbei. Vickis Herz begann zu rasen. »Marlene!«, rief sie, und dann rannte sie der Frau hinterher. Die Frau drehte sich um, und erst da sah Vicki, dass es nicht Marlene war. Warum auch sollte sie hier arbeiten? Sie war in einem Kontor als Schreibkraft eingestellt, war es zumindest noch im Frühjahr gewesen, seitdem hatte sie ja nichts mehr von ihr gehört.

»Verzeihung«, stammelte sie.

Ein Schwindel erfasste Vicki. Sie hatte seit dem Vorabend nichts mehr gegessen, und auch da waren es nur ein paar Mohrrüben gewesen. Die Graupensuppe hatten sie Emma und Fritzi überlassen, die ja schließlich noch im Wachstum waren. Warum nur konnte sie nicht aufhören zu hoffen? Es verging kein Tag, ohne dass sie an die geliebte Freundin dachte. Sie hatte ihr geschrieben, doch vergeblich. Es gab Tage, an denen sie sogar sicher war, alles sagen zu können. An denen sie sich dazu bekennen wollte, dass sie Frauen liebte. Ja, sie würde vermutlich Patientinnen verlieren. Aber deswegen ein Leben lag eine Lüge leben? Sie wollte das nicht mehr.

Vicki blickte auf ihre Hände hinab, und erst da spürte sie, dass sie bebten. Sie hatte Hunger, sie hatte Sehnsucht, sie wollte Carl endlich hinter Gittern sehen. Aber was, wenn dieser Mann sich schon wieder herausredete, sie lächerlich machte, alles widerlegte? Er hatte so gute Verbindungen, sicher kannte er erstklassige Anwälte, vermutlich sogar die Richter, die über ihn urteilen würden, sollte es so weit überhaupt kommen. Ja, dachte Vicki, nur das konnte der Grund dafür sein, dass er sich immer alles erlauben konnte. Er wusste, dass er geschützt war. Schurken wie er waren immer geschützt, das sah man doch jetzt an den Ereignissen in München. Nationalsozialisten und SA-Rüpel rissen die Macht an sich, erschossen unschuldige Polizisten und verprügelten Menschen, die nicht »deutsch« aussahen.

»Verzeihung, sagten Sie etwas?« Ein Mann mit einem Notizblock in der Hand, der neben ihr auf der Bank saß, lächelte sie freundlich an.

»Oh, ich war mir nicht bewusst, dass ich laut geredet habe«, entgegnete Vicki und rückte ihren Topfhut zurecht. »Das tue ich manchmal, wenn ich sehr aufgewühlt bin.«

»Sie sagten: Die Zeit der Anständigen ist vorbei.«

»Ja.« Vicki machte eine wegwerfende Handbewegung. »Ich verteile meine Weisheiten wie Priester ihre Oblaten. Auch das ist so ein Zeitvertreib von mir.« Sie spürte, dass sie den Tränen nah war. Es war alles so falsch.

»Aber das ist es nicht.« Der Mann lächelte sie an. »Verzeihung, ich habe mich gar nicht vorgestellt. Mein Name ist Emunds, und ich schreibe für die *Vossische Zeitung*. Und nein, die Zeit der Anständigen hat gerade erst begonnen. Sie haben die Putschisten festgenommen. Diesem Hitler winkt eine ordentliche Haftstrafe. Und die NSDAP wird jetzt verboten, darauf haben Sie mein Wort!«

»Woher …« Vicki starrte ihn an. »Woher wissen Sie das alles?«

Der Journalist deutete auf die Polizisten vor ihm, die jetzt in eine gemäßigtere Fortbewegungsart zurückgefunden hatten. »Ich habe zugehört«, sagte er schlicht.

Vicki erhob sich. »Oh, dann schätze ich, dass ich jetzt vielleicht meine Anzeige erstatten kann!«

Es dauerte doch noch mehr als zwei Stunden, bis sie einen Beamten fand, der ihre Anzeige aufnehmen konnte. Sie begann, alles aufzuzählen, die Fälle von Missbrauch, die versuchte Vergewaltigung, die Vortäuschung einer Straftat, die zu Claras und ihrer Festnahme geführt hatte und zum Suizid des Mädchens, das er zum Abbruch gezwungen hatte. Sie redete viel zu hastig, und nach ein paar Minuten hob der Beamte einigermaßen genervt seine Hand. »Ich müsste zunächst einmal den Namen des Subjekts notieren, dem Sie all diese Taten vorwerfen.«

»Bäumer«, sagte Vicki. »Doktor Carl Bäumer. Er hat eine Privatpraxis in Charlottenburg.«

Der Beamte bedeutete einem vorübereilenden Rotschopf, ihm den Karteikasten A bis C zu bringen. Vicki durfte derweil nicht weitersprechen. Aus den Augenwinkeln bemerkte sie, dass der Journalist sich eifrig Notizen machte. Von draußen tönte das Geheul eines Polizeiwagens. Dann kehrte der Rotschopf zurück. Der Beamte leckte sich den Zeigefinger an und blätterte durch den Kasten. »Aha«, machte er endlich und sah zu Vicki auf. »Ich kann da nichts für Sie tun.«

»Aber …« Vicki wusste sekundenlang nicht, wie der Satz weitergehen sollte. Aber die Zeit der Anständigen hat doch gerade erst begonnen, dachte sie. »Warum?«

»Dies ist nicht die richtige Abteilung. Sie müssen sich an die Kollegen wenden, die Anzeigen gegen bereits Verurteilte aufnehmen.«

»Ich verstehe nicht.«

»Doktor Bäumer verbüßt derzeit eine Haftstrafe.«

Vicki starrte ihn an. »Das ist nicht wahr.«

»Seh ich aus, als würde ich hier Witze reißen?«

»Sitzt er wegen … wegen der Vergehen, die ich gerade aufgezählt habe?«

»Das darf ich Ihnen leider nicht verraten.«

»Aber er sitzt auf jeden Fall im Gefängnis?«

»Jute Frau, haben Sie es uff de Ohren? Wat hab ick Ihnen jrade jesacht?«

In Vickis Kopf wirbelte alles durcheinander. Dann wurde ihr schwindelig. Sie umklammerte den Tresen. »Haben Sie heute schon gegessen?«, hörte sie die Stimme des Journalisten wie aus weiter Ferne. Sie schüttelte den Kopf. Hände, die ihr von links und rechts unter die Arme griffen. Stimmengewirr. Dann wurde es dunkel, so als hätte jemand das Licht ausgeknipst.

»Is einfach so umjefallen!«

»Det is die Inflation, man kann sich ja nix mehr zu essen kaufen!«

»Ach Jottchen, is det Mädel dünn!«

Vicki schlug die Augen auf. »Entschuldigung, mir geht es wieder gut!« Sie versuchte, sich aufzurichten, aber die Hand des Journalisten drückte ihr auf die Schulter. »Hier, essen Sie das!«, mahnte er.

Es war eine Stulle, richtig mit Butter und Wurst. »Das kann ich nicht annehmen«, wisperte sie.

»Doch«, lächelte der Journalist. »Das können Sie bestimmt sogar sehr gut!«

Die Schloßstraße in Charlottenburg sah aus wie immer. Die Lindenbäume reckten ihre kahlen Zweige, die Häuser schimmerten prachtvoll weiß. Vicki wunderte sich, wie eine Straße das immer gleiche Aussehen haben konnte, wenn doch so große Ereignisse in ihr geschehen waren. Der ewig unantastbare Carl Bäumer verhaftet! Der Mann, der ihr so viel Leid zugefügt hatte, seit sie neunzehn Jahre alt war! Warum ertönten keine Fanfaren, als sie jetzt in die Pedale trat, warum sangen die Engel nicht *Halleluja?* Vicki riss ihre Beine in die Luft, wie sie es beim Fahrradfahren manchmal tat, wenn sie übermütig war, hörte aber schnell wieder damit auf, als jemand über ihr ein Fenster zuschlug. Sie musste sich seriös verhalten, wenn sie ihr Vorhaben in die Tat umsetzen wollte.

Ida war schon eingetroffen. Sie stand direkt vor dem Schild, auf das jemand in großen schwarzen Lettern *Zu verkaufen* gepinselt hatte. Die zwölfjährige Emma und der achtjährige Fritz jagten um sie herum.

Vicki sprang ab und lehnte das Rad gegen den Zaun. »Wie findest du es?«, fragte sie atemlos.

Ida lachte. »Ich hätte nicht gedacht, dass ich jemals etwas gut finden würde, was in Beziehung zu Carl Bäumer steht, aber jetzt ist der Moment gekommen! Ich finde es großartig! Und wir können die fertig eingerichteten Praxiszimmer übernehmen, meintest du?«

»Das zumindest hat mir der Mann versichert, der den Kauf abwickelt.«

Ida blinzelte. »Wenn wir es kaufen, würde das bedeuten, dass du in unmittelbarer Nachbarschaft zu deinem Bruder und deiner Schwägerin lebst.«

Vicki blickte zu Theobalds Haus hinüber. Wie viele Male war sie mit schwachen Knien diese Freitreppe hinaufgestiegen, wie oft hatten ihre Hände gezittert, wenn sie am Klingelseil gezogen hatte? Wie oft hatte sie gefürchtet, vor Luise lächerlich gemacht zu werden, oder schlimmer noch, sie nie wiederzusehen? »Man darf seiner Angst nicht ausweichen«, bemerkte Vicki. »In besonders schlimmen Fällen muss man sogar in ihre Nachbarschaft ziehen!«

Ida lachte, dann sah sie wieder hinüber zum Haus. Vicki folgte ihrem Blick. Die Schaukel war abgebaut worden, die Fontäne sprudelte nicht mehr, und der Garten wirkte recht verwildert, aber ansonsten war alles genauso, wie sie es von früher kannte: der kleine Turm mit dem Eckzimmer, die efeubewachsene Fassade, die hohen Fenster. Nein, das Haus würde sie nicht an Carl Bäumer erinnern, sondern an das, was schön in ihrer Kindheit gewesen war.

Der Prozess hätte für ordentlich Aufsehen gesorgt, hatte ihr der Journalist erzählt. Ausgerechnet ein bis dahin unbescholtener Doktor der Medizin und Mitglied einer einflussreichen schlagenden Verbindung! Er hatte sich gewundert, dass Vicki von dem Fall gar nichts gehört hatte. Offenbar hatte Bäumer seit Eröffnung seiner Praxis systematisch Steuern hinterzogen. Er hatte gute Anwälte gehabt, aber am Ende hatten die nichts mehr für ihn tun können.

Sie war direkt von der Roten Burg nach Charlottenburg gefahren, um sich mit eigenen Augen davon zu überzeugen, was ihr der Journalist erzählt hatte. Sie hatte mit eigenen Augen sehen wollen, dass das Haus wirklich zum Verkauf stand. Und dann war sie zum Telegrafenamt in die Französische Straße gefahren und hatte zwei Menschen angerufen. Erst die Person, deren Telefonnummer auf dem Verkaufsschild gestanden hatte. Und dann Ida in der Charité.

»Es ist ein merkwürdiges Gefühl, oder?«, fragte Vicki leise.

Ida nickte langsam. »Es wäre einfach so befriedigend gewesen, wenn WIR ihn hinter Gitter hätten bringen können.«

»Ich hätte ihm im Gerichtssaal gern in die Augen gesehen.«

Ida erschauerte unwillkürlich. »Dieses widerliche Schmissgesicht.«

»Je älter er wurde, desto mehr hat man ihm seine schwarze Seele angesehen«, stimmte Vicki ihr zu. Dann deutete sie mit dem

Kopf wieder in Richtung Haus. »Der Kauf hängt komplett von dir ab, Ida. Du weißt, ich habe keinen Hunderttausender mehr auf der Naht.«

»Ich weiß«, sagte Ida. »Und die Lösung ist einfach: Wir verkaufen das Haus im Grunewald.«

»Aber …«

Ida hob eine Hand. »Friedrichs Eltern sind gestorben. Ich kann damit jetzt tun und lassen, was ich will.«

»Aber bist du dir auch ganz sicher? Ich will nicht, dass du etwas tust, was du später bereuen könntest.« Vicki sah Ida ins Gesicht. Ein Fältchenkranz lag um ihre Augen, und sie sah die ersten Falten auf ihrer Stirn. »Ich meine, Fritzchen ist in dem Haus zur Welt gekommen, wir hatten da unsere erste Praxis, denk an all die Erinnerungen …«

»Ich habe dort von Friedrichs Tod erfahren«, unterbrach Ida. »Und unsere Nachbarn – nachdem du und Clara eingesperrt wurdet, hat niemand zu uns gehalten. Abgesehen von Frau Malminger, und die würde auch zu uns nach Charlottenburg kommen.«

»Dann ist es also beschlossen?«

Ida lachte. »Carl wird durchdrehen vor Wut, wenn er es erfährt!«

Vicki sah ihr in die Augen. »Dann fehlt jetzt also nur noch eines. Oder eine vielmehr.«

»Ganz genau.« Ida nickte. »Wir holen Clara zurück.«

34

Clara konnte sich nicht sattsehen an Mads. Er überragte sie um zwei Köpfe, und seine Schultern waren so breit wie die eines erwachsenen Mannes, der er nun, als Vollmatrose mit fast zwanzig Jahren, auch war.

»Tante Clara!« Mads wirbelte zu ihr herum. Seine Wangen waren rot, und seine Augen leuchteten. »Ich bin so froh, dass du da bist! Ich habe gerade etwas Entsetzliches entdeckt! Mein Anzug ist mir zu eng!«

Sie trat einen Schritt zurück und musterte ihren Neffen. Der gute Anzug, den er für seinen großen Tag ausgewählt hatte, spannte in der Tat an den Schultern und am Brustkorb, und wenn man genau hinsah, waren auch die Hosenbeine zu kurz.

»So kann ich doch nicht heiraten!«, stieß Mads hervor.

Clara lachte. »Ich bin mir sicher, dass Anne dich auch dann erwählen würde, wenn du im Clownskostüm vor den Pastor treten würdest!«

»O Gott!«, stieß Mads hervor, und seine Wangen färbten sich noch dunkler. »Ist es so schlimm?«

»Du siehst wundervoll aus, Mads«, sagte Clara ehrlich. Wie Aiske, dachte sie bei sich. Mads hatte die gleichen blauen Augen, das gleiche blonde, leicht gewellte Haar.

»Wirklich?« Mads verrenkte sich, um in Greetjes halb blindem Spiegel, der im Flur hing, ein Stück seiner selbst zu sehen. »Ich sehe nur jemanden, der panisch vor Aufregung wirkt. Was sind das für Flecken, die ich im Gesicht habe? Ein spontaner Fall von Masern? Oder bricht sich der Skorbut nach der Chile-Umsegelung doch noch Bahn?«

Clara spürte, dass ihr die Kehle eng wurde, und gleichzeitig musste sie lachen. »Ich diagnostiziere einen eindeutigen Fall von Hochzeitsvorfreude. Leicht zu kurieren. Man sagt bloß Ja.«

»Und schon fühle ich mich wieder halbwegs gesundet.« Mads drückte ihre Hand. »Danke, dass du heute meine Trauzeugin bist!«

»Ich könnte mir nichts Schöneres vorstellen«, sagte Clara und wischte sich eine Träne aus dem Gesicht.

Es war die Erschöpfung, anders konnte sie es sich nicht erklären, dass auch sie so aufgewühlt war. Sie hatte sich vorgenommen, entspannt und ausgeruht an Mads' und Annes großem Tag zu sein, aber dann hatte Bauer Jansen in Hörnum am Abend nach ihr rufen lassen, weil er so große Bauchschmerzen gehabt hatte, und sie hatte noch in der Nacht eine Blinddarmoperation ausführen müssen, und zwar mangels eines passenden OP-Tisches auf Jansens dreihundert Jahre altem Küchentisch. Und als wäre das alles nicht genug gewesen, hatte um fünf Uhr morgens Lorenzens Magd nach ihr geschickt, bei der Frau Lorenzen hätten jetzt die Wehen begonnen, ob sie kommen könne, jetzt sofort!

»Du siehst aber übrigens selbst ein bisschen lustig aus ...« Mads grinste jetzt und deutete auf die Schuhe, die unter Claras Sylter Tracht hervorlugten und die eindeutig nicht demselben Paar angehörten.

»Verdammt!«, stieß Clara hervor.

Mads lachte, dann hakte er sie unter. »Das wird uns Glück bringen«, sagte er.

Es war ein Tag im Mai, wie Clara ihn nur selten auf Sylt erlebt hatte. Der Himmel war hellblau, nur ein paar vereinzelte Wolken trieben darüber. Ein lauer Wind blies ihr ins Gesicht. Das Heidekraut blühte violett in der Sonne. Flüchtig dachte Clara an Frau Lorenzen, die sie in der Obhut der alten Hebamme gelassen hatte. Kaiken war weit über achtzig und sprang nur noch gelegentlich ein, aber was sie an Beweglichkeit verloren hatte, machte sie mit Erfahrung wett. Clara widerstand erfolgreich der Versuchung, jetzt rasch in die Kjeirstraße zu laufen, um sich mit eigenen Augen vom Fortschritt der Lorenzen-Geburt zu überzeugen. Und dann schloss sie kurz die Augen und atmete ein paarmal tief ein und aus.

Sie standen schon alle vor St. Nicolai und blickten ihnen entgegen: Greetje, die den Vater abgeholt hatte, wie immer in ihrer schwarzen Witwentracht, Daje mit dem achtzehn Monate alten Joris auf dem Arm und Keno, der gerade mal wieder aus Norwegen zurückgekehrt war, dann Femmy und Fiete. Und ein Stück weiter entfernt, sodass er einen guten Blickwinkel auf das Geschehen hatte, stand Leon mit seiner Kamera bereit. In diesem Moment fuhr die Kutsche der Petersens vor, und Anne winkte vom Bock herunter, in einem langen weißen Kleid.

Mads erstarrte. Die Glocke im Turm von St. Nicolai schlug zehn Uhr. Es dauerte drei Schläge, bis Mads zurückwinkte. »Sie ist so schön«, flüsterte er.

Der alte Petersen half seiner Tochter von der Kutsche herunter. Was dann passierte, konnte Clara nicht mehr erkennen, denn ihr Vater trat auf sie zu, umarmte sie mit seinem guten Arm, bedeutete Mads, ihm zu folgen, und zog sie dann beide mit sich in die Kirche hinein.

Durch die hohen Rundbogenfenster schimmerte der helle Maitag. Jemand hatte Blumengirlanden zwischen die Bankreihen gehängt. Die Kirche war bis auf den letzten Platz besetzt. Clara grüßte nach links und rechts, und dann hörte sie das Wispern: »Das ist die Frau Dokta!« – »Die, wo vorletztes Jahr die Fehlgeburt hatte?« – »Ja, ganz furchtbar! Und gleichzeitig hat sie ihrer Schwester ihr Kind auf die Welt gebracht!«

Clara verwandelte ihr Gesicht in eine Maske, und dann brauste die Orgel. Ihre Musik toste über das Getuschel auf den Plätzen.

Sie ließ sich in der vordersten Bank nieder, die für die Familie reserviert war, und schloss die Augen.

»Lange Nacht gehabt?«, fragte Daje, die sich in diesem Moment neben sie setzte.

Clara öffnete die Augen wieder. Der kleine Joris versuchte, nach ihrem Tuch zu greifen, und lachte sie an. Dann bemerkte sie Dajes besorgten Blick.

»Eine ganze Blinddarmentzündung und eine halbe Geburt«, gab Clara matt zurück.

Daje nahm ihre Hand. »Ich könnte die Morsumer umbringen, wenn ich sie so über dich reden höre!«

Clara musterte ihre Schwester. So viel hatte sich zwischen ihnen verändert, seit sie geholfen hatte, den kleinen Joris auf die Welt zu bringen. Daje war schön geworden. Ihre Wangen und Augen leuchteten, ihre Haare glänzten, sie war ein Ausbund an Glück. Aber das Wichtigste war, dass sie ihr eine große Schwester geworden war. Die Empörung über das Getuschel stand ihr ins Gesicht geschrieben. Oder mischten sich Skrupel in den Ärger? Seltsam, wie Familiengefühle nie ganz eindeutig beschrieben werden konnten, dachte Clara. So komplex war das Gewebe zwischen Vater, Mutter und Geschwistern, dass immer alles ineinanderfloss.

Sie bemühte sich, einen möglichst unbeteiligten Tonfall zu finden. »Die haben ja nichts anderes zu tun.« Sie sah zu Leon, der sich mit seiner Kamera einige Schritte von der Kanzel entfernt aufgebaut hatte. Das Orgelspiel hörte auf. Schweigen breitete sich im Kirchenschiff aus.

»Liebe Gemeinde, liebe Hochzeitsgäste«, sagte der Pastor in die Stille. Seine Stimme war noch etwas mitgenommen von der Kehlkopfentzündung, die ihn im Winter heimgesucht hatte. Clara hatte ihn nur mit Mühe davon geheilt. Das war es, was sie hier liebte, obwohl sie sich auch darauf freute, bald nach Berlin zurückzukehren: Dass sie immer wieder ihr Fachgebiet verlassen musste, dass sie als Generalistin jeden Tag dazulernte, dass kein Tag wie der andere war.

»Wir haben uns heute versammelt, um Hochzeit zu feiern.« Ein greller Blitz fuhr durch das Kirchenschiff. Leon hatte ein Foto geschossen. Der Pastor zuckte zusammen. »Was aber heißt Hochzeit?«, fragte er laut.

Die kleine Line Petersen, Annes jüngste Schwester, hob den Arm und schnipste mit dem Finger.

»Wir sind hier nicht in der Schule!«, zischte ihre Mutter sie an.

»Hochzeit ist eine besondere, eine hohe Zeit, ein Höhepunkt im Leben der Brautleute. Wie viele Seemeilen musste Mads segeln, um zu seiner geliebten Anne zurückzukehren?« Der Pastor blickte zu Mads, der in seinem zu engen Anzug unbehaglich dastand. Mads hob etwas ungelenk die Schultern. »Und wie lange musste Anne auf diesen Tag warten?«

Jetzt schnippte Line erneut mit den Fingern. Und wieder griff die Mutter nach ihrem Arm.

Der Pastor wartete ab, dass sich das Lachen der Gemeinde legte, dann nahm er den Faden wieder auf. »Viel zu lange, das ist die Antwort. Aber nun haben wir uns heute hier versammelt, weil die beiden endlich den Bund der Ehe eingehen.«

Erneut blickte Clara zu Leon. Der war von seinem Platz an der Kamera zurückgetreten, um nur sie anzusehen.

»Die Liebe erträgt alles, glaubt alles, hofft alles«, meinte Clara ihren Standesbeamten zu hören, damals, 1914, einen Weltkrieg und eine zerstörte Hoffnung war das nun her. »Sie hält allem stand. Die Liebe hört niemals auf.«

Clara spürte, wie ihr wieder die Kehle eng wurde. Leon quetschte sich neben sie auf die Kirchenbank und drückte ihre Hand.

»Und so frage ich Mads Jensen, geboren 1904 in Westerland:

Wirst du deine Frau ehren und lieben in guten wie in schlechten Zeiten? So antworte mit: Ja, ich will.«

»Ja, ich will«, antwortete Mads mit einer Stimme, die an Bord sicherlich jeden Sturm durchdrang.

Der Pastor lächelte. »So frage ich Anne Petersen, geboren 1904 in Morsum: Wirst du deinen Mann ehren und lieben in guten wie in schlechten Zeiten? So antworte mit: Ja, ich will.«

»Ja, ich will.« Auch Anne klang wild entschlossen.

»So erkläre ich euch nun zu Mann und Frau.«

Die Orgel brauste erneut. Sie erhoben sich, um zu singen. Und nach einem letzten Gebet standen sie wieder draußen, die Maisonne strahlte noch immer, und jemand bewarf das Brautpaar mit Blüten.

»Ich möchte heute Abend gern etwas mit dir besprechen«, flüsterte Clara, nachdem Leon seine Fotos geschossen hatte.

Das Lächeln schwand aus seinen Augen. »Ist es etwas Schönes oder etwas Schreckliches?«

»Etwas Schönes«, sagte Clara. »Finde ich zumindest. Ich hoffe, du findest es auch.«

Das Wartezimmer in der Charlottenburger Praxis war bis auf den letzten Biedermeierstuhl gefüllt. Vicki blickte auf die Frauen, die gekommen waren. Für ihre wöchentliche Lektion in Verhütung, die sie im Wechsel mit Ida gratis abhielt, hatten sie den Raum in eine Art Klassenzimmer umfunktioniert, komplett mit Schiefertafel zwischen den schweren Ölschinken. Die Stühle hatten sie in drei Reihen hintereinander aufgestellt, nur Pulte hatten sie nicht so viele auftreiben können, aber viele der Frauen, die sie an diesen Tagen besuchten, konnten ohnehin nicht schreiben. An diesem Tag war Hildi gekommen sowie Lola, die ihre Haft mittlerweile beendet hatte. Die beiden hatten mehrere ihrer Nachbarinnen und Freundinnen aus dem Wedding und vom

Prenzlauer Berg mitgebracht. Hildi hatte zunächst ihren mittlerweile fünfjährigen Sohn Willy auf den Platz neben sich gesetzt, doch Vicki, die fand, dass Willy diesen speziellen Lernstoff erst in etwa zehn Jahren lernen musste, hatte ihn zum Spielen mit Fritz geschickt.

»Also, das einfachste Gerät, um den Samen nach dem Geschlechtsakt wieder zu entfernen, ist der Irrigator. Hier, so sieht dit aus.« Vicki hielt ein Glasgefäß mit einem Gummischlauch in die Höhe und blickte in die Runde. Eine der Frauen holte eine Wurststulle aus ihrer Handtasche und biss herzhaft hinein.

»Statt Glas kann man auch Emaille, Blech oder Porzellan nehmen.« Vicki blickte zu der Frau mit der Wurststulle. »Is Jeschmackssache, sach ich mal.«

Die Frauen kicherten. Einige rutschten etwas unruhig auf den Stühlen hin und her oder zupften an ihren Kleidern. Hildi hatte ihr erzählt, dass die meisten von ihnen verheiratet waren, aber kein Geld für Verhütungsmittel hatten und in keiner Krankenkasse waren.

»In den Behälter tut man lauwarmes Wasser und dazu mischt man ’nen Zusatz.« Vicki reichte den Irrigator Hildi, die einmal kurz hineinblickte, um ihn dann an Lola weiterzureichen. Dann öffnete Vicki ihren Arztkoffer und holte ein paar Glasflaschen hervor. »So, dit hier is Chlorzink, dit is Lysoform, hier haben wir Kaliumpermanganat und hier Formol. Ick lass euch dit Formol hier, weil ick dit am besten finde. Aber dit andere könnt ihr ooch benutzen, wenn ihr dit zu Hause habt.«

»Ick hab immer Lysol zu Hause, weil ick det zum Putzen nehme«, meldete sich eine Frau zu Wort. »Kann ick dit zusammen mit dem …«, sie deutete auf den Irrigator, »zusammen mit dem Klappmatismus da ooch zum Verhüten nehmen?«

»Ja, das können Sie.« Vicki lächelte die Frau an. »Gut aufgepasst!«

Die Frau wurde ein bisschen rot.

»So, und nu kommen wir zur Prozedur.« Vicki nahm den Irrigator wieder entgegen, füllte Wasser aus einer von Carls alten Kristallkaraffen hinein – es war doch ganz erstaunlich, wie viel Spaß ihr der Umgang mit den Sachen ihres Erzfeinds machte – und stellte den Irrigator auf das Anmeldetischchen. Dann knickte sie den Gummischlauch so um, dass das Wasser im Irrigator nicht auslaufen konnte, und stellte einen Hocker und eine Waschschüssel dazu. Zu guter Letzt schob sie ihren Rock hoch, setzte sich auf den Hocker und demonstrierte das Verfahren am lebenden Objekt.

Ein Raunen ging durch die Reihen der Frauen, dann brach Lola in Gelächter aus. Sekunden später lachte der ganze Raum.

»Wat is?«, erkundigte sich Vicki, die das Wasser aus dem Schlauch in die Schüssel laufen ließ.

»Det is nur so«, erklärte die Frau, die immer mit Lysol putzte. »Ick hab noch nie eene Frau Dokta jesehen, die so knorke Späße macht!«

»Det is die Gräfin!«, verkündete Lola und strich sich die blonden Locken aus dem Gesicht. »Ne janz Feine. Ha ick dir ja jesacht!«

»Haben Sie zu dem Verfahren noch Fragen?«, versuchte Vicki, das Stimmengewirr zu übertönen.

In diesem Moment klingelte es an der Tür. Einmal, zweimal, dreimal schrillte die Glocke, dann hämmerte jemand mit der Faust gegen die Tür.

»Ick schätze, da kricht eene n Kind«, meinte die Lysol-Frau. »Soll ick ma öffnen jeh'n?«

Es musste in der Tat ein Notfall sein, da sie an den Nachmittagen, die der Sexualverhütung dienten, keine regulären Sprechstunden abhielten. »Vielen Dank.« Vicki erhob sich. »Ich mach schon selbst auf.«

Und da stand sie. Ihre blonden Haare wehten im Maiwind, und als sie lachte, konnte Vicki ihre perfekten weißen Zähne sehen.

»Ich war ein Dickkopf, und ich hatte Angst, dass du mich verlässt, und dann habe ich deinen Brief bekommen, aber ich wusste nie, wie ich darauf antworten sollte, und jetzt bin ich da«, sprudelte Marlene hervor.

Vicki nahm sie in die Arme, und es war ihr egal, ob Sieglinde oder Theobald von nebenan herüberguckten, und selbst, ob Luise es sah. »Und du sollst auch nicht mehr weggehen«, wisperte sie der geliebten Freundin ins Ohr.

Der Himmel hatte sich rosarot gefärbt. Möwen kreischten über dem Meer. Clara und Leon hatten sich die Schuhe ausgezogen, um alles besser wahrzunehmen: den nassen Sand und das Gefühl, darin zu versinken, die salzige Luft auf ihrer Haut. Clara dachte, wie nah sie sich Leon immer fühlte, wenn sie an der Nordsee waren. Seine Hand war warm an ihrer. Er roch nach Chemikalien nach dem Nachmittag im Labor, wo er die Fotos von der Hochzeit entwickelt hatte. Sie sog den vertrauten Duft tief ein.

»Du wolltest mir etwas sagen?«, fragte Leon, und selbst jetzt, im Schein der untergehenden Sonne, leuchteten seine Augen grün.

Clara machte noch einen Schritt weiter auf das Meer zu. Gischt spülte über ihren rechten Fuß.

»Hermine Heusler-Edenhuizen hat zwei Kinder adoptiert«, sagte sie. »Du weißt, dass sie selbst keine bekommen kann. Genau wie ich.«

Auch Leon tat jetzt einen Schritt in die Wellen. »Das weißt du doch nicht, Clara. Du bist fünfunddreißig. Wir haben noch Zeit.«

»Nein, Leon, die haben wir nicht mehr.« Sie sah davon ab, ihm einen Vortrag über die Funktionsfähigkeit von Eierstöcken im zunehmenden Alter zu halten. »Und ich möchte nicht mehr hoffen, bangen, enttäuscht sein, wieder hoffen. Dieser Kreislauf muss ein Ende haben. Ich kann nicht mehr.«

Leon legte ihr eine Hand in den unteren Rücken, dort, wo sie immer einen Schmerz fühlte, wenn sie angespannt war. Dann blickte er auf das Meer hinaus. Die Sonne war untergegangen. Dunkelheit senkte sich über das Meer. »Ich habe auch darüber nachgedacht«, sagte er endlich. »Und meine Meinung ist, dass wir auch ohne Kinder glücklich sind.«

Clara sah ihm in die Augen, in das älter gewordene, geliebte Gesicht. »Aber du hast doch immer gesagt, dass du Kinder möchtest.«

»Ja. Aber solange wir zusammen sind, solange wir das hier haben …« Er machte eine Armbewegung, die das ganze Meer umfasste. »Solange ich meinen Beruf ausüben kann und du deinen, so lange geht es mir sehr gut.«

Clara hörte den Unterton. Es war der Ton, den sie sich selbst gegenüber anstimmte, nach einem langen Abend mit ihren Büchern, wenn sie sich wieder einmal mit Reproduktionsmedizin herumgeschlagen hatte und mit der Frage, warum es ihr und ihren Schwestern so schwerfiel, schwanger zu werden. Es war der Ton, mit dem sie sich Mut machte. *Ich lebe doch ein erfülltes Leben. Es ist doch alles nicht so schlimm.*

»Ich möchte, dass wir auch ein Kind adoptieren«, sagte sie.

»Ach Clara.« Er ließ sie los.

»Was soll das heißen, ach Clara?«

»Es soll heißen, dass ich nicht daran glaube. Das ist nicht die Lösung des Problems.«

»Und wieso nicht?« Einen Moment wirbelte Clara alles durch den Kopf, was sie in den anderthalb Jahren seit ihrer Fehlgeburt durchgemacht hatte. Sie hatte die Temperaturmethode ausprobiert, sie war mit einem Kissen unter ihrem Becken Ewigkeiten lang liegen geblieben, nachdem sie mit Leon geschlafen hatte, um den Samen besser empfangen zu können, sie hatte sich sogar von Ida pharmazeutische Organpräparate schicken lassen, die weibliche Sexualhormone enthalten sollten – ein Produkt des Endokrinologie-Pioniers Eugen Steinach, der dieses im Auftrag der Berliner Schering AG entwickelt hatte. Es hatte nichts genutzt. Dann hatte sie das Thema ihrer Dissertation vertieft, hatte alte Ansätze weiterverfolgt, die sie zu Unfruchtbarkeit entwickelt hatte, so gut man eben als Landärztin forschen konnte, ohne Geld und richtiges Labor. Doch sie war nicht so weitergekommen, wie sie es gern gehabt hätte. Unfruchtbarkeit konnte tausenderlei Ursachen haben: verklebte Eierstöcke, eine verschleppte Chlamydien-Erkrankung, ein zu niedriger Östrogenspiegel oder aber – und das hielt sie in ihrem eigenen Fall und dem Fall ihrer Schwestern für am wahrscheinlichsten – eine psychische Verstimmung, hervorgerufen durch das tausendfach heruntergebetete Motto »Tod im Kindbett oder Unfruchtbarkeit«. Clara war Wissenschaftlerin mit Leib und Seele, sie war der festen Überzeugung, dass man jedes Leiden früher oder später bekämpfen konnte, wenn man es nur ausreichend erforschte, aber sie glaubte auch an die Macht der Gedanken. In den vergangenen Monaten hatte sie versucht, ihre Gedanken besser in den Griff zu bekommen. Aber das Unheils-Motto, es saß so tief.

»Ich glaube nicht, dass eine Adoption das Richtige wäre«, sagte Leon in die Dunkelheit hinein. »Es wäre einfach nicht unser Kind. Sieh mal, es käme aus irgendeiner Familie, die wir vielleicht noch nicht einmal kennen. Es hätte nichts mit uns und unseren Anlagen zu tun.«

Ein paar Herzschläge lang konnte Clara nur ihren eigenen Atem und das Wellenrauschen hören. Das war es also. Sie hatte es fast erwartet. Vielleicht war es nun wirklich am besten, wenn sie Sylt bald verließen, die Heimat, die ihr so viel Kummer bereitet hatte. Vielleicht bekam sie ihre Gedanken in Berlin besser in den

Griff. Sie würde den Vater und Mads so sehr vermissen, auch Daje und den kleinen Joris.

»Dann wollen wir das so tun«, sagte sie endlich.

Fast fühlte sie sich erleichtert. Eine Entscheidung war getroffen worden, und an die würde sie sich halten. Keine Kinder, weder eigene noch adoptierte. In ihrem Seiltänzerleben hatte sie einen Schritt in Richtung Neuanfang getan.

35

Nur krankhafte Optimisten konnten ernsthaft behaupten, dass sich das Verhältnis zwischen Vicki und ihren neuen Nachbarn besserte. Natürlich machte sie Theobald und Sieglinde ihre Aufwartung, sobald Ida den Kaufvertrag der Charlottenburger Praxis unterschrieben hatte. Vicki stieg wie vor Urzeiten die Freitreppe zur Villa ihres Bruders hinauf, zog am Klingelseil und wartete, vom Hausdiener in Empfang genommen zu werden. Und tatsächlich lief fast alles wie gehabt: Der Hausdiener tat, als könnte er sich der niederen Kreatur nicht entsinnen, und Sieglinde und Theobald überschütteten sie mit Vorwürfen und Hass. Wie es denn angehen könne, dass sie die »Koryphäe« Doktor Carl Bäumer aus seiner angestammten Praxis geworfen habe, und ob sie denn nun allen Ernstes erwarte, dass die Patienten »zwei Frauen« aufsuchen würden, wo doch jeder wisse, dass Frauen der Aufgabe als Ärztin nicht so gewachsen seien wie eben Bäumers Geschlechtsgenossen. Und Vicki hatte sich wie immer bemüht, ruhig zu bleiben, und sie hatte auf alles eine Antwort gehabt.

Nein, Ida und sie hätten Doktor Bäumer nicht »hinausgeworfen«, das habe der Mann selbst erledigt, indem er Steuern in Millionenhöhe hinterzogen habe, weshalb er jetzt im Kittchen sitze.

»Was sind schon Millionen heutzutage?«, gab Sieglinde zu bedenken. »Dafür kann man sich gerade mal ein Stück Butter kaufen. So schlimm wird es schon nicht gewesen sein.«

Auch Theobald stellte seine besondere Hochachtung für Doktor Bäumer heraus. »War immer zur Stelle. Hat meinen Fußpilz geheilt.«

Vicki versuchte, nicht mit den Augen zu rollen. »Ihr Lieben, ich besuche euch heute, weil ich möchte, dass wir in guter Nachbarschaft leben. Meine Kollegin, Doktor Ida Goldt, und ich haben uns auf Frauenheilkunde und Geburtshilfe spezialisiert, aber unsere Türen stehen euch jederzeit offen, solltet ihr …« Fußpilz haben, wollte sie sagen und biss sich auf die Lippe, um nicht zu lachen.

»Unsere zukünftigen Krankheiten scheinen ein ungemeines Erheiterungspotenzial zu bergen«, bemerkte ihr Bruder.

»Nein, entschuldige bitte«, sagte Vicki rasch. »Ich schätze, ich bin ein bisschen nervös. Es ist so lange her, dass wir uns gesprochen haben.«

»Ja, und wessen Schuld ist das?«, fuhr Sieglinde sie an. »Hättest du damals nicht auf diese heimtückische Weise versucht, unsere Tochter zu entführen, dann hätten wir unser verwandtschaftliches Verhältnis weiterhin pflegen können.«

Vicki holte tief Luft. »Ich habe Luise nicht entführt, und das wisst ihr sehr gut! Sie ist aus freien Stücken zu mir gekommen. Im Übrigen würde ich sie jetzt gern sehen.«

»Aber sie dich nicht«, schnappte Sieglinde.

»Wie bitte?« Vicki funkelte sie an. »Das ist doch wieder so eine Unwahrheit!«

»Leider nein.« Theobald schob ihr einen verschlossenen Umschlag hin. »Den hat Luise uns ausgehändigt, solltest du dich wieder bei uns blicken lassen. Ich muss schon sagen, wir waren schockiert, als wir erfahren haben, was geschehen ist.«

Vicki steckte den Brief in ihre Handtasche. »Ich habe manchmal das Gefühl, dass ihr in einem Paralleluniversum lebt. Die Dinge, von denen ihr berichtet, passieren irgendwie nicht in meiner Welt. Wie auch immer, ich würde jetzt trotzdem gern zu Luise.«

»Sie ist nicht zu Hause«, entgegnete Sieglinde. »Und selbst wenn sie es wäre, sie möchte dich nicht sehen. Ehrlich gesagt wollten wir dich auch nicht mehr treffen. Aber als anständige

Christenmenschen«, sie faltete die Hände im Schoß, »haben wir uns gesagt, dass wir niemanden aus der Verwandtschaft verstoßen. Egal, wie schlecht er sich benimmt.«

»Zu gütig«, fauchte Vicki. »Was habe ich jetzt schon wieder getan?«

»Lies den Brief, den Luise dir geschrieben hat.«

»Wo ist sie?«, fragte Vicki.

Theobald musterte sie kalt. »Es geht dich nichts an, wo unsere Tochter ist.«

Vicki blickte zwischen ihrem Bruder und ihrer Schwägerin hin und her, dann erhob sie sich langsam. »Wie auch immer«, sagte sie mit mühsamer Beherrschung. »Ich danke für den Tee.«

»Eine Frage hätte ich noch, Fräulein.« Sieglinde hielt sie am Ärmel fest, als Vicki schon in der Diele war. Jetzt kommt es, dachte Vicki. Jetzt fragt sie mich, ob ich eine unmoralische Beziehung zu der Blondine unterhalte, die fast jede Nacht bei mir schläft. Das kann meiner aufmerksamen Schwägerin ja nicht entgangen sein. Aber Sieglinde bekümmerte etwas anderes. »Deine Kollegin, die Frau Doktor Goldt, die ist doch nicht etwa Jüdin, oder? Ich meine, das brauchen wir hier in dieser Gegend ja nun wirklich nicht!«

»Ida ist eine Christin, die ihren Mann im Krieg verloren hat und sich und ihre zwei Kinder seither hart arbeitend allein durchbringt«, brachte Vicki zwischen zusammengebissenen Zähnen hervor. »Und wenn sie Jüdin wäre, würde das an ihren Qualitäten nichts ändern, nur dass du das weißt!«

Sieglinde wich einen Schritt zurück. Vicki spürte, dass sie ihre Hände zu Fäusten geballt hatte und dass ihr Atem schneller ging.

»Immer noch so aufbrausend«, lächelte Sieglinde plötzlich. »Es war doch bloß eine Frage. Nun, dann ist es ja gut.«

Vicki öffnete Luises Brief, als sie wieder in ihrem Zimmer war. Es war ein heller, freundlicher Raum im ersten Stock mit Blick in den Garten. Im Unterschied zu den anderen Zimmern im Haus hatte sie die Möbel ausrangiert, die hier gestanden hatten, weil sie es nicht hatte ertragen können, in Carls altem Bett zu schlafen oder an seinem Schreibtisch zu arbeiten. Sie hatte Hildi gefragt, ob sie die Möbel ihres alten Peinigers übernehmen wolle, und diese hatte die Stücke für gutes Geld verkauft.

Liebe Tante Viktoria, las sie, als sie Luises Brief auseinanderfaltete. *Oder sollte ich dich jetzt Mutter nennen?*

Vicki stockte das Herz.

Ein Herr Herzberg hat mich besucht, weil er mich kennenlernen wollte. Du kannst dir meine Überraschung vorstellen, als er mir enthüllte, was ich schon seit langer Zeit hätte wissen müssen. Ich verstehe nicht, warum du mich mein Leben lang angelogen hast, aber ich nehme an, du hast dich meiner geschämt. Das werde ich dir nie verzeihen. L.

Vicki blickte auf den Platz im Garten, an dem sie und Armin als Kinder geschaukelt hatten. Sie brauchte mehrere Minuten, bevor der Schmerz sie traf.

Clara erkannte Berlin kaum wieder. Mehrstöckige Gebäude standen auf vormals freien Plätzen, und der Verkehr hatte so zugenommen, dass man kaum noch über die Straße kam. Frauen in kurzen, gerade geschnittenen Kleidern liefen über den Bürgersteig, einige schoben ihre Kinderwagen, als gälte es, ein Rennen zu gewinnen. Männer, den Hut tief ins Gesicht geschoben, eilten umher. Es war ein Tuten, Dröhnen und Schreien, dass es nicht zum Aushalten war. Und wie es roch nach all der Zeit an der Nordsee! Abfall, Zigarettenrauch und Bratwurstdunst mischten sich mit billigen Parfüms, mit Abgasen und Pferdekot. Es war schrecklich, und zugleich war es aufregend, wieder in der großen Stadt zu sein!

Zeit hatte die unangenehme Eigenschaft, immer rascher zu

verfliegen, je älter sie wurde, fand sie. Bis zur Abreise von Sylt war sie gerast. Im Nu hatten sowohl sie als auch Leon Nachfolger für ihre Geschäfte gefunden, und plötzlich war der Tag des Abschieds da gewesen. Bevor sie mit dem Boot zum Festland übergesetzt hatten, hatte sie den Vater, Mads, Anne, Daje und Femmy eine halbe Ewigkeit lang umarmt. Greetje hatte finster danebengestanden. Bis zum Schluss hatte sie nicht gezeigt, dass sie es zu würdigen wusste, was Clara für Daje getan hatte. Aber da ein solches Verhalten die komplette Neuprogrammierung von Greetjes Persönlichkeit bedeutet hätte, war Clara nicht weiter überrascht.

Das Jahr 1924 hatte ein ebenso gewaltiges Tempo entwickelt wie der Berliner Verkehr. In der Hauptstadt fuhren jetzt S-Bahnen. Außerdem schien es neuerdings modern, unbekleidet herumzulaufen – ein paar Nacktfanatiker hatten ein Institut für Freikörperkultur gegründet, in dem man sich nun traf, wie die Natur einen geschaffen hatte.

Und Ida war jetzt promovierte Ärztin. Clara blickte sie stolz von der Seite an. Von dem Verkauf der Grunewaldvilla hatte sie nicht nur die Praxis in Charlottenburg gekauft, sondern auch einen Bentley. Und den fuhr sie, als hätte sie ihr Leben lang nichts anderes getan. Die nunmehr dreizehnjährige Emma, die rechts auf der Rückbank saß, verfolgte jede Bewegung ihrer Mutter am Steuer. Autos seien noch immer ihr größtes Interesse, hatte Ida ihr erzählt.

»Was zum Teufel?« Ida presste ihren Fuß auf die Bremse und blickte nach oben. »Wo ist der Polizist mit der Trompete, verdammt noch mal?«

Sie standen auf dem Potsdamer Platz, und Clara blickte staunend umher. So dicht war das Gedränge hier, dass man kaum geradeaus sehen konnte. Auf allen fünf Ausfallstraßen staute sich der Verkehr. Fahrer von Omnibussen, Motorrädern, Pferdefuhrwerken, Fahrrädern und Autos schienen auf etwas zu warten. Einige waren ausgestiegen, um das Ungetüm zu bestaunen, das da plötzlich auf dem Platz stand, ein meterhohes Gestell mit einer Kabine, in der es blinkte wie in einem Liebeshotel. Fußgänger hatten die Köpfe in den Nacken gelegt.

»Nicht fluchen, Mutti!« Fritzchen rutschte von der Rückbank herunter. »Tantchen hat gesagt, wer flucht, greift in Gottes Allmacht ein!«

»Ich fürchte, die Allmacht hat jetzt Lichter. Und das scheint ausgerechnet heute ein Riesenspektakel zu sein!«

Jetzt erst bemerkte Clara den Schutzmann. Er war es, der in seiner Kabine das Lichterfest machte. Der Schweiß rann ihm über die Stirn.

»Das ist nun also der neue Oberkieker«, ließ sich Vicki vom Rücksitz vernehmen.

»Ick hab jehört, det heißt Ampel.« Ein Fußgänger, der sich zwischen die Wagen gedrängt hatte, blickte in den offenen Bentley. »Wejen der Lichtsignale. Janz wat Neues aus Amerika.«

»Mir egal, wie das heißt, ich muss jetzt fahren!«, rief Ida und drückte auf ihre Hupe.

Ein grünes Licht blinkte in ihre Richtung, doch ihr Vordermann fuhr nicht an.

Ida hupte weiter. »Jetzt fahr doch, verdammt!«

Der Fußgänger tippte an seinen Hut. »Wundervollen Tach noch, die Frolleins! Mensch, wat seid ihr drei schön!«

Clara lachte, als Ida wieder anfuhr. Fritzchen klatschte in die Hände. »Der Mann hat gesagt, dass du schön bist, Mutti!«

Jetzt erst bemerkte Clara, dass Vicki nicht mitlachte. Abgesehen von ihrer Bemerkung über die Ampel hatte sie heute noch nicht viel gesagt. Clara sehnte sich danach, sich mit der Freundin auszutauschen. Seit ihrer Ankunft am vorigen Abend hatte sie noch keine Gelegenheit dazu gehabt. Sie drehte sich nach ihr um, aber Vicki schien es nicht einmal zu bemerken. Sie blickte auf den

Verkehr, der an ihnen vorüberbrauste, und Clara war sich nicht sicher, ob die Tränen, die in Vickis Augen schimmerten, vom Fahrtwind kamen.

Der Saal war gefüllt mit Hunderten feierlich angezogener Frauen. Einige hatten ihre Kinder mitgebracht, so wie Ida, doch die meisten standen in kleinen Erwachsenengruppen zusammen. Clara blickte sich um, und in diesem Moment sah sie ihre Mentorin. Hermine kam gemessenen Schrittes auf sie zu und nahm ihre Hand in ihre Hände. »Herzlich willkommen zurück, liebe Clara!«, sagte sie. »Ich freue mich, dass du es geschafft hast, an diesem besonderen Tag dabei zu sein!« Ihr Haar war ganz grau geworden, aber ihr Gesicht hatte sich nicht verändert. Trotz ihrer zweiundfünfzig Jahre hielt sie sich aufrecht, und sie bewegte sich noch immer wie eine junge Frau.

Clara strahlte. »Und ich freue mich erst! Aber das hätte ich mir auch nicht entgehen lassen, um nichts in der Welt!«

»Es wurde auch Zeit, dass wir Ärztinnen uns endlich zusammenschließen, was meinst du?«

»Absolut! Und dich machen sie zur Vorsitzenden? Oh, Hermine, ich bin so stolz auf dich!« Zu spät bemerkte sie, dass sie mit ihrer Mentorin wie mit einer Freundin sprach. »Verzeihung, ich wollte damit nicht sagen …«

»Oh, ich bin selbst stolz.« Hermine lächelte ihr feines Lächeln. »Aber man wählt mich wohl eher aus repräsentativen Gründen zur Vorsitzenden als im Vertrauen auf meine Führungseigenschaften. Die habe ich nämlich nicht.«

»Ich bin mir sicher …«

Hermine hob eine Hand. »Keine Schmeicheleien. Ich weiß sehr wohl, was ich kann – und was nicht.« Sie lächelte, dann wandte sie sich einer Gruppe von Frauen zu, die mit einem Blumenstrauß in der Hand vor ihr standen. Clara hielt nach ihren Freundinnen

Ausschau. Ida war mit ihren Kindern im Getümmel verschwunden, aber Vicki stand allein an einem Fenster und blickte hinaus.

»Hast du Kummer?«, fragte Clara geradeheraus.

Vicki drehte sich zu ihr um. Sie sah müde aus, fand Clara. Die Schatten unter ihren Augen waren noch dunkler geworden, und sie bemerkte die ersten Falten in ihrem Gesicht. »Ja, das hab ich«, sagte sie. »Aber es ist immer das Gleiche. Luise. Nur dass sich die Lage jetzt etwas verändert hat.«

»Inwiefern?« Clara musste ihre Stimme erheben, denn in diesem Moment wurde eine ältere Dame in den Saal geleitet, und Hurrarufe wurden laut.

»Das ist ja Franziska Tiburtius!«, sagte Vicki, und einen Moment lang leuchteten ihre Züge wieder auf. »Sie muss schon über achtzig sein, und sieh mal, was für eine kraftvolle Gestalt!«

»Sie hat so vielen von uns den Weg geebnet!«, sagte Clara bewundernd. »Stell dir mal vor, im vergangenen Jahrhundert Ärztin werden zu wollen. Ich hoffe bloß, dass sie keinen Carl Bäumer in ihren Vorlesungen hatte!«

Vicki lachte. »Ich schätze, das war damals der einzig verfügbare Männertypus. Bestimmt gab es zu ihren Zeiten eine ganze Carl-Bäumer-Armee!«

Clara lächelte. »Also, erzähl schon. Inwiefern ist es jetzt anders mit Luise? Was ist passiert?«

»Ich weiß nicht, wie viel ich dir über ihren Vater erzählt habe.«

»Gar nichts.« Clara wollte hinzufügen, dass Vicki eine Meisterin im Verschweigen war. Bis heute wusste sie nicht, in welcher Gastwirtschaft Vicki ihre Studiengebühren und ihren Unterhalt erarbeitet hatte und worin ihre Dienstleistung damals überhaupt bestanden hatte. Sie wusste auch nicht genau, welche Rolle die Frau spielte, der sie am Morgen am Frühstückstisch begegnet war, eine hübsche Blondine namens Marlene, von der Ida behauptete, dass sie Vickis »besondere« Freundin sei. Clara konnte nicht leugnen, dass diese Bemerkung ihre Eifersucht erregte. Die besondere Freundin, das war doch immer sie gewesen. Aber gut, sie hatte nun auch zwei Jahre auf Sylt gelebt, da war es vielleicht nicht verwunderlich, dass Vicki sich eine neue Freundin gesucht hatte, zumal Ida mit ihrem Studium ja ebenfalls sehr beschäftigt gewesen war.

»Kein Grund, darüber verärgert zu sein«, lächelte Vicki. »Ich wollte mit niemandem darüber sprechen. Nicht mal darüber nachdenken wollte ich mehr.«

Wieder wurden Stimmen von der anderen Seite des Saals laut. »Franziska Tiburtius – sie wird selbstverständlich zum Ehrenmitglied gekürt!«

»Es ist mein Jugendfreund Armin Herzberg. Seine Frau war deine Patientin – sie hatte Krebs.«

Einen Moment lang konnte Clara nicht sprechen. »Herr Herzberg?«, fragte sie verblüfft. »Der uns später verteidigt hat?«

»Genau der. Er hat von seiner Vaterschaft selbst erst vor Kurzem erfahren – und zwar nicht durch mich.«

»Warum eigentlich nicht?« Warum machst du immer so ein Geheimnis um alles? Das war es, was Clara eigentlich fragen wollte. Aber es war weder die rechte Zeit noch der rechte Ort dafür.

»Weil ich es meinem Bruder versprochen habe. Luise sollte ihn und Sieglinde für ihre echten Eltern halten. Niemand durfte die Wahrheit kennen. Und jetzt ist es heraus.«

»Herr Herzberg hat Kontakt zu ihr aufgenommen?«

Vicki nickte. »Sie nimmt es mir sehr übel, dass ich sie angelogen habe. Ich kann es sogar verstehen.«

»Hast du versucht, es ihr zu erklären?«

Vicki starrte sie an. »Seit einem halben Jahr versuche ich nichts anderes! Ich habe ihr einen Brief geschrieben, dann habe ich versucht, sie aufzusuchen, dann habe ich viele weitere Briefe geschrieben, und neulich habe ich sie sogar auf der Straße getroffen.«

»Und?«

»Sie hat sich von mir abgewandt.«

Clara dachte an damals, als Vicki sie auf Sylt besucht hatte, nach ihrer Fehlgeburt. Vicki hatte ihr damals keinen billigen Trost gespendet. Also sagte auch Clara nicht: Das wird schon wieder. Sie sagte gar nichts. Sie nahm Vicki nur in den Arm, und die Freundin ließ sich in ihre Wärme fallen. Endlich hob sie ihren Kopf, und Clara sah, dass sie weinte. »Wir müssen hineingehen«, flüsterte sie.

Tatsächlich waren sie die Einzigen, die noch im Raum standen. Rasch öffneten sie die Tür zum Saal.

»… und darum haben wir beschlossen, den Bund Deutscher Ärztinnen mit folgenden Zielen zu gründen«, hörten sie die Rednerin sagen. Sie setzten sich in die hinterste Stuhlreihe und hörten zu. »Erstens, dass alle Ärztinnen Deutschlands sich zusammenschließen sollen. Zweitens, dass sozialhygienische Aufgaben vom Standpunkt der Ärztin als Frau bearbeitet werden sollen. Drittens: Wir wollen Vorschläge ausarbeiten, um sozialhygienische Maßnahmen in die Gesetzgebung einfließen zu lassen. Und viertens wollen wir gemeinsam Sorge tragen: für die nicht mehr arbeitsfähigen älteren Kolleginnen und für die jungen Medizinerinnen.«

Die beiden Freundinnen sahen sich an. »Auch auf die Gefahr hin, dass ich mich jetzt wie hundert anhöre«, wisperte Clara, »aber ich bin so froh, dass ich das noch erleben darf!«

Vicki nickte. »Ich auch!«

Es geschah am nächsten Morgen. Vicki betrachtete Marlene, wie sie mit dem Kopf am Fußende lag und Zeitung las. Sie hatte ihre Beine über das Kopfteil des Bettes gelegt, weil ihr die Füße wehtaten, wie immer nach einer Woche in »Sekretärinnenschuhen«, wie Marlene sie nannte, im Büro. Ein warmes Gefühl durchströmte Vicki. Marlene war so schön, aber das Schönste war, dass sie es nicht wusste. Es war ihr außerdem egal. »Die Menschen müssen mich so nehmen, wie ich bin«, sagte sie immer, und damit meinte sie geschwollene Augen nach einer durchfeierten Nacht, Haare wie ein Vogelnest und das Hühnerei an ihrem rechten Fuß. Heute, dachte Vicki. Heute sage ich es.

Marlene schlug die Zeitungsseite zu. »Ich wusste gar nicht, dass es schon zweitausendfünfhundert Ärztinnen in Deutschland gibt«, sagte sie. »Kein Wunder, dass ihr euch organisiert habt! Das wurde aber auch endlich mal Zeit!«

»Ja, weißt du, wir halten es mit der Bibel.« Vicki schenkte Kaffee in zwei Tassen ein. »Seid fruchtbar und mehret euch.«

Marlene kicherte, dann nahm sie ihre Tasse entgegen. »Wie nennt ihr Mediziner es noch gleich, wenn man sich selbst befruchtet?«

»Parthenogenese«, antwortete Vicki.

»Gibt es das wirklich?«

Vicki lachte. »Es klingt zumindest immer toll und richtig, wenn man etwas auf Altgriechisch sagt.«

»Und stimmst du mit den Grundsätzen des Bundes Deutscher Ärztinnen überein?« Marlene versuchte, einen Knoten in ihren Haaren zu lösen.

»Du meinst, ob ich ebenfalls der Meinung bin, dass weibliche Ärzte durch ihre Art die Arbeit des Mannes ergänzen?« Vicki hatte den Artikel über die gestrige Gründungsveranstaltung ebenfalls gelesen. »Ganz klar ja! Gerade wir Frauenärztinnen.«

Marlene schwieg, während sie ihren Kaffee trank. Die Oktobersonne schimmerte auf ihrem hellen Haar. »Ich weiß nicht, ob man das so verallgemeinern kann«, sagte sie schließlich. »Es mag sich komisch anhören, zumal ich, wie du weißt, Frauen *liebe*, aber ist es nicht so, dass manche Frauen auch echte Scheusale sind?«

»Ich wusste nicht, dass du meiner Schwägerin schon begegnet bist«, lachte Vicki.

»Oh, ich muss deine Schwägerin nicht kennen, ich habe Kolleginnen im Büro.« Marlene machte eine wegwerfende Handbewegung. »Und deine Freundin Clara hat eine fürchterliche große Schwester, oder? Jedenfalls habe ich gestern Abend so etwas in der Art gehört.«

Wieder betrachtete Vicki Marlene lange. Und wieder wusste sie, dass sie das Richtige tat. Marlene war nicht nur zauberhaft, sie konnte auch zuhören. Sie konnte Marlene alles sagen. Und sie würde ihr nie vergessen, was sie für sie getan hatte, um sie freizubekommen, damals, nach dieser Silvesternacht. Ja, sie musste es endlich tun.

»Es gibt wirklich schreckliche Frauen«, sagte sie endlich. »Aber was die Gründungsmütter unseres Bundes wohl meinen, ist, dass die meisten Frauen von Kindheit an darauf geeicht sind, sich um das Wohlergehen anderer zu kümmern. Und wenn man diese mentale Verfassung mit dem Studium der Heilkunde verbindet, dann kommt am Ende etwas sehr Fruchtbares dabei heraus.«

Marlene war in ihr Zimmer bei der Schöneberger Witwe zurückgekehrt, als Vicki nach unten in den Salon ging. Clara und Leon waren noch immer dabei, sich einzurichten. Es war ein schönes Durcheinander, aber eines, das Vicki liebte. Es zeigte ihr, dass das Leben angefüllt mit ihren Lieblingsmenschen war. Es war warm im Haus, ohne dass jemand hätte Holz hacken oder Kohlen schleppen müssen, denn Carl Bäumer hatte offenbar ein Verlangen nach Luxus empfunden und eine Zentralheizung einbauen lassen. Ida müsste jeden Moment nach Hause kommen, und darum beschloss Vicki, Kartoffeln zu schälen. Emma saß im Schaukelstuhl und blätterte in einem Buch über Autos. Sie hatte keine

Ahnung, wer dem Kind diese Liebe zu Motoren eingeflößt hatte – sie als Fahrradfahrerin konnte es nicht gewesen sein.

Ihr Herz klopfte, als sie eine Stunde später alle um den Esstisch zusammensaßen: Leon mit seinen mittlerweile ergrauten Haaren, Clara, aufrecht und blass, Ida und die Kinder. Nach dem Essen, dachte sie. Nach dem Essen sage ich es ihnen. Wenn Leon und die Kinder in ihre Zimmer gegangen sind. Und das tat sie. Sie bat die Freundinnen in das Stinkezimmer, so genannt, weil Carl es als Raucherzimmer benutzt haben musste, denn der Geruch ließ sich nicht herauslüften, er hing in den Tapeten und den schweren Vorhängen aus Samtvelours, aber es hatte einen Vorteil, dieses Stinkezimmer: Wer hineinging, wurde nicht gestört.

Ida öffnete ein Fenster und presste sich ein Taschentuch vor Mund und Nase. »Worum geht's?«

Vicki holte tief Luft, dann begann sie zu husten. »Mist. Sollte man nicht tun in diesem Raum.« Sie blickte in die erwartungsvollen Gesichter ihrer Freundinnen. »Ich werde es kurz machen«, sagte sie entschlossen. »Marlene ist meine Liebhaberin. Das war's.«

Ida begann zu lachen. »Aber das weiß ich doch, Liebes. Bin doch nicht blind.«

Vicki fühlte ihr Herz noch schneller schlagen. »Und?«

»Was soll ich denn dazu sagen? Wo die Liebe hinfällt, so sehe ich das. Können wir jetzt wieder rausgehen? Das Stinkezimmer stinkt so doll, und ich hab noch ein bisschen Arbeit.«

Vicki sah Clara an. Die erwiderte ihren Blick. Überraschung stand ihr ins Gesicht geschrieben, und einen Moment lang fürchtete Vicki, sie könne eifersüchtig sein. Doch Clara stand auf und nahm sie in die Arme. »Ich bin froh, dass dich die Liebe endlich gefunden hat«, flüsterte sie ihr ins Ohr. »Ich dachte schon, das passiert nie.«

Das Jahr 1924 verflog noch schneller, nachdem Clara sich in der Charlottenburger Praxis eingerichtet hatte. Sie lernte Idas und Vickis Patientinnen kennen, die jetzt auch ihre waren: Mehrere Schwangere waren darunter, derzeit auch eine Geschlechtskrankheit, eine Eileiterentzündung und eine junge Frau, der das Stillen nicht gelang. So schnell gewöhnte sich Clara daran, dass sie wieder Frauenärztin war und Frauenärztin allein, als wäre nie etwas anders gewesen, kein Gefängnis und kein Sylt.

Im Handumdrehen war es kalt geworden, und dann funkelten schon die ersten Weihnachtslichter in den Fenstern. An einem klirrend kalten Dezembersamstag beschlossen Clara, Vicki und Ida, in den Grunewald zu fahren, um einen Christbaum zu holen.

Es war ein merkwürdiges Gefühl, wieder durch die alte Nachbarschaft zu fahren. Clara erkannte niemanden, aber als sie in die Douglasstraße einbogen, rief Ida: »Oh, das ist doch Herr Kerr, der Theaterkritiker, und das an seiner Hand muss seine kleine Tochter sein!«

Clara erkannte ein vielleicht anderthalb Jahre altes Mädchen, das ein rosa Kaninchen festhielt.

»Oh!«, rief Vicki. »Und da ist Frau Malminger!«

Ida stoppte augenblicklich den Wagen, und alle zusammen sprangen sie hinaus und sagten Hallo.

Frau Malminger betonte, wie erfreulich es sei, die drei Ärztinnen in diesen ansonsten unerfreulichen Zeiten zu sehen. Nun, da ihre Dora schon sechs Jahre alt war, wollte sie zurück auf die Bühne, aber es schien neuerdings unmöglich, eine Rolle im Theaterbetrieb zu finden, der vollkommen »verjudet« sei. Glücklicherweise gebe es aber ja nun Kräfte im Volk, die wüssten, woher das Übel stamme, und glücklicherweise habe der preußische Innenminister das Verbot der NSDAP wieder aufgehoben, und glücklicherweise werde Adolf Hitler aus der Festungshaft entlassen, und das gebe der Bewegung doch sicher neuen Schwung.

»Ich weiß nicht, wie Frau Malminger ihren Nazi-Freunden erklären will, dass sie ein Negerkind hat«, meinte Ida später. »Wenn ich es richtig verstanden habe, mögen die doch nur Menschen mit hellen Haaren und heller Haut.«

»Dieses Wort *verjudet* …«, sagte Vicki. »Bilde ich mir das nur ein, oder ist es gerade in aller Munde?«

»Es gibt doch sehr merkwürdige Wörter zurzeit«, stimmte Clara zu.

Es wurde noch merkwürdiger. Im Januar beschloss der italienische Ministerpräsident Mussolini, dass das mit der Demokratie Murks sei, und führte eine totalitäre Staatsform ein. Im Februar hob auch Bayern, das sich doch gerade noch bitterlich über den Nazi-Putsch beschwert hatte, das Verbot der NSDAP wieder auf. An allen Ecken Berlins stellten sich jetzt Redner auf Podeste. »Schandvertrag von Versailles«, hallte es durch die Straßen, oder auch »Nieder mit den Imperialisten«. Gewalt wurde angedroht, zu Märschen aufgerufen, Menschen standen vor den Arbeitsämtern Schlange, prügelten sich, Männer ohne Arme und Beine hockten vor Pappschildern, Kinder bettelten, es gab Schießereien, und wenn Vicki durch die Straßen zu Hermines Klinik radelte, konnte sie in den Fassaden der Häuser täglich neue Einschusslöcher sehen.

Und dann geschah das Unglaubliche: Luise kam.

36

Gibt es einen Raum, in dem wir in Ruhe miteinander sprechen können?«, fragte Luise.

Vicki musterte ihre Tochter. Sie war eine junge Dame geworden, Studentin der Medizin, das immerhin hatte sie erfahren. Sie trug die dunklen Locken ebenso auf Kinnlänge geschnitten wie Vicki. Aber in ihrem Gesicht war sie noch ein Kind.

»Ja, das Stinkezimmer«, sagte Vicki.

Das Grübchen in Luises linker Wange blitzte auf. »Liebe *Mutter*«, sagte sie, und Vicki war sich nicht sicher, ob es sarkastisch klang. »Gibt es in deinem Haus auch einen Raum, der gut riecht? Ich frage deshalb, weil ich mich hier gern ein paar Stunden aufhalten möchte. So lange auf jeden Fall, bis ich endlich alles weiß.«

Vicki sah Luise fest an. So oft hatte sie davon geträumt, mit ihrer Tochter zu sprechen, dass sie nicht wusste, ob dies nun wieder ein Traum war oder Wirklichkeit.

»Ich … weiß nicht, wie ich anfangen soll«, flüsterte Luise. »In meinem Kopf herrscht große Unordnung.«

»Verstehe.« Vicki nahm Luise ihren Hut und Mantel ab. »Wie wäre es dann damit, wenn wir in die Küche gingen, und du erzählst mir alles ungeordnet, und wir ordnen es dann bei einer Tasse Tee?«

Luise schlug die Hände vors Gesicht und weinte. »Es tut mir so leid, Tante Vik… Mutti … Ich war … ich hätte … es ist nicht so leicht …«

»Scht.« Vicki nahm ihre Tochter in die Arme. Sie roch gar nicht mehr nach dem Kind, dessen Duft sie eingesogen hatte bei ihren Mittwochsbesuchen in Charlottenburg. Aber sie roch immer noch vertraut. »Es wird alles gut, Luischen. Gib uns beiden jetzt Zeit.«

Auf dem Küchentisch stapelten sich Ausgaben der Zeitschrift *Die Ärztin,* medizinische Fachblätter, die *Vossische* von heute, Notizen über einen Krankheitsverlauf. Vicki räumte die Sachen beiseite, setzte Wasser auf dem Gasherd auf, häufte Teeblätter in Claras Kanne und nahm als Teegeschirr das gute Meißner Porzellan.

»Erzähl mir alles von vorne«, sagten beide gleichzeitig. Dann lachten sie.

Vicki machte den Anfang. Sie spürte, dass sie es ihrer Tochter schuldig war. Sie beschrieb einen Kindheitsfreund, den lustigsten, den sie gehabt hatte. Abenteuerspiele, erzählte sie, hätten sie in ebendiesem Haus und im Garten gespielt. Sie suchte nach Worten, verwarf sie wieder, fand neue und passende. Sie unterbrach sich nur, wenn sie mit der Kanne hantierte, einschenkte, und um Luises Reaktionen zu prüfen. Sie erzählte von den Schwierigkeiten, denen ein fünfzehnjähriges schwangeres, unverheiratetes Mädchen 1904 ausgesetzt gewesen war, sie fand die richtigen Worte für die Reaktion ihrer Eltern und berichtete von dem Handel, den sie mit Theobald und Sieglinde eingegangen war. Sie sagte nichts über die Treffen am ersten Mittwoch im Monat. Luise war dabei gewesen. Sie wusste es auch so.

Luise war dran, als draußen die Dunkelheit hereinbrach. »Ich glaube, ich habe es immer gewusst«, sagte sie. »Ich meine, sieh uns doch nur an.«

Vicki blickte auf und sah sich selbst, sechzehn Jahre jünger.

»Aber dann, als ich begriff, dass du mich all die Jahre über angelogen hast, da wollte ich dich nie wiedersehen.«

»Das verstehe ich«, sagte Vicki. Sie sagte es noch mal, als Luise beschrieb, wie sie sich danach gesehnt hatte, mit jemandem zu sprechen, der sie und ihre Interessen verstand, dass sie schon damals, in jener unseligen Silvesternacht, bei ihr hatte leben wollen. Und sie sagte es wieder, als Luise erzählte, dass sie sich gewünscht hatte, Vicki hätte um sie gekämpft.

»Vielleicht ist es zu spät, aber ich möchte …« Luise schien zu zögern.

»Es ist nie zu spät«, sagte Vicki.

»Ich möchte bei dir leben«, flüsterte Luise. »Mutti und Vati können mir nichts mehr vorschreiben, ich bin jetzt volljährig. Sie können mir nichts mehr tun.«

Sie können dich enterben, dachte Vicki. So, wie sie es mit mir gemacht haben. Aber sie beschloss, es nicht zu sagen. Und dann, als das Wasser erneut kochte und sie aufgestanden war, um die nächste Kanne Tee aufzusetzen, sagte sie es doch.

»Sie werden es nicht tun«, sagte Luise. »Nicht, wenn ich nachweise, dass du und ich … einen anständigen Lebenswandel führen. Ich habe mit ihnen gesprochen. Wenn alles in Ordnung ist mit unserem Leben, keine«, sie ahmte Sieglindes Stimme nach und machte Gänsefüßchen, »keine *unmoralischen Handlungen*, dann werden sie uns nicht dazwischenfunken, und sie werden mich auch nicht enterben. Dann ist alles gut.«

Vicki ließ sich auf einen der Stühle fallen. Es war das Schönste, das ihr passieren konnte, und gleichzeitig wusste sie, was die Worte ihrer Tochter zu bedeuten hatten. Und das tat ihr unsagbar weh.

»Wir brauchen Mäuse! Sehr viele Mäuse!« Ida stürmte ins Behandlungszimmer, in dem Clara gerade Notizen über ihre letzte Patientin schrieb.

»Deine Tierliebe in allen Ehren, aber ich erfreue mich mehr an Katzen.« Clara blickte auf. »Und hat Fritzchen sich nicht ein Kaninchen gewünscht?«

»Oh, du hast noch keine Zeitung gelesen!« Ida wedelte mit dem Blatt.

»Was daran liegt, dass ich seit heute Früh Patientinnen empfange. Ist dir auch aufgefallen, dass immer mehr Frauen verhüten wollen? Ich habe angefangen, eine Statistik darüber zu führen und …« Sie bemerkte Idas Blick. »Entschuldigung, was steht in der Zeitung?«

»Jede Menge interessanter Dinge! Das Berliner Polizeipräsidium hat die NSDAP und all ihre Unterorganisationen für Berlin und Brandenburg verboten! Jetzt dürfen diese Schläger nicht mehr so, wie sie gern möchten, und, ach ja, zwischen Sylt und dem Festland wurde ein Damm eingeweiht!«

Clara lächelte. »Und wo kommen da die Mäuse ins Spiel?«

»Ja, das Beste habe ich mir natürlich für den Schluss aufgehoben!« Ida ließ sich auf den Stuhl fallen, auf dem für gewöhnlich die Patientinnen saßen. Sie sah glücklich aus, fand Clara. Ida war in ihrer Rolle als Ärztin vollkommen aufgeblüht. »Ich habe dir doch von meinem ehemaligen Dozenten erzählt, Zondek?«

»Ein Mäusefreund?« Clara genoss es manchmal, Ida aufzuziehen.

»Nun ja, wie man es nimmt. Im Augenblick, fürchte ich, ist er gezwungen, Mäuse zu töten, und zwar im großen Stil. Gemeinsam mit seinem Kollegen Aschheim, den du aus deiner Zeit im Labor der Frauenklinik kennst, ist es ihm gelungen, einen Nachweis über Schwangerschaften in einem frühen Stadium zu erbringen!«

Jetzt war Claras Interesse geweckt. »Von welchem Stadium sprechen wir?«

»Erste Schwangerschaftswoche. Ich weiß, ich konnte es selbst nicht glauben! Sie spritzen weiblichen Mäusen morgendlichen Urin der zu untersuchenden Frau unter die Haut …«

»Urin, der das Hormon Choriongonadotropin enthält.« Clara beugte sich erwartungsvoll vor.

»Ganz genau. Ist das Hormon im Urin enthalten, reagieren die Mäuse achtundvierzig Stunden später mit einem Eisprung!«

»Aber der Nachweis erfordert die Obduktion der Versuchstiere?«

»So ist es. Weshalb ich zu meinem ursprünglichen Anliegen zurückkehre, dass wir Mäuse brauchen! Einen ganzen Mäusebauernhof!« Ida holte tief Luft.

»Und ein Labor hier einrichten?«

»Ja! Was hältst du davon?«

»Ich fände es fabelhaft. Aber dürfen wir das?«

»Dürfen wir was?« Luise steckte ihren Kopf zur Tür herein. Seit sie bei ihnen lebte, half sie als Sprechstundenhilfe aus, nahm Blut ab und kochte für die Ärztinnen Tee.

»Mäuse töten«, antwortete Ida. »Um Schwangerschaften nachzuweisen.«

Luise stellte ein Tablett ab und schenkte ihren Chefinnen ein.

»Die Frage ist, ob Zondek und Aschheim ein Patent auf ihr Verfahren angemeldet haben«, sagte Clara.

»Mit Sicherheit haben sie das«, entgegnete Ida. »Aber wir können einen Preis mit ihnen verhandeln. Und dann nutzen wir das Verfahren auch für unsere Patientinnen. Bitte, Clara, lass es uns probieren! Es würde unsere Praxis zu etwas Besonderem machen!«

»Wir könnten die zusätzlichen Einnahmen tatsächlich gut gebrauchen.« Clara trank einen Schluck. Seitdem die Reichsmark nicht mehr so stark an Wert verlor, war ihre wirtschaftliche Situation zwar besser geworden, aber der Unterhalt für das große Haus, die Praxis und Idas Auto, das sie immer öfter auch als Krankenwagen für Notfälle nutzten, war enorm. »Gut, wir kennen die beiden noch aus unseren Studienzeiten, ich Aschheim, du Zondek. Wir sprechen mit ihnen!«

»Famos, ich wusste, dass du genauso begeistert sein würdest! Ich biete mich freiwillig an, die Mäuse zu obduzieren! Ach ja, und Vicki lässt ausrichten, dass sie es ebenfalls famos findet.« Ida erhob sich rasch wieder. »Oh, und sieh mal, die habe ich dir auch noch mitgebracht!« Sie wedelte mit der *Berliner Illustrierten Zeitung*. »Sie haben wieder eines von Leons Fotos abgedruckt!«

Es war ein Bild, das eine Schwangere zeigte, ausgerechnet. Der Reichstag hatte ein Gesetz verabschiedet, das es Frauen erlaubte, nicht mehr bis zur Niederkunft zu arbeiten. *Für den Schutz von Mutter und ungeborenem Leben,* titelte der Artikel. Künftig sollten diesem Mutterschutzgesetz zufolge Schwangere sechs Wochen vor dem geplanten Geburtstermin und sechs Wochen nach der Geburt zu Hause bleiben dürfen. Wo sie dann umso mehr für Mann und Haushalt arbeiten dürfen, dachte Clara, während sie den Artikel las. Sie betrachtete die Fotografie. Leon hatte einen solch eigenen Stil entwickelt, sie fand, dass er viel zu gut für die Aufgabe eines Pressefotografen war. Er sollte seine Bilder ausstellen dürfen, sie waren so kunstvoll, lauter Licht und Schatten und gerade Linien, und die Menschen in seinen Bildern so ausdrucksvoll. Wie Leon sich wohl beim Fotografieren der Frau gefühlt hatte? Sie schlug die Zeitschrift zu, weil sie das Bild auf einmal nicht mehr ansehen konnte. Es berührte sie zu sehr.

Vicki wollte gerade die Treppe hinaufsteigen, als sie plötzlich ein Hindernis vor sich sah.

»He, Miezekatze, hier biste am falschen Ort.« Ein Mann mit blutunterlaufenen Augen und Hosenträgern über einem schmutzigen Unterhemd versperrte ihr den Weg.

»In der Tat. Ich wäre gern auf dem oberen Treppenabsatz, stehe aber noch hier unten.« Vicki versuchte, sich an dem Mann vorbeizuschieben. Es war nicht das erste Mal, dass sie im Wedding betrunkenen Ehemännern Paroli bieten musste, und es würde nicht das letzte Mal sein. Einen irren Moment lang dachte sie an Marlenes Worte: »Du musst Jiu-Jitsu lernen! Dann musst du keine Angst mehr haben!« Aber sie hatte ja ihren Revolver. Seit dem Schießkursus, den sie für ihre Alpenwanderung absolviert hatte, trug sie die Waffe mit sich. Nur eingesetzt hatte sie sie noch nie.

Nein, Vicki fürchtete nur eins, und das war, Marlene wiederzubegegnen. Sie traute sich selbst nicht über den Weg. Nachdem sie sich von ihr getrennt hatte, war sie monatelang wie eine Maschine gewesen. Aufstehen, arbeiten, essen, schlafen. Obwohl sie ihren Glauben schon vor langer Zeit verloren hatte, faltete sie manchmal ihre Hände. »Lass mich einfach nur durch den Tag kommen«, betete sie.

Mit der Zeit war es besser geworden. Sie begriff, dass Luise diesmal nicht gehen würde, dass sie ihre Tochter endlich bei sich hatte, dass niemand versuchen würde, sie gegen sie aufzuwiegeln. Luise, das spürte sie endlich, liebte und respektierte sie. Nein, es ging nicht anders. Nach Luises Entschluss, zu ihr zu ziehen, war die Trennung von Marlene unausweichlich gewesen. Niemals durften Sieglinde und Theobald erfahren, dass sie lesbisch war. Und so fügte sie zu ihren Gebeten bald eine weitere Fürbitte hinzu: Sie wollte Marlene vergessen. Und es gab Stunden, in denen das auch gelang.

»Gloobst, du bist 'ne janz Schlaue, wa?« Der Mann, der ihre momentane Abgelenktheit spürte, trat drohend auf sie zu.

»Ick gloob det nich, ick weeß det.« Vicki holte mit ihrem Arztkoffer aus und schlug zu. Sie traf den Betrunkenen direkt auf den Solarplexus. Der japste nach Luft und ging in die Knie.

»Na bitte, warum nicht gleich so.« Vicki schob ihn beiseite und lief die Treppe nach oben.

»Na, warte.« Der Mann schüttelte seine Faust. »Ick werd dir ufflauern nachher noch. Mach dir uff 'ne Tracht Prüjel jefasst!«

»Mach dir selber jefasst!«, rief Vicki, die es hasste, wenn jemand so mit ihr sprach. Sie kletterte über einen Kinderwagen, dem ein Rad fehlte, bückte sich unter nassen Kleidern hindurch, die im Flur an einer Wäscheleine hingen, und schob sich an ein paar Kindern vorbei, die mit Murmeln spielten. Immer weiter stieg Vicki jetzt nach oben – und wäre um ein Haar gestürzt. Das

Treppengeländer war geborsten. Ihr Blick folgte der Ruine. Über ihr, wo eigentlich ein Dach sein sollte, klaffte ein Loch.

»Na, nun verstehe ich, warum es so dreckig hier ist«, sagte sie zu sich selber. »Wer diese Treppe mit Bohnerwachs wienert, macht 'ne Schlittenpartie draus.«

Endlich war sie am obersten Treppenabsatz angekommen. Jemand hatte die Tür aus den Angeln gehoben. Sie klopfte. Stöhnen drang heraus.

»Erich?«, rief Vicki, als sie die schwarzhaarige Gestalt im Bett sitzen sah. Sie erkannte den Barmann aus Marlenes Wohngemeinschaft in Schöneberg wieder. Er hatte nicht mehr viel Ähnlichkeit mit dem großen, aufrechten Mann, der ihr und Marlene Getränke ausgeschenkt hatte, aber sie erkannte sein Gesicht und sein schwarzes Haar.

Ein Lächeln huschte über seine Züge. »So hat mich schon lange keiner mehr genannt.«

»Erich.« Vicki ging vor seinem Bett in die Hocke. »Weißt du, wo die Patientin ist, die ich betreuen soll? Ein Kind hat heute Morgen nach mir geschickt. Entschuldige, dass ich nicht schneller kommen konnte, ich hatte noch einen anderen Notfall.« Sie blickte sich um und bemühte sich, nicht zu würgen. Schaben liefen über Teller, auf denen Essensreste eingetrocknet waren, und trotz des Lochs in der Decke, durch das der Wind pfiff, roch es nach einer Mischung aus Zigaretten, Schweiß und Blut.

»Ich bin die Patientin«, brachte Erich mühsam hervor. »Erika.«

Jetzt erinnerte sich Vicki wieder. Erich war Transvestit. Oder eine Frau mit männlicher Identität. Genau wusste sie es nicht mehr. Aber die Patientin, die ihr das Kind beschrieben hatte, war angeblich schwanger. Wie konnte das sein?

»Was ist passiert, Erich?«

Und so fing Marlenes früherer Mitbewohner an. Er sei vor vier Monaten vergewaltigt worden, auf dem Weg von seiner Bar nach

Hause. »Die Schweine wollten mir zeigen, dass ich 'ne Frau bin«, brachte er hervor. »Verdammte Schweine. Als ob das irgendwas ändern würde. Verdammt.«

»Und jetzt bist du schwanger?«, fragte Vicki vorsichtig.

Erich nickte. »Zum Glück kenne ich Lola. Lola wusste, wo ich dich finden würde. Ich wollte auch erst gar nicht …« Er schlug das Laken zurück, und Vicki schluckte. Es war voller Blut. »Aber nun ist das hier passiert.«

Vicki richtete sich auf, dann desinfizierte sie sich die Hände. »Das werde ich mir einmal ansehen. Mach dir keine Sorgen, ich werde ganz vorsichtig sein.« Sie bat Erich, die Beine aufzustellen, dann tastete sie seinen Uterus ab. Er war stark geschwollen, noch stärker als sonst üblich bei einer Gravitas. Sie tippte auf eine Uterusruptur, würde Erich aber noch genauer untersuchen müssen. »Hat dir jemand wehgetan?«, fragte sie.

Erich verzog das Gesicht. »Konnte nach dem Vorfall nicht mehr arbeiten. Vor drei Wochen hat mich die Witwe rausgeschmissen. Konnte die Miete nicht mehr bezahlen. Und dann …« Er machte eine Handbewegung, die die niedrigen Balken und den Unrat im Zimmer umschloss. »Musste ich zurück zu meiner Mutter und meinem Stiefvater ziehen.«

»Ist die Blutung ganz plötzlich aufgetreten?«

Erich schüttelte mühsam den Kopf. »Das war mein Stiefvater letzte Nacht.«

Es gab Momente, in denen fehlten selbst Vicki die Worte. »Dein Stiefvater hat dich …?«

»Geschlagen«, sagte Erich hastig. »Nur geschlagen. Mehr nicht.«

»Du kannst hier nicht bleiben«, sagte Vicki entschlossen.

»Bin ganz deiner Meinung.« Erich versuchte zu lächeln. »Nur, wohin dann?«

Vicki dachte nach. Sie hatte mit Clara und Ida darüber gesprochen, ob sie im Notfall Patientinnen aufnehmen könnten. Dieses hier war ein Notfall. Sie konnten Erich im ehemaligen Stinkezimmer – das mittlerweile frisch roch – ein Lager bereiten, bis er genesen war. Vielleicht konnte sie mit Hermines ehemaliger Kollegin Martha Wygodzinski sprechen, die ein Heim für ledige Mütter ins Leben gerufen hatte. Obwohl Erich das Kind vermutlich verlieren würde.

»Kommst du die Treppe hinunter?«, fragte sie. »Ich würde dich jetzt gleich in unsere Praxis mitnehmen.«

Erichs Augen weiteten sich. »Dafür habe ich das Geld nicht.«

»Das geht so in Ordnung«, sagte Vicki. Luise würde sich um Erich kümmern können, sollten Ida, Clara und sie zu beschäftigt mit anderen Patientinnen sein. Luise war eingewiesen in die Grundlagen von Krankenpflege. Es würde schon irgendwie gehen.

Einen Moment lang, noch während sie Erich aufhalf, überlegte sie, ob sie ihn nach Marlene fragen konnte. Sie entschied sich dagegen. Aber Erich erriet ihre Gedanken auch so.

»Du willst wissen, ob Marlene noch bei der Witwe lebt«, sagte er, als er in seine Hose geschlüpft war. »Nein. Marlene ist nach eurer Trennung weggezogen. Ich soll dir nicht sagen, wohin.«

»Das verstehe ich.« Vicki schluckte. »Komm, stütz dich auf mich. Wenn wir unten sind, werde ich nach jemandem schicken, der uns mit dem Wagen abholt. Du musst nur irgendwie die Treppen hinuntergehen.«

Leon hörte das Telefon klingeln, während er die Haustür aufschloss. Er stellte seine Fotoausrüstung ab und begann, einen Schuh aufzuschnüren. Niemand nahm ab. Er hüpfte einbeinig ins Zimmer der Sprechstundenhilfe, um den Teppich von dem Schmissgesicht nicht zu beschmutzen. Das hatten sie so vereinbart, um den wohlhabenden Charlottenburger Patientinnen, die die Praxis am Laufen hielten, ein »Ambiente« zu verschaffen. Schmissgesicht war eines der dreckigsten Exemplare Mensch, denen Leon je begegnet war, aber sein Teppich musste sauber bleiben. Leon schüttelte den Kopf beim Hüpfen. Die Welt war verrückt.

Vicki war am Apparat. »Ich brauche jemanden, der jetzt sofort in den Wedding kommt, um einen Patienten und mich abzuholen«, sprudelte sie atemlos hervor und gab die Adresse einer Wirtsstube an.

Leon blickte auf das Hakenbrett, an dem die Autoschlüssel hingen. »Schon unterwegs«, sagte er.

Vor der Wirtsstube hatten sich allerlei Menschen versammelt. Leon vermutete zunächst einen politischen Redner, aber stattdessen fand er Vicki im Zentrum des Interesses. Ein Mann in schmierigem Unterhemd, dessen Hosenträger sich über einem gewaltigen Bauch wölbten, schubste sie gegen eine Häuserwand.

Im Nu riss Leon ihn am Arm. »Erlauben Sie mal!«, rief er.

»Un wat is dit nu für ’ne Wurststulle?« Der Mann funkelte ihn mit blutunterlaufenen Augen an.

»Jemand, der es nicht zulässt, dass hier Frauen geschlagen werden.« Leon hielt noch immer den Arm des Übeltäters fest. »Vicki, lauf zum Auto!«

Der Mann holte mit seiner freien Hand aus und versetzte Leon einen Schlag, dass er umfiel.

»Kann nicht!«, rief Vicki. »Ich habe hier einen bewusstlosen Patienten!«

Jetzt erst bemerkte Leon, dass neben ihm auf dem Pflaster ein Mann lag. Seine Hose war zwischen den Beinen blutgetränkt, und auf seiner Stirn blühte eine Beule. Schreie gellten, und er blickte nach oben. Vicki umklammerte den Mann mit dem dicken Bauch, und der versuchte, sich zu wehren, indem er in alle Richtungen austrat. Leon sprang auf, während Vicki den Mann für einen Moment losließ, um in ihren Arztkoffer zu greifen.

Und dann ertönte ein Schuss.

Die Menschen schrien in Panik. Jeder versuchte zu rennen, dabei rempelten sie gegeneinander. Der Dickbäuchige fiel um.

Vicki beugte sich vor, den rauchenden Revolver noch immer in der Rechten. Mit der freien Hand fühlte sie seinen Puls. »Alles in Ordnung«, befand sie.

Ein Martinshorn ertönte.

»Du hast … auf ihn geschossen?«, fragte Leon ungläubig.

»Quatsch. Ich hab bloß in die Luft geschossen.« Sie ließ den Revolver wieder in ihrem Arztkoffer verschwinden. »Damit er sich erschreckt.«

»Na endlich!«, rief einer, als zwei Polizisten aus ihrem Wagen sprangen, doch andere schienen weniger einverstanden mit den Neuankömmlingen zu sein. »Die Bullen!«, brüllte ein Schlaks mit Matrosenmütze. Der Dickbäuchige hatte sich wieder aufgerappelt. Er versetzte Leon erneut einen Schubs. Dieser stürzte gegen eine Mülltonne, und ein Schmerz durchschoss seinen Knöchel. Dann versanken die Gesichter um ihn in Finsternis. Als er wieder zu sich kam, schwebte Vickis Gesicht über ihm.

»Kannst du aufstehen?«, fragte sie.

Leon stützte sich auf und unterdrückte einen Schmerzensschrei. »Ja. Aber ich fürchte, ich kann nicht Auto fahren.«

»Dann fahre ich eben.«

»Du? Aber du hast doch gar keinen Führerschein!«

Vicki grinste. »Hab euch oft genug beim Fahren zugeschaut. Los, komm, mein Patient liegt schon auf der Rückbank!«

»Wie lange war ich denn weg?« Leon versuchte, sich auf Vickis Arm zu stützen.

»Nur ein paar Minuten.«

»Wäre es nicht besser, wir würden auf einen Krankenwagen warten?«

»Und dabei Stunden an dieser gemütlichen Ecke verbringen?«

Sie deutete auf das Geschehen hinter sich. Das Geschubse hatte sich zu einer handfesten Schlägerei entwickelt. Ein Schupo legte dem Dickbäuchigen Handschellen an. Ein zweites Martinshorn tutete heran.

»Wo genau ist noch mal die Hupe?«, wollte Vicki wissen, als sie auf dem Fahrersitz Platz genommen hatte.

»Ich denke, es reicht vollkommen, wenn du weißt, wo die Pedale für Gas und Bremse sind.« Leon zeigte auf die Hupe. »Aber ansonsten findest du sie hier.«

Es dauerte nur wenige Minuten, und Leon wunderte sich, warum sie niemand anhielt. Es gab nur eine Erklärung: Die Polizisten mussten mit der Schlägerei an der Wirtsstube beschäftigt sein. Vicki fuhr, als ob der Wagen nur ein Tempo könnte (schnell) und das Steuerrad nur eine Richtung (geradeaus). Zum Glück sprangen die Hindernisse auf der Fahrbahn von alleine aus dem Weg.

»Ich bin erleichtert, dass du es überlebt hast«, meinte Clara, als sie später Leons Fuß untersuchte.

»Meinst du die Gewalteinwirkung durch den Schläger oder Vickis Fahrkünste?«, witzelte er.

Clara lachte. »Letzteres natürlich. Tut es weh, wenn ich so mache?« Sie bewegte seine Zehen erst in die eine, dann in die andere Richtung.

Leon biss die Zähne zusammen. »Ja, ein bisschen.«

Vorsichtig tastete sie ihn ab. Dann bat sie ihn, mit seinen Zehen ihren Zeige- und Mittelfinger wegzudrücken. »Wie schlimm auf einer Skala von eins bis zehn?«

»Freudlos, aber in Ordnung.«

Clara sah ihn an, und er konnte die Liebe in ihren Augen sehen. »Ich gehe davon aus, dass nichts gebrochen ist. Du musst den Fuß aber ein paar Tage ruhigstellen. Wird das gehen?«

»Muss wohl.« Leon sah ihr zu, wie sie eine Salbe auf seinen Fuß strich und dann die Bandagen darum legte. Er spürte, wie zärtlich ihre Hände waren auf seiner Haut. Sie würde so eine gute Mutter abgeben. Wo nur sollte sie all diese Fürsorge lassen?

Bei ihren Patientinnen, ihren Freundinnen und mir, gab er sich die Antwort. Aber er wusste auch, dass das nicht ausreichte. War es richtig gewesen, was er ihr auf Sylt erklärt hatte? Dass er nicht adoptieren wollte? Fast wünschte er sich, er hätte damals etwas anderes gesagt.

»Du bist ein Glückskind, Leon Steiner«, lächelte Clara und drückte ihm einen Kuss auf den kaputten Fuß. »Das hätte auch alles ganz anders ausgehen können!«

»Ich bin ein Riesenglückskind«, sagte Leon ernsthaft. »Das wird alles wieder, oder?«

»Natürlich«, sagte Clara und strich ihm über die Wange. »Alles wird wieder gut.«

37

Es knackte und rauschte, als Clara mit Mads telefonierte. Die Worte flogen ihr um die Ohren. Als stürmte der Nordseewind darin.

»Anne möchte bei dir in Berlin entbinden«, verstand sie. Und dann wurde Mads' Stimme klarer. »Ich habe gesagt, dass ich das für eine gute Idee halte. Das Baby soll im Mai kommen, hat der Arzt gesagt. Würde dir Mai passen? Und können wir überhaupt bei dir wohnen? Was hältst du von unserer Idee?«

Clara schloss die Augen. Es war die herrlichste Idee, die sie sich denken konnte. Mads und Anne bei ihr in Berlin!

»Ich würde sagen, ihr solltet schon im März kommen«, sagte sie. »Nur, um ganz sicher zu sein.« Sie würde die beiden natürlich nicht vor die Tür lassen. Berlin war derzeit in Aufruhr, am Vortag hatten SA-Männer jüdische Geschäfte demoliert und Passanten angegriffen, und seit dem Zusammenbruch der Danat-Bank war der Zahlungsverkehr eingeschränkt. Außerdem waren die Straßen angefüllt mit Menschen, die keine Arbeit mehr fanden. Nein, so weit wirkte das Jahr 1931 gefährlich, und Berlin war denkbar ungeeignet für nichts ahnende Inselmenschen. Aber Anne und Mads konnten im Garten sitzen, das ging ab April sicherlich schon. Und erst recht im Mai und Juni. »Ihr dürft nicht sofort wieder abreisen«, fügte sie hinzu. »So eine junge Mutter braucht viel Ruhe in der ersten Zeit!«

Sie hörte Mads durch den Telefonhörer lachen. »In Ordnung, Tante Clara. Vermutlich wirst du uns sowieso nie wieder los!«

»Dein Wort in Gottes Ohr!«

Clara verharrte einen Augenblick, nachdem sie aufgelegt hatte, und sah aus dem Fenster. Der Himmel war blau, und der Spätsommerwind blies durch die Zweige des Apfelbaums, den sie bei ihrem Einzug vor sieben Jahren gepflanzt hatte. Sie war so glücklich, seit sie von Annes Schwangerschaft erfahren hatte. Das Baby war Aiskes Enkelkind!

Der März kam und mit ihm ein Regen wie bei ihrer Ankunft in Berlin vor vierundzwanzig Jahren. Es regnete so stark, dass Luise fragte, ob jemand sie zur Uni rudern könne, sie habe auch ein Boot gefunden, und sie stellte diese Frage nur halb im Scherz. Patientinnen wollten in dieser Zeit vor allem wegen Blasenentzündungen behandelt werden. Wenn Clara aus dem Fenster blickte, hatte sie den Eindruck, in ein Aquarium zu sehen,

Als der Tag kam, an dem Mads und Anne eintreffen sollten, fuhr sie mit dem Wagen zum Anhalter Bahnhof, dass die überschwemmten Straßen Wellen schlugen, und trotzdem musste sie während der Fahrt das Fenster herunterkurbeln, weil es so feucht im Wagen war. Mads, der schon auf so manch einem Chile-Dreimaster gesegelt war, zeigte sich von den Wassermassen einigermaßen überwältigt, und Anne rollte sich während der Fahrt in mehrere Lagen Ölzeug ein.

Sie war noch immer ein bisschen schüchtern. Das war das Erste, was Clara bemerkte, als sie sie in die Arme schloss. Anne hatte rote Wangen, und sie fand nur mühsam Worte, um ihre Dankbarkeit darüber auszudrücken, dass Clara sie bei sich aufnahm und dass sie sie entbinden würde. Das Zweite war ihr riesiger Bauch.

»Das wird ein ganz prächtiger Seemann«, prophezeite Mads.

Anne lachte. »Ja, oder eine Riesenmeerjungfrau.«

Sie war mit Ida und Vicki übereingekommen, dass sie den beiden das Zimmer unter dem Dach geben würden, das einen Blick nach hinten in den Garten bot. So wären sie nicht durch Motorengeräusche, das Geklingel des Milchkarrens morgens und Hufgetrappel gestört.

Die Untersuchung begann sie, kaum dass Anne sich gewaschen und umgekleidet hatte. Es sah alles gut aus: Das Baby schien äußerst lebendig zu sein.

»Um diese Uhrzeit turnt es immer«, lächelte Anne, während sie der plötzlichen Auswölbung unter ihrer Bauchdecke zusah.

Clara legte eine Hand auf die Bewegung. »Eindeutig ein munteres Füßchen«, befand sie. Sie nahm ihr Hörrohr, presste es sanft auf Annes Bauch und lauschte. Es waren regelmäßige hundertsechsundzwanzig Schläge pro Minute. Dann tastete sie in den Geburtskanal. »Alles noch fest verschlossen, Baby liegt aber schon in der Startposition. Glückwunsch, Anne, ihr zwei seid kerngesund!«

In der darauffolgenden Nacht hatte sie einen Albtraum. Sie erwachte davon, dass sie schrie. »Es wird etwas passieren«, flüsterte sie, während Leon sie festhielt.

»Ja, und das wird eine Geburt in diesem Haus sein«, versuchte er sie zu beruhigen. »Unser Großneffe wird geboren, ist das nicht schön?«

Clara verstand nicht, wieso Leon so ruhig sein konnte. In dieser Nacht schlief sie nicht mehr.

Ostern kam, und das Wetter wurde besser. Sie hatten beschlossen, ein großes Fest zu feiern, weil sie das schon seit Jahren nicht mehr getan hatten, und luden alle zu sich ein: das Tantchen, Sieglinde und Theobald und sogar die Kuckuckswitwe, der sie hin und wieder einen Besuch abstatteten und die sehr klapprig geworden war. Vicki bestand außerdem darauf, Hildi und Lola zu sich einzuladen. Und Luise wollte, dass Armin Herzberg käme, schließlich sei er ihr Vater, und Ostern solle doch ein Familienfest sein.

»Eine explosive Mischung«, urteilte Ida über die Gästeliste. »Aber na gut, sollte es zu Gewalttätigkeiten kommen – Salben und Verbandszeug sind da.«

»Vielleicht bekämpfen sie sich bloß mit Worten«, gab Clara ihrer Hoffnung Ausdruck.

»Wir können es jetzt ohnehin nicht mehr ändern. Die Einladungen sind raus.«

Clara hatte in diesen Tagen manchmal das Gefühl, dass die Charlottenburger Villa aus allen Nähten platzte. Sie lebten jetzt zu neunt zusammen: Emma, die gerade ihr Abitur gemacht hatte und Idas Protesten zum Trotz Rennfahrerin werden wollte; Fritz, der noch zur Schule ging; Luise, die sich auf ihr Staatsexamen an der Charité vorbereitete; Leon und Clara, Vicki und Ida, Anne und Mads. Aber Clara liebte ihre Großfamilie, und wenn das Badezimmer wieder einmal besetzt war oder sie kein warmes Wasser mehr hatten oder die Wäscheberge in die Höhe wuchsen, dann war das eben so. Alles war besser als die Einsamkeit, die sie in ihrer Zeit als Inselärztin gespürt hatte, als sie jeden Abend zu Leon und ihrer Trauer heimgekehrt war.

Ostersonntag kam, und wie durch ein Wunder hörte es auf zu regnen. Clara erwachte davon, dass ein herrlicher Duft durch das Haus zog. Ida war früh aufgestanden und hatte Hefezöpfe nach dem Rezept ihrer Mutter gebacken sowie einen Apfelkuchen aus den nicht mehr ganz frischen Äpfeln vom vergangenen Herbst. Als sie in die Küche hinunterging, saß da schon Anne und blies gemeinsam mit Ida Eier aus.

»Konnte nicht schlafen«, erklärte Anne. »Und der kleine Seemann schon gar nicht. Hat die ganze Nacht in den Masten geturnt.«

Sie und Mads hatten die Theorie von der Meerjungfrau verworfen und waren jetzt der Meinung, dass Anne einen enorm agilen Matrosen austrug. Anders sei es doch wohl nicht zu erklären, meinte Mads, diese enorme Größe und diese sportliche Begeisterung.

»Ich nehme an, er hat Land gesichtet«, lächelte Clara, während sie Teewasser aufsetzte. »Und jetzt will er bald von Bord.«

Später, nachdem sie alle gefrühstückt hatten, gingen Clara und Anne in den Garten. Die Fontäne, die Vicki noch aus ihrer Kindheit kannte, sprudelte ordentlich. Sie hängten die Eier mithilfe von Holzstöckchen und Bindfäden im Apfelbaum auf.

»Es wird vielleicht unser einziges Kind bleiben«, sagte Anne.

Clara stutzte. »Wie kommst du denn darauf?«

»Na, sieh doch nur, wie lange es mit diesem hier gedauert hat!« Sie deutete verärgert auf ihren Bauch. »Sieben Jahre! Aber was soll man auch machen, wenn man mit einem Seemann verheiratet ist? Wir sehen uns ja so gut wie nie.«

Clara sah die Symptome: Anne wirkte von Tag zu Tag gereizter, ihre Blase wurde schwächer, und sie klagte über Rückenschmerzen. Nachts schlief sie so gut wie nicht mehr. Bald würde es so weit sein.

»Es ist gut, dass ihr euch in der letzten Phase deiner Schwangerschaft seht«, sagte Clara.

»Ja«, seufzte Anne. »Zum Glück muss Mads erst wieder im Sommer an Bord.«

Emma und Luise stürmten mit Federballschlägern in den Händen an ihnen vorbei. Anne beäugte die kurzen weißen Sportkleider der Mädchen und seufzte wieder. »Ob ich jemals wieder so eine Figur kriege? O Gott, Tante Clara, ich fühle mich so schwer.«

»He!«, rief Clara. »Passt auf, der Rasen ist noch ganz nass, macht den nicht kaputt beim Spielen und saut euch nicht so ein!«

Emma und Luise taten, als ob sie sie nicht hören würden. Trotz ihres Altersunterschieds hatten sie sich miteinander angefreundet. Die sieben Jahre ältere Luise hatte Emma durch ihr Abitur geholfen, dafür hatte Emma Luise das Autofahren beigebracht. Außerdem spielten die beiden leidenschaftlich gern Federball zusammen, bei schlechtem Wetter auch im Wohnzimmer, was Vicki und Ida ihnen allerdings verboten hatten, nachdem auch die letzte Vase zu Bruch gegangen war.

»Das ist bald vorbei«, tröstete Clara. »Wollen wir wetten? Dein Baby ist in spätestens zehn Tagen da.«

Vicki kam langsam die Treppe herunter. Sie hatte sich heute Mühe mit ihrem Äußeren gegeben, schließlich war dies doch ein besonderer Tag. Die kinnlangen Haare hatte sie in eine Wasserwelle gelegt, und sie trug dunkelroten Lippenstift, wie damals in der Silvesternacht. Außerdem hatte sie sich ein neues Kleid gekauft, aus bronzefarbenem Satin mit weißen Fransen. Als sie fast unten war, hörte sie die Stimmen aus dem Wohnzimmer.

»Ein ganz reizender Arzt hat hier früher gewohnt, ganz reizend, und so kompetent auch! Stimmt doch, Theobald, oder? Sag doch auch mal etwas dazu!«

»Nun ja, ob man ihn als reizend bezeichnen wollte … Ich weiß nicht. Erinnere dich daran, wie er eine Mittelohrentzündung bei dir diagnostiziert hatte, Liebes. Und dann war es doch nur dein Weisheitszahn.«

Eine Pause folgte. Vicki nahm die nächste Stufe.

»Nun ja, aber zumindest war er sehr distinguiert. Kannten Sie ihn auch zufällig? Verzeihung, ich fürchte, ich habe Ihren Namen eben nicht richtig verstanden.«

»Hildegard Jänneke, und ja, ick kannte den alten Lackaffen. War een Kunde von mir, und ick mochte den nich so jerne, so viel kann ick Ihn'n versichern.«

»Ein Kunde?«, hörte Vicki Sieglinde fragen. »Darf ich fragen, in welchem Gewerbe Sie tätig sind?«

Mit zwei Sätzen war Vicki im Wohnzimmer. »Sieglinde, Theobald, Hildi!« Sie strahlte sie an. »Wie schön, dass ihr schon da seid! Ich sehe, ihr habt euch schon miteinander bekannt gemacht?«

»Die Dame wollte uns gerade sagen, in welchem Gewerbe …«

»Verzeihung, Sieglinde, ich fürchte, ich muss Hildi kurz entführen!« Sie zog sie in die Küche, wo das Tantchen über einen Hefezopf gebeugt stand. »Meydele!«, rief sie. »Meydele!«

»Hier bin ich, Tantchen!« Ida kam herbeigelaufen.

Das Tantchen deutete auf die Hefezöpfe. »Meydele, das sieht mir überhaupt nicht koscher aus!«

»Schön, dass du da bist, Hildi«, sagte Vicki hastig. »Das waren eben meine Schwägerin und mein Bruder, mit denen du gesprochen hast. Tatsächlich wäre ich dir verbunden, wenn du mit ihnen nur das Notwendigste sprichst, sie haben erschreckend klare Vorstellungen davon, was man im Leben tun sollte, und seinen Körper zu verkaufen, gehört ihrer Meinung nach nicht dazu.«

»Ick steh dazu, dass ick ma 'ne Nutte war«, verkündete Hildi.

»Was sagt das Meydele?« Das Tantchen reckte ihr Hörrohr in Hildis Richtung.

»Ick sagte, ick steh dazu, dass ick meen Körper för Jeld verkooft hab«, erklärte Hildi, bevor Vicki es verhindern konnte.

»Jeld?«, wiederholte das Tantchen. »Ach, Geld! Ja, Geld allein macht auch nicht glücklich!«

»Jeld macht nich jlücklich, man musset ooch haben!«

Das Tantchen lauschte ihrem Hörrohr nach, dann hakte sie Hildi unter. »Sie sind mir sehr sympathisch. Bitte führen Sie mich doch in den Garten, junge Frau!«

Armin brachte zwei Blumensträuße mit, hellrosa Rosen für Luise und gelbe für Vicki. »Oh«, machte er, als er sie in dem bronzefarbenen Satin sah. »Die passen hervorragend zu deinem Kleid!«

Vicki stellte die Blumen in Wassergläser. »Du weißt, dass es nicht meine Idee war, dich einzuladen?«

»Bestätige. Luise hat die Einladung ausgesprochen.« Er folgte ihr in die Küche. »Wegen damals«, sagte er leise. »Ich weiß, ich hätte mich mit dir besprechen sollen, bevor ich zu Luise gegangen bin und ihr gesagt habe, dass ich ihr Vater bin.«

Vicki funkelte ihn an. »Das hättest du in der Tat!«

»Was kann ich tun, um es wiedergutzumachen?«

»Mir die Jahre wiederschenken, in denen Luise nicht mehr mit mir geredet hat!«

»So schlimm?«

»Ja, so schlimm, Armin. Was hattest du dir nur dabei gedacht?«

»Ich habe gedacht, dass ich gern das einzige Kind kennenlernen möchte, das ich gezeugt habe.« Jetzt wirkte Armin ebenfalls wütend. »Mein Gott, Vicki, kannst du das denn nicht verstehen?«

Von der Diele drangen Stimmen herüber. Jemand sang. »Ick bin die fesche Lola, der Liebling der Saison!«

Gleich darauf hörte sie Hildis Gelächter. »Lola, Liebling, Mensch, siehste schick aus!«

»Nee, und jetzt haben se ooch noch 'n Lied für mich jemacht!«

»Lass uns später drüber reden«, sagte Vicki hastig. »Ich muss zu meinen Gästen, Hallo sagen, Mord und Totschlag verhindern, was man als Gastgeberin halt so tut.«

»Bunte Mischung hast du dir da eingeladen, Vicki.« Armin grinste, und auf einmal erkannte sie den Schuljungen von früher wieder, den Jungen, mit dem sie geschaukelt hatte und »Ein Hut, ein Stock, ein Regenschirm« gespielt.

Sie rollte mit den Augen. »Du machst dir ja keine Vorstellung!«

Später, nachdem sie an der langen Tafel im Esszimmer Platz genommen hatten und das Hausmädchen die Kuchenplatten hereintrug, kam die Rede auf Geburten.

Die Kuckuckswitwe, die als Gastgeschenk eine Uhr mitgebracht hatte, aus der zum großen Vergnügen von Sieglinde, Theobald und dem Tantchen der Kaiser herauskuckuckte, betrachtete Anne und sagte: »Na, det is sicher ooch bald so weit, wa?«

Anne errötete. »Oh, das hoffe ich doch sehr!«

»Hier sindse ja in juten Händen bei den Frau Doktors!«

Mads lächelte. »Den besten Händen der Welt.«

»Erzähl doch mal, wie ich geboren wurde!«, sagte Luise in das plötzliche Schweigen.

Vicki vermied es, in Sieglindes und Theobalds Richtung zu gucken. »In einem Hörsaal der Charité.«

»Das ist so lustig, wenn ich darüber nachdenke.« Luises Grübchen vertiefte sich in der linken Wange. »Heute sehe ich in diesem Hörsaal *anderen* beim Kinderkriegen zu!«

Wieder herrschte betretenes Schweigen. Emma durchbrach es, indem sie herausplatzte: »Alles besser, als bei einer Bergwanderung geboren zu werden, das kann ich dir aber sagen!«

»Emma!«, mahnte Ida.

»Ist doch wahr«, murmelte Emma. »Es ist so peinlich, wenn ich darüber nachdenke!«

»Ja«, meinte Luise. »Aber irgendwie auch originell.«

»Na ja, originell ist in diesem Haushalt ja so einiges.« Sieglinde beäugte die Rosen in den Wassergläsern. »Habt ihr eigentlich keine Vasen, meine Lieben?«

Emma und Luise hatten den Anstand, beschämt auszusehen.

»Beim nächsten Mal bringe ich welche mit!«, besänftigte Armin.

Und dann warf er Vicki einen Blick zu, der fragte, ob es denn wohl ein nächstes Mal gebe und ob er seine Tochter jetzt regelmäßig besuchen könne, und Vicki, die seine Blicke noch immer lesen konnte, nickte. »Das wäre doch schön«, sagte sie.

38

Die Albträume kamen jetzt öfter. Anfang April erwachte Clara fast jede Nacht davon, dass sie schrie. Sie träumte, dass Annes Baby bei der Geburt starb. Sie träumte, dass Anne es nicht überlebte. Sie träumte, dass sie während des Geburtsvorgangs plötzlich gelähmt war. Sie träumte, dass Carl Bäumer freigelassen wurde und sein Haus zurückverlangte, während Anne in den Wehen lag. Sie träumte, dass Anne und sie eingesperrt waren in einem engen, fensterlosen Raum, ohne Instrumente und fließendes Wasser. Dann wieder träumte sie von Aiske. Sie sah die geliebte Schwester vor sich, ihr stilles, totes Gesicht. Ende des Monats besprach sie sich mit Vicki und Ida. »Ich brauche eure Hilfe«, sagte sie.

»Du weißt, dass dies nur alte Wunden sind, die jetzt aufreißen?«, fragte Ida, nachdem Clara ihnen ihre Albträume geschildert hatte.

»Du hast Hunderte, wenn nicht schon Tausende von Geburten gemeistert. Mach dir doch nicht solche Sorgen!«

»Aber diese Geburt ist etwas Besonderes, richtig?«, fragte Vicki mit einem Seitenblick auf Ida. »Das verstehen wir natürlich. Und wenn der Moment kommt und wir sind nicht gerade mit anderen Patientinnen beschäftigt, dann stehen wir dir zur Seite, das ist doch ganz klar.«

Der Moment kam, so wie Clara es vorhergesagt hatte, neun Tage nach Ostern. Clara hörte die Schmerzenslaute, kurz bevor die Sonne aufging. Sie hatte ruhig geschlafen, sie fühlte sich sicher und klar und zuversichtlich. Vorsichtig schob sie Leons Arm von sich und stand auf.

Oben im Gartenzimmer hielt Mads Anne gestützt, während sie auf und ab gingen. »Tante Clara!«, sagte er erleichtert, als er sie sah. »Ich wollte dich schon rufen. Anne hat so große Schmerzen. Was soll ich nur tun?«

Anne war stehen geblieben. Sie hielt sich am Bettgeländer fest und wimmerte. Clara legte ihr eine Hand ins Kreuz. »Du kannst gar nichts machen, Mads. Ich übernehme. Es geht jetzt los.«

Sie schickte Mads nach draußen, während sie Anne untersuchte.

Der Muttermund war weit geöffnet. Eine Wehe brach über sie herein, so heftig, dass Anne laut aufschrie.

Es klopfte, und Vicki trat ein, die Augen noch vom Schlaf verquollen, aber mit einem Lächeln im Gesicht. »Guten Morgen, ihr zwei beiden«, sagte sie, und an Clara gewandt: »Alles in Ordnung?«

»Alles in Ordnung. Sie ist schon sehr weit.«

Die nächste Wehe überrollte Anne. Die Abstände wurden immer kürzer. Anne schrie und schrie.

Ida stürmte zur Tür herein. Ein Blick auf die Gebärende, und sie nahm das Hörrohr von der Kommode, auf der Clara ihr Instrumentarium ausgebreitet hatte. »Fötale Herzschläge bei hundertvierzig«, meldete sie.

»Und mit der nächsten Wehe musst du pressen, Anne«, sagte Clara, nachdem sie sie erneut untersucht hatte. »Gut machst du das, ja, ganz genau so.«

Anne brüllte.

»Oh, ganz wunderbar, Anne. Ich kann das kleine Köpfchen schon sehen.« Clara drückte ihren Daumen fest auf den Damm. »Vicki, eine heiße Kompresse bitte, ich glaube, sie reißt gleich. Jetzt nicht pressen, Anne, warte, so ist es gut, atmen, ja, ganz toll machst du das!«

Anne schrie.

»Jetzt darfst du pressen! Oh, wunderbar! Oh!«

Ein Wasserballon glitt in ihre Hände.

»Eine Glückshaubengeburt!«, hörte sie Vicki neben sich hauchen. »Das habe ich ja noch nie gesehen!«

Clara betrachtete den Babyballon in ihren Händen. Noch schwamm das Kleine in seiner Unterwasserwelt. Die Augen hielt es fest geschlossen, doch seine kleinen Hände öffneten und schlossen sich in der Membran.

»Was ist?« Anne versuchte, sich aufzurichten. »Ist alles in Ordnung mit dem Baby? Es sagt ja keinen Ton!«

Clara legte Anne den Ballon vorsichtig in die Arme. »Es ist ein wunderschönes Baby, das noch in seinen Eihäuten schwimmt«, sagte sie.

»Oh, aber …«

»Es ist alles in Ordnung«, beruhigte Vicki. »Baby ist in seiner Fruchtblase geboren worden. Das ist sehr selten, und man sagt, dass es Glück bringe.«

»Im Volksglauben heißt es, dass Glückshaubenkinder niemals ertrinken werden. Ich öffne die Membran jetzt trotzdem, damit der kleine Seemann gleich atmen kann.« Clara pikte mit der Scherenspitze vorsichtig in die Eihaut, und das Fruchtwasser ergoss sich über Anne. Das Baby öffnete die Augen und begann zu schreien.

»Willkommen an Land, du kleiner Seemann«, flüsterte Anne.

Nur, dass es kein Seemann war.

Die Nabelschnur pulsierte. Ida reichte ihr Klemmen und Schere, aber Clara schüttelte den Kopf. »Noch nicht«, flüsterte sie.

Minutenlag herrschte Stille. Da war es, dieses neue Mädchen, komplett mit Armen und Beinen, allen zehn Fingern, zwei Füßen, zehn Zehen. Es sah sie erstaunt an, wie nach einer abenteuerlichen Reise. Da bin ich also, schien es zu sagen. Wer hätte das denn gedacht!

»Ein Mädchen«, flüsterte Mads eine halbe Stunde später. Vicki und Ida hatten die Laken gewechselt und das Fenster geöffnet, während Clara das Baby untersucht und fest eingewickelt hatte.

»Ja«, sagte Anne, »und stell dir vor, sie ist in einer Glückshaube geboren!«

»Hattet ihr euch nur überlegt, wie ihr den Seemann nennen wolltet?«, fragte Ida schließlich. »Oder habt ihr auch einen Mädchennamen parat?«

Anne blickte Mads an, der sich räusperte. »Wir haben beschlossen, sie nach meiner Mutter zu benennen, Aiske.«

»Oh, Mads«, sagte Clara, und dann konnte sie gar nichts mehr sagen. Sie sah zu dem Baby hinunter, das schon die Brust gefunden hatte und jetzt trank, als wäre es am Verhungern. Seine kleinen Hände lagen auf Annes Brust, und Clara fühlte eine Liebe zu diesem Geschöpf, dass sie dachte, das kann man doch nicht ertragen.

»He«, hörte sie Vicki an ihrer Seite sagen, und dann fühlte sie ihren Arm auf ihrer Schulter und wie Ida ihr die Tränen von der Wange wischte. Sie sah, wie Mads sie anstrahlte und dabei auch weinte. Anne hatte nur Augen für ihr Baby, das trank, als wollte es nie wieder aufhören. Alles war gut.

Die Albträume hörten nicht auf, während des ganzen Monats nicht, den das junge Paar mit Baby Aiske noch in Berlin blieb. Clara verbrachte jede freie Minute mit den dreien. Sie gab Anne Ratschläge, wie sie ihr Baby am besten stillen konnte, und sie kümmerte sich um das Baby, während Anne schlief. War es, weil sie es sich so sehr wünschte, oder erkannte sie ihre Schwester in dem Baby tatsächlich wieder? Die Augen suchten noch ihre Farbe, aber Haut und Haare waren schon hell. Manchmal, wenn das Baby sie ansah, meinte sie, eine vertraute Regung zu sehen, und es waren definitiv die Lippen der Madsen-Schwestern und die festgewachsenen kleinen Ohrläppchen, die Aiske gehabt hatte. Sie liebte das kleine Wesen mit einer Kraft, die sie selbst erstaunte.

»Ich werde euch besuchen kommen«, versprach sie zum Abschied. »Es gibt jetzt eine regelmäßige Zugverbindung, das habe ich schon herausgefunden!«

»Ja«, sagte Mads. »Und den Hindenburgdamm!«

Die Nachricht erreichte sie erst einen Monat später. Anne war bei ihrer Ankunft in Westerland über einen Baum gestürzt, den der Sturm entwurzelt hatte. Die Wunde sei ziemlich groß und habe sich entzündet, rauschte Mads' Stimme durch das Telefon. Der neue Arzt tue offenbar alles, was in seiner Macht stehe. Aber sie habe hohes Wundfieber, und er sorge sich doch sehr. Clara versuchte, Mads zu beruhigen, es werde schon alles gut gehen.

Doch es ging nicht gut, Annes Zustand verschlechterte sich weiter. Mads wachte Tag und Nacht am Bett seiner geliebten Frau. Es dauerte eine Woche, und Anne war tot.

»Wir haben darüber gesprochen, wie wir das mit Aiske machen«, sagte Mads, als sie vom Friedhof zurückgingen. »Kurz bevor sie gestorben ist, haben wir noch darüber gesprochen. Ich meine, wer sie aufziehen soll.«

Der Nordseewind blies ihnen ins Gesicht, während sie den Kinderwagen über das Kopfsteinpflaster schoben. Es war Juni, und die Sonne schien, als wäre dies ein Festtag. Mads' Augen waren verweint.

Clara wusste nicht, was sie sagen sollte. Es gab keine Worte, um Mads zu trösten. Der Wind heulte. Sie schwieg.

»Nur eine Person ist uns eingefallen.« Mads wischte sich die Tränen von den Wangen. »Nur ein Mensch ist in der Lage, sich um Aiske so zu kümmern, wie Anne und ich das gerne gehabt hätten, und dieser Mensch, Tante Clara, bist du.«

»Oh, Mads.«

»Ich möchte, dass du Aiske aufziehst, wenn ich auf See bin. Nein, falsch ausgedrückt, ich möchte, dass sie bei dir aufwächst, bei dir und Onkel Leon. Ich möchte, dass ihr Aiske adoptiert.«

»Aber du bist doch ihr Vater, Mads«, sagte sie leise. »Und du wirst es auch immer bleiben.«

Mads nickte. »Und weil ich weiß, dass du das achtest, bist du die Richtige für Aiske. Ich werde so viel auf See sein, Tante Clara. Meine Tochter soll in einer richtigen Familie aufwachsen. Bei einer Mutter, die alles für sie tut.«

Ein Gefühl stieg in Clara auf, das sie nicht benennen konnte. Mutter! Ein fernes, schmerzendes Wort.

Mads blieb stehen und beugte sich vor, um Aiske aus dem Wagen herauszuheben. »Bitte halte sie doch mal.«

Clara nahm das Baby entgegen, und ihr Herz klopfte. Aiske hatte einen köstlichen Babygeruch, der von dem Flaum auf ihrem Kopf aufstieg, und jetzt öffnete sie die Augen und lächelte sie an.

»Oh«, machte Clara. »Oh, du kleines Babychen, komm her.« Sie drückte die kleine Aiske an sich, und dann weinte sie ganz vorsichtig, damit Aiske es nicht merkte, aber dann öffnete Aiske den Mund und machte kleine Babygeräusche, also merkte sie es vielleicht doch. »Ich werde dich behüten und beschützen und alles für dich tun, du kleines Zauberwesen.«

Sie sah auf und bemerkte, dass Mads sie ansah. »Ich glaube, dass sie das schon spürt.«

Dutzende Menschen aus Westerland und Morsum waren gekommen, um Annes zu gedenken. Nach der Beerdigung versammelten sie sich in Mads' kleinem Haus. Es gab nicht genug Platz für alle, und darum pressten sie sich aneinander: Annes kleine Schwester, die während der Hochzeit mit den Fingern geschnipst hatte, an Femmy und Fiete, Annes Eltern an Daje und Keno, und dann stieg in Claras Nase der Geruch von alten Büchern auf. Vater! Greetje reichte Heringshappen herum, die Männer stürzten ihren Korn herunter. Kaum jemand sprach ein Wort.

Es war die verwirrendste Trauerfeier, die Clara je erlebt hatte. Weil sie so traurig war und gleichzeitig das Baby in ihren Armen spürte und nicht anders konnte, als es anzusehen. Wie konnte es nur sein, dass man zwei Dinge gleichzeitig so stark empfinden konnte – tiefe Trauer und zugleich ein solch großes Glück?

Später, als sie mit Leon und Aiske allein war, weinte sie wieder. Sie war glücklich, und sie war traurig, und die Gefühle wanden sich ineinander und wurden am Ende eins. Und dann bekam sie auf einmal Angst, dass Aiske eines Tages etwas zustoßen könnte, und sie begriff, dass diese Angst sie nie wieder verlassen würde, und auch, dass sie Aiske so liebte wie ihr eigen Fleisch und Blut.

»Sie *ist* dein eigen Fleisch und Blut«, sagte Leon leise. »Sie ist deine Familie.«

»Sie ist jetzt auch deine Familie, Leon.«

Leon lächelte das Baby an, und das Baby machte eine Strampelbewegung. Es hatte einen hellen Flaum auf dem Kopf und eine weiße, fast durchschimmernde Haut, genau wie Clara, und genau wie Clara schien es von innen zu leuchten. »Ich habe mir immer ein Kind gewünscht, das dir ähnlich ist«, sagte er. Er streckte einen Finger nach dem Baby aus, und das Baby ergriff ihn. »Und jetzt ist dieses kleine Wunschkind da.«

EPILOG

»Seht ihr die drei Sterne im Oriongürtel?« Vicki zeigte nach oben. »Die strahlen genauso wie wir.«

Sie lagen nebeneinander am Wannsee. Die Sonne war untergegangen und der Himmel dunkel. Aber der Sand war weich und warm. Sie hatten sich versteckt, als der Wärter das Strandbad schließen wollte, ein Streich, den man spielen konnte, wenn man noch sehr jung war oder das Alter nicht mehr wichtig. Der Wärter war oben bei den Kabinen und pfiff den Lilian-Harvey-Schlager vom letzten Jahr.

»Das gibt's nur einmal, das kommt nie wieder«, sang Vicki die Melodie leise mit.

»Als Kind habe ich es geliebt, die Sternbilder anzugucken«, sagte Ida. »Orion mochte ich immer besonders gern.«

»Aiskes und mein Lieblingssternbild waren die Plejaden«, wisperte Clara, die mit ihrem Baby auf dem Bauch in der Mitte zwischen ihren Freundinnen lag.

»Das Sternbild von den sieben Schwestern?«, fragte Vicki.

»Ganz genau. Sieben Schwestern, die im Himmel leben, das fanden wir herrlich. Vielleicht, weil wir zu fünft waren – auf einem Stückchen Erde, umgeben von tosendem Meer.«

»Man will immer das, was man nicht hat.« Ida seufzte. »Aber wisst ihr was? So war es für mich früher. Jetzt will ich genau das, was ich habe. Nichts anderes will ich mehr.«

Vicki dachte an Marlene und wie sie ihr immer noch manchmal fehlte. Aber sie hatte Luise, eine eigene Praxis, und sie hatte die besten Freundinnen der Welt. Und sie fühlte sich nicht mehr zersplittert. Sie war Vicki, die Frauenärztin, die Mutter, die noch eine Weile mit ihrer erwachsenen Tochter zusammenleben würde, und die Freundin. »Ich auch«, sagte sie und lauschte dem Wärter, der pfeifend davonzog.

»Das gibt's aber nicht nur einmal, oder?«, fragte sie in das Plätschern der Wellen. »Ich meine, ich weiß, dass wir nur einmal Sommer 1932 haben und dass sich die Welt weiterdreht und all das – aber dieses Gefühl hier … wir drei mit Baby Aiske, wie wir hier im Sand liegen, die Sterne über uns und dieses …« Sie fühlte, dass ihr auf einmal die Kehle eng wurde. Ein Gefühl von Rührung überwältigte sie.

»Natürlich gibt es das nicht nur einmal«, sagte Ida entschlossen. »Dafür werden wir schon sorgen. Nächsten Sommer um diese Zeit liegen wir hier wieder, und im Jahr darauf wieder und so weiter, bis ans Ende der Zeit.«

Aiske gluckste auf Claras Bauch.

»Hat sie Hunger?«, fragte Ida und griff nach dem Fläschchen in der Babytasche.

Clara schüttelte den Kopf und lachte. »Ich glaube, sie will bloß mitreden.«

»Was hat sie denn gesagt?«, fragte Vicki.

»Warte.« Clara hob ihr Baby in die Höhe, dass es juchzte. Dann richtete sie sich auf und legte ihr Ohr an seinen Mund. »Sie liebt den Sternenhimmel, sagt sie. Und … o ja, Aiske, das sehe ich genauso … Sie liebt es, auf der Welt zu sein.«

DANKSAGUNG

Ich danke allen, die sich täglich aufs Neue bemühen, Frauen zu heilen, in ihren Entscheidungen zu unterstützen und ihre Babys gesund auf die Welt zu bringen. Frauenärztinnen, Frauenärzte, Hebammen und Krankenschwestern – danke, dass ihr trotz häufiger Überlastung für uns da seid! Ohne euch wäre die Welt ein trostloser Ort.

Danke an Angela Thom, die mir von ihrer Arbeit als Hebamme berichten konnte und mir fachliche Fragen beantwortet hat.

Mein Dank gilt auch der Berlin-Stadtführerin und Charité-Expertin Kristin Rose dafür, dass sie mir einen so lebendigen Einblick in die medizinische Geschichte Berlins vermitteln konnte.

Als weitere Quellen habe ich unter anderem die Lebenserinnerungen von Hermine Heusler-Edenhuizen (die für ihre Alpenwanderung nach dem bestandenen Staatsexamen tatsächlich einen Schießkursus absolviert hat!) und die Dissertation von Yvonne Schwittai *Zur Geschichte der Frauenkliniken der Charité in Berlin 1710 bis 1989 unter besonderer Berücksichtigung baulicher und struktureller Entwicklungen* genutzt.

Zu guter Letzt danke ich Christine Steffen-Reimann für ihre Idee, einen Roman über die ersten Frauenärztinnen Deutschlands auf die Welt zu bringen, und meiner Lektorin Dr. Clarissa Czöppan für die wunderbare Zusammenarbeit.

Die Geschichte der Medizin und die Rechte der Frauen – opulent, kenntnisreich und spannend erzählt

NADJA BEINERT/CLAUDIA BEINERT

DIE JULIUSSPITAL-REIHE

BAND 1:
ÄRZTIN AUS LEIDENSCHAFT

Würzburg im 19. Jahrhundert: Bankierstochter Viviana Winkelmann verliebt sich unstandesgemäß und wird schwanger. Weil sie ihr Kind nicht hergeben will, wird sie von ihrer reichen Familie verstoßen. Viviana findet Unterschlupf im armen Pleicher Viertel und muss sich als Gehilfin in der Apotheke des renommierten Würzburger Juliusspitals verdingen, um mit ihrer kleinen Tochter Ella über die Runden zu kommen. Fortan träumt sie davon, Ärztin zu werden – obwohl Frauen nicht studieren dürfen. Als Viviana einer Gruppe von Frauenrechtlerinnen beitritt und für ihren Traum zu kämpfen beginnt, macht sie sich nicht nur den eigenen Bruder zum erbitterten Feind.

BAND 2:
ÄRZTIN IN STÜRMISCHEN ZEITEN

Ebenso wie ihre Großmutter Viviana Winkelmann träumt Henrike davon, Ärztin zu werden. Deswegen kämpft sie für das Recht der Frauen auf ein selbstbestimmtes Leben – und die Zulassung zum Medizinstudium. Ihr Traum ist es, das Leid der Geisteskranken zu lindern. Als Henrike sich jedoch in einen französischen Medizinstudenten verliebt, kommen ihre Geheimnisse ans Licht. Kurz darauf wird Würzburg von der Tuberkulose heimgesucht, und plötzlich geht es für die junge Frau um Leben und Tod.

»Wer jemals Gelegenheit gehabt hat, Studentinnen im anatomischen Hörsaal zu beobachten, der wird den Eindruck mit sich genommen haben, dass nichts dem Weibe unweiblicher steht als das anatomische oder chirurgische Messer.«

Internist Franz Riegel, 1897

KNAUR